HEYNE <

Das Buch

Während ganz Majipoor seinen neuen Coronal Lord Prestimion feiert, webt Dantirya Sambail, der Prokurator des Kontinents Zimroel, gefährliche Intrigen. Allzu bald gelingt dem Verräter die Flucht aus den unterirdischen Tunneln des Burgbergs. Zur gleichen Zeit breitet sich eine grauenvolle Epidemie des Wahnsinns im Volk aus. Mithilfe der Lady der Insel des Schlafes erkennt Prestimion Ausmaß und Ursache der Katastrophe, doch ihm bleibt keine Zeit, nach Heilung zu sinnen. Denn schon erreicht ihn die Botschaft, dass Dantirya Sambail und seine Magier eine Invasion des Kontinents planen. Und wieder steht Majipoor am Vorabend eines gewaltigen Bürgerkrieges …

Der Autor

Robert Silverberg, 1935 in New York geboren, zählt zu den bedeutendsten und produktivsten Fantasy- und Science-Fiction-Autoren unserer Zeit. Er hat über fünfzig Romane und zahllose Erzählungen veröffentlicht und wurde wiederholt mit dem Hugo-Gernsback- und dem Nebula-Award ausgezeichnet. Außerdem hat er sich einen Namen als Herausgeber hochwertiger Fantasy- und SF-Stories gemacht. Silverberg lebt und arbeitet in Oakland, Kalifornien.

Eine Liste der im WILHELM HEYNE VERLAG erschienenen Bücher von Robert Silverberg finden sie am Ende des Bandes.

ROBERT SILVERBERG

LORD PRESTIMION

Die Legenden von Majipoor

ZWEITER ROMAN

Deutsche Erstausgabe

WILHELM HEYNE VERLAG
MÜNCHEN

HEYNE SCIENCE FICTION & FANTASY
Band 06/9231

Titel der amerikanischen Originalausgabe
LORD PRESTIMION
Deutsche Übersetzung von Jürgen Langowski

Umwelthinweis:
Dieses Buch wurde auf chlor- und
säurefreiem Papier gedruckt.

Deutsche Erstausgabe 08/2003
Redaktion: Angela Kuepper

Der Wilhelm Heyne Verlag ist ein Verlag der
Ullstein Heyne List GmbH & Co. KG.
http://www.heyne.de
Printed in Germany 2003
Umschlagillustration: Mark Harrison/Agentur Schlück GmbH
Umschlaggestaltung: Nele Schütz Design, München
Satz: Schaber Satz- und Datentechnik, Wels
Druck und Bindung: Ebner & Spiegel, Ulm

ISBN 3-453-86171-X

Für Jim Burns
der mir gezeigt hat,
wie Majipoor wirklich aussieht

Selbst die kleinste Tat eines Königs,
und sei sie nur ein Husten,
hat irgendwo auf der Welt ihre Konsequenz.
Was aber seine größeren Taten anbelangt,
so wirken sie auf ewig im gesamten Kosmos nach.

AITHIN FURVAIN
Das Buch der Veränderungen

INHALT

I

Das Buch des Werdens

Seite 9

II

Das Buch der Suche

Seite 211

III

Das Buch der Heilung

Seite 427

I

Das Buch des Werdens

1

Die Krönungszeremonie mit den aus alter Zeit überlieferten Anrufungen, den Segenssprüchen und schallenden Fanfarenstößen, dann, als Höhepunkt, dem feierlichen Aufsetzen der Krone und dem Anlegen der königlichen Gewänder war seit nunmehr fünfzig Minuten vorbei. Bis zur Eröffnung des großen Festmahls blieb im Protokoll ein Freiraum von mehreren Stunden. In dem riesigen Gebäudekomplex, der von nun an auf der ganzen Welt nur noch Lord Prestimions Burg genannt werden würde, herrschte unterdessen ein emsiges und lautstarkes Treiben, als tausende von Bediensteten und Gästen ihre Vorbereitungen für das abendliche Bankett trafen. Der soeben gekrönte Coronal jedoch stand abseits und allein, umgeben von einer Sphäre bedrückten Schweigens.

Nach den Schlachten und Umwälzungen des Bürgerkrieges, nach dem Kampf um den Thron und den Gefechten, nach den Niederlagen und all dem Kummer war jetzt die Stunde des Triumphs gekommen. Prestimion war endlich der gesalbte Coronal von Majipoor und brannte darauf, seine neuen Aufgaben in Angriff zu nehmen.

Doch zu seiner großen Überraschung kam just in dieser Stunde des Sieges etwas höchst Beunruhigendes, ja Störendes in ihm zum Vorschein. Das Gefühl der Erleichterung und die Freude angesichts der Gewissheit, dass seine Regentschaft nun endlich beginnen sollte, wurde unversehens von einer eigenartigen Beklemmung getrübt. Warum nur? Warum fühlte er sich so unbehaglich? Dies war sein großer Triumph, und er hätte jubeln sollen. Und doch …

Gegen Ende der Krönungszeremonie hatte sich nach all der Aufregung des Tages ein dringendes Bedürfnis nach Abgeschiedenheit in ihm bemerkbar gemacht, und als der Festakt überstanden war, hatte er sich sogleich in die Weite der Großen Halle von Lord Hendighail zurückgezogen, wo er mit sich allein sein konnte. In dem riesigen Saal waren in funkelnden Stapeln die Geschenke ausgestellt, die seit nunmehr einem vollen Monat Tag für Tag abgeliefert wurden – ein unablässiger Strom aus wundervollen Dingen, die aus jeder der Provinzen von Majipoor den Weg zur Burg gefunden hatten.

Prestimion hatte nur eine sehr vage Vorstellung, wann Lord Hendighail gelebt hatte – ob vor siebenhundert, achthundert oder neunhundert Jahren –, und er wusste überhaupt nichts über das Leben und die Taten des Mannes. Offensichtlich war Hendighail aber der Überzeugung gewesen, dass man alles, was man tat, in großem Maßstab tun müsse. Hendighails Halle war eine der größten Räumlichkeiten auf der riesigen Burg, ein Saal gewaltigen Ausmaßes, zehnmal so lang wie breit und hoch, mit Balken aus rotem Ghakkaholz und einem Kreuzgratgewölbe aus schwarzem Stein, dessen vielfältiges Maßwerk sich in der Dunkelheit droben verlor.

Die Burg war im Grunde eine Stadt für sich. Es gab geschäftige zentrale Bereiche und alte, halb vergessene Randzonen. Lord Hendighail hatte seine große Halle am Nordrand des Burgbergs bauen lassen, und dies war die falsche, die vergessene Seite. Prestimion hatte zwar den größten Teil seines Lebens auf dem Burgberg gelebt, aber er konnte sich nicht erinnern, vor diesem Tag schon einmal einen Fuß in Hendighails Halle gesetzt zu haben. Heutzutage wurde sie meist als Aufbewahrungsort für Dinge genutzt, die ihren richtigen Platz noch nicht gefunden hatten. Gerade so diente sie auch an diesem Tag als Lagerplatz für die Tribute, die dem neuen Coronal aus der ganzen Welt übersendet wurden.

Jetzt war die Halle randvoll mit erstaunlichen Dingen und bot in phantastischer Farbenpracht einen Überblick über all die Wunder, die Majipoor zu bieten hatte. Es war Brauch, dass die unzähligen Städte, Ortschaften und Dörfer Majipoors miteinander wetteiferten, wer wohl das prächtigste Geschenk schicken würde, sobald ein neuer Herrscher den Thron bestieg. Aber dieses Mal, so sagten die Alten, deren Erinnerungen mehr als vierzig Jahre bis zur letzten Krönung zurückreichten, dieses Mal hatten sich alle in ihrer Großzügigkeit selbst übertroffen. Was allein bis jetzt angekommen war, überstieg die Erwartungen um das Drei-, Vier- oder gar Zehnfache.

Prestimion stand benommen und wie vor den Kopf geschlagen vor all dem Reichtum. Er hatte gehofft, der Anblick der Geschenke aus den entferntesten Gefilden der Welt könne seine unerwartet freudlose Stimmung wieder heben. Geschenke zur Krönung sollten schließlich dem neuen Coronal vor Augen halten, wie sehr die Welt ihn als Inhaber des Throns willkommen hieß.

Doch leider musste er feststellen, dass der Anblick gar die gegenteilige Wirkung auf ihn ausübte. Dieser Überfluss hatte etwas Beunruhigendes und Unerfreuliches an sich. Gewiss, die Welt wollte ihm sagen, dass sie sich glücklich schätzte, einen kühnen und tatkräftigen jungen Coronal auf dem Burgberg den Platz des alten und müden Lord Confalume einnehmen zu sehen. Diese außergewöhnliche Menge an kostbarsten Geschenken war jedoch ein viel zu gewaltiger Ausdruck der Dankbarkeit. Es war übertrieben, es war unangemessen, es zeigte ihm, dass die Welt anlässlich seiner Thronbesteigung in eine Art Freudentaumel verfallen war, der zum tatsächlichen Ereignis in einem Missverhältnis stand.

Die weltweite Überreaktion verwunderte ihn sehr, denn derart versessen konnten die Menschen doch gar nicht darauf gewesen sein, dass Lord Confalume seinen Hut nahm. Man hatte den alten Lord geliebt, er war ein großer Coronal gewesen, auch wenn man sich seit einiger Zeit im Klaren darüber gewesen war, dass seine Glanzzeit vorüber war und dass alsbald ein neuer, energischer Nachfolger den Königsthron übernehmen sollte. Alle hielten Prestimion für den Richtigen, doch dieser gewaltige Strom von Geschenken angesichts der Übertragung der Macht schien in gewisser Weise auch ein Ausdruck der Erleichterung und der Freude zu sein.

Warum aber waren die Menschen erleichtert?, fragte sich Prestimion. Was hatte diesen übermäßigen Jubel ausgelöst, der beinahe schon an weltweite Hysterie grenzte?

Ein blutiger Bürgerkrieg hatte vor kurzem ein glückliches Ende gefunden. Ob das Volk deshalb jubelte?

Nein, nein.

Die Bürger von Majipoor konnten unmöglich etwas über die eigenartige Kette von Ereignissen wissen, die Lord Prestimion auf so gewundenem Wege zum Thron geführt hatten – die Verschwörung, die Usurpation und dann der schreckliche Krieg, der darauf gefolgt war. All das war auf Prestimions Befehl aus dem Gedächtnis der Welt getilgt worden. Was die Milliarden Menschen in Majipoor anging, so war der Bürgerkrieg nie ausgebrochen. Die kurze, unrechtmäßige Regentschaft des Usurpators Lord Korsibar war aus den Erinnerungen gelöscht, als hätte es sie nie gegeben. In der Welt wusste man weiter nichts, als dass Lord Confalume nach dem Tod des alten Pontifex Prankipin dessen Nachfolger geworden war, worauf Prestimion ganz selbstverständlich und ohne die geringste Unstimmigkeit den Thron des vorherigen Coronals Confalume übernehmen konnte, den dieser nach so langer Regentschaft geräumt hatte. Warum also dieses Aufhebens? Was steckte dahinter?

An allen vier Seiten des riesigen Raumes waren die zahlreichen Geschenke hoch aufgestapelt, die meisten noch in den Verpackungen: Berge von Schätzen, die anscheinend bis zur Decke klettern wollten. Raum auf Raum wurde im selten genutzten Nordflügel der Burg mit Kisten aus weit entfernten Regionen gefüllt, deren Namen Prestimion wenig bis gar nichts sagten. Manche kannte er aus den Beschriftungen von Landkarten, von anderen hatte er nie zuvor gehört. Selbst jetzt trafen noch neue Lieferungen von Geschenken ein. Die Kammerdiener der Burg wussten kaum mehr, wie sie dieser Masse Herr werden sollten.

Und was hier vor ihm lagerte, war nur ein Bruchteil dessen, was tatsächlich dargebracht worden war, denn es gab auch lebendige Geschenke. Die Menschen in den Provinzen hatten eine wahrhaft außergewöhnliche Auswahl an Tieren geschickt, einen ganzen zoologischen Garten, und darunter waren einige der bizarrsten und seltsamsten Geschöpfe, die man auf Majipoor nur finden konnte. Dem Göttlichen sei Dank, dass sie irgendwo anders eingestellt waren. Auch seltene Pflanzen für die Gärten des Coronals waren eingetroffen. Prestimion hatte einige davon schon am Vortag besichtigt: hohe Bäume mit Blättern, die an Schwerter aus flüssigem Silber erinnerten, groteske Kakteen mit verdrehten, stacheligen Auswüchsen, einige bösartig aussehende, Fleisch fressende Maulpflanzen aus Zimroel, die mit klappernden Kiefern deutlich machten, wie dringend sie gefüttert werden wollten, sowie ein Becken aus dunklem Porphyr mit durchsichtigen Gambeliavos von Stoienzars Nordküste, die aussahen, als wären sie aus Glas geblasen und die ein leises, klimperndes Seufzen von sich gaben, wenn man die Hand über das Becken hielt. Allein die botanischen Prachtexemplare waren in einer Fülle überreicht worden, dass man sie gar nicht alle aufzählen konnte. Auch sie hatte man anderswo untergebracht.

Die ungeheure Menge all der Geschenke und der Reichtum der Gaben waren schier überwältigend. Prestimion konnte es nicht fassen.

Dabei kam es ihm so vor, als wäre die aufgetürmte Menge der Gaben ein Spiegelbild von Majipoor selbst in seiner ganzen Größe und Pracht – als wollte diese riesige Welt, der größte Planet der Galaxis, irgendwie versuchen, sich heute in diesen einen Raum zu quetschen. Wie er da inmitten der Berge seiner Geschenke stand, fühlte Prestimion sich angesichts der verschwenderischen Sammlung wie ein Zwerg. Er hätte sich freuen sollen, doch das einzige Gefühl, das er – umgeben von solch überwältigenden Beweisen der eigenen Größe – in sich finden konnte, war sprachloses Entsetzen. Es war eine unerwartete, unvermutete Taubheit, die schon während der langwierigen Zeremonie in ihm gekeimt war, und nachdem er nun in aller Form als Coronal von Majipoor eingesetzt war, blieben ihm in dieser Stunde, die er triumphierend hätte feiern müssen, nichts als Trauer und Ernüchterung, die seine Seele zu ersticken drohten.

Wie im Traum wanderte Prestimion durch die Halle und besah sich hier und dort eine Sendung, die von den Dienern schon geöffnet worden war.

Sein Blick fiel auf ein mit funkelnden Kristallen besticktes Kissen, auf dem detailreich eine ländliche Gegend abgebildet war: grüne Moosteppiche, Bäume mit hellen gelben Blättern und die purpurnen Dachziegel eines hübschen Dorfes, das er nie besucht hatte; alles so lebhaft und wirklich, als betrachtete er nicht das Bildnis auf dem Kissen, sondern den Ort selbst, der in den Steinen gefangen war. Eine daran befestigte Schriftrolle erklärte, dass dieses Geschenk aus dem

Dorf Glau in der Provinz Thelk Samminon im Westen Zimroels kam. Dazu gehörte noch eine rote Decke aus prächtigem Seidenbrokat, die, wie die Schriftrolle verriet, aus dem feinen Vlies der einheimischen Wasserwürmer gewoben war.

Daneben fand sich ein Korb voller seltener Edelsteine in vielen Farben – golden, bronzefarben, purpurn und hellrot pulsierend wie der prächtigste Sonnenuntergang. Ein schimmernder Umhang aus stahlblauen Federn – es waren die Federn der berühmten Feuerkäfer von Gamarkaim, sagte das Begleitschreiben, riesige Insekten also, die aussahen wie Vögel und denen eine offene Flamme nichts anhaben konnte – was natürlich auch für denjenigen galt, der einen Mantel aus ihrem Gefieder trug. Fünfzig Stäbe der kostbaren roten Räucherkohle aus Hyanng, die jede Krankheit aus dem Leib des Coronals vertreiben konnten, wenn man sie anzündete.

Dann eine kleine Gruppe zierlicher Figuren, die liebevoll aus irgendeinem halb durchsichtigen, funkelnden Stein geschnitten waren. Wie das angehängte Schild ihm verriet, handelte es sich um Darstellungen der typischen Wildtiere im Distrikt Karpash, ein Dutzend oder mehr unbekannte und außergewöhnliche Geschöpfe, die bis in die kleinsten Details von Fell, Hörnern und Klauen naturgetreu nachgebildet waren. Sobald Prestimions Atem sie erwärmte, begannen sie zu schnauben, zu stampfen und in der kleinen Kiste, in der sie gekommen waren, hin und her zu laufen. Und dort …

Prestimion hörte, wie die große Tür der Halle hinter ihm quietschend geöffnet wurde. Nicht einmal hier durfte er allein sein.

Ein diskretes Hüsteln erklang, Schritte näherten sich. Er spähte zu den Schatten am anderen Ende des Raumes.

Eine schlanke, schlaksige Gestalt tauchte auf.

»Ach, da bist du ja, Prestimion. Akbalik hat mir gesagt, dass ich dich hier finde. Fliehst du vor dem Trubel?«

Es war der elegante, langbeinige Septach Melayn, zweiter Vetter des Herzogs von Tidias. Ein unvergleichlicher Schwertkämpfer, ein verwöhnter Geck und seit ewigen Zeiten Prestimions bester Freund. Er trug noch die Festkleidung für die Krönungszeremonie – einen safranfarbenen Umhang, der mit goldenen Blumen und Blättern bestickt war, und eng anliegende Halbstiefel mit goldenen Schnürsenkeln. Sein Haar, ebenfalls golden und in sorgfältig gelegten Löckchen auf die Schultern fallend, war mit drei gleißenden, smaragdbesetzten Spangen geschmückt. Der kurze, spitz zulaufende rotblonde Bart war sauber getrimmt.

Etwa zehn Schritt vor Prestimion blieb er stehen, stemmte die Arme in die Hüften und sah sich staunend zwischen all den Geschenken um.

»Tja«, meinte er schließlich, offenbar höchst beeindruckt. »Dann bist du jetzt also nach all dem Durcheinander und den Kämpfen endlich Coronal. Und hier sind die Schätze gestapelt, die es beweisen, was?«

»Der Coronal bin ich, das ist richtig«, gab Prestimion düster zurück.

Septach Melayn zog erstaunt die Augenbrauen hoch. »Wie bedrückt du klingst. Du bist der König der Welt, und du sprichst, als freutest du dich nicht einmal darüber, mein Lord? Und das nach allem, was wir durchgemacht haben, damit du diesen Triumph erleben durftest.«

»Freuen? Ich soll mich freuen?« Prestimion lachte humorlos auf. »Worüber soll ich mich hier freuen, Septach Melayn? Sag es mir, wenn du es weißt.« Auf einmal spürte er hinter der Stirn ein seltsames Pochen. Irgendetwas regte sich in ihm, etwas Dunkles, Wildes,

Böses, das er noch nie in sich verspürt hatte. Und dann brach es unkontrolliert aus ihm heraus, ein auch für seine eigenen Ohren höchst überraschender, außerordentlich verbitterter Schwall von Worten.

»Der König der Welt, sagst du? Was hat das schon zu bedeuten? Ich will es dir sagen, Septach Melayn. Jahr um Jahr harter Arbeit liegen jetzt vor mir, bis ich so ausgelaugt bin wie ein altes Stück Leder. Und wenn dann der hochbetagte Confalume schließlich stirbt, muss ich im dunklen, entsetzlichen Labyrinth leben und darf nie wieder das Tageslicht sehen. Wo sollen da die Freuden liegen, wo?«

Septach Melayn beäugte ihn verblüfft und wusste nichts zu erwidern. Das war nicht der Prestimion, den er schon so lange kannte.

»Ach, welch düstere Stimmung bedrückt dich ausgerechnet am Tag deiner Krönung, mein Lord!«, brachte er schließlich hervor.

Prestimion staunte selbst, wie heftig Zorn und Schmerz aus ihm hervorgebrochen waren. Das ist falsch, dachte er beschämt, völlig falsch. Ich rede wie ein Irrer. Ich muss etwas tun, ich muss die Unterhaltung in angenehmere Bahnen lenken. Er zwang sich, wenigstens nach außen hin den Anschein zu erwecken, er sei wieder ganz der Alte, und sagte mit völlig veränderter Stimme und demonstrativer Unbefangenheit: »Nenne mich nicht ›mein Lord‹, Septach Melayn. Jedenfalls nicht, wenn wir unter uns sind. Das klingt mir viel zu steif und förmlich. Und viel zu unterwürfig.«

»Aber du bist doch mein Lord. Ich habe hart gekämpft, um dich dazu zu machen. Ich habe noch die Narben zum Beweis.«

»Trotzdem bin ich für dich immer noch Prestimion.«

»Ja. Also Prestimion. Nun gut, Prestimion. Wie Ihr wünscht, mein Lord.«

»Im Namen des Göttlichen, Septach Melayn …«, rief Prestimion und grinste über den ironischen Seitenhieb. Was sonst war von Septach Melayn zu erwarten, wenn nicht solche Neckereien und Frechheiten?

Auch Septach Melayn grinste jetzt. Beide bemühten sich, so zu tun, als hätte es Prestimions erschreckenden Ausbruch nie gegeben. Indem er lässig, wie beiläufig zum Coronal deutete, fragte der Freund: »Was hast du da in der Hand, Prestimion?«

»Das hier? Ach, das ist … es ist …« Prestimion musste auf der braunen Lederrolle nachschauen, die an das Geschenk gebunden war. »Ein Stab aus Gameliparn-Horn, heißt es hier. Er wechselt die Farbe von Gold nach Purpur und Schwarz, wenn man ihn über vergiftete Speisen hält.«

»Und das glaubst du, was?«

»Die Bürger von Bailemoona glauben es jedenfalls. Und hier, schau mal hier, Septach Melayn. Das hier ist angeblich ein Mantel, der aus dem Bauchfell der Eiskuprei gewebt ist, die auf den schneebedeckten Gipfeln von Gonghar leben.«

»Die Eiskuprei sind meines Wissens ausgestorben, mein Lord.«

»Eine Schande ist es«, sagte Prestimion, während er behutsam über den dicken weichen Stoff strich. »Das Fell fühlt sich sehr weich an … Hier drinnen«, fuhr er fort, indem er auf einen viereckigen Ballen tippte, der mit komplizierten Siegeln gesichert war, »hier haben wir ein Geschenk aus irgendeinem Ort im Süden. Es sind Streifen der stark duftenden Borke des äußerst seltenen Quinonchabaums. Dieser schöne Becher hier ist aus Jade geschnitzt und kommt aus Vyrongimond. Das Material ist so hart, dass man ein ganzes Leben braucht, um ein Stück zu polieren, das so groß wie deine Faust ist. Das hier …« Prestimion hatte Mühe, eine halb geöffnete Kiste herbeizuziehen, aus der irgendetwas Wundervolles ragte, das nach Silber und Karneol aussah. Es war, als wollte er sich aus der halb zornigen und halb niedergeschlagenen Stimmung, die ihn in diesen Raum getrieben hatte, mit Gewalt herausreißen, indem er hektisch in den Kisten wühlte.

Doch Septach Melayn ließ sich nicht täuschen. Er konnte auch nicht länger so tun, als wäre Prestimions Ausbruch völlig spurlos an ihm vorübergegangen.

»Prestimion?«

»Ja?«

Der Schwertkämpfer kam einen oder zwei Schritte näher. Er war erheblich größer als der Coronal. Prestimion war nicht sehr groß gewachsen, mit kräftigen Schultern zwar, aber in den Beinen eher kurz geraten, während Septach Melayn so schlanke und lange Glieder hatte, dass man ihn beinahe für schwächlich halten konnte, was aber keinesfalls zutraf.

Leise sagte er: »Du musst mir jetzt nicht alle Geschenke zeigen, mein Lord.«

»Ich dachte, es würde dich interessieren.«

»Bis zu einem gewissen Punkt interessiert es mich auch. Aber nur bis zu einem gewissen Punkt.« Noch leiser fuhr Septach Melayn fort: »Prestimion, warum bist du gerade jetzt in diesen Raum geschlichen? Doch sicher nicht, um dich an deinen Geschenken zu erfreuen. Es entspricht nicht deinem Wesen, dich über tote Gegenstände zu freuen und sie zu liebkosen.«

»Es sind sehr schöne und eigenartige Dinge«, gab Prestimion etwas spitz zurück.

»Das sind sie zweifellos. Aber du solltest dich jetzt für das Fest heute Abend ankleiden, statt hier im Lagerraum ganz allein die eigenartigen Geschenke durchzugehen. Dein erstaunlicher Ausbruch noch vor wenigen Augenblicken – dieser schmerzliche Aufschrei, diese bittere Klage … Ich habe versucht, es als eine Laune abzutun, aber ich kann den Gedanken daran nicht abschütteln. Was hatte das zu bedeuten? Entsprach es wirklich deinen Gefühlen, als du dich mit einem solchen Aufschrei gegen die Bürde deines Amtes auflehntest? Ich hätte nie damit gerechnet, dergleichen aus deinem Munde zu hören. Du bist jetzt der Coronal, Prestimion! Du hast erreicht, wovon jeder Mann träumt. Du wirst ruhmreich diese Welt regieren. Dies sollte der schönste Tag in deinem ganzen Leben sein.«

»So sollte es sein, ja.«

»Und doch … und doch ziehst du dich in diese vergessene Halle zurück, um in Einsamkeit zu brüten, du lenkst dich auf dem Höhepunkt deines Triumphes mit diesem hübschen, aber albernen Plunder ab … Ja, du wendest dich mit einem Aufschrei gegen deine Königswürde, als wäre sie ein Fluch, den jemand dir auferlegt hat …«

»Eine vorübergehende Laune.«

»Dann lass sie vorübergehen, Prestimion. Lass sie vorübergehen! Dies ist ein Freudentag. Es ist noch keine zwei Stunden her, dass du vor Confalumes Thron gestanden und dir die Sternenfächerkrone auf das Haupt gesetzt hast, und jetzt … wenn du jetzt dein eigenes Gesicht sehen könntest, mein Lord – dieser düstere Ausdruck, dieses leere, bekümmerte Starren …«

Prestimion wandte sich mit übertrieben belustigtem Gesichtsausdruck, mit gebleckten Zähnen und großen Augen an Septach Melayn.

»Na? Gefällt dir das besser?«

»Eigentlich nicht. Mich kannst du nicht täuschen, Prestimion. Was gibt es, das dich an einem Tag wie diesem so bedrückt?« Als Prestimion nicht antworten wollte, fuhr er fort: »Vielleicht weiß ich es.«

»Natürlich weißt du es.« Und ohne Septach Melayn die Gelegenheit zu geben, noch etwas zu sagen, fuhr er fort: »Ich habe an den Krieg gedacht, Septach Melayn. An den Krieg.«

Septach Melayn schien einen Moment völlig überrascht, doch er fing sich rasch wieder.

»Ach ja, der Krieg, ja. Natürlich, es ist der Krieg, Prestimion. Der Krieg hinterlässt bei jedem seine Spuren. Aber der Krieg ist vorbei. Vorbei und vergessen. Niemand außer dir, Gialaurys und mir erinnert sich noch an den Krieg. Alle, die hier und heute zu den Krönungsfeierlichkeiten auf der Burg versammelt sind, haben keine Erinnerung mehr an die andere Krönung, die vor gar nicht so langer Zeit in diesen Hallen stattgefunden hat.«

»Aber wir erinnern uns. Wir drei erinnern uns. Die Erinnerung an den Krieg wird uns nie verlassen. All die Verschwendung, die Sinnlosigkeit. Die Zerstörung. Die Toten. So viele Tote. Svor, Kanteverel. Mein Bruder Taradath. Herzog Kamba von Mazadone, der mich in der Kunst des Bogenschießens unterwies. Iram, Mandrykarn, Sibellor. Hunderte mehr, sogar tausende.« Er schloss die Augen und wandte den Kopf ab. »Es tut mir Leid um alle diese Toten. Sogar um den Tod von Korsibar tut es mir Leid, dieser arme, getäuschte Narr.«

»Einen Namen hast du nicht ausgesprochen, und es ist kein unbedeutender Name«, erwiderte Septach Melayn. Vorsichtig sprach er ihn aus, wie ein Arzt, der eine entzündete und schwärende Wunde öffnen muss. »Ich meine den Namen seiner Schwester Thismet.«

»Thismet, ja.«

So sehr Prestimion es auch versuchen mochte, es ließ sich nicht vermeiden, dass auch dieser Name genannt wurde. Er konnte es kaum ertragen, über sie zu sprechen, doch er dachte oft an sie.

»Ich weiß um deinen Schmerz«, sagte Septach Melayn leise. »Ich verstehe es. Die Zeit wird die Wunden heilen, Prestimion.«

»Wird sie das wirklich? Vermag sie das?«

Eine kleine Weile schwiegen sie. Prestimion gab dem Freund mit einem Blick zu verstehen, dass er nicht weiter über Thismet sprechen wollte, und so redeten sie eine Weile überhaupt nicht mehr.

»Du weißt, wie ich mich darüber freue, der Coronal zu sein«, sagte Prestimion schließlich, als das lastende Schweigen unerträglich wurde. »Natürlich freue ich mich. Es war meine Bestimmung, den Thron zu besteigen. Das Göttliche hat mich geformt, damit ich diese Aufgabe übernehmen kann. Aber musste es denn wirklich so viel Blutvergießen geben, bis ich die Macht in Händen halten konnte? War das wirklich nötig? Dieses Blut besudelt meinen Triumph.«

»Wer weiß schon, was nötig ist und was nicht, Prestimion? Es ist geschehen, was geschehen musste, mehr können wir nicht sagen. Das Göttliche hatte beschlossen, dass es so kommen musste, und es kam, was kommen musste, und wir hatten uns damit abzufinden, du und ich und Gialaurys und Svor, und jetzt ist die Welt wieder heil. Die Erinnerungen an den Krieg sind begraben, dafür haben wir selbst gesorgt. Kein lebender Mensch außer uns weiß noch, dass er überhaupt stattgefunden hat. Warum willst du das alles ausgerechnet heute wieder ans Licht zerren?«

»Vielleicht, weil ich Schuldgefühle habe, nachdem mir der Tod so vieler braver Männer den Weg zum Thron geebnet hat.«

»Schuldgefühle? Schuld, Prestimion? Welche Schuld kannst du damit meinen? Der Krieg war allein die Schuld dieses Narren Korsibar. Er hat sich gegen Recht und Ordnung aufgelehnt. Er ist der Thronräuber. Wie kannst du von Schuld sprechen, wenn er allein es war, der …«

»Nein. Wir alle tragen eine Schuld, einen solchen Fluch über die Welt gebracht zu haben.«

Septach Melayn riss wiederum die hellblauen Augen verblüfft auf. »Das ist ein abergläubischer Unsinn, den du da von dir gibst, Prestimion. Wie kannst du nur dermaßen ernsthaft über Flüche sprechen und zulassen, dass auch nur ein Hauch der Schuld am Krieg auf dich zurückfällt? Der Prestimion, den ich früher kannte, war ein rationaler Mann. Solch einen Unsinn hätte er nicht einmal im Scherz von sich gegeben, das wäre ihm nie in den Sinn gekommen. Hör mir zu: Der Krieg war ganz allein Korsibars Schuld. Ganz allein seine, mein Lord. Es war Korsibar. Es war seine Sünde, niemand sonst trägt daran die Schuld. Aber geschehen ist geschehen, du bist jetzt Majipoors neuer König, und endlich steht auf Majipoor wieder alles zum Besten.«

»Ja, so ist es«, gab Prestimion lächelnd zurück. »Verzeih mir diesen plötzlichen Ausbruch von Melancholie, mein Freund. Du wirst mich heute Abend beim Krönungsfest in erheblich besserer Stimmung sehen, das verspreche ich dir.« Er ging im Raum auf und ab und tippte im Gehen leicht auf die noch versiegelten Kisten. »Aber im Augenblick, Septach Melayn …«, sagte er mit schmerzlich verzogenem Gesicht, »diese Geschenke und dieses Lagerhaus voller Sachen … im Augenblick bedrückt mich dies alles. Die Geschenke lasten auf mir, als hätte man mir die ganze Welt auf die Schultern gelegt. Ich sollte alles hinausschaffen und verbrennen lassen.«

»Prestimion …«, entgegnete Septach Melayn warnend.

»Ja. Verzeih mir ein weiteres Mal. Ich verfalle heute wirklich allzu leicht in dieses Gejammer.«

»In der Tat, so ist es, mein Lord.«

»Ich weiß ja, ich sollte eigentlich dankbar für die Geschenke sein, statt mir ihretwegen Sorgen zu machen. Gut, dann lass mich doch mal sehen, ob ich nicht auch etwas Vergnügen in ihnen finden kann. Etwas Vergnügtes kann ich heute wirklich dringend brauchen, Septach Melayn.«

Prestimion entfernte sich und streifte weiter durch die Gänge zwischen den aufgestapelten Kisten, um hier und dort stehen zu bleiben und in die bereits geöffneten Behältnisse zu spähen. Hier eine Kugel, die zu brennen schien, dort eine bunte Schärpe, die ständig die Farben wechselte. Eine aus kostbarer Bronze gegossene Blume, aus deren tiefem Blütenkelch ein wundersames, tiefes Summen drang. Ein aus zinnoberrotem Stein geschnitzter Vogel, der den Kopf hin und her drehte und aufgeregt zwitscherte. Eine Schale aus rotem Jadestein, seidenweich und warm in der Hand mit wundervoll geschwungenem Rand. »Schau her«, sagte Prestimion, als er ein Zepter aus den Knochen von Meeresdrachen entdeckte, das mit unendlich geschickten, raffinierten Schnitzereien bedeckt war. »Das hier kommt aus Piliplok. Schau nur, wie es umgeben ist von …«

»Du solltest jetzt wirklich hier herauskommen«, unterbrach ihn Septach Melayn nicht ohne Schärfe. »Diese Dinge hier können warten, Prestimion. Du musst dich fürs Bankett ankleiden.«

Ja, so war es. Es war nicht richtig, dass er sich hierher zurückzog. Prestimion wusste, dass er die unvermutete Traurigkeit und Trostlosigkeit abschütteln musste, die sich in den letzten Stunden über ihn gelegt hatte. Er musste sie abstreifen, als legte er einen Mantel ab. Den Gästen beim Festessen heute Abend hatte er den strahlenden Anblick eines vollauf zufriedenen Coronals zu bieten, wie es sich für einen frisch gekrönten Herrscher geziemte.

2

Prestimion und Septach Melayn verließen gemeinsam Hendighails Halle. Die beiden kräftigen Skandar-Wächter, die draußen vor dem Lager standen, ließen sich zu einem aufgeregten Sternenfächersalut hinreißen, den Prestimion mit einem Nicken und einer knappen Geste quittierte. Auf ein Wort von Prestimion hin warf Septach Melayn den beiden je eine Silbermünze zu.

Doch als sie die endlosen, zugigen Gänge und Flure im Nordflügel der Burg entlangliefen, verfiel Prestimion abermals in düsteres Brüten. Es fiel ihm schwerer als erwartet, seine Ausgeglichenheit wieder zu finden. Die dunkle Wolke, die über ihm hing, wollte einfach nicht weichen.

Eigentlich hätte er ohne Schwierigkeiten den Thron des Coronals besteigen sollen, denn er war unmissverständlich von seinem Vorgänger, Lord Confalume, als Thronfolger auserwählt worden. Allen war klar gewesen, dass die Krone an ihn hätte fallen sollen, sobald der alte Pontifex Prankipin starb, worauf Lord Confalume ins Labyrinth umziehen und den Platz des älteren Monarchen hätte einnehmen sollen. Doch als Prankipin tatsächlich das Zeitliche gesegnet hatte, griff Korsibar, Lord Confalumes glänzend aussehender, aber nicht eben gescheiter Sohn, nach der Macht des Throns, wobei eine Kamarilla schäbiger Spielgesellen ihn gedrängt und ein gleichermaßen bösartiger Magier ihn unterstützt hatte. Es war wider das Gesetz, dass der Sohn eines gekrönten Oberhaupts der Thronfolger wurde. So war ein Bürgerkrieg ausgebrochen, in dem Prestimion die Oberhand behalten hatte, sodass er schlussendlich die Krone für sich hatte beanspruchen können.

Doch das unnötige Zerstörungswerk ... die vielen Opfer ... die Narben, die Majipoor nach seiner langen, friedvollen Geschichte davongetragen hatte ...

Prestimion hatte, wie er hoffte, jene Narben mit einem radikalen Schritt geheilt, als er eine ganze Phalanx von Zauberern sämtliche Erinnerungen an den Krieg aus den Köpfen aller Menschen auf der ganzen Welt hatte tilgen lassen. Die einzigen Ausnahmen waren er selbst und seine beiden überlebenden Kampfgefährten Gialaurys und Septach Melayn.

Doch eine Narbe wollte nicht heilen und war nicht zu übertünchen. Es war die Narbe einer Wunde, die er sich auf dem Höhepunkt der letzten Schlacht zugezogen hatte. Eine Wunde im Herzen war es: die Ermordung der Zwillingsschwester des Rebellen Korsibar, der Lady Thismet, Prestimions großer Liebe, durch den Zauberer Sanibak-Thastimoon. Keine Magie der Welt konnte Thismet zurückbringen, und keine Frau der Welt würde in Prestimions Leben an Thismets Stelle treten können. Wo ihre Liebe gewesen war, klaffte jetzt eine gähnende Leere. Was nützte es ihm, zum Coronal gekrönt zu werden, wenn er beim Kampf um den Thron den Menschen verloren hatte, der ihm mehr bedeutete als jeder andere?

Prestimion und Septach Melayn hatten den Eingang des Hofes vor Lord Thrayms Turm erreicht, wo die meisten gekrönten Häupter der Neuzeit ihre privaten Gemächer eingerichtet hatten. Dort am Eingang blieb Septach Melayn stehen und wandte sich an den Freund. »Soll ich dich jetzt allein lassen, Prestimion? Oder soll ich bei dir bleiben, während du dich aufs Festmahl vorbereitest?«

»Auch du musst dich umziehen, Septach Melayn. Geh nur. Es geht mir schon besser.«

»Wirklich?«

»Ja, ich gebe dir mein Wort darauf, Septach Melayn.«

Prestimion ging hinein. Die großen Gemächer, die jetzt seinen offiziellen Wohnsitz darstellten, standen zum größten Teil noch leer. Lord Confalume, der seit kurzem Confalume Pontifex genannt wurde, hatte seine wundervolle Sammlung unvergleichlicher Raritäten zu seinem neuen Amtssitz in den Tiefen des Labyrinths schaffen lassen. Korsibar hatte die Räume in der Zeit seiner widerrechtlichen Regentschaft nach seinem eigenen Geschmack eingerichtet – ein höchst gewöhnlicher Geschmack war es gewesen, wie die schreiend bunten und billigen oder bestenfalls langweiligen und banalen Einrichtungsgegenstände bewiesen hatten –, doch durch den Zauber, der Korsibars unrechtmäßige Herrschaft aus der Erinnerung der Welt getilgt hatte, war auch dessen gesamter Besitz vernichtet worden. Korsibar hatte nie existiert, er war rückwirkend aus dem Leben gelöscht worden. Zu gegebener Zeit würde Prestimion einige seiner eigenen Besitztümer vom Anwesen der Familie in Muldemar auf die Burg schaffen lassen, doch bisher hatte er keine Muße gefunden, auch nur darüber nachzudenken. Im Augenblick fanden sich kaum mehr als ein paar Dinge, die aus seinen ehemaligen Gemächern im Ostflügel der Burg stammten, wo er wie die anderen hochrangigen Prinzen des Reichs ein schlichteres Domizil sein Eigen genannt hatte.

Nilgir Sumanand, der grauhaarige Mann, der seit langem als Prestimions Adjutant diente, wartete bereits auf ihn; er verging beinahe vor Ungeduld. »Das Krönungsbankett, Euer Lordschaft …«

»Ja, ja, ich weiß. Ich will noch rasch baden. Meine Kleidung für den heutigen Abend hast du mir sicher schon bereitgelegt, oder? Das festliche Gewand aus grünem Samt, die goldene Stola, die Sternenfächerbrosche, die ich am Nachmittag getragen habe, dazu die leichtere Krone und nicht die große, die für förmliche Anlässe gedacht ist?«

»Es liegt alles für Euch bereit, mein Lord.«

Ein wenig später begleitete ihn eine zeremonielle Eskorte hoher Adliger des Reichs zum Bankettsaal. Herzog Oljebbin von Stoienzar, der scheidende Hohe Berater, und der märchenhaft reiche Prinz Serithorn von Samivole, die beiden ältesten Würdenträger, führten den Geleitzug an. Direkt hinter ihnen marschierte pompös Prinz Gonivaul von Bombifale, der bisherige Großadmiral von Majipoor. Diese drei hatten im Bürgerkrieg ihren nicht unbeträchtlichen Einfluss zu Korsibars Gunsten in die Waagschale geworfen, doch sie wussten es nicht mehr. Prestimion war überzeugt, dass es ihm selbst nur nutzen konnte, wenn er ihnen diese Treulosigkeit verzieh, von der sie ohnehin nichts mehr ahnten, und sie mit der Achtung behandelte, die Männern von ihrem Rang und ihrer Machtfülle zustand.

Septach Melayn ging rechts neben Prestimion, und zu seiner Linken ragte gewaltig wie ein Fels der mächtige Krieger Gialaurys auf. Hinter dem neuen Coronal kamen seine beiden überlebenden jüngeren Brüder, der heißblütige Teotas und der große, leidenschaftliche Abrigant. Der listige und kluge dritte Bruder Taradath war im Krieg in der verhängnisvollen Schlacht im Tal des Flusses Iyann gefallen, als Korsibars Männer den Mavestoi-Damm zerstört und tausende von Prestimions Kämpfern unter einer Wand aus Wasser begraben hatten.

Das Krönungsbankett wurde wie immer in der Großen Festhalle im Tharamond-Flügel der Burg ausgerichtet. Dieser Saal war sogar noch größer als Hendighails Halle und lag dem Mittelpunkt der Anlage viel näher. Doch nicht einmal dieser riesige Raum konnte all die geladenen Gäste aufnehmen, die Prinzen und Herzöge und Grafen aus so vielen hundert Städten, und dazu natürlich auch die Bürgermeister dieser Städte und die Adligen vom Burgberg selbst, die

Nachkommen von Dutzenden gekrönter Häupter und Pontifices vergangener Zeiten … Doch Lord Tharamond, einer der klügsten Baumeister unter den vielen Coronals, die der Burg ihren Stempel aufgedrückt hatten, hatte den Saal in der Weise entworfen, dass die Große Festhalle nur den Anfang einer ganzen Kette von weiteren fünf, acht oder zehn geringeren Sälen bildete, deren Zwischentüren man öffnen konnte, bis ein einziger, durchgehender Festsaal entstand, dessen Ausmaß ein getreuliches Spiegelbild der Größe Majipoors darstellte. In diesen Sälen, Raum auf Raum, waren nun den Gästen der Festtafel die Plätze zugewiesen worden, die ihnen bei sorgfältigster Abwägung nach Rang und Protokoll zustanden.

Prestimion hatte wenig übrig für solche großartigen Anlässe. Er war ein geradliniger Mann ohne Dünkel, praktisch und zielstrebig und ohne das Verlangen, sich selbst aufs Podest zu stellen; doch war ihm wohl bewusst, was die Tradition gebot. Die Welt erwartete, dass er anlässlich seiner Thronbesteigung ein rauschendes Fest gab – also sollte sie dieses Fest auch bekommen. Die förmliche Krönungszeremonie hatte am Nachmittag stattgefunden, für den Abend stand das große Festmahl auf der Tagesordnung, und morgen würde er vor den versammelten Gouverneuren aller Provinzen eine Rede halten. Für den Tag danach waren die traditionellen Krönungsspiele angesetzt, es würde Turniere und Ringkämpfe, Wettbewerbe im Bogenschießen und so weiter geben. Damit würden Prestimions Krönungsfeierlichkeiten enden, und die schwere Aufgabe, die riesige Welt Majipoor zu regieren, würde ihren Anfang nehmen.

Das Bankett schien zehntausend Jahre zu dauern.

Prestimion begrüßte und umarmte den alten Confalume und führte ihn zu seinem Ehrenplatz auf dem Podium. Obwohl er schon im achten Jahrzehnt seines

Lebens stand, war Confalume immer noch ein kräftiger, stattlicher Mann, wenngleich er gegenüber dem tapferen und stets zum Sprung bereiten Confalume früherer Zeiten viel an Kraft eingebüßt hatte. Er hatte Sohn und Tochter im Bürgerkrieg verloren, doch natürlich war ihm dies nicht bewusst. Er wusste nicht einmal mehr, dass Korsibar und Thismet überhaupt jemals existiert hatten, doch irgendwo in seinem Geist klaffte nun eine Leere. Es blieb das eigenartige Gefühl, dass etwas fehlte, was eigentlich dort sein sollte, und so trübten sich auf seine alten Tage die sonst so klaren Augen oft in Verwirrung.

Ob er die Wahrheit ahnte?, fragte Prestimion sich. Ob es einer der Gäste ahnte? Mochte es hier und dort einen Augenblick geben, in dem ein hoher Adliger des Reichs oder ein einfacher Bauer durch Zufall über irgendeine Fußangel der verborgenen Wirklichkeit stolperte, die unter den eingepflanzten falschen Erinnerungen lag, um verwundert die Stirn zu runzeln? Falls dem so war, ließ niemand es sich anmerken. Wahrscheinlich würde es auch niemals dazu kommen. Doch, so überlegte Prestimion, selbst wenn der Zauber, der die Geschichte Majipoors verändert hatte, nicht in allen Fällen ganz zuverlässig wirkte, so musste jeder, der zufällig auf Unstimmigkeiten stieß, es für das Klügste halten zu schweigen, wenn er nicht als Verrückter angesehen werden wollte. Prestimion hoffte sehr, dass seine Einschätzung sich als richtig erwies.

Ein weiterer Platz auf der großen Tribüne der Ehrengäste war für Prestimions Mutter reserviert, die lebhafte, strahlende Prinzessin Therissa, die dank der Thronbesteigung ihres Sohnes bald den Titel der Lady der Insel des Schlafes annehmen würde. Damit verbunden war die Verantwortung für die Maschinerie, durch welche den Bürgern Majipoors im Schlaf Beistand und Trost gesendet wurden. Neben ihr auf der

Tribüne saß die vornehme Lady Kunigarda, Confalumes Schwester, die während Confalumes Regentschaft den Rang der Lady der Insel innegehabt hatte. Auch sie musste jetzt von ihrem Amt zurücktreten. Ganz in der Nähe waren den verschiedenen hohen Würdenträgern des Rates ihre Sitzplätze zugewiesen worden, unter ihnen auch Septach Melayn und Gialaurys. Am Ende der Reihe hatten Erzmagier Gominik Halvor von Triggoin und sein Sohn Heszmon Gorse, der in die Fußstapfen seines Vaters trat, Platz genommen. Letzterer sah gerade mit nachdenklichem Lächeln zu Prestimion herüber. Dieses Lächeln, dachte Prestimion, war ein Ausdruck des Anspruchs, den sie geltend machen konnten. Denn so wenig er für die Zauberei und andere esoterische Dinge übrig hatte, er konnte nicht verleugnen, dass die magischen Fähigkeiten dieser beiden Männer in seinem Kampf um den Thron eine nicht eben geringfügige Rolle gespielt hatten.

Prestimion wandte sich der Reihe nach an die Gäste und hieß sie in aller Form zu seinem Festbankett willkommen.

Nachdem er seinen eigenen Platz eingenommen hatte und noch bevor die Speisen aufgetragen wurden, waren die geringeren, aber immer noch wichtigen Herzöge an der Reihe, ihm ihre Aufwartung zu machen. Einer nach dem anderen traten sie unterwürfig vor, beglückwünschten Prestimion und brachten zum Ausdruck, welch große Hoffnungen sie für das heraufdämmernde Zeitalter hegten …

Danach begann die Zeremonie. Glocken schellten, es folgten Gebete und Anrufungen, endlose Segenssprüche zu erhobenen Weingläsern. Prestimion nippte nur an seinem Wein und achtete darauf, im Laufe dieses anstrengenden Ereignisses so wenig wie möglich zu trinken, ohne dabei unhöflich zu wirken.

Endlich war es Zeit für den großen Schmaus, ein

opulentes Aufgebot kulinarischer Köstlichkeiten aus allen Regionen der Welt, zubereitet von den allerbesten Köchen. Prestimion indes stocherte lustlos in seinem Essen herum.

Anschließend wurden Werke der Dichtkunst vorgetragen, wohl klingende Verse aus Furvains großem epischem Werk, dem *Buch der Veränderungen*, ausführliche Erzählungen vom sagenhaften Lord Stiamot und seinem Sieg über die eingeborene Rasse der Gestaltwandler, Gesänge aus dem *Buch der Mächte* und aus den *Höhen des Burgbergs* und andere alte Sagen von Pontifices und gekrönten Häuptern, die vor vielen Jahrhunderten gelebt hatten.

Nach dem Essen wurden Chorgesänge vorgetragen. Tausende Stimmen erklangen und stimmten alte Hymnen an. Prestimion kicherte, als er Gialaurys' ungeschliffenen Bass zusammen mit den andern dröhnen und grunzen hörte.

Es gab noch viel mehr als dies – uralte Rituale, die von althergebrachten Sitten vorgeschrieben wurden. Die zeremonielle Präsentation des Coronalsschildes etwa, auf dessen in Silber geformten und mit Gold gefassten Sternenfächer Prestimion feierlich die Hände legen musste.

Confalume erhob sich, sprach einen langatmigen Segen für den neuen Coronal und umarmte ihn förmlich vor allen Versammelten. Lady Kunigarda folgte seinem Beispiel unmittelbar danach. Prinzessin Therissa übernahm feierlich den Stirnreif von der bisherigen Lady der Insel. So ging es weiter und weiter, ein Ende war kaum abzusehen. Prestimion ließ das Protokoll geduldig über sich ergehen, auch wenn er innerlich alles andere als ruhig dabei war.

Doch zu seiner großen Überraschung entdeckte er, dass er irgendwann im Lauf dieses ausgedehnten, anstrengenden Ereignisses die zuvor noch so bedrückende bleierne Schwere im Herzen überwunden hatte. Die Niedergeschlagenheit und die bittere Freudlosigkeit waren irgendwie verschwunden. So müde er am Ende des Banketts auch war, er hatte endlich seine alte Fröhlichkeit wieder gefunden. Mehr als Fröhlichkeit war es, denn mit einem Mal begann er sogar, sich wie ein echter König zu fühlen.

Eine wichtige Tatsache war heute in aller Deutlichkeit verkündet worden. Sein Name stand endlich auf der langen Liste der Coronals von Majipoor, nachdem er so mühsam um den Thron hatte kämpfen müssen.

Coronal von Majipoor! König der wundervollsten Welt im ganzen Universum!

Er wusste, dass er ein guter Coronal werden würde, ein aufgeklärter Herrscher, den die Menschen lieben und preisen würden. Er würde große Taten vollbringen, und er würde Majipoor nach seiner Regentschaft schöner und größer hinterlassen. Dies zu erreichen, dazu war er geboren.

So stand an diesem Freudentag am Ende doch noch alles zum Besten, auch wenn sich vor Stunden vorübergehend eine düstere Wolke über seine Seele gelegt hatte.

Septach Melayn bemerkte die Veränderung, die in seinem Freund vor sich ging. In einer kleinen Pause während der Festlichkeiten trat er an Prestimions Seite und sah ihn wohlwollend an. »Die Verzweiflung, die vorhin noch in Hendighails Halle aus dir gesprochen hat, scheint verschwunden, nicht wahr, Prestimion?«

Ohne Zögern antwortete dieser: »Wir hatten heute keine Unterhaltung in Hendighails Halle, Septach Melayn.«

Ein neuer Ton lag in seiner Stimme, eine Kraft und sogar eine Grobheit, die vorher niemals zu hören gewesen war. Prestimion war selbst überrascht, als er sich in dieser Weise reden hörte. Auch Septach Melayn gewahrte es. Er riss die Augen auf und die Mundwinkel zuckten, dann holte er tief Luft. In aller Form neigte er den Kopf. »So ist es, mein Lord. Wir haben nicht in Hendighails Halle miteinander gesprochen.« Er machte das Sternenfächerzeichen und kehrte zu seinem Platz zurück.

Prestimion winkte, auf dass sein Weinglas nachgefüllt werde.

So muss es sein, wenn man König ist, dachte er. Selbst mit den besten Freunden muss man voller Kälte sprechen, sofern der Anlass es gebietet. Kann ein König überhaupt Freunde haben?, fragte er sich. Nun, das würde er in den kommenden Wochen herausfinden.

Das Bankett erreichte seinen Höhepunkt. Alle waren jetzt aufgestanden und hatten die Hände zum Sternenfächergruß gehoben. »Prestimion! Lord Prestimion!«, riefen sie. »Heil dir, Lord Prestimion! Lang lebe Lord Prestimion!«

Und dann war es vorbei. Der Augenblick war gekommen, um die Tafel aufzuheben und sich in kleineren Gruppen je nach Rang und Freundschaft zusammenzufinden. Und endlich, als schon der Morgen graute, kam auch der Zeitpunkt, da der frisch gesalbte Coronal von Majipoor sich zur Ruhe begeben durfte. Höflich erklärte er das Fest für beendet und zog sich in die Abgeschiedenheit seines stillen Wohnsitzes und ins Schlafgemach zurück.

Die leeren Gemächer, das leere Bett.

Thismet, dachte er, als er sich unendlich erschöpft auf die Kissen fallen ließ. Inmitten dieser großen Freude konnte er dem unauslöschlichen Schmerz des Verlusts doch nicht entkommen. Ich bin seit heute Abend der König der Welt, aber wo bist du, Thismet? Wo bist du?

3

In der großen Stadt Stee, die ein gutes Stück unterhalb an den Hängen des Burgberges lag, wurde der Hausfrieden des sagenhaft reichen Kaufmanns und Bankiers Simbilon Khayf nachhaltig gestört.

Ein Zimmermädchen, das im dritten Stock von Simbilon Khayfs Haus beschäftigt war, fiel unversehens einem Ausbruch von Wahnsinn zum Opfer und sprang aus einem Dachfenster der prächtigen Residenz des Bankiers, wobei nicht nur sie selbst, sondern auch zwei Passanten unten auf der Straße zu Tode kamen. Simbilon Khayf war weit vom Geschehen entfernt, als dies geschah, denn er nahm als Gast des Grafen Fisiolo von Stee an der Krönungsfeier auf der Burg teil. So fiel seiner einzigen Tochter Varaile die Aufgabe zu, sich um diese grässliche Tragödie und ihre Folgen zu kümmern.

Varaile, eine große und schlanke Frau mit dunklen Augen und rabenschwarzem Haar, das in glänzenden Wellen auf die Schultern fiel, zählte erst neunzehn Jahre. Doch nach dem frühen Tod der Mutter war sie, noch ein Mädchen, in die Rolle der Hausherrin des großen Besitzes hineingewachsen, und dank dieser Verantwortung war sie vor der Zeit gereift. Als ihr die ersten ungewöhnlichen Geräusche von der Straße in die Ohren drangen – ein schreckliches Krachen, gleich darauf noch eines, nicht ganz so laut, auf das Schreie und schrilles Kreischen folgten –, ging sie ruhig und zielstrebig zum Fenster ihres Studierzimmers im zweiten Stock des Gebäudes. Rasch nahm sie die grässliche Szene in sich auf: die Toten, das Blut, die anschwellende Menge aufgeregter Gaffer. Ohne Zögern eilte sie die Treppe hinunter. Diener aus dem ganzen Haus bestürmten sie, riefen, gestikulierten, schluchzten.

»Lady, Lady … es war Klaristen! Sie ist gesprungen, Lady! Aus dem Fenster im obersten Stockwerk ist sie gesprungen!«

Varaile nickte knapp. Zwar war sie so schockiert und entsetzt, dass ihr beinahe übel wurde, doch sie wagte es nicht, ihre wahren Gefühle zu zeigen. Zu Vorthid, dem Oberkammerherrn des Hauses, sagte sie nur: »Rufe sofort die Proktoren des Reichs.« Dem Kellermeister Kresshin trug sie auf: »Laufe und hole so schnell wie möglich Doktor Thark.« Bettaril, den starken und stämmigen Stallmeister, wies sie an: »Ich muss nach draußen und mich um die Verletzten kümmern. Such dir einen Knüppel und stell dich neben mich, falls es einen Aufruhr gibt. Gut möglich, dass es so weit kommt.«

Unter den fünfzig Städten auf dem Burgberg war Stee bei weitem die größte und wohlhabendste, und Simbilon Khayf war einer der bedeutendsten und reichsten Männer in Stee. Umso erschreckender schien es, dass ein solches Unglück sein Haus treffen konnte. Viele Neider innerhalb und außerhalb von Stee, die Simbilon Khayfs unglaublichen Aufstieg zu Reichtum und Macht voller Missgunst verfolgt hatten, freuten sich insgeheim über die Schwierigkeiten, die ihm der dumme Sprung des Zimmermädchens aus dem dritten Stock einbrockte. Denn Stee, so alt es auch war, galt unter den Nachbarn auf dem Berg als Stadt der Emporkömmlinge, und Simbilon Khayf, der wohlhabendste Bürger des Ortes, verkörperte zweifellos den Inbegriff eines Neureichen.

Die fünfzig prächtigen Städte, die auf den zerklüfteten Flanken des erstaunlichen Berges lagen, der sich dreißig Meilen über das Flachland des Kontinents Alhanroel erhob, waren auf fünf deutlich unterscheidbare Höhenstufen verteilt – die Hangstädte ganz unten, die Freien Städte, die Wächterstädte, die Inneren Städte knapp unter dem Gipfel und zuletzt die neun, die man die Hohen Städte nannte. Unter den fünfzig Städten waren diejenigen, deren Bürger sich selbst die vornehmsten dünkten, natürlich jene neun Hohen Städte, die wie ein Ring die höchsten Regionen des Berges in Anspruch nahmen und beinahe vor den Toren der Burg selbst lagen.

Da sie der Burg am nächsten waren, wurden diese Städte häufiger als alle anderen von den vornehmen Angehörigen des Hochadels besucht, von den Lords und Ladys, die von den Coronals und den Pontifices früherer Zeiten abstammten und die eines Tages diese großen Titel sogar ihr Eigen nennen mochten. Nicht nur, dass die Bewohner der Burg häufig hinunter in die Hohen Städte Morpin, Sipermit oder Frangior reisten, um sich den exquisiten Vergnügungen hinzugeben, die dort geboten wurden, sondern auch in die umgekehrte Richtung, von den Hohen Städten hin zur Burg, war ein ständiger Strom von Menschen unterwegs. Septach Melayn beispielsweise stammte aus Tidias, Prestimion aus Muldemar. So kamen sich viele Bewohner der Hohen Städte ungeheuer vornehm vor und hielten sich für etwas ganz Besonderes, da sie an Orten lebten, die weit über den Niederungen Majipoors gelegen waren und mit den Mächtigen der Burg alltäglichen Umgang pflegten.

Stee jedoch gehörte, von unten gezählt, zum zweiten Ring von Städten, zu den so genannten Freien Städten. Es waren neun, alle recht alt und bereits vor mindestens siebentausend Jahren entstanden, als Lord Stiamot der Coronal von Majipoor gewesen war; vermutlich waren sie sogar noch älter. Niemand wusste genau zu sagen, was mit der Freiheit der Freien Städte eigentlich gemeint war. Eine gängige Erklärung der Gelehrten ging dahin, dass Stiamot diese Städte als Gegenleistung für gewisse Gunstbeweise von einigen damals erhobenen Steuern ausgenommen hatte. Lord Stiamot selbst stammte aus Stee, und zu seiner Zeit war Stee die Hauptstadt von Majipoor gewesen, bis er sich entschlossen hatte, auf dem Gipfel des Berges eine gewaltige Burg zu errichten und den Verwaltungssitz dorthin zu verlegen.

Im Gegensatz zu den meisten anderen Städten auf dem Burgberg, die in verschiedenen zerklüfteten Tälern lagen, hatte Stee den Vorteil, auf einem breiten, nur sanft geneigten Hang an der Nordflanke des Berges reichlich Platz zur Ausbreitung zu finden. So war die Stadt ungehindert in alle Richtungen gewachsen, nachdem sie am rasch dahinströmenden Fluss, der ihr den Namen gegeben hatte, gegründet worden war. Zu Prestimions Lebzeiten zählte sie etwa fünfundzwanzig Millionen Einwohner. An Größe konnte es in ganz Majipoor nur die Metropole Ni-moya auf dem Kontinent Zimroel mit ihr aufnehmen, und was Reichtum und Pracht angingen, musste sich sogar das mächtige Ni-moya der Stadt Stee unterordnen.

Stees Größe und seine Lage hatten dem Ort dank der florierenden Wirtschaft einen derart gewaltigen Reichtum eingebracht, dass die Industriebarone der Stadt andernorts als höchst anmaßende Geldsäcke betrachtet wurden. Das Zentrum des Handels war eine prachtvolle Reihe hoher Gebäude, die mit rosa-grauem Marmor verkleidet waren. Der Komplex dieser Uferzeile, wie sie auch genannt wurde, erstreckte sich über mehrere Meilen hinweg auf beiden Seiten des Flusses Stee. Am linken Flussufer, hinter der Doppelmauer von Bürogebäuden und Lagerhäusern, fanden sich die geschäftigen Fabriken der Industriegebiete von Stee, während die palastartigen Wohnsitze der reichen Kaufleute auf der rechten Seite standen. Weiter hinten am rechten Ufer lagen die riesigen Landsitze des Adels mit ihren Parks und Wildgehegen, die in der ganzen Welt berühmt waren, während auf der linken Seite, Meile auf Meile, die bescheidenen Häuser der Millionen Arbeiter standen, deren Tagewerk ihrer Heimatstadt seit Lord Stiamots Zeiten zu immer neuer Blüte verhalf.

Simbilon Khayf war einst einer dieser Arbeiter gewesen, noch früher nicht einmal dies: ein bloßer Bettler auf den Straßen, nicht mehr. Dies war inzwischen gut und gern vierzig, fünfzig Jahre her. Glück, Verschlagenheit und Ehrgeiz hatten es ihm ermöglichst, in dieser Stadt rasch zu Macht und Ansehen zu kommen. Jetzt umgab er sich mit Herzögen und Fürsten und anderen berühmten Menschen, die so taten, als betrachteten sie ihn als Gleichgestellten, weil sie wussten, dass sie eines Tages in die Verlegenheit kommen könnten, die Dienste seines Bankhauses in Anspruch nehmen zu müssen. In seinem prächtigen Domizil empfing er die Großen und Mächtigen vieler anderer Städte als Gäste, wenn diese geschäftlich nach Stee kamen. Als das arme Hausmädchen Klaristen sich in den Tod stürzte, tummelte er sich denn auch gerade fröhlich unter den allervornehmsten Mitgliedern der Aristokratie Majipoors auf Lord Prestimions großem Fest.

Varaile kniete unterdessen direkt vorm Haus im Blut der Toten auf der Straße und starrte die grotesk verdrehten Körper an, während in der feindseligen, stetig wachsenden Menge der Zuschauer empörte Kommentare laut wurden.

Zuerst galt ihre Aufmerksamkeit den beiden niedergestreckten Fremden. Ein Mann und eine Frau, beide recht gut gekleidet und offenbar nicht unvermögend. Varaile hatte keine Ahnung, wer sie waren. Sie bemerkte, dass auf dem Streifen Gras neben der Straße ein Schweber geparkt war – an der Stelle, wo Neugierige, die Simbilon Khayfs imposanten Wohnsitz bestaunen wollten, oft ihre Fahrzeuge stehen ließen. Vielleicht waren diese beiden fremd in Stee und hatten gerade auf dem Pflaster vor dem Westtor des Hauses gestanden, um die wundervollen, aus Kalkstein geschnitzten Skulpturen der Fassade zu bestaunen, als das Hausmädchen Klaristen aus heiterem Himmel auf sie niedergestürzt war.

Varaile war sicher, dass beide tot waren. Sie hatte noch nie einen Toten gesehen, doch als sie niederkniete und die starren Augen der Opfer sah, konnte sie keinen Lebensfunken mehr in ihnen ausmachen. Die Köpfe waren grotesk verdreht. Klaristen war anscheinend direkt auf sie gestürzt und hatte ihnen die Hälse gebrochen. Der Tod musste schlagartig eingetreten sein. In gewisser Weise eine Gnade, dachte Varaile. Aber tot waren sie jedenfalls. Sie kämpfte das Entsetzen nieder und machte eine kleine Geste der Andacht.

»Klaristen atmet noch, Lady«, rief der Stallmeister Bettaril herüber. »Aber nicht mehr lange, will ich meinen.«

Das Hausmädchen war anscheinend mit großer Wucht von den beiden Opfern abgeprallt und lag jetzt etwa ein Dutzend Schritt entfernt. Als Varaile sicher war, dass sie nichts mehr für die anderen beiden tun konnte, lief sie zu Klaristen hinüber. Die finsteren Blicke der Gaffer übersah sie. Anscheinend wollte man sie persönlich für das Unglück verantwortlich machen, als hätte Varaile höchstselbst Klaristen aus dem Fenster geworfen.

Klaristens Augen waren offen, und in ihnen war noch Leben, aber keine Spur von Bewusstsein. Sie starrten wie die Augen einer Statue, und erst als Varaile eine Hand darüber zog, verriet ein Blinzeln, dass das Gehirn noch funktionierte. Klaristen lag sogar noch stärker verdreht und verzerrt da als die anderen beiden. Ein Sturz in zwei Etappen, dachte Varaile schaudernd. Klaristen war zuerst auf die beiden Fremden gefallen, abgeprallt und dann wahrscheinlich mit dem Kopf voran hart aufs Straßenpflaster geschlagen.

»Klaristen?«, flüsterte Varaile. »Kannst du mich hören, Klaristen?«

»Sie wird sterben«, sagte Bettaril leise.

Ja, so war es. Während sie bei ihr kniete, konnte Varaile sehen, wie der Ausdruck in Klaristens Augen wechselte. Sogar das Aussehen der Augäpfel veränderte sich. Sie wirkten auf einmal flach und bekamen eigenartige Flecken, als beanspruchten die Kräfte des Verfalls, sobald sie erst einmal entfesselt waren, blitzschnell den ganzen Körper des Mädchens für sich. Ein wahrhaft bemerkenswerter Übergang, dieser Wechsel zwischen Leben und Tod, dachte Varaile. Zugleich wunderte sie sich darüber, wie kühl und überlegt sie dabei blieb.

Die arme Klaristen. Sie war höchstens sechzehn Jahre alt, überlegte Varaile. Ein braves, einfaches Mädchen aus einem entfernten Vorort der Stadt, draußen beim Feld der Großen Knochen, wo man die versteinerten Ungeheuer entdeckt hatte. Welche Besessenheit mochte sie gepackt haben, dass sie auf diese Weise ihrem Leben ein Ende setzen musste?

»Der Arzt ist da«, sagte jemand. »Macht Platz für den Arzt, macht Platz!«

Doch der Doktor bestätigte sehr schnell, was Varaile sich längst gedacht hatte. Es gab keine Hoffnung mehr. Sie waren tot, alle drei. Er holte Medikamente und Nadeln hervor und versuchte, die Opfer ins Leben zurückzuzerren, aber sie waren nicht mehr zu retten.

Ein großer Mann rief mit heiserer Stimme, man solle doch einen Magier holen, der die Toten mit einem mächtigen Zauberspruch wieder ins Leben zurückrufen konnte. Varaile sah ihn böse an. Diese närrischen Leute mit ihrem naiven Glauben an Magier und Zaubersprüche! Wie peinlich und wie ärgerlich. Auch sie und ihr Vater setzten natürlich Magier und Hellseher ein. Das war nur vernünftig, wenn man unangenehme Überraschungen im Leben möglichst vermeiden wollte. Aber sie konnte den blinden, ja albernen Glauben vieler Menschen an okkulte Kräfte einfach nicht verstehen. Ein guter Wahrsager mochte überaus nützlich sein, jawohl. Doch er konnte nicht die Toten ins Leben zurückholen. Die Besten vermochten gerade mal einen kleinen Blick in die Zukunft zu werfen. Wunder zu wirken überstieg ihre Kräfte bei weitem.

Aber warum, überlegte Varaile weiter, warum hatte ihr Hausmagier Vyethorn Kamman sie eigentlich nicht vor der schrecklichen Tat gewarnt, die das Hausmädchen Klaristen begehen wollte?

»Seid Ihr Lady Varaile?«, fragte eine neue Stimme. »Ich bin der imperiale Proktor.« Sie sah Männer in Uniformen, grau mit schwarzen Streifen. Dienstmarken mit dem Wappen des Pontifex wurden gezückt. Die Beamten gaben sich sehr respektvoll. Sie erfassten die Situation auf einen Blick, die Toten, das Blut auf dem Pflaster, und drängten die Menge zurück. Von Varaile wollten sie wissen, ob der Vater daheim sei. Varaile erklärte, er nehme als Graf Fisiolos Gast an den Krönungsfeierlichkeiten teil, was die respektvolle Haltung der Männer noch verstärkte. Ob sie eines der Opfer gekannt habe? Nur eines, sagte sie, dieses Mädchen hier. Ein Hausmädchen. Ob das Mädchen dort oben aus dem Fenster gesprungen sei? Ja, allem Anschein nach, erklärte Varaile. Ob das Mädchen in der letzten Zeit großen Kummer gehabt habe, gnädige Frau? Nein, sagte Varaile. Nicht, dass ich wüsste.

Aber wie viel konnte sie schon wirklich wissen über die Sorgen eines Zimmermädchens aus dem dritten Stock? Sie hatte nur unregelmäßig und oberflächlich mit Klaristen zu tun gehabt, meist waren die Begegnungen auf ein Nicken und Lächeln beschränkt gewesen. Guten Morgen, Klaristen. Ein schöner Tag, Klaristen. Ja, ich schicke jemanden nach oben, damit das Waschbecken in Ordnung gebracht wird, Klaristen. Wirklich miteinander geredet, wie Varaile es verstand, hatten sie nie. Und warum hätten sie auch miteinander reden sollen?

Jetzt sollte sich allerdings herausstellen, dass mit Klaristen schon eine ganze Weile etwas nicht gestimmt hatte. Nachdem die Proktoren die Szene auf der Straße untersucht hatten, gingen sie ins Haus, befragten die Hausangestellten und brachten diese Tatsache sehr schnell ans Licht.

»Vor drei Wochen ist sie das erste Mal weinend aufgewacht«, berichtete die muntere und dicke alte Thanna, die im zweiten Stockwerk für die Zimmer verantwortlich war und sich im Quartier der Dienerschaft mit Klaristen ein Zimmer teilte. »Sie hat geschluchzt und geheult, es war wirklich schlimm. Aber als ich sie fragte, was denn los sei, da konnte sie es mir nicht sagen. Sie wisse nicht einmal mehr, dass sie überhaupt geweint habe, sagte sie.«

»Und dann«, fügte die Küchenhilfe Vardinna hinzu, Klaristens engste Freundin im Haus, »konnte sie sich eines Tages nicht mehr an meinen Namen erinnern. Ich lachte sie aus und sagte es ihr, und sie erbleichte und meinte, sie könne sich auch an ihren eigenen Namen nicht mehr erinnern. Ich dachte zuerst, sie wolle einen Scherz machen, aber nein, sie schien es wirklich nicht zu wissen und hatte Angst. ›Aber du heißt doch Klaristen, du Dummchen‹, sagte ich zu ihr, und sie fragte: ›Bist du sicher, bist du ganz sicher?‹«

»Da bekam sie Albträume«, fuhr Thanna fort. »Sie wachte schreiend auf, ich hielt ihr das Licht vors Gesicht – und sie sah aus wie jemand, der gerade ein Gespenst gesehen hat. Einmal sprang sie aus dem Bett und riss sich das Nachthemd vom Leib. Ich konnte sehen, dass sie am ganzen Körper schwitzte. Sie war nass, als käme sie gerade aus dem Bad. Und die Zähne klapperten so laut, dass man es bis zur nächsten Straßenecke hören konnte. Die ganze Woche hatte sie wirklich schlimme Albträume. Meist konnte sie mir nicht sagen, was sie geträumt hatte, nur dass es schrecklich gewesen sei. Der einzige Traum, an den sie sich erinnern konnte, handelte von einem riesigen Insekt, das sich auf ihr Gesicht gesetzt hatte und ihr das Gehirn aus dem Schädel saugen wollte, bis er ganz ausgehöhlt wäre. Ich sagte noch, das sei doch sicher eine Botschaft gewesen und sie sollte zu einer Traumsprecherin gehen, aber unsereins hat natürlich kein Geld für eine Traumsprecherin, und sie glaubte, sie sei sowieso nicht wichtig genug, um Sendungen zu bekommen. Ich habe jedenfalls noch nie jemanden gesehen, der sich wegen seiner Träume so geängstigt hat.«

»Auch mir hat sie von den Träumen erzählt«, bestätigte Vardinna. »Neulich noch hat sie mir gesagt, sie habe jetzt sogar schon Albträume, während sie wach sei. Es sei, als pochte irgendetwas in ihrem Kopf, und dann sähe sie mitten in der Arbeit ganz schreckliche Visionen direkt vor ihren Augen.«

»Und Euch hat man nichts darüber berichtet, Lady?«, wollte der Proktor von Varaile wissen.

»Nichts.«

»Ihr habt in keiner Weise bemerkt, dass eines Eurer Hausmädchen anscheinend kurz vor dem Zusammenbruch stand?«

»Ich habe Klaristen nur selten gesehen«, erwiderte Varaile kühl. »Ein Zimmermädchen, das in einem großen Haus im obersten Stockwerk arbeitet …«

»Ja, ja, natürlich, Lady«, lenkte der Proktor ein. Er schien nervös und sogar erschrocken, als dämmerte ihm plötzlich, man könne den Eindruck bekommen, er wolle der Tochter von Simbilon Khayf in irgendeiner Weise einen Teil der Verantwortung aufbürden.

Ein weiterer Proktor kam hinzu. »Wir haben die Toten identifiziert«, verkündete er. »Es waren Besucher aus Canzilaine, Hebbidanto Throle und seine Frau Garelle. Sie haben im Gasthof in der Uferzeile gewohnt. Das ist eine teure Unterkunft, in der nur wohlhabende Gäste absteigen. Ich fürchte, da werden hohe Schadensersatzforderungen auf Euch zukommen, Madame«, sagte er verlegen zu Varaile. »Nicht, dass es für Euren Vater ein großes Problem wäre, aber trotzdem ...«

»Ja«, sagte sie abwesend. »Ja, natürlich.«

Canzilaine! Ihr Vater besaß dort wichtige Fabriken. Und Hebbidanto Throle – hatte sie den Namen nicht schon einmal gehört? Es war nicht ausgeschlossen. Möglicherweise war er in Canzilaine ein Angestellter ihres Vaters gewesen, vielleicht sogar ein Betriebsleiter. Vielleicht war er in den Ferien nach Stee gekommen, um seiner Frau das beeindruckende Haus seines sagenhaft reichen Arbeitgebers zu zeigen ...

Das war durchaus möglich. Welch trauriges Ende hatte ihre Reise gefunden!

Schließlich hatten die Proktoren die Vernehmungen beendet und setzten sich in einer Ecke der Bibliothek zusammen, um sich zu beraten, bevor sie sich endgültig zurückzogen. Die Leichen waren von der Straße entfernt worden, und zwei Gärtner spritzten die Blutflecken ab. Wenig begeistert dachte Varaile an die Aufgaben, die jetzt vor ihr lagen.

Zuerst einmal musste sie nach einem Magier schicken, der das Haus von dem Makel reinigte, der jetzt auf ihm lastete. Ein Selbstmord war eine ernste Sache und konnte alle Arten von Ungemach auf ein Haus ziehen. Dann musste sie herausfinden, wo Klaristens Angehörige lebten, ihnen ihr Mitgefühl ausdrücken und erklären, dass alle Beerdigungskosten vom Haus übernommen würden. Außerdem würde sie ihnen eine beträchtliche Summe Geldes als Ausdruck der Dankbarkeit für die Dienste des toten Mädchens schicken. Dann musste sie mit einem Mitarbeiter ihres Vaters in Canzilaine Verbindung aufnehmen und herausfinden, wer Hebbidanto Throle und seine Frau gewesen waren, wo man ihre Angehörigen erreichen konnte und welche Geste des Beileids angemessen wäre. Sie würde eine große Summe Geldes schicken, aber vielleicht war auch ein anderer Ausdruck des Mitgefühls vonnöten.

Welch ein Durcheinander! Welch ein schreckliches Durcheinander!

Sie war sehr enttäuscht gewesen, dass sie hatte daheim bleiben müssen, als ihr Vater mit Graf Fisiolo zur Krönung gefahren war. »Die Burg ist diese Woche außer Rand und Band, und es wird viel zu viel getrunken werden, als dass ich dich in der Nähe wissen möchte, meine junge Dame«, hatte Simbilon Khayf gesagt, und damit war die Angelegenheit erledigt gewesen. Um ehrlich zu sein, wusste Varaile ganz genau, dass ihr Vater auch selbst außer Rand und Band sein und sich betrinken würde. Er und sein adliger Freund Graf Fisiolo mit seinen üblen, gotteslästerlichen Sprüchen. Deshalb wollte sein Vater sie nicht in der Nähe haben. So war es also entschieden. Niemand, nicht einmal die eigene Tochter, widersetzte sich jemals dem Willen eines Simbilon Khayf. Sie war gehorsam daheim geblieben, und es war nun doch ein Glücksfall, dass sie da war und sich mit dieser Angelegenheit befassen konnte, statt die Dienstboten mit Haus und Verantwortung allein gelassen zu haben.

Als die Proktoren aufbrachen, wandte sich noch einmal der Anführer mit leiser Stimme an sie. »Ihr müsst wissen, Lady, dass wir in der letzten Zeit mehrere solcher Fälle hatten, auch wenn keiner so schlimm war wie dieser. Es ist, als ginge der Wahnsinn um wie eine ansteckende Krankheit. Behaltet Eure Leute gut im Auge, falls noch einer der anderen den Verstand verliert.«

»Ich werde es nicht vergessen, Proktor«, sagte Varaile leise, wenngleich ihr der Gedanke, die Dienstboten überwachen zu müssen, mehr als unangenehm war.

Die Proktoren verließen das Haus. Varaile hatte leichte Kopfschmerzen bekommen, doch sie ging ins Arbeitszimmer, um zu erledigen, was erledigt werden musste. Alles musste geregelt sein, bevor Simbilon Khayf von der Krönungsfeier zurückkehrte.

Eine Epidemie des Wahnsinns?

Wie eigenartig. Doch es waren eigenartige Zeiten. Auch sie selbst hatte in den letzten Tagen ungewöhnliche Augenblicke der Niedergeschlagenheit und sogar Verwirrtheit erlebt. Es mussten die Hormone sein, dachte sie. Doch unter Stimmungsschwankungen dieser Art hatte sie früher nie gelitten.

Sie schickte nach Gavvon Barl, dem Majordomus des Hauses, und bat ihn, sogleich alles für die Reinigungsrituale vorzubereiten. »Außerdem brauche ich die Adresse von Klaristens Vater und Mutter oder wenigstens von anderen Verwandten«, sagte sie. »Und dann … diese armen Leute aus Canzilaine …«

4

Wieder war die Burg der Schauplatz von Krönungsspielen – zum zweiten Mal in nur drei Jahren. Wieder wurden an drei Seiten der großen sonnigen Festwiesen des Vildivar-Hofes, direkt unterhalb der Neunundneunzig Stufen, Tribünen aufgebaut. Wieder versammelten sich die Potentaten des Reiches, die anderen beiden Mächte, die Angehörigen des Rates und die Barone, Fürsten und Prinzen aus hundert Provinzen, um die Thronbesteigung des neuen Königs zu feiern.

Doch niemand außer Prestimion, Gialaurys und Septach Melayn konnte sich an die letzten Spiele erinnern, die zu Ehren des Coronals Lord Korsibar abgehalten worden waren. Auch an Korsibar selbst konnte sich niemand mehr erinnern. Die Rennen, die Turniere und Ringkämpfe, die Wettkämpfe im Bogenschießen und alles andere – es war von Siegern und Verlierern gleichermaßen vergessen worden, aus den Erinnerungen getilgt. Ausgelöscht von Prestimions Zauberern, die in einer gewaltigen Kraftanstrengung ihre magischen Künste vereint hatten. Alles, was auf jenen anderen Spielen geschehen war, hatte man ungeschehen gemacht. Die heutigen Spiele waren die Spiele Lord Prestimions, des rechtmäßigen Nachfolgers von Lord Confalume. Lord Korsibar hatte es nie gegeben. Selbst die Zauberer, die an der Gedächtnislöschung gearbeitet hatten, waren auf Prestimions Geheiß gezwungen gewesen, ihre eigenen Taten zu vergessen.

»Lasst die Bogenschützen vortreten!«, rief der Meister der Spiele. Herzog Oljebbin von Stoienzar hatte dieses Ehrenamt übernommen.

Als die Wettkämpfer auf das Feld gelaufen kamen, ging ein erstauntes Raunen durch die Menge, denn Lord Prestimion selbst war unter ihnen.

Niemand hatte erwartet, den Coronal ausgerechnet heute unter den Wettkämpfern zu sehen. Doch andererseits war es auch keine große Überraschung. Prestimion hatte sich schon immer für das Bogenschießen begeistert und galt als Meister dieser Disziplin. Außerdem war er jederzeit bereit, seine Kunst mit anderen zu messen, und wer ihn kannte, wusste nur zu gut, dass es ihm überhaupt nicht ähnlich gesehen hätte, die Gelegenheit zu versäumen, seine Fähigkeiten unter Beweis zu stellen. Aber dennoch: dass ein Coronal an den Spielen anlässlich seiner eigenen Krönung teilnahm – wie absonderlich! Wie ungewöhnlich!

Prestimion hatte sich wirklich große Mühe gegeben, wie ein ganz normaler Bogenschütze aufzutreten, der einfach nur darauf brannte, beim Wettbewerb einen Preis zu gewinnen. Zwar trug er die königlichen Farben, ein eng sitzendes goldenes Wams und grüne Hosen, doch er hatte keine Krone aufgesetzt und kein anderes Abzeichen seines Amtes angelegt. Ein Fremder, der nicht wusste, welcher unter dem Dutzend Männern der Coronal war, hätte ihn vielleicht an der selbstbewussten Haltung und den befehlsgewohnten Gesten erkennen können, doch höchstwahrscheinlich wäre der nicht sehr groß gewachsene Mann mit dem kurz geschnittenen mittelblonden Haar in der Gruppe der kräftigen und breitschultrigen Männer untergegangen.

Glaydin, der langgliedrige Sohn des Prinzen Serithorn von Samivole, sollte als Erster schießen. Er war ein guter Bogenschütze, und Prestimion sah wohlwollend zu, als er die Pfeile fliegen ließ.

Dann kam Kaitinimon, der neue Herzog von Bailemoona, der im Gedenken an seinen Vater, den verstorbenen Fürsten Kanteverel, noch das gelbe Trauerband um den Ärmel trug. Kanteverel war zusammen mit Korsibar in der blutigen Schlacht an der Thegomar-Kante gefallen, aber das wusste Kaitinimon nicht mehr. Dass sein Vater tot war – ja, das wusste er. Doch die wahren Umstände von Kanteverels Tod lagen im Dunklen, genau wie das Schicksal aller anderen, die in den Schlachten des Bürgerkrieges umgekommen waren. So hatte es der Zauber bestimmt, den Prestimion auf der ganzen Welt hatte wirken lassen.

Der Zauber des Vergessens erlaubte es den Hinterbliebenen der unzähligen Opfer des Bürgerkrieges auf sehr geschickte Weise, sich Phantasien hinzugeben, um jene Leere zu füllen, die das bloße, durch keinerlei Einzelheiten gefärbte Wissen in ihnen entstehen ließ, dass ihre Angehörigen nicht mehr unter den Lebenden weilten. Kaitinimon glaubte vielleicht, Kanteverel sei überraschend an einem Schlaganfall gestorben, während er die Anwesen im Westen seines Landes besuchte, oder das Sumpffieber hätte ihn während einer Reise durch den feuchten Süden dahingerafft. Was es auch war, für ihn war es die Wahrheit.

Kaitinimon verstand ebenfalls gut mit seinem Bogen umzugehen. Ebenso der dritte Wettkämpfer, der groß gewachsene Rizlail von Megenthorp, ein Mann mit markantem Gesicht, der die Kunst des Bogenschießens wie Prestimion von dem berühmten Herzog Kamba von Mazadone gelernt hatte. Dann breitete sich eine leichte Unruhe in der Menge aus, als der nächste Bogenschütze vortrat. Er war einer der beiden nichtmenschlichen Wettkämpfer und noch dazu ein Su-Suheris, ein Angehöriger des seltsamen doppelköpfigen Volkes, das sich in der letzten Zeit zunehmend auf Majipoor niedergelassen hatte. Er wurde als Gabin-Badinion vorgestellt.

Wie konnte jemand mit zwei Köpfen richtig zielen? Würden die Köpfe nicht ständig darüber streiten, wohin der Pfeil am besten fliegen sollte? Doch offenbar hatte Gabin-Badinion keine Mühe damit. Mit unerschütterlicher Ruhe jagte er die Pfeile in die inneren Ringe des Ziels und verneigte sich bei den Zuschauern knapp mit beiden Köpfen zugleich, um für den Applaus zu danken.

Dann war Prestimion an der Reihe.

Er wollte den großen Bogen nehmen, den Herzog Kamba ihm geschenkt hatte, als er noch ein kleiner Junge gewesen war. So stark war der Bogen, dass nur wenige erwachsene Männer ihn zum Schuss spannen konnten, doch Prestimion gelang es mit Leichtigkeit. In den Schlachten des Bürgerkrieges hatte er viele Feinde damit getötet, doch es war, dachte er, viel angenehmer, die Waffe in einem Wettbewerb zu erproben, als ehrenwerten Männern das Leben zu nehmen.

Als er die Schussposition einnahm, huldigte Prestimion wie alle anderen Bogenschützen zuvor den Mächten des Reichs, die zuschauten. Zuerst verneigte er sich vor Pontifex Confalume, der auf einem großen Thron aus Gamandrusholz im Zentrum der Tribüne am rechten Rand des Vildivar-Hofes saß. Die Zeremonie, durch die der Pontifex den neuen Coronal auswählte, entsprach im Grunde einer Adoption, sodass Prestimion Confalume jetzt mit Fug und Recht als seinen Vater ansehen konnte. Sein leiblicher Vater war ohnehin schon vor langer Zeit gestorben. So grüßte er den alten Mann mit großer Ehrerbietung.

Die nächste Verbeugung galt seiner Mutter, der Prinzessin Therissa. Sie saß auf der linken Tribüne auf einem ähnlich prächtigen Thron, neben sich Lady Kunigarda, ihre Vorgängerin im Amt der Lady der Insel des Schlafs. Dann drehte Prestimion sich um und salutierte vor seinem eigenen leeren Thron auf der dritten Tribüne. Mit einer unpersönlichen Geste erwies er der Macht des Coronals und dem Amt, aber nicht dem Inhaber die Ehre.

Schließlich nahm er den großen Bogen fest in die Hand. Herzog Kambas Bogen. Den Bogen, den er so lange wie seinen Augapfel gehütet hatte. Es schmerzte Prestimion, dass der gutmütige und immer fröhliche Kamba, der unübertroffene Meister in der Kunst des Bogenschießens, heute nicht am Wettbewerb teilnehmen konnte. Doch Kamba gehörte zu jenen, die sich mit dem Usurpator Korsibar verbündet hatten, und er war wie so viele andere tapfere Krieger an der Thegomar-Kante dafür gestorben. Der Zauberbann der Magier hatte zwar den ganzen Krieg aus dem Gedächtnis der Menschen getilgt, doch die Toten konnte er nicht ins Leben zurückholen.

Prestimion blieb einen Augenblick still an der Schussposition stehen und sammelte sich. Er war häufig zu impulsiv, doch niemals, wenn er ein Ziel anvisierte. Mit zusammengekniffenen Augen spähte er, bis er sicher war, das Ziel genau zu treffen. Dann erst hob er den Bogen und sah am eingelegten Pfeil entlang zum Ziel.

»Prestimion, Prestimion! Lord Prestimion!«, riefen tausende von Zuschauern.

Prestimion hörte das anfeuernde Geschrei, doch in diesem Augenblick hatte es für ihn keinerlei Bedeutung. Jetzt war nur noch die Aufgabe wichtig, die unmittelbar vor ihm lag. Welche Freude lag doch in dieser Kunst! Das Wesentliche dabei war nicht einmal der Pfeil, der gleich durch die Luft fliegen würde. Wichtig war nur, dass man seine Sache so gut wie möglich machte, dass man die Kunst vollkommen ausübte, worin auch immer die Kunst bestand. Darin allein lag die wahre Freude.

Lächelnd ließ er den Pfeil fliegen und sah zu, wie er geradewegs die Mitte des Ziels ansteuerte, wo er mit einem satten, dumpfen Geräusch einschlug.

»Es gibt keinen, der ihm ebenbürtig ist, nicht wahr?«, meinte Navigorn von Hoikmar, der mit einer Gruppe hochrangiger Männer in einer Loge auf der Tribüne des Coronals saß. »Das ist doch ungerecht. Er sollte sich wirklich zurückhalten und zur Abwechslung mal jemand anders das Bogenschießen gewinnen lassen. Ganz abgesehen von der Tatsache, dass es sich für einen Coronal sowieso nicht geziemt, bei den Wettkämpfen anlässlich seiner eigenen Krönung mitzumachen.«

»Was denn, Prestimion soll sich zurückhalten und jemand anderen gewinnen lassen?«, erwiderte Gonivaul von Bombifale, der Großadmiral des Reichs. Er war ein mürrischer Mann mit dichtem dunklem Bart und ebenso dichtem schwarzem Haar, das so tief in die Stirn fiel, dass man das Gesicht kaum erkennen konnte. Er sah Navigorn mit einem Blick an, der beim Großadmiral als Lächeln galt, auch wenn ein Fremder es als finsteres Starren aufgefasst hätte. »Das ist wider seine Natur, Navigorn. Er scheint ein gut erzogener Junge zu sein, allerdings, aber er will eben unbedingt gewinnen, nicht wahr? Confalume hat das sogleich in ihm erkannt, als er noch ein kleiner Junge war. Deshalb ist Prestimion auch in der Hierarchie der Burg so schnell aufgestiegen. Und deshalb ist er heute der Coronal von Majipoor.«

»Jetzt seht euch das mal an! Er hat einfach kein Schamgefühl«, sagte Navigorn, freilich eher bewundernd als kritisierend, nachdem Prestimion den ersten Pfeil mit dem zweiten gespalten hatte. »Ich wusste, dass er das noch einmal tun würde. Er macht es jedes Mal.«

»Wie ich von meinem Sohn hörte«, warf Prinz Serithorn ein, »will Prestimion heute gar nicht um den Preis kämpfen, sondern nimmt nur aus Freude an der Kunst am Wettkampf teil. Er hat die Preisrichter gebeten, seine Ergebnisse nicht zu werten.«

»Und das bedeutet«, gab Gonivaul brummend zurück, »der Sieger, wer es auch sein wird, muss begreifen, dass er einfach nur der zweitbeste Bogenschütze nach Prestimion ist.«

»Was den Glanz des Sieges natürlich ein wenig schmälert, meinst du nicht?«, erwiderte Navigorn.

»Mein Sohn Glaydin hat eine ähnliche Bemerkung gemacht«, erklärte Serithorn. »Aber ihr richtet zu streng über den Mann. Entweder er nimmt wie alle anderen am Wettkampf teil und ist höchstwahrscheinlich der Sieger, oder er verzichtet auf die Wertung und wirft deshalb einen Schatten über den Sieger. Was soll er denn machen? – Reich mir bitte den Wein, Navigorn. Oder willst du ihn allein austrinken?«

»Entschuldige.« Navigorn gab die Flasche weiter.

Unten in der Arena war Prestimion noch dabei, seine Kunstschüsse zu zeigen, was von der Menge mit begeistertem Gebrüll quittiert wurde.

Navigorn, ein kräftig gebauter, dunkelhaariger Mann von beeindruckender Statur und großem Selbstvertrauen, beobachtete Prestimions Vorstellung mit vorbehaltloser Anerkennung. Er schätzte Perfektion, wo immer er sie sah. Und er bewunderte Prestimion sehr. Trotz seines hoheitlichen Auftretens hatte Navigorn nie den Ehrgeiz gehabt, den Thron zu besteigen, doch es gefiel ihm, der höchsten Macht so nahe zu sein. Prestimion hatte ihn erst gestern wissen lassen, dass er ihn als Mitglied des neuen Rates vorgesehen habe. Das war völlig unerwartet gekommen. »Du und ich, wir waren nie besonders enge Freunde«, hatte Prestimion gesagt. »Aber ich schätze deine Fähigkeiten. Wir müssen uns besser kennen lernen, Navigorn.«

Prestimion hatte unter donnerndem Applaus der Zuschauer endlich seinen Platz an der Schussposition geräumt. Mit federnden Schritten und grinsend wie ein kleiner Junge lief er davon. Ein schlanker junger Mann mit den engen blauen Hosen und auffälligem rotem und goldenem Hemd, wie es an der fernen Westküste von Zimroel getragen wurde, trat als Nächster vor.

»Er scheint glücklich zu sein«, bemerkte Prinz Serithorn. »Viel fröhlicher als beim Fest vorgestern Abend. Habt ihr auch bemerkt, wie bedrückt er da schien?«

»An diesem Abend hatte er etwas Düsteres an sich«, bestätigte Admiral Gonivaul. »Aber wenn er sich in der Kunst des Bogenschießens üben kann, dann ist er glücklich. Vielleicht wollte er uns mit seinem finsteren Gesicht beim Bankett zu verstehen geben, dass er bereits ahnt, was es wirklich heißt, der Coronal zu sein. Es gibt ja nicht immer nur die Paraden und den Jubel der begeisterten Menge. O nein, weit gefehlt. Auf ihn wartet jetzt ein Leben voller bedrückender Kleinarbeit, und ich nehme an, er erkennt allmählich die Wahrheit. Weißt du eigentlich, was ›lästige Kleinarbeit‹ bedeutet, Serithorn? Nein, woher solltest du das auch wissen. Der Begriff kommt in deinem Wortschatz nicht vor.«

»Warum sollte er auch dort vorkommen?«, gab Serithorn zurück, der trotz seines fortgeschrittenen Alters eine glatte Haut und einen schlanken Körper besaß und ein eleganter, unbeschwerter Genießer geblieben war. Hemmungslos erfreute er sich an dem gewaltigen Reichtum, der über eine langen Ahnenreihe berühmter Vorfahren, deren Abstammungslinie bis in Lord Stiamots Zeit zurückreichte, schließlich auf ihn übergegangen war. »Welche Arbeiten sollte ich schon verrichten? Ich würde nie von mir behaupten, dass ich der Welt irgendwelche nützlichen Tätigkeiten anzubieten hätte. Es ist doch besser, wenn man das ganze Leben lang überhaupt nichts tut, sofern man sich aufs Nichtstun versteht, als aufs Geratewohl irgendwelche Aufgaben zu übernehmen und miserable Leistungen zu produzieren, oder? Was meinst du, mein Freund? Sollen doch diejenigen, die wirklich dazu befähigt sind, die Arbeit tun. Leute wie Prestimion. Er wird ein wunderbarer Coronal werden, er hat die richtige Einstellung für dieses Amt. Oder Navigorn hier – ein geborener Verwaltungsmann, der in der Tat etwas vom Regieren versteht. Wie ich hörte, hat er dich in den Rat berufen, Navigorn.«

»Ja. Eine Ehre, die ich nie angestrebt habe, doch es erfüllt mich mit Stolz, dass ich ausgewählt wurde.«

»Es bringt eine große Verantwortung mit sich, wenn

man im Rat tätig ist, das will ich dir sagen. Ich habe viel Zeit damit zugebracht. Prestimion hat mich übrigens gebeten, weiterhin im Amt zu bleiben. Und was ist mit dir, Gonivaul?«

»Ich sehne mich nach dem Ruhestand«, erklärte der Großadmiral. »Ich bin kein junger Mann mehr. Ich werde nach Bombifale zurückkehren und die Behaglichkeit und Freuden meines Anwesens genießen.«

Serithorn lächelte leicht. »Ach? Dann hat Prestimion dich nicht wieder zum Admiral ernannt? Wir werden dich vermissen, Gonivaul. Aber der Posten des Großadmirals bringt natürlich eine erbärmliche Plackerei mit sich. Ich kann dir wirklich keinen Vorwurf machen, dass du diese Aufgabe abgeben willst. Sage mir, Gonivaul, hast du eigentlich in deiner ganzen Amtszeit auch nur einmal den Fuß auf ein seetüchtiges Schiff gesetzt? Nein, sicher nicht. Es ist ja auch sehr gefährlich, zur See zu fahren. Dabei könnte man glatt ertrinken.«

Dieses Geplänkel voll sarkastischer Bemerkungen war ein altes Spiel zwischen den beiden großen Lords.

Der Teil von Gonivauls Gesicht, der sichtbar war, färbte sich hellrot.

»Serithorn …«, setzte er drohend an.

»Aber, aber, meine Herren«, schaltete Navigorn sich diplomatisch ein, um den Ärger zu unterbinden, bevor er richtig losging.

Gonivaul fügte sich grollend, Serithorn kicherte boshaft.

»Ich habe noch nicht offiziell mein Amt übernommen, und schon habe ich es mit einem höchst delikaten Problem zu tun«, erklärte Navigorn. »Vielleicht kannst du, da du alle Windungen und Wendungen der Politik auf der Burg kennst wie kaum ein anderer, mir einen Rat erteilen.«

»Um welches Problem geht es denn?«, fragte Serithorn ohne großes Interesse. Er sah nicht Navigorn an, sondern beobachtete die Ereignisse drunten in der Arena.

Der zweite nichtmenschliche Wettkämpfer des Tages hatte sich gerade an der Schussposition aufgebaut. Es war ein zottiger Skandar von beachtlicher Größe, der ein weiches wollenes Wams trug, das mit kühnen schwarzen, orangefarbenen und gelben Linien bemalt war. Der Bogen, breiter und mächtiger noch als Prestimions Waffe, baumelte lässig in einer seiner vier gewaltigen Pranken, als wäre er ein Spielzeug. Der Herold kündigte ihn als Hent Sekkiturn an.

»Erkennst du übrigens die Farben, die dieser Bogenschütze trägt?«, fragte Navigorn.

»Es sind die Farben des Prokurators Dantirya Sambail, glaube ich«, meinte Serithorn nach kurzem Nachdenken.

»Genau. Und was meinst du wohl, wo der Prokurator sich in diesem Augenblick aufhält?«

»Nun, nun …« Serithorn sah sich um. »Also, ich habe ihn heute noch nicht gesehen. Eigentlich müsste er hier in unserer Nähe sitzen. Hast du eine Ahnung, wo er ist, Gonivaul?«

»Ich habe ihn die ganze Woche noch nicht gesehen«, erklärte der Großadmiral. »Da fällt mir gerade ein, ich kann mich nicht einmal erinnern, wann ich ihn überhaupt das letzte Mal gesehen habe. Dabei ist er nicht gerade das, was man einen unauffälligen Mann nennen könnte. Ist es möglich, dass er sich die Krönung ganz und gar entgehen lässt und daheim in Ni-moya geblieben ist?«

»Ausgeschlossen«, erklärte Serithorn. »Zum ersten Mal seit Jahrzehnten wird ein neuer Coronal gekrönt, und der mächtigste Prinz von Zimroel erscheint nicht beim Fest? Das wäre völlig abwegig. Nein, Dantirya Sambail würde auf jeden Fall dabei sein wollen, wenn die neuen Posten, Ernennungen und Beförderungen vergeben werden. Und er war in den Monaten, als der alte Prankipin im Sterben lag, tatsächlich oft in der Nähe. Er wäre gewiss zur Krönung geblieben. Außerdem wäre Prestimion tödlich beleidigt, würde der Prokurator ihn derart schneiden.«

»Oh, Dantirya Sambail ist ganz gewiss auf der Burg«, erklärte Navigorn. »Genau dies ist das Problem, das ich mit dir besprechen wollte. Du hast ihn während der Feiern nicht gesehen, weil er als Gefangener in den Sangamor-Tunneln sitzt. Und jetzt hat Prestimion ihn meiner Aufsicht unterstellt. Ich bin sein Gefangenenwärter, wie es scheint. Meine erste offizielle Aufgabe als Mitglied des Rates.«

Serithorn verzog ungläubig das Gesicht. »Was redest du da, Navigorn? Dantirya Sambail sitzt im Gefängnis?«

»So sieht es wohl aus.«

Auch Gonivaul war höchst erstaunt. »Ich finde das schlicht und ergreifend unglaublich. Warum sollte Prestimion Dantirya Sambail in den Kerker werfen? Der Prokurator ist doch sein Vetter oder sonst wie mit ihm verwandt, oder? Du kennst dich mit solchen Dingen besser aus als ich, Serithorn. Handelt es sich etwa um einen Familienzwist?«

»Das könnte sein. Aber wichtig scheint mir die Frage«, gab Serithorn zurück, »wie es jemandem gelingen kann, selbst wenn er Prestimion heißt, einen so heißblütigen und aufsässigen Mann wie Dantirya Sambail einfach einzusperren. Mir erscheint es schwieriger, als eine ganze Horde wütender Haigus einzulochen. Und wenn er es wirklich getan hat, warum haben wir dann nichts davon gehört? Es müsste doch das Tagesgespräch auf der Burg sein.«

Navigorn hob ratlos die Hände. »Darauf weiß ich keine Antworten, meine Herren. Ich weiß im Grunde überhaupt nicht viel, wenn man von der bloßen Tatsache absieht, dass der Prokurator in Haft ist. Dies hat mir Prestimion jedenfalls gesagt und mir die Aufgabe übertragen, dafür zu sorgen, dass er auch dort bleibt, bis er vor Gericht gestellt werden kann.«

»Warum soll er denn vor Gericht gestellt werden?«, rief Gonivaul.

»Ich habe nicht die geringste Ahnung. Als ich den Coronal fragte, welches Verbrechen dem Prokurator zur Last gelegt werde, sagte er nur, das werde er ein andermal mit mir besprechen.«

»Nun, wo liegt dann dein Problem?«, gab Serithorn spitz zurück. »Der Coronal hat dir einen Auftrag gegeben. Du machst, was er dir gesagt hat, und damit ist es erledigt. Du sollst den Gefangenenwärter spielen und den Prokurator bewachen? Dann spielst du eben den Gefangenenwärter, Navigorn.«

»Ich kann nicht gerade sagen, dass ich große Sympathie für Dantirya Sambail empfinde. Er ist kaum mehr als ein wildes Tier, dieser Prokurator. Aber trotzdem – da er ohne stichhaltige Begründung im Gefängnis sitzt, einfach nur weil Prestimion es so wünscht, mache ich mich doch zum Komplizen eines Unrechts, indem ich helfe, ihn im Gefängnis festzuhalten.«

»Willst du mir jetzt auch noch erzählen, du hättest Gewissensbisse, Navigorn?«

»So könnte man es nennen.«

»Du hast einen Eid geschworen, dem Coronal zu dienen. Der Coronal hält es für nötig, Dantirya Sambail ins Gefängnis zu stecken und bittet dich, entsprechende Maßnahmen zu ergreifen. Mach, was er sagt, oder tritt zurück. Das sind die Möglichkeiten, die du hast, Navigorn. Hältst du Prestimion für einen Schurken?«

»Natürlich nicht. Und ich habe nicht die Absicht zurückzutreten.«

»Nun, dann musst du annehmen, dass Prestimion gute Gründe hat, den Prokurator einzusperren. Lass rund um die Uhr zwanzig oder gar dreißig handverlesene Männer – oder wie viele du für erforderlich hältst – im Verlies Dienst tun. Sie sollen ihn bewachen, und du machst ihnen klar, dass sie es den Rest ihres Lebens bereuen werden, wenn Dantirya Sambail es schafft, sich mit schönen Worten aus der Zelle zu schwatzen oder wenn er durch Drohungen oder Lügen einen Ausweg findet oder unter sonst irgendeinem Vorwand freigelassen wird.«

»Und wenn Männer aus Ni-moya, also die Männer des Prokurators, oder besser, jene unappetitliche Bande von Mördern und Dieben, mit denen Dantirya Sambail sich umgibt, heute Nachmittag zu mir kommen und Auskunft verlangen, wo ihr Herr ist und unter welcher Anklage er festgehalten wird«, sagte Navigorn, »und wenn die Männer drohen, einen Aufruhr anzuzetteln, der die ganze Burg erschüttert, sofern der Prokurator nicht augenblicklich freigelassen wird …«

»Dann verweist du sie an den Coronal«, erwiderte Gonivaul. »Er ist derjenige, der Dantirya Sambail ins Gefängnis gesteckt hat, nicht du. Wenn sie Erklärungen hören wollen, dann sollen sie Lord Prestimion selbst fragen.«

»Dantirya Sambail sitzt im Gefängnis«, sagte Serithorn verwundert und in Gedanken, als wären die anderen nicht da. »Welch eine seltsame Neuigkeit! Welch eine seltsame Art, die neue Regentschaft zu beginnen. Sollen wir dies als Geheimnis betrachten, Navigorn?«

»Der Coronal hat mir nichts dergleichen gesagt. Ich könnte mir allerdings vorstellen, dass man besser nicht zu viel Aufhebens davon macht.«

»Ja. Je weniger man darüber spricht, desto besser.«

»So ist es«, meinte Gonivaul. »Am besten, wir reden überhaupt nicht mehr darüber.« Darauf nickten alle energisch.

* * *

»Serithorn! Gonivaul!«, rief in diesem Augenblick eine heisere Stimme. Der Mann saß ein paar Reihen über ihnen. »Hallo, Navigorn.« Es war Fisiolo, der Graf von Stee. Neben ihm saß ein kleiner, stämmiger Mann mit rötlichem Gesicht, dunklen, eiskalten Augen und hoher Stirn. Ein beachtliches Gestrüpp von silbergrauem Haar war von der Stirn aus zu einer Frisur von gewagter Höhe hochgekämmt. »Ihr kennt doch Simbilon Khayf?«, fragte Fisiolo mit einem Blick zu seinem Nachbarn. »Der reichste Mann in Stee. Prestimion höchstpersönlich wird sich gewiss schon bald um ein Darlehen an ihn wenden, glaubt mir.«

Simbilon Khayf grüßte Serithorn, Gonivaul und Navigorn mit einem knappen, nichtssagenden Nicken, das auf gut einstudierte Weise bescheiden wirkte. Er fühlte sich offenbar sehr geschmeichelt, dass er sich in der Umgebung so hochrangiger Adliger bewegen durfte. Graf Fisiolo, ein Mann mit kräftigen, markanten Gesichtszügen, der nicht viel auf feine Manieren gab, winkte Simbilon Khayf, mit ihm in die Loge der anderen drei Männer zu gehen, und stand sofort auf. Dabei war ihm deutlich anzumerken, wie aufgeregt er war.

»Habt Ihr es schon gehört?«, fragte Fisiolo. »Prestimion hat Dantirya Sambail in den Tunnel gesperrt! Er hat ihn mit Eisenketten an die Wand schmieden lassen, sagte man mir. Kann man sich so etwas vorstellen? Auf der Burg reden schon alle darüber.«

»Wir haben es selbst gerade erst erfahren«, erklärte Serithorn. »Nun, wenn die Geschichte wahr ist, dann dürfte der Coronal zweifellos einen guten Grund haben, den Mann ins Gefängnis zu stecken.«

»Und was für ein Grund sollte das sein? Hat der boshafte Dantirya Sambail etwas schrecklich Unhöfliches gesagt? Hat er sich vielleicht beim Sternenfächersalut falsch bewegt? Ist Dantirya Sambail bei der Krönungszeremonie ein Wind entfahren? Da fällt mir gerade ein – war Dantirya Sambail überhaupt auf der Krönungszeremonie?«

»Ich kann mich nicht einmal erinnern, seine Ankunft auf der Burg bemerkt zu haben«, erklärte Gonivaul. »Als wir nach Prankipins Beerdigung hierher zurückkehrten, war er jedenfalls nicht da.«

»Ich habe ihn auch nicht gesehen«, ergänzte Navigorn. »Und ich war zugegen, als die Hauptkarawane aus dem Labyrinth eintraf. Dantirya Sambail war nicht dabei.«

»Dennoch wissen wir aus zuverlässiger Quelle, dass er hier ist. Anscheinend ist er sogar schon eine ganze Weile da. Lange genug jedenfalls, um Prestimion zu verärgern und eingesperrt zu werden. Dennoch kann niemand sich erinnern, seine Ankunft gesehen zu haben. Dantirya Sambail macht jede Menge Lärm, wo immer er auftritt. Wie soll er auf die Burg gelangt sein, ohne dass wir es bemerkt haben?«

»Ja, das ist seltsam«, meinte Gonivaul.

»Wirklich seltsam«, stimmte Graf Fisiolo zu. »Aber wie ich gestehen muss, finde ich die Vorstellung, dass es Prestimion irgendwie gelungen ist, dieses widerliche Scheusal in Ketten zu legen, gar nicht so übel. Was meint Ihr?«

5

Auch Prestimion dachte in den Tagen nach der Krönungsfeier oft über den Prokurator von Nimoya nach. Doch er hatte keine Eile, sich mit dem verräterischen Verwandten zu befassen, der ihn in den Wendungen und Wechselfällen des Bürgerkrieges immer wieder hintergangen hatte. Sollte Dantirya Sambail ruhig noch eine Weile im Kerker schmachten, in den man ihn geworfen hatte, dachte Prestimion. Zuerst einmal musste er sich überlegen, wie er am besten in dieser Sache verfuhr.

Dantirya Sambail hatte sich ohne jede Frage des Hochverrats schuldig gemacht. Mehr als jeder andere, abgesehen höchstens von Lady Thismet selbst, hatte er Korsibar zu seiner wahnsinnigen Revolte angestachelt. Er war für die Zerstörung des Damms am Iyann verantwortlich, eine grausame Tat, die unermessliche Opfer gefordert hatte. In der Schlacht an der Thegomar-Kante hatte er im Kampf Mann gegen Mann die Hand gegen Prestimion erhoben und höhnisch angeboten, im Zweikampf zu entscheiden, wer der nächste Coronal werden solle. Mit Streitaxt und Säbel hatte er angegriffen, und Prestimion hatte den Kampf mit knapper Not gewonnen, doch er hatte es nicht übers Herz gebracht, seinen besiegten Verwandten gleich an Ort und Stelle auf dem Schlachtfeld zu töten, wie er es verdient hatte. Vielmehr hatte Prestimion Dantirya Sambail und seinen bösen Handlanger Mandralisca als Gefangene fortschaffen lassen, um sie zu einem späteren Zeitpunkt zur Rechenschaft zu ziehen.

Aber wie, fragte Prestimion sich jetzt, wie sollte er den Prokurator für Verbrechen verurteilen lassen, an die niemand, nicht einmal der Beschuldigte selbst, sich erinnern konnten? Wer sollte als sein Ankläger auftreten? Welche Beweise könnte man gegen ihn vorbringen? »Dieser Mann war der Hauptverantwortliche für den Bürgerkrieg.« Welchen Bürgerkrieg? »Er war ein Verräter, denn er war fest entschlossen, den Königsthron zu besteigen, nachdem er seine Marionette Korsibar beseitigt hätte.« Korsibar? Welchen Korsibar? »Er ist schuldig, das Leben des rechtmäßigen Coronals auf dem Schlachtfeld mit tödlichen Waffen bedroht zu haben.« Welche Schlacht, wann und wo?

Prestimion wusste keine Antworten auf diese Fragen. Außerdem gab es in den ersten Wochen seiner Regentschaft wichtigere Dinge, um die er sich kümmern musste.

Die meisten Gäste der Krönungsfeier waren längst wieder in alle Winde zerstreut und nach Hause zurückgekehrt. Die Prinzen, Fürsten, Grafen und Bürgermeister waren in ihre jeweiligen Provinzen heimgereist, und der vorherige Coronal und jetzige Pontifex Confalume hatte sich auf die lange, wenig erfreuliche Reise den Fluss Glayge hinunter begeben, um sein neues, unterirdisches Heim im Labyrinth zu beziehen. Prinzessin Therissa war in ihr Haus nach Muldemar zurückgekehrt und bereitete sich auf die Übersiedlung zur Insel des Schlafs und die Aufgaben vor, die sie dort erwarteten. So war es schon recht still auf der Burg, als Prestimion sich mit seinen neuen Aufgaben als Herrscher vertraut machte.

Es gab so viel zu tun. Er hatte aus ganzem Herzen nach dem Thron und der Verantwortung gestrebt, doch jetzt, am Ziel seiner Wünsche angelangt, verzagte er angesichts der Vielzahl der vor ihm liegenden Verpflichtungen.

»Ich weiß gar nicht, wo ich beginnen soll«, gestand er Septach Melayn und Gialaurys.

Sie hielten sich in dem geräumigen, mit seltenen Hölzern und Beschlägen aus schimmerndem Metall ausgestatteten Raum auf, der im Amtssitz des Coronals das Zentrum der Macht bildete. Der Thronsaal war den großen Auftritten vorbehalten, um die Pracht des Staates zu demonstrieren. Diese Räume hier waren jedoch der Ort, an dem die Regierungsgeschäfte des Coronals tatsächlich abgewickelt wurden.

Prestimion saß an seinem prächtigen, mit Sternenfächern besetzten Schreibtisch aus rotem Palisanderholz. Der langbeinige Septach Melayn hatte sich anmutig am breiten Erkerfenster niedergelassen, das einen Ausblick auf den Schwindel erregenden Abgrund bot, der auf dieser Seite des Berges die Burg begrenzte. Der schwerfällige, massige Gialaurys hockte links neben Prestimion auf einer lehnenlosen Bank.

»Das ist doch ganz einfach, mein Lord«, erklärte Gialaurys. »Du fängst einfach mit dem Anfang an, und dann gehst du einen Schritt weiter, dann noch einen Schritt und noch einen.«

Aus Septach Melayns Mund hätte ein solcher Rat wie Spott geklungen, doch der große, unerschütterliche Gialaurys hatte keinen Sinn für Ironie. Wenn er sich mit tiefer Stimme, langsam und grollend zu Wort meldete, die Worte stark verfremdet durch den Akzent seiner Heimatstadt Piliplok, dann sprach er stets mit größtem Ernst. Prestimions quecksilbriger kleiner Gefährte, der verstorbene und sehr betrauerte Fürst Svor, hatte Gialaurys' Schwerfälligkeit oft mit Dummheit verwechselt. Doch Gialaurys war keineswegs dumm. Er war nur langsam und bedächtig.

Prestimion lachte wider Willen. »Gut gesagt, Gialaurys. Doch welche Aufgabe ist die erste und welche ist die zweite? Wenn ich das nur wüsste.«

»Nun, Prestimion«, erklärte Septach Melayn, »vielleicht sollten wir eine Liste machen.« Er zählte die Punkte an den Fingern ab. »Erstens: neue Hofbeamte ernennen. In dieser Hinsicht haben wir ja bereits einiges erledigt, würde ich sagen. Du hast beispielsweise einen neuen Hohen Berater ernannt, herzlichen Dank auch für die Ehre. Gialaurys hier wird sicher einen vortrefflichen Großadmiral abgeben. Und so weiter, und so weiter. Zweitens: den Wohlstand der Gebiete wiederherstellen, die unter dem Bürgerkrieg gelitten haben. Dein Bruder Abrigant hat übrigens einige Vorschläge zu diesem Thema zu machen. Er will dich im Laufe des Tages noch sprechen. Drittens …«

Septach Melayn zögerte, und Gialaurys schaltete sich sofort ein. »Drittens: Dantirya Sambail gehört vor Gericht gestellt.«

»Damit sollten wir noch eine Weile warten«, sagte Prestimion. »Es ist eine komplizierte Angelegenheit.«

»Viertens«, fuhr Gialaurys ungerührt fort, »müssen wir alle vernehmen, die im Krieg auf Korsibars Seite gekämpft haben, um uns zu vergewissern, dass keinerlei Loyalität mehr von der Art vorhanden ist, die eine Gefährdung unserer …«

»Nein«, unterbrach Prestimion ihn. »Streich das von der Liste. Es gab keinen Krieg. Wie könnte jemand gegenüber Korsibar noch Loyalität empfinden, wenn Korsibar nie existiert hat, Gialaurys?«

Gialaurys warf ihm einen finsteren Blick zu und grunzte empört. »Das weiß ich wohl, aber trotzdem …«

»Lass es dir gesagt sein, wir brauchen uns deshalb keine Sorgen zu machen. Die meisten Offiziere, die für Korsibar gekämpft haben, sind an der Thegomar-Kante gestorben – Farholt, Mandrykarn, Venta, Farquanor und alle anderen. Vor denen, die überlebt haben, fürchte ich mich nicht. Nimm doch mal Navigorn. Er war Korsibars bester General. Doch er hat noch auf dem Schlachtfeld um Pardon gebeten. Erinnerst du dich? Er hat direkt nach Korsibars Tod kapituliert – und er war aufrichtig. Er wird mir im Rat treu dienen. Oljebbin, Serithorn und Gonivaul – sie haben sich an

Korsibar verkauft, ja, aber sie erinnern sich nicht mehr daran und können mir jetzt nicht mehr schaden. Herzog Oljebbin wird ins Labyrinth gehen und Erster Sprecher des Pontifex werden, und das war es dann für ihn. Gonivaul zieht sich nach Bombifale aufs Altenteil zurück. Serithorn ist nützlich und amüsant, ich werde ihn in meiner Nähe behalten. Wer käme sonst noch in Frage? Nenn mir die Namen der Leute, die du im Verdacht hast, sie könnten mir nicht treu ergeben sein.«

»Nun …«, hub Gialaurys an, doch ihm wollte kein Name einfallen.

»Eines kann ich dir sagen, Prestimion«, erklärte Septach Melayn. »Natürlich gibt es niemanden mehr, der sich verpflichtet fühlt, Korsibar die Treue zu halten, aber es gibt außer uns dreien auch niemanden auf der ganzen Burg, der nicht auf die eine oder andere Weise durch den Zauber, den du am Ende des Krieges hast wirken lassen, ernstlich verunsichert wäre. Der Krieg ist aus den Köpfen der Menschen getilgt, aber sie wissen alle, dass etwas Großes geschehen ist. Sie wissen nur nicht mehr, was es war. Viele wichtige Männer sind tot, weite Landstriche von Alhanroel sind verwüstet, der Mavestoi-Damm ist auf geheimnisvolle Weise gebrochen, und das Wasser hat eine halbe Provinz überschwemmt, aber gleichzeitig wird den Leuten eingeredet, es habe einen glatten und wenig ereignisreichen Übergang der Regierungsgewalt von Confalume auf dich gegeben. Es passt einfach nicht zusammen, und die Leute wissen es. Sie rennen gegen die große, schmerzende Leere in ihren Erinnerungen an. Es macht ihnen zu schaffen. Ich sehe, wie die Leute mitten im Satz verwundert das Gesicht verziehen, die Stirn runzeln und sich die Hände an die Schläfen legen, als wollten sie im Kopf nach etwas forschen, was nicht mehr vorhanden ist. Ich frage mich allmählich, ob es wirklich eine gute Idee war, den Krieg einfach aus der Geschichte zu löschen, Prestimion.«

Dies war ein Thema, über das Prestimion lieber nicht geredet hätte. Doch er konnte sich nicht entziehen, nachdem Septach Melayn es jetzt auf diese Weise zur Sprache gebracht hatte.

»Der Krieg hat eine schreckliche Wunde in die Seele der Welt geschlagen«, erklärte Prestimion betreten. »Hätten wir ihn nicht ausgelöscht, dann wären zwischen Korsibars und meiner Seite endlose Kümmernisse und Beschuldigungen die Folge gewesen. Als ich die Erinnerungen an den Krieg auslöschen ließ, habe ich allen Beteiligten die Chance gegeben, noch einmal von vorn zu beginnen. Um mich einer deiner liebsten Redewendungen zu bedienen, Septach Melayn: geschehen ist geschehen. Wir müssen jetzt mit den Konsequenzen leben, und mehr gibt es dazu nicht zu sagen.«

Insgeheim war er keineswegs so sicher, wie er sich nach außen hin gab. Auch er hatte die beunruhigenden Berichte über Ausbrüche von geistigen Störungen gehört, die sich hier und dort auf dem Berg bemerkbar machten, die Berichte über Leute, die aus heiterem Himmel auf offener Straße Fremde anfielen, tagelang unkontrolliert schluchzten oder sich in Flüsse oder von Klippen stürzten. Auch aus Halanx, Minimool und Haplior waren kürzlich solche Meldungen eingegangen. Es war, als hätte der Wahnsinn, ausgehend von der Burg, wie ein Wirbelsturm immer weiter auf die benachbarten Städte auf dem Berg übergegriffen. Sogar in Stee hatte es anscheinend einen ernsten Zwischenfall gegeben: Das Hausmädchen eines reichen Mannes sei aus dem Fenster gesprungen und habe beim Aufprall zwei Menschen getötet, die gerade unten auf der Straße standen.

Doch gab es einen Anlass, diese Vorfälle mit dem allgemeinen Gedächtnisverlust, den seine Zauberer am Ende des Krieges bewerkstelligt hatten, in Verbindung zu bringen? Vielleicht geschahen solche Dinge immer wieder, wenn der Herrscher wechselte, namentlich nach einer so langen und glücklichen Regentschaft wie der von Lord Confalume. Die Menschen hielten Confalume für den liebevollen Vater der ganzen Welt. Vielleicht waren sie unglücklich, dass er ins Labyrinth gehen musste, und reagierten daher verstört. Vielleicht …

Septach Melayn und Gialaurys redeten weiter und weiter und sprachen immer neue Bereiche an, die abgesehen von der ohnehin schon umfangreichen Liste zu lösender Probleme besonderer Aufmerksamkeit bedurften.

Er müsse, sagten sie ihm, die verschiedenen magischen Künste, die in Confalumes Regierungszeit in Majipoor eine derart große Bedeutung erlangt hatten, stärker in die Gesellschaft einbinden. Dies erfordere Beratungen mit Leuten wie Gominik Halvor und Heszmon Gorse, die aus eben diesem Grund auf der Burg geblieben seien, statt nach Triggoin, in die Hauptstadt der Zauberer, zurückzukehren.

Es sei auch nötig, etwas gegen die Horde künstlich erzeugter Ungeheuer zu unternehmen, die Korsibar auf dem Schlachtfeld gewiss gegen ihn eingesetzt hätte, falls der Krieg noch länger angedauert hätte. Wie Gialaurys berichtete, waren einige aus den Pferchen geflohen und wüteten jetzt im Bezirk nördlich des Burgbergs.

Eine Beschwerde der Metamorphen von Zimroel hatte mit den Grenzen des Waldreservats zu tun, das ihnen zugewiesen worden war. Die Gestaltwandler beklagten sich, gewissenlose Spekulanten aus Ni-moya hätten widerrechtlich Teile ihres Gebietes in Besitz genommen.

Außerdem war dieses zu tun und jenes zu erledigen …

Prestimion ließ seine Gedanken schweifen.

Sie waren so unerträglich gewissenhaft, diese beiden – Septach Melayn auf elegante Weise wie ein Edelmann, Gialaurys ungeschliffen und direkt. Septach Melayn gefiel sich in der Pose des Zynikers, der nichts wirklich ernst nahm, doch Prestimion wusste genau, dass dies nur Verstellung war. Gialaurys war unerschütterlich und zielstrebig, ein Berg, den nichts ins Wanken bringen konnte. Schärfer denn je vermisste Prestimion den wendigen kleinen Fürsten Svor, dem man vieles vorwerfen konnte, aber niemals ein übergroßes Maß an Geradlinigkeit. Er wäre der perfekte Mittler zwischen den beiden gewesen.

Wie dumm war es doch gewesen, dass Svor an der Thegomar-Kante einfach aufs Schlachtfeld hatte stürmen müssen, obwohl sein angestammter Platz hinter den Kulissen gewesen war, wo er Ränke hatte schmieden und Pläne hatte aushecken können. Svor war nie ein echter Krieger gewesen. Welche Torheit hatte ihn dazu getrieben, sich in diese mörderische Schlacht zu stürzen? Und wo, überlegte Prestimion, wo soll ich einen Ersatz für ihn finden?

Auch Thismet fehlte ihm. Ganz besonders sie vermisste er. Der scharfe Schmerz dieses Verlusts ließ ihm keine Ruhe und wollte auch nach Wochen nicht abklingen. War es Thismets Tod, so fragte er sich, der ihn in diese elende Niedergeschlagenheit gestürzt hatte?

Viel Arbeit wartete auf ihn, allerdings. Viel zu viel, wie es zuweilen schien. Nun, er würde schon irgendwie damit zurechtkommen. Jeder Coronal in der langen Liste seiner Vorgänger hatte sich ähnlich überwältigenden Ansprüchen seines Amtes stellen müssen, und jeder hatte die Verantwortung auf sich genommen und seine Rolle so gut oder so schlecht gespielt, wie es die Überlieferung eben zu berichten wusste. Auch er würde in die Geschichte eingehen, und eines Tages würde man von ihm berichten. Die meisten seiner Vorgänger, das wusste er, hatten ihre Sache alles in allem recht gut gemacht.

Doch diese unerklärliche, verfluchte Erschöpfung, diese innere Leere, die Niedergeschlagenheit und Unzufriedenheit konnte er einfach nicht abschütteln. Seit dem ersten Tag seiner Amtszeit vergiftete sie seine Seele. Er hatte gehofft, die Konzentration auf seine königlichen Pflichten werde ihn davon kurieren. Doch wie es schien, sollte daraus nichts werden.

Wahrscheinlich, so dachte Prestimion, empfände er die vor ihm liegenden Aufgaben als weit weniger bedrückend, wenn Thismet noch bei ihm wäre. Was wäre sie doch für eine wundervolle Gefährtin geworden, mit der er seine Mühsal hätte teilen können. Sie war die Tochter eines Coronals und wusste um die Probleme des Regierens; zweifellos wäre sie jederzeit fähig gewesen, viele von ihnen mühelos zu lösen – ja, Thismet wäre eine bessere Regentin gewesen als ihr dummer Bruder. Sie hätte auch ihm sicher gern einen großen Teil der Last abgenommen. Doch Thismet war für immer verloren.

Redest du immer noch, Septach Melayn? Und du, Gialaurys?

Prestimion spielte mit dem glänzenden schmalen Metallreif, der vor ihm auf dem Schreibtisch lag. Es war seine »Alltagskrone«, wie er sie nannte, um sie von der unglaublich prächtigen formalen Krone zu unterscheiden, die Lord Confalume für sich selbst entworfen hatte: Drei riesige purpurne Diniabas mit unzähligen Facetten funkelten über der Stirn, darüber die Spitze aus Smaragden und Rubinen und die Einlegearbeiten aus sieben verschiedenen kostbaren Metallen.

Confalume hatte am liebsten diese Krone getragen, doch Prestimion hatte sie bloß ein einziges Mal auf dem Kopf gehabt – während der ersten Stunden seiner Regentschaft. Er wollte sie für die allerhöchsten Staatsakte reservieren und fand es sogar schon ein wenig absurd, selbst diesen schmalen silbernen Reif anzulegen, so hart er auch dafür gekämpft hatte, sich auf diese unscheinbare Insignie beschränken zu dürfen. Dennoch hatte er sie ständig griffbereit, denn immerhin war er der Coronal von Majipoor.

Der Coronal von Majipoor.

Er hatte sich ein hohes Ziel gesteckt und dieses nach einem schrecklichen Kampf erreicht.

Während seine beiden besten Freunde unablässig immer neue Dinge aufzählten, um die er sich kümmern musste, und endlos über Prioritäten und Strategien diskutierten, hörte Prestimion kaum noch zu. Er wusste genau, was seine Aufgaben waren. Alles, was sie sagten, natürlich, aber dazu kam noch eine Angelegenheit, die weder Septach Melayn noch Gialaurys bislang erwähnt hatten. Vor allem musste er sich gleich von Anfang an den Beamten und Höflingen, die das eigentliche Herzstück der Regierung bildeten, als ihr neuer Herr präsentieren. Er musste deutlich machen, dass er ihr König war und dass Lord Confalume dank der Weisung des Göttlichen den richtigen Mann für das Amt ausgewählt hatte.

Und das bedeutete, dass er wie ein Coronal denken, wie ein Coronal leben, wie ein Coronal schreiten und wie ein Coronal atmen musste. Dies war die wichtigste Aufgabe von allen; der Rest würde sich danach ganz von selbst ergeben.

Nun denn, Prestimion, du bist der Coronal. Also benimm dich auch so.

Äußerlich blieb er sitzen und tat so, als hörte er Septach Melayn und Gialaurys zu, während sie einen

Arbeitsplan für die ersten Monate seiner Regentschaft entwickelten. Doch seine Seele flog hinauf und nach draußen, hoch in den kühlen, offenen Himmel über dem Burgberg und breitete sich in alle Himmelsrichtungen gleichzeitig aus.

Er öffnete sich dem Planeten Majipoor und nahm dessen ungeheure Größe in sich auf. Sein Bewusstsein flog um die riesige Welt, die mit den Feierlichkeiten der letzten paar Tage seiner Obhut übergeben worden war.

Ich muss diese ungeheuere Welt ganz und gar erfassen, dachte er, ich muss alles in mich aufnehmen, alles mit meiner Seele umspannen.

Drei große Kontinente. Das gigantische Alhanroel mit seinen vielen Städten, Zimroel mit den endlosen Wäldern und der kleinere Kontinent Suvrael, das von der Sonne verbrannte Land weit unten im trockenen Süden. Die gewaltigen, tosenden Flüsse. Die unzähligen Arten von Bäumen und Pflanzen, Vögeln und anderen Tieren, die mit ihrer Schönheit und Einzigartigkeit die Welt erfüllten. Die blaugrüne Weite des Inneren Meeres mit den umherschweifenden Herden großer Meeresdrachen, die gemächlich ihre geheimnisvollen Wanderungen unternahmen, im Zentrum die heilige Insel des Schlafs. Der andere Ozean, das gewaltige unerforschte Große Meer, das die unbekannte andere Halbkugel der Welt einnahm.

Die wundervollen Städte, die fünfzig großen Städte auf dem Berg und die unzähligen anderen Orte, Sippulgar und Sefarad, Alaisor und Triggoin, die Heimat der Magier, Kikil und Klai und Kimoise, Pivrarch und Lontano, Da und Demigon Glade und so weiter und so weiter, bis hin zum anderen Ufer des Inneren Meeres und dem fernen Kontinent Zimroel mit seinen blühenden Metropolen Ni-moya, Narabal, Til-omon, Pidruid, Dulorn, Sempernond und all den anderen.

Die Milliarden und Abermilliarden von Untertanen, nicht nur Menschen, sondern auch Angehörige anderer Völker, Vroon und Skandars, Su-Suheris und Hjort und die einfachen, einfältigen Liimenschen, die geheimnisvollen Metamorphen, die ihre Gestalt verändern konnten, einstmals die einzigen Bewohner dieser Welt, bis man sie ihnen vor vielen Jahrtausenden weggenommen hatte.

All das war jetzt in seine Hände gelegt worden.

In seine Hände.

In die Hände des Prestimion von Muldemar, der jetzt der Coronal von Majipoor war.

Auf einmal sehnte Prestimion sich brennend danach, nicht nur im Geiste durch das Land zu ziehen, sondern persönlich, und diese Welt, die ihm anvertraut war, gründlich zu erforschen. Er wollte alles sehen, er wollte überall zugleich sein, er wollte die unendlichen Wunder Majipoors in sich aufnehmen. Aus dem Schmerz und der Einsamkeit des noch fremden neuen Lebens als Coronal entsprang in einem wilden Ausbruch der leidenschaftliche Wunsch in ihm, all die Länder zu besuchen, aus denen die Geschenke zur Krönung geschickt worden waren. Er wollte den Schenkern in gewisser Weise danken, indem er ihnen sich selbst schenkte.

Ein König muss sein Königreich aus erster Hand kennen. Bis zum Bürgerkrieg, als er von einem Schlachtfeld zum nächsten quer durch ganz Alhanroel gezogen war, hatte er sein ganzes Leben auf dem Burgberg und auf der Burg verbracht. Er hatte natürlich einige der fünfzig Städte besucht und war einmal bis zur Ostküste von Zimroel gereist, als er gerade dem Knabenalter entwachsen war. Bei dieser Gelegenheit hatte er in Piliplok Gialaurys kennen gelernt und mit ihm Freundschaft geschlossen. Doch darüber hinaus hatte er kaum etwas von der Welt gesehen.

Der Krieg jedoch hatte Prestimions Reiselust geweckt. Im Laufe des Krieges war er durchs Kernland von Alhanroel gezogen und hatte Städte und Orte besucht, die er nie zu sehen erwartet hätte. Er hatte die erstaunlich ergiebige Gulikapfontäne gesehen, diesen unbändigen Ausbruch reiner Energie, und war über die kaum bezwingbaren Trikkala-Berge geklettert, um die fruchtbaren Ebenen auf der anderen Seite zu erreichen. Er hatte sich durch die lebensfeindliche Valmambra-Wüste geschleppt, um Triggoin, die ferne Stadt der Zauberer, im hohen Norden zu erreichen. Und doch hatte er nicht mehr als einen winzigen Bruchteil der Pracht gesehen, die Majipoor zu bieten hatte.

Er sehnte sich auf einmal danach, noch viel mehr zu sehen. Erst in diesem Augenblick wurde ihm bewusst, wie mächtig dieses Verlangen wirklich war. Das Fernweh hatte ihn gepackt und ließ ihn nicht mehr los. Wie konnte er auch nur einen Tag länger abgesondert in luxuriöser Pracht auf der Burg hocken, angehende Ratsmitglieder konsultieren und Pläne zur Gesetzgebung prüfen, die noch unter Lord Confalume ausgearbeitet worden waren, wenn die ganze wundervolle Welt hinter diesen Mauern ihn lockte und drängte und nur darauf wartete, von ihm erkundet zu werden? Wenn er Thismet nicht haben konnte, dann wollte er wenigstens ganz Majipoor als Trost für seinen Kummer bekommen. Er wollte alles sehen, was es in der Welt gab, er wollte fühlen, schmecken und riechen. Er wollte in großen Schlucken trinken und verschlingen. Er wollte sich seinen Untertanen vorstellen und sagen: Seht her, hier stehe ich nun vor euch, ich bin Prestimion, euer König.

»Genug«, sagte er abrupt und unterbrach Septach Melayn, der gerade so richtig in Fahrt gekommen war. »Ich bitte euch, meine Freunde, verschont mich jetzt damit.«

Septach Melayn schaute auf ihn herab. »Geht es dir nicht gut, Prestimion? Du siehst auf einmal so seltsam aus.«

»Seltsam?«

»Angespannt. Wie unter großer Belastung.«

»Ich habe in den letzten Nächten nicht gut geschlafen«, wehrte Prestimion ab.

»Das kommt davon, wenn man allein schläft, mein Lord«, bemerkte Septach Melayn zwinkernd und mit ironischem Grinsen.

»Zweifellos ist es so«, bestätigte Prestimion kalt. »Auch das ist ein Problem, das zu gegebener Zeit gelöst werden muss.« Er hielt inne und gab Septach Melayn wortlos zu verstehen, dass er über solche Scherze nicht lachen konnte, indem er erst nach einem endlos scheinenden, eisigen Schweigen fortfuhr. »Das wahre Problem, Septach Melayn, ist eine gewaltige Unruhe, die ich in mir verspüre. Ich spüre sie schon, seit ich die Krone das erste Mal auf meinen Kopf gesetzt habe. Die Burg kommt mir inzwischen wie ein Gefängnis vor.«

Septach Melayn und Gialaurys wechselten einen betroffenen Blick.

»Ist das wirklich so, mein Lord?«, fragte Septach Melayn vorsichtig.

»So ist es.«

»Du solltest vielleicht mit Dantirya Sambail darüber sprechen, wie es sich anfühlt, ein Gefangener zu sein«, wandte Septach Melayn ein und verdrehte übertrieben die Augen.

Der Kerl ist einfach nicht unterzukriegen, dachte Prestimion.

»Zu gegebener Zeit werde ich das sicherlich tun«, gab er zurück, ohne auf die Ironie einzugehen. »Aber ich muss dich doch erinnern, dass Dantirya Sambail ein Verbrecher ist. Ich bin dagegen der König.«

»Ein König, der in der größten aller Burgen lebt«, sagte Gialaurys. »Möchtest du lieber wieder in die Schlacht ziehen, mein Lord? Bei strömendem Regen im Morwath-Wald unter dem Laubdach der Vakumba-Bäume schlafen? Dich am Ufer des Jhelum durch den Schlamm wühlen? Durch die Sümpfe von Beldak waten? Oder willst du noch einmal halb von Sinnen durch die Wüste von Valmambra irren?«

»Rede keinen Unsinn, Gialaurys. Du verstehst nicht, was ich sagen will. Keiner von euch versteht es. Ist dies hier das Labyrinth und bin ich der Pontifex, dass ich gezwungen bin, ewig an ein und demselben Ort zu bleiben? Die Burg ist nicht die natürliche Grenze meiner Bewegungsfreiheit. In den letzten Jahren habe ich all meine Mühen darauf verwendet, zum Coronal gekrönt zu werden und jetzt bin ich es. Aber nun scheint es, als hätte ich nichts weiter erreicht, als der König der Dokumente und Sitzungen zu werden. Die Krönungsfeier ist vorbei. Ich sitze jetzt tagaus, tagein in dieser Schreibstube, so großartig sie auch ist, und sehne mich von ganzem Herzen danach, anderswo zu sein. Meine Freunde, ich muss eine Weile in die Welt hinausgehen.«

»Aber du denkst doch hoffentlich nicht an eine große Prozession, Prestimion?«, wandte Septach Melayn beunruhigt ein. »Jetzt noch nicht! Nicht im ersten Monat deiner Amtszeit. Selbst nach Ablauf des ersten Jahres wäre es noch zu früh.«

Prestimion schüttelte den Kopf. »Nein, ich stimme dir zu, dass es dazu noch zu früh ist.« Aber was wollte er eigentlich? Im Grunde war es ihm selbst nicht einmal völlig klar. »Vielleicht hier und dort ein kurzer Besuch – keine großen Umzüge, sondern kleine Anlässe, vielleicht eine Reise durch ein halbes Dutzend der fünfzig Städte, nicht länger als zwei oder drei Wochen und nur auf den Burgberg beschränkt. Damit ich dem

Volk näher komme, damit ich erfahre, was in den Köpfen der Menschen vorgeht. In den Kriegsjahren hatte ich kaum Gelegenheit, mich um irgendetwas anderes zu kümmern als um das Ausheben von Streitkräften und das Schmieden von Schlachtplänen.«

»Ja, natürlich. Du solltest einige Nachbarstädte besuchen. Ja, mach das unbedingt«, stimmte Septach Melayn zu. »Aber es wird eine gewisse Zeit erfordern – Wochen und sogar Monate –, um selbst die kleinste Dienstreise zu planen. Das ist dir doch sicherlich bekannt. Vorkehrungen für ein angemessenes königliches Quartier sind zu treffen, Veranstaltungen müssen vorbereitet werden, Empfänge und Bankette organisiert werden …«

»Noch mehr Bankette«, sagte Prestimion niedergeschlagen.

»Sie sind unvermeidlich, mein Lord. Aber ich habe einen besseren Vorschlag, wenn es dir nur darum geht, für kurze Zeit aus der Burg zu fliehen und eine Nachbarstadt zu besuchen.«

»Und wie sieht der Vorschlag aus?«

»Wie ich hörte, kam auch Korsibar auf die Idee, auf dem Burgberg Reisen zu unternehmen, während er Coronal war. Er hat es insgeheim und verkleidet getan und dabei ein Gestaltwandler-Gerät benutzt, das der raffinierte Vroon-Magier Thalnap Zelifor für ihn erfunden hat. Du könntest es halten wie er und nach Belieben diese oder jene Verkleidung wählen, ohne dass es jemand bemerkt.«

Prestimion sah ihn zweifelnd an. »Ich muss dich wohl daran erinnern, Septach Melayn, dass Thalnap Zelifor in genau diesem Augenblick zusammen mit all seinen magischen Geräten ins Exil nach Suvrael unterwegs ist.«

»Ach, das hatte ich ganz vergessen«, meinte Septach Melayn stirnrunzelnd. Dann hellte sich seine Miene wieder auf. »Aber im Grunde brauchst du diese Magie ja gar nicht. Soweit ich weiß, hat sie einmal auch Korsibar im Stich gelassen. Ich glaube, er war gerade in Sipermit und wurde beobachtet, wie er wieder die eigene Gestalt annahm, was dem albernen Gerücht Nahrung gab, Korsibar sei ein Metamorph. Aber wenn du nun einfach einen falschen Bart trägst und dir ein Kopftuch umbindest und dich kleidest wie ein Mann von der Straße …«

»Ein falscher Bart!«, bellte Prestimion.

»Ja, und ich oder Gialaurys oder wir beide zusammen würden dich, ebenfalls verkleidet, begleiten. Wir könnten nach Bibiroon oder Ober-Sonnenblick oder Banglecode oder Greel schleichen, oder wohin du auch willst, und ein oder zwei Nächte dort verbringen, uns umsehen und uns ein wenig außerhalb der Burg vergnügen, ohne dass es irgendjemand bemerken würde. Was sagst du dazu, Prestimion? Würde dir dies einen Teil deiner Ruhelosigkeit nehmen?«

»Die Idee gefällt mir«, sagte Prestimion und spürte, wie sich zum ersten Mal seit vielen, vielen Wochen ein Funke der Freude in seiner Brust regte. »Sie gefällt mir sogar sehr!«

* * *

Am liebsten wäre er noch am gleichen Abend aufgebrochen und hätte die Burg verlassen. Aber nein, es gab noch mehr Sitzungen, an denen er teilnehmen musste, Vorschläge, die er überdenken sollte, Dekrete, die er zu unterzeichnen hatte. Erst jetzt begriff er die volle Bedeutung des alten Spruchs, dass es eine Dummheit sei, sich danach zu sehnen, der Herr des Reichs zu werden, weil man sehr bald schon feststellen werde, dass man in Wirklichkeit sein Sklave sei.

»Euer Lordschaft, Prinz Abrigant von Muldemar wünscht Euch zu sprechen«, meldete Nilgir Sumanand, der jetzt beim Coronal den Posten des Majordomus innehatte.

»Bitte ihn herein.«

Der schlanke, groß gewachsene Abrigant, sieben Jahre jünger als Prestimion und der ältere seiner beiden noch lebenden Brüder, kam forsch in das königliche Amtszimmer geschritten. Er durfte sich jetzt Prinz von Muldemar nennen, nachdem Prestimion aufgrund seiner Ernennung zum Coronal den Titel hatte aufgeben müssen. Prestimion dachte ernsthaft darüber nach, auch Abrigant einen Sitz im Rat zu geben, wenngleich nicht sofort, sondern vielleicht erst in einiger Zeit, wenn der junge Mann noch etwas Zeit gehabt hätte, Erfahrungen zu sammeln und zu reifen.

Abrigant hätte der äußeren Erscheinung nach viel eher Septach Melayns als Prestimions Bruder sein können. Er war schlank, während Prestimion eher stämmig war, und hoch gewachsen, während Prestimion eher untersetzt war. Das Haar war golden wie das seines Bruders, hatte jedoch einen Schimmer, wie Prestimions Haare ihn nie gehabt hatten. Abrigant machte in der Tat eine gute Figur, zumal er an diesem Abend gekleidet war wie zu einem offiziellen höfischen Anlass. Er trug ein eng sitzendes, rosafarbenes und purpurnes Wams in der kostbaren Machart von Alaisor und weiche lange Kniebundhosen in der gleichen Farbe, die in hohen, mit zierlichen Rüschen besetzten Stiefeln im hellen Gelb von Estotilaup steckten.

Er begrüßte seinen Bruder nicht nur mit dem Sternenfächerzeichen, sondern verneigte sich tief und übertrieb es sichtlich. Prestimion machte eine knappe, gereizte Handbewegung, als wollte er etwas Lästiges verscheuchen.

»Du übertreibst, Abrigant. Du übertreibst ganz erheblich.«

»Du bist jetzt der Coronal, Prestimion.«

»Ja, das bin ich. Aber du bist immer noch mein Bruder. Ein einfacher Sternenfächergruß ist genug, sogar mehr als genug.« Wieder spielte er mit der schlichten Krone, die vor ihm auf dem Tisch lag. »Septach Melayn sagte mir, dass du mir einige Vorschläge machen willst. Soweit ich es verstanden habe, geht es darum, etwas für die Gebiete zu tun, die im Augenblick unter Missernten und anderen Mängeln leiden.«

Abrigant sah ihn verwirrt an. »Hat er es so ausgedrückt? Nein, das ist nicht ganz richtig. Ich weiß, dass einige Orte in Alhanroel in der näheren und ferneren Umgebung auf einmal sehr schlecht dastehen. Doch ich weiß keine Gründe und keine Erklärungen dafür, abgesehen von offensichtlichen Ereignissen wie dem Zusammenbruch des Mavestoi-Damms und der Überschwemmung des Iyann-Tales. Davon abgesehen ist es für mich völlig rätselhaft, was diese plötzliche Nahrungsmittelknappheit oder was auch sonst verursacht haben könnte. Ich nehme an, es ist wohl der Wille des Göttlichen.«

Erklärungen wie diese waren es, die Prestimion beunruhigten, und er bekam sie immer öfter zu hören. Doch was konnte er erwarten, nachdem er allen Menschen die Erinnerung an das wichtigste Ereignis dieser Ära genommen hatte? Wie konnte er erwarten, dass sie bei Entscheidungen, die das öffentliche Wohl betrafen, rational urteilten, wenn sie in solcher Dunkelheit leben mussten? Prestimion war einen Augenblick lang in Versuchung, seinem Bruder die Wahrheit zu gestehen, doch er beherrschte sich. Er selbst, Septach Melayn und Gialaurys standen eisern zu der Entscheidung, dass sie die Einzigen bleiben sollten, die es wussten. Niemand sonst, nicht einmal Abrigant, durfte jetzt die Wahrheit erfahren.

»Dann bist du nicht hergekommen, um über Hilfsleistungen für die betroffenen Provinzen zu sprechen?«

»Nein. Vielmehr habe ich einige Ideen, wie man den materiellen Wohlstand der Welt heben könnte. Wenn die ganze Welt wohlhabender wird, dann wird es den Not leidenden Provinzen zusammen mit allen anderen ebenfalls besser gehen. Vielleicht hat Septach Melayn meine Ideen in dieser Hinsicht missverstanden.«

»Fahre fort«, sagte Prestimion unbehaglich.

Abrigants Ernst war Prestimion völlig neu. Der Abrigant, den er kannte, war energisch, impulsiv und sogar ein wenig hitzköpfig gewesen. Im Kampf gegen den Usurpator Korsibar hatte er sich als tapferer, ungestümer Kämpfer ausgezeichnet. Doch ein Mann, der weit reichende Ideen hatte, war er gewiss nicht. Prestimion hatte noch nie bemerkt, dass sein Bruder auf abstrakte Überlegungen großen Wert legte. Wenn es darauf ankam, war er eher ein Mann der Tat, der auf körperliche Fähigkeiten setzte. Jagen, Wettrennen, alle möglichen Sportarten – dort hatten Abrigants Interessen bisher gelegen. Vielleicht reifte der jüngere Bruder schneller heran, als Prestimion es sich hätte träumen lassen.

Abrigant zögerte. Auch ihm schien die Situation Unbehagen zu bereiten. Als hätte er die Gedanken seines Bruders gelesen, fuhr er nach kurzem Zögern fort: »Mir ist durchaus bewusst, Prestimion, dass du mich für einen eher oberflächlichen Menschen hältst. Aber ich lese und lerne jetzt viel. Ich habe Fachleute in Dienst genommen, die mich in der Kunst des Regierens unterweisen. Ich …«

»Bitte, Abrigant. Ich erkenne durchaus, dass du kein kleiner Junge mehr bist.«

»Danke. Ich wollte dich nur wissen lassen, dass ich viel über diese Dinge nachgedacht habe.« Abrigant leckte sich die Lippen und holte tief Luft. »Was ich sagen will, ist einfach Folgendes. Wir haben unter Lord Confalumes Regentschaft auf Majipoor einen großen wirtschaftlichen Aufschwung erlebt, und vorher unter Lord Prankipin war es nicht anders. Man könnte sagen, dass wir ein goldenes Zeitalter erlebt haben. Dennoch sind wir nicht so wohlhabend, wie wir es eigentlich sein müssten, wenn man sich die Fülle unserer Ressourcen und den Frieden in unserem politischen System anschaut.«

Frieden im politischen System?

Der schreckliche Bürgerkrieg war erst seit wenigen Wochen vorbei. Prestimion fragte sich, ob darin nicht eine tiefe Ironie lag – oder ob Abrigant sich vielleicht deutlicher an die jüngsten Ereignisse erinnerte, als er zu erkennen gab. Nein, dachte Prestimion. In Abrigants gefasstem, ernstem Auftreten war nicht der kleinste Hintergedanke auszumachen. Die Augen, meergrün wie Prestimions eigene Augen, waren ernst, offen und voller Aufmerksamkeit auf ihn gerichtet.

»Das große Problem«, fuhr Abrigant fort, »ist natürlich die Knappheit von Metallen. Eisen haben wir auf Majipoor nie genug gehabt, auch Nickel, Blei oder Zinn sind rar. Wir haben etwas Kupfer, Gold und Silber, aber sonst nicht viel. In dieser Hinsicht ist in der letzten Zeit ein echter Mangel entstanden. Weißt du, warum dies so ist, Prestimion?«

»Ich nehme an, es ist der Wille des Göttlichen?«

»So könnte man es wohl ausdrücken. Es war der Wille des Göttlichen, den meisten Planeten im Universum feste, schwere Kerne aus Eisen oder Nickel zu geben, und diese Planeten weisen auch in den Krusten große Vorkommen dieser Metalle auf. Doch Majipoor ist viel leichter gebaut. Wir haben leichtes Gestein und riesige, mit Luft gefüllte Höhlen, wo andere Welten Ansammlungen von schweren Erzen haben. In der Kruste unserer Welt ist nicht viel zu finden. Deshalb wirkt sich die Schwerkraft hier auch nicht so stark aus, obwohl Majipoor so groß ist. Bestünde unser Planet zu gleichen Anteilen aus Metall wie die anderen Planeten, dann würden wir von einer unglaublich starken Schwerkraft zu Boden gedrückt. Und selbst wenn nicht, könnten wir vermutlich kaum einen Finger heben. Wir könnten keinen Finger heben, Prestimion! Kannst du mir so weit folgen?«

»Ich verstehe ein wenig von den Gesetzen der Schwerkraft«, erklärte Prestimion, sehr erstaunt darüber, dass ausgerechnet Abrigant ihm einen Vortrag über dieses Thema hielt.

»Gut. Dann wirst du sicher mit mir darin übereinstimmen, dass dieser Mangel an Metallen ein bedeutendes wirtschaftliches Hemmnis für uns darstellt. Dass wir aus diesem Grund niemals fähig waren, raumtüchtige Fahrzeuge oder auch nur ein angemessenes Luftfahrt- und Eisenbahnwesen aufzubauen. Dass wir, was die Metalle angeht, von anderen Welten abhängig sind und dass uns dies in jeder Hinsicht teuer zu stehen kommt.«

»Ich stimme dir zu. Aber weißt du, Abrigant, im Grunde haben wir es doch gar nicht so schlecht getroffen. Obwohl unsere Bevölkerung so groß ist, muss hier niemand hungern. Es gibt genug Arbeit für alle. Wir haben prächtige Städte von beeindruckender Größe. Unsere Gesellschaft ist seit Jahrtausenden unter einer weltweiten Regierung stabil.«

»Das liegt daran, dass wir fast überall ein wundervolles Klima und fruchtbare Erde vorfinden und außerdem viele nützliche Pflanzen und Tiere. Aber wie ich hörte, müssen im Augenblick an Orten wie dem Iyann-Tal viele Menschen hungern. Ich habe von Missernten an anderen Orten in Alhanroel gehört, von leeren Kornspeichern und von Fabriken, die geschlossen werden müssen, weil in der letzten Zeit beispielsweise der Transport der Rohmaterialien nicht mehr funktioniert hat.«

»Das sind sicher nur vorübergehende Probleme«, erklärte Prestimion.

»Das mag ja sein. Aber diese Dinge belasten die Wirtschaft sehr, meinst du nicht auch, mein Bruder? Ich habe viel gelesen und verstehe inzwischen, dass eine Störung in einem Bereich zu Störungen in anderen Bereichen führen kann, was zu Schwierigkeiten an einem dritten Ort führt, der sogar sehr weit entfernt sein kann, und ehe man es sich versieht, breitet sich das Problem über die ganze Welt aus. Ich fürchte, vor genau diesem Problem könntest du stehen, noch ehe du viele Monate auf dem Thron gesessen hast.«

Prestimion nickte. Die Unterhaltung wurde ermüdend.

»Und was schlägst du nun vor, Abrigant?«

Abrigant fuhr eifrig fort. »Wir sollten unsere Zufuhr an nützlichen Metallen erhöhen, besonders an Eisen. Wenn wir mehr Eisen hätten, könnten wir mehr Stahl in der Industrie und im Transportwesen einsetzen. Das würde zu einer Ausweitung des Handels auf Majipoor selbst und mit unseren Nachbarwelten führen.«

»Und wie soll man das erreichen? Etwa durch Zauberei?«

Abrigant war verletzt. »Ich bitte dich, mein Bruder, sei nicht so herablassend. Ich habe in der letzten Zeit wirklich sehr viel gelesen.«

»Ja, das sagtest du schon.«

»Ich weiß zum Beispiel, dass es angeblich irgendwo im tiefen Süden, östlich der Provinz Aruachosia, eine Region geben soll, wo die Erde so stark mit Metallen angereichert ist, dass die Pflanzen es in ihre Stängel und Blätter aufnehmen. Man muss nur die Pflanzen verbrennen, um eine reiche Ernte von nützlichem Metall zu bekommen.«

»Das wäre Skakkenoir, ja«, sagte Prestimion. »Aber das ist eine Legende, Abrigant. Niemand hat diesen wundersamen Ort bis jetzt finden können.«

»Wie energisch hat man es denn versucht? Ich kann in den Archiven nur die Hinweise auf eine einzige Expedition finden, die zu Lord Guadelooms Zeit stattgefunden hat. Das ist schon Jahrtausende her. Wir sollten noch einmal nachforschen, Prestimion. Ich meine es völlig ernst. Aber ich habe noch einige andere Vorschläge. Wusstest du, mein Bruder, dass es eine Möglichkeit gibt, Eisen, Zink und Blei aus minderen Rohstoffen wie Holzkohle und Erde zu gewinnen? Ich meine damit keine Zauberei, auch wenn die Wissenschaft, die so etwas vermag, an Zauberei zu grenzen scheint. Doch es ist nichts als Wissenschaft, die Forschungen wurden bereits durchgeführt. Ich kann dir Leute vorstellen, die solche Transformationen bewirken können. In kleinem Maßstab natürlich nur, in sehr kleinem Maßstab – aber mit der richtigen Unterstützung und großzügiger Finanzierung durch die königliche Schatzkammer …«

Prestimion sah ihn scharf an. Und ob, das war ein durch und durch gewandelter Abrigant.

»Kennst du solche Menschen?«

»Ich muss zugeben, dass ich nur aus zweiter Hand von ihnen weiß. Aber es sind zuverlässige Berichte aus zweiter Hand, und ich bitte dich inständig, mein Bruder …«

»Du brauchst nicht weiter zu drängen, Abrigant. Du hast mein Interesse bereits geweckt. Bringe mir die Zauberer, die Metalle machen können, und lass mich mit ihnen reden.«

»Wissenschaftler, Prestimion. Wissenschaftler.«

»Also gut, dann sind es Wissenschaftler, auch wenn jeder, der Eisen aus Holzkohle herausholen kann, in meinen Augen ein Magier sein muss. Nun, ob sie Magier oder Wissenschaftler sind, es soll mir eine Stunde meiner Zeit wert sein, etwas über ihre Kunst zu erfahren. Ich stimme im Grunde mit dir überein. Eine größere Zufuhr von Metallen dürfte sich als sehr vorteilhaft für die Wirtschaft Majipoors erweisen. Aber können wir das Metall wirklich bekommen?«

»Ich bin zuversichtlich, Bruder.«

»Wir werden sehen«, sagte Prestimion.

Er stand auf und führte Abrigant über das mit wundervollen Einlegearbeiten aus Ghazyn und Bannikop und anderen Edelhölzern geschmückte Parkett zur Tür seines Büros. Dort blieb Abrigant noch einmal stehen. »Noch eines, Prestimion. Ist es wahr, dass unser Verwandter Dantirya Sambail als Gefangener auf der Burg festgehalten wird?«

»Dann hast du schon davon gehört?«

»Stimmt es denn?«

»Ja, es stimmt. Er steckt tief in den Sangamor-Tunneln.«

Abrigant machte das heilige Zeichen. »Das kann nicht dein Ernst sein, Bruder! Was für ein Wahnwitz ist das nur? Der Prokurator ist ein gefährlicher Mann, den man nicht so behandeln kann.«

»Gerade weil er so gefährlich ist, habe ich ihn dort einbuchten lassen, wo er jetzt gerade steckt.«

»Aber einen Mann zu beleidigen, der über so viel Macht verfügt und so bereitwillig seinem Hass freien Lauf lässt ...«

»Er hat mich beleidigt, nicht umgekehrt«, erklärte Prestimion. »Und er bekommt nur, was er sich redlich verdient hat. Was die Einzelheiten des Vergehens betrifft, so sind sie ausschließlich meine Sache. Was die Macht angeht, die Dantirya Sambail besitzt, so ist die meine noch größer. Zu gegebener Zeit werde ich in dieser Sache verfahren, wie ich es für angemessen halte, und man wird der Gerechtigkeit Genüge tun, das versichere ich dir. Ich danke dir aus ganzem Herzen für deinen Besuch, mein Bruder. Möge er für uns alle zu guten Ergebnissen führen.«

6

Und der neue Coronal?«, sagte Dekkeret. »Was hältst du nun von ihm?«

»Was soll ich von ihm halten?«, antwortete seine Cousine Sithelle. »Er ist jung, mehr weiß ich nicht. Und recht klug, wie ich hörte. Den Rest werden wir schon noch im Laufe der Zeit herausfinden. Außerdem trug man mir zu, dass er recht klein geraten sein soll.«

»Als ob das eine Rolle spielte«, meinte Dekkeret verächtlich. »Nur dir scheint es wichtig zu sein. Er wird dich nämlich nicht heiraten. Du wärst viel zu groß für ihn, und das ginge nicht.«

Sie wanderten auf der breiten Krone der gewaltigen, undurchdringlichen Mauer aus schwarzen Steinblöcken entlang, die ihre Heimatstadt Normork umgab. Normork war eine der zwölf Hangstädte auf dem gewaltigen Burgberg, weit entfernt von Lord Prestimion und seiner Burg. Dekkeret war noch nicht ganz achtzehn Jahre alt, ein groß gewachsener, stämmiger Bursche, kräftig, breitschultrig und mit einer selbstbewussten Ausstrahlung. Die zwei Jahre jüngere Sithelle war beinahe so groß wie er, jedoch schlank und geschmeidig, sodass sie neben ihrem kräftigen Cousin fast zierlich wirkte.

Sie lachte, es war ein silberhelles Geräusch. »Ich und den Coronal heiraten? Glaubst du wirklich, ich hätte schon jemals an so etwas gedacht?«

»Aber natürlich. Jedes Mädchen in Majipoor träumt jetzt davon. ›Lord Prestimion ist jung und hübsch und ledig. Früher oder später wird er sich eine Gefährtin nehmen, also warum sollte nicht ich es sein?‹ Habe ich nicht Recht, Sithelle? Nein, natürlich nicht. Ich irre mich ja immer. Und selbst wenn es so wäre, du würdest niemals zugeben, dass du dich für ihn interessierst.«

»Was redest du da? Ein Coronal heiratet keine Bürgerstochter.« Sie hakte sich bei ihm unter. »Du bist albern«, beschied sie. »Wie immer.«

Er und Sithelle waren die allerbesten Freunde. Das war das Problem. Ihre Familien hatten immer gehofft, sie würden eines Tages heiraten, doch sie waren zusammen aufgewachsen und betrachteten einander eher als Bruder und Schwester. Sithelle war ein hübsches Mädchen, mit langem, knisterndem Haar von der Farbe des Feuers und klaren, boshaften grau-violetten Augen. Doch Dekkeret wusste, dass Sithelle ihn ebenso wenig heiraten würde wie – nun ja, wie Lord Prestimion. Es war im Grunde sogar noch unwahrscheinlicher, denn immerhin war es zumindest vorstellbar, dass sie irgendwann einmal dem Coronal begegnen und ihn heiraten würde, aber Dekkeret wusste ganz genau, dass Sithelle niemals seine eigene Frau werden würde.

Eine Weile spazierten sie schweigend weiter. Die Mauerkrone war so breit, dass zehn Leute mühelos nebeneinander laufen konnten, doch im Augenblick waren hier oben nur wenig Menschen unterwegs. Es war schon spät, die Stunde der langen Schatten war gekommen. Der grün-goldene Sonnenball stand niedrig am Himmel und würde bald hinter der gewaltigen Erhebung des Burgbergs verschwinden.

»Schau mal, dort!«, sagte Dekkeret. Er deutete nach unten zur Stadt. Sie hatten eine Stelle erreicht, wo die Mauer, den zerklüfteten Auswüchsen des Berges folgend, einen großen Bogen nach außen beschrieb, um einem Felsvorsprung auszuweichen. In die Ausbuchtung war der alte Herzogspalast von Normork hineingebaut.

Es handelte sich um ein niedriges und gedrungenes, nahezu fensterloses Gebäude aus grauem Basalt, das von sechs bedrohlich aussehenden Minaretten überragt wurde. Insgesamt sah es eher nach einer Festung denn nach einem Palast aus. Alles in Normork hatte dieses Aussehen – abgesichert, nach innen gekehrt und gut behütet, als hätten die Erbauer der Stadt ständig mit der Bedrohung leben müssen, eine Nachbarstadt könnte eine Invasion planen. Der äußere Wall, Normorks bedeutendstes Bauwerk, umschloss die Stadt wie der Panzer einer Schildkröte. Die Mauer war so gewaltig, dass Normork eher wie ein Anhängsel der Einfriedung wirkte, obwohl Letztere doch ganz im Gegenteil ein Bestandteil des Ortes war.

Nur ein Tor durchbrach diesen Wall, der ganz Normork umgab, und dieses Tor war eher ein winziges Loch, das schon seit ewigen Zeiten jeden Abend versperrt wurde, sodass jeder, der die Stadt nicht bis zur Dämmerung erreicht hatte, bis zum nächsten Morgen draußen warten musste. Normorks Mauer, so hieß es, war dem heute weitgehend in Trümmern liegenden, gewaltigen Wall aus riesigen Steinblöcken nachempfunden, der einst Velalisier geschützt hatte, die prähistorische Hauptstadt der Metamorphen. Doch seit dem letzten Krieg auf Majipoor waren Jahrtausende vergangen. Wer sollten die Feinde sein, hatte Dekkeret sich schon oft gefragt, gegen die man dieses gewaltige Bollwerk errichtet hatte?

»Meinst du den Palast?«, fragte Sithelle. »Was ist damit?«

Lange gelbe Banner waren vor der eintönigen Fassade des Gebäudes aufgezogen. »Sie haben noch die Flaggen mit den Trauerfarben draußen hängen«, sagte Dekkeret.

»Warum auch nicht? Es ist doch noch nicht lange her, dass der Herzog und sein Bruder gestorben sind.«

»Mir kommt es vor, als wäre es schon sehr lange her. Monate.«

»Nein, es sind nur ein paar Wochen. Ich weiß, es scheint viel länger zu sein, aber so ist es nicht.«

»Wie seltsam«, meinte Dekkeret, »dass die beiden schon so jung gestorben sind.« Ein Unfall bei einer Bootsfahrt auf dem Roghoiz-See, hieß es. Die Prinzen wären zum Fischen ausgefahren und ertrunken. »Ob es denn wirklich so geschehen ist, wie man es uns erzählt hat?«

Sithelle sah ihn verwundert an. »Gibt es denn einen Grund, daran zu zweifeln? Es kommt doch immer wieder vor, dass Adlige durch Unfälle beim Angeln und Jagen sterben.«

»Wir sollen hinnehmen, dass der Herzog Iram einen so großen Scamminaup an den Haken bekam, dass er über Bord gezogen wurde und ertrunken ist? Dieser Scamminaup muss so groß gewesen sein wie ein Meeresdrachen, Sithelle! Ich kann mir nicht helfen, ich frage mich, warum er nicht einfach die Angel losgelassen hat. Und dann soll Lamiran ihm hinterher gesprungen sein, um ihn zu retten, und dabei ebenfalls ertrunken? Das ist doch kaum zu glauben.«

Sithelle zuckte mit den Achseln. »Welchen Grund sollte es geben, in diesem Punkt zu lügen? Und selbst wenn, würde es etwas ändern? Sie sind tot, und Meglis ist jetzt der Herzog von Normork. Damit ist die Angelegenheit erledigt.«

»Ja«, stimmte er zu, »so ist es wohl. Aber es ist schon eigenartig.«

»Was denn?«

»So viele Menschen, die zur gleichen Zeit gestorben sind. Wichtige Leute wie Herzöge, Fürsten und Grafen. Aber auch viele einfache Leute. Mein Vater kommt geschäftlich weit auf dem Burgberg herum. Bis nach Bibiroon, Stee, Banglecode, Minimool und weiter. Er sagte mir, wo immer man auch hinkomme, überall sehe man die Trauerfarben an wichtigen öffentlichen

Gebäuden und privaten Wohnsitzen hängen. In der letzten Zeit sind viele Menschen gestorben, sehr viele Menschen. Das ist schwer zu erklären.«

»Kann schon sein.« Sithelle schien nicht besonders an diesem Thema gelegen zu sein.

Doch Dekkeret ließ nicht locker. »Es beunruhigt mich, so wie mich viele Dinge in der letzten Zeit beunruhigen. Findest du nicht auch, dass die Ereignisse sich förmlich überschlagen? Es ist ja nicht nur der Tod des Herzogs und seines Bruders. Auch der alte Pontifex ist gestorben. Lord Confalume hat seinen Platz eingenommen, und Prestimion ist Coronal geworden. Es scheint alles so schnell zu gehen.«

»Während Seine Majestät im Sterben lag, ging es überhaupt nicht schnell. Das schien ewig zu dauern.«

»Aber als er dann tot war, haben sich die Ereignisse geradezu überstürzt. Prankipin wurde beerdigt, und keine Woche später wurde Lord Prestimion schon gekrönt …«

»Ich glaube nicht, dass es so schnell danach war«, wandte Sithelle ein.

»Vielleicht nicht, aber es kam mir so vor.«

Sie hatten den Palast passiert und erreichten den Teil der Stadt, der von der Bergflanke aus gesehen an der äußeren Seite lag. Von dort aus konnten sie in der Ferne die Nachbarstadt Morvole auf ihrem Vorsprung liegen sehen. Ein in den Berg gebauter Wachturm bot einen Aussichtspunkt, von dem aus sie auf der linken Seite die Hauptstraße erkennen konnten, die durch das tief zerklüftete Bergland vor Normork bis zu den Vorbergen des Burgbergs lief. Über ihnen lagen die Städte des nächsthöheren urbanen Ringes. Ganz oben, unglaublich hoch über ihnen, war sogar ein winziger Schatten des ewigen Nebels zu erkennen, der die höchsten Regionen des gewaltigen Berges, den Gipfel und die Burg, vor den Blicken der weiter unten lebenden Menschen verbarg.

Sithelle kletterte leichtfüßig die schmale Steintreppe des Turms hinauf und ließ Dekkeret hinter sich zurück. Sie war ein schlankes Mädchen mit langen Beinen, ungeheuer schnell und beweglich. Dekkeret folgte ihr nicht ohne Mühe. Im Verhältnis zu seinem kräftigen, massiven Rumpf waren bei ihm die Gliedmaßen vergleichsweise kurz geraten, und so hielt er es gewöhnlich für das Beste, sich bedächtig, ohne überstürzte Eile zu bewegen.

Als er sich zu ihr gesellte, stand sie schon am Geländer und blickte müßig in die große Leere hinaus. Dekkeret stellte sich dicht neben sie. Die Luft war klar und frisch und angenehm und roch ein wenig nach dem Regen, der wie jeden Tag später am Abend fallen würde. Er ließ den Blick nach oben wandern, wo die Burg liegen musste, in die höchsten Falten des Berges geschmiegt und von hier aus mit bloßem Auge nicht zu sehen.

»Wie ich hörte, will uns der neue Coronal bald einen Besuch abstatten«, sagte er nach einer Weile.

»Was denn, er will jetzt schon eine große Prozession ansetzen? Ich dachte, so etwas macht ein Coronal erst, wenn er mindestens zwei oder drei Jahre im Amt ist.«

»Nein, es soll keine förmliche Prozession werden. Nur ein kurzer Abstecher in einige Städte auf dem Berg. Mein Vater hat es mir erzählt. Er hört viele Dinge auf seinen Reisen.«

Sithelle wandte sich mit glühenden Augen an ihn. »Oh, wenn er es doch nur tun würde! Einmal einen echten Coronal zu Gesicht zu bekommen ...«

Ihr atemloser Eifer versetzte ihm einen Stich. »Ich habe übrigens einmal Lord Confalume gesehen.«

»Wirklich?«

»Ja, es war in Bombifale, als ich neun Jahre alt war. Ich war mit meinem Vater dort, und der Coronal war auf Admiral Gonivauls Anwesen zu Gast. Ich sah sie mit einem großen Schweber durch die Stadt fahren. Gonivaul kann man nicht verwechseln. Er hat einen langen, zottigen Bart, der das ganze Gesicht verdeckt. Nur Augen und Nase sind noch zu sehen. Lord Confalume saß direkt neben ihm. Prächtig war er anzuschauen! Strahlend. Er war damals noch voller Kraft. Du konntest förmlich sehen, wie das Licht von ihm ausstrahlte. Als sie vorbeifuhren, winkte ich ihm, und er winkte lächelnd zurück. So ein ruhiges, freundliches Lächeln, als wollte er mir sagen, wie sehr er es liebte, der Coronal zu sein. Später nahm mich mein Vater zum Palast von Bombifale mit, wo Lord Confalume Hof hielt. Dort lächelte er mich wieder an, wie um mir zu sagen, dass er sich an mich erinnerte. Es war ein ganz außergewöhnliches Gefühl, in seiner Nähe zu sein und seine Kraft zu spüren, seine Güte. Es war einer der schönsten Augenblicke in meinem ganzen Leben.«

»War Prestimion auch dabei?«, wollte Sithelle wissen.

»Prestimion? Ob er den Coronal begleitet hat, meinst du? Aber nein, Sithelle. Das war vor neun Jahren. Prestimion war damals noch kein wichtiger Mann, nur einer unter den vielen jungen Prinzen auf dem Burgberg. Er ist erst später aufgestiegen. Aber Confalume – ach, Confalume! Welch ein wundervoller Mann er doch war. Prestimion hat in ihm ein großes Vorbild, dessen Beispiel er gerecht werden muss, da er jetzt der Coronal ist.«

»Glaubst du, es wird ihm gelingen?«

»Wer kann das schon sagen? Wenigstens sind alle der Ansicht, dass er klug und tatkräftig ist. Aber nur die Zeit wird zeigen, was in ihm steckt.« Dekkeret bot ihr seine Jacke an, doch sie schüttelte den Kopf. Sie stiegen wieder vom Wachturm hinunter.

»Wenn Prestimion wirklich nach Normork kommt, Sithelle, dann werde ich alles nur Erdenkliche tun, um ihn zu sehen. Um ihn persönlich zu treffen, meine ich. Ich will mit ihm reden.«

»Nun, dann geh doch einfach zu ihm und sage ihm, wer du bist. Er wird dich sicher einladen, eine Flasche Wein mit ihm zu trinken.«

Ihr Sarkasmus verletzte ihn. »Ich meine es ernst«, sagte er. Der Regen, der nur einige Sekunden gefallen war, schien bereits wieder nachzulassen. In der Luft blieb ein frischer, angenehmer Duft zurück. Sie liefen auf dem Wall weiter in westlicher Richtung. »Du wirst doch hoffentlich nicht glauben, dass ich das Geschäft meines Vaters übernehmen und den Rest meines Lebens in Normork verbringen werde.«

»Wäre das denn so schrecklich? Ich könnte mir Schlimmeres vorstellen.«

»Das glaube ich gern. Aber ich bin fest entschlossen, ein Ritter auf der Burg zu werden und eines Tages einen hohen Posten in der Regierung zu bekleiden.«

»Aber natürlich. Und vielleicht willst du eines Tages sogar Coronal werden.«

»Warum eigentlich nicht?« Sie ärgerte ihn wirklich sehr. »Jeder kann Coronal werden.«

»Jeder?«

»Jeder, der gut genug ist.«

»Und der dank seiner Familie über die richtigen Beziehungen verfügt«, bemerkte Sithelle. »Bürger werden gewöhnlich nicht für den Thron auserwählt.«

»Aber es ist möglich«, erwiderte Dekkeret. »Du weißt genau, dass es jedem möglich ist, bis an die Spitze zu gelangen, Sithelle. Du musst nur vom scheidenden Coronal ausgesucht werden. Dem Coronal kann niemand vorschreiben, dass er einen Adligen aus der Burg nehmen muss, wenn er es nicht will. Und was ist ein Adliger schon anderes als der Nachkomme von Leuten, die irgendwann auch selbst einmal Bürger waren? Es ist ja nicht so, als wären die Adligen eine fremde Rasse. Hör mal, Sithelle, ich sage ja nicht, dass ich wirklich damit rechne, Coronal zu werden. Ich sage nicht einmal, dass ich Coronal werden möchte. Du warst diejenige, die darauf gekommen ist. Ich will einfach nur etwas mehr sein als ein kleiner Händler, der sein ganzes Leben mühselig von einer Stadt zur anderen den Berg hinauf und hinunter reist und den gleichgültigen Kunden, von denen er zum Dank wie der letzte Dreck behandelt wird, seine Waren feilbietet. Nicht, dass es etwas Ehrenrühriges wäre, ein reisender Händler zu sein, aber ich kann mir gut vorstellen, dass ein Leben als Beamter des Staates viel angenehmer …«

»Schon gut, Dekkeret, ich habe dich nur auf den Arm genommen. Aber hör bitte auf, mir solche Vorträge zu halten.« Sie legte die Fingerspitzen an die Schläfen. »Das bereitet mir Kopfschmerzen.«

Seine Gereiztheit war im Nu verflogen. »Ist das wirklich meine Schuld? Gestern hast du auch über Kopfschmerzen geklagt, aber da habe ich keine Vorträge gehalten.«

»Um ehrlich zu sein, ich habe seit ein paar Wochen fast ständig rasende Kopfschmerzen. Manchmal sind sie fast unerträglich. Solche Probleme hatte ich noch nie.«

»Hast du jemanden um Rat gefragt? Warst du beim Arzt oder bei einer Traumsprecherin?«

»Noch nicht. Aber ich mache mir Sorgen. Einige meiner Freundinnen haben ähnliche Beschwerden. Was ist mit dir, Dekkeret?«

»Kopfschmerzen? Nein. Nicht, dass ich wüsste.«

»Wenn du nichts davon weißt, dann hast du auch keine gehabt.«

Sie erreichten die breite Steintreppe, die von der Mauerkrone hinunter zum Melikandplatz führte, dem Eingang der Altstadt. Dieses Viertel war ein Gewirr alter, schmaler Gassen, die mit glitschig aussehendem, graugrünem Stein gepflastert waren. Dekkeret fühlte sich auf den breiten, elegant angelegten Boulevards der Neustadt wohler, während er die Altstadt auf malerische Weise verschroben fand. Heute Abend jedoch kam sie ihm finster und sogar abstoßend vor.

»Nein, Kopfschmerzen hatte ich bisher nicht«, sagte er. »Doch ich hatte in der letzten Zeit einige merkwürdige Erlebnisse.« Er hatte Mühe, die richtigen Worte zu finden. »Ich weiß nicht recht, wie ich es ausdrücken soll, Sithelle. Es ist, als läge mir etwas sehr Wichtiges auf der Zunge. Etwas, das ich unbedingt bedenken und berücksichtigen muss, doch ich kann einfach keinen Ansatzpunkt finden, was es sein soll. Immer wenn ich dieses Gefühl habe, dreht sich alles in meinem Kopf. Manchmal wird mir richtig schwindlig dabei. Ich würde es aber nicht als Kopfschmerz bezeichnen, eher als eine Art Benommenheit.«

»Seltsam«, sagte sie. »Diese Benommenheit habe ich manchmal auch. Es ist ein Gefühl, als fehlte etwas, das ich unbedingt wieder finden muss, aber ich weiß nicht, wo ich suchen soll. Das macht mir allmählich große Sorgen. Verstehst du, was ich meine?«

»Ja, ich glaube, das verstehe ich.«

Wo ihre Wege sich trennten, blieben sie kurz stehen. Sithelle schenkte ihm ein warmes Lächeln und umfasste seine Hand. »Ich hoffe, du bekommst Lord Prestimion zu sehen, wenn er unsere Stadt besucht, Dekkeret, und vielleicht macht er dich ja wirklich zum Ritter auf der Burg.«

»Ist das dein Ernst?«

Sie zwinkerte. »Aber warum sollte es nicht mein Ernst sein?«

»In diesem Fall bin ich dir dankbar. Soll ich ihm von meiner wunderschönen Cousine erzählen, die ein wenig zu groß für ihn ist, falls ich ihn treffe? Oder ist das nicht so wichtig?«

»Ich wollte wirklich nur nett zu dir sein«, sagte Sithelle traurig und ließ seine Hand los. »Aber du weißt wohl nicht, wie man so etwas macht, oder?« Sie streckte ihm die Zunge heraus und rannte ins Gewirr der Straßen, das vor ihnen lag.

7

»Der Mitternachtsmarkt von Bombifale!«, verkündete Septach Melayn theatralisch und winkte Prestimion mit seinem breitkrempigen Hut zu sich.

Prestimion hatte Bombifale schon viele Male besucht. Es zählte zu den unmittelbar benachbarten Inneren Städten und war nur eine Tagesreise von der Burg entfernt. Keine andere konnte ihr den Rang als schönste unter den Städten auf dem Burgberg streitig machen. Einst, vor vielen Jahrhunderten, hatte sie Majipoor auch einen Coronal geschenkt. Lord Pinitor, ein übereifriger Visionär und Baumeister, hatte keine Kosten gescheut, seine Heimatstadt in einen Ort voller Wunder zu verwandeln. Der dunkelorange gefärbte Sandstein der anmutig geschwungenen Mauern war von unzähligen Karawanen von Packtieren aus dem lebensfeindlichen Hinterland des Labyrinths herbeigeschafft worden. Die erstaunlichen viereckigen Platten aus blauem Meeresspat, die in die Mauern eingearbeitet waren, hatte man in einem menschenleeren Gebiet an Alhanroels Ostküste gefunden, das bis auf den heutigen Tag kaum erforscht war. Die Mauer war mit zahlreichen schlanken, zierlichen Türmen besetzt, die Bombifale das verzauberte Aussehen eines Ortes gaben, der von übernatürlichen Geschöpfen erbaut worden war.

Doch nicht ganz Bombifale war so verzaubert, so kunstvoll und so phantastisch erbaut. Dort, wo Prestimion und Septach Melayn jetzt gerade standen – am Stadtrand auf einem Stück rissigem, unebenem Pflaster, das sich steil hinab zu einem Bezirk voller Lagerhäuser mit schrägen Dächern neigte, noch nicht einmal sehr weit von Lord Pinitors sagenhaften Mauern entfernt –, dort erstreckte sich ein ärmliches, übel riechendes Revier, wie man es in einer fünftrangigen Hafenstadt vorzufinden erwartete.

Etwas an dieser Gegend kam Prestimion bekannt vor. Vielleicht war es der dürftig verpackte Müll, der an den Hauswänden gestapelt war, dachte er. Oder der Gestank der Abwasserkanäle, die in unangenehmer Nähe zu verlaufen schienen. Oder es waren die baufälligen, sich altersschwach aneinander lehnenden Ziegelhäuser in diesem Viertel, die unklare Erinnerungen in ihm zu wecken schienen.

»Ich bin nicht das erste Mal hier, nicht wahr?«

»In der Tat, mein Lord.« Septach Melayn deutete auf einen kleinen heruntergekommenen Gasthof auf der anderen Straßenseite. »Nicht lange vor dem Krieg waren wir schon einmal hier. Wir sind nach der Beerdigung des Pontifex als Ausgestoßene zur Burg zurückgekehrt, um zu sehen, was Korsibar auf dem unrechtmäßig bestiegenen Thron anrichtete.«

»Ah, richtig. Wir haben dort eine eher unwirsche Art von Gastfreundschaft genossen, wenn ich mich recht entsinne.« Und leise fügte er hinzu: »An einem Ort wie diesem solltest du mich nicht ›mein Lord‹ nennen, Septach Melayn.«

»Wer würde das an einem Ort wie diesem einem glauben – so wie du aussiehst?«

»Trotzdem«, beharrte Prestimion. »Wenn wir schon verkleidet hergekommen sind, dann wollen wir in jeder Hinsicht vorsichtig sein, einverstanden? Gut. Los jetzt, zeige mir diesen Mitternachtsmarkt.«

Es war nicht so, dass Prestimion um seine Sicherheit

fürchten musste. Er war sicher, dass hier niemand die Hand gegen den Coronal erheben würde, falls man seine wahre Identität aufdecken würde. Außerdem konnte er im Zweifelsfall bei einer Prügelei auch gut auf sich selbst Acht geben; der Schwertkämpfer, der gegen Septach Melayn bestehen konnte, musste erst noch geboren werden.

Doch es wäre höchst peinlich gewesen, wenn die Sache ans Licht gekommen wäre – Lord Prestimion höchstpersönlich an diesem verruchten, unanständigen Ort in dreckverschmiertem Mantel und mit geflickten Hosen, das Gesicht halb hinter einem Bart versteckt, der schwarz war wie Gonivauls Bart, auf dem Kopf eine stinkende Perücke mit grauweißem Haar, das ihm bis auf die Schultern fiel. Welche Entschuldigung hätte er sich für einen solchen Ausflug zurechtlegen können? Er wäre auf Monate zum Gespött des ganzen Palasts geworden, falls die Sache aufgeflogen wäre. Und er hätte ziemlich lange warten müssen, bis Kimbar Hapitaz, der Kommandant der Leibwache des Coronals, ihm noch einmal erlaubt hätte, sich so einfach aus der Burg zu stehlen.

Auch Septach Melayn war verkleidet. Die goldenen Löckchen hatte er unter einem entsetzlichen roten Gestrüpp versteckt, das steif war wie Stroh, dazu trug er ein zerlumptes und zerfetztes Halstuch, das den elegant gestutzten Bart verdecken sollte. Er führte Prestimion über das von Unkraut durchsetzte Pflaster zu einer kleinen Gruppe verfallener Gebäude am Ende der Straße. Sie waren nur zu zweit unterwegs, denn Gialaurys hatte sie nicht auf ihrem Abenteuer begleiten können. Er war im Norden beschäftigt, wo er die künstlich erschaffenen Ungeheuer hetzte, die Korsibar nicht mehr im Krieg hatte einsetzen können. Einige hatten sich befreit und verwüsteten die unglückliche Provinz Kharax.

»Hier herein, wenn es dir beliebt«, sagte Septach Melayn, indem er eine schwere, krachende Tür öffnete.

* * *

Im Zwielicht hinter der Tür konnte Prestimion zunächst nichts erkennen. Es stank und es war laut, ein einziges Chaos. Was äußerlich nach einer Gruppe von mehreren Gebäuden ausgesehen hatte, entpuppte sich drinnen als eine einzige lange und niedrige Halle, die von schmalen Gängen unterteilt wurde. Das jenseitige Ende in der Ferne war nicht zu erkennen. Die wichtigsten und bei weitem nicht zureichenden Lichtquellen waren die kümmerlichen Glühlampen, die unter den Dachsparren befestigt waren. Zahlreiche kokelnde Fackeln in den verschiedenen Abschnitten der Halle produzierten nur wenig Licht, aber dafür umso mehr stinkenden schwarzen Qualm.

»Was immer du kaufen willst«, tuschelte Septach Melayn, »wahrscheinlich kannst du es hier drinnen bekommen.«

Daran hatte Prestimion keinen Zweifel. Eine unendliche Fülle verschiedenster Handelsgüter schien vor ihm ausgebreitet zu sein.

Die Stände in der Nähe des Eingangs boten Waren feil, die man auch auf jedem anderen Markt finden konnte. Große Beutel aus Sackleinen enthielten Gewürze und Duftstoffe – Bdella und Malibathron, Kankamon, Storax und Mabaric, grauer Koriander und Fenchel, verschiedene Arten von Salz, Indigo und rote, gelbe und schwarze Pigmente zum Färben, scharfes Glabbampulver für den pikanten Eintopf, den die Skandars so liebten, süße Sarjorellen für die klebrigen Kuchen der Hjort und vieles mehr. Hinter den Gewürzhändlern kamen die Fleischverkäufer, deren Ware in großen Brocken an Holzhaken hing, dann die Händler, die Eier von hundert verschiedenen Vögeln verkauften – Eier in allen erdenklichen Farben und mit teils recht überraschenden Formen. Dahinter die Behälter, in denen lebende Fische und Reptilien und sogar junge Meeresdrachen zum Verkauf angeboten wurden. Noch ein Stück weiter, und man konnte Körbe und Kiepen erstehen, auch Fliegenpatschen und Besen, aus Palmfasern geflochtene Matten, bunte Glasflaschen, billige Ketten und primitive Armreifen, Pfeifen und Parfüm, Teppiche und Brokatkleider, Schreibpapier, Trockenobst, Käse, Butter und Honig. So ging es endlos weiter, Gang um Gang, Abschnitt um Abschnitt.

Prestimion und Septach Melayn erreichten eine Abteilung, in der lebende Tiere in Weidenkörben gehalten wurden. Welchen Zwecken sie dienen sollten, konnte Prestimion jedoch beim besten Willen nicht erahnen. Er sah kleine Bilantoons, die sich ängstlich aneinander drängten, Jakkabols mit scharfen Eckzähnen, Mintuns, Droles und Manculains und eine ganze Reihe anderer Tiere. Irgendwo bog er ab und starrte in einen Käfig aus kräftigen Bambusstäben, in denen ein einzelnes Tier mit rotem Fell von einer Art saß, die er noch nie gesehen hatte. Es war einem Wolf ähnlich, doch es war eher gedrungen und breit und hatte gewaltige Pranken und einen mächtigen Kopf, der im Verhältnis zum Körper zu groß zu sein schien. Die gekrümmten gelben Zähne erweckten den Eindruck, als könnten sie mühelos nicht nur Fleisch, sondern auch Knochen zerkleinern. Die gelbgrünen Augen blickten mit unglaublicher Wildheit. Ein Aasgeruch ging von dem Tier aus, wie von Fleisch, das zu lange zum Trocknen in der Sonne gelegen hatte. Als Prestimion es verwundert anschaute, gab es einen hässlichen, drohenden Laut von sich, der irgendwo zwischen einem Knurren und einem Heulen lag.

»Was ist das für ein Tier?«, fragte er. »Das ist das entsetzlichste Biest, das ich je gesehen habe.«

»Es ist ein Krokkotas«, erklärte Septach Melayn. »Diese Tiere streifen nordöstlich der Valmambra durch die Einöde. Man sagt, sie könnten die menschliche Sprache nachahmen und würden nachts in der Wildnis die Namen der Reisenden rufen, und wenn sich einer nähert, fallen sie ihn an und töten ihn. Angeblich verschlingen sie das Opfer bis auf den letzten Fetzen, einschließlich der Knochen, Haare und Zehennägel.«

Prestimion verzog unangenehm berührt das Gesicht. »Warum bietet man so ein entsetzliches Tier auf einem Markt in der Stadt zum Verkauf an?«

»Das solltest du den fragen, der das Tier feilbietet«, erwiderte Septach Melayn. »Ich habe keine Ahnung.«

»Vielleicht ist es besser, wenn man es nicht so genau weiß«, meinte Prestimion. Er starrte den Krokkotas noch eine Weile an. Fast schien es ihm, als übermittelte ihm das Heulen verständliche Worte und als wollte das Tier ihm sagen: »Coronal, Coronal, Coronal, komm zu mir.«

»Eigenartig«, murmelte Prestimion. Dann gingen sie weiter.

Doch die Angebote der Händler sollten sogar noch bizarrer werden.

»Wir erreichen gleich den Markt der Zauberer«, verkündete Septach Melayn leise. »Wollen wir vorher rasten und eine Kleinigkeit essen?«

Prestimion konnte sich nicht vorstellen, was an den kleinen Imbissständen verkauft wurde, denen sie sich gerade näherten, und auch Septach Melayn wusste es nicht genau, doch die Düfte waren wirklich einladend. Nach einigen Nachfragen fanden sie heraus, dass es an einem Stand Bilantoonfrikassee mit gehackten Zwiebeln und Palmblattspitzen gab. Am nächsten konnte man Vyeille mit Pfeffer in Weinblättern kaufen, wieder am nächsten das Fruchtfleisch einer roten Kürbissorte, die Khiyaar genannt wurde, vermischt mit Bohnen und winzigen Stückchen Fisch. Alle Verkäufer waren Liimenschen, jene teilnahmslosen dreiäugigen Geschöpfe, denen auf Majipoor unweigerlich stets die allereinfachsten Aufgaben zufielen. Sie antworteten mit heiseren Stimmen und schwerem Akzent einsilbig auf Septach Melayns Fragen, manchmal schwiegen sie ganz und gar. Am Ende kaufte Septach Melayn mehr oder weniger willkürlich eine kleine Auswahl der Speisen – Prestimion hatte wie üblich kein Geld dabei –, und sie blieben am Eingang des Marktes der Zauberer stehen und aßen. Es schmeckte bemerkenswert gut, und auf Prestimions Drängen erstand Septach Melayn noch eine Flasche starken Wein, so jung, dass er noch perlte, um das Essen hinunterzuspülen.

Dann gingen sie weiter.

Prestimion hatte bereits in der Stadt Triggoin während seines Exils einen Zauberermarkt besucht. Es war ein Ort, an dem man die eigenartigsten Tränke und Salben, Amulette aller Art und Zaubersprüche kaufen konnte, die in verschiedensten Situationen wirksam sein sollten. Ins dunkle, geheimnisvolle Triggoin schien ein solcher Markt ausgezeichnet zu passen – derlei Handelswaren erwartete man in einer Stadt zu finden, in der die Zauberei das Rückgrat des wirtschaftlichen Lebens bildete. Es mutete jedoch geradezu gespenstisch an, solche Dinge im schönen Bombifale zu finden, nicht einmal einen Steinwurf unter den Mauern seiner Burg. Dieser Markt zeigte ihm, wie stark sich die okkulten Künste in den letzten Jahren in das Alltagsleben von Majipoor gedrängt hatten. In seiner Kindheit hatte es all die Zauberei und Magie nicht gegeben, doch jetzt hatten die Magier an Macht gewonnen, und Majipoor tanzte nach ihrer Pfeife.

Verglichen mit diesem Abschnitt war der äußere Bereich des Mitternachtsmarktes fast menschenleer. Dort draußen waren nur jene unterwegs, deren Alltagsleben sich zu ungewöhnlicher Stunde abspielte, oder die Vergesslichen, die tagsüber ihre Einkäufe nicht besorgt hatten und nun notgedrungen noch das Fleisch und Gemüse für den nächsten Tag einkaufen mussten. Doch hier hinten, wo die wahrhaft ausgefallenen Waren feilgeboten wurden, drängten sich derart viele Käufer in den Gängen, dass Prestimion und Septach Melayn sich kaum noch vorwärts bewegen konnten.

»Ist es jede Nacht so voll?«, fragte Prestimion.

»Der Markt der Zauberer ist nur jeden ersten und dritten Seetag des Monats geöffnet«, erklärte der Schwertkämpfer. »Wer Zauberzeug einkaufen will, ist auf diese Tage beschränkt.«

Prestimion sah sich staunend um. Auch hier standen Rupfensäcke hinter den Ständen, doch sie enthielten weder Gewürze noch Duftstoffe. Hier, so verkündete der endlose Singsang der Händler, konnte man das Rohmaterial der nekromantischen Künste beziehen. Pülverchen und Öle in beliebiger Menge – Olustro, Echter Alant und goldene Weinraute, Mastixpfeffer, Trollzucker und Myrrhe, Aloe und Zinnober und Maltabar, Quecksilber, Schwefel, Thekka-Ammoniak, Scamion, Pestasch, Yarkand und Dvort. Hier gab es auch die schwarzen Kerzen, die ein Haruspex verwendete, hier gab es Mittel gegen Flüche und Besessenheit von Dämonen, hier gab es den Wein, der Tote wiederzubeleben vermochte, und die Breiumschläge, mit denen man das Teufelsfieber austreiben konnte.

Talismane mit Gravuren wurden feilgeboten, um die Irgalisteroi anzurufen, die unterirdischen prähistorischen Geister der alten Welt, die vor zwanzigtausend Jahren von den Gestaltwandlern unter grässlichen Bannsprüchen eingesperrt worden waren. Mit Hilfe der richtigen Formeln ließen sie sich manches Mal verleiten, sich dem Willen dessen zu fügen, der sie angerufen hatte. Auf der Flucht vor Korsibars Heeren hatte Prestimion in Triggoin von diesen Wesen und anderen erfahren, die ihnen ähnlich waren.

Es war eine nachgerade atemberaubende Vielfalt bizarrer Amulette und mantischer Apparate, zu denen allerhand Rezepturen und Anleitungen zu gehören schienen. Beunruhigend war der Anblick der Bürger von Bombifale, die sich zu hunderten auf diesem Markt der Absonderlichkeiten drängten und einander anrempelten, weil sie so sehr darauf brannten, die sauer verdienten Kronen und Royals für diese Dinge auszugeben. Es waren überwiegend einfache, bescheiden gekleidete Bürger, doch sie warfen mit dem Geld um sich, als wären sie reiche Grafen.

»Gibt es noch mehr zu sehen?«, fragte Prestimion voller Staunen.

»O ja, noch sehr viel mehr.«

Der Boden des Gebäudes, in dem der Markt aufgebaut war, schien hier abschüssig zu sein. Offenbar näherten sie sich einem Bereich, der unterhalb des Straßenniveaus lag.

Hier unten war die Luft noch stärker verräuchert und noch muffiger als oben. In diesem Bereich hatte sich ein bunter Haufen von Händlern und Unterhaltungskünstlern zusammengefunden. Jongleure, eine Gruppe vierarmiger Skandars mit grau-rotem Pelz, warfen einander blitzschnell und völlig unbekümmert Messer, Bälle und brennende Fackeln zu. Musiker hatten Becher für die Münzen der Zuschauer aufgestellt, attackierten heftig ihre Geigen, Trommeln und Rikkitawms und hatten große Mühe, sich gegen den allgemeinen Lärm des Marktes durchzusetzen. Gewöhnliche Jahrmarktsgaukler, die nicht den Anspruch hatten, echte Magie zu wirken, führten uralte Taschenspielertricks vor und hantierten mit Schlangen, bunten Taschentüchern, verschlossenen Kisten und Messern, die mühelos Kehlen zu durchschneiden schienen. Schreiber priesen ihre Dienste an und erboten sich, für jene, die in dieser Kunst nicht unterwiesen waren, Briefe aufzusetzen. Wasserträger mit glänzenden kupfernen Doppelkanistern standen bereit, den Durst der Besucher zu stillen, und kleine Jungen mit gewitzten Augen wollten die Passanten verleiten, sich auf ein Glücksspiel einzulassen, bei dem es um unglaublich schnell bewegte kleine Reisigbündel ging.

Inmitten dieses Tumults bemerkte Prestimion auf einmal eine Zone der Ruhe, einen klar abgegrenzten Bereich gedrückter Stille, der mitten durch die Menge zu schneiden schien. Zunächst hatte er keine Vorstellung, was dieses außergewöhnliche, beklommene Schweigen der Leute hätte verursachen können, doch dann deutete Septach Melayn auf den Ausgangspunkt, und Prestimion erkannte zwei Gestalten in der Uniform des Pontifikats, die sich über den Markt bewegten. Rings um sie breitete sich eine ängstliche Spannung und Nervosität aus.

Der Erste war ein Hjort, ein Mann mit der groben Haut, dem aufgedunsenen Gesicht und den hervorquellenden Augen seiner Art, der übertrieben aufrecht ging, wie es alle Hjort taten. Die anderen Bewohner Majipoors waren der Ansicht, die Hjort nähmen sich selbst zu wichtig und wären zu sehr von sich eingenommen, doch in Wirklichkeit war die aufrechte Haltung eine Folge des rundlichen, schweren Körperbaus. Über den Schultern des Hjort hing eine Waage, die Prestimion eher wie ein Dienstabzeichen denn wie etwas vorkam, das einen praktischen Nutzen hatte.

Doch vor allem war es der Begleiter des Hjort, der die Menschen zu ängstigen schien. Er gehörte dem Volk der Su-Suheris an und war unglaublich hoch gewachsen, fast so groß wie ein Skandar. Die beiden haarlosen, unmöglich lang gezogenen Köpfe mit den kalten Augen saßen auf einem dünnen, gegabelten Hals, der allein schon mehr als einen Fuß lang war. Es war in der Tat ein beunruhigender Anblick. Wesen dieser Art waren immer beunruhigend. Genau wie ein Hjort nichts für sein vierschrötiges, grobes Gesicht konnte, für die hervortretenden Augen und die aschgraue Haut, die andere Völker für komisch und hässlich zugleich hielten, verliehen die beiden bleichen, glänzenden Köpfe einem Su-Suheris unwillkürlich eine finstere und völlig fremdartige Ausstrahlung.

»Der Inspektor der Maße und Gewichte«, erklärte Septach Melayn, Prestimions unausgesprochene Frage beantwortend.

»Was hat er hier zu suchen? Ich dachte, dieser Markt steht nicht unter Aufsicht der Regierungsbehörden.«

»So ist es. Der Inspektor kommt aber trotzdem. Es ist sein privates Geschäft, dem er nach seiner normalen Dienstzeit nachgeht. Er überprüft die Ladenbesitzer, ob sie gerecht abwiegen und gerechte Preise verlangen, und wer die Prüfung nicht besteht, wird von den anderen Verkäufern nach draußen geschleppt und verprügelt. Dafür bekommt der Inspektor eine Gebühr. Die Händler wollen keine unsauberen Geschäfte dulden.«

»Aber hier sind es doch alles unsaubere Geschäfte«, antwortete Prestimion aufgebracht.

»In ihren Augen nicht«, gab Septach Melayn zurück.

So war es. Dies war eine ganz eigene Welt, dieser Mitternachtsmarkt von Bombifale, dachte Prestimion. Er existierte abseits des übrigen Majipoor, und weder Pontifex noch Coronal genossen hier irgendeine Autorität.

Der Inspektor der Maße und Gewichte und sein Hjort-Helfer bewegten sich schweigend weiter und drangen tiefer in den Markt ein. Prestimion und Septach Melayn folgten den beiden.

Im nächsten Bezirk waren die Stände der Händler aufgebaut, die Hilfsmittel zur Weissagung anboten. Prestimion erkannte einige Dinge wieder, die er während seiner Ausbildung in Triggoin gesehen hatte. Das funkelnde Zeug in kleinen, mit Tuch umhüllten Päckchen war Zemzem-Pulver, das man über Menschen streuen konnte, die schwer erkrankt waren, um herauszufinden, welchen Verlauf das Leiden nehmen würde. Es kam aus Velalisier, der gespenstischen antiken Ruinenstadt der Metamorphen. Die verkohlten kleinen Laibe da vorn waren Rukka-Kuchen, die den Verlauf von Liebesaffären beeinflussen konnten, und das schleimige Zeug da drüben war Schlamm von der Schwebenden Insel Masulind, der die Kraft hatte, die Geschäfte günstig zu beeinflussen. Das hier war gemahlene Delem-Aloe, die anzeigen konnte, wann eine Frau fruchtbar war, indem sie dünne rote Ringe um die Brüste entstehen ließ. Und jenes eigenartige Gerät dort …

»Das ist vollkommen wertlos, mein Lord«, sagte auf einmal jemand links neben ihm. Jemand mit einer tiefen, wohlklingenden Stimme, der erheblich größer sein musste als Prestimion. »Auf dieses unnütze Zeug solltet Ihr keinen zweiten Gedanken verschwenden.«

Prestimion hatte gerade eine kleine Maschine in die Hand genommen, die wie ein magisches Quadrat geformt war. Letzteres konnte in der Hand des Kundigen angeblich in numerischer Form die Antwort auf jede Frage geben, die dann nur noch in verständliche Worte übertragen werden musste. Er hatte das Gerät müßig von einer Verkaufstheke genommen. Als er den unerwarteten Kommentar des Fremden hörte, warf er das Gerät zurück wie ein Stück glühende Kohle und drehte sich zu dem Sprecher um.

Vor ihm stand ein weiterer Su-Suheris, eine riesige

Gestalt in der Farbe von Elfenbein, bekleidet mit einem einfachen schwarzen Gewand mit roter Schärpe. Der hohe linke Kopf starrte mit kühlem, leidenschaftslosem Blick auf ihn herab, während der zweite in eine ganz andere Richtung schaute.

Prestimion fühlte sich sofort unbehaglich und unangenehm berührt.

Es war schwer, mit diesen zweiköpfigen Wesen warm zu werden, die so seltsam aussahen und so verschlossene Gesichter hatten. An die riesigen vierarmigen Skandars mit ihren Pelzen oder an die winzigen Vroon mit ihren vielen Tentakeln oder sogar an die reptilischen Ghayrogs, die sich in großer Zahl auf dem anderen Kontinent niederließen, konnte man sich leichter gewöhnen als an diese Geschöpfe. Wesen von anderen Welten wie die Skandars, die Vroon oder die Ghayrogs waren den Menschen nicht ähnlicher als die Su-Suheris, aber wenigstens begnügten sie sich allesamt mit nur einem Kopf.

Davon abgesehen hatte Prestimion ganz eigene Gründe, gegen die Su-Suheris Antipathien zu hegen. Sanibak-Thastimoon, Korsibars persönlicher Magier, war ein Su-Suheris gewesen. Der eiskalte und gewissenlose Sanibak-Thastimoon hatte wahrscheinlich mehr als jeder andere mit falschen Prophezeiungen von glänzenden Erfolgen den formbaren, dummen Korsibar verleitet, den Thron zu usurpieren und die Katastrophe heraufzubeschwören. Dank der Zaubersprüche, die Sanibak-Thastimoon gewirkt hatte, waren Korsibars Truppen in der Lage gewesen, im Bürgerkrieg so lange die Oberhand zu behalten. Erst in der letzten Phase des Krieges, als für Korsibar alles verloren gewesen war, hatte Sanibak-Thastimoon, als seine geschlagene und verzweifelte Marionette Korsibar sich gegen ihn gewandt hatte, den unrechtmäßigen Coronal getötet und auch dessen Schwester Thismet umgebracht, als sie sich in blinder Wut mit Korsibars Schwert auf ihn hatte stürzen wollen.

Doch Sanibak-Thastimoon war nur wenige Augenblicke später durch Septach Melayns Hand gefallen, und jetzt war sein Name genau wie so viele andere Dinge zusammen mit dem Bürgerkrieg aus dem Gedächtnis der Menschen getilgt worden. Dieser Su-Suheris, der jetzt vor Prestimion stand, war natürlich ein ganz anderer, und wer immer er auch war, man konnte ihn nicht für die Sünden eines Artgenossen verantwortlich machen. Immerhin, so ermahnte Prestimion sich, besaßen die Su-Suheris auf Majipoor die vollen Bürgerrechte. Es gehörte sich nicht, einen Mitbürger verächtlich zu behandeln.

So gab er eine äußerlich gelassene Antwort. »Ihr habt sicher einen guten Grund, diesen kleinen Maschinen zu misstrauen?«

»Was ich für sie empfinde, mein Lord, ist eher Verachtung als Misstrauen. Es sind nutzlose Dinge. Genau wie die meisten anderen Dinge auch, die hier angeboten werden.« Das zweiköpfige Wesen machte mit dem langen, dünnen Arm eine alles umfassende Geste. »Es gibt die wahre Weissagung und es gibt jene andere Sorte, und die letztere besteht im Großen und Ganzen aus verachtenswerten und völlig nutzlosen Produkten, die einzig und allein dazu da sind, gutgläubige Käufer zu täuschen.«

Prestimion nickte. Dann blickte er zu den kalten smaragdgrünen Augen des fremdartigen Wesens auf. »Ihr habt mich zweimal mit ›mein Lord‹ angesprochen. Warum?«

Die Augen verengten sich überrascht. »Nun, weil es höflich und angemessen ist, mein Lord!« Die knochigen Finger des Su-Suheris' entboten Prestimion den Sternenfächergruß. »Trifft es denn nicht zu?«

Septach Melayn trat näher heran, die Hand auf den

Schwertgriff gelegt, das Gesicht dunkel vor Zorn. »Ich sage Euch, Kerl, Ihr irrt Euch sehr. Ihr bewegt Euch auf gefährlichem Terrain, und ich warne Euch, noch einen Schritt zu machen.«

Jetzt richteten sich beide Köpfe aus großer Höhe auf Prestimion, und alle vier Augen sahen den stämmigen, untersetzten Coronal scharf an. Leise, dass niemand außer Prestimion und seinem Gefährten es hören konnte, sagte der linke Kopf: »Nun gut, mein Lord, dann verzeiht mir meinen Fehler. Eure Identität ist unübersehbar; ich wusste nicht, dass Ihr unerkannt bleiben wollt.«

»Unübersehbar?« Prestimion tippte auf den falschen Bart und zupfte an der schwarzen Perücke. »Könnt Ihr hinter all dem Zeug mein Gesicht erkennen?«

»Ich erkenne mühelos Euer Wesen und Eure Haltung, mein Lord. Und ebenso erkenne ich den Hohen Berater Septach Melayn neben Euch. Euer wahres Wesen könnt Ihr mit Perücken und Bärten nicht verbergen. Wenigstens nicht vor mir.«

»Und wer seid Ihr?«, verlangte Septach Melayn zu wissen.

Die beiden Köpfe verneigten sich höflich. »Mein Name ist Maundigand-Klimd«, antwortete der Su-Suheris höflich. Jetzt sprach der rechte Kopf. »Ich bin Magier von Beruf. Als meine Berechnungen zeigten, dass Ihr heute Abend hier sein würdet, wollte ich mir die Gelegenheit nicht entgehen lassen, Euch meine Aufwartung zu machen.«

»Eure Berechnungen, ja?«

»Ganz andere Berechnungen, wie ich betonen muss, als jene, die mit derartigen Geräten vorgenommen werden.« Maundigand-Klimd lachte kalt und deutete auf die magischen Zahlenapparate, die vor ihnen auf dem Stand lagen. »Sie tun nur so, als hätten sie Magie, aber sie halten nicht, was die Verkäufer versprechen.

Was ich praktiziere, beruht auf der wahren Mathematik der echten Weissagung.«

»Dann sind Eure Vorhersagen eine Wissenschaft?«

»Es handelt sich ganz eindeutig um eine Wissenschaft.«

Prestimion warf einen raschen Blick zu Septach Melayn, ohne sich äußerlich anmerken zu lassen, was in ihm vorging.

Dann wandte er sich wieder an Maundigand-Klimd. »Dann war es also kein Zufall, dass Ihr genau in diesem Augenblick neben mir standet?«

»Oh, mein Lord«, sagte Maundigand-Klimd, und sein Gesicht zeigte einen Ausdruck, der einem Lächeln so nahe kam, wie es einem Su-Suheris überhaupt möglich war. »Es gibt keine Zufälle, mein Lord.«

8

Wenn Ihr mir bitte hier entlang folgen wollt, Lord Prestimion«, sagte Navigorn von Hoikmar. Er und Prestimion standen vor dem Eingang von Lord Sangamors Tunneln, dem unergründlichen Gewirr von unterirdischen Kammern mit hell strahlenden Wänden, die ein Coronal vor Jahrtausenden in die Westseite des Burgbergs hatte graben lassen. »Wahrscheinlich hattet Ihr noch keine Gelegenheit, diesen Ort zu besuchen, Euer Lordschaft«, fuhr Navigorn fort. »Es ist wirklich ein außerordentlicher Anblick.«

»Mein Vater hat mich einmal hierher mitgenommen, als ich noch ein kleiner Junge war«, erklärte Prestimion. »Er wollte mir die Farben der Wände zeigen. Die Verliese sind ja schon seit vielen Jahrhunderten nicht mehr als Gefängnis benutzt worden.«

»Nicht mehr seit der Regentschaft von Lord Amyntilir, um es genau zu sagen.« Der Wächter am Eingang trat zur Seite, als sie sich näherten. Navigorn legte die Hand auf die glänzende Metallplatte auf der Tür, die sich gehorsam öffnete und einen schmalen Gang frei gab, der ins eigentliche Verlies führte.

»Wahrlich der vollkommene Platz für einen Kerker. Wie Ihr sehen könnt, bildet dieser leicht zu bewachende Tunnel den einzigen Zugang. Jetzt geht es unterirdisch weiter bis zum Sangamor-Gipfel, der auf dem Burgberg so steil ansteigt, dass er von außen unmöglich zu bezwingen ist. Nur von innen kann man ihn erreichen.«

»Ja«, stimmte Prestimion zu. »Das ist wirklich sehr klug ausgedacht.«

Er schenkte sich die Erklärung, dass dies bereits sein dritter Besuch im Verlies war und nicht erst der zweite. Nur zwei Jahre zuvor hatte er sogar als Gefangener in diesen Kammern gesessen. Der erste Gefangene seit Jahrhunderten, hierher gesteckt auf Befehl des Coronals Lord Korsibar, wie der Usurpator sich damals zu nennen beliebte. Man hatte Prestimion an Hand- und Fußgelenken an die Steinwand einer Kammer geschmiedet, die ringsum grelle rote Farbstürme absonderte, welche sogar mit geschlossenen Augen noch sichtbar gewesen waren. Diese unauslöschliche Abstrahlung von Licht hatte seinen Geist bestürmt und bedrängt, bis er beinahe den Verstand verloren hätte.

Prestimion konnte nicht mehr sagen, wie lange Korsibar ihn gefangen gehalten hatte. Es waren mindestens drei oder vier Wochen gewesen, die ihm allerdings wie Monate erschienen waren. Sogar wie Jahre. Er war geschwächt und erschüttert aus den Katakomben wieder aufgetaucht und hatte lange gebraucht, um sich zu erholen.

Navigorn war dies alles natürlich nicht bewusst. Auch Prestimions Aufenthalt in den Verliesen von Sangamor war aus dem Gedächtnis der Menschen gelöscht. Aus der Erinnerung aller anderen Menschen, nur nicht aus seiner eigenen. Wenn er doch nur auch vergessen könnte! Die Erinnerung an diese schreckliche Zeit wollte ihn einfach nicht loslassen.

Doch jetzt kam er als Coronal, nicht als Gefangener. Navigorn führte ihn durch den Eingang des Verlieses und schwatzte wie ein Fremdenführer. Prestimion amüsierte sich, als er gewahrte, wie gut Navigorn sich in die Rolle des Gefangenenwärters hineingefunden hatte.

»Die Mauern sind mit einer Substanz verkleidet, die dem Gestein sehr ähnlich ist, doch man hat sie künstlich hergestellt. Es ist die besondere Beschaffenheit dieser Substanz, mein Lord, die dazu führt, dass ständig buntes Licht von großer Intensität abgestrahlt wird. Ein wissenschaftliches Geheimnis der Ahnen, das wir heute leider verloren haben.«

»Eines von vielen verlorenen Geheimnissen«, stimmte Prestimion zu. »Auch wenn ich gestehen muss, dass mir heute kein rechter Verwendungszweck mehr dafür einfallen will.«

»Diese Farben sind von großer Schönheit, mein Lord.«

»Bis zu einem gewissen Punkt. Ich könnte mir vorstellen, dass sie nach einer Weile eine blinde Wut wecken, diese ungeheuren zuckenden Lichtblitze, die man einfach nicht abschalten kann.«

»Das mag sein. Aber über kurze Zeit …«

Nun ja, als er von Korsibar hier gefangen gehalten worden war, da war es keine kurze Zeit gewesen, es war ganz und gar keine kurze Zeitspanne gewesen, und die roten Lichtblitze in seiner Zelle hatten, als die Tage sich dahinschleppten, alles in allem eine beinahe tödliche Wirkung auf ihn gehabt. Prestimion hatte sich nicht überwinden können, Dantirya Sambail das anzutun, was Korsibar ihm selbst angetan hatte. Zwar galten die Verliese als das sicherste Gefängnis auf der ganzen Burg, und es hatte keine andere Möglichkeit gegeben, als den Prokurator hierher zu bringen, doch Prestimion hatte veranlasst, dass Dantirya Sambail in eine halbwegs erträgliche Kammer gesperrt wurde.

Unterdessen kochten auf der Burg die Gerüchte über, wie Prestimion sehr genau wusste. Es hieß, Dantirya Sambail liege Tag und Nacht angekettet in einem entsetzlichen Loch, wo er die schlimmsten Folterungen erleiden müsse, über die man in diesem Verlies verfügte. Doch dem war nicht so. Der Prokurator war keineswegs an die Wand gekettet, wie Prestimion es gewesen war, sondern ihm stand ein recht großer Raum zur Verfügung, in dem er sich frei bewegen konnte. Er hatte ein Bett, ein Sofa, einen Tisch und einen Schreibtisch. Auch strahlte von den Wänden seiner Zelle kein Licht ab, das sein Bewusstsein bestürmte und seine Seele betäubte. Er sah ein sanftes Limonengrün, während Prestimion den unablässigen Ansturm von strahlendem Rot hatte ertragen müssen.

Prestimion hatte sich dennoch nicht die Mühe gemacht, den Gerüchten entgegenzutreten. Sollten die Leute nur glauben, was sie wollten. Er würde mit niemandem über Dantirya Sambails Status diskutieren. Es war gar nicht so schlecht, wenn ein neuer Coronal in der Burg zunächst einmal für eine gewisse Verunsicherung sorgte.

Er und Navigorn durchquerten einen Bereich, wo ein dumpfes, pulsierendes jadegrünes Licht vorherrschte, zähflüssig wie das Wasser am Meeresgrund; dahinter folgte ein flimmerndes rosafarbenes Licht, das sich wie mit scharfen Messerschneiden in die Augen einbrannte, darauf ein düsteres, bedrückendes Ocker, das wie beständige dumpfe Trommelschläge auf sie einhämmerte. Anschließend ging es bergauf und in Spiralen um die steile Felsnadel herum, die Sangamor-Gipfel genannt wurde. Unterwegs konnte Prestimion einen raschen, Übelkeit erregenden Blick in die Zelle mit dem schrecklichen hellroten Licht werfen, in der er einst gesessen hatte. Direkt daneben lag eine, die vom stechenden Licht gerade geschmolzenen Kupfers erfüllt war. Dahinter wurden die Farben sanfter – Zimt, das Blau von Hyazinthen, Aquamarin, Malve.

Endlich ein weiches Grün, und dann stand Prestimion an der Schwelle der Gemächer, in denen der Prokurator von Ni-moya festgehalten wurde.

Prestimion hatte diesen Besuch so lange wie möglich aufgeschoben, doch er konnte nicht noch länger ausweichen. Irgendwann musste er sich der Tatsache stellen, dass Dantirya Sambail für Verbrechen und Verfehlungen unter Arrest stand, von denen der Prokurator nicht einmal selbst etwas wusste. Prestimion war immer noch unsicher, wie er in dieser paradoxen Situation verfahren sollte. Doch er wusste, dass er jetzt endlich den Tatsachen ins Auge blicken musste.

»Nun, mein Vetter«, rief Dantirya Sambail mit falscher Herzlichkeit, nachdem Navigorn die unmöglich langwierige Prozedur hinter sich gebracht und die Zellentür des Prokurators endlich geöffnet hatte. »Man hat mir erzählt, dass du mir heute einen Besuch abstatten wolltest, doch ich dachte, man hätte es mir nur aus Bosheit gesagt, um ein falsches Spiel mit mir zu treiben. Welche Freude es ist, dein hübsches junges Gesicht wieder zu sehen, Prestimion! Aber ich sollte dich wohl besser mit ›Lord Prestimion‹ anreden, nicht wahr? Denn soweit ich weiß, ist der Tag deiner Krönung, zu der ich aufgrund irgendeines Missverständnisses nicht eingeladen wurde, längst verstrichen.«

Mit diesen Worten streckte der Prokurator strahlend beide Hände aus, die an den Handgelenken von einem Metallband gefesselt waren, und wackelte mit den Fingern, um eine komische, liebenswürdige Karikatur des Sternenfächergrußes zum Besten zu geben.

Prestimion war darauf gefasst gewesen, dass von Dantirya Sambail, wenn er ihn von Angesicht zu Angesicht wieder sehen würde, so gut wie alles zu erwarten sei, doch ein solcher Ausbruch von Freundlichkeit hatte nicht sehr weit oben auf der Liste der Möglichkeiten gestanden. Aus diesem Grund hatte er auch befohlen, dem Prokurator vor dem Besuch die Hände zu fesseln, denn Dantirya Sambail war stark wie ein Ochse und mochte über seine Kerkerhaft so erbost sein, dass er Prestimion wie ein Irrer angefallen hätte, sobald dieser die Zelle betrat.

Aber nein. Dantirya Sambail lächelte und zwinkerte, als hätten sie sich in einem reizenden Gasthof getroffen, in dem er abgestiegen war, und als sollte Lord Prestimion heute sein Gast sein.

»Löse seine Handfesseln«, sagte Prestimion zu Navigorn.

Nach kurzem Zögern gehorchte Navigorn. Prestimion fürchtete beinahe, die Liebenswürdigkeit könnte sich in Zorn verwandeln, sobald die Handschellen abgenommen waren, doch der Prokurator blieb auf der anderen Seite des Raumes zwischen der langen, niedrigen Couch und einem eleganten Schreibtisch stehen, auf dem ein halbes Dutzend Bücher herumlagen. Er schien sich völlig wohl zu fühlen. Prestimion wusste allerdings sehr genau, welche Feuersbrünste in der Seele seines Verwandten tobten.

Das ruhige, hellgrüne Glühen strömte stetig aus den Wänden und gab dem Raum ein kühles, freundliches Aussehen. »Es freut mich, dass deine Kammer so angenehm ist, mein Vetter. Es gibt, so würde ich meinen, weitaus schlimmere Quartiere in diesen Gängen.«

»Wirklich, Prestimion? Davon weiß ich nichts. Aber ja doch, ja, es ist recht nett. Dieser angenehme Schein, der aus den Wänden strahlt, die schönen Möbel und die polierten Bodenfliesen, über die ich auf meinen täglichen Spaziergängen von dieser zu jener Seite des Raumes laufen kann … Du hättest weit ungastlicher sein können.«

Er schnurrte wie eine zufriedene Katze, aber die Wut dahinter war unverkennbar.

Prestimion beobachtete Dantirya Sambail mit aller gebotenen Vorsicht. Er hatte den Prokurator seit jenem entsetzlichen Tag an der Thegomar-Kante nicht mehr gesehen. Als Korsibar schon geschlagen und höchstwahrscheinlich tot am Boden gelegen hatte, hatte sich Dantirya Sambail mit einem Schwert in einer und der Axt eines Bauern in der anderen Hand vor Prestimion aufgebaut und ihn zum Zweikampf um den Thron herausgefordert. Beinahe hätte er Prestimion sogar niedergestreckt, doch im letzten Augenblick hatte dieser, von einem Hieb mit flacher Klinge auf die Rippen angeschlagen, durch einen raschen Stoß mit dem Rapier die Sehne des Arms durchtrennt, der die Axt gehalten hatte, und mit einem zweiten Schlag eine blutige Spur über den Schwertarm des Prokurators gezogen. Es sah fast so aus, als trüge Dantirya Sambail unter dem locker wehenden Hemd aus goldener Seide jetzt noch Umschläge auf den Wunden, obwohl sie doch eigentlich längst hätten verheilt sein müssen.

Der Prokurator war beinahe prächtig anzuschauen in all seiner Hässlichkeit: ein schwerfälliger Mann in mittleren Jahren, mit einem wuchtigen Kopf auf dickem Hals und breiten Schultern. Das Gesicht war bleich, doch über und über mit roten Sommersprossen besetzt. Das Haar war orangefarben, unbändig und kräftig und saß als dichter Kranz über der hohen Stirn. Das Kinn stand stark hervor, die Nase war dick wie eine Zwiebel, der Mund breit und wild und zu einem gewaltigen Grinsen verzogen. Es war das Gesicht eines gefährlichen Raubtiers. Doch aus dem Gesicht starrten seltsam sanfte veilchenblaue Augen, die von einer unpassenden Wärme, von Zärtlichkeit und Mitgefühl sprachen. Der Kontrast zwischen den gefühlvollen Augen und dem wilden Gesicht war das Erschreckendste an diesem Mann. Kein menschliches Gefühl war ihm fremd, und er war bereit, jede Anstrengung auf sich zu nehmen, um seine maßlosen Begierden zu befriedigen.

Er hatte sich in seiner liebsten Pose aufgebaut, den großen Kopf nach vorn geschoben, die Brust trotzig herausgedrückt, die kurzen dicken Beine leicht gespreizt, um einen möglichst sicheren Stand zu haben. Dantirya Sambail war stets in Angriffslaune, selbst wenn er zu ruhen schien. In seiner Heimat auf dem Kontinent Zimroel hatte er im Grunde wie ein unabhängiger Monarch in der riesigen Stadt Ni-moya geherrscht und ein gewaltiges Reich regiert, doch damit war er anscheinend nicht zufrieden gewesen, denn er hatte auch nach dem Thron von Majipoor gegriffen oder wenigstens das Recht beansprucht, den Mann zu benennen, der ihn besetzen durfte. Er und Prestimion waren entfernte Verwandte, Vettern um drei oder mehr Ecken. Sie hatten sich stets eine Herzlichkeit vorgespielt, die keiner von ihnen wirklich empfand.

Mehrere Augenblicke verstrichen, Prestimion schwieg.

Dann ergriff Dantirya Sambail wieder das Wort und sprach mit leiser Ironie, die eine gewaltige Selbstbeherrschung verriet. »Könntest du mir die Ehre erweisen, mein Lord, und mir verraten, wie lange du mir an diesem Ort noch deine Gastfreundschaft erweisen willst?«

»Das ist noch nicht entschieden, Dantirya Sambail.«

»Meine Pflichten erwarten mich in Zimroel.«

»Zweifellos. Doch muss erst über deine Schuld und Strafe entschieden werden, ehe ich dich zurückkehren lassen kann. Falls dies überhaupt jemals geschehen wird.«

»Ah, ja«, sagte Dantirya Sambail gemessen, als sprächen sie über das Keltern guten Weines oder die Zucht von Bridlak-Bullen. »Die Frage meiner Schuld also. Und meiner Bestrafung. Welcher Vergehen habe ich mich denn schuldig gemacht? Und welche Bestrafung hast du eigentlich für mich vorgesehen? Nun, mein Lord? Es wäre sehr freundlich, wenn du mir diese Kleinigkeiten erklären könntest.«

Prestimion warf einen kurzen Blick zu Navigorn. »Ich würde gern unter vier Augen mit dem Prokurator sprechen, Navigorn.«

Navigorn runzelte die Stirn. Im Gegensatz zu Prestimion war er bewaffnet. Er warf einen raschen Blick zu Dantirya Sambails abgelegten Fesseln, doch Prestimion schüttelte den Kopf. Navigorn ging hinaus.

Falls Dantirya Sambail ihn angreifen wollte, dachte Prestimion, dann wäre dies der richtige Augenblick. Der Prokurator war erheblich massiger und einen halben Kopf größer als der vergleichsweise schmächtige Prestimion. Er schien jedoch keinen wahnwitzigen Angriff im Sinn zu haben. Seine Haltung war aggressiv, doch er blieb, wo er war, drüben auf der anderen Seite des Raumes, und blickte aus täuschenden, wunderschönen Amethystaugen Prestimion mit einem Ausdruck an, der nichts anderes als liebenswürdige Neugierde zu vermitteln schien.

»Ich bin gern bereit zu glauben, dass ich schreckliche Dinge getan habe, wenn du das sagst«, verkündete Dantirya Sambail gleichmütig, nachdem die Zellentür sich geschlossen hatte. »Und wenn ich etwas getan habe, dann sollte ich dafür wohl auch bestraft werden. Aber wie kommt es, dass ich nichts davon weiß?«

Prestimion schwieg. Ihm wurde nur zu bald bewusst, dass das Schweigen sich viel zu lange dehnte, doch die Begegnung verlief schwieriger als erwartet.

»Nun?«, fragte Dantirya Sambail nach einer Weile.

Jetzt klang seine Stimme etwas schärfer. »Willst du mir nicht sagen, mein Vetter, warum du mich hier eingesperrt hast? Aus welchem Grund und auf der Grundlage welcher Gesetze? Ich habe kein Verbrechen begangen, das dergleichen rechtfertigen würde. Könnte es sein, dass du mich jetzt, da du der Coronal bist, einfach auf den unbestimmten Verdacht hin, ich könnte dir Ärger machen, hast einsperren lassen?«

Er konnte es nicht noch weiter aufschieben. »Es ist von einem Ende der Welt bis zum anderen bekannt, Vetter«, erklärte Prestimion, »dass du eine ständige Bedrohung für die Sicherheit des Reiches und den Mann darstellst, der gerade auf dem Thron sitzt, wer es auch sei. Aber das ist nicht der Grund dafür, dass du hier bist.«

»Was ist dann der Grund?«

»Du bist nicht wegen irgendetwas hier, das du tun könntest, sondern wegen der Dinge, die du bereits getan hast. Genauer gesagt, handelt es sich um Verrat gegen die Krone und Gewaltanwendung gegen meine Person.«

Darauf verzog Dantirya Sambail in tiefster Verwirrung das Gesicht. Er gaffte und blinzelte und ließ den Kopf sinken, als wäre er ihm auf einmal zu schwer geworden. Prestimion hatte ihn noch nie so verstört gesehen. Einen Augenblick lang empfand er beinahe Mitgefühl für den Mann.

Mit heiserer Stimme fragte der Prokurator: »Hast du den Verstand verloren, Vetter?«

»Ganz und gar nicht. Der Frieden wurde gebrochen. Ungesetzliche Dinge wurden getan. Du bist dir der Verfehlungen, die du begangen hast, zufällig nicht mehr bewusst, das ist alles. Das heißt jedoch nicht, dass du sie nicht begangen hast.«

»Ah«, machte Dantirya Sambail, aber er sah nicht danach aus, als hätte er auch nur ein Wort begriffen.

»Du hast Kampfwunden, nicht wahr? Eine hier und eine hier.« Prestimion deutete auf die linke Achselhöhle und strich mit der Hand vom Ellenbogen bis zum Handgelenk über die Innenseite des Armes.

»Ja«, stimmte der Prokurator mürrisch zu. »Ich wollte dich schon fragen …«

»Ich habe dir die Wunden mit eigener Hand geschlagen, als wir auf dem Schlachtfeld kämpften.«

Dantirya Sambail schüttelte langsam den Kopf. »Ich habe keinerlei Erinnerung daran. Nein, nein. So etwas ist nie geschehen. Du hast den Verstand verloren, Prestimion. Beim Göttlichen … Ich bin der Gefangene eines Irren!«

»Ganz im Gegenteil, mein Vetter. Alles, was ich dir gesagt habe, entspricht der Wahrheit. Es gab Verrat, es gab einen Kampf zwischen uns, ich kam mit knapper Not mit dem Leben davon. Jeder andere Coronal hätte dich auf der Stelle für das, was du getan hast, zum Tode verurteilt. Aus unerfindlichen Gründen, vielleicht da wir entfernte Verwandte sind, habe ich gezögert, es zu tun. Doch ich werde dich nicht freilassen, solange nicht geklärt ist, ob ich mir deiner Loyalität ein für alle Mal sicher sein kann. Denn könnte ich darauf vertrauen, selbst wenn du mir dein Wort darauf gäbest?«

Jetzt kehrte die Farbe in Dantirya Sambails Gesicht zurück, und die unzähligen Sommersprossen traten hervor wie die feurigen Beweise einer gefährlichen Pockenerkrankung. Ein seltsames Knurren, leise und halb unterdrückt, entstand in der mächtigen Brust. Prestimion dachte unwillkürlich an den Krokkotas, den er auf dem Mitternachtsmarkt von Bombifale im Käfig gesehen hatte. Doch Dantirya Sambail sprach nicht. Vielleicht, weil er in diesem Augenblick nicht dazu in der Lage war.

Prestimion fuhr fort. »Es ist eine sehr eigenartige Situation, Dantirya Sambail. Du weißt nichts von deinen Verbrechen, das ist mir klar. Aber du solltest mir glauben, wenn ich dir sage, dass du dennoch schuldig bist.«

»Dann hat man meine Erinnerungen manipuliert, nicht wahr?«

»Darauf werde ich nicht antworten.«

»So muss es gewesen sein. Warum das? Wie konntest du es wagen, Prestimion? Hältst du dich für eine Art Gott, vor dem ich nicht mehr bin als eine Ameise, dass du mich unter erfundenen Anklagen ins Gefängnis steckst, um zu allem Überfluss auch noch in meinen Erinnerungen herumzupfuschen? Ich habe genug von dieser Farce. Du willst meine Loyalität? Du kannst sie in dem Maße haben, wie du sie verdienst. Ich war unglaublich geduldig, Prestimion. All diese Tage und Wochen oder gar Monate, wie lange du mich auch hier festgehalten hast. Lass mich frei, Vetter, oder zwischen uns wird Krieg sein. Wie du weißt, habe ich meine Gefolgsleute, und es sind nicht wenige.«

»Zwischen uns gab es bereits einen Krieg, Vetter. Ich behalte dich hier, um dafür zu sorgen, dass so etwas nicht noch einmal geschieht.«

»Ohne Verhandlung? Ohne auch nur eine einzige offizielle Anklage gegen mich vorzubringen, abgesehen von diesem vagen Geschwafel über Verrat und Verbrechen gegen deine Person?« Dantirya Sambail hatte seine Fassung wiedergewonnen, wie Prestimion sehen konnte. Der verblüffte Gesichtsausdruck war verschwunden und mit ihm auch die Wut, die gerade noch zum Vorschein gekommen war. Die alte trügerische Ruhe war wieder da. Jene äußere Gelassenheit, hinter der, wie Prestimion genau wusste, vulkanische Kräfte von einer ungeheuren inneren Stärke unter Kontrolle gehalten wurden. »Oh, Prestimion, du ärgerst mich sehr. Ich könnte vollends die Beherrschung verlieren, würde mich nicht die feste Überzeugung zurückhalten, dass du nicht mehr bei Sinnen bist; und bekanntlich ist es zwecklos, sich über einen Irren aufzuregen.«

Eine dumme Zwickmühle, über die Prestimion eingehend nachdenken musste. Sollte er dem Prokurator die ganze Wahrheit über die große Verschleierung verraten? Nein, auf keinen Fall. Damit würde er Dantirya Sambail eine blanke Klinge in die Hand geben und die Brust für den Stoß entblößen. Was mit den Erinnerungen der Welt geschehen war, musste ein Geheimnis bleiben und durfte niemals offenbart werden.

Andererseits konnte er Dantirya Sambail nicht ewige Zeiten hier festhalten, ohne ihn unter Anklage zu stellen. Der Prokurator hatte keine leeren Drohungen ausgestoßen, als er seine getreuen Gefolgsleute erwähnt hatte. Dantirya Sambail besaß auf dem anderen Kontinent große Macht, und es war gut möglich, dass Prestimion über kurz oder lang in einen zweiten Bürgerkrieg verwickelt werden würde, dieses Mal zwischen Zimroel und Alhanroel, wenn er darauf bestünde, den Prokurator weiterhin anscheinend willkürlich und tyrannisch festzuhalten.

Ein Mann, der um seine Taten nicht mehr wusste, konnte nicht gezwungen werden, sich für sie zu verantworten. Das war die Zwickmühle, die Prestimion sich selbst konstruiert hatte. Und er war, wie er jetzt zugeben musste, so weit von der Lösung entfernt wie eh und je.

Die Zeit war gekommen, sich zurückzuziehen, die Front neu zu ordnen und den Rat seiner Freunde zu suchen.

»Ich hatte einen Mann, der mir immer treu zur Seite stand«, fuhr Dantirya Sambail fort. »Sein Name ist Mandralisca. Er ist ein guter und treu ergebener Mann. Wo ist er, Prestimion? Ich möchte, dass er zu mir geschickt wird, wenn ich noch länger hier bleiben soll. Er hat immer mein Essen vorgekostet, um sicherzustellen, dass kein Gift darin ist. Ich vermisse seine wunderbare Fröhlichkeit. Schick ihn zu mir, Prestimion.«

»Ja, damit ihr die ganze Nacht lang zusammen fröhliche Lieder singen könnt, nicht wahr?«

Es lag eine unfreiwillige Komik darin, dass Dantirya Sambail den Vorkoster Mandralisca als fröhlichen Mann bezeichnete. Ausgerechnet ihn, diesen schmallippigen Schurken mit den kalten Augen, diesen Spross von Dämonen, diesen Untoten?

Prestimion hatte nicht die Absicht, die beiden Nattern zusammenzubringen. Auch Mandralisca hatte an der Thegomar-Kante eine üble Rolle gespielt. Verletzt und als Gefangener war er hierher gebracht worden, mit jedem Atemzug Gift spritzend, nachdem er Abrigant zum Duell gefordert hatte. Er saß jetzt in einem anderen Teil der Verliese in einer Zelle, die weit weniger komfortabel war als Dantirya Sambails Quartier.

Diese Unterhaltung führte zu nichts. »Lebe wohl, mein Vetter«, sagte Prestimion, während er zur Tür ging. »Wir werden die Unterhaltung ein andermal fortsetzen.«

Der Prokurator sah ihn mit großen Augen an. »Was denn, was denn? Bist du nur gekommen, um mich zu verhöhnen, Prestimion?«

Wieder war das Grollen und Knurren des Krokkotas zu hören. Jetzt spiegelte sich ungehemmte Wut in Dantirya Sambails Gesicht, auch wenn die seltsamen Augen im wutverzerrten Antlitz so sanft und weich blickten wie immer. Gelassen öffnete Prestimion die Zellentür, trat hindurch und schloss sie just in dem Augenblick, als Dantirya Sambail mit erhobenen Armen auf ihn losgehen wollte.

»Prestimion!«, brüllte der Prokurator, während er gegen die Tür hämmerte, die ihm vor der Nase zugeknallt worden war. »Prestimion! Verdammt sollst du sein, Prestimion!«

9

Es kam nur selten vor, dass Reisende sich der Burg auf der nordwestlichen Straße näherten, die durch die Hohe Stadt Huine die Rückseite des Burgbergs emporklomm, um in die so genannte Stiamot-Straße einzumünden – eine breite, aber schlecht unterhaltene Durchgangsstraße, alt und voller Schlaglöcher, die bis zum selten benutzten Vaisha-Tor der Burg führte. Der übliche Weg verlief über die sanft ansteigende Hochebene von Bombifale nach Ober-Morpin und weiter über die auf zehn Meilen von Blumen gesäumte Große Calintane-Straße bis zum Haupteingang der Burg am Dizimaule-Platz.

Doch heute kam jemand die nordwestliche Straße herauf – eine kleine Gruppe von Fahrzeugen, vier an der Zahl, zog langsam heran. Ein besonders bizarres Gefährt bildete die Vorhut. Es bot einen so außergewöhnlichen Anblick, dass der junge Hauptmann der Wache, dem man die langweilige Aufgabe übertragen hatte, das Vaisha-Tor zu bewachen, erstaunt schnaufte, als er es sieben oder acht Serpentinen tiefer zum ersten Mal zu sehen bekam. Verblüfft stand er da und traute seinen Augen nicht. Es war ein riesiger Wagen mit flacher Ladefläche von seltsam altmodischer Bauart und so breit, dass er die ganze Stiamot-Straße von einer Seite bis zur anderen in Anspruch nahm. Und dann auch noch diese fließende, wogende Barriere aus Licht, die den Wagen auf allen Seiten mit einem kalten, weißen Schleier umgab … und halb verborgen hinter dem blendenden Lichtschirm die Fracht von schemenhaft auszumachenden Ungeheuern …

Der Hauptmann der Wache am Vaisha-Tor war gerade zwanzig Jahre alt und stammte aus Amblemorn am Fuße des Burgbergs. Seine Ausbildung hatte ihn nicht auf einen solchen Anblick vorbereitet. Er drehte sich zu seinem Burschen um, einem Jungen aus Pendiwane in der Tiefebene des Glayge-Tals. »Wer ist heute der Offizier vom Dienst?«

»Akbalik.«

»Beeil dich und hol ihn her. Sag ihm, er wird hier dringend gebraucht.«

Der Junge rannte in die Burg hinein, doch es war keine leichte Aufgabe, in diesem unergründlichen Irrgarten jemanden ausfindig zu machen, selbst wenn es der Offizier vom Dienst war, der eigentlich jederzeit erreichbar sein musste. Etwa dreißig Minuten vergingen, bis der Junge, Akbalik im Schlepptau, wieder auftauchte. Inzwischen stand der Wagen schon auf dem mit Kies bestreuten Platz vor dem Tor. Die drei Schweber, die ihn den Berg herauf begleitet hatten, waren daneben abgestellt, und der Hauptmann der Wache aus Amblemorn sah sich in einer außergewöhnlichen Situation, da er mit blank gezogenem Schwert dem berühmten Krieger und jetzigen Großadmiral des Reichs Gialaurys die Weiterfahrt verwehrte. Ein halbes Dutzend Männer mit grimmigen Gesichtern, Gialaurys' Gefährten, hatten sich direkt hinter dem Großadmiral aufgebaut, als wollten sie jeden Augenblick angreifen.

Akbalik, der Neffe Prinz Serithorns und ein Mann, der wegen seiner Vernunft und seiner Besonnenheit sehr geachtet wurde, erfasste die Situation auf einen Blick. Er warf einen kurzen erschrockenen Blick zur Fracht und wandte sich scharf an den Hauptmann der Wache. »Du kannst die Waffe herunternehmen, Mibikihur. Erkennst du denn nicht den Admiral Gialaurys?«

»Jeder kennt Lord Gialaurys, Herr. Aber schaut nur, was er mitgebracht hat! Er hat nicht die Erlaubnis, wilde Tiere in die Burg zu bringen. Selbst Lord Gialaurys braucht eine Genehmigung, wenn er mit einer Ladung solcher Biester in die Burg fahren will.«

Akbalik betrachtete den Wagen mit kühlen grauen Augen. Er hatte noch nie einen so großen Wagen gesehen, ganz zu schweigen von den Geschöpfen, die auf der Ladefläche transportiert wurden.

Sie waren nur undeutlich zu erkennen, weil sie durch einen strahlenden Energievorhang, der den Wagen völlig umgab, in Schach gehalten wurden. Die Barriere war wie ein Lichtblitz, der direkt aus der Erde entstanden war, der jedoch anders als ein natürlicher Blitz nicht schon nach einem Augenblick wieder verblasste. Es schien Akbalik sogar, als würden die Geschöpfe auf dem Wagen durch weitere, schwächere Energiewände voneinander getrennt. Diese Kreaturen, diese widerlichen, entsetzlichen Ungeheuer!

Gialaurys tobte vor Wut. Mit geballten Fäusten stand er da, die Muskeln der mächtigen Arme zuckten, als wollte er gleich um sich schlagen, und der heiße Zorn, der ihm ins Gesicht geschrieben stand, hätte einen Fels zum Schmelzen gebracht. »Wo ist Septach Melayn, Akbalik? Ich habe eine Nachricht geschickt, dass er mich hier am Tor treffen solle. Warum bist du hier und nicht er?«

Akbalik ließ sich nicht aus der Ruhe bringen. »Ich bin gekommen, weil mich die Wachen gerufen haben, Gialaurys. Eine Ladung wilder Ungeheuer komme die Hauptstraße zur Burg herauf, sagte man mir, und die Männer hier hatten keine Anweisungen, wie sie sich in solch einem Fall verhalten sollten. Sie wollten wissen, was zu tun sei. Bei der Lady, Gialaurys, was sind das für Biester?«

»Schoßtiere, um Seiner Lordschaft Kurzweil zu bereiten«, meinte Gialaurys. »Ich habe sie draußen in Kharax für ihn gefangen. Mehr als dies braucht dich oder sonst jemanden im Augenblick nicht zu kümmern. Septach Melayn sollte mich hier erwarten! Diese Fracht hier muss ordentlich verstaut werden, und ich habe ihn gebeten, entsprechende Vorkehrungen zu treffen. Ich frage noch einmal, Akbalik: Wo ist Septach Melayn?«

»Septach Melayn ist hier«, ließ sich die helle, muntere Stimme des Schwertkämpfers vernehmen, der just in diesem Augenblick das Tor erreichte. »Deine Botschaft hat mich zu spät erreicht, Gialaurys, und durch ein Versehen bin ich über den Spuriforn-Wall hergekommen, was leider ein kleiner Umweg war.« Lässig schlenderte er durchs Tor und klopfte Gialaurys freundlich auf die Schulter, um ihn willkommen zu heißen. Dann starrte er den Wagen an. »Sind das die Ungeheuer, die in Kharax losgelassen wurden?«, fragte er staunend. »Sind sie es wirklich, Gialaurys?«

»Ja, sie sind es. Es waren hunderte, und sie haben sich überall in der Ebene von Kharax herumgetrieben. Es war eine schreckliche, blutige Aufgabe, mein Freund, sie alle aufzuspüren und zu töten. Dafür ist mir unser Coronal etwas schuldig. Aber weißt du nun einen sicheren Ort für diese Tierchen, Septach Melayn? Einen ganz besonders sicheren Ort? Dies hier sind einige Kostproben der Ungeheuer, denen ich da draußen begegnet bin.«

»Ja, ich weiß einen sicheren Ort in den königlichen Stallungen. Passt dieser Wagen denn durchs Tor?«

»Durch dieses Tor hier passt er, ja. Durchs Tor am Dizimaule-Platz hätte ich ihn nicht bekommen, deshalb bin ich auf diesem Weg zur Burg gefahren.« Gialaurys wandte sich an seine Männer. »Los jetzt, setzt den Wagen in Bewegung! Hinein in die Burg damit, hinein in die Burg!«

Es dauerte eine Stunde, die Geschöpfe in die Pferche zu sperren, die Septach Melayn vorbereitet hatte. Schließlich saß jedes sicher in einem eigenen Käfig hinter kräftigen Gittern, die so leicht nicht nachgeben würden. Septach Melayn hatte in den Stallungen einen Flügel gefunden, der schon lange nicht mehr genutzt wurde. Es war eine große, aus Stein gebaute Scheune weit unterhalb des Trompetenturms, die vor tausend oder zweitausend Jahren zu Lord Spurifons oder Lord Scauls Zeiten als königlicher Reitstall gedient hatte, als dieser Teil der Burg noch häufiger benutzt worden war. Handwerker hatten unter Septach Melayns Anleitung in großer Eile gearbeitet, um dort einen Zwinger für Gialaurys' Ungeheuer zu bauen.

Als die Arbeit erledigt war, entließen Gialaurys und Septach Melayn Akbalik und die anderen, die ihnen geholfen hatten. Zu zweit blieben sie zurück, und Septach Melayn betrachtete staunend und entsetzt die furchtbaren Untiere, die schnaubend in den Käfigen hin und her liefen. »Ich wüsste wirklich gern, wie es uns im Krieg ergangen wäre«, bemerkte er, »wenn es Korsibar gelungen wäre, diese Ungeheuer auf uns loszulassen.«

»Du kannst dem Göttlichen danken, dass es nicht so weit gekommen ist. Vielleicht war sogar Korsibar weise genug, um zu erkennen, dass sie durch die ganze Welt streifen und alles und jeden bedrohen würden, nachdem er sie auf uns gehetzt hätte.«

»Korsibar und ein weiser Gedanke?«

»Nun ja, ganz grundlos ist dein Zweifel nicht«, räumte Septach Melayn ein. »Aber was hat ihn sonst davon abgehalten, sie einzusetzen? Wahrscheinlich war der Krieg vorbei, ehe er dazu kam.« Er lugte in die Käfige und schauderte. »Pah, wie sie stinken, diese Ungeheuer, die du mitgebracht hast! Welch eine Versammlung von Bösartigkeit!«

»Du hättest sie erst sehen sollen, als sie noch über die Ebene von Kharax wanderten. Wohin der Blick auch fiel, er fiel auf etwas Grässliches, das etwas noch Grässlicheres anknurrte. Es war wie eine Szene aus dem schlimmsten Albtraum, den du dir vorstellen kannst. Ein Glück nur, dass die Ebene auf drei Seiten von steilen Granithängen umgeben ist. So konnten wir sie in die Enge treiben und dafür sorgen, dass sie sich gegenseitig zerfleischten, während wir sie aus der Ferne in Schach hielten.«

»Ich hoffe doch, ihr habt sie alle getötet?«

»Alle, die frei herumliefen, bis keines mehr übrig war«, bestätigte Gialaurys. »Mit Ausnahme von diesen hier, die ich als Andenken für Prestimion mitgebracht habe. Davon abgesehen sind jedoch noch hunderte in ihren Pferchen, die sich nicht befreien konnten. Die Hüter haben keine Ahnung, auf was sie da aufpassen. Wie sollten sie auch, da sie keine Erinnerung mehr an Korsibar und den Krieg haben? Sie wissen nur, dass da draußen in Kharax – das Land ist jetzt ein hässlicher grauer Ort, mein Freund, man sieht auf Meilen keinen Baum mehr – ein riesiger Pferch voller Grässlichkeiten gestanden hat, der streng bewacht werden muss; doch irgendwann ging etwas schief und einige Untiere kamen frei. Willst du ihre Namen wissen?«

»Die Namen der Hüter?«, fragte Septach Melayn.

»Die Namen der Tiere«, erklärte Gialaurys. »Sie haben nämlich Namen. Ich glaube, Prestimion wird sie wissen wollen.«

Er zog einen schmutzigen, zusammengefalteten Zettel aus der Jacke und starrte ihn angestrengt an. Lesen war keine Tätigkeit, in der Gialaurys besonders gut bewandert war. »Also, dieses hier …« Er deutete auf ein lang gestrecktes weißes und dürres Biest, das sich fauchend im äußersten linken Käfig wand. Es sah aus wie eine Reihe aneinander gehängter rasiermesserscharfer Sicheln. »Dies hier ist ein Zytoon. Das da mit dem aufgedunsenen rosafarbenen Körper, den vielen Beinen und den roten Augen und dem ekelhaften buschigen Schwanz mit den schwarzen Stacheln ist ein Malorn. Dahinter hätten wir ein Vourhain.« Letzteres war eine eitergrüne, bärenähnliche Abscheulichkeit mit gekrümmten Stoßzähnen, die so lang waren wie Schwerter. »Dann kommen der Zeil, der Min-Mollitor, das Kassai – nein, das da drüben ist das Kassai, das Ding da mit den Krabbenbeinen, und der Zeil ist dieser hier. Da hinten siehst du einen Weihant, das Biest dort mit dem riesigen Maul, das groß genug ist, um drei Skandars auf einmal zu verschlingen …«

Gialaurys spuckte aus. »Oh, Korsibar! Man sollte dich gleich noch einmal umbringen, weil du allen Ernstes überlegt hast, diese Untiere auf uns loszulassen. Wir sollten die Magier finden, die sie gemacht haben, und sie ebenfalls auslöschen.« Er schnitt eine Grimasse und kehrte den eingesperrten Ungeheuern den Rücken. »Und nun erzähle mir, Septach Melayn, welche neuen und interessanten Dinge inzwischen auf der Burg geschehen sind, während ich mich um die Zeils und Vourhains gekümmert habe.«

»Tja«, sagte der Schwertkämpfer mit sarkastischem Grinsen, »ich würde annehmen, dass der Su-Suheris neu und interessant genug ist.«

Gialaurys starrte ihn verblüfft an. »Welchen Su-Suheris meinst du?«

»Sein Name ist Maundigand-Klimd. Wir, Prestimion und ich, haben ihn auf dem Mitternachtsmarkt von Bombifale getroffen. Oder vielmehr hat er uns getroffen. Er hat unsere Verkleidungen durchschaut, kam zu uns und hat uns als die begrüßt, die wir tatsächlich sind.« Wieder grinste er ironisch. »Du wirst amüsiert sein zu hören, dass er Prestimions neuer Hofmagier ist.«

»Und er ist was? Ein Su-Suheris, sagst du? Ich dachte, Heszmon Gorse sollte der leitende Magier werden.«

»Heszmon Gorse kehrt bald nach Triggoin zurück, wo er als Stellvertreter seines Vaters, dessen Nachfolge er eines Tages antreten soll, über die Magier herrschen wird. Nein, Gialaurys, dieser Su-Suheris hat den Posten bei Hofe bekommen. Er machte sofort einen großen Eindruck auf den Coronal, als sie einander an jenem Abend auf dem Markt von Bombifale begegneten. Ein oder zwei Tage später wurde er auf Prestimions ausdrückliche Anordnung in die Burg gerufen, und jetzt sind sie dicke Freunde. Er ist ein Meister seiner Kunst, aber das ist noch nicht alles. Prestimion ist förmlich in ihn vernarrt, er liebt ihn so, wie er Herzog Svor geliebt hat, würde ich sagen. Es ist doch völlig klar, Gialaurys, er braucht jemanden in seiner Nähe, der eine dunklere Seele hat als du oder ich. Und jetzt hat er diesen Jemand gefunden.«

»Aber ein Su-Suheris …« Gialaurys hob fassungslos beide Hände. »Ständig zwei widerliche Schlangenköpfe in der Nähe, die auf einen herabschauen … und diese kalten Augen … und die verräterische Natur dieses Volks, auch das muss man bedenken, Septach Melayn! Wie kann Prestimion Sanibak-Thastimoon so schnell vergessen?«

»Ich muss dir sagen«, wandte der Schwertkämpfer ein, »dass dieser hier ein ganz anderer Topf Ghessl ist als Sanibak-Thastimoon. Letzterer hat ja schon auf Meilen gegen den Wind nach Schurkerei gestunken. Wie giftiger Dampf ist sie aus seiner bleichen Haut gedrungen. Aber dieser Mann ist aufrichtig und geradeheraus. Dunkel ist er innerlich, ja, und er bietet dem Auge einen finsteren Anblick; aber das ist eben das Eigentümliche seiner Art. Trotzdem, man ist schnell bereit, ihm zu vertrauen. Er weiht Prestimion sogar in die Geheimnisse seiner geomantischen Zaubersprüche ein.«

»Ja, hält man es denn für möglich?«

»Und ob, und er präsentiert die Magie so mathematisch und klar, dass selbst Prestimion trotz seiner Skepsis, die sich hinter der äußerlich zur Schau gestellten Aufgeschlossenheit für die Zauberei verbirgt, beeindruckt ist. Übrigens muss auch ich zugeben, dass …«

»Ein Su-Suheris im inneren Kreis«, grollte Gialaurys. »Das gefällt mir überhaupt nicht, Septach Melayn.«

»Lerne den Mann erst einmal kennen und beurteile ihn dann. Gewiss wirst du anders denken.« Doch dann runzelte Septach Melayn die Stirn, zog das Schwert aus der Scheide und kratzte mit der Spitze nachdenklich auf dem Lehmboden des alten Stalls herum, bis ein Bild entstand, das den geheimnisvollen Symbolen der Geomanten in seiner Heimatstadt Tidias nicht unähnlich war. »Allerdings hat er Prestimion einen Ratschlag gegeben, der mir ein gewisses Unbehagen bereitet. Prestimion und Maundigand-Klimd sprachen gestern über Dantirya Sambail, und der Magier hat die Anregung vorgetragen, dem Prokurator die Erinnerung an den Krieg zurückzugeben.«

Jetzt fuhr Gialaurys erschrocken auf.

»Der Coronal«, fuhr Septach Melayn unbeeindruckt fort, »hat darauf recht wohlwollend reagiert und gesagt, jawohl, jawohl, das ist wahrscheinlich das Richtige.«

»Bei der Lady!«, heulte Gialaurys. Er warf die Hände hoch und machte hektisch ein halbes Dutzend heiliger Zeichen, um den Beistand der höheren Mächte anzurufen. »Da verlasse ich die Burg gerade mal für ein paar Wochen, und schon breitet sich der nackte Wahnsinn aus! Dem Prokurator die Erinnerungen wiedergeben? Prestimion hat sie nicht mehr alle! Der Magier hat ihn vollends um den Verstand gebracht.«

»Glaubst du wirklich?«, ließ sich in diesem Augenblick die Stimme des Coronals vernehmen, die mitten durch die riesigen Stallungen zu ihnen drang. Prestimion stand am Eingang und winkte. »Nun, Gialaurys, dann komm näher und schau mir in die Augen! Siehst du auch nur eine Spur von Irrsinn in meinem Blick flackern? Komm her, Gialaurys! Komm, lass mich dich umarmen und auf der Burg willkommen heißen, und dann sollst du mir sagen, ob du immer noch glaubst, dass ich den Verstand verloren habe.«

Gialaurys ging ihm entgegen. Jetzt sah er auch den Su-Suheris hinter dem Coronal aufragen, eine wahrhaft beeindruckende Gestalt mit den reich bestickten, golden durchwirkten Gewändern in Purpur, die dem Hofmagier zustanden. Der gegabelte weiße Hals und die beiden länglichen haarlosen Köpfe, die darauf saßen, ragten aus dem mit Edelsteinen besetzten Kragen hervor wie eine gespenstische, aus Eis geschnitzte Plastik. Gialaurys warf dem Fremden einen kurzen, feindseligen Blick zu und öffnete die Arme, um Prestimion zu begrüßen. Er drückte den kleineren Mann herzhaft an sich.

»Nun?«, fragte Prestimion schließlich, während er einen Schritt zurückwich. »Was sagst du nun? Bin ich deiner Ansicht nach ein Irrer, oder steht vor dir noch der Prestimion, den du vor deinem Aufbruch nach Kharax gekannt hast?«

»Wie ich hörte, denkst du darüber nach, Dantirya Sambail die Erinnerungen an den Krieg zurückzugeben«, erwiderte Gialaurys. »Das scheint mir wahnwitzig zu sein, Prestimion.« Erneut warf er einen finsteren Blick zum Su-Suheris.

»Es mag so scheinen, aber ob es wirklich so ist, wäre noch zu klären«, meinte Prestimion. Der Coronal hielt inne, schnüffelte und verzog das Gesicht. »Was für ein übler Gestank sich hier ausgebreitet hat! Das dürften die hübschen Tiere sein, die du mitgebracht hast. Du musst sie mir gleich zeigen.« Dann entspannte sich sein Gesicht wieder. »Aber zuerst wollen wir die Vorstellungen erledigen.« Der Coronal deutete auf seinen

Begleiter. »Dies hier ist unser neu ernannter Hofmagier, Gialaurys. Sein Name ist Maundigand-Klimd. Ich kann dir versichern, dass er sich schon jetzt sehr nützlich gemacht hat.« An den Su-Suheris gewandt, sagte er: »Und dies ist unser berühmter Großadmiral Gialaurys aus Piliplok. Ich bin allerdings sicher, dass du schon von ihm gehört hast, Maundigand-Klimd.«

Der Su-Suheris lächelte mit dem linken und nickte mit dem rechten Kopf. »Ich habe von ihm gehört, mein Lord.«

»Über Dantirya Sambail werden wir uns später noch unterhalten, Gialaurys. Aber im Grunde dreht es sich immer um ein und dieselbe Schwierigkeit, die wir bereits besprochen haben. Wir können einen Mann nicht für ein Verbrechen vor Gericht stellen, an das er sich nicht erinnern kann und an das sich niemand sonst auf der Welt außer uns erinnert. Wer sollte vor Gericht die Rolle des Anklägers übernehmen? Und wie sollte er, wenn die Anklage erhoben ist, seine Verteidigung anlegen? Selbst ein Mörder hat das Recht, sich zu verteidigen. Wie kann er büßen, wenn wir ihn für schuldig befinden? Reue kann es nicht geben, wenn es kein Bewusstsein der Schuld gibt.«

»Wir wissen um diese Schwierigkeiten, Prestimion«, sagte Gialaurys.

»In der Tat. Aber wir haben bisher keine Lösung dafür gefunden. Maundigand-Klimd schlägt nun vor, bei Dantirya Sambail einen Gegenzauber zu bewirken, der das Vergessen wieder aufhebt, damit wir über ihn richten können, während er sich seiner Taten voll bewusst ist. Und danach können wir sein Gedächtnis wieder löschen. Aber wie ich schon sagte, darüber können wir später noch sprechen. Nun zeige mir deine hübschen kleinen Geschöpfe.«

»Ja«, stimmte Gialaurys zu, »ja, das will ich tun.« Doch er machte keine Anstalten, sich zu den Käfigen zu bewegen. Mit einiger Verspätung war ihm noch etwas eingefallen. Nach kurzem Schweigen sagte er tonlos und zögernd, was bei ihm stets ein Zeichen größten Unbehagens war: »Nach allem, was du mir gesagt hast, mein Lord, wurde dein neuer Magier in das Geheimnis der Auslöschung der Erinnerungen eingeweiht. Doch wenn ich mich recht an unsere Absprache erinnere, dann sollte dieses Wissen mit niemandem sonst geteilt werden.«

Jetzt war es an Prestimion, eine Weile zu schweigen.

Offensichtlich war er äußerst verlegen. Er wurde rot, und die Augen blickten unstet. Schließlich antwortete er: »Maundigand-Klimd hat das Geheimnis von selbst aufgedeckt, Gialaurys. Ich habe nur bestätigt, was er bereits wusste. Genau genommen muss ich dir zustimmen, dass es ein Bruch unseres Schwurs war. Aber im Grunde …«

»Heißt das also, dass wir keinerlei Geheimnisse vor diesem Mann haben?«, verlangte Gialaurys erregt zu wissen.

Prestimion hob beschwichtigend eine Hand. »Ruhig, Gialaurys, nur ruhig. Er ist ein großer Magier, dieser Maundigand-Klimd hier. Du verstehst viel mehr von den Künsten der Magier als ich, mein Freund. Du müsstest doch wissen, wie schwierig es ist, vor einem Meister dieser Kunst ein Geheimnis zu hüten. Gerade deshalb hielt ich es ja für das Beste, ihn in meine Dienste zu nehmen. Wie ich schon sagte, Gialaurys, wir können über all dies später noch sprechen. Jetzt lass mich erst einmal sehen, was du mir aus Kharax mitgebracht hast.«

Missvergnügt führte Gialaurys Prestimion zu den Käfigen und zeigte dem Coronal die Beute. Dabei zog er wieder den Papierfetzen zu Rate und las die Namen der Ungeheuer vor, um Prestimion zu erklären, welches ein Malorn und welches ein Min-Mollitor und welches ein Zytoon war. Prestimion sagte nur wenig dazu, doch seinem Verhalten war deutlich zu entnehmen, dass er entsetzt über die unübertroffene Hässlichkeit der Biester und den stechenden, beißenden Gestank war, der von ihnen ausging, ganz abgesehen von der wortlosen Drohung, die von den versammelten Reißzähnen, Klauen und Stacheln zum Ausdruck gebracht wurde.

»Der Zeil«, sagte Prestimion halb zu sich selbst. »Ach, der ist besonders widerlich. Und dieser Vourhain – so heißt doch dieses schwärende Biest da drüben, oder? Was für ein Geist muss es sein, der sich solche Untiere ausdenkt? Wie abscheulich sie doch sind und wie fremdartig.«

»Dies waren nicht die einzigen seltsamen Dinge, die ich im Norden gesehen habe, mein Lord. Ich muss auch sagen, ich habe die Menschen in den Straßen laut lachen sehen.«

Prestimion lächelte. »Dann sind sie wohl glücklich. Ist es so seltsam, wenn man glücklich ist, Gialaurys?«

»Sie waren allein, mein Lord. Sie waren allein und haben laut gelacht. Ich habe zwei oder drei gesehen, die auf diese Weise gelacht haben, und es war kein glückliches Lachen. Ein anderer hat getanzt. Ganz allein für sich und sehr wild, auf dem Platz mitten in Kharax.«

»Auch ich habe solche Geschichten gehört«, bestätigte Septach Melayn. »Allenthalben seltsames Benehmen. Ich fürchte, gegenwärtig greift der Wahnsinn weitaus stärker um sich als früher.«

»Damit könntest du Recht haben«, stimmte Prestimion mit sichtlicher Besorgnis zu. Aber zugleich schien er auch ein wenig abwesend, als müsste er über drei oder vier Dinge gleichzeitig nachdenken und könnte sich auf keines wirklich einlassen. Er zog sich ein wenig von den anderen zurück und schritt kopfschüttelnd vor den Käfigen auf und ab, während er wie eine Anrufung die Namen der künstlich erschaffenen mörderischen Bestien murmelte. »Zytoon … Malorn … Min-Mollitor … Zeil.« Zweifellos hatte ihn der Anblick der garstigen stinkenden Ungeheuer, die Korsibars Magier für den Einsatz im Krieg ersonnen hatte, tief getroffen. Das entsetzliche Äußere und die Bösartigkeit, die sie zum Leben erweckt hatte, riefen die Erinnerung an die Schrecken des Krieges wach.

Nach einer Weile riss er sich von den Käfigen los und bewegte Kopf und Schultern, als wollte er abschütteln, was er gerade wahrgenommen hatte.

»Was meinst du, Prestimion, sollen wir sie töten, jetzt, nachdem du sie gesehen hast?«, fragte Gialaurys.

Zuerst schien es, als hätte der Coronal die Frage überhaupt nicht gehört. Dann gab er wie aus großer Ferne doch noch eine Antwort. »Nein. Nein, ich glaube nicht. Wir sollten sie behalten, denke ich, als Erinnerung an das, was hätte geschehen können, wenn Korsibar ein wenig länger durchgehalten hätte.« Wieder schwieg er eine Weile. »Weißt du, Gialaurys«, fuhr er schließlich fort, »ich glaube, wir können diese Biester vielleicht sogar benutzen, um die Tapferkeit unserer jungen Ritter zu prüfen.«

»Wie das, mein Lord?«

»Indem wir sie Auge in Auge gegen deine Malorns und Zytoons antreten lassen und sehen, wie tapfer sie kämpfen. Das sollte uns zeigen, wer unter ihnen wirklich entschlossen und mutig ist. Was meinst du? Ist das nicht eine ausgezeichnete Idee?«

Gialaurys hatte es die Sprache verschlagen, er fand diese Bemerkung einfach nur grotesk. Er warf einen fragenden Blick zu Septach Melayn, der fast unmerklich den Kopf schüttelte.

Doch Prestimion schien sich über seinen Einfall zu

amüsieren. Er blickte noch einmal kurz zu den Käfigen der Ungeheuer und lächelte verstohlen, als könnte er vor dem inneren Auge schon die Junker sehen, die sich in der Arena diesen fauchenden Abscheulichkeiten stellen mussten.

Dann kehrte der Coronal aus der seltsamen inneren Welt zurück, in der er sich befunden hatte, und wandte sich in erheblich vernünftigerem Ton an die Gefährten. »Lasst uns jetzt über diese so genannte Epidemie des Wahnsinns reden. Vielleicht ist das ein Problem, dem wir auf den Grund gehen sollten. Ich glaube, ich sollte mich aus erster Hand kundig machen. Septach Melayn, wie weit sind die Pläne für meine erste Rundreise durch die Städte auf dem Burgberg gediehen?«

»Sie stehen vor der Vollendung, mein Lord. Noch zwei Monate, und alles dürfte geregelt sein.«

»Zwei Monate sind eine lange Zeit, wenn die Menschen laut lachen, obwohl sie allein sind, und wie die Irren auf den Straßen von Kharax tanzen. Und wie ich hörte, stürzen sie sich sogar aus den obersten Stockwerken ihrer Häuser auf die Straße. Hat es in der letzten Zeit noch mehr solcher Vorfälle gegeben? Ich möchte umgehend aufbrechen und mir die Angelegenheit persönlich ansehen. Morgen oder spätestens übermorgen. Lass uns neue Verkleidungen ersinnen, Septach Melayn. Bessere als beim letzten Mal. Die Perücke war grauenhaft und der Bart übertrieben. Ich glaube, wir sollten nach Stee und vielleicht nach Minimool reisen, vielleicht auch nach Tidias – nein, dort könnte dich jemand erkennen. Also nach Hoikmaar. Ja, nach Hoikmaar. Dieser hübsche Ort mit seinen stillen Kanälen.«

Ein gewaltiges Heulen und Bellen war von den Käfigen her zu hören. Prestimion sah sich um.

»Ich nehme an, der Weihant will den Zeil fressen. Habe ich die Namen richtig behalten, Gialaurys?« Wieder schüttelte er den Kopf, und die Abscheu war ihm deutlich anzusehen. »Kassai … Malorn … Zytoon! Pah! Was für Ungeheuer es sind. Ob der Mann, der sie ersonnen hat, in seinem Grab ruhig schlafen kann?«

10

Auf der Überlandroute rings um den Burgberg herum die Freie Stadt Stee zu erreichen wäre für Prestimion und seine Gefährten eine viel zu langwierige Reise gewesen. Stee allein war schon so groß, dass man drei volle Tage brauchte, um es zu durchqueren. So fuhren sie nur bis Halanx, der Stadt mit den goldenen Mauern, die nicht weit unterhalb der Burg am Berg lag, über Land. Dort gingen sie an Bord eines stumpfnasigen Schnellbootes, das sie über den geschwind fließenden Stee zur Stadt trug, die nach dem Strom benannt war. Niemand achtete auf sie. Sie trugen grobe Leinenkleider, schlicht und neutral in der Farbe, wie sie von reisenden Kaufleuten bevorzugt wurden. Septach Melayns Haarschneider hatte es verstanden, ihre äußere Erscheinung mit Hilfe von Perücken und Schnurrbärten nachhaltig zu verändern; in Prestimions Fall war sogar noch ein akkurat getrimmtes Bärtchen hinzugekommen, das exakt der Rundung des Kinns folgte.

Gialaurys, der als Großadmiral von Majipoor wie sein Vorgänger keine große Begeisterung für Reisen auf dem Wasserweg aufzubringen vermochte, war schlechter Laune, kaum dass die Fähre abgelegt hatte. Nach den ersten harten Stößen setzte er sich mit dem Rücken zum Bullauge und murmelte halblaut eine Reihe von Gebeten, während er mit den Daumen die beiden kleinen Amulette rieb, die er in den Händen hielt.

Septach Melayn zeigte wenig Mitgefühl. »Ja, mein guter Freund, nun bete du mit ganzer Kraft. Es ist wohl bekannt, dass diese Fähre jedes Mal sinkt, wenn sie sich auf die Reise begibt. Jede Woche verlieren hunderte von Menschen auf diese Weise das Leben.«

Zorn blitzte in Gialaurys' Augen auf. »Erspar mir einmal deine dummen Scherze, ja?«

»Der Fluss fließt wirklich sehr schnell«, bemerkte Prestimion, um das Geplänkel zu unterbinden. »Es kann nicht viele auf der Welt geben, die schneller fließen.«

Anders als Gialaurys fühlte er sich nicht im Mindesten unwohl, auch wenn die Geschwindigkeit ihres Bootes hier in den höheren Regionen des Bergs wirklich erschreckend hoch war. Gelegentlich hatte es den Anschein, als stürzte das Boot senkrecht nach unten. Nach einer Weile wurde die Fahrt jedoch ruhiger und die Geschwindigkeit weniger beängstigend. Hier und dort, in der Inneren Stadt Banglecode und in der Wächterstadt Rennosk, legte die Fähre an, um Fahrgäste abzusetzen oder aufzunehmen; dann ging es in einem weiten Bogen in westlicher Richtung zur nächsten Ebene hinunter. Als sie die Höhe der Freien Städte erreicht hatten und sich am Spätnachmittag Stee näherten, strömte der Fluss beinahe waagerecht und sanft dahin.

Vor ihnen erhoben sich zu beiden Seiten des Flusses die Türme von Stee. Als die Dämmerung kam, nahmen die rosagrauen Marmorwände auf dem rechten Ufer den Bronzeton der untergehenden Sonne an, während die nicht minder hohen Gebäude am anderen Ufer bereits in Dunkelheit gehüllt waren.

Septach Melayn konsultierte eine schimmernde Karte aus blauen und weißen Kacheln, die in die gekrümmte Wand des Bootes eingearbeitet war. »Ich kann hier erkennen, dass es elf Landebrücken in Stee gibt. Welche sollen wir nehmen, Prestimion?«

»Spielt das eine Rolle? Für uns sollte die eine so gut sein wie die andere.«

»Dann steigen wir in Vildivar aus«, entschied Septach Melayn. »Das liegt von uns aus gesehen knapp vor dem Stadtzentrum. Die vierte Landebrücke, von hier aus gezählt.«

Das Boot, das sich jetzt eher gemächlich bewegte, glitt elegant von einer Anlegestelle zur nächsten und entließ jedes Mal eine größere Gruppe von Reisenden. Kurz danach verkündete ein beleuchtetes Schild am Ufer, dass sie das Kai von Vildivar erreicht hatten. »Das wird aber auch Zeit«, murmelte Gialaurys finster. Sein Gesicht war drei Schattierungen bleicher als sonst, und die braunen Stacheln seiner langen, dichten Koteletten standen wie ein Gitterzaun auf seiner Wange.

»Nun kommt schon«, rief Septach Melayn fröhlich. »Das große Stee erwartet uns!«

Jeder Mensch hatte den Wunsch, mindestens einmal im Leben Stee zu besuchen. Als Prestimion noch ein kleiner Junge gewesen war, hatte sein Vater ihn einmal in die Stadt und zu anderen berühmten Orten mitgenommen. Überwältigt von den mächtigen Türmen, die über Meilen hinweg das Ufer säumten, hatte Prestimion sich geschworen, eines Tages, wenn er älter wäre, wieder herzukommen und sie noch einmal zu sehen. Doch der unerwartete Tod seines Vaters hatte ihm bereits in jungen Jahren die Pflichten des Prinzen von Muldemar auferlegt; bald danach hatte sein Aufstieg unter den Rittern der Burg begonnen, und er hatte keine Zeit mehr für Vergnügungsreisen gefunden. Wie er jetzt mit den Augen des erwachsenen Mannes die Pracht von Stee vor sich liegen sah, staunte er, dass die Stadt in jeder Hinsicht immer noch so Ehrfurcht gebietend war wie damals in den Augen des Kindes.

Leider lag die Pier von Vildivar keineswegs so zentral, wie Septach Melayn es sich ausgerechnet hatte.

Die Türme, die hier den Fluss säumten, waren überwiegend Fabrikgebäude, die um diese Tageszeit bereits geschlossen waren. Die Arbeiter begaben sich auf den Heimweg in die Wohnbezirke am anderen Flussufer und drängten auf die Fähren, die am gewaltigen Strom die Brücken ersetzten. Bald würde das Viertel der Fabriken völlig verlassen daliegen. »Wir werden einen Bootsführer anheuern, der uns zum nächsten Kai bringt«, entschied Prestimion, als sie zum Ufer zurückkehrten.

Tatsächlich wartete in einem Abschnitt des Kais, wo private Boote anlegen durften, ein Flusskahn auf Fahrgäste. Es war ein kleines, stabil gebautes Wasserfahrzeug von der Sorte, die man als Trappagasis bezeichnete; es bestand aus Planken, die mit Fett kalfatert und nicht mit Nägeln zusammengezimmert, sondern mit dicken schwarzen Seilen aus Guellumfasern zusammengebunden waren. An Bug und Heck waren verwitterte Figuren angebracht, die früher einmal Meeresdrachen dargestellt haben mochten. Der Kapitän – wahrscheinlich zugleich der Schiffsbauer – war ein verschlafener alter Skandar, dessen ursprünglich graublauer Pelz zu einem fast reinen Weiß ausgebleicht war. Er saß gebeugt im Heck und blickte geduldig zum dunkelnden Himmel hinauf, die vier Arme um die tonnenförmige Brust geschlungen, als wollte er sich ein Nickerchen gönnen.

Gialaurys, der den Dialekt der Skandars fließend beherrschte, sprach ihn wegen der Überfahrt an. Nach einer kurzen Diskussion, die offenbar nicht zum gewünschten Ergebnis führte, kehrte er mit einem sehr eigenartigen Gesichtsausdruck zurück.

»Was ist los, Gialaurys?«, fragte Prestimion. »Ist sein Boot nicht zu vermieten?«

»Er sagte mir, mein Lord, dass es unklug sei, um diese Tageszeit flussabwärts zu fahren, weil dies die

Stunde sei, in der Coronal Lord Prestimion gewöhnlich mit seiner prächtigen Jacht stromaufwärts zu seinem Palast fährt.«

»Der Coronal Lord Prestimion, sagst du?«

»In der Tat. Der soeben gekrönte Herr der ganzen Welt. Niemand anders als der Coronal Lord Prestimion. Der Skandar sagte mir, der Coronal habe kürzlich seinen Wohnsitz nach Stee verlegt und sei jeden Abend zu sehen, wie er nach dem Besuch bei seinem Freund, dem Grafen Fisiolo, über den Fluss wieder nach Hause fahre. An manchen Abenden sei der Coronal offenbar guter Dinge und lasse sich herab, den Bootsführern, denen er begegne, Beutel mit Zehnkronenstücken zuzuwerfen. Doch an anderen Tagen, wenn er schlechter Laune sei, habe der Coronal auch schon seinem Kapitän befohlen, die Boote, die ihm in die Quere kämen, zu rammen und zu versenken. Niemand könne ihm Einhalt gebieten, denn schließlich sei er doch der Coronal. Unser Skandar hier will lieber warten, bis Lord Prestimion vorbei ist, ehe er neue Passagiere aufnimmt. Es sei sicherer so, sagt er.«

»Ah. Der Coronal Lord Prestimion hat einen Palast in Stee?«, meinte Prestimion nachdenklich. Es war wirklich sehr seltsam. »Das wusste ich ja noch gar nicht. Und er sucht bei Sonnenuntergang Zerstreuung, indem er willkürlich Boote auf dem Fluss versenkt? Ich glaube, darüber sollten wir mehr erfahren.«

»Das denke ich auch«, stimmte Septach Melayn zu.

Jetzt gingen sie alle drei zur Anlegestelle. Gialaurys erklärte dem Skandar noch einmal, dass sie sein Boot mieten wollten, und als der Skandar das obere Armpaar hob und deutlich machte, dass er nicht nachgeben werde, zückte Septach Melayn seine samtene Geldbörse und ließ ihn das silberne Funkeln der Fünfkronenstücke sehen. Der Bootsführer starrte die Münzen an.

»Was ist der übliche Lohn für die Fahrt zum nächsten Kai, Mann?«

»Drei Kronen und fünfzig Gewichte. Aber …«

Septach Melayn hielt zwei glänzende Münzen noch. »Das hier sind zehn Kronen. Das Dreifache des üblichen Lohns. Könnte dich dies möglicherweise verlocken?«

»Und wenn der Coronal es sich in den Kopf setzt, mein Boot zu versenken?«, gab der Skandar mürrisch zurück. »Am letzten Zweitag erst hat er Friedrags Boot versenkt, und drei Wochen davor ist Rhezmegas Boot untergegangen. Wenn er meines versenkt, womit soll ich dann meinen Lebensunterhalt verdienen? Ich bin nicht mehr jung, guter Herr, und nicht mehr fähig, mir ein neues Boot zu bauen. Eure zehn Kronen nützen mir wenig, wenn ich mein Boot verliere.«

Prestimion machte eine rasche Geste, nicht mehr als ein kurzes Fingerschnippen. Septach Melayn ließ abermals die Geldbörse klingeln und nahm ein schweres Silberstück von beeindruckender Größe in die Hand, neben dem die Fünfkronenstücke wie Kleingeld wirkten. Er hob es hoch. »Weißt du, was das ist, mein Freund?«

Der Skandar riss die Augen auf. »Das sind zehn Royal.«

»Ja, das sind zehn Royal. Einhundert Kronen, um es genau zu sagen. Und schau her: hier ist eine zweite und eine dritte Münze der gleichen Art. Damit es nicht nötig ist, ein neues Trappagasis zu bauen, was? Für dreißig Royal müsstest du dir doch ein neues kaufen können, oder? Das soll deine Entschädigung sein, falls der Coronal heute Schiffe versenken will. Was sagst du dazu, Mann?«

»Darf ich eine davon ansehen, mein Lord?«, fragte der Bootsführer heiser.

»Ich bin kein Lord, Mann, sondern einfach nur ein

wohlhabender Händler aus Gimkandale, der zusammen mit seinen Freunden die Wunder von Stee besichtigen will. Du glaubst doch hoffentlich nicht, dass es Falschgeld ist, oder?«

»O nein, mein Lord, o nein!« Der Bootsführer machte hastig abwehrende Gesten, alle vier Hände wurden beschwichtigend auf die Stirn gelegt. »Es ist nur so, dass ich in meinem ganzen Leben noch kein Zehnroyalstück gesehen habe. Ganz zu schweigen davon, eines zu besitzen. Darf ich die Münze ansehen? Und dann werde ich Euch fahren, wohin ihr wollt!«

Septach Melayn gab ihm eine der großen Münzen. Der Skandar betrachtete sie ehrfürchtig, als wäre sie ein Edelstein in einer besonders seltenen Farbe. Er drehte sie hin und her, rieb mit den haarigen Fingern über die Prägung, die den Coronal Lord Confalume auf einer und den verstorbenen Pontifex Prankipin auf der anderen Seite zeigte. Mit zitternder Hand gab er die Münze zurück. »Zehn Royal! Ich vermag kaum zu sagen, was mir dieser Anblick bedeutet! Steigt ein, meine Herren, steigt ein!«

Als sie an Bord waren, erhob sich der riesige alte Mann und stieß das Boot ab. Er war immer noch nicht ganz darüber hinweg, dass er eine so wertvolle Münze in Händen gehalten hatte. Immer wieder schüttelte er den Kopf und starrte die Finger an, die das glänzende Stück Metall berührt hatten.

Als das Trappagasis auf den Strom hinausfuhr, beugte sich Prestimion, der wie die meisten Lords auf dem Burgberg nur selten Geld in die Hand nahm, zu Septach Melayn hinüber. »Sage mir, was kann man mit einer dieser Münzen kaufen?«, flüsterte er.

»Mit einem Zehner? Ein gutes Pferd von edler Abstammung, würde ich sagen. Oder ein paar Monate Kost und Logis in einer guten Herberge. Wahrscheinlich ist es in etwa die Summe, die unser Bootsführer in sieben oder acht Monaten verdienen könnte, und vermutlich entspricht es in etwa dem Wert des Bootes.«

»Ah«, sagte Prestimion. Er hatte Mühe, die Ausmaße des Abgrunds zu ermessen, der das Leben des Bootsführers von seinem eigenen trennte. Wie er genau wusste, gab es sogar Münzen von höherem Wert als die Zehner. Es gab Fünfziger und sogar Hundertroyalstücke. Erst neulich hatte er eine neue Serie von Münzen genehmigt, auf der neben seinem Gesicht das Abbild des Pontifex Confalume zu sehen sein würde.

Einhundert Royal, verkörpert von einer einzigen dicken Münze, die Septach Melayn jetzt im Augenblick vielleicht noch in der Börse hatte – es war ein unglaublich großes Vermögen für die gewöhnlichen Bürger auf der Welt, die mit bescheidenen Bronzemünzen und glänzenden Kronenstücken, die nur eine Spur Silber in der Kupferlegierung enthielten, ihre alltäglichen Geschäfte abwickelten. Royals waren für sie die Währung einer anderen Welt. Mit dem alltäglichen Leben der einfachen Leute hatten sie nichts zu tun.

Es war ernüchternd und aufschlussreich, wenn er zudem daran dachte, wie häufig Zeitgenossen wie Dantirya Sambail oder Korsibar bei den Spielen auf der Burg beiläufig um fünfzig oder hundert Royals gewettet hatten. Ich muss noch so viel lernen über diese Welt, die mich zu ihrem König gemacht hat, dachte er.

Das krachende alte Trappagasis glitt gemächlich stromabwärts, und der Skandar, der im Heck stand, legte hin und wieder die Hand an die Ruderpinne, um das Boot auf Kurs zu halten. Der Fluss war hier sehr breit und strömte nur noch träge dahin, doch Prestimion wusste, dass sich dies hinter der Stadt ändern würde. Dort zerschellte der Fluss an den Klippen, die als Lord Spadagas Hand bekannt waren, und wurde in eine Vielzahl unbedeutender Wasserläufe aufgespalten, sie sich in den tieferen Regionen des Burgbergs verloren.

»Wohin sollen wir nun fahren, meine Herren?«, rief der Bootsführer. »Die nächste Anlegestelle ist Havilbove, danach kommt Kanaba und dann Guadeloom.«

»Bring uns so nahe wie möglich an die Stadtmitte heran, wo es auch sei«, erwiderte Prestimion.

Dann wandte er sich an Septach Melayn. »Was kann er nur damit gemeint haben, dass Lord Prestimion mit seiner Jacht herumfährt und Boote versenkt? Ich verstehe das einfach nicht. Die Leute hier müssten doch wissen, dass Lord Prestimion nicht einmal Zeit für einen offiziellen Besuch in Stee hat, ganz zu schweigen davon, dass er hier lebt, abends auf dem Fluss fährt und die Leute ärgert.«

»Glaubst du denn, die Leute wissen um die alltäglichen Dinge im Leben des Coronals, mein Lord?«, fragte Gialaurys. »Er ist für die Menschen nicht mehr als eine Legende, eine Sagengestalt. Was die einfachen Menschen angeht, so hat er die Macht, an sechs Orten gleichzeitig zu sein.«

Prestimion lachte. »Aber trotzdem – sich vorzustellen, dass der Coronal, selbst wenn er hier wäre, einfach zum Vergnügen Schiffe über den Haufen fährt ...«

»Glaube mir, mein Lord, ich weiß mehr über die Gedanken der einfachen Leute, als du jemals lernen wirst. Sie glauben alles Mögliche über ihre Könige. Du ahnst ja gar nicht, wie weit du in jeder Hinsicht von ihrem Leben entfernt bist, wenn du oben auf dem Burgberg lebst. Du kannst dir auch nicht vorstellen, welche wilden Gerüchte und Geschichten sich um dich ranken.«

»Dies hier ist etwas anderes als ein Gerücht, Gialaurys«, gab Septach Melayn ungeduldig zurück. »Dies hier ist einfach nur eine Sinnestäuschung. Siehst du nicht, dass der alte Mann so verrückt ist wie die anderen, die du lachend auf den Straßen von Kharax beobachtet hast? Er hat uns allen Ernstes erklärt, der neue Coronal habe Boote auf dem Fluss versenkt! Was kann das anderes sein als ein Ausdruck dieser neuen Geistesverwirrung, die sich wie eine Landplage im ganzen Volk ausbreitet?«

»Ja«, meinte Gialaurys. »Ja, du hast wohl Recht. Schwachsinn. Täuschung. Der Mann ist nicht einfach nur dumm, also muss er verrückt sein, da gibt es keine Frage.«

»Es muss allerdings eine höchst eigenartige Täuschung sein«, erklärte Prestimion. »In gewisser Weise sogar komisch. Ich hatte freilich gehofft, dass man eine höhere Meinung von mir habe und mich nicht für fähig halte …«

Der Bootsführer stieß einen schrillen Ruf aus. »Seht nur, meine Herren, seht nur!« Er deutete mit allen vier Armen aufgeregt nach vorn. »Dort, ein Stück vor uns.«

Vor ihnen war irgendetwas zu sehen, und es war ganz sicher keine Sinnestäuschung.

Hektische Bewegungen waren allenthalben auf dem Fluss auszumachen. Fähren und Flusskähne aller Größen irrten ziellos herum, änderten abrupt die Fahrtrichtung und suchten so schnell wie möglich zum einen oder zum anderen Ufer zu fliehen. Tatsächlich zeichnete sich vor ihnen jetzt ein großes, luxuriöses Schiff ab – ein Fahrzeug von wirklich königlicher Größe –, das hell beleuchtet mitten auf dem Fluss in ihre Richtung kam.

»Das ist der Coronal Lord Prestimion, der gleich mein Boot versenken wird!«, stöhnte der Skandar mit seltsam erstickter Stimme.

Auf einmal war die Geschichte bei weitem nicht mehr so amüsant, wie sie kurz vorher noch geklungen hatte. Man musste der Sache nachgehen. »Steuere in seine Richtung«, befahl Prestimion.

»Euer Lordschaft, nein, ich bitte Euch ...«

»Steuere in seine Richtung«, bekräftigte Gialaurys und fügte ein paar unfreundliche Worte im Dialekt der Skandar hinzu.

Noch zögerte der entsetzte Bootsführer und flehte um Gnade. Septach Melayn jedoch setzte ein breites, schamloses Grinsen auf, hob und drehte die Hand und ließ die großen runden Zehnroyalstücke funkeln. »Für dich, Mann, falls es Schwierigkeiten gibt. Wir werden dir jeden Verlust ersetzen. Das hier sind dreißig Royal, siehst du? Dreißig Royal.«

Der arme Skandar schaute elend drein, doch dann fügte er sich widerwillig und legte mehrere Hände auf die Ruderpinne, um das Trappagasis auf Kurs zu halten.

Sie waren jetzt mutterseelenallein, ihr eigenes Boot war neben der Jacht des angeblichen Lords Prestimion weit und breit das einzige Wasserfahrzeug auf dem Fluss. Die Jacht aber, ein majestätisches und beeindruckendes Schiff, das den ganzen Fluss zu beherrschen schien, kam mit jedem Augenblick näher.

Schließlich waren sie dicht vor dem großen Boot, beunruhigend dicht. Für dieses riesige Schiff, dachte Prestimion, wäre es ein Leichtes, einfach über ihre Nussschale hinwegzuwalzen und sie zu Zündhölzern zu zertrümmern, ohne dass man an Bord auch nur die leiseste Erschütterung bemerkte.

Er verstand nichts von der Seefahrt, doch selbst für ihn war unübersehbar, dass dieses Schiff, das jetzt direkt vor ihnen aufragte, den Bedürfnissen eines Prinzen gemäß gebaut war. Es war eine Jacht, wie ein Serithorn oder ein Oljebbin sie besitzen mochte. Der Rumpf bestand aus schwarzem Holz, das glänzte wie polierter Stahl; auf Deck waren überall Holme, Ausleger und Balken, mit Bannern beflaggte Masten und Glühlampen in einem Dutzend Farben zu sehen. In den Bug war der Kopf eines Seeungeheuers eingearbeitet, ein klaffendes Maul mit bösen Reißzähnen, lebensecht herausgearbeitet und mit roter, gelber, purpurner und grüner Farbe lebhaft bemalt. Insgesamt bot es einen einschüchternden und auch erschreckenden Anblick.

Erstaunt stellte Prestimion fest, dass das Schiff tatsächlich die Marineflagge des Coronals führte, ein grüner Sternenfächer auf goldenem Grund.

»Siehst du das?«, rief er, indem er wild an Gialaurys' Arm zupfte. »Diese Flagge da … der Sternenfächer.«

»Und dort ist auch der Coronal höchstpersönlich, würde ich sagen«, erklärte Septach Melayn gelassen. »Allerdings habe ich gehört, dass Lord Prestimion besser aussehen soll als dieser Mann dort; aber vielleicht ist das nur ein Gerücht.«

Prestimion starrte staunend den Mann auf dem Boot an, der behauptete, der Coronal zu sein. Er stand stolz auf dem Vorderdeck des prächtigen Schiffs, trug die Gewänder des Coronals und blickte wie ein echter König in weite Fernen.

Allerdings sah er dem gekrönten Herrscher, dessen Rolle er angeblich spielte, überhaupt nicht ähnlich. Er schien größer zu sein als Prestimion, was ja ohnehin für die meisten anderen Männer galt, und war bei weitem nicht so untersetzt und lange nicht so kräftig, was Schultern und Brust anbelangte. Das Haar hatte einen Ton zwischen Gold und Braun und war dunkler als Prestimions lohgelber Schopf; er trug es gelockt und nicht schlicht und glatt wie Prestimion. Das Gesicht war fleischig und voll und sah überhaupt nicht angenehm aus; die Augenbrauen waren zu buschig, die Nase zu scharf gekrümmt. Doch er hatte die Haltung eines Königs, den Kopf kühn nach oben gereckt und eine Hand steif in einen Schlitz des Obermantels aus grünem Samt gesteckt.

Hinter ihm stand ein großer schlanker Mann mit schlichtem Lederwams und hellroten Hosen, der im Gefolge dieses falschen Coronals möglicherweise Septach Melayn darstellen sollte. Auf der anderen Seite neben ihm stand ein schwerer Kerl mit kantigem Kinn, der Hosen im Stil von Piliplok trug und Gialaurys vertrat. Diese Begleiter ließen den ohnehin schon bizarren Anblick noch seltsamer erscheinen und bereicherten die Täuschung um eine weitere Ebene, die Prestimion nun überhaupt nicht mehr amüsant fand. Vielmehr geriet er zunehmend in Wut über diesen Anblick.

Eine Usurpation hatte er bereits bekämpft, und er hatte keinerlei Nachsicht für einen zweiten derartigen Versuch, falls es bei diesem seltsamen Aufzug tatsächlich darum ging.

Ihrem Skandar-Bootsführer klapperten vor Angst die Zähne. »Wir werden sterben, meine Herren, wir werden sterben. Bitte, ich bitte Euch, lasst mich das Boot wenden …«

Doch es war viel zu spät, um kehrtzumachen. Die beiden Schiffe waren einander jetzt so nahe, dass der falsche Lord Prestimion sie leicht hätte über den Haufen fahren können, wenn er es gewollt hätte. Doch heute war er anscheinend milde gestimmt. Als der Flusskahn auf der Steuerbordseite der großen Jacht vorbeifuhr, richtete der angebliche Lord Prestimion das Auge nach unten und begegnete Prestimions Blick, der tief unter ihm stand. So sahen sich die beiden Männer einen langen Moment tief in die Augen und schätzten einander ab. Dann schenkte der fein gewandete Prestimion auf dem Deck der Jacht dem einfacher gekleideten auf dem bescheidenen Flusskahn ein Lächeln, wie ein wohlwollender König den einfachen Bürger freundlich grüßen mag, nickte hoheitsvoll und zog die Hand unter dem Übermantel hervor. Ein Beutelchen aus grünem Samt kam zum Vorschein, das er lässig in Prestimions Richtung warf.

Prestimion war viel zu verblüfft, um es aufzufangen, doch Septach Melayn, dem die im Schwertkampf geschulten blitzschnellen Reflexe zu Hilfe kamen, beugte sich vor und schnappte den prall gefüllten Beutel, bevor er ins Wasser fallen konnte. Dann war die prächtige Jacht vorbei, und der kleine Flusskahn des Skandars blieb allein mitten auf dem Fluss zurück, leicht schwankend im Kielwasser des großen Schiffs.

Für kurze Zeit herrschte betroffenes Schweigen auf dem Nachen, nur vom leisen Singsang der Dankgebete unterbrochen, die der Skandar ausstieß, weil er der Vernichtung entgangen war. Dann jedoch entfuhr Prestimion ein wütender Schrei. »Bei Bythois und Sigei!«, rief er aufgebracht und schockiert. »Er hat mir Geld zugeworfen! Er hat mir ein Almosen zugeworfen! Mir! Was glaubt er eigentlich, wer ich bin?«

»Offenbar hatte er keine Ahnung, mein Lord«, erklärte Septach Melayn. »Und was die Frage angeht, für wen er sich selbst hält, nun ja …«

»Remmer soll seine Seele holen!«, schrie Prestimion.

»Ah, mein Lord, du solltest nicht diese großen Dämonen anrufen«, sagte Gialaurys besorgt. »Nicht einmal zum Spaß, mein Lord.«

Prestimion beruhigte sich und nickte. »Ja, Gialaurys, ja doch, ja.« Die entsetzlichen Namen waren für ihn nur nichtssagende Laute ohne tiefere Bedeutung, doch Gialaurys sah dies anders.

Sein Wutausbruch war schon wieder verebbt. Die Angelegenheit war viel zu skurril, um als echte Bedrohung seiner Regentschaft bewertet zu werden, doch er musste herausfinden, was dies alles zu bedeuten hatte.

Er wandte sich an Septach Melayn. »War es denn wenigstens echtes Geld?«

Septach Melayn hielt ihm eine Hand voller Münzen

entgegen. »Es sieht echt aus«, sagte er. »Es sind Zehnkronenstücke im Wert von zwei oder drei Royals, würde ich sagen. Willst du sie ansehen?«

»Gib sie dem Bootsführer«, sagte Prestimion. »Und sage ihm, er soll uns ans Ufer bringen. Ans rechte Ufer. Dort lebt doch Simbilon Khayf, oder? Er soll uns an dem Kai absetzen, das Simbilon Khayfs Haus am nächsten ist.«

»Simbilon Khayf? Willst du wirklich Simbilon Khayf aufsuchen …?«

»Wie man mir sagte, ist er der wichtigste Kaufmann in Stee. Wer so viel Geld besitzt, dass er Beutel mit Zehnkronenstücken zu Fremden aufs Boot wirft, muss Simbilon Khayf bekannt sein. Der Kaufmann kann uns sicher sagen, wer dieser stolze Jachtbesitzer ist.«

»Aber … aber Prestimion, der Coronal kann doch nicht einfach ohne Vorwarnung einen einfachen Bürger aufsuchen! Nicht einmal einen so wohlhabenden Bürger wie Simbilon Khayf. Jede Art von offiziellem Besuch erfordert umfangreiche Vorbereitungen. Du glaubst doch nicht, dass du einfach so bei ihm auftauchen kannst, oder? Hallo, Simbilon Khayf, ich war zufällig gerade in der Stadt und wollte mich nach einigen Dingen erkundigen …«

»O nein«, sagte Prestimion. »Wir werden ihm nicht verraten, wer wir sind. Was ist, wenn es eine Art Verschwörung gibt und er gehört ihr an? Dieser falsche Prestimion hier könnte gar sein Vetter sein, und wenn wir uns zu erkennen geben, dann könnte man uns im Handumdrehen den Garaus machen. Nein, Septach Melayn, wir werden so auftreten, wie es unserer Verkleidung entspricht. Wir sind bescheidene Händler, die um ein Darlehen bitten. Dann werden wir ihm erklären, was uns gerade zugestoßen ist, und sehen, was er dazu sagt.«

* * *

»Mein Vater kommt gleich herunter«, verkündete die hübsche dunkelhaarige Frau, die sie im Empfangsraum von Simbilon Khayfs imposantem Wohnsitz begrüßt hatte. »Darf ich Euch unterdessen etwas Wein anbieten, meine Herren? Wir bevorzugen hier den Wein aus Muldemar. Er soll, wie mein Vater sagt, aus Lord Prestimions eigenem Weinkeller stammen.«

Ihr Name war Varaile. Prestimion, der sie von seinem Sitzplatz im beeindruckenden Empfangssaal verstohlen beobachtet hatte, konnte sich nicht erklären, wie ein Mann wie Simbilon Khayf, der mit seinen groben und abstoßenden Gesichtszügen kaum ansehnlicher war als ein Hjort, eine so hübsche Tochter gezeugt haben sollte.

Sie war wirklich wunderschön. Nicht auf die geheimnisvolle, zarte Art wie Thismet, die zierlich und sehr klein gewesen war, mit schlanken Gliedmaßen und einer ausnehmend schmalen Taille über den weiblich geschwungenen Hüften. Thismets Gesichtszüge waren gemeißelt gewesen wie bei einer klassischen Statue; die dunklen, glutvollen Augen hatten in einem Gesicht, das bleich gewesen war wie der Große Mond, boshaft funkeln können, und die Haut war weiß wie Schnee gewesen. Diese Frau hier aber war viel größer, so groß wie Prestimion selbst, und hatte nichts von der vermeintlichen Zerbrechlichkeit, die Thismets Schönheit in etwas so Exquisites verwandelt hatte. Thismet hatte ein Strahlen an sich gehabt, mit dem Simbilon Khayfs Tochter sich nicht messen konnte, und Varaile bewegte sich auch nicht mit Thismets hoheitlicher Gelassenheit.

Freilich waren solche Vergleiche ungerecht, wie Prestimion sehr genau wusste. Thismet war schließlich die Tochter eines Coronals gewesen und im Machtzentrum dieser Welt aufgewachsen. Das Leben am Hofe hatte ihr eine königliche Würde anerzogen, die ihre natürliche Schönheit und Anmut noch unterstrichen hatte. Zweifellos war aber auch Varaile auf ihre eigene Weise eine außergewöhnlich schöne Frau, schlank und elegant und von ebenmäßigem Körperbau. Sie schien ruhig und gefasst – eine junge Frau, fast noch ein Mädchen, von ungewöhnlichem Selbstvertrauen und großer Anmut.

Prestimion wunderte sich selbst, dass er so sehr von ihr eingenommen war, denn er trauerte noch immer um seine verlorene Liebe. Vor der Entscheidungsschlacht im Bürgerkrieg hatte er nur wenige Wochen lang seine vergängliche Leidenschaft mit Thismet auskosten dürfen – mit Thismet, die seine ärgste Feindin gewesen war, bis sie ihren dummen, nichtsnutzigen Bruder verlassen und sich auf Prestimions Seite gestellt hatte. Doch allzu bald schon, als ihr gemeinsames Leben sich gerade hatte entfalten wollen, war sie ihm wieder genommen worden. Von einem solchen Verlust konnte man sich nicht so leicht erholen. Seit Thismets Tod hatte er kaum eine andere Frau angeschaut und sich den Gedanken, er könne sich mit einer anderen Frau einlassen, und sei es nur auf höchst oberflächliche Weise, vollständig aus dem Kopf geschlagen.

Jetzt aber wurde ihm von Varailes Hand Wein eingeschenkt – der gute, edle Wein von den Weinbergen seiner eigenen Familie, auch wenn Varaile dies nicht wissen konnte –, und er schaute zu ihr auf und ihre Blicke begegneten sich. Lief da nicht ein kleiner, köstlicher Schauder über seinen Rücken, war da nicht eine winzigkleine freudige Vorahnung und sogar ein Hauch von Begehren?

»Wollt Ihr noch lange in Stee bleiben?« Für eine Frau war ihre Stimme recht tief, voll klingend und melodisch.

»Ein oder zwei Tage, nicht länger. Wir haben auch in Hoikmar noch etwas zu erledigen, und danach müssen wir noch nach Minimool, oder vielleicht auch erst nach Minimool und dann nach Hoikmar. Danach kehren wir nach Hause nach Gimkandale zurück.«

»Kommt Ihr alle drei aus Gimkandale?«

»Ich komme von dort und Simrok Morlin hier auch. Unser Partner Gheveldin«, Prestimion blickte zu Gialaurys, »kommt eigentlich aus Piliplok.« Gialaurys war an seinem starken Akzent sofort als ein Mann aus dem Osten Zimroels zu erkennen, und es war gewiss am besten, gar nicht erst zu versuchen, einen anderen Eindruck zu erwecken.

»Piliplok!«, rief Varaile. Ein Funke der Sehnsucht glitzerte in ihren Augen. »Ich habe schon so viel von diesem Ort gehört, wo alle Straßen ganz gerade verlaufen! Piliplok und natürlich Ni-moya, Pidruid und Narabal … es sind für mich Namen wie aus einem Märchen. Ich frage mich, ob ich diese Orte jemals mit eigenen Augen sehen werde. Zimroel ist ja so schrecklich weit entfernt.«

»Ja, die Welt ist wirklich groß, Lady«, stimmte Septach Melayn weise zu und sah sie feierlich an wie einer, der gerade die größten Wahrheiten verkündet hat. »Aber das Reisen ist etwas Wunderbares. Ich selbst war schon in Alaisor im Westen und Bandar Delem im Norden, und eines Tages will ich auch Zimroel besuchen.« Und dann fügte er mit einem anzüglichen kleinen Lächeln hinzu: »Wart Ihr eigentlich schon einmal in Gimkandale, Lady? Es wäre mir wirklich eine große Ehre, Euch meine Heimatstadt zu zeigen, falls Ihr sie jemals besuchen solltet.«

»Das wäre aber wirklich reizend, Simrok Morlin!«, sagte sie.

Prestimion warf Septach Melayn wider Willen einen erstaunten Blick zu. Was dachte der Mann sich nur dabei? Er konnte ihr doch nicht so einfach eine Besichtigung von Gimkandale anbieten, und dann auch noch mit einem so unmissverständlichen, einladenden Grinsen. Es war eine riskante Taktik. Sie waren als Bittsteller in dieses Haus gekommen, nicht als Brautwerber. Seit wann machte Septach Melayn in dieser Weise den Frauen schöne Augen, auch wenn es sich um eine zugegebenermaßen sehr anziehende Person handelte wie diese hier? Und davon mal ganz abgesehen, dachte Prestimion nicht ohne ein gewisses Erstaunen, war das etwa ein Stich der Eifersucht, den ich da gerade gespürt habe?

Simbilon Khayfs Tochter schenkte ihnen Wein nach. Sie ging sehr großzügig mit dem kostbaren Getränk um, wie Prestimion bemerkte. Allerdings war dies auch ein äußerst wohlhabendes Haus. Sogleich nach dem Eintreten hatten sie Schmuck und Ausstattung gesehen, die der Burg durchaus würdig gewesen wären: Türen aus dunklem Thuznaholz mit goldenen Einlegearbeiten, ein Eingangsflur von herrschaftlicher Weitläufigkeit mit einer hohen Fontäne, die aus einem zwölfeckigen Springbrunnen mit blutroten Kacheln und türkisfarbenen Fugen emporstieg, und dann dieses Empfangszimmer hier, das mit kostbaren engmaschigen Makroposoposteppichen und reich bestickten Kissen ausgestattet war. Und dies war nur das unterste der drei oder vier Stockwerke, die das Haus haben mochte. Es sah aus, als wäre es erst in den letzten Jahren in dieser Weise hergerichtet worden, doch wer immer dies für Simbilon Khayf erledigt hatte, er hatte seine Sache sehr, sehr gut gemacht.

»Oh, da ist ja auch schon mein Vater«, sagte Varaile.

Sie klatschte in die Hände, und sogleich kam durch eine Tür zur Linken ein livrierter Diener herein, der einen wundervoll mit Juwelen und Edelmetallen geschmückten Stuhl trug, der sehr an einen Thron erinnerte. Im selben Augenblick trat durch eine Tür am anderen Ende des Empfangszimmers Simbilon Khayf rasch ein, begrüßte die unangemeldeten Gäste mit knappem Nicken und nahm auf dem edlen Sitzmöbel Platz, das ihm bereitgestellt worden war. Von nahem war er sogar noch hässlicher als in der Erinnerung Prestimions, der den Mann auf der Krönungsfeier nur kurz gesehen hatte: ein kleiner Kerl mit harten Gesichtszügen, einer großen Nase und schmalen, grausamen Lippen. Das Auffälligste an ihm war jedoch der gewaltige silberne Schopf, den er zu lächerlicher Höhe aufgetürmt trug. Die mit glänzenden Metallfäden durchwirkte kastanienbraune Weste und die eng sitzende blaue Hose, deren Nähte mit roten Seidenborten abgesetzt waren, stellten für den geringen Anlass eine viel zu protzige Bekleidung dar.

»Nun denn«, sagte er, indem er sich die Hände rieb und unwillkürlich den Eindruck eines gierigen Geschäftsmannes erweckte, der einen Gewinn wittert. »Da gab es wohl eine gewisse Verwirrung hinsichtlich eines Termins? Denn ich muss Euch ganz offen sagen, ich kann mich nicht erinnern, für den heutigen Abend hier bei mir ein Treffen mit drei Kaufleuten aus Gimkandale verabredet zu haben. Aber ich wäre nicht geworden, was ich bin, wenn ich mir gute Gelegenheiten aus falschem Stolz hätte entgehen lassen, was? Ich stehe Euch zu Diensten, meine Herren. Ich hoffe, meine Tochter hat Euch manierlich empfangen?«

»Ganz wundervoll«, erklärte Prestimion. Er hob das Glas. »Dieser Wein hier … der beste, den ich je gekostet habe.«

»Aus der Weinkellerei des Coronals persönlich«, erwiderte Simbilon Khayf. »Der beste Wein, den es in Muldemar gibt. Wir trinken nichts anderes.«

»Wie beneidenswert«, sagte Prestimion feierlich. »Mein Name ist Polivand, Herr. Links neben mir sitzt Simrok Morlin, dort drüben, das ist Gheveldin, der eigentlich aus Piliplok kommt.«

Er hielt inne. Es folgte ein kurzes, unbehagliches Schweigen. Simbilon Khayf hatte am Festmahl anlässlich der Krönung teilgenommen, und da er an diesem Tag Graf Fisiolo begleitet hatte, musste er recht nahe am Podium des Königs gesessen haben. Ob ihm allmählich dämmerte, dass die drei angeblichen Kaufleute in seinem Empfangszimmer in Wirklichkeit der Coronal Lord Prestimion, der Hohe Berater Septach Melayn und der Großadmiral Gialaurys waren, alle drei in lächerlicher Verkleidung hereingeschneit? Und falls er tatsächlich hinter die falschen Schnurrbärte blicken konnte, stand er etwa kurz davor, mit einer dummen Frage nach den wahren Gründen dieser bemerkenswerten Maskerade zu fragen? Oder würde er sich zurückhalten, um zu sehen, welches Spiel der Coronal zu spielen gedachte?

Er ließ sich jedenfalls nichts anmerken und schaute freundlich und sogar ein wenig gelangweilt drein, wie es einem Mann von seinem Einfluss in der Geschäftswelt entsprach, der unversehens und ohne Vorwarnung drei Unbekannte vor sich sieht. Entweder er war ein überragender Schauspieler – durchaus vorstellbar, wenn man bedachte, welch erstaunlichen Reichtum er in wenigen Jahren zusammengerafft hatte –, oder er glaubte tatsächlich, dass seine Besucher die waren, für die sie sich ausgaben, und mutmaßte nichts anderes, als dass sie tatsächlich eine Verabredung mit ihm hatten, die er aus irgendeinem Grund vergessen hatte.

Prestimion setzte das Gespräch fort und kam zur Sache. »Darf ich Euch nun erklären, warum wir gekommen sind, bester Simbilon Khayf? Wir haben eine Maschine entwickelt, mit der man Geschäftskonten führen und finanzielle Transaktionen erheblich besser und schneller vornehmen kann als mit allem anderen, was bisher bekannt ist.«

»Wirklich«, bemerkte Simbilon Khayf, ohne allzu großes Interesse zu zeigen. Er legte die Hände auf den Bauch und führte die Fingerspitzen zusammen. Die Augen, eiskalt und unangenehm, verschleierten sich ein wenig. Offenbar war er zu einer raschen Einschätzung gelangt, was diese Besucher ihm zu bieten hatten, und konnte nicht viel finden, das ihn interessierte.

»Es wird eine ungeheure Nachfrage einsetzen, sobald das Gerät erst auf dem Markt ist«, fuhr Prestimion eifrig fort und versuchte den Eindruck eines mittellosen Erfinders zu verstärken, der dringend einen Geldgeber suchte. »Eine so gewaltige Nachfrage, dass große Kredite unabdingbar sein werden, um die Erweiterung unserer Fabrik zu finanzieren. Und deshalb wollten wir …«

»Ja, ich verstehe. Ihr habt natürlich ein funktionierendes Modell Eurer Maschine mitgebracht?«

»Wir hatten in der Tat eines dabei«, sagte Prestimion niedergeschlagen. »Aber es gab einen unglücklichen Zwischenfall auf dem Fluss …«

Jetzt schaltete sich Septach Melayn ein. »Das Boot, das wir gemietet hatten, um von der Anlegestelle Vildivar hierher zu Eurem Haus zu fahren, wäre um ein Haar gekentert. Es hätte mitten auf dem Fluss beinahe einen Zusammenstoß mit einem großen Schiff gegeben, das direkt auf uns zuhielt und uns keine Gelegenheit ließ, ihm auszuweichen«, sagte er mit so treuherziger Aufrichtigkeit, dass Prestimion beinahe vor Lachen laut herausgeplatzt wäre. »Um ein Haar wären wir ertrunken, Herr! Wir mussten uns an den Sitzen festhalten und schafften es gerade noch, im Boot zu bleiben und uns selbst zu retten, aber zwei Gepäckstücke gingen über Bord und darunter, Herr, ich muss es mit Bedauern gestehen, darunter war das Paket …«

»Das Paket mit Eurem Modell. Ich verstehe«, bemerkte Simbilon Khayf trocken. »Welch ein unglücklicher Verlust.« Seine Stimme verriet wenig Mitgefühl.

Aber dann kicherte er. »Ihr müsst unserem verrückten Coronal begegnet sein, wie mir scheint. Eine große, bunt angemalte, lächerlich aussehende und hell beleuchtete Jacht, die mitten auf dem Fluss versucht hat, Euch über den Haufen zu fahren?«

»Ja«, riefen Prestimion und Gialaurys gleichzeitig. »Ja, genau so war es, Herr.«

»Und wenn sie nur einen oder zwei Fuß näher gekommen wäre«, ergänzte Septach Melayn, »dann hätte sie uns ganz und gar zerquetscht wie lästige Fliegen. Wie Fliegen, Herr!«

»Was sagt Ihr da, der Coronal ist verrückt geworden?«, fragte Prestimion und bemühte sich um einen Ausdruck äußerster Neugierde. »Ich verstehe nicht recht, was Ihr damit meint. Der Coronal, unser Herrscher, ist in diesem Augenblick gewiss oben auf dem Burgberg, und wir haben doch hoffentlich nicht den geringsten Grund zu der Annahme, sein Verstand könne irgendwie gelitten haben, oder? Denn es wäre wirklich schrecklich, wenn der neue Coronal …«

»Ihr müsst berücksichtigen, dass mein Vater nicht über Lord Prestimion gesprochen hat«, schaltete Varaile sich vermittelnd ein. »Wie Ihr sagtet, dürfen wir annehmen, dass Lord Prestimion so gut bei Verstand ist wie Ihr oder ich. Nein, mein Vater meinte einen Irren aus unserer Stadt, einen jungen Verwandten des Grafen Fisiolo, der in den letzten Wochen vollends den Verstand verloren hat. In Stee sieht man heute auf den Straßen viele verstörte Menschen. Vor ein oder zwei Monaten hat auch uns ein schreckliches Unglück getroffen. Ein Hausmädchen hat den Verstand verloren und ist aus dem Fenster gesprungen, wobei sie zwei Menschen getötet hat, die gerade unten vorbeigegangen sind …«

»Wie entsetzlich«, sagte Septach Melayn und machte eine übertrieben schockierte Geste.

»Dieser Verwandte des Herzogs«, warf Prestimion ein, »ist also einer Täuschung erlegen? Er bildet sich ein, er sei unser neuer Coronal?«

»So ist es«, bestätigte Varaile. »Und deshalb kann er tun, was ihm beliebt, gerade so, als gehörte ihm die ganze Welt.«

»Er muss in irgendeinen tiefen Kerker gesteckt werden, ganz egal, wessen Verwandter er ist«, erwiderte Gialaurys im Brustton der Überzeugung. »So einer darf doch nicht auf dem Fluss herumfahren und unschuldige Reisende in Gefahr bringen!«

»Ach, ich stimme Euch aus ganzem Herzen zu«, sagte Simbilon Khayf. »In der letzten Zeit, seit er mit seinem Prunkschiff herumfährt, hat der Handelsverkehr stark gelitten. Aber Graf Fisiolo, der, wie ich Euch vielleicht sagen sollte, ein enger Freund von mir ist, hat sich äußerst nachsichtig gezeigt. Unser Irrer ist der Sohn des Bruders seiner Gemahlin. Sein Name ist Garstin Karsp, und sein Vater Thivvid ist vor gar nicht so langer Zeit, in voller Blüte seines Lebens stehend, ganz plötzlich gestorben. Der unerwartete Tod des Vaters hat den jungen Garstin offenbar völlig aus der Bahn geworfen, und als man erfuhr, dass auch der alte Pontifex gestorben sei und Prestimion Coronal werden solle, nachdem Lord Confalume ins Labyrinth gegangen sei, verbreitete Garstin Karsp das Gerücht, Prestimion stamme überhaupt nicht aus Muldemar, wie man allgemein höre, sondern vielmehr aus Stee. Er selbst sei nämlich besagter Prestimion und wolle als Coronal seinen Hauptsitz hierher nach Stee verlegen, wie es auch Lord Stiamot in den alten Zeiten getan habe.«

»Und die Menschen hier nehmen ihm das so einfach ab?«, wollte Septach Melayn wissen.

Simbilon Khayf zuckte mit den Achseln. »Höchstens ein paar sehr einfache Menschen, würde ich meinen. Die meisten Bürger wissen natürlich, dass er nichts weiter als Thivvid Karsps Sohn ist, der vor Kummer den Verstand verloren hat.«

»Der arme Mann«, sagte Septach Melayn und machte ein heiliges Zeichen.

»Oh, ganz so arm ist er nicht, gewiss nicht. Ich bin der Bankier der Familie, und es ist sicher kein großer Vertrauensbruch, wenn ich Euch verrate, dass die Schatzkammer der Karsps mit Hundertroyalstücken auf ähnliche Weise bestückt ist wie der Himmel mit Sternen. Garstin Karsp hat allein schon für das Schiff ein kleines Vermögen ausgegeben, und dann hat er noch eine große Mannschaft angeheuert, die es ihm jeden Abend flussauf und flussab segelt, damit er die Flussschiffer erschrecken kann. Manchmal wirft er den Booten, denen er begegnet, prall gefüllte Beutel mit Münzen hinüber, an anderen Abenden fährt er mitten durch sie hindurch, als wären sie Luft für ihn. Niemand weiß, wie seine Laune gerade ist, und deshalb fliehen alle, wenn er mit seiner Jacht ankommt.«

»Aber dennoch verschont ihn der Graf«, sagte Prestimion.

»Aus reinem Mitgefühl, da der junge Mann so sehr unter dem Verlust des Vaters leidet.«

»Und die Bootsführer, deren Lebensunterhalt er zerstört? Was ist mit deren Leiden?«

»Soweit ich weiß, werden sie vom Grafen entschädigt.«

»Wir haben unsere Waren verloren. Wer wird uns entschädigen? Sollen wir uns an den Grafen wenden?«

»Das solltet Ihr vielleicht tun«, sagte Simbilon Khayf und runzelte leicht die Stirn, als hätte Prestimions energische Frage ihm deutlich gemacht, dass dieser keineswegs ein so bescheidener Mann war, wie es den Anschein hatte. »Oh, ich stimme Euch ja zu, dass dem ein Ende gesetzt werden muss. Bisher ist noch niemand ertrunken, aber früher oder später wird es dazu kommen, und dann wird Fisiolo dem Jungen sagen, dass es an der Zeit ist, das Spiel zu beenden. Man wird ihn in aller Stille fortschicken, damit er irgendwo behandelt wird, und auf dem Fluss wird alles wieder in bester Ordnung sein.«

»Ich bete, dass man es bald tun wird«, sagte Septach Melayn.

»Für den Augenblick aber«, fuhr Simbilon Khayf fort, »hat es den Anschein, als hätten wir einen eigenen Coronal hier in Stee, und dabei wird es vorerst wohl auch bleiben. Wie meine Tochter schon gesagt hat: Heutzutage sind viele Dinge nicht mehr im Lot. Der traurige Vorfall, der sich neulich in unserem eigenen Haus abspielte, legt davon ein beredtes Zeugnis ab.«

Damit erhob er sich von seinem kleinen Thron und gab den Gästen zu verstehen, dass die Unterhaltung beendet sei. »Es tut mir Leid, dass Ihr auf dem Fluss solche Unannehmlichkeiten hattet«, sagte er ohne jede Spur von Bedauern. »Wenn Ihr freundlicherweise bei Gelegenheit mit einem neuen Modell Eures Apparats wiederkommen könntet und Euch bei meinen Mitarbeitern einen neuen Termin geben lasst, dann werden wir überlegen, ob wir etwas in Eure Firma investieren. Einen guten Abend noch, meine Herren.«

»Soll ich die Herren zur Tür bringen, Vater?«, bot Varaile an.

»Das kann Gavvon Barl übernehmen«, entschied Simbilon Khayf und klatschte in die Hände, um den Diener zu rufen, der ihm den Stuhl gebracht hatte.

»Nun, wenigstens gibt es in dieser Stadt keine Verschwörung, die darauf abzielt, mich vom Thron zu stoßen«, sagte Prestimion, als sie draußen waren. »Nur einen reichen Irren, den Graf Fisiolo dummerweise mit seiner Marotte gewähren lässt. Es ist doch eine gewisse Erleichterung, dies jetzt zu wissen, oder? Wenn wir zurück sind, schicken wir Fisiolo eine Nachricht, dass diese wahnsinnigen Ausflüge des jungen Karsp unterbunden werden müssen. Ebenso das Gerede, er sei Lord Prestimion.«

»So viel Wahnsinn überall«, murmelte Septach Melayn. »Was kann da nur im Gange sein?«

»Ist dir eigentlich aufgefallen«, sagte Gialaurys, »dass wir einfach nur um ein Darlehen bitten wollten und er sehr schnell von einer Investition gesprochen hat? Wenn wir wirklich eine Firma hätten, die etwas Wertvolles herstellt, dann wäre er im Handumdrehen der Alleinbesitzer. Ich glaube, ich verstehe allmählich, wie er so schnell zu solchem Reichtum gekommen ist.«

»Männer von dieser Sorte können sich kaum rühmen, in ihren Geschäften besonders mitfühlend zu handeln«, meinte Prestimion.

»Ach, aber die Tochter, diese Tochter!«, warf Septach Melayn ein. »Das ist mal eine vornehme und anmutige Gesellschaft, mein Lord!«

»Du bist offenbar sehr von ihr eingenommen, was?«, fragte Prestimion.

»Ich? Ja, auf eine abstrakte Art und Weise, denn ich reagiere auf Schönheit und Anmut, wo immer ich sie sehe. Aber du weißt ja, dass ich kaum Verlangen nach der Gesellschaft von Frauen habe. Ich dachte vielmehr, du wärst es, Prestimion, der nach dieser Begegnung am lautesten ihre Schönheit preisen würde.«

»Sie ist wirklich eine wunderschöne Frau«, stimmte Prestimion zu. »Und ausgesprochen gut erzogen, wenn man bedenkt, dass sie das Kind eines solch flegelhaften Spitzbuben ist. Doch ich habe im Augenblick ganz andere Dinge im Sinn als die Schönheit einer Frau, mein Freund. Beispielsweise denke ich über die Verhandlung gegen den Prokurator nach. Und über die Hungersnot in den vom Krieg gezeichneten Bezirken. Außerdem beschäftigen mich die seltsamen Ausbrüche von Geistesgestörtheit, zu denen es immer wieder kommt. Dieser Verwandte von Graf Fisiolo, der falsche Lord Prestimion, der ungehindert den Fluss terrorisieren darf! Wer ist da der größere Irre, so frage ich mich – der Junge, der sich als Coronal ausgibt, oder Graf Fisiolo, der diesen Wahnsinn duldet? Kommt, lasst uns eine Herberge finden, und morgen reisen wir weiter nach Hoikmar. Vielleicht finden wir dort drei Prestimions, die gerade Hof halten.«

»Und ein paar Confalumes obendrein«, sagte Septach Melayn.

Aus dem Fenster ihres Schlafzimmers im zweiten Stock schaute die Tochter des Simbilon Khayf den drei Besuchern nach, als diese übers Pflaster des Platzes liefen und im öffentlichen Park auf der anderen Seite verschwanden.

Sie hatten etwas Ungewöhnliches an sich, dachte Varaile. Etwas, das sie von den meisten anderen Menschen unterschied, die ihren Vater um Geld bitten wollten. Derjenige, der so groß und schlank war, hatte sich anmutig bewegt wie ein Tänzer. Gesprochen hatte er wie ein Tölpel, aber das war nur Verstellung gewesen. In Wirklichkeit war er von rascher Auffassungsgabe und scharfem Verstand – man konnte es an den durchdringenden blauen Augen sehen, die auf einen Blick alles Wichtige aufzunehmen vermochten, damit es zum späteren Gebrauch im Gedächtnis abgelegt wurde. Schlau und raffiniert war er; in allem, was er sagte, lag ein spöttischer Unterton, so gerade heraus es auch erst einmal zu klingen schien. Ein verschlagener und verspielter, vielleicht sogar sehr gefährlicher Mann. Der Zweite, der bärenhafte Kerl, der nur wenig gesprochen hatte, und wenn, dann mit dem schweren Akzent der Leute aus Zimroel … Wie stark er aussah, welch gewaltige Kraft unter der eisern geübten Zurückhaltung zu schlummern schien. Er war wie ein mächtiger Fels.

Aber der Dritte erst, der Kleine mit den breiten Schultern. Wie aufmerksam diese Augen blickten, wie schön das Gesicht und wie seltsam unpassend der Bart und der Schnurrbart, die ihm überhaupt nicht stehen wollten. Ohne sie sähe er wirklich gut aus, dachte Varaile. Er ist ein Bild von einem Mann. Und er hat etwas Herrschaftliches an sich. Ich kann kaum glauben, dass ein solcher Mann nicht mehr ist als ein bescheidener Händler, ein schlichter Hersteller von Rechenapparaten. Er scheint mehr zu sein als dies, viel mehr.

11

Sie reisten weiter zum Ring der Wächterstädte, wo Hoikmar ihr erster Halt sein sollte. In einem öffentlichen Garten, wo Tanigales und rote Eldiron an einem stillen Kanal blühten, der von rötlich gefärbtem Gras gesäumt war, das sich weich anfühlte wie ein Thangapelz, begegneten sie einem zerlumpten alten Mann mit grauem Haar. Er fasste Prestimions Handgelenk mit einer und Septach Melayns Handgelenk mit der anderen Hand und redete mit seltsam drängender Stimme auf sie ein. »Meine Lords, meine Lords, hört mir einen Augenblick zu. Ich habe eine Kiste Geld für einen guten Preis zu verkaufen. Für einen sehr guten Preis.«

Die Augen blickten aufmerksam und ruhig und verrieten gar eine nicht unbeträchtliche Intelligenz. Dennoch trug er die zerfetzten und stinkenden Lumpen eines Bettlers. Eine alte, hellrote Narbe lief quer über die linke Wange und verlor sich in der Nähe des Mundwinkels. Septach Melayn warf über den Kopf des Alten hinweg einen raschen Blick zu Prestimion und lächelte verschlagen, als wollte er sagen: Da hätten wir schon wieder so einen Irren. Prestimion, der den Blick verstanden hatte, nickte betroffen.

»Du hast eine Kiste mit Geld zu verkaufen?«, fragte er. »Was soll das bedeuten?«

Der alte Mann meinte anscheinend genau das, was er gesagt hatte. Aus einem schäbigen Tragebeutel an der Hüfte zog er eine verrostete Geldkassette hervor, die mit Erde überkrustet und mit breiten Bändern aus porösem Leder gesichert war. Als er sie öffnete, zeigte sich, dass die Kiste randvoll mit Münzen von hohem Nennwert war, Dutzende Royal- und Fünfroyalstücke und einige Zehner. Er wühlte mit gichtigen Fingern in seinem Schatz herum und ließ die Münzen silberhell klingeln. »Wie hübsch sie sind! Und sie gehören Euch, meine Herren, zu einem Preis, den Ihr selbst bestimmen sollt.«

»Schaut her«, sagte Septach Melayn. Er nahm ein Silberstück heraus und tippte mit dem Fingernagel darauf. »Seht ihr die alte Beschriftung auf dem Rand? Die Abbildung zeigt Lord Arioc, dessen Pontifex Dizimaule war.«

»Aber die haben vor dreitausend Jahren gelebt«, rief Prestimion.

»Es ist sogar noch etwas länger her, glaube ich. Und wen haben wir da? Der Aufschrift nach dürfte es Lord Vildivar sein. Auf der anderen Seite ist Thraym zu sehen.«

»Und hier«, sagte Gialaurys, während er an Prestimion vorbei langte und eine andere Münze aus dem Kistchen nahm, »das hier ist Lord Siminave. Kennt ihr einen Lord Siminave?«

»Ich glaube, er war Calintanes Coronal«, antwortete Prestimion. Er sah den alten Mann streng an. »Du hast ein Vermögen in dieser Schachtel. Es sind mindestens fünfhundert Royal. Warum willst du uns dieses Vermögen zu einem viel geringeren Preis verkaufen? Du könntest einfach nacheinander die Münzen ausgeben und den Rest deines Lebens wie ein Prinz leben.«

»Ah, mein Lord, wer wird einem Mann wie mir schon glauben, dass er von Rechts wegen einen solchen Schatz sein Eigen nennt? Man würde mich einen Dieb nennen und für immer einsperren. Und dies hier ist sehr altes Geld. Selbst ich kann es sehen, auch wenn ich nicht lesen kann, denn diese Coronals und Pontifices hier haben fremde Gesichter. Die Leute würden so altes Geld nicht haben wollen. Sie würden es nicht nehmen, weil sie die Gesichter der Könige nicht kennen. Nein, nein. Ich habe die Kiste an einem Kanal gefunden, wo der Regen die Erde weggewaschen hatte. Ich glaube, jemand hat die Kiste vor langer Zeit vergraben, um sie sicher aufzubewahren, und ist nicht mehr zurückgekehrt. Aber es würde mir nicht gut ergehen, wenn man sähe, dass ich Geld wie dieses habe.« Der alte Mann grinste verschlagen und zeigte ihnen einsam stehende Eckzähne. »Gebt mir – ach, sagen wir zweihundert Kronen in Geld, das ich ausgeben kann. Gebt mir Zehnkronenstücke oder kleinere Münzen, und die Kiste soll Euch gehören. Ihr könnt damit verfahren, wie Ihr wollt. Denn ich sehe, dass Ihr drei weit gereiste Männer seid, die schon wissen, wie man mit Geld von dieser Art umgeht.«

»Er ist ein dummes Mondkalb«, beschied Gialaurys, warf die Münze zurück in die Kiste und tippte sich mit dem Zeigefinger an die Schläfe. »Niemand weist gute Silberroyals zurück, und wenn sie noch so alt sind.« Septach Melayn nickte, lächelte und beschrieb mit dem Zeigefinger einen kleinen Kreis vor der Stirn.

Prestimion konnte der Bewertung seiner Freunde nur zustimmen. Der schmutzige, verwahrloste alte Mann tat ihm Leid. Was da hell in seinem Blick brannte, war der Wahnsinn, keine Intelligenz. Auch sein Auftritt war offenbar zu jenen zahlreichen Ausbrüchen von Geistesgestörtheit zu rechnen, die seit kurzer Zeit die Welt heimsuchten. Vielleicht war er sogar wirklich ein Dieb und hatte die Münzen einem Antiquitätensammler gestohlen. Der Zustand der Kiste legte allerdings die Vermutung nahe, dass sie tatsächlich am Kanal gefunden worden war. So oder so war es jedenfalls ein Ausdruck von Schwachsinn, wenn er ihnen seinen Fund so billig anbot – für einen Bruchteil des wahren Preises und noch dazu drei Fremden, die er auf der Straße angesprochen hatte.

Prestimion spürte kein Verlangen, sich auf derartige Geschäfte einzulassen. Wie konnte ausgerechnet er von allen Menschen auf der Welt sich an einem Geschäft beteiligen, bei dem Royals aus echtem Silber für zwei Hand voll Kronen den Besitzer wechselten? Es machte ihm arg zu schaffen, dass der Irrsinn auf einmal so dicht vor ihm auftauchte, und er wünschte sich nichts sehnlicher, als möglichst schnell von hier zu verschwinden. So bat er Septach Melayn, dem alten Mann fünfzig Kronen zu geben und ihm den Schatz für einen anderen Käufer zu belassen.

Der Bettler macht ein erstauntes Gesicht, als Septach Melayn fünf Zehnkronenstücke abzählte und ihm übergab. Doch er nahm das Geld und verstaute es in einem Gürtel unter dem Hemd. Dann weiteten sich die listigen Augen, und ein Ausdruck, der Furcht hätte sein können, zog über das Gesicht. »Oh, aber für Geld muss man immer einen Gegenwert geben.« Er nahm drei Münzen aus seiner Schatzkiste, packte noch einmal Prestimions Handgelenk und drückte ihm die Münzen in die Hand. Dann trippelte er eilig davon, die Schatzkiste an die schmächtige Brust gepresst.

»Welch ein seltsames Geschäft«, bemerkte Prestimion. Der säuerliche Geruch der Kleidung des alten Irren hing noch in der Luft. Er tippte vorsichtig mit der Fingerspitze auf die alten Münzen und drehte sie hin und her. »Die sehen aber wirklich seltsam aus, was? Kanaba und Lord Sirruth, und hier hätten wir Guadeloom und Lord Calintane, und der hier – nein, ich kann die Namen nicht erkennen. Hier, bewahre du sie für mich auf«, sagte er und gab sie Septach Melayn. Dann gingen sie weiter.

»Zweihundert Kronen für die ganze Kiste?«, überlegte Prestimion nach einer Weile. »Er hätte das Zwanzigfache verlangen können. Was meint ihr, war er ein Narr, ein Dieb oder ein Irrer?«

»Warum nicht alles auf einmal?«, meinte Septach Melayn.

Sie schoben die Erinnerung an den Zwischenfall beiseite und verbrachten noch zwei Tage im ruhigen Hoikmar, besuchten Wirtshäuser und Märkte dieser heiteren Stadt am See. Zwei weitere Ereignisse gab es noch, die den beschaulichen Aufenthalt stören sollten. Eine schwachsinnige Frau mit leeren Augen steuerte auf der Hauptstraße auf Septach Melayn zu und legte ihm eine kostbare Stola aus rotem Gebraxfell um die Schultern. Sie murmelte, der Pontifex habe sie angewiesen, ihm das Stück zu schenken. Darauf drehte sie sich abrupt um und verschwand im Gedränge auf der Straße. Etwas später am gleichen Tag, als sie auf dem Hauptplatz der Stadt bei einem Liimenschen gegrillte Würstchen gekauft hatten, fiel ein gut gekleideter Mann in mittleren Jahren, der geduldig in der Schlange hinter ihnen gewartet hatte, aus der Rolle. Er mochte ein Universitätsprofessor oder der Besitzer eines gut gehenden Juweliergeschäfts sein. Auf einmal begann er wild zu schreien, der Liimensch verkaufe vergiftetes Fleisch. Er drängte sich nach vorn, stieß den Verkaufskarren um, dass die glühenden Grillkohlen und die Spieße mit halb garen Würstchen in alle Richtungen flogen, und marschierte, wilde Worte grollend, ungestüm davon.

Es waren beunruhigende Erlebnisse. Prestimion hatte die Absicht gehabt, mit seinen Gefährten verkleidet in die Welt zu ziehen, um aus erster Hand etwas über das Leben der einfachen Leute auf Majipoor zu erfahren, denn was die feinen Herrschaften auf der Burg dachten, das wusste er längst. Doch mit so viel Finsternis und Fremdartigkeit in den Seelen der Menschen, mit solchen Ausbrüchen von irrationalem Verhalten, hätte er nicht gerechnet.

War es hier draußen in den Städten schon immer so gewesen?, fragte er sich. Hatte es solche Ausbrüche von Wahnsinn, diese öffentlichen Manifestationen absonderlichen Verhaltens, schon immer gegeben? Oder war all dies, wie Septach Melayn vor einiger Zeit angedeutet hatte, eine Reaktion der empfindlichsten und verletzlichsten Bürger auf die Auslöschung der Erinnerung an den Krieg? Wie auch immer, es war eine entsetzliche Vorstellung. Doch besonders beunruhigt war Prestimion, als ihm bewusst wurde, dass er mit seinem Wunsch, auf einen Schlag die Wunde zu heilen, die Korsibars Aufstand der Welt geschlagen hatte, diese Epidemie des Wahnsinns, die von Woche zu Woche schlimmer zu werden schien, der Welt erst zugefügt hatte.

In Minimool, Hoikmars Nachbarin unter den Wächterstädten, waren weitere Anzeichen solcher geistigen Störungen zu beobachten. Nach zwei Tagen hatte Prestimion mehr als genug.

Minimool sollte dem Vernehmen nach ein beeindruckender, bezaubernder Ort sein, doch in seiner gegenwärtigen Stimmung fand Prestimion die Stadt bedrückend und abweisend – eine zusammengekauerte Ansammlung schmaler, hoher Gebäude mit weißen Mauern, schwarzen Dächern und winzigen Fenstern, die nebeneinander standen wie Bündel von Speeren. Schwindel erregend steile Straßen, die eigentlich kaum mehr waren als Gassen, führten von einer Häusergruppe zur nächsten. Auch hier hörte er aus den Fenstern hoch über sich das irre, schrille Lachen, das er schon kannte, und er sah mehr als nur ein paar Menschen mit starrem Gesicht und abwesendem Blick auf den Straßen wandeln. Vor einer Tür stieß er mit einer Frau zusammen, die atemlos schluchzend herausgestürzt kam und davonrannte wie von Furien gehetzt.

Sein Schlaf wurde von beunruhigenden Träumen gestört. In einem Traum kam der Bettler mit der Münzkiste aus Hoikmar zu ihm, grinste boshaft und zahnlückig und öffnete die Kiste, um ihn mit Münzen zu überschütten, mit hunderten, ja tausenden von Münzen, bis er unter dem Gewicht fast erstickte. Zitternd und schwitzend wachte Prestimion auf. Als er wieder eingeschlafen war, suchte ihn ein zweiter Traum heim. Dieses Mal stand er bei Sonnenaufgang mit Thismet am Ufer eines schönen, perlmuttfarbenen Sees und bewunderte schweigend den Himmel, der rosafarbene und smaragdfarbene Streifen hatte. Dann tauchte aus dem Nichts Simbilon Khayfs dunkelhaarige Tochter auf und warf die schweigende Thismet, die keinen Widerstand leistete, kurzerhand ins Wasser, wo sie ohne eine Spur unterging. Aus diesem Traum erwachte Prestimion mit einem Schrei. Septach Melayn, der in der Herberge, in der sie über Nacht abgestiegen waren, das Zimmer mit ihm teilte, streckte den Arm aus und drückte Prestimions Unterarm, bis der Coronal sich wieder beruhigt hatte.

Doch in dieser Nacht fand er in Minimool keinen Schlaf mehr. Die Verzweiflung durchfuhr ihn wie ein eisiger Schauder, und für einige Augenblicke, es war schon kurz vor der Dämmerung, schien es ihm, als griffe der allgemeine Wahnsinn um sich und wollte auch ihn anstecken und übermannen. Dann schob er das Gefühl beiseite. Es konnte ihm nichts anhaben, was es auch war. Aber das Volk! Die Welt!

»Ich glaube, ich habe genug von diesem Ausflug«, sagte Prestimion am Morgen. »Wir kehren heute zur Burg zurück.«

Offensichtlich war im Alltagsleben der Welt vieles aus dem Gleichgewicht geraten. Als Prestimion wieder auf der Burg war, erließ er sofort Befehle, die Planungen für die offiziellen Besuche in den Städten auf dem Burgberg zu beschleunigen. Er wollte nicht mehr mit falschen Schnurrbärten und schäbigen Verkleidungen herumstrolchen, das war jetzt vorbei. In vollem Putz als Coronal und Herrscher wollte er sechs oder sieben der wichtigsten Städte unter den fünfzig besuchen und mit Herzögen, Grafen und Bürgermeistern beraten, um die Krise einzudämmen, die in den ersten Monaten seiner Amtszeit die Welt mit solcher Macht erschütterte.

Zuerst aber musste er die Frage von Dantirya Sambails fortwährender Gefangenschaft auf irgendeine Weise zum Abschluss bringen.

Er suchte den Magier Maundigand-Klimd auf, der inzwischen sein Quartier in einer leeren Zimmerflucht jenseits des Pinitor-Hofes bezogen hatte. Früher, vor der unrechtmäßigen Thronbesteigung, hatte Korsibar hier gelebt. Prestimion hatte damit gerechnet, allerhand Gerätschaften vorzufinden, wie sie mit dem Berufsstand des Zauberers verbunden waren – Horoskope an den Wänden, Stapel geheimnisvoller, in Leder gebundener Folianten voller magischer Weisheiten und natürlich rätselhafte Instrumente und Zubehör von der Art, wie er es in den Gemächern des Meisters Gominik Halvor gesehen hatte, bei dem er während seines Aufenthalts in Triggoin die dunklen Künste studiert hatte: Planisphären, Destillierkolben, Fläschchen, Waagen, Armillarsphären, Astrolabien und so weiter.

Doch hier gab es nichts dergleichen zu bestaunen.

Prestimion sah nur einige wenig beeindruckende Gerätschaften, die auf den oberen Brettern eines schlichten und ansonsten leeren Bücherregals lagen. Die Geräte kannte er nicht; wenn es nach ihm ging, dann hätten es Rechenmaschinen oder andere völlig alltägliche Apparate sein können, die sich nicht von dem unterschieden, was er selbst angeblich bei seinem Besuch in Stee im Fluss verloren hatte. Es hätten auch billige geomantische Geräte sein können, wie er sie auf dem Mitternachtsmarkt in Bombifale betrachtet hatte, als er Maundigand-Klimd begegnet war; Geräte von jener Art, die der Zauberer als Schwindel und wertloses Zeug abgetan hatte. Aber nein, Maundigand-Klimd würde solche Geräte sicher nicht hier aufbewahren, dachte Prestimion. Wie auch immer, er war jedenfalls überrascht, als er sah, wie leer die Räume im Grunde waren.

Maundigand-Klimd hatte sich auf äußerst spartanische, schlichte Weise eingerichtet. Im Hauptraum sah Prestimion ein Schlafgeschirr, wie es von den Su-Suheris bevorzugt wurde, und einige Stühle, die der Bequemlichkeit der menschlichen Besucher dienen sollten, dazu ein kleiner Tisch, auf dem eine Hand voll Bücher und Traktate, die keinen großen Wert zu besitzen schienen, mehr oder weniger willkürlich verstreut herumlagen. Die anderen Räume sahen ähnlich bescheiden aus, und die alten Steinwände waren bar jeglichen Schmucks. Insgesamt machte die Behausung einen unpersönlichen, kalten Eindruck.

»Ich nehme an, es war eine beunruhigende Reise«, sagte der Magier sofort.

»Das kannst du sehen?«

»Man muss kein Meister der Wahrsagerei sein, um es dir anzusehen, mein Lord.«

Prestimion lächelte humorlos. »Ist es mir wirklich so deutlich anzumerken? Es scheint wohl so. Ja, ich habe

Dinge gesehen, die ich lieber nicht gesehen hätte, und ich habe von Dingen geträumt, von denen ich lieber nicht geträumt hätte. Es war so, wie man es mir gesagt hatte. Ich habe den Wahnsinn grassieren sehen, Maundigand-Klimd. Viel stärker, als ich es vermutet hatte.«

Maundigand-Klimd beschränkte sich auf ein irritierendes doppelköpfiges Nicken.

»Manche sind wie Schlafwandler durch die Straßen gelaufen, manche haben gelacht oder geweint oder geschrien«, fuhr Prestimion fort. »Ein Verwandter des Grafen Fisiolo in Stee nennt sich Lord Prestimion und versenkt zu seinem Vergnügen die Boote, denen er auf dem Fluss begegnet. In Hoikmar …« Er hatte die drei Münzen mitgebracht, die der Bettler ihm in die Hand gedrückt hatte. »Ein verrückter Alter hat sie mir gegeben. Er wollte uns unbedingt eine verrottete Kiste mit guten Silberroyals für eine Hand voll Kronen verkaufen. Schau her, Maundigand-Klimd: Diese drei Münzen sind Jahrtausende alt. Hier ist Lord Sirruth, hier Lord Guadeloom und hier …«

Der Su-Suheris legte die drei Münzen akkurat nebeneinander in seine hagere weiße Hand. Der linke Kopf sah Prestimion fragend an. »Hast du die ganze Kiste mitgebracht, mein Lord?«

»Wie könnte ich? Aber wir haben ihm aus Barmherzigkeit etwas Geld gegeben, und als Gegenleistung hat er uns diese drei Münzen aufgedrängt, um danach auf dem Absatz kehrt zu machen und zu fliehen.«

»Ich glaube, er war gar nicht so verrückt wie du denkst. Und du hast gut daran getan, ihm kein Angebot zu machen. Diese Münzen sind falsch.«

»Falsch?«

Maundigand-Klimd legte die Hände zusammen, um die Münzen zwischen ihnen einzuschließen, und hielt sie eine Weile fest. »Ich kann die Schwingungen ihrer Atome spüren«, sagte er. »Diese Münzen haben Kerne aus Bronze, über die eine dünne Schicht Silber gelegt ist. Ich könnte den Überzug mit dem Fingernagel abkratzen. Wie wahrscheinlich ist es, dass Lord Sirruths Zehnroyalstücke Kerne aus Bronze hatten?« Der Su-Suheris gab ihm die Münzen zurück. »Es laufen viele Verrückte auf der Welt herum, mein Lord, aber dein armer alter Mann aus Hoikmar gehört nicht zu ihnen. Er ist ein ganz gewöhnlicher Schwindler.«

»Das ist in gewisser Weise sogar beruhigend«, sagte Prestimion so unbeschwert, wie er es vermochte. »Wenigstens gibt es da draußen noch einen, der seine fünf Sinne beisammen hat. Doch was meinst du, woher all der Irrsinn kommt? Septach Melayn denkt, es könnte mit der Verschleierung zu tun haben. In den Köpfen der Menschen sei ein Vakuum entstanden, wo vorher die Erinnerungen an den Bürgerkrieg waren, und wo ein Vakuum herrscht, können sich seltsame Dinge einnisten.«

»Ich erkenne Weisheit in dieser Annahme, mein Lord. An einem gewissen Tag vor einigen Monaten hatte ich das Gefühl, als breitete sich eine gewisse Leere in mir aus, obwohl ich keine Vorstellung hatte, aus welchem Grund dies geschehen mochte. Glücklicherweise war ich stark genug, den Auswirkungen zu widerstehen. Andere sind offenbar weniger glücklich.«

Prestimion empfand Schuld und Scham, als er die Worte des Su-Suheris' hörte. Traf es also zu? War die ganze Welt mit Irrsinn geschlagen, weil er auf dem Schlachtfeld an der Thegomar-Kante einer plötzlichen Eingebung gefolgt war?

Nein, dachte er. Nein. Nein. Septach Melayns Theorie ist falsch. Es sind einzelne, zufällige Ereignisse. Eine Welt mit vielen Milliarden Bewohnern hat unter diesen Milliarden zwangsläufig auch eine große Anzahl von Geistesgestörten. Es ist reiner Zufall, dass ausgerechnet jetzt so viele Fälle davon zum Vorschein kommen.

»Wie dem auch sei«, erwiderte Prestimion, das Unbehagen beiseite schiebend, »wir werden zu gegebener Zeit versuchen, die Wahrheit herauszufinden. Inzwischen wollte ich dich wissen lassen, dass ich bald die Burg für einige Wochen oder sogar Monate verlassen werde, um verschiedenen Städten auf dem Burgberg meinen offiziellen Antrittsbesuch abzustatten. Bevor ich aufbreche, muss jedoch abschließend geklärt werden, wie wir mit Dantirya Sambail verfahren wollen.«

»Und was ist dein Wunsch, mein Lord?«

»Vor gar nicht so langer Zeit hast du die Möglichkeit erwähnt, ihm die Erinnerung an den Bürgerkrieg zurückzugeben«, sagte Prestimion. »Ist das wirklich möglich?«

»Ein Zauberbann kann von dem, der ihn gesprochen hat, wieder aufgehoben werden.«

»Es waren Heszmon Gorse aus Triggoin und sein Vater Gominik Halvor. Aber sie sind in ihre Heimat im hohen Norden zurückgekehrt, und wenn ich sie zurückriefe, würde es viele Wochen dauern, bis sie hier eintreffen. Außerdem haben sie selbst keine Erinnerung mehr an das, was ich sie zu tun gebeten habe.«

Maundigand-Klimd verzog überrascht seine Gesichter. »Ist dem wirklich so, mein Lord?«

»Es war ein vollständiges Vergessen, Maundigand-Klimd. Septach Melayn, Gialaurys und ich sind die Einzigen, die nicht davon betroffen sind. Seit dem Tag, an dem es geschehen ist, bist du der Erste außer uns, mit dem überhaupt darüber gesprochen wurde.«

»Ah.«

»Ich würde das Wissen darum nur höchst ungern mit jemand anderem teilen, nicht einmal mit Gominik Halvor und seinem Sohn. Aber Dantirya Sambail war die wichtigste Triebfeder bei der Usurpation, und dafür muss er bestraft werden. Ich will wenigstens ein Fünkchen der Reue bei ihm sehen, ehe ich mein Urteil spreche. Oder wenigstens ein wenig Bewusstsein dafür, dass er verdient, was ich ihm auferlegen will. Nun sage mir, Maundigand-Klimd: Kannst du die Verschleierung in ihm wieder aufheben?«

Der Su-Suheris dachte eine Weile nach, ehe er antwortete.

»Wahrscheinlich könnte ich das, mein Lord.«

»Ich sehe dich zögern. Warum dies?«

»Ich habe über die Folgen nachgedacht, die so etwas haben könnte, und ich sehe … nun, ich sehe gewisse Schwierigkeiten.«

Prestimion runzelte die Stirn und sah ihn fragend an. »Drück dich bitte klarer aus, Maundigand-Klimd.«

Wieder folgte ein kurzes Schweigen, ehe er antwortete. »Weißt du, wie ich in die Zukunft sehe, mein Lord?«

»Wie könnte ich so etwas wissen?«

»Dann lass es mich erklären.« Der Su-Suheris legte die rechte Hand auf die rechte und dann die linke Hand auf die linke Stirn. »Als einziges unter allen vernunftbegabten Völkern im bekannten Universum, mein Lord, ist das meine mit einem doppelten Bewusstsein begabt. Es ist keineswegs eine doppelte Identität, obwohl es bei uns üblich ist, einen Doppelnamen zu tragen; es ist einfach nur ein zweifacher Verstand. Ein Selbst, aufgeteilt auf zwei Gehirne und zwei Köpfe. Ich kann mit diesem oder mit jenem Mund sprechen, wie es mir beliebt, ich kann den Kopf hierhin und dorthin drehen, um etwas zu beobachten, aber trotz allem bin ich nur ein einziges Wesen. Jedes Gehirn hat die Fähigkeit, unabhängigen Gedankengängen nachzugehen, doch sie sind auch fähig, sich zu einer geeinten Anstrengung zusammenzutun.«

»Das ist mir so weit klar«, erklärte Prestimion, der

eigentlich fast gar nichts verstanden hatte und sich fragte, wohin das alles wohl führen sollte.

»Glaubst du, mein Lord, unser Einblick in zukünftige Dinge entstehe durch das Abbrennen von Weihrauch und das Murmeln von Beschwörungen – oder indem wir Dämonen und dunkle Kräfte anrufen und so weiter? Keineswegs, mein Lord. So wird es bei uns nicht gemacht. Die Geomanten von Tidias mögen mit solchen Methoden arbeiten, gewiss, und dort findest du auch bronzene Dreibeine, bunte Pülverchen, Gesänge und Zaubersprüche. Aber das ist nichts für uns.« Er zog eine Hand mit langen gespreizten Fingern vor den Gesichtern vorbei. »Wir stellen eine Verbindung zwischen den beiden Teilen unseres Bewusstseins her. Eine Art Brennpunkt, wenn du so willst, oder einen Kristallisationspunkt für die Spannung, die aus den Kräften beider Gehirne entsteht. In diesem Punkt fließen die Energien in einem Wirbel ineinander, und mit Hilfe dieses Strudels werden wir durch den Fluss der Zeit getragen. Wir erhalten auf diese Weise Einblick in Dinge, die vor uns liegen.«

»Einen zuverlässigen Einblick?«

»Gewöhnlich schon, mein Lord.«

Prestimion versuchte sich vorzustellen, wie es vor sich gehen musste. »Siehst du Szenen aus der Zukunft? Die Gesichter von Menschen? Hörst du die Worte, die sie sprechen werden?«

»Nein, so ist es überhaupt nicht«, erklärte Maundigand-Klimd. »Es ist viel weniger konkret und spezifisch, mein Lord. Es ist eine subjektive Angelegenheit, es handelt sich um Eindrücke, Störungen in einer Struktur, subtile Empfindungen, Intuition. Einsicht in Wahrscheinlichkeiten. Ich kann es dir wirklich nicht genau genug beschreiben, man muss es selbst erfahren, doch dies ist …«

»Dies ist jemandem, der nur einen Kopf hat, leider

nicht möglich. Schon gut, Maundigand-Klimd. Immerhin klingt es in meinen Ohren recht vernünftig. Du weißt ja sicher, dass ich eher auf die Vernunft als auf alles andere setze. Mit der Zauberei, die Beschwörungen und duftende Pülverchen braucht, habe ich mich nie recht wohl gefühlt, und das wird sich wahrscheinlich nicht mehr ändern. Aber in dem, was du sagst, scheint ein Element von Wissenschaftlichkeit enthalten zu sein, oder wenigstens von etwas, das der Wissenschaft ähnlich ist. Eine telepathische Kommunikation zwischen deinen beiden Köpfen – ein Strudel in der Zeit, der deine Wahrnehmungen in die Zukunft trägt –, das kann ich leichter schlucken als all das abergläubische Geschwätz über Konstellationen, Pentagramme und magische Amulette. Doch nun sage mir, Maundigand-Klimd: Was siehst du, wenn du in die Zukunft blickst und dich zugleich fragst, welche Folgen es hätte, dem Prokurator die verlorenen Erinnerungen zurückzugeben?«

Wieder folgte ein kleines Zögern. »Eine Vielfalt sich verästelnder Wege.«

»Das sehe ich auch selbst«, gab Prestimion zurück. »Ich muss aber wissen, wohin die Wege führen.«

»Einige führen zu vollständigem Erfolg bei allen deinen Unternehmungen. Manche führen in Schwierigkeiten, manche zu gewaltigen Schwierigkeiten. Und dann gibt es Wege, deren Ziel noch völlig unklar ist.«

»Das hilft mir nicht viel weiter, Maundigand-Klimd.«

»Es gibt Magier, die einem Prinzen sagen, was immer er hören möchte. Ich gehöre nicht zu ihnen, mein Lord.«

»Das ist mir bewusst, und dafür bin ich dankbar.« Prestimion atmete geräuschvoll aus. »Dann gib mir wenigstens eine vernünftige Einschätzung der Risiken. Ich sehe mich moralisch verpflichtet, Dantirya Sambail die Erinnerung zurückzugeben, bevor ich mein Urteil über ihn spreche. Siehst du darin eine unmittelbare Gefahr?«

»Nicht wenn er dein Gefangener bleibt, bis das Urteil vollstreckt ist, mein Lord«, erwiderte Maundigand-Klimd.

»In dieser Hinsicht bist du sicher?«

»In dieser Hinsicht habe ich keine Zweifel.«

»Nun gut, das soll mir reichen. Dann lass uns in die Tunnel gehen und ihm einen Besuch abstatten.«

* * *

Der Prokurator war erheblich schlechter aufgelegt als bei Prestimions letztem Besuch. Offenbar hatten die dazwischen liegenden Wochen der Kerkerhaft seiner Geduld und seiner Gemütslage erheblich zugesetzt. In dem bösen Starren, mit dem er Prestimion jetzt begrüßte, lag nichts Freundliches und Entgegenkommendes mehr. Als der Su-Suheris direkt hinter dem Coronal die Zelle betrat, wobei er sich bücken musste, um nicht an den Türbogen zu stoßen, schaute Dantirya Sambail ausgesprochen giftig drein.

Doch neben der Wut war in den amethystfarbenen Augen auch eine gewisse Furcht zu erkennen. Prestimion hatte im Antlitz des Prokurators noch nie die leiseste Spur von Schrecken bemerken können. Er war ein Mann von unerschütterlichem Selbstvertrauen, der seine äußere Haltung jederzeit unter Kontrolle hatte. Der Anblick Maundigand-Klimds hatte diese Gelassenheit aber offenbar erschüttert.

»Was soll das jetzt wieder, Prestimion?«, fragte Dantirya Sambail böse. »Warum bringst du dieses Ungeheuer in meine Höhle?«

»Du tust ihm Unrecht mit diesen scharfen Worten«, erwiderte Prestimion. »Dies ist mein Hofmagier Maundigand-Klimd, ein Gelehrter und Wissenschaftler. Er ist hier, um deinen verletzten Verstand zu heilen, mein Vetter, und dir gewisse Taten ins Bewusstsein zu rufen, die aus deinen Erinnerungen getilgt worden sind.«

Die Augen des Prokurators waren wie lodernde Flammen. »Ah, dann gibst du also zu, dass du mit meinem Bewusstsein herumgepfuscht hast, Prestimion. Bei deinem letzten Besuch hast du es noch bestritten.«

»Ich habe es nicht bestritten. Ich habe auf deinen Vorwurf einfach nicht geantwortet. Nun denn, mein Vetter, man hat wirklich in deiner Erinnerung herumgepfuscht, und das bedauere ich sehr. Ich bin gekommen, um es ungeschehen zu machen. Wir werden es jetzt gleich tun. Wie soll es vor sich gehen, Maundigand-Klimd?«

Wut und Entsetzen zugleich ließen Dantirya Sambails fleischiges Gesicht rot anlaufen und anschwellen. Die großen Nasenlöcher blähten sich zu kleinen Abgründen, und die Augen wurden zu schmalen Schlitzen, bis ihre fremdartige Schönheit verschwunden und nur noch Bösartigkeit zu sehen war. Er wich gegen die grünlich schimmernde Wand seiner geräumigen Zelle zurück und machte wütende Gesten, als wollte er den Su-Suheris, der sich ihm bereits näherte, mit bloßen Händen erdrosseln. Ein Geräusch wie das Knurren eines Hundes entwich seiner Kehle.

Doch das hässliche Geräusch erstarb schlagartig; dann murmelte er nur noch leise, das aufgedunsene Gesicht entspannte sich, und er ließ kraftlos die breiten Schultern hängen. Benommen stand er vor dem riesigen Zauberer und machte keine Anstalten mehr, sich zu wehren.

Prestimion wusste nicht, was zwischen den beiden vorging, doch es war unübersehbar, dass irgendeine Art von Austausch im Gange war. Maundigand-Klimds Köpfe saßen stocksteif und nach vorn gestreckt auf dem langen dicken Hals. Die beiden konischen Köpfe schienen einander am Scheitel zu berühren. Etwas Unsichtbares und trotzdem sehr Reales schwebte zwischen dem Su-Suheris und Dantirya Sambail in der Luft. Eine schreckliches, erfülltes Schweigen herrschte im Raum, eine fast körperlich spürbare, schier unerträgliche Spannung.

Dann ließ die Spannung nach, Maundigand-Klimd zog sich zurück, nickte zweifach und brachte, so gut es mit beiden Köpfen gleichzeitig möglich war, Zufriedenheit mit seinem Werk zum Ausdruck.

Dantirya Sambail aber stand da wie vom Donner gerührt.

Er machte einige taumelnde Schritte und ließ sich schwach auf dem Sofa an der Wand nieder, wo er, die Hände vor den Kopf geschlagen, einen Augenblick wie betäubt sitzen blieb. Doch bald schon brachen sich die gewaltigen Kräfte des Mannes Bahn. Er schaute auf, und langsam kehrte die alte dämonische Antriebskraft in die Augen zurück. Er lächelte Prestimion böse an, ein deutliches Zeichen, dass er wieder ganz der Alte war, und sagte: »Wie ich sehe, ist es damals an der Thegomar-Kante sehr knapp ausgegangen. Hätte ich mit der Axt etwas besser gezielt, dann wäre ich jetzt Coronal und kein Gefangener in deinem Kerker.«

»Das Göttliche hat an diesem Tag meine Hand geführt, mein Vetter. Es war dir nicht bestimmt, Coronal zu werden.«

»Und was ist mit dir, Prestimion?«

»Lord Confalume war immerhin der Ansicht, ich solle sein Nachfolger werden. Tausende brave Männer sind gestorben, um dieser Wahl Geltung zu verschaffen. Sie alle würden heute noch leben, wären nicht deine Schurkereien gewesen.«

»Bin ich wirklich so ein Schurke? Wenn das der Fall ist, dann waren es Korsibar und sein Magier Sanibak-Thastimoon auch. Ganz zu schweigen von deiner Freundin Lady Thismet, mein Vetter.«

»Lady Thismet hat lange genug gelebt, um ihren Irrtum einzusehen und mehr als deutlich ihre Reue zu zeigen«, erwiderte Prestimion gelassen. »Sanibak-Thastimoon hat durch die Hand von Septach Melayn noch auf dem Schlachtfeld die gerechte Strafe bekommen. Korsibar war nur ein Tölpel, doch auch er ist tot. Von den Drahtziehern des Aufstandes, mein Vetter, bist du der Einzige, der heute noch lebt und über die Dummheit, die Verworfenheit, die Bösartigkeit und die unglaubliche Sinnlosigkeit des ganzen unverschämten Aufstandes nachdenken kann. Also denke darüber nach. Du hast nun die Gelegenheit dazu.«

»Dummheit, Prestimion? Bösartigkeit? Sinnlosigkeit?« Dantirya Sambail lachte ebenso laut wie gekünstelt. »Die Dummheit war allein auf deiner Seite, und es war eine blutige Dummheit. Bösartigkeit und Sinnlosigkeit – auch die waren auf deiner Seite und nicht auf der meinen. Ein Aufstand, sagst du? Es war dein Aufstand, nicht der Aufstand Korsibars. Korsibar war der Coronal, du warst es nicht. Er ist in dieser Burg hier gekrönt worden, er saß auf dem Thron! Und du und deine Helfershelfer, ihr habt unversehens eine Rebellion gegen ihn angezettelt, die mehr Menschen das Leben gekostet hat, als ich im Augenblick zu sagen vermag.«

»Und das glaubst du wirklich?«

»Es ist die reine Wahrheit.«

»Ich will mit dir nicht über Recht und Gesetz streiten, Dantirya Sambail. Du weißt so gut wie ich, dass der Sohn eines Coronals nicht die Nachfolge seines Vaters antreten kann. Korsibar hat, von dir aufgestachelt, nach dem Thron gegriffen, und Sanibak-Thastimoon hat den alten Confalume mit irgendeinem Zauber hypnotisiert und verwirrt, bis er sich einverstanden erklärt hat.«

»Und es wäre für alle besser gewesen, Prestimion, wenn du es dabei belassen hättest. Korsibar war ein Narr, aber er war ein guter, unkomplizierter Mann, der seine Sache ordentlich erledigt hätte oder der wenigstens diejenigen in Ruhe gelassen hätte, die wissen, wie man diese Welt regieren muss. Du dagegen, du hast dich entschlossen, allem und jedem deinen Stempel aufzudrücken, du mit deinem kindischen Wunsch, ein Coronal zu werden, an den man sich erinnert. Dir wird es noch gelingen, die ganze Welt in Schwierigkeiten zu bringen und zu ruinieren, indem du immer wieder denen in die Quere kommst, die …«

»Es reicht«, sagte Prestimion. »Ich weiß sehr gut, wie deiner Ansicht nach die Welt zu lenken ist. Ich habe mehrere sehr schwierige Jahre meines Lebens darauf verwendet, es genau dazu nicht kommen zu lassen.« Er schüttelte den Kopf. »Dann empfindest du also keinerlei Reue, Dantirya Sambail?«

»Reue? Warum denn das?«

»So sei es. Du hast dich mit deinen eigenen Worten gerichtet. Ich befinde dich also schuldig des Hochverrats, mein Vetter, und verurteile dich hiermit …«

»Schuldig? Wie wäre es denn vorher mit einem Prozess? Wo ist der Ankläger? Wer spricht zu meiner Verteidigung? Und wo sind die Geschworenen?«

»Ich bin dein Ankläger. Du hast dich entschieden, dich nicht zu verteidigen, und dies wird auch sonst niemand tun. Geschworene brauchen wir nicht, aber wenn du möchtest, kann ich Septach Melayn und Gialaurys rufen lassen.«

»Sehr witzig. Und was willst du jetzt tun, Prestimion? Mir vor dem Pöbel auf dem Dizimaule-Platz den Kopf abschlagen lassen? Damit findest du ganz sicher einen Platz in den Geschichtsbüchern. Die erste öffentliche Hinrichtung seit – wie lange ist es her? Zehntausend Jahre? Worauf natürlich ein Bürgerkrieg folgen wird, weil sich das erzürnte Zimroel gegen den tyrannischen Coronal erheben wird, der es wagte, den rechtmäßig bestallten Prokurator von Ni-moya aus Gründen töten zu lassen, die er der Öffentlichkeit leider nicht darlegen kann.«

»Ich sollte dich tatsächlich töten lassen, ja, und auf die Folgen pfeifen, Dantirya Sambail. Aber das ist nicht meine Absicht. Dazu fehlt mir die rechte Barbarenseele.« Prestimion sah Dantirya Sambail durchdringend an. »Ich vergebe dir die Kapitalverbrechen, derer du dich schuldig gemacht hast. Du wirst allerdings den Titel des Prokurators verlieren und für den Rest deines Lebens außerhalb deines eigenen Anwesens keinerlei Macht und Einfluss mehr genießen. Deine Ländereien und dein Vermögen werde ich dir lassen.«

Dantirya Sambail starrte ihn durch halb geschlossene Augenlider an. »Das ist aber nett von dir, Prestimion.«

»Da wäre noch etwas, mein Vetter. Deine Seele ist eine Jauchegrube voller widerlicher Gedanken. Das muss und wird geändert werden, bevor ich dir erlaube, die Burg zu verlassen und übers Meer nach Hause zurückzukehren. – Maundigand-Klimd, wäre es deiner Ansicht nach möglich, das Bewusstsein dieses Mannes anzupassen, damit er ein verträglicherer Zeitgenosse wird? Kannst du Bosheit, Neid und Hass von ihm nehmen, wie ich ihm gerade Rang und Macht genommen habe, und ihn als anständigen Menschen in die Welt entlassen?«

»Bei der Liebe des Göttlichen, Prestimion, dann hackt mir doch lieber gleich den Kopf ab!«, brüllte Dantirya Sambail.

»Ja, das könnte dir so passen. Du wirst dir wahrscheinlich selbst völlig fremd sein, wenn all das Gift aus dir heraus ist. Was meinst du, Maundigand-Klimd, ist es möglich?«

»Ich glaube, es ist möglich, mein Lord.«

»Gut. Dann tu, was nötig ist, und beeile dich. Wische die Erinnerungen an den Bürgerkrieg, die du ihm gerade zurückgegeben hast, wieder weg, nachdem er jetzt gesehen hat, was er angerichtet hat und weiß, dass er mein Urteil über ihn mehr als verdient hat. Nimm ihm diese Erinnerungen, und dann tu, was du tun musst, um ihn für ein Leben in einer zivilisierten Gesellschaft geeignet zu machen. Ich werde, wie du weißt, schon bald zu einer Reise nach Pertiole und Strave und verschiedenen anderen Städten auf dem Burgberg aufbrechen. Ich will, dass dieser Mann mir nie wieder gefährlich werden kann, und es soll rasch geschehen. Wenn ich dich das nächste Mal besuche, Dantirya Sambail, werden wir uns wieder ein wenig unterhalten, und wenn ich dann zu der Ansicht komme, dass ich es riskieren kann, dich freizulassen, dann sollst du frei sein. Ist das nicht freundlich von mir, mein Vetter? Und gnädig und liebevoll?«

12

Es war streng genommen keine große Prozession, denn dies hätte erfordert, dass er sich auch in den entferntesten Regionen des Reichs blicken ließe, also nicht nur in den Städten auf Alhanroel, sondern auch auf anderen Kontinenten und in Orten, die er höchstens vom Hörensagen kannte: Pidruid, Narabal und Til-omon an der weit entfernten Küste von Zimroel, mindestens auch Tolaghai und Natu Gorvinu im glühend heißen Suvrael. Eine solche ausgedehnte Reise würde Jahre dauern. Er regierte jedoch noch nicht lange genug, um eine so ausgedehnte Abwesenheit vom Burgberg rechtfertigen zu können.

Nein, es sollte keine große Prozession werden, sondern nur ein Staatsbesuch in einigen Nachbarstädten. Aber ein offizieller Auftritt war es dennoch und auf seine Art ein wirklich großes Ereignis. Durch das Dizimaule-Tor ging es hinaus und die Große Calintane-Straße hinunter. Der Coronal fuhr im ersten einer langen Reihe prächtig geschmückter königlicher Schweber, begleitet von seinen Brüdern Abrigant und Teotas und der Hälfte der hochrangigen Beamten seiner jungen Regierung. Der Großadmiral Gialaurys war dabei, außerdem die Ratsherren Navigorn aus Hoikmar, Belditan der Jüngere aus Gimkandale und Yegan aus Nieder-Morpin, Septach Melayns Verwandter Dembitave, der Herzog von Tidias, und viele andere. Septach Melayn war als Regent auf der Burg zurückgeblieben. Es schien ratsam, dass nicht alle wichtigen Entscheidungsträger gleichzeitig die Burg verließen, auch wenn die Reise nur wenige Wochen dauern sollte.

Prestimion wollte in jedem der fünf Ringe der Burg eine Stadt besuchen. Die Bürgermeister der ausgewählten Städte waren natürlich schon Wochen zuvor benachrichtigt worden und hatten alle Vorkehrungen getroffen, um die anspruchsvolle und ungeheuer kostspielige Pflicht zu erfüllen, dem Coronal und seinem Gefolge angemessene Unterkünfte und standesgemäße Festivitäten darzubieten.

Unter den Hohen Städten war die Wahl auf Muldemar gefallen, Prestimions Heimatstadt, wo er endlich wieder einmal im großen Anwesen seiner Familie, im Haus Muldemar, übernachten konnte. Dort wollte er in seinem eigenen Wildgehege Sigimoins und Bilantoons jagen und die treuen alten Untertanen begrüßen, die schon seinen Eltern und davor den Großeltern gedient hatten, und die Huldigungen der guten Leute seiner

Heimatstadt empfangen, die in ihm nicht nur den Coronal, sondern auch ihren eigenen Prinzen und einen Freund sahen. Vertraulich erkundigte er sich bei den Verwaltern und Kammerherren, ob es in der letzten Zeit unter den Arbeitern irgendwelche Probleme gegeben habe, und man sagte ihm, ja doch, ja, einige seltsame Dinge seien geschehen; die Menschen klagten über eine Art Gedankenlosigkeit bei unwichtigeren und nicht ganz so unwichtigen Dingen, und es habe sogar einige ernste Fälle von schwerer Verwirrtheit und seelischem Leiden gegeben, die – nun ja, die an ausgemachte Geistesgestörtheit zu grenzen schienen. Doch es sei nur eine vorübergehende Sache, beruhigte man Prestimion, und keineswegs ein Anlass, sich ernstlich Sorgen zu machen.

Dann ging es weiter nach Peritole im Ring der Inneren Städte, wo sieben Millionen Menschen in prächtiger Abgeschiedenheit in einer der beeindruckendsten Landschaften im oberen Teil des Burgbergs lebten. Gebirgsketten von wilder Schönheit umgaben den Ort, fremdartige, purpurn schimmernde Bergkegel reckten sich aus graugrünen Kiesflächen stolz zum Himmel, und über allem erhob sich die wundervolle natürliche Steintreppe, der Peritole-Pass, der von oben her den Zugang zu diesem lang gestreckten, weiten Hang auf halber Höhe des Berges erlaubte. Auch in Peritole hörte Prestimion Berichte über Zusammenbrüche und geistige Verwirrung, doch wer immer ihm solche Geschichten erzählte, tat sie sogleich wieder als nebensächlich ab und drängte den Coronal, noch einen Teller vom scharf geräucherten Fleisch zu probieren, das die Spezialität der Stadt darstellte.

Weiter hinunter ging es. Strave war die Stadt seiner Wahl unter den Wächterstädten, ein Ort des architektonischen Überschwangs. Keine zwei Gebäude gab es in diesem Ort, die einander auch nur entfernt ähnlich gewesen wären. Paläste wetteiferten miteinander um den Rang des prächtigsten Bauwerks, überall sprossen Türme, Pavillons, Wintergärten, Erker, Glockentürme, Kuppeln, Rotunden und Vordächer wie riesige Pilze nach dem Regen. Die Stadt hatte erst kürzlich eine Trauerzeit beendet, denn Graf Alexid von Strave war unlängst gestorben – an einem plötzlichen Schlaganfall, wie es hieß. Der neue Graf, Alexids Sohn Verligar, war kaum mehr als ein Knabe und offensichtlich stark eingeschüchtert, als er den Coronal empfangen musste. Doch er gelobte höchst anmutig seine Lehenstreue. Es war ein schwieriger Augenblick für Prestimion, denn er wusste, dass sein einstiger Freund und Jagdgefährte Graf Alexid keineswegs an einem körperlichen Versagen, sondern vielmehr gleich in den ersten Tagen von Korsibars Aufstand während der Schlacht in der Ebene von Arkilon durch das Schwert von Septach Melayn zu Tode gekommen war.

Auch in Strave hatte es offenbar einige Fälle von geistigen Verwirrungen gegeben, doch weder Graf Verligar noch sonst jemand war bereit, offen darüber zu sprechen. Wie in Muldemar schien es den Leuten peinlich zu sein.

Als die Feiern in Strave vorbei waren, zog der Coronal mit seinem Gefolge zum nächsten Ziel: Minimool, der Wächterstadt mit den weißen Mauern. Nach einigen Tagen ging es dann siebzig Meilen weit am Burgberg hinunter bis nach Gimkandale im Ring der Freien Städte und schließlich noch einmal hundert Meilen weit über Straßen, die am Fuß des Berges im Zickzack zur letzten Stadt seiner Rundreise führten, ins alte Normork, die zweitälteste unter den Hangstädten.

»Ein dunkler, schwermütiger Ort«, bemerkte Gialaurys, als er mit Prestimion im Schweber durch das seltsam unauffällige Tor fuhr, das in Normorks gewaltiger schwarzer Mauer den einzigen Zugang bildete.

»Er bedrückt mich schon, obwohl wir noch nicht einmal richtig angekommen sind.«

Auch Prestimion, der sich aus dem Fenster des Schwebers beugte, um zu winken und die Schaulustigen am Straßenrand zu grüßen, konnte es fühlen. Wie ein gehetztes Tier, das sich an einen gefährlichen, hoch gelegenen Ort geflüchtet hat und weiß, dass es außer Reichweite des Jägers ist, schmiegte Normork sich an die dunklen Zinnen einer Gebirgskette, die Normork-Klippe genannt wurde. Die große schwarze Mauer, welche die Stadt beschützte – gegen wen eigentlich, fragte Prestimion sich –, stand in krassem Missverhältnis zu den grauen Steinbauten dahinter. Eine ins Absurde übersteigerte Befestigungsanlage, die mit rationalen Bedürfnissen nicht erklärbar war. Und dann dieses einsame, winzige Tor – welch eine seltsame Haltung der Einwohner man darin erkennen konnte. Fast, als gehörte die Stadt nicht zum Planeten Majipoor, wo alle Menschen in Frieden und Harmonie lebten. Welchen Grund gab es nur, sich wie eine ängstliche Maus zu verkriechen und sich so sehr nach innen zu wenden?

Doch er war der Coronal von ganz Majipoor, der Coronal der eigenartigen wie der schönen Städte, und es stand ihm nicht zu, über das Erscheinungsbild zu urteilen, mit dem irgendeine Stadt sich der Welt zu präsentieren gedachte. So schenkte er den Bürgern von Normork sein strahlendstes Lächeln, winkte eifrig, erwiderte den Sternenfächergruß, mit dem sie ihn empfingen, und ließ sie durch sein ganzes Benehmen spüren, dass er sich ungemein freute, ihre prächtige Stadt zu besuchen. »Lächle und mache ein glückliches Gesicht!«, zischte er leise, an Gialaurys gewandt. »Die Menschen, die hier leben, lieben ihre Heimat, und wir sind nicht als Richter gekommen.«

»Sie lieben den Ort? Da würde ich lieber einen Meeresdrachen umarmen.«

»Tu so, als wärst du in Piliplok«, sagte Prestimion. Eine etwas gehässige Bemerkung, denn Gialaurys' Heimatstadt, das nüchterne Piliplok, wo keine Straße auch nur um einen Fingerbreit vom Schachbrettmuster abwich, das schon vor Jahrtausenden angelegt worden war, galt unter denen, die nicht dort geboren waren, als düsterer, bedrückender Ort. Doch Prestimions verdeckter Seitenhieb entging dem Großadmiral wie so oft, und nachsichtig, wie er war, bemühte Gialaurys sich sehr, ein strahlendes Lächeln aufzusetzen; er steckte gar den Arm aus dem Seitenfenster des Schwebers, um den Leuten winkend zu zeigen, wie entzückt er war, ihre hübsche Stadt besichtigen zu dürfen.

Wenigstens war es ein Tag mit strahlendem Sonnenschein, und die grauen Steinquader, aus denen die Häuser in Normork gebaut waren, bekamen einen angenehmen goldenen Schimmer. Sobald man die Mauer hinter sich gelassen und die Stadt betreten hatte, so dachte Prestimion, hatte sie tatsächlich einen gewissen schwermütigen Charme.

Überhaupt nichts Charmantes war jedoch an dem festungsähnlichen Palast der Herzöge von Normork. Es war ein massiver Steinklotz, der in einer Ausbuchtung der Mauer saß wie ein riesiges Raubtier, das jeden Augenblick die Stadt, über die es herrschte, anzufallen drohte. Der Hauptplatz vor dem Palast war voller Menschen. Es mussten tausende sein, und unzählige weitere drängten sich in den schmalen Seitenstraßen. »Prestimion!«, riefen sie. »Prestimion! Lord Prestimion!« Jedenfalls nahm er an, dass dies die Worte waren, die sie riefen. Die Rufe hallten von den Steinwänden ringsum wider und verwandelten sich in einen chaotischen Brei von Geräuschen, bis nichts außer einem rhythmischen Dröhnen blieb.

Graf Meglis kam ihnen entgegen, um sie zu begrüßen, auch er ein neuer Herrscher – ein entfernter Verwandter von Iram, dem vorherigen Grafen, der im Bürgerkrieg gefallen war. Prestimion kannte ihn kaum. Er war ein dunkelhäutiger Mann, breitschultrig und stämmig und nicht sehr groß, der unerschütterlich auf dem Boden stand wie der Palast, dessen Besitzer er jetzt war. Meglis hatte unangenehme, blutunterlaufene Augen und oben und unten je eine Zahnlücke. Irgendetwas an diesem vierschrötigen Kerl, der sich breitbeinig vor ihm aufbaute, erinnerte Prestimion zu seinem Unbehagen an Dantirya Sambail. Es wäre viel angenehmer gewesen, heute von dem gutmütigen rothaarigen Grafen Iram hier empfangen zu werden, einem hervorragenden Wagenlenker und vortrefflichen Bogenschützen. Doch Iram war im Dienste Korsibars gefallen und mit ihm auch sein schlanker jüngerer Bruder Lamiran.

Das Willkommen, das Graf Meglis ihnen entbot, schien immerhin aufrichtig und herzlich zu sein. Er stand fest gefügt auf der untersten Treppenstufe vor dem Palast, die Arme ausgebreitet und den Mund zu einem breiten Grinsen geöffnet, in dem die Zahnlücken klafften, und brachte seine unbändige Freude darüber zum Ausdruck, dass der Coronal von Majipoor zum Abendessen sein Gast sein würde.

Prestimion stieg aus dem Schweber. Gialaurys hielt sich links neben ihm, auf der Rechten bildete der tüchtige grauäugige Akbalik, Prinz Serithorns Neffe, sein Ehrengeleit. Zu Prestimions Überraschung bewegte Graf Meglis sich jedoch nicht vom Fleck. Das Protokoll verlangte eigentlich, dass der Herzog dem Coronal entgegenkam und nicht etwa umgekehrt, doch Meglis stand grinsend da, zwanzig oder dreißig Schritte vor Prestimion, und hatte die Arme ausgebreitet, als erwartete er, dass der Coronal die Treppe des Palastes emporstieg, um sich umarmen zu lassen.

Nun, dann sollte er dort stehen, bis er festwuchs,

Narr, der er war. Was wusste dieser Mann, der ohne gründliche Vorbereitung durch den vorzeitigen Tod Irams und seines Bruders in sein Amt gedrängt worden war, schon vom höfischen Protokoll? Allerdings hätte jemand ihn entsprechend einweisen müssen. Prestimion war alles andere als kleinlich, was Förmlichkeit und Protokoll anging, doch in diesem Fall konnte er nicht den ersten Schritt tun. Meglis verstand aber leider nicht, was von ihm erwartet wurde.

So blieben sie beide stehen und der zähe Moment dehnte sich ewig. Als Prestimion sich mit dem Gedanken anzufreunden begann, dass dieses Patt wohl niemals mehr aufgehoben werden würde, geschah etwas Unerwartetes. Eine hohe Frauenstimme aus der Menge rief ihn. »Mein Lord, mein Lord!« Prestimion sah eine hübsche junge Frau – nein, eigentlich eher noch ein Mädchen von fünfzehn oder höchstens sechzehn Jahren. Sie löste sich aus der vordersten Reihe der Menge und eilte mit einem wundervollen Blumenstrauß zu ihm: rote und goldene Halatingas, strahlend gelbe Morigoins, dunkelgrüne Treymonions und viele andere Blüten, deren Namen er nicht kannte, alle zu einem geschmackvollen Gebinde geflochten.

Prestimions Leibwächter traten sofort vor, um ihr den Weg zu versperren, doch ihre Kühnheit erfreute ihn. Er schüttelte den Kopf und winkte ihr, sich ihm zu nähern. Da der klobige, hässliche Herzog Meglis immer noch mit grinsendem Gesicht und ausgebreiteten Armen auf der Treppe wartete und willens und bereit schien, noch ewig dort zu stehen, war es eine angenehme und willkommene Ablenkung von der peinlichen Situation, wenn er inzwischen von dem hübschen Mädchen die wundervollen Blumen entgegennahm.

Sie war sehr anziehend, groß und schlank – sogar etwas größer als er selbst, dachte er. Eine Fülle rotgoldener Locken umrahmte das Gesicht und die strahlenden grau-violetten Augen. Ihre Miene verriet eine bezaubernde Mischung aus Angst, Ehrfurcht und Eifer – ja, und Liebe. Das war das einzige Wort, das er dafür finden konnte. Er hatte noch nie eine so hemmungslose Hingabe in den Augen eines Menschen gesehen.

Zitternd reichte sie ihm den Blumenstrauß.

»Sie sind wirklich wundervoll«, sagte Prestimion, als er die Blumen entgegennahm. »Ich werde sie mir heute Abend ans Bett stellen.« Sie wurde knallrot, machte einen fahrigen Sternenfächergruß und wollte sich schon wieder zurückziehen, doch Prestimion, hingerissen von ihrer schüchternen und unschuldigen Anmut, hielt sie zurück. »Wie heißt du, Mädchen?«

»Sithelle, mein Lord.« Ihre Stimme war belegt vor Ehrfurcht. Sie bekam kaum ein klares Wort heraus.

»Sithelle, das ist ein schöner Name. Ich nehme an, du lebst hier in Normork? Gehst du noch zur Schule?«

Sie setzte zu einer Antwort an, doch Prestimion konnte nicht mehr hören, was sie zu sagen hatte, denn in diesem Augenblick geriet das Protokoll vollends aus den Fugen. Aus den dicht gedrängten Menschen auf dem Platz löste sich eine zweite Gestalt, dieses Mal ein schmaler bärtiger Mann mit wilden Augen, der tänzelnd näher kam und dabei wilde Schreie ausstieß, ein unverständliches Gebrüll, das Geplärre eines Irren. Die erhobene rechte Hand hielt eine Sichel, die funkelnd scharf geschliffen war. Nur das Mädchen befand sich noch zwischen Prestimion und dem Angreifer. Als der Irre schon dicht hinter ihr war, drehte sie sich unwillkürlich zur Ursache des Tumults um und prallte mit ihm zusammen, gerade als er den nächsten Schritt machte.

»Pass auf!«, rief Prestimion.

Sie hatte keine Chance. Ohne Zögern und ohne überhaupt zu sehen, was er tat, hackte der Mann mit der Sichel nach ihr, ein rascher, ungeduldiger Hieb, als wollte er sich nur den Weg frei hacken. Das Mädchen stürzte seitlich aufs Pflaster und brach zusammen, die Beine zuckten und die Hände umklammerten verzweifelt die Kehle. Mit jener eigenartigen Klarheit, die häufig in solch kritischen Augenblicken zugegen ist, sah Prestimion das Blut zwischen den verkrampften Fingern aus der Wunde spritzen.

Einen Lidschlag darauf baute sich der Irre vor ihm auf, die blutige Sichel zum Schlag erhoben. Gialaurys und Akbalik, die inzwischen begriffen hatten, was vor sich ging, stürzten sich auf ihn. Doch jemand anders war noch schneller als sie. Ein stämmiger junger Mann von beeindruckender Größe hatte sich nur Sekunden nach dem Mann mit der Sichel aus der Menge gelöst und mit verblüffender Geschwindigkeit den Angreifer eingeholt, dessen rechten Arm am Handgelenk gepackt und abrupt nach hinten gerissen. Die Sichel rutschte aus der Hand und fiel scheppernd aufs Pflaster. Jetzt legte der junge Mann den anderen Arm um den Hals des Irren und drehte ihm mit erbarmungsloser Kraft den Hals herum.

Es gab ein lautes Knacken, die Glieder des Irren erschlafften, und der Kopf kippte haltlos zur Seite. Der große junge Mann stieß den Toten von sich wie eine ungeliebte Puppe.

Dann kniete er sich neben die verletzte junge Frau, deren ganzer Oberkörper inzwischen von hellrotem Blut bedeckt war. Sie bewegte sich nicht mehr. Ein gewaltiges Stöhnen entfuhr dem Jungen, als er die schreckliche Wunde sah. Einen Augenblick lang schien er von Kummer und Erschütterung übermannt, dann nahm er sie vorsichtig auf die Arme, erhob sich und verschwand mit seiner Last in der Menge.

Die ganze außergewöhnliche Kette von Ereignissen hatte kaum länger als einige Sekunden gedauert. Prestimion war wie vor den Kopf geschlagen und rang um Fassung.

Akbalik stand mit grimmigem Gesicht über dem gestürzten, reglos am Boden liegenden Mörder und drückte ihm die Schwertspitze in den Rücken, als fürchtete er, der Mann könnte sich erheben und noch einmal die Sichel schwingen. Die anderen Leibwächter bauten sich in einer dichten Reihe vor den staunenden Schaulustigen auf und schirmten den Coronal vor neugierigen Blicken ab. Gialaurys ragte wie eine Wand vor Prestimion auf.

»Mein Lord?«, rief er, die Augen vor Schreck weit aufgerissen. »Ist bei dir alles in Ordnung?«

Prestimion nickte. Er war bestürzt, aber die Sichel war ihm nicht einmal nahe gekommen. Rasch drehte er sich um und lief die Treppe zum Palast hinauf, wo Meglis noch immer dastand wie ein vergessener Höhlentroll. Das königliche Gefolge eilte ins Gebäude. Jemand brachte einen Becher kühlen Wein, den Prestimion gierig herunterstürzte. Der Anblick des blutüberströmten Mädchens – vor seinen Augen dahingemetzelt, sterbend und wahrscheinlich schon nach Sekunden tot – erschien vor seinem inneren Auge. Und dann der Attentäter: das wilde Heulen, diese irren Augen, die blitzende Klinge! Hätte nicht das Mädchen zufällig noch vor ihm gestanden, dann läge jetzt wahrscheinlich er tot auf dem Platz. Ihre Gegenwart, dachte Prestimion, hatte ihm das Leben gerettet. Das Mädchen und der kräftige junge Mann, der dem Angreifer den Arm umgedreht hatte.

Wie seltsam, dachte er, dass er zum Ziel eines Mordanschlags geworden war. War jemals ein Coronal auf diese Weise gestorben? Vor den Augen der jubelnden Menge von einem Mann mit einer Klinge niedergestreckt? Er glaubte es nicht, es war völlig wider die Vernunft. Der Coronal war die Verkörperung der Welt, und ihn zu töten bedeutete einen Kontinent zu zerstören und ganz Alhanroel gewissermaßen auf dem

Meeresgrund zu versenken. Dass Korsibar nach dem Thron gegriffen hatte, konnte er noch irgendwie verstehen: ein Prinz, der gegen die Rechte eines anderen einen Anspruch durchsetzen wollte, auch wenn es ein ungültiger war. Aber dies hier – nein. Das war etwas anderes, es war der reine Irrsinn. Eine Leere in der Seele dieses Menschen hatte ihn getrieben, eine Leere in der Welt zu erschaffen. Prestimion konnte nur dem Göttlichen danken, dass der Anschlag misslungen war. Nicht nur um seiner selbst willen – das war so offensichtlich, dass er nicht weiter darüber nachdenken musste. Nein, auch um der ganzen Welt willen. Es wäre unerträglich für die Welt gewesen, wenn der Coronal wie ein zu schlachtendes Tier auf offener Straße niedergestreckt worden wäre.

Prestimion wandte sich an Akbalik. »Suche diesen Jungen und bringe ihn sofort hierher. Ich will auch wissen, wer das Mädchen war.« Dann wandte er sich an Gialaurys. »Was ist mit dem Attentäter?«

»Er ist tot, mein Lord.«

»Verdammt auch! Ich wollte nicht, dass er getötet wird, Gialaurys. Er hätte festgenommen und verhört werden müssen.«

Akbalik, der schon an der Tür des Palasts stand, hielt inne und drehte sich noch einmal um. »Da war nichts mehr zu machen, mein Lord. Sein Hals war gebrochen, ich stand bereits vor einer Leiche.«

»Dann wollen wir wenigstens in Erfahrung bringen, wer der Angreifer war. War er nur ein einsamer Irrer, oder haben wir es hier mit einer Verschwörung zu tun?«

Jetzt kam auch Meglis schwankend herbei, murmelte schwachsinnige Entschuldigungen und flehte mit fast unverständlichen Worten den Coronal an, ihm diesen unglücklichen Zwischenfall zu vergeben. Ein durch und durch widerwärtiger Kerl, dachte Prestimion. Auch das war eine schlimme Nachwirkung von Korsibars schrecklicher Anmaßung. Die Blüte von Majipoors Aristokratie war im Krieg dahingerafft worden, und viel zu viele hohe Titel ruhten jetzt auf den Schultern bloßer Knaben oder junger Burschen.

Am Spätnachmittag kehrte Akbalik in den Palast zurück und brachte den jungen Mann mit, der Prestimion das Leben gerettet hatte.

»Das ist Dekkeret«, stellte Akbalik ihn vor. »Das Mädchen war seine Cousine.«

»War?«

»Sie ist binnen weniger Augenblicke gestorben, mein Lord«, erklärte der Junge. Seine Stimme schwankte leicht. Er war sehr bleich und konnte kaum Prestimions Blick standhalten. Unübersehbar litt er unter einem übermächtigen Kummer, doch er bemühte sich sehr, die Fassung zu wahren. »Es ist ein schrecklicher Verlust. Sie war meine beste Freundin. Seit Wochen hat sie über nichts anderes als Euren Besuch gesprochen und dass sie Euch unbedingt aus der Nähe sehen wollte, wenn Ihr hier eintrefft. Und sie wollte auch, dass Ihr sie zu sehen bekommt, mein Lord. Ich glaube, sie hat sich in Euch verliebt.«

»Das glaube ich auch«, sagte Prestimion. Er sah den jungen Mann lange und nachdenklich an. Er war eine bestechende Erscheinung. Prestimion hatte schon vor langer Zeit gelernt, dass es Menschen gab, deren Qualitäten auf den ersten Blick zu erkennen waren, und so war es auch bei diesem Dekkeret. Zweifellos war er intelligent, einfühlsam und innerlich wie äußerlich stark. Und vielleicht auch ehrgeizig. Der Junge hatte gute Manieren und wusste sich trotz des schrecklichen Todes seiner hübschen Cousine zu benehmen.

Prestimion hatte eine Idee. »Wie alt bist du, Dekkeret?«

»Am letzten Viertag bin ich achtzehn geworden, Herr.«

»Gehst du noch zur Schule?«

»Noch zwei Monate, mein Lord.«

»Und dann?«

»Ich habe mich noch nicht entschieden, Herr – vielleicht in den Regierungsdienst auf der Burg treten, wenn es möglich ist, oder eine Stellung beim Pontifikat annehmen. Mein Vater ist ein reisender Kaufmann und fährt von Stadt zu Stadt, aber das gefällt mir nicht.« Dann wechselte er das Thema, als redete er nicht gern über sich selbst. »Was ist mit dem Mann, der meine Cousine getötet hat? Was wird man mit ihm tun?«

»Er ist tot, Dekkeret. Du hast ihm den Hals etwas zu weit nach hinten gedreht, fürchte ich.«

»Ach, manchmal unterschätze ich meine Kräfte, Herr. Ist es schlimm, dass ich ihn getötet habe, mein Lord?«

»Es wäre mir lieber gewesen, wenn ich die Gelegenheit bekommen hätte, ihn zu fragen, welche Gefühle ihn dazu trieben, mich anzugreifen. Aber man konnte gewiss nicht erwarten, dass du ihn in der Hitze des Augenblicks mit besonderer Rücksicht behandeln würdest. Und es war gut, dass du so schnell eingegriffen hast. Ist es dir Ernst mit der Laufbahn auf der Burg, mein Junge?«

Dekkerets Wangen liefen rot an. »Oh, mein Lord, aber ja, mein Lord! Ja. Ja, es gibt nichts, was ich lieber wollte als das.«

»Wenn sich doch alle Wünsche so leicht erfüllen ließen«, sagte Prestimion mit freundlichem Lächeln. Er wandte sich an Akbalik. »Wenn wir zur Burg zurückkehren, soll er uns begleiten. Nimm ihn als Ritteranwärter auf und sorge dafür, dass er eine beschleunigte Ausbildung absolviert. Nimm ihn unter deine Fittiche.

Du bist mir persönlich für ihn verantwortlich, Akbalik. Sorge dafür, dass er seinen Weg geht.«

»Ich werde mich gut um ihn kümmern, mein Lord.«

»Tu das. Wer weiß? Vielleicht haben wir soeben den nächsten Coronal gefunden. Es sind schon seltsamere Dinge geschehen als dies.«

Dekkerets Gesicht war jetzt flammend rot, und er blinzelte heftig, als wäre er ob dieser erstaunlichen Erfüllung seiner wildesten Träume den Tränen nahe und hätte alle Mühe, nicht einfach loszuheulen. Doch er fing sich rasch wieder. Mit erstaunlicher Würde sank er vor Prestimion auf die Knie, machte einen feierlichen Sternenfächer und bedankte sich mit leiser, schwankender Stimme.

Prestimion hieß ihn freundlich aufstehen. »Ich bin sicher, du wirst dich gut bei uns einfügen. Was mit deiner Cousine geschehen ist, tut mir wirklich Leid. Schon in den wenigen Augenblicken, die ich mit ihr reden durfte, konnte ich sehen, welch ein wundervolles Mädchen sie war. Ihr Tod wird mir noch lange zu schaffen machen.« Es waren keine leeren Worte. Der entsetzliche, sinnlose Mord an diesem wunderschönen Kind hatte schlimme Erinnerungen in ihm geweckt.

Er richtete sich auf. »Schickt eine Nachricht an Meglis, dass das Festbankett heute Abend abgesagt werden soll, falls er nicht schon selbst darauf gekommen ist. Lasst mir ein leichtes Mahl in die Gemächer bringen. Ich will niemanden mehr sehen oder sprechen, ist das klar? Morgen früh reisen wir zurück zur Burg.«

Brütend und allein verbrachte der Coronal den Abend. Der Anblick der blitzenden Sichel und des spritzenden Blutes ließ ihm keine Ruhe. Das sanfte Gesicht des Mädchens mit den vor Anbetung und Ehrfurcht geweiteten Augen verschwamm zu einem wirbelnden Nebel, aus dem auf einmal Thismets Gesichtszüge zum Vorschein kamen. Wieder und wieder beschwor sein gequältes Bewusstsein die schlimme Szene, die er schon so viele Male vor sich gesehen hatte, vor seinem inneren Auge herauf: das blutige Schlachtfeld in den Beldak-Sümpfen, die letzten Momente der Schlacht an der Thegomar-Kante, der Zauberer Sanibak-Thastimoon, der sich vor Thismet aufbaut und den Dolch zum Stoß hebt …

Er wagte nicht zu schlafen, denn er wusste, welche Träume ihn heimsuchen würden. In seinem Gepäck führte er einige Bücher mit sich. Er wählte aufs Geratewohl eines aus und las bis tief in die Nacht, *Die Höhen des Burgberges,* ein verschrobenes Heldenlied aus grauer Vorzeit, voller Geschichten über tapfere Coronals, die in ferne und gefährliche Winkel des Planeten geritten waren. Glücklich verlor er sich in diesen Abenteuern. Ob einer von ihnen wirklich gelebt hatte, irgendeiner dieser alten strahlenden Helden? Oder waren sie letzten Endes nur Figuren in einem Märchen? Ob eines Tages jemand auch ein Gedicht über ihn schreiben würde, über den tragischen und heldenhaften Lord Prestimion, der die Schwester seines Feindes geliebt und wieder verloren hatte, um schließlich …

Es klopfte. So spät noch?

»Wer ist da? Was gibt es?« Prestimion gab sich keine Mühe, den ungehaltenen Ton zu mildern.

»Gialaurys, mein Lord.«

»Ich wollte nicht gestört werden.«

»Ich weiß, Prestimion. Aber Septach Melayn hat eine dringende Nachricht aus der Burg geschickt. Nur für deine Augen bestimmt, sofortige Antwort erforderlich. Ich konnte es nicht bis morgen liegen lassen.«

Prestimion seufzte. »Nun gut.« Er warf das Buch aufs Bett und ging zur Tür.

Der Brief trug Prestimions Siegel, also hatte Septach Melayn ihn in seiner Eigenschaft als Regent geschickt.

Wenn es so dringend war – ob es mit dem Attentat vom Nachmittag zu tun hatte? Hastig brach er das rote Wachssiegel auf und entfaltete den Brief.

»Nein«, sagte er, nachdem er das Dokument gelesen hatte. Ein Pochen wie von einer Trommel dröhnte in seinen Schläfen. Er schloss die Augen. »Bei allen Dämonen von Triggoin, nein!«

»Mein Lord?«

»Hier, lies es selbst.«

Die Nachricht war nicht lang. Selbst Gialaurys, der bedächtig die Fingerspitze an den Worten entlangfahren ließ und beim Lesen lautlos die Lippen bewegte, brauchte nur ein oder zwei Lidschläge, um den Inhalt zu erfassen.

Er schaute auf, das sonst so unbewegte Gesicht grau vor Schreck.

»Dantirya Sambail ist aus der Burg geflohen? Und Mandralisca mit ihm? Sie sind nach Zimroel unterwegs, um eine Gegenregierung auszurufen? Aber das ist doch unfassbar, mein Lord! Wie kann so etwas geschehen? Das wird doch nicht wieder einer von Septach Melayns seltsamen Scherzen sein, Prestimion?«

Prestimion lächelte humorlos. »Nicht einmal seine Vorstellung von Scherzen geht so weit wie dies hier, Gialaurys.«

»Dantirya Sambail!«, rief Gialaurys. Unruhig schritt er im Zimmer auf und ab. »Immer dieser Dantirya Sambail! Es hat einen Verrat gegeben, mein Lord. Wenn wir ihn ohne Zögern getötet hätten, gleich dort auf dem Schlachtfeld, dann wäre dies hier …«

»Wenn, wenn, wenn. Das ist kein Gedanke, der uns jetzt hilft, Gialaurys.« Prestimion nahm den Brief wieder an sich und starrte betäubt auf die Zeilen, las ihn einmal und noch einmal, als könnten sich die Worte vielleicht doch noch in eine nicht ganz so erschreckende Neuigkeit verwandeln.

Aber die Botschaft blieb, wie sie war. Und er konnte Maundigand-Klimds Worte noch hören, er konnte hören, was der Magier gesagt hatte, als er darüber nachgedacht hatte, was passieren mochte, wenn man Dantirya Sambail die verlorenen Erinnerungen zurückgab: *Ich sehe … nun, ich sehe da gewisse Schwierigkeiten. Eine Vielfalt sich verästelnder Wege.*

Ja, dachte Prestimion. Eine Vielfalt sich verästelnder Wege. Und ich muss sie alle gehen.

II

DAS BUCH DER SUCHE

1

Wie kann ich nach solch einem Vorfall noch länger auf der Burg bleiben?«, fragte Navigorn. Er hatte das markante Gesicht schmerzvoll verzogen und litt innerlich Höllenqualen. »Ich bin entehrt, mein Lord. Ich kann es nicht mehr ertragen, irgendjemandem ins Auge zu sehen. Du hast mir eine Aufgabe anvertraut, und nun sieh nur, wie schrecklich ich versagt habe! Was sonst kann ich tun, außer meinen Abschied zu nehmen und mich zurückzuziehen? Ich flehe dich an, mein Lord, erlaube mir …«

Prestimion hob die Hand. »Navigorn, bitte. Ich bezweifle nicht, dass dies für dich sehr bitter ist, aber ich brauche dich dennoch hier an meiner Seite. Dein Gesuch, in den Ruhestand versetzt zu werden, ist abgelehnt. Beruhige dich und erkläre mir, wie es zu der Flucht kommen konnte.«

»Wenn ich da nur Gewissheit haben könnte, mein Lord …«

»Nun, dann erzähle mir wenigstens das, was du weißt und vermutest.«

»Ja, das will tun, so gut ich kann, mein Lord.«

Navigorn erhob sich von der Bank zu Prestimions Linken und lief wie ein gefangenes Tier im viel zu engen Käfig auf und ab.

Die Besprechung fand nicht in Prestimions Amtssitz, sondern im bescheidenen, schlichten Stiamot-Thronraum statt, einem seltsamen Überbleibsel aus alten Zeiten, das am Rande des Bereichs prunkvoller und prächtiger Gemächer lag, die nun den Kern der modernen Burg bildeten. Es war ein kleiner, kahler Raum, ausgestattet nur mit einem einfachen, altmodisch gebauten Marmorsitz für den Coronal und niedrigen Bänken für die Minister. Der Makroposopostteppich war mit seinen gedämpften Farben offenbar eine Nachbildung des Vorbilds aus Lord Stiamots Zeiten.

Doch diese Zeiten lagen siebentausend Jahre zurück. Der Thronraum war später durch einen großartigen Saal ersetzt worden, den Lord Makhario gebaut hatte, und dieser Saal wiederum war nach vielen Jahrhunderten dem noch prächtigeren Königssaal von Lord Confalume gewichen. Prestimions Vorgänger hatte dort einen überirdisch prächtigen Thron aufstellen lassen, dass man meinen konnte, es sei der Sitz eines Gottes und keines weltlichen Königs. Nach seiner Rückkehr auf die Burg hatte Prestimion es sich angewöhnt, diesen unaufdringlichen kleinen Raum, dessen Schlichtheit ihm eher zusagte als die schwülstige Pracht von Lord Confalumes Thronsaal, als Amtszimmer zu nutzen. Zu seiner Belustigung hatte er erfahren, dass auch Korsibar nach den ersten Wochen seiner kurzen Regierungszeit die gleiche Vorliebe entwickelt hatte.

Nur die engsten Vertrauten nahmen an dieser Sitzung teil: Septach Melayn, Gialaurys, Maundigand-Klimd und Prestimions Brüder Abrigant und Teotas. Prestimion war bewusst, dass es sich möglicherweise gehört hätte, auch Vologaz Sar einzuladen, den Pontifex Confalume vor kurzem als offiziellen Abgesandten des Pontifikats auf der Burg eingesetzt hatte, und vielleicht die Hierarchin Marcatain als Vertreterin jenes Zweiges der Regierung, dem die Lady der Insel vorstand. Doch er war noch nicht sicher, wie er seiner Mutter, der Lady der Insel, und dem Pontifex die große Täuschung beichten sollte, die er der Welt auferlegt hatte. Ganz besonders beim Pontifex hatte er seine Zweifel. Bisher hatte er regiert, als wäre er die einzige Macht im Reich. Mit den anderen beiden Amtsinhabern, die im verfassungsmäßigen Rang sogar über ihm standen, hatte er keinerlei Austausch gepflegt.

Das konnte so nicht weitergehen. Diese neue Krise,

die von Dantirya Sambail ausgelöst worden war, hatte ihn bereits gezwungen, seine erstaunten Brüder in die Auslöschung der Erinnerungen einzuweihen. Er konnte darauf vertrauen, dass sie schweigen würden, solange er es wünschte, doch er wusste, dass er keinerlei Autorität hatte, das gleiche Schweigen von seiner Mutter oder von Confalume zu fordern.

Ohne im Umherschreiten innezuhalten, sagte Navigorn: »Es war Bestechung im Spiel. Da bin ich sicher. Mandralisca war es, der …«

»Dieser Dämon!«, rief Gialaurys.

»Ja, dieser Dämon. Der Vorkoster des Prokurators, der giftig ist wie das Gift, vor dem er seinen Herrn schützen soll. Wir hatten ihn sicher hinter Schloss und Riegel, das dachten wir jedenfalls, doch irgendwie hat er seine Wächter angestiftet und ihnen Versprechungen gemacht – völlig geklärt ist es noch nicht –, sie würden große Anwesen in Zimroel oder etwas in dieser Art bekommen. Vier von ihnen sind jedenfalls verschwunden. Sie haben ihn freigelassen und sind mit unbekanntem Ziel geflohen.«

»Hast du die Namen?«, fragte Septach Melayn.

»Natürlich.«

»Wir werden sie finden, ganz egal, wohin sie geflohen sind. Sie sollen die volle Härte des Gesetzes zu spüren bekommen.« Septach Melayn machte eine rasche Geste aus dem Handgelenk, als wollte er ein unsichtbares Schwert schwenken. »Hat es jemals einen solchen Quell von Schändlichkeit auf der Welt gegeben wie diesen üblen Mandralisca? Schon als ich ihn das erste Mal sah, wusste ich …«

»Ja, ich erinnere mich«, stimmte Prestimion mit humorlosem Lächeln zu. »Es war bei den Spielen anlässlich der Beerdigung des alten Pontifex, als wir über den Ausgang des Stockfechtens gewettet haben. Du hast gegen Mandralisca gesetzt, einfach weil du ihn verachtet hast, obwohl er der bessere Kämpfer war. Und du hast fünf Kronen an mich verloren.« Der Coronal wandte sich wieder an Navigorn. »Nun gut, kehren wir zu deinem Bericht zurück. Mandralisca konnte sich also befreien. Aber wie hat er es geschafft, Dantirya Sambail in einem ganz anderen Abschnitt des Verlieses zu finden?«

»Das ist nicht klar, mein Lord. Wahrscheinlich ebenfalls durch Bestechung.«

»Wie schlecht bezahlst du eigentlich deine Männer, Navigorn, dass sie so leicht bereit sind, ihre Ehre an einen Gefangenen zu verkaufen?«, fragte Teotas erbost.

Navigorn fuhr zu Prestimions jüngerem Bruder herum, als hätte er einen überraschenden Faustschlag abbekommen. Heiße Wut loderte in seinen Augen, doch Teotas, ein schlanker Jüngling mit hellblondem Haar, der seinem königlichen Bruder verblüffend ähnlich war, wenngleich er manchmal zu heißblütigen Ausbrüchen neigte, hielt Navigorns Blick stand und ließ den anderen merken, dass auch er aufgebracht war. Einen Moment lang schien es, als würden sie gleich aufeinander losgehen, doch als Prestimion schon Gialaurys bedeuten wollte, beschwichtigend einzugreifen, wandte Navigorn sich wieder ab. Mattigkeit und Niedergeschlagenheit zeichneten sich jetzt in seinem Gesicht ab, und er sagte leise: »Deine Frage verdient keine Antwort, Junge. Aber ich will es dir trotzdem erklären. Ich hätte ihnen hundert Royal die Woche zahlen können, und es hätte doch nichts geändert. Er hat Besitz von ihren Seelen ergriffen.«

»Das trifft zu«, bestätigte Septach Melayn, indem er Teotas leicht die Fingerspitzen auf die Brust legte, ehe der junge Prinz noch etwas sagen konnte. »Mandralisca kämpft mit der Macht der Dämonen. Wenn die Bedingungen für ihn günstig sind, kann er jeden auf seine Seite ziehen. Wirklich jeden.«

»Auch mich? Auch dich oder Prestimion?«, fauchte Teotas. Wütend stieß er Septach Melayns Hand weg. »Dämon oder nicht, er kann nicht jeden kaufen. Du sprichst hier nur für dich selbst, Septach Melayn.«

»Genug!«, rief Prestimion ungeduldig. »Wir verzetteln uns. Was sagst du, Navigorn? Wie soll Mandralisca die Zelle seines Herrn und Meisters erreicht haben?«

»Dafür habe ich keine Erklärung. Einer der vier Bestochenen muss ihm geholfen haben, nehme ich an. Ich kann nur sagen, dass er die Zelle erreichte und den Prokurator befreite, und dann konnten sie die Tunnel verlassen, ohne von irgendjemandem behelligt zu werden. Wahrscheinlich hat er einen Bann gesprochen und die Köpfe der Wächter an den Toren verwirrt, sodass er an ihnen vorbeilaufen konnte.«

»Ich wusste nicht, dass dieser Mandralisca die Zauberei beherrscht!«, sagte Prestimion erschrocken.

»Jeder kann ein oder zwei einfache Zaubersprüche erlernen«, warf Maundigand-Klimd ein. »Und dieser Zauber hier, über den wir jetzt sprechen, ist in der Tat einfach.«

»Für dich vielleicht. Aber er hätte ihn schon am ersten Tag seiner Gefangenschaft gebrauchen können, wenn er ihn schon vorher gekannt hätte«, widersprach Prestimion. »Jemand muss ihm den Zauber erst vor kurzem heimlich gezeigt haben.«

»Aber wer?«, fragte Gialaurys.

»Irgendein anderer Mann aus dem Gefolge des Prokurators muss heimlich in die Tunnel gelangt sein. Vielleicht auf die gleiche Weise, auf die Mandralisca und sein Herr später fliehen konnten. Eine Verschwörung! Die Leute in Ni-moya haben herausgefunden, wo Dantirya Sambail festgehalten wird, und mit magischen Künsten seine Freilassung erwirkt.«

»Das ist eine Schande«, sagte Teotas, der Navigorn

immer noch böse anstarrte. »Wenn unsere Gefangenen so einfach durch die Magie aus den Tunneln befreit werden können, warum hat man dann nicht einen Gegenzauber über den Ort gelegt, um genau dies zu verhindern?«

»Zauber, Gegenzauber – da wäre kein Ende abzusehen«, erwiderte Prestimion gereizt. »Wir können uns nicht auf jede Möglichkeit vorbereiten, Teotas.« Er wandte sich an den Su-Suheris. »Ich habe dich gebeten, dem Prokurator gewisse Erinnerungen zu nehmen, Maundigand-Klimd. Auch habe ich dich angewiesen, dafür zu sorgen, dass er nie wieder aufgrund bösartiger Antriebe handeln kann. Wurde dies erledigt?«

»Nur der erste und einleitende Schritt, nämlich die Entfernung einiger Erinnerungen. Die schwerwiegendere Aufgabe, die Unterdrückung des Bösen, das so tief in seinem Charakter verankert ist, muss mit großer Behutsamkeit angegangen werden, mein Lord, wenn der Mann nicht in einen sabbernden Idioten verwandelt werden soll.«

»Das wäre auch kein großer Verlust gewesen«, meinte Gialaurys. »Nun gut, es ist ein schreckliches Durcheinander. Dantirya Sambail ist auf freiem Fuß und hat den größten Teil seiner Bösartigkeit noch in sich, er ist unterwegs nach Zimroel und will ein Heer ausheben. Aber damit kommen wir zurecht. Wir werden mit höchster Eile Boten nach Westen und Süden schicken. Ich werde an alle Häfen an beiden Küsten Anweisung geben, dass die Reisenden überwacht werden sollen. Stoien, Treymone, Alaisor – wir schneiden ihm den Heimweg ab, spüren ihn auf und bringen ihn in Ketten wieder her. Es ist ja nicht so, als wäre der Prokurator ein Mann, den man schwer wiedererkennt.«

»Das ist er wirklich nicht«, stimmte Abrigant zu, der sich jetzt zum ersten Mal einschaltete. »Aber vielleicht ist er gar nicht nach Westen oder Süden gegangen.«

»Was?«, fragten Gialaurys und Septach Melayn gleichzeitig.

Abrigant entfaltete einen Zettel. »Fünf Minuten, bevor ich zu dieser Besprechung kam, hat Akbalik mir diese Mitteilung übergeben«, fuhr er fort. »Wie ich hier lese, wurde jemand, der dem Prokurator von Ni-moya sehr ähnlich sieht, vor zwei Tagen in der Provinz Vrambikat gesehen. Ich weise ergänzend darauf hin, dass Vrambikat vom Burgberg aus gesehen in östlicher Richtung liegt.«

»Im Osten«, sagte Gialaurys verblüfft. »Was will er bloß im Osten? Das muss ein Irrtum sein. Man kommt nicht nach Zimroel, wenn man nach Osten reist.«

»Man kommt sehr wohl dorthin«, gab Septach Melayn mit einem kleinen Lächeln zurück, »wenn man den Strand des Großen Meeres erreicht und geradewegs weiter nach Osten segelt.«

Gialaurys grunzte empört. »Niemals in der ganzen Geschichte Majipoors ist jemand über das Große Meer gefahren. Wie kommst du auf die Idee, ausgerechnet Dantirya Sambail werde jetzt das Unmögliche versuchen?«

»Wollen wir hoffen, dass er es wirklich versucht«, sagte Abrigant grinsend. »Dann wird man ihn niemals wieder sehen!«

Septach Melayn lachte silberhell. »Und wenn er nach ein oder zwei Jahren auf See durch irgendein Wunder tatsächlich in Zimroel ankommt«, sagte er, »dann wird er noch einmal ein halbes Jahr oder länger brauchen, nur um von Pidruid oder Narabal oder wo immer er auch landet, quer über den Kontinent zu seiner Heimatstadt Ni-moya zu reisen. Wo wir inzwischen Truppen aufgestellt haben, um ihn zu verhaften.«

Prestimion konnte die Belustigung nicht teilen. »Allein schon der Gedanke, dass der Prokurator eine solche Reise unternehmen könnte, ist schwachsinnig«, sagte er. »So etwas ist nicht möglich.«

»Es gibt eine alte Geschichte«, warf Maundigand-Klimd ein, »dass zu Zeiten Lord Ariocs einmal ein Schiff aus dem Hafen von Til-omon ausgelaufen und über das Große Meer stetig nach Westen gesegelt sei. Es habe sich jedoch in treibendem Drachengras verfangen und die Orientierung verloren und sei fünf, oder wie manche sogar sagen, elf Jahre lang über das Meer geirrt, bis es endlich den Hafen wieder fand, aus dem es vorher …«

»Das ist alles gut und schön«, unterbrach Prestimion ihn scharf, »aber ich weigere mich zu glauben, dass Dantirya Sambail wirklich dergleichen beabsichtigt. Falls er tatsächlich nach Osten gegangen ist, dann handelt es sich zweifellos um eine Finte. Der Osten Alhanroels ist ein einsames, entlegenes Gebiet. Er kann dort zwar untertauchen und sich der Gefangennahme entziehen, und schließlich könnte er sogar noch den Kurs wechseln, nach Norden gehen und in Bandar Delem oder Vythiskiorn ein Schiff finden, das nach Zimroel fährt. Oder er könnte sich doch noch nach Süden wenden und durch die tropischen Regionen fliehen. Was ich aber überhaupt nicht glauben mag, ist, dass er tatsächlich den Heimweg über ein Meer antreten will, das bisher noch niemand überwinden konnte.«

»Was willst du also tun?«, fragte Septach Melayn.

»Ich werde eine Militärabteilung nach Vrambikat schicken und versuchen, ihn aufzuspüren, ehe er ganz und gar verschwindet.« Prestimion deutete auf Gialaurys. »Du sollst das Kommando führen, Gialaurys«, sagte er. »Zusammen mit Abrigant. Ich will, dass ihr binnen fünfzig Stunden nach Vrambikat unterwegs seid.« Nach kurzem Zögern machte er eine Geste zum Su-Suheris hin. »Du sollst sie begleiten, Maundigand-Klimd. Ich will auch einen Vroon dabei haben. Die

Vroon sind wundervolle Helfer, wenn es darum geht, durch Magie den richtigen Weg für eine Reise zu finden. Kennst du einen Vroon unter deinen Magierkollegen, Maundigand-Klimd, der dich begleiten könnte?«

»Es gibt einen, den ich kenne. Sein Name ist Galielber Dorn. Er verfügt über die Fertigkeiten, die wir brauchen könnten.«

»Und wo ist er zu finden?«

»In Ober-Morpin, mein Lord. Er hat dort an den Spiegelhängen eine Konzession als Gedankenleser.«

»Das ist nicht weit entfernt. Schicke ihm sofort eine Nachricht, dass er sich morgen Nachmittag auf der Burg einfinden solle. Biete ihm an, was immer er verlangt, damit er uns als Führer dient.«

Prestimion dachte darüber nach, wie es wäre, den Osten zu besuchen, den er noch nie gesehen hatte und in den sich kaum je ein Mensch verirrte. Die erregende Vorstellung, eine so wenig bekannte Region Alhanroels zu erforschen, hatte ihn schlagartig gepackt, und wieder empfand er eine überwältigende Reiselust, ein unwiderstehliches Begehren, die unzähligen hallenden Räume der Burg zu verlassen und die unendlichen Wunder Majipoors kennen zu lernen, die ihm jetzt, da er keine Gefährtin mehr hatte, der einzige Trost zu sein schienen.

Er würde seine Leute nicht in diese fremden Länder ziehen lassen, ohne sie zu begleiten.

Er konnte es nicht.

Und wenn er einen plausiblen Vorwand brauchte, um sich aus der Burg zu entfernen – nun denn, die Suche nach Dantirya Sambail war Vorwand genug, sagte er sich.

Nach einer kleinen Weile lächelte er und teilte den anderen seine Gedanken mit. »Ich denke, ich brauche dich wieder als Regenten, Septach Melayn. Denn ich werde auch selbst an dieser Expedition teilnehmen.«

2

Er spürte sofort, dass er die richtige Entscheidung getroffen hatte. Es war ein ungewöhnlich schönes Land hier draußen, östlich vom Berg. Prestimion war nicht der einzige Teilnehmer der Expedition, der diese Gegend zum ersten Mal sah. Keiner von ihnen, abgesehen höchstens vom kleinen Vroon Galielber Dorn, der ihnen als Führer diente, war jemals hier gewesen. Es war nicht völlig klar, ob der Vroon dieses Gebiet tatsächlich schon einmal selbst gesehen hatte, doch immerhin benahm er sich, als kennte er die Gegend, und benannte ihnen nacheinander alle auffälligen Geländeformationen mit dem selbstbewussten Gehabe eines Ortskundigen, der schon viele Male hier gewesen war. Dabei griff er, wie Prestimion wusste, vor allem auf die besondere Gabe der Vroon zurück. Sie hatten einen beinahe unfehlbaren Richtungssinn und ein nahezu allwissendes Gespür für die räumlichen Beziehungen verschiedener Orte untereinander. Es war, als kämen sie schon mit einer umfassenden Karte aller Regionen des Universums im Kopf zur Welt und als fänden die großen goldenen Augen, wohin sie auch blickten, nur bekannte Landschaften vor. So war es nicht ausgeschlossen, dass Galielber Dorn genau wie alle anderen Reisegefährten die östlichen Regionen nun in Wirklichkeit zum ersten Mal erblickte.

Die mächtige Erhebung des Burgbergs füllte hinter ihnen den Himmel aus. Direkt vor ihnen lag das neblige Tal von Vrambikat und dahinter das unbekannte Land. Schon konnten sie seltsame Dinge und Wunder in der Ferne ausmachen, denn das Land verlief vom Burgberg aus abwärts, und sie konnten viele Meilen weit nach Norden, Süden und Osten blicken.

»Dieser rote Fleck dort, Galielber Dorn«, fragte Abrigant, indem er nach Südosten deutete, wo ein auffälliger Farbfleck sich vor dem Horizont abhob, »was ist das? Eine Gegend, die reich an Eisenerz ist? Eisenerz hat genau diesen rötlichen Ton.«

Prestimion kicherte. »Er sucht überall nach Metall«, sagte er leise zu Gialaurys. »Er ist richtiggehend besessen davon.«

»Es ist nur Sand«, erwiderte der Vroon. »Was du dort siehst, sind die blutroten Sanddünen von Minnegara, die ans rote Meer von Barbirike grenzen. Der Sand besteht aus den Panzern unzähliger kleiner Tiere, die auch dem Meer seine rötliche Farbe geben.«

»Ein rotes Meer«, murmelte Prestimion kopfschüttelnd. »Blutrote Dünen.«

Drei Tage später konnten sie es aus der Nähe sehen: parallele Reihen von Sanddünen mit Kämmen, die scharf begrenzt waren wie Krummsäbel, und von so lebhafter Farbe, dass sogar die Luft darüber rötlich zu flimmern schien. Dahinter, weiter als das Auge blicken konnte, erstreckte sich ein langes, schmales Gewässer, das nach nichts anderem aussah als nach einer riesigen Blutlache. Es war ein zugleich schöner und beunruhigender, ja sogar ein wenig bedrohlicher Anblick. Abrigant, der immer auf der Suche nach Metallvorkommen war, sprach sich nachdrücklich für einen Abstecher aus, um die Sache näher zu untersuchen, doch Prestimion erklärte seinem Bruder kurz und bündig, dass er sich das Vorhaben aus dem Kopf schlagen musste. Sie waren jetzt in einer ganz anderen Angelegenheit unterwegs.

In Vrambikat vernahmen sie die drei Bürger, die gemeldet hatten, sie hätten Dantirya Sambail gesehen. Es waren gewöhnliche Bürger, zwei Frauen und ein Mann, die sich ausgesprochen einsilbig zeigten, als sie vor Menschen von offenbar so hohem Rang ihre Aussagen machen sollten. Es war fast unmöglich, ihnen eine zusammenhängende Schilderung zu entlocken. Hätten sie gewusst, dass sie sogar vor dem Coronal, seinem Bruder und dem Großadmiral des Reichs standen, dann wären sie vermutlich glatt in Ohnmacht gefallen. Auch so konnten sie nur stottern und stammeln.

Doch auch hier erwies Galielber Dorn sich als nützlich. »Wenn es gestattet ist«, sagte der Vroon und trat vor. Er streckte dem unzusammenhängend quasselnden Trio einige seilähnliche, verflochtene Tentakel entgegen.

Er war ein winziges Wesen, er ging der kleineren Frau nur bis zum Knie, doch sie wich unsicher zurück, als der Vroon sich ihnen näherte. Drei kurze klickende Geräusche kamen aus dem gekrümmten goldenen Schnabel, und sie hielt inne und trat unsicher von einem Bein aufs andere. Galielber Dorn bewegte sich von einem zum anderen, streckte zierliche und stark verästelte Tentakel aus und wickelte sie ihnen um die Handgelenke. Bei allen hielt er die Berührung einige Sekunden aufrecht, während er ihnen in die Augen sah.

Nachdem er sie behandelt hatte, waren alle drei so still, als hätten sie ein Beruhigungsmittel bekommen. Und als Prestimion sie noch einmal fragte, waren sie endlich in der Lage zu sprechen und die Geschichte ausführlich und flüssig zu erzählen.

Sie hatten zwei schroffe, unangenehme Männer bemerkt, die Dantirya Sambail und seinem Speichelleсker Mandralisca offenbar sehr ähnlich gesehen hatten. Einer sei langgliedrig und schlank gewesen, er habe die federnden Bewegungen und die Anmut eines Athleten gehabt, dazu ein verschlossenes, hartes Gesicht, Wangenknochen wie Messerschneiden und Augen wie polierter Stein. Der zweite, kleiner und stämmiger gebaut, habe ein Tuch vor dem Gesicht getragen, wie um sich vor Wind und Sonne zu schützen, doch man hatte die Augen erkennen können, die sogar noch bemerkenswerter gewesen waren als die des anderen Mannes: von hübschem violettem Farbton und so milde und sanft und warm, wie die Augen des anderen Mannes kalt und feindselig gewesen waren.

»Da kann es keinen Zweifel mehr geben, was?«, sagte Gialaurys. »Augen wie die des Prokurators gibt es nicht noch einmal auf der Welt.«

Die Flüchtlinge seien mit zwei schweren Pferden, die aussahen, als hätte man ihnen das Letzte abverlangt, nach Vrambikat geritten gekommen. Sie wollten, so erklärten sie, die Tiere verkaufen und andere erwerben, mit denen sie die Reise fortsetzen konnten, und sie hätten keine Zeit zu verlieren.

»Ich habe gelacht«, erzählte der Mann, »und ihnen gesagt, dass kein Stallmeister auch nur fünfzig Gewichte für diese halbtoten Tiere herausrücken würde. Der Große hat mich daraufhin niedergeschlagen und hätte mir wohl an Ort und Stelle den Garaus gemacht, wenn der andere ihn nicht aufgehalten hätte. Dann hat Astakapra hier«, er deutete auf die ältere Frau, »ihnen gesagt, wo sie einen Stall finden würden, und fort waren sie. Ich kann nicht sagen, dass ich unglücklich war, sie so schnell verschwinden zu sehen.«

»Wo ist dieser Stall?«, fragte Prestimion. »Ist er von hier aus gut zu erreichen?«

»Nichts leichter als das, Herr«, erwiderte der Mann. »Fahrt die breite Straße hier hinunter, das ist der Eremoilweg. Zwei Ecken weiter an der Amyntilirstraße biegt Ihr nach rechts ab. Es ist das zweite Gebäude auf der linken Seite, die Heuballen vor der Tür sind nicht zu übersehen. Ihr könnt es gar nicht verfehlen.«

»Gib den Leuten etwas Geld«, sagte Prestimion zu Abrigant, als sie weiterzogen.

Auch die Stallknechte konnten sich nur zu gut an die Besucher erinnern. Es war nicht schwer gewesen, die Pferde, mit denen Mandralisca und Dantirya Sambail gekommen waren, als gestohlen zu erkennen, denn sie trugen die Brandzeichen eines bekannten Züchters aus der Gegend von Megenthorp, der vor kurzer Zeit bereits eine Nachricht ins Hinterland geschickt hatte, dass zwei Fremde bei ihm eingebrochen seien und zwei wertvolle Stuten gestohlen hätten. Die beiden Tiere waren noch da und boten, nachdem sie tagelang hart beansprucht worden waren, einen traurigen Anblick. Die beiden Männer, der grimmig dreinschauende Große und der andere, der Kleinere mit den veilchenblauen Augen, hätten den Stall betreten und sofort die Waffen gezogen, um den Stallknechten zwei frische Pferde abzupressen. Die ausgepumpten Reittiere aus Megenthorp hatten sie zurückgelassen.

»Dann haben sie inzwischen also auch Schwerter«, sagte Abrigant. »Von ihren Fluchthelfern geliefert oder auf der Flucht erworben?«

»Unterwegs erworben, würde ich sagen«, meinte Prestimion. »Auf ähnliche Weise wie die Pferde.« Er wandte sich wieder an die Stallknechte. »Habt ihr eine Ahnung, in welche Richtung sie wollten, als sie die Stadt verließen?«

»Aber ja, mein Lord. Sie wollten nach Osten. Sie fragten uns, wo die Hauptstraße nach Osten zu finden sei, und wir sagten es ihnen. Wir erklärten es ihnen wahrheitsgemäß, denn wer hätte das nicht getan mit einer Schwertspitze am Hals?«

Nach Osten.

Wie weit nach Osten? Bis zum Großen Meer? Die Küste war noch tausende von Meilen entfernt. Aber die Flüchtigen waren doch gewiss nicht so unvernünftig, darauf zu hoffen, dass sie auf diesem Weg nach Zimroel zurückkehren konnten. Wohin, fragte Prestimion sich, wohin wollten sie wirklich?

»Kommt schon«, sagte er. »Wir verschwenden hier nur unsere Zeit.«

»Wir fahren mit Schwebern, und sie haben nur Pferde«, wandte Gialaurys ein. »Früher oder später holen wir sie ein.«

»Sie können auf dem gleichen Weg Schweber finden, wie sie sich die Pferde angeeignet haben«, widersprach Prestimion. »Lasst uns fahren.«

Hinter Vrambikat lag das Land größtenteils verlassen, nur hier und dort sahen sie eine kleine Stadt oder ein Lager der pontifikalen Truppen, die ein Manöver durchführten. Verstreut standen einsame Wachtürme auf den Hügelkuppen am Straßenrand. Niemand hatte die beiden berittenen Fremden vorbeikommen sehen, doch es wäre Dantirya Sambail und Mandralisca gewiss nicht schwer gefallen, sich im Schutz der Dunkelheit vorbeizuschleichen. In den nächsten beiden Nächten hatten Prestimion und Gialaurys übereinstimmende Träume von den Verfolgten, die sich schnell und gleichmäßig vor ihnen durch das wilde Land bewegten. »Träumen muss man trauen«, sagte Gialaurys, und Prestimion wollte ihm nicht widersprechen.

Also weiter nach Osten. Was sonst hätten sie tun sollen?

Außergewöhnlich schöne Landschaften eröffneten sich ihren Blicken, als sie weiterreisten. Das lang gestreckte rote Meer fiel als schmaler werdende Linie rechts hinter ihnen zurück, bis es sich schließlich ganz und gar verlor; dann tauchten vor ihnen hellgrüne Berge auf, die weich gerundet schienen, als wäre ein Samttuch über die Erhebungen gelegt worden. Im Flachland dahinter sahen sie eine Kette kleiner, fast vollkommen runder Seen, schwarz wie dunkelster Onyx und ebenso stark schimmernd, deren Dreierreihe sich bis zum Horizont erstreckte – gerade so, als hätte sie ein Meister der Landschaftsgestaltung mit äußerster Sorgfalt regelmäßig in die Landschaft gesetzt.

Ein freundlicher Anblick, aber ein unwirtlicher Ort. »Man nennt sie die Tausend Augen«, erklärte Galielber Dorn. »Die Seen liegen in einer Einöde. In der Region, die dort vor uns liegt, gibt es keine Siedlungen. Es gibt auch keine wilden Tiere, denn dieses schwarze Wasser schenkt kein Leben. Es brennt auf der Haut wie Feuer, und es zu trinken bedeutet den sicheren Tod.«

Vier Tage später erreichten sie die Mündung einer gewaltigen, gewundenen Schlucht, die sich nach Nordosten bis zu der Linie zog, wo Himmel und Erde zusammenliefen. Die Wände fielen lotrecht ab und funkelten wie Gold in der Mittagssonne. »Die Schlangenkluft«, verkündete der Vroon. »Sie ist dreitausend oder mehr Meilen lang und unendlich tief. Unten verläuft ein Fluss, der grünes Wasser führt, aber ich glaube, bisher war noch kein Forscher fähig, die Wände hinunterzuklettern und ihn mit eigenen Augen zu sehen.«

Später erreichten sie einen Wald voller Bäume mit eckigen roten Nadeln, die im Wind wie Harfensaiten erklangen, und eine Stelle, wo kochend heißes Wasser von einer tausend Fuß hohen Klippe stürzte. Dann sahen sie ein Hügelland, dessen zahlreiche purpurne Rinnsale von funkelnden Spinnweben überspannt wurden, die dick waren wie mächtige Taue. Wieder etwas weiter stießen sie auf einen unermüdlichen Vulkan, der aus einem dreieckigen Spalt im Boden seine feuerrote Glut mit gewaltigem Brüllen in die Luft spuckte.

Das war alles sehr faszinierend, ja. Aber das Land war weit und verlassen. An vielen Stellen herrschte eine bedrückende Stille. Dantirya Sambail konnte überall sein oder nirgends. War es sinnvoll, diese anscheinend hoffnungslose Verfolgung fortzusetzen? Prestimion dachte ernstlich übers Umkehren nach. Es war unverantwortlich, dass er aus reiner Neugierde durchs Land reiste, wenn ihn auf der Burg wichtige Aufgaben erwarteten, zumal die Suche wahrscheinlich sowieso nicht von Erfolg gekrönt sein würde.

Dann aber, ganz unerwartet, hörten sie doch noch etwas von den Flüchtigen. »Zwei berittene Männer?«, fragte ein Dorfbewohner mit phlegmatischem Gesicht in einer schäbigen kleinen Stadt an der Kreuzung zweier großer Straßen, auf denen es keinerlei Verkehr gab. Maundigand-Klimd hatte den Mann gefunden, der überhaupt nichts dabei zu finden schien, dass aus heiterem Himmel ein Su-Suheris in seinem Ort aufgetaucht war. »O ja, sicher. Sie sind hier vorbeigekommen. Ein großer schlanker Mann und ein zweiter, der älter und schwerer war. Es muss vor zehn, vielleicht zwölf oder vierzehn Tagen gewesen sein.« Er deutete zum Horizont. »Sie wollten nach Osten.«

Nach Osten ging es, immer nur nach Osten.

Sie fuhren weiter. Es war jedenfalls eine schöne Gegend, durch die sie jetzt reisten. Die Luft war klar und rein, das Wetter mild, und der Wind wehte sanft. Doch hier draußen gab es nur noch winzige, verlorene Orte, jeweils Dutzende Meilen auseinander gelegen, und die Einwohner starrten verwundert die vornehmen Reisenden an, die mit schimmernden Schwebern, die das Sternenfächeremblem trugen, ihre verschlafenen Nester besuchten.

Es war fast unglaublich, dachte Prestimion bei sich, dass es, obwohl seit so vielen Jahrtausenden Menschen auf Majipoor lebten, immer noch menschenleere Regionen gab, die man von der Burg aus in nur wenigen Wochen erreichen konnte. Er wusste, dass im zentralen Zimroel riesige Gebiete völlig unbewohnt waren, doch diese ungeheure, schweigende Weite im unmittelbaren Schatten des Burgbergs – das war unerwartet und seltsam. Und demütigend. Es lehrte einen, die Größenverhältnisse richtig einzuschätzen. Auch nach Jahrtausenden menschlicher Besiedlung bot das riesige Majipoor noch reichlich Raum zur Expansion.

Diese Region hier war eine, die man leicht entwickeln konnte. Ein Projekt für die Zukunft, dachte Prestimion. Als ob er nicht schon genug zu tun hätte.

Die Straße, der sie jetzt folgten, eine breite, ebene Hauptstraße, schwenkte ein wenig nach Süden ab, verlief aber immer noch hauptsächlich nach Osten. Die wenigen Dörfer lagen hier noch weiter voneinander entfernt und waren kaum mehr als kleine Ansammlungen strohgedeckter Hütten mit verwahrlosten Küchengärten rundherum. Grüne Wiesen und Wälder wichen düsterer Wildnis und bläulich schimmernden Gebirgsketten im Süden. Direkt vor ihnen lag jedoch ein Grasland voller Bäche und kleiner Seen, eine friedliche, stille und einladende Landschaft.

Allerdings gab es Anzeichen, dass diese Gegend kein ganz und gar friedliches Paradies war. Schwärme großer Raubvögel mit dunklen Schwingen strichen über den Reisenden vorbei – Khestrabons waren es wohl oder vielleicht die größeren und aggressiveren Surastrenas. Sie hatten die langen gelben Hälse weit vorgestreckt und suchten mit funkelnden Augen den Boden unter sich gierig nach Beute ab. Hin und wieder stießen sie zu zweit oder zu dritt herab, als wollten sie ein armes, am Boden herumwanderndes Geschöpf in den Himmel reißen. Auch beängstigende Insekten gab es hier, Käfer von der doppelten Größe eines Huvna-Eis mit sechs halb fingerlangen Hörnern auf dem Kopf und schwarzem Panzer und Flügeln, auf denen böse starrende rote Punkte saßen. Eine ganze Armee von ihnen, eine halbe Meile lang, marschierte, immer fünf nebeneinander, an der Straße entlang und machte mit den großen Mäulern erschreckende Knackgeräusche.

»Wie heißen diese Viecher?«, wollte Gialaurys wissen.

»Calderoules nennt man sie«, erläuterte der Vroon. »Im Dialekt des östlichen Alhanroel heißt das so viel wie ›Giftspritzer‹, denn sie können aus Drüsen unter den Flügeln zehn Fuß weit eine beißende Säure verspritzen, und wehe Euch, wenn sie auf die Lippen oder in die Nase gerät.«

»Ich glaube, diese hübsche Gegend ist auf den zweiten Blick ganz und gar nicht mehr so hübsch«, bemerkte Abrigant mit empörtem Schnaufen. Prestimion ließ an die hinter ihnen fahrenden Schweber die Nachricht weitergeben, dass niemand den Fuß aus dem Fahrzeug setzen solle, bis sie die Insektenkarawane weit hinter sich gelassen hatten.

Die Pflanzen in dieser Gegend waren anders als alles, was Prestimion und seine Begleiter bisher gesehen hatten. Confalume hatte sich in seiner Amtszeit als Coronal neben vielen anderen Dingen auch sehr für die Botanik interessiert und war oft mit Prestimion durch die verschiedenen Gewächshäuser gewandert, die er auf dem Burgberg hatte bauen lassen. Gemeinsam hatten sie die seltsamen, wundervollen Pflanzen aus allen Winkeln der Welt bestaunt, und im Laufe der Zeit war ein wenig von Lord Confalumes Leidenschaft für gärtnerische Kuriositäten auf Prestimion übergegangen. Auf Prestimions Bitte nannte Galielber Dorn im Vorbeifahren so viele Pflanzennamen, wie ihm nur einfallen wollten: Das sind Mondwinden, dies ist grauer Aaswurz, das niedrige stopplige Gebüsch da ist Mikkuskraut, jenes ist Barugaza, der Baum da mit dem weißen Stamm und den Früchten, die aussehen wie aus grüner Jade geschnitzt, ist ein Kammonibaum. Vielleicht erfand der Vroon die Namen nur, vielleicht waren es auch die richtigen, doch nach einer Weile verschlug es auch dem kleinen Führer die Sprache, und er konnte nur noch verlegen mit den vielen Tentakeln zucken, wenn man ihn nach besonders eigenartigen Gewächsen am Straßenrand fragte.

Die Namen der geographischen Merkmale dieser Landschaft kannte er jedoch: ein erstaunlicher Ort, der »Springbrunnen des Weins« hieß, wo angeblich Geschöpfe, die zu klein waren, um für das menschliche Auge sichtbar zu sein, in einem unterirdischen Becken eine natürliche Gärung bewirkten, worauf fünfmal am Tag ein Geysir die Früchte ihrer Arbeit in die Luft blies. »Aber man sollte ihn besser nicht kosten«, warnte der Vroon, als Gialaurys sein Interesse an diesem Tropfen bekundete.

Dann die Tanzenden Hügel, die Mauer der Flammen, die Große Sichel, das Juwelennetz …

Die Meilen flogen nur so dahin. Tage vergingen, wurden zu Wochen. Immer weiter nach Osten fuhren sie, und schließlich verlor sich sogar der Anblick des Burgbergs hinter ihnen. Keine Dörfer lagen mehr am Wegesrand, nichts war zu sehen außer weiten grünen Grasflächen, jede in einer anderen Farbe: eine Wiese aus topasfarbenem Gras, eine andere, deren wie Schwertklingen geformte Halme von dunklem Kobaltblau waren, eine Grassorte, die rot war wie Wein, und all die anderen Farben: Indigo, Veilchenblau, Safran, weiches Grün. »Das Große Meer muss nahe sein«, sagte Abrigant. »Schau nur, wie flach das Land hier ist. Und hier wächst nur noch Gras, als wäre der Boden darunter sandig und sumpfig. Nein, das Meer kann nicht mehr weit sein.«

»Das bezweifle ich doch sehr«, entgegnete Gialaurys verdrossen. Er hatte schon lange die Lust verloren, die Expedition, die er inzwischen als nutzloses und ganz und gar törichtes Unterfangen empfand, noch weiter zu treiben. Gialaurys sah den Vroon fragend an. »Um das Meer zu erreichen, müssten wir noch ein ganzes Jahr reisen, nicht wahr? Auf einen Tag mehr oder weniger soll es mir dabei nicht ankommen. Was sagst du, kleiner Fremdenführer?«

»Ah, das Meer, das Meer.« Galielber Dorn machte mit dem Schnabel ein leises, klickendes Geräusch, das bei den Vroon als Lächeln galt, und deutete unbestimmt nach Osten. »Es ist noch weit entfernt«, sagte er. »Sehr, sehr weit.« Und bald hatten sie tatsächlich die Grassavanne hinter sich gelassen und fuhren wieder durch eine Gegend, die keineswegs einer Küstenlandschaft ähnlich sah, denn sie erreichten bald eine Reihe purpurner Granithügel, die ihrerseits wieder einem dichten Wald auf fruchtbarer schwarzer Erde wichen. Kugelrunde Früchte einer völlig unbekannten Art hingen dort wie leuchtende gelbe Lampen in grüner Dämmerung an den Zweigen.

Trotz Gialaurys' Grollen war Prestimion noch nicht bereit, die Fahndung nach dem Prokurator einfach aufzugeben. Vielmehr begannen nun alle, in ihren Träumen bewusst nach Dantirya Sambail Ausschau zu halten. Das war oft eine nützliche Art und Weise, Informationen zu gewinnen, an die man anders nicht herankommen konnte.

Und wirklich, diese Methode trug reiche Früchte. Viel zu viele Früchte sogar, denn nachdem Abrigant sich zum Schlafen niedergelegt und sich den gnädigen Händen der Lady der Insel überantwortet hatte, bekam er eine klare Vision vom Prokurator und seinem Handlanger, wie sie an einem geschwind strömenden Fluss lagerten, nahe bei einem Dorf, dessen niedrige, runde Häuser mit blauem Schiefer gedeckt waren. Er erwachte mit der Überzeugung, das Dorf sei kaum sechzig Meilen nördlich von ihrem gegenwärtigen Standort entfernt. Gialaurys hingegen hatte im Traum die Flüchtigen im lieblichen Weideland hinter ihnen gesehen, wo die Raubvögel mit den gelben Hälsen in Schwärmen über ihren Köpfen vorbeigezogen waren.

Die Stimme, die zu Gialaurys im Traum gesprochen hatte, ließ keinen Zweifel daran, dass die Expedition schon vor Wochen irgendeines Nachts an den Gesuchten vorbeigelaufen und inzwischen bereits viele tausend Meilen zu weit im Osten gelandet war. Einer von Prestimions Hauptleuten, ein Mann namens Yeben Kattikawn aus dem Nordwesten Alhanroels, war völlig sicher, eine echte Vision vom Prokurator empfangen zu haben, der vor ihnen in einem gestohlenen Schweber fuhr und sich rasch von ihnen entfernte; Dantirya Sambail habe inzwischen ganz im Osten des Kontinents Alhanroel schon fast die Gestade des Embailain-Sees erreicht, von dessen seidig-weichem Wasser jeder schon einmal gehört hatte, den aber so gut wie niemand auf der Landkarte hätte finden können. Prestimion selbst, der sich eine unruhige Nacht lang mit dem gleichen Problem herumgeschlagen hatte, wachte mit der Überzeugung auf, Dantirya Sambail habe sie in den Tanzenden Hügeln überholt. Im Traum hatte er die Erhebungen, die zitterten und schwankten, weil unter ihnen ständig die Erde bebte, in höchst lebhaften Einzelheiten vor sich gesehen. Der Prokurator und sein finsterer Spießgeselle seien gemächlich über die instabile Erdkruste nach Norden gefahren, wo sie an irgendeinem Punkt umkehren und in einem großen Bogen in westlicher Richtung zum Burgberg zurückkehren wollten, um auf diesem Weg die Ostküste des Kontinents zu erreichen.

Diese Vielfalt widersprüchlicher Eingebungen führte naturgemäß zu überhaupt nichts. Gegen Mittag, als sie am Saum eines Hains großer Baumfarne mit roten, samtweichen Stielen und grauen Blättern lagerten, zog Prestimion Maundigand-Klimd beiseite und erzählte ihm, dass bei ihren nächtlichen Träumen nur Verwirrendes herausgekommen war. Der Su-Suheris, der sich an der Traumsuche nicht beteiligt hatte, weil sein Volk nicht auf diese Weise nach Wissen forschte, erwiderte, seiner Ansicht nach sei Hexerei im Spiel. »Dies alles sind falsche Fährten, die euch der Feind in den Kopf gesetzt hat, würde ich meinen. Es gibt gewisse verwirrende Zaubersprüche, die ein fliehender Mann anwenden kann, um jene zu täuschen, die ihm zu folgen suchen. Die Träume sehen ganz danach aus, als hätte der Prokurator solche Zaubersprüche für sich gesprochen oder sprechen lassen.«

»Und du? Was glaubst du, wo er ist?«

Maundigand-Klimd versank sofort in Trance, ein Kopf tauschte sich lautlos mit dem anderen aus, und stand eine lange Weile leicht schwankend und stumm vor Prestimion, völlig in einer anderen Welt versunken. Von Süden her wehte ein leichter Wind, der die grauen Farnwedel jedoch kaum zu rühren vermochte. Die Welt stand still, und lange Zeit war kein Laut zu hören. Dann öffnete der Magier gleichzeitig alle vier Augen und verkündete seine Antwort, die sogar noch düsterer klang als sonst. »Er ist überall und nirgends zugleich.«

»Und was hat das zu bedeuten?«, drängte Prestimion behutsam, als keine weitere Erklärung kam.

»Es bedeutet, dass wir uns böse von ihm haben hereinlegen lassen, mein Lord. Wie ich vermutet habe, hat er oder ein von ihm besoldeter Magier eine Verwirrung über diese unbewohnten Provinzen gelegt, damit die Leute, die wir treffen, sich im Glauben wiegen, er wäre in diese oder jene Richtung mit einem Schweber oder zu Pferd gereist. Die Hinweise, die wir von den Leuten bekommen, sind wertlos. Das Gleiche gilt für das, was Abrigant im Traum herausgefunden hat, und ich fürchte, bei Kattikawn sieht es nicht anders aus.«

»Hat deine Trance dir denn gezeigt, wo er sich aufhält?«

»Leider ist mir nur klar, wo er sich *nicht* befindet«, sagte Maundigand-Klimd. »Aber ich vermute, die Wahrheit dürfte näher bei deinem und Gialaurys' Traum liegen. Dantirya Sambail ist möglicherweise überhaupt nicht so weit nach Osten gereist. Er hat vielleicht nur so getan, als flöhe er nach Osten, damit wir glauben, er wolle zum Großen Meer, während er in Wirklichkeit in eine ganz andere Richtung gegangen ist.«

Prestimion versetzte dem federnden goldenen Rasen einen wütenden Tritt. »Genau wie ich es mir von Anfang an dachte. Er tut so, als wollte er in die unerforschten Gebiete im Osten fliehen, doch in Wirklichkeit kehrt er nach kurzer Zeit wieder in Richtung des Burgbergs um und reist zu einem Hafen im Westen, um eine Überfahrt nach Zimroel zu finden.«

»Es scheint so, als hätte er genau dies getan.«

»Dann werden wir ihn finden, wo er auch ist. Wir haben hundert Magier, wo er nur einen hat. Bist du sicher, dass er nicht doch irgendwo vor uns ist?«

»Sicher bin ich überhaupt nicht, mein Lord. Aber jede Wahrscheinlichkeit spricht dagegen. Die Flucht nach Osten nützt ihm nichts. Meine eigene Intuition, der ich gewöhnlich vertraue, sagt mir, dass er hinter uns ist und sich mit jedem Tag weiter von uns entfernt.«

»Ja. Während wir in die falsche Richtung unterwegs sind. Das alles war wohl nichts weiter als eine wilde Gihorna-Jagd.« Jetzt gab es wirklich keinen Vorwand mehr, diese Reise fortzusetzen, abgesehen von Prestimions Sehnsucht, neue Länder zu erforschen. Dieser Grund reichte aber nicht aus. Er klatschte in die Hände. »Gialaurys! Abrigant!«

Sie kamen auf seinen Ruf hin sofort herbeigerannt. Rasch erläuterte er ihnen, was er soeben mit Maundigand-Klimd besprochen hatte.

»Gut«, sagte Gialaurys mit grimmig-zufriedenem Grinsen. »Ich gebe den Leuten Bescheid, dass wir zum Burgberg zurückkehren.«

Abrigant stritt tapfer für sein höchstens sechzig Meilen entferntes Dorf mit den blau gedeckten Häusern. Doch Prestimion wusste, dass es albern wäre, etwas hinterher zu jagen, das sich doch wieder nur als Phantom entpuppen würde. Nicht ohne Wehmut, da er das Abenteuer an dieser Stelle abbrechen musste, trug er Gialaurys auf, den Befehl zum Rückzug zu geben.

In dieser Nacht lagerten sie in einem bewaldeten Gebiet, wo purpurne Nebel aus dem feuchten Untergrund krochen. Bei Sonnenuntergang färbten sich die grauen Wolken violett, und als die Sonne im Westen versank, bekamen die glänzenden Blätter der Bäume einen verwunschenen roten Schimmer. Prestimion stand lange da und blickte nach Westen in dieses eigenartige Licht, bis die Sonne schließlich hinter dem weit entfernten Burgberg versank und die Dunkelheit von Osten heranglitt, aus jenem fernen Land an den Gestaden des Großen Meeres, dessen riesige Wasserflächen er niemals mit eigenen Augen sehen würde.

Doch er sah sie nur wenige Stunden später in einem äußerst lebhaften Traum, der einsetzte, kaum dass er die Augen zum Schlaf geschlossen hatte. In diesem Traum hatten sie die Expedition nach Osten nicht aufgegeben, sondern waren irgendwie weitergefahren, immer weiter, vorbei am letzten Vorposten des erforschten Gebiets, einem Ort namens Kekkinork, wo der blaue Meeresspat, mit dem Lord Pinitor in alten Zeiten die Wälle der Stadt Bombifale verkleidet hatte, gewonnen wurde. Direkt hinter Kekkinork lag das Große Meer selbst, abgeschirmt hinter gewaltigen Klippen, die sich, so weit das Auge reichte, nach Norden und Süden erstreckten: eine mächtige, anscheinend unendliche Barriere aus glänzendem schwarzem Stein, durch den sich hell strahlende Adern von weißem Quarz zogen. In dieser endlosen Klippe gab es nur einen einzigen Spalt, eine schmale Öffnung, durch die jeden Tag das neue Sonnenlicht drang. In seinem Traum rannte Prestimion zu dieser Öffnung und durch sie hindurch, der Sonne entgegen, hinunter zum wartenden Meer, und watete in die sanfte, rosafarbene Brandung des Ozeans hinaus, der beinahe die Hälfte des Planeten bedeckte.

Träumend stand er am Rand der Welt.

Die Westküste Zimroels lag irgendwo dort vor ihm, unvorstellbar weit entfernt, hinter der Krümmung des Horizonts außer Sicht. So stand er am Meer und versuchte vergebens, sich die ungeheuer weite Strecke vorzustellen, die zwischen ihm und dem anderen Ufer lag. Doch kein menschliches Bewusstsein konnte diese Entfernung wirklich erfassen. Er sah nur Wasser, hier ein weiches Rosa am Sandstrand, dort ein Hellgrün, dann Türkis und ein warmes Dunkelblau weiter draußen, dahinter ein unendliches himmelblaues Reich, das unmerklich mit dem Himmel verschmolz.

Er konnte nicht glauben, dass dieser gewaltige Ozean überhaupt ein Ende haben sollte, auch wenn sein Verstand ihm sagte, dass es so sein musste – weit entfernt, so weit, dass noch kein Schiff gebaut worden war, das diese Reise überleben konnte. Der Kontinent Zimroel lag dort irgendwo vor ihm, dahinter wiederum das Innere Meer, das ihm schon so gewaltig vorgekommen war, als er damals von Alaisor nach Piliplok gefahren war, obwohl es doch verglichen mit diesem Ozean kaum mehr als eine Pfütze war. Noch weiter im Osten am gegenüberliegenden Strand des Inneren Meeres lag Alhanroel mit seinen tausend Städten und dem Labyrinth und der Burg, und hier stand er nun an Alhanroels östlichem Ufer, blickte in Richtung Zimroel und konnte die Entfernung zwischen dem Hier und dem Dort nicht ermessen.

»Prestimion?«, sagte eine leise Stimme.

Es war Thismet.

Er drehte sich um und sah sie durch die schmale Pforte in der schwarzen Klippe kommen. Über den Sand lief sie ihm entgegen, lächelte und streckte die Arme aus. Sie war gekleidet wie damals an jenem Tag in seinem Zelt im stillen Tal von Gloyn kurz vor der entscheidenden Schlacht des Bürgerkriegs, als sie zu ihm gekommen war, um ihm zu gestehen, dass es ein Fehler gewesen sei, ihren Bruder zu drängen, nach der Krone zu greifen, und um sich ihm als Braut anzubieten. Ein schlichtes weißes Kleid, mehr trug sie nicht, und darunter schimmerte ihr schlanker, wundervoller Körper. Die Sonne verlieh ihrer Erscheinung einen überirdischen Glanz. »Wir könnten nach Zimroel schwimmen, Prestimion«, sagte sie. »Möchtest du? Dann komm, komm mit.« Und fort war das Kleid, und im hellen Morgenlicht strahlte ihr schlanker, dunkelhäutiger Körper in wunderschöner Nacktheit wie polierte Bronze. Er starrte die schlanke und doch kräftige Gestalt entzückt an, der Blick wanderte über die Schultern und die hohen, runden kleinen Brüste, den flachen Bauch, die überraschend breiten Hüften und die schlanken, gestählten Beine darunter. Mit zitternden Händen langte er nach ihr.

Sie fasste seine Hände, doch statt zu ihm zu kommen, zog sie ihn an sich, sie zog ihn mit einer Kraft, der er nicht widerstehen konnte und nicht widerstehen wollte, und führte ihn zum Wasser, das ihn weich und warm umhüllte. Mit raschen, starken Stößen schwammen sie nach Osten. Thismet blieb stets ein Stückchen vor ihm, und das schwarze Haar schimmerte hell im Licht des jungen Tages. Stundenlang schwammen sie auf diese Weise, immer dem Kontinent am anderen

Ufer des Meeres entgegen. Ab und zu drehte sie sich um und lächelte und winkte ihn weiter.

Er spürte keine Müdigkeit. Er wusste, dass er Tage so schwimmen konnte. Wochen. Monate.

Doch nach einer Weile blickte er wider zu Thismet und bemerkte, dass er sie nirgends mehr entdecken konnte. Eine ganze Weile hatte er sie schon nicht mehr gesehen, und er konnte sich nicht einmal mehr erinnern, wann er sie überhaupt das letzte Mal wahrgenommen hatte. »Thismet?«, rief er. »Thismet, wo bist du?« Doch er bekam keine Antwort, nur das leise Schwappen der Wellen war zu hören, und nach einer Weile musste er sich eingestehen, dass er mitten im riesigen Ozean allein war.

Am nächsten Morgen sprach Prestimion mit niemandem ein Wort. Er wusch sich das Gesicht im klaren Bach, der neben ihrem Lager verlief, und zog sich an. Zum Frühstück aß er ein wenig kaltes Fleisch, das vom letzten Abendessen übrig war, und nach einer Weile brachen sie ihr Lager ab und machten sich auf den langen Rückweg zur Burg. Keiner sprach über die Träume, die er in dieser Nacht gehabt hatte, niemand sprach über das Scheitern der Suche nach Dantirya Sambail.

3

Der Vormittag war erst zur Hälfte verstrichen, doch schon waren mindestens zehn Meuchelmörder mit gezogenen Schwertern ins Amtszimmer des Coronals gestürmt. Septach Melayn hatte sie selbstverständlich mit der üblichen Effizienz erledigt. Gewöhnlich kamen sie in Gruppen von zweien oder dreien, doch die letzten waren zu viert gekommen. Das war erst eine halbe

Stunde her. Er hatte ihnen eine gehörige Lektion in der Fechtkunst erteilt.

Jetzt saß er wieder in düsterer Stimmung und mit hängenden Schultern an Prestimions Schreibtisch. Vor ihm lag der neueste dicke Stapel von Regierungsdokumenten, die unterzeichnet werden mussten, und er verspürte einen unwiderstehlichen Drang, sofort wieder aufzuspringen und gleich noch ein paar Attentäter zu erledigen. Es ging nicht nur darum, ständig die Reflexe zu trainieren, obwohl auch das wichtig war; es ging vielmehr darum, nicht den Verstand zu verlieren. Septach Melayn hatte vor langer Zeit geschworen, er würde Prestimion bei allen Aufgaben dienen, die von ihm verlangt wurden. Doch er hatte nicht damit gerechnet, wochenlang in Prestimions Büro auf der Burg hocken zu müssen und die langweiligen Dinge zu erledigen, um die sich eigentlich der Coronal kümmern musste, während dieser sich im geheimnisvollen Osten herumtrieb und nicht nur Dantirya Sambail hetzte, sondern auch noch alle möglichen Abenteuer erleben und eine neue Welt voller seltsamer Ungeheuer und Wunder bestaunen durfte.

Beim nächsten Mal, wenn Prestimion wieder auf die Reise geht, soll jemand anders den Regenten spielen, dachte Septach Melayn. Gialaurys vielleicht. Oder Navigorn oder Herzog Miaule von Miaule oder sonst jemand. Akbalik, Maundigand-Klimd, sogar der Neue, dieser junge Dekkeret. Jeder wäre mir recht, nur ich selbst will es nicht sein, dachte er. Ich habe genug davon. Ich bin ein Mann der Tat, ich sollte nicht am Schreibtisch sitzen und mit Papieren kämpfen. Das war ungerecht von dir, Prestimion.

Er nahm sich das oberste Dokument im Stapel vor.

Beschlussvorlage Nr. 1278, Jahr 1, Pont. Confalume, Cor. Lord Prestimion. Da der Stadtrat von Nieder-Morpin überzeugend dargelegt hat, dass die städtische Abwasserleitung, die vom Havilboveweg im Zentrum von Nieder-Morpin bis zur Grenze des Siminave-Bezirks in der Nachbarstadt Frangior führt, dringend der Erneuerung bedarf, und da der Stadtrat von Frangior der Ansicht ist, dass gegen die erwähnte Erneuerung keine Einwände bestehen, sei hiermit beschlossen, dass …

Ja, es sei beschlossen. Was immer sie beschlossen haben, soll hiermit beschlossen sein. Wenn es nach Septach Melayn ging, konnten sie ihr Abwasser direkt auf den Hauptplatz von Sipermit leiten. Was ging ihn das eigentlich alles an? Oder besser, warum musste sich ein Coronal mit solchen Dingen beschäftigen? Müdigkeit und Überdruss legten sich wie ein Schleier über seine Augen. Rasch kritzelte er die Unterschrift unter den Beschluss, ohne ihn bis zu Ende zu lesen.

Als Nächstes: Beschlussvorlage 1279, Jahr 1, Pont. Confalume …

Er konnte es nicht ertragen, länger als eine halbe Stunde ohne Pause hielt er das nicht aus. Seine ganze Seele rebellierte dagegen.

»Was?«, rief er da und hob abrupt den Kopf. »Schon wieder Meuchelmörder? Ha! Gibt es denn keinen Respekt mehr vor dem höchsten Amt der Welt?«

Dieses Mal waren es fünf schlanke Männer mit Hakennasen und der dunklen Haut der Leute aus dem Süden. Septach Melayn sprang auf. Das Rapier, das jederzeit griffbereit auf dem Schreibtisch lag, glitt wie von selbst in seine Hand und bewegte sich hin und her. »Seht euch nur an«, sagte er mit verächtlichem Tonfall. »Diese dreckigen Stiefel, diese zerlumpten Lederwesten. Diese Schmierflecken überall! Wisst ihr denn nicht, wie man sich zu kleiden hat, wenn man auf der Burg vorspricht?« Sie hatten sich von einer Seite des großen Raumes bis zur anderen im Halbkreis aufgebaut. Ich werde an dem Ende beginnen, das dem

Fenster am nächsten ist, dachte Septach Melayn, und mich dann quer durcharbeiten.

Dann hörte er zu denken auf und war nur noch reine Bewegung, eine tödliche Maschine. Auf Zehenspitzen tänzelte er in vollkommenem Gleichgewicht, der lange rechte Arm wurde gestreckt und stieß zu, zog die Klinge zurück, wurde abermals gestreckt, parierte und stieß, zog sich wieder zurück. Mit der Geschwindigkeit des Lichts zuckte die Klinge hin und her.

Sollten sie doch versuchen, sein Tempo zu halten. Sie wären die Ersten, die es vermocht hätten.

»Ha!«, rief er. »Ja!« Und hier und hier und hier. Mit einem entzücktem Grunzen stieß er dem Narbengesicht am Fenster die Klinge durch den Hals, dann wirbelte er herum und rammte die Spitze tief in den Bauch des Nächsten, der ein rotes Stirnband trug. Der war so freundlich, seitlich gegen den Dritten zu kippen, einen ungeheuer hässlichen Mann, der durch den schweren Aufprall Septach Melayn sekundenlang den Rücken kehrte. Der kurze Augenblick reichte aus, damit Septach Melayn ihm von der Seite das Herz durchbohren konnte. »Ah, ja! So!« Eins, zwei, drei. Es war wie ein Tanz, es war ein gutes, einfaches Spiel. Die beiden überlebenden Meuchelmörder versuchten jetzt, Septach Melayn gleichzeitig anzugreifen, doch er war viel zu schnell für sie. Ein Ausfall nach rechts, und er konnte dem ersten die Klinge in den Bauch treiben, dann nahm er die linke Schulter herunter und bog das linke Knie, um dem Hieb des zweiten Angreifers zu entgehen, während er zugleich seine Waffe aus dem Leib des ersten zog. Mit triumphierendem »Ha! Ha!« drehte er sich rasch um die eigene Achse und …

Es klopfte, von draußen war eine Stimme zu hören. »Mein Lord Septach Melayn! Mein Lord, ist bei Euch dort drinnen alles in Ordnung?«

Verdammt. Es war dieser tattrige alte Nilgir Sumanand, Prestimions Adjutant und Majordomus. »Natürlich ist hier drinnen alles in Ordnung«, rief Septach Melayn. »Was glaubst du denn?« Eilig kehrte er an den Schreibtisch zurück und stieß mit dem Fuß das Schwert außer Sichtweite. Er strich sich eine verirrte Haarsträhne aus dem Gesicht, nahm sich Beschlussvorlage Nr. 1279 vor und bemühte sich ernsthaft, wenigstens so zu tun, als würde er aufmerksam lesen.

Nilgir Sumanand spähte herein. »Ich dachte, ich hätte Euch mit jemandem reden hören, obwohl ich doch genau wusste, dass niemand hier ist«, sagte er. »Ich glaubte auch, ich hätte Rufe gehört und andere Geräusche. Schritte, als hätte sich jemand rasch durch den Raum bewegt. Wie bei einem Handgemenge. Aber ich sehe ja, dass außer Euch tatsächlich niemand hier ist. Die Gnade des Göttlichen stehe mir bei, mein Lord Septach Melayn! Ich bilde mir schon Dinge ein, die überhaupt nicht da sind.«

Und ich erst, dachte Septach Melayn trocken und ließ den Blick durch den leeren Raum wandern. Er hatte noch die blutigen Überreste der vielen Angreifer vor Augen, aber er war der Einzige, der sie sehen konnte.

»Was du gehört hast«, erklärte er, »waren die Leibesübungen des Regenten. Ich bin nicht an diese sitzende Tätigkeit gewöhnt. Ungefähr einmal in der Stunde stehe ich auf und mache einige Übungen, verstehst du? Damit ich nicht einroste. Einige Finten und Hiebe, ein wenig Bewegung für Handgelenk, Arm und Auge. Und was willst du nun von mir, Nilgir Sumanand?«

»Es wird Zeit für Euren Mittagstermin.«

»Welch ein Termin ist es?«

Nilgir Sumanand sah ihn entsetzt an. »Es ist der Termin mit dem Mann, der Metalle verwandeln kann, mein Lord. Ihr habt ihm vor drei Tagen eine Nachricht geschickt, dass Ihr ihn heute Mittag sprechen wollt.«

»Ach, ja. Richtig. Jetzt erinnere ich mich.«

Verdammt. Verdammt, verdammt.

Es war der Alchimist, der behauptet hatte, er könne aus Holzkohle Eisen machen. Wieder so eine Sache, bei der er Höllenqualen leiden würde, dachte Septach Melayn missmutig. Das war Abrigants Projekt und nicht Prestimions Sache. Es reichte wohl nicht aus, dass er die Arbeit des Coronals erledigte, jetzt sollte er sich auch noch um Abrigants Angelegenheiten kümmern. Aber Abrigant war ja mit Prestimion in den Osten des Landes gereist. Da niemand wusste, wann sie zurückkommen würden, blieben unterdessen alle möglichen eigenartigen Dinge an ihm hängen. Dies hier schien ihm eine ziemlich wilde Phantasie zu sein, diese Behauptung, man könne aus nutzloser Holzkohle wertvolles Metall herstellen. Aber er hatte versprochen, dem Mann ein wenig von seiner Zeit zu schenken.

»Lass ihn eintreten, Nilgir Sumanand.«

Der Majordomus trat zur Seite, um den Besucher einzulassen. »Ich grüße den großen Lord Septach Melayn«, sagte der Besucher unterwürfig und verneigte sich tief, wenngleich sehr ungeschickt.

Septach Melayn zuckte unangenehm berührt zusammen. Vor ihm stand ein Hjort! Damit hatte er nicht gerechnet. Ein Hjort mit prallem Bauch und Stummelbeinen und glänzenden vorstehenden Augen, die an einen ekelhaften Fisch erinnerten, und mit dunkelgrauer Haut, die überall Warzen und Auswüchse in der Größe von Kieselsteinen hatte. Septach Melayn hielt nicht viel von den Hjort. Er wusste, dass das nicht richtig war, denn auch sie waren Bürger, und die meisten waren sogar sehr anständige, und schließlich konnten sie ja nichts dafür, dass sie so garstig aussahen. Irgendwo im Universum musste es einen ganzen Planeten voller Hjorts geben, die umgekehrt wahrscheinlich ihn für eine widerwärtige Erscheinung hielten. Dennoch, er fühlte sich in der Gegenwart dieser Geschöpfe einfach nicht wohl. Sie reizten ihn zum Zorn. Dieser hier, der eine besonders prächtige, eng sitzende rote Hose, eine dunkelgrüne Weste mit rotem Saum und einen kurzen Umhang aus purpurnem Baumwollsamt trug, schien sogar darauf aus, seine eigene Hässlichkeit besonders zur Geltung bringen zu wollen. Er wirkte nicht gerade ehrfürchtig, nun, da er im Sprechzimmer des Coronals stand und sich dem Hohen Berater Septach Melayn gegenübersah.

Als Privatmann aus adliger Familie konnte Septach Melayn über Wesen von anderen Welten denken, was er wollte. Doch als Regent für den Coronal von Majipoor musste er jeden Bürger mit gleicher Achtung behandeln, ob er nun ein Hjort oder ein Skandar, ein Vroon oder ein Liimensch war, ein Su-Suheris oder Ghayrog oder sonst etwas. So hieß er den Hjort willkommen – sein Name war Taihjorklin – und bat ihn, die Einzelheiten seiner Forschungen zu erläutern, da Abrigant ihm vorab kaum etwas verraten hatte.

Der Hjort klatschte in die pummeligen Hände, und sofort erschienen zwei Assistenten, ebenfalls Hjorts, die einen großen Rolltisch hereinschoben, auf dem eine gewaltige Ansammlung von Apparaten, Zeichnungen, Schriftrollen und anderem Zubehör bereitlag. Er schien sich auf eine umfassende Demonstration vorbereitet zu haben.

»Mein Lord, Ihr müsst wissen, dass alle Dinge miteinander verknüpft sind und voneinander getrennt werden können. Wenn man den Rhythmus der Trennung beherrscht, kann man auch die Verknüpfung wiederholen. Der Himmel gibt, und das Land empfängt, die Sterne geben, und die Blumen empfangen.

Der Ozean gibt, und das Fleisch empfängt. Das Verknüpfen und Kombinieren sind Aspekte im großen Reigen der Existenz. Die Harmonie der Sterne und die Harmonie …«

»Ja doch«, unterbrach Septach Melayn. »Prinz Abrigant hat mir diese philosophischen Fragen bereits erläutert. Nun sei so gut und zeige mir, wie du Metall aus Holzkohle herstellst.«

Der Hjort ließ sich durch Septach Melayns schroffe Unterbrechung nur einen kleinen Augenblick lang aus der Fassung bringen. »Mein Lord, wir haben im Rahmen unserer Forschungen verschiedene wissenschaftliche Techniken eingesetzt, nämlich Veraschung, Sublimierung, Lösungen, Verbrennungen und das Vermischen von Elixieren. Ich kann Euch die spezielle Wirksamkeit dieser Verfahren gern eingehend erläutern, falls es Euch beliebt, mein Lord.«

Als er keine entsprechende Aufforderung vernahm, fuhr er fort und nahm beim Erklären jeweils die zugehörigen Gegenstände in die Hand. »Alle Substanzen bestehen in unterschiedlichem Verhältnis aus Metallen und Nichtmetallen. Unsere Aufgabe besteht nun darin, den Anteil des einen zu erhöhen, indem wir den Anteil des anderen verringern. Bei unseren Verfahren wenden wir zersetzende und kochende Flüssigkeiten als Katalysatoren an. Unsere wichtigsten Reagenzien sind grünes Vitriol, Schwefel, Orpiment und eine große Gruppe von Salzen, Pyrophosphat und Ammoniak, daneben aber auch viele andere Substanzen. Der erste Schritt, mein Lord, ist die Veraschung oder Calcination, die Reduktion der verwendeten Stoffe auf die Grundsubstanz. Darauf folgt die Auflösung, die Einwirkung der reaktiven Flüssigkeiten auf die trockenen Substanzen, dann die Separation und dann die Verbindung, womit ich sagen will, dass …«

»Zeige mir doch bitte das Metall, das bei deinem

Verfahren herauskommt«, sagte Septach Melayn keineswegs unfreundlich.

»Ach.« Taihjorklins ballonähnliche Kehlmembran weitete sich unbehaglich. »Aber natürlich. Das Metall, mein Lord.«

Der Hjort drehte sich um und nahm einen dünnen Metalldraht von einem Tablett, kaum dicker als ein Haar und kaum länger als ein Finger, den er mit großartiger Verbeugung Septach Melayn vorlegte.

Septach Melayn betrachtete ihn gelassen. »Ich hätte wenigstens einen Barren erwartet.«

»Es wird zu gegebener Zeit reichlich Barren geben, mein Lord.«

»Aber im Augenblick hast du nicht mehr als dies?«

»Was Ihr seht, ist keine Kleinigkeit, mein Lord. Das Verfahren ist zu diesem Zeitpunkt noch nicht ausgereift. Wir haben die allgemeinen Prinzipien festgelegt, jetzt können wir den nächsten Schritt tun. Ausrüstungsgegenstände müssen beschafft werden, ehe wir mit der Produktion in großem Maßstab beginnen können. Wir brauchen beispielsweise richtige Schmelzöfen, Destillieranlagen, Sublimatoren, Schüttelsiebe, Schmelztiegel, Messbecher, Lampen, Zentrifugen …«

»Und das alles wird vermutlich einen Haufen Geld kosten, nehme ich an?«

»Einige größere Ausgaben sind notwendig, ja. Aber der Erfolg steht außer Frage. Letzten Endes werden wir jede Menge Metall aus den Grundsubstanzen gewinnen können, genau wie Pflanzen ihre Nährstoffe aus Luft, Wasser und Erdboden gewinnen. Denn alles ist eins, und das Eine ist in allem, und wenn man diese Einheit nicht beachtet, dann ist alles nichts. Doch mit der richtigen Anleitung kann das Höchste zum Niedrigsten hinabsteigen und das Niedrigste zum Höchsten gelangen, und dann ist uns nichts mehr unmöglich. Wir sind, lasst mich dies Euch versichern, mein Lord, wir sind im Besitz des einen Elements, das alles möglich macht. Dieses Element, so sage ich Euch, mein Lord, ist nichts anderes als trockenes Wasser, nach dem so viele so lange gesucht haben. Wir allein aber waren fähig, es …«

»Trockenes Wasser?«

»Genau. Wiederholte Destillation von gewöhnlichem Wasser, sechs- oder siebenhundert Mal, entfernt die feuchte Qualität, falls man in bestimmten Augenblicken des Verfahrens gewisse Substanzen von großer Trockenheit ins Destillat gibt. Erlaubt mir, es Euch zu demonstrieren, mein Lord.« Taihjorklin griff hinter sich und nahm einen Becher vom Tablett. »Hier, mein Lord, hier habt Ihr das trockene Wasser. Seht Ihr es? Diese funkelnde weiße Substanz, die fest ist wie Salz.«

»Meinst du diesen krümeligen Belag am Rand des Bechers?«

»Genau den. Es ist ein reines Element. Die Essenz der Trockenheit, wie sie in ursprünglichster Materie verankert ist. Aus Elementen wie diesem kann man das Elixier der Transmutation gewinnen, das durchsichtig ist und eine leuchtende rote Emanation besitzt, die …«

»Ja, vielen Dank«, sagte Septach Melayn und lehnte sich zurück.

»Mein Lord?«

»Ich werde den Coronal sofort nach seiner Rückkehr über unser heutiges Gespräch ins Bild setzen. Das Eine ist in allem, werde ich ihm sagen. Alles ist eins. Du bist der Meister der Calcination und Verbrennung, und das Geheimnis des trockenen Wassers ist eine Kleinigkeit für dich, und mit entsprechender umfangreicher Finanzierung durch die Regierung versprichst du, aus dem Sand von Majipoor unendliche Mengen an wertvollen Metallen zu gewinnen. Habe ich das richtig verstanden, Taihjorklin? Nun gut. Ich werde meinen Bericht vorlegen, und der Coronal wird entscheiden, wie er es für richtig hält.«

»Mein Lord ... ich habe doch gerade erst mit den Erklärungen begonnen ...«

»Vielen Dank, Taihjorklin. Wir melden uns.«

Er läutete nach Nilgir Sumanand. Der Hjort und seine Assistenten wurden hinauskomplimentiert.

Puh, dachte Septach Melayn, als sie draußen waren. Das Eine ist in allem, alles ist eins.

Die Horden von Zauberern, Exorzisten, Geomanten, Haruspexen, Thaumaturgen und Hexenmeistern und die vom Aberglauben lebenden Seher aller Arten, die sich seit seiner Kindheit zunehmend auf der Welt ausbreiteten, waren ihm schon genug gewesen. Aber ein einziger Mann, der behauptete, ihm sei die Transmutation von Elementen gelungen, konnte doch tatsächlich noch mehr Unsinn von sich geben als sieben Zauberer auf einmal.

Das aber sollte Prestimions Sorge sein. Mochte er sich selbst darum kümmern, sobald er aus dem Osten des Landes zurückkehrte. Sollten er und Abrigant doch jede Woche tausend Metallverwandler in Dienst nehmen, wenn sie wollten. Septach Melayn wollte nichts damit zu tun haben.

Sein Problem war freilich, dass diese Regentschaft ihn allmählich in den Wahnsinn trieb. Vielleicht sollte er noch ein paar Meuchelmörder umbringen, um seine Nerven zu beruhigen. Er langte nach dem Schwert und starrte die neue Horde von Feinden an, die in diesem Augenblick in sein Büro stürmten.

»Was denn, sechs auf einmal? Eure Frechheit kennt wirklich keine Grenzen. Ungeziefer! Aber ich will euch eine Lektion in der Kunst des Schwertkampfes erteilen. Seht ihr, das hier nennt man Calcination, das hier ist die Kombustion und hier die Sublimation. Ha! Mein Rapier ist in Trockenwasser getaucht! Gnadenlos verwandelt es eines in alles und alles in eins! So! Jetzt transmutiere ich dich! Da, da und da!«

Am Nachmittag war der Terminkalender prall gefüllt. Vologaz Sar, der Delegierte des Pontifex auf der Burg, war der erste Besucher. Er war ein fröhlicher, lebhafter Mann am Ende jenes Abschnitts, den man die besten Jahre nennt, von heller Hautfarbe und einer gesunden Körperfülle. Anscheinend war er glücklich darüber, nach einem Leben im Dienst des Pontifikats endlich den düsteren Tiefen des Labyrinths entkommen zu sein. Ursprünglich stammte er aus Sippulgar, einer sonnigen Stadt mit goldenen Gebäuden an der fernen Küste von Aruachosia. Wie viele Bewohner des Südens hatte er ein herzliches Gemüt und war leicht zu nehmen, was Septach Melayn sehr angenehm fand. Doch heute zeigte Vologaz Sar sich beunruhigt über die Tatsache, dass Lord Prestimion immer noch nicht auf die Burg zurückgekehrt war. Er gab seiner Verwunderung Ausdruck, dass ein frisch gekrönter Coronal so viel Zeit auf Reisen und so wenig Zeit in seiner Hauptstadt verbrachte.

»Ich höre also, dass Lord Prestimion jetzt in den Osten gereist ist«, erklärte er. »Das finde ich recht ungewöhnlich. Natürlich soll der Coronal dem Volke nahe sein, aber wem will er sich denn wohl in den östlichen Regionen zeigen?«

Sie tranken den süffigen blauen Wein aus dem Süden, den die Winzer nur selten in andere Regionen exportierten. Es war sehr freundlich, dass Vologaz Sar ein so köstliches Gastgeschenk mitbrachte, dachte Septach Melayn. Der Gesandte des Pontifex war in jeder Hinsicht ein Mann von gutem Geschmack und gutem Benehmen. Auch seine Kleidung zeigte diese edle Geistesart. Vologaz Sar hatte sich für eine makellose Aufmachung entschieden und trug ein langes, rein weißes Baumwollgewand, das mit eleganten, abstrakten Mustern im Stil von Stoienzar bestickt war, darunter ein Hemd aus dunkler purpurner Seide und eine Hose von etwas hellerem Purpur. Einen schwarzen Samtumhang hatte er sich um die Schultern gelegt. Das goldene Abzeichen des Labyrinths auf der Brust, das ihn als Vertreter des Pontifikats auswies, war mit drei winzigen, funkelnden Smaragden geschmückt. Den Gesamteindruck fand Septach Melayn mehr als ansehnlich. Eine solche Aufmerksamkeit für Einzelheiten erregte stets seine Bewunderung.

Er schenkte Wein nach und erklärte, die Worte mit Bedacht wählend: »Diese Reise in den Osten ist nicht unbedingt eine förmliche große Prozession. Er hat dort eine ganz bestimmte, überaus delikate Angelegenheit zu erledigen.«

Der Gesandte des Pontifikats nickte gemessen. »Ach so, ich verstehe.« Aber verstand er es wirklich? Wie konnte er es verstehen? Natürlich war Vologaz Sar viel zu sehr Diplomat, um in diesem Augenblick weitere drängende Fragen zu stellen. So sagte er nach kurzem Zögern nur: »Und was wird geschehen, wenn er zurückkehrt? Gibt es dann wieder andere dringende Angelegenheiten, die seine Anwesenheit anderswo verlangen?«

»Nicht, dass ich wüsste. Macht der Pontifex sich denn große Sorgen, dass Lord Prestimion so viel unterwegs ist?«

»Große Sorgen?«, wiederholte Vologaz Sar unbefangen. »Nein, als große Sorgen könnte man es sicher nicht bezeichnen.«

»Nun, dann …«

Wieder folgte ein kleines Schweigen. Septach Melayn lehnte sich lächelnd zurück und wartete, dass der Vertreter seiner Majestät zur Sache käme.

Nach einer Weile sagte Vologaz Sar in einem Tonfall,

der um eine winzige, aber entscheidende Nuance schärfer klang: »Ist bereits darüber gesprochen worden, dass Lord Prestimion eine Reise zum Labyrinth unternehmen sollte, um Seiner kaiserlichen Majestät die Aufwartung zu machen?«

»Es steht auf unserer Liste, ja.«

»Darf ich fragen, ob man bereits ein konkretes Datum ins Auge gefasst hat?«

»Bisher noch nicht«, räumte Septach Melayn ein.

»Ach so. Ich verstehe.« Vologaz Sar trank einen Schluck Wein und hing eine Weile seinen Gedanken nach. »Es ist ja ein alter Brauch, dass der neue Coronal möglichst früh in seiner Regierungszeit beim Pontifex einen Antrittsbesuch macht, um einen formellen Segen zu empfangen und um etwaige Pläne für die Gesetzgebung zu besprechen. Vielleicht ist dies übersehen worden, da so viele Jahre seit dem letzten Machtwechsel im Reich vergangen sind.« Wieder wurde sein Tonfall eine Nuance schärfer, auch wenn er insgesamt noch herzlich und freundlich blieb. »Der Pontifex ist immerhin der ältere Monarch und gilt vor dem Gesetz als Vater des Coronals. Wie Herzog Oljebbin mich wissen ließ, hat Confalume in der letzten Zeit einige Bemerkungen darüber gemacht, dass er kaum noch Kontakt mit Lord Prestimion habe.«

Septach Melayn dämmerte allmählich, worauf es hinauslaufen sollte.

»Würdet Ihr denn sagen, dass Seine Majestät gekränkt ist?«

»Dieser Begriff ist vermutlich etwas zu stark. Aber Confalume ist gewiss höchst verwundert. Ihr müsst wissen, dass er die größte Zuneigung für Lord Prestimion empfindet. Ich muss wohl nicht eigens betonen, dass er Prestimion, als er noch selbst Coronal war, wie seinen eigenen Sohn behandelt hat. Und jetzt, da er so vollständig ignoriert wird … auch wenn wir die verfassungsmäßigen Aspekte völlig außer Acht lassen, ist es doch eine Frage der Höflichkeit, findet Ihr nicht auch?«

Alles sehr freundlich formuliert, aber hier ging es um hohe Diplomatie, dachte Septach Melayn. Noch einmal schenkte er die Weingläser voll.

»Ich kann Euch versichern, dass keinerlei Unhöflichkeit beabsichtigt war. Der Coronal musste sich jedoch gleich zu Anfang seiner Regierungszeit mit ungewöhnlich schwierigen Angelegenheiten befassen. Er war der Ansicht, dass er dies sofort erledigen sollte, ehe er sich die Freude gönnte, den förmlichen Antrittsbesuch bei seinem kaiserlichen Vater, dem Pontifex, zu machen.«

»So schwierige Angelegenheiten, dass er sich entschied, sie nicht einmal dem Pontifex anzuvertrauen? Immerhin sollen sie gemeinsam regieren, wie Euch sicherlich bekannt ist.« Es war zweifellos eine Zurechtweisung, auch wenn sie sehr höflich vorgetragen wurde.

»Es ist mir leider nicht erlaubt, Einzelheiten preiszugeben«, erwiderte Septach Melayn, der gekonnt Höflichkeit mit Höflichkeit vergalt, während im Hintergrund, wie er ganz genau wusste, ein diplomatisches Scharmützel auf allerhöchster Ebene seinen Lauf nahm. »Es ist eine Angelegenheit zwischen Lord Prestimion und dem Pontifex. Seiner Majestät geht es doch hoffentlich gut?«

»Recht gut, ja. Für einen Mann seines Alters ist er bemerkenswert vital. Ich glaube, Lord Prestimion kann sich auf eine lange Amtszeit als Coronal einrichten, bevor der Zeitpunkt kommt, an dem er selbst ins Labyrinth überwechseln muss.«

»Der Coronal wird sich gewiss sehr freuen, dies zu hören. Er empfindet die größte Zuneigung für Seine Majestät.«

Vologaz Sar änderte ein wenig seine Körperhaltung und gab zu erkennen, dass sie sich allmählich seinem eigentlichen Anliegen näherten, auch wenn er den Tonfall beibehielt. »Ich will Euch in allem Vertrauen sagen, Septach Melayn, dass der Pontifex dieser Tage in trostloser Stimmung ist. Den Grund kann ich Euch nicht nennen. Er scheint sogar selbst außerstande, es zu erklären. Doch er schreitet in einem Zustand der Verwirrung im seinem persönlichen Bereich im Labyrinth umher, als hätte er den Ort noch nie gesehen. Er schläft schlecht. Ich höre, dass er sich sehr freut, wenn man ihm sagt, dass Besucher gekommen sind, doch dann zeigt er sich unverhohlen enttäuscht, wenn die Besucher ihm vorgestellt werden, gerade so als wartete er ständig auf jemanden, der dann doch nicht kommt. Ich will damit nicht andeuten, dass dieser Jemand unbedingt Lord Prestimion sein müsse. Was ich sage, sind reine Hypothesen. Er kann ja auch kaum erwarten, dass der Coronal ohne vorherige Ankündigung einfach hereinschneit. Vielleicht ist der Pontifex nach dem Umzug ins Labyrinth auch nur deprimiert. Nach vierzig Jahren Regentschaft als Coronal, nachdem er hier in der hellen, prächtigen Burg inmitten von Lords und Höflingen gelebt hat, wird er von einem Tag auf den anderen in die düsteren Tiefen des Labyrinths verbannt … nun ja, er wäre nicht der erste Pontifex, der mit diesem Wechsel seine Schwierigkeiten hat. Dabei war Confalume doch stets ein so herzlicher, nach außen gekehrter Mann. Er hat sich in den letzten Monaten sehr verändert.«

»Ihr meint, ein Besuch von Lord Prestimion könnte ihn aufmuntern?«

»Das ist keine Frage«, erklärte Vologaz Sar.

Septach Melayn schenkte den Rest des blauen Weins ein, und er und sein Gast prosteten sich noch einmal höflich zu.

Der Besuch näherte sich offenbar seinem Ende, nachdem er durchweg freundlich verlaufen war. Doch Vologaz Sar hatte trotz seiner höflichen, zuvorkommenden Art sein Anliegen mehr als deutlich vorgetragen. Prestimion war Confalume aus dem Weg gegangen und hatte seit seiner Amtseinführung regiert, als wäre er der einzige Monarch auf der Welt. Confalume war sich dessen bewusst und zeigte sich ungehalten. Und jetzt befahl er – es gab kein anderes Wort dafür – befahl er Prestimion, stehenden Fußes im Labyrinth zu erscheinen und vor dem älteren Monarchen das Knie zu beugen, wie es das Gesetz verlangte.

Prestimion würde darüber nicht erbaut sein. Confalume war, wie Septach Melayn ganz genau wusste, unter allen Menschen auf der Welt derjenige, dem Prestimion jetzt am allerwenigsten unter die Augen treten wollte.

Septach Melayn verstand sehr gut – und Prestimion würde es ebenso verstehen, sobald er wieder da war, auch wenn Confalume es selbst nicht begriff –, was sich derzeitig im Kopf des Pontifex abspielte. Prestimions Ausweichen vor seinen zeremoniellen Pflichten im Labyrinth war zweitrangig. Die Besucher, nach denen Confalume sich unbewusst sehnte und deren ewiges Nichterscheinen ihm so zusetzte, waren Thismet und Korsibar, seine leiblichen Kinder, von deren Existenz er nichts mehr wusste. Ihre Abwesenheit machte sich bemerkbar wie das Pochen eines amputierten Körperteils.

Es war ein seltsam anzusehender Kummer, der Prestimion das Herz brechen würde. Prestimion war nicht für Korsibars und Thismets Tod im Bürgerkrieg verantwortlich – sie hatten selbst über sich gebracht, was sie ereilt hatte –, aber unbestreitbar war es Prestimion gewesen, der Confalume die Erinnerungen an seinen verlorenen Sohn und die Tochter genommen hatte. Ein

Diebstahl, den Confalume als ungeheuerliche Schandtat ansehen würde; und es war dieses Schuldbewusstsein, das Prestimion die Nähe des traurigen alten Mannes, der einst der große Confalume gewesen war, meiden ließ.

Nun, man konnte es nicht ändern, dachte Septach Melayn. Jede Tat hat ihre Konsequenzen, denen man nicht ewig aus dem Weg gehen kann. Prestimion musste mit dem leben, was er verursacht hatte. Confalume war der Pontifex und Prestimion der Coronal, und es wurde höchste Zeit, dass man die Formalitäten hinter sich brachte, die ihrer Beziehung entsprachen.

»Ich werde alles, was Ihr heute gesagt habt, Lord Prestimion berichten, sobald er wieder hier ist«, versprach Septach Melayn, als er den Gesandten des Pontifikats zur Tür begleitete.

»Dafür ist Euch die Dankbarkeit Seiner Majestät gewiss.«

»Und ich wäre Euch dankbar«, sagte Septach Melayn, »wenn Ihr mir als Gegenleistung eine kleine Information geben könntet.«

Vologaz Sar sah ihn beunruhigt, ja sogar ein wenig erschrocken an. »Und das wäre?«

Septach Melayn lächelte. Man konnte sich nur begrenzte Zeit auf die hohe Politik konzentrieren. Er war entschlossen, die Anspannung dieses Gesprächs so schnell wie möglich abzuschütteln. »Ich wüsste gern den Namen des Kaufmanns«, sagte er, »der Euch den Stoff für dieses wundervolle Gewand geliefert hat.«

Zwei weitere Besprechungen standen noch für den Nachmittag auf dem Terminkalender, danach hatte er frei.

Der erste Termin war eine Beratung mit Akbalik, den Prestimion noch vor seinem Aufbruch in den Osten des Landes als Gesandten in Zimroel eingesetzt hatte. Prestimion wollte in Ni-moya einen zuverlässigen Mann wissen, der unter den Anhängern Dantirya Sambails nach Anzeichen von Unruhe Ausschau halten konnte. Akbalik war inzwischen reisefertig. Er musste nur noch einmal im Büro des Coronals vorsprechen, damit Septach Melayn als Regent die Akkreditierung unterzeichnen konnte.

Zu Septach Melayns Überraschung brachte Akbalik den jungen Ritteranwärter Dekkeret mit, den großen, stämmigen Schützling, den Prestimion beim Besuch in Normork unter seine Fittiche genommen hatte. Offenbar war dies Dekkerets erster Besuch in den Amtszimmern des Herrschers, denn er sah sich mit unverhohlenem Staunen im prächtigen Hauptraum um und bewunderte den Schreibtisch aus Palisanderholz, das riesige Fenster, das zum unendlich weiten Himmel hinausging, und die wundervollen Intarsien aus kostbaren Hölzern, die auf dem Boden einen riesigen Sternenfächer bildeten.

Septach Melayn begrüßte Akbalik mit fragendem Stirnrunzeln. Niemand hatte ihm angekündigt, dass er Dekkeret mitbringen würde.

Mit einer Geste zum jungen Mann sagte Akbalik: »Ich würde ihn gern nach Zimroel mitnehmen. Glaubst du, der Coronal hätte etwas dagegen?«

»Ach, dann seid ihr zwei aber wirklich schnell gute Freunde geworden«, gab Septach Melayn ironisch zurück.

Akbalik schien überhaupt nicht amüsiert. »So ist es nicht, und das weißt du auch, Septach Melayn.«

»Was ist es dann? Braucht der Junge so bald schon einen Urlaub? Er hat doch gerade erst mit seiner Ausbildung begonnen.«

»Es wäre ein Teil seiner Ausbildung«, erklärte Akbalik. »Er hat gefragt, ob er mich begleiten darf, und ich denke, das wäre gar nicht schlecht für ihn. Es kann nicht schaden, wenn ein angehender Ritter eine gewisse Vorstellung bekommt, wie es außerhalb des Burgbergs aussieht. Eine Seereise, damit er ein Gefühl für die wahre Größe der Welt bekommt. Auch der Anblick eines so aufregenden Ortes wie Ni-moya wird seine Wirkung nicht verfehlen, und dabei wird er lernen, wie die Maschinerie der Regierung auch über so ungeheure Entfernungen, mit denen wir es zu tun haben, noch wirkt.«

Septach Melayn wandte sich an Dekkeret. »Ja, es sind in der Tat ungeheure Entfernungen. Ist dir klar, mein Junge, dass du neun Monate oder vielleicht sogar ein Jahr unterwegs sein wirst? Kannst du es dir erlauben, deine Ausbildung so lange zu unterbrechen?«

»Lord Prestimion sagte in Normork, ich solle eine beschleunigte Ausbildung absolvieren. Eine Reise wie diese würde die Ausbildung sicherlich beschleunigen, mein Lord.«

»Ja, das kann ich mir vorstellen.« Septach Melayn zuckte mit den Achseln. Ob Prestimion etwas dagegen hätte, überlegte er, wenn der Junge für ein Jahr nach Zimroel ginge? Wie sollte er das wissen? Er verfluchte zum tausendsten Mal die Umstände, die ihm solche Entscheidungen auferlegten. Nun ja, es war Prestimions Idee gewesen, ihn zum Regenten zu machen, also musste er so entscheiden, wie er es für richtig hielt. Warum sollte er den Jungen nicht gehen lassen? Akbalik müsste sich dann mit ihm herumschlagen, nicht er selbst. Und Akbalik hatte natürlich Recht. Es war immer gut, wenn ein junger Mann die Welt kennen lernte.

Dekkeret starrte ihn flehend an, und Septach Melayn fand diesen eifrigen, begierigen Blick auf eine charmante Weise unschuldig und bezaubernd. Er konnte sich noch gut erinnern, dass auch er einmal so ehrgeizig und ernsthaft gewesen war. Vor langer Zeit war es gewesen, bevor er beschlossen hatte, sich hinter einer Maske beiläufig-höflicher Spöttelei zu verstecken, die inzwischen keine Maske mehr war, sondern ein wesentlicher Teil seines Charakters. Als er den Jungen jetzt betrachtete, erkannte er, dass es genau diese Ernsthaftigkeit und Stärke war, die Prestimions Interesse geweckt hatte.

Also gut, dachte er. Dann soll er nach Zimroel gehen.

»Einverstanden. Deine Papiere sind bereits fertig. Ich füge noch den Namen des Ritteranwärters Dekkeret hinzu und zeichne mit meinen Initialen ab.«

Er musste zugeben, dass er den Jungen beneidete. Von der Burg fortkommen, in die weit entfernten Regionen des Reichs reisen, der Politik eine Weile entfliehen und die saubere, frische Luft anderer Kontinente atmen …

Er sah Dekkeret scharf an. »Erlaube mir, dir einen kleinen Vorschlag mit auf die Reise zu geben. Falls du in Ni-moya nicht allzu beschäftigt bist, solltest du dir mit Akbalik einen kleinen Ausflug in den Norden in das Gebiet um die Khyntor-Marken gönnen, um Steetmoy zu jagen. Du weißt doch, was ein Steetmoy ist, mein Junge?«

»Ich habe Gewänder gesehen, die aus ihrem Fell gemacht wurden.«

»Einen Umhang aus Steetmoy-Pelz zu tragen ist nicht das Gleiche, wie einem lebenden Steetmoy in die Augen zu sehen. Soweit ich weiß, sind sie die gefährlichsten wilden Tiere auf der ganzen Welt. Dabei sind sie wunderschön anzuschauen mit ihrem dicken Pelz und den funkelnden Augen. Ich habe sie selbst einmal gejagt, als ich mit Prestimion in Zimroel war. Ihr solltet in Ni-moya Berufsjäger anheuern und mit ihnen weit nach Norden bis ins Sumpfland fahren. Es ist eine kalte, ständig verschneite Gegend. So etwas habt ihr noch nicht gesehen. Wälder voller Dunstschleier, unberührte Seen und ein Himmel wie ein blauer Kristall. Ihr spürt eine Meute Steetmoy auf, was nicht so leicht ist, denn die Tiere sind vor dem weißen Hintergrund kaum zu sehen, ihr pirscht euch an, einen Dolch in einer und eine Machete in der anderen Hand …«

Die Augen des Jungen glühten vor Erregung, doch Akbalik war nicht ganz so begeistert.

»Ich dachte, du machst dir Sorgen, seine Ausbildung könne leiden, wenn er mich nach Zimroel begleitet. Jetzt auf einmal sagst du ihm, er soll mit mir nach Khyntor fahren und Steetmoy im Schnee jagen. Oh, mein Freund, du schaffst es nicht, lange ernst zu bleiben, was?«

Septach Melayn errötete. Er hatte sich von der eigenen Sehnsucht hinreißen lassen. »Auch das wird ein Teil seiner Ausbildung sein«, sagte er ein wenig grantig und setzte das Siegel auf Akbaliks Papiere. »So, und eine gute Reise wünsche ich euch. Und lass ihn eine Woche nach Khyntor fahren, Akbalik«, fügte er noch hinzu, als sie wieder gingen. »Was könnte das schon schaden?«

Prinz Serithorn von Samivole war der letzte Besucher, mit dem er sich heute befassen musste. Danach konnte er in den Ostflügel gehen, um wie an jedem Nachmittag in der Sporthalle mit einem Wachoffizier einen Trainingskampf zu absolvieren. Septach Melayn übte jeden Tag mit einer anderen Waffe – Rapier, Zweihandschwert, Säbel mit Korbgriff, das Kurzschwert aus Narabal, der Stab, die Ketheron-Pike – und jedes Mal mit einem anderen Gegner, denn er erfasste die Bewegungen seiner Gegner so schnell, dass es langweilig war, mehr als zwei- oder dreimal mit demselben Partner zu kämpfen. Heute sollte ein junger Wächter aus Tumbrax sein Opfer sein. Er hieß Mardileek und war angeblich ein guter Säbelkämpfer. Er kam auf Empfehlung von Herzog Spalirises persönlich. Aber zuerst einmal musste Serithorns Anliegen behandelt werden.

Der Prinz hatte sich erst am Morgen auf Septach Melayns Terminkalender setzen lassen. Gewöhnlich konnte man beim Regenten so kurzfristig keinen Termin bekommen, doch Serithorn, der Vornehmste unter den Vornehmen auf der Burg, genoss eine Sonderstellung. Außerdem fand Septach Melayn wie alle anderen in Serithorn einen klugen und interessanten Gesprächspartner, und Schwamm darüber, dass er sich nach viel Hin und Her im Bürgerkrieg schließlich doch noch auf Korsibars Seite gestellt hatte. Es war schwer, Serithorn lange zu grollen. Außerdem war der Krieg nicht mal eine alte Geschichte, sondern er war überhaupt keine Geschichte mehr.

Gewöhnlich kam Serithorn zu Verabredungen zu spät. Doch heute war er aus irgendeinem Grund auf die Sekunde pünktlich. Septach Melayn fragte sich, welchen Grund dies wohl haben mochte. Wie meistens war Serithorn einfach und unaufdringlich gekleidet; er trug einen schlichten rotbraunen Umhang mit vielen Falten über einem einfachen purpurnen Hemd und dazu glatte Lederstiefel mit rotem Besatz. Der wohlhabendste Bürger Majipoors protzte nicht mit seinem Reichtum. Wo jeder andere Mann als Kopfputz einen breitkrempigen, mit Metallbändern und roten Tiruvyn-Federn geschmückten Hut bevorzugt hätte, gab Prinz Serithorn sich mit einer seltsamen steifen Mütze in Gelb zufrieden, die hoch und eckig auf seinem Kopf saß; so etwas hätte womöglich sogar ein Liimenschen-Wurstverkäufer verschmäht. Er nahm die Kopfbedeckung ab und warf sie so lässig auf den Schreibtisch – auf den Schreibtisch des Coronals –, als wäre er in seinem eigenen Wohnzimmer.

»Ich habe gehört, dass mein Neffe gerade hier war. Ein prächtiger Bursche, dieser Akbalik. Die ganze Familie ist stolz auf ihn. Wie ich erfahren habe, will Prestimion ihn nach Zimroel schicken. Ich wüsste nur zu gern, was das soll.«

»Ich denke, Prestimion will einfach eine Vorstellung bekommen, was man in Zimroel über den neuen Coronal denkt. Meinst du nicht auch, dass es eine gute Idee ist, wenn Prestimion sich kundig macht, wie man da drüben zu ihm steht?«

»Ja, ja. Das ist es sicher.« Mit einer Geste zum Stapel der Dokumente am Rand der Schreibfläche sagte Serithorn: »Harte Arbeit für einen lebenslustigen Mann wie dich, was? Diese Plackerei mit den langweiligen Papieren! Ich muss dir für deinen neu entdeckten Fleiß meine Bewunderung aussprechen, Septach Melayn.«

»Das Kompliment ist unverdient, Prinz Serithorn. Was auf jenem Stapel liegt, muss noch erledigt werden.«

»Aber trotzdem, du gibst dein Bestes und wirst es schon schaffen. Das ist nur eine Frage der Zeit. Wie bewundernswert, Septach Melayn! Du weißt ja, dass ich genau wie du viel eher der Zerstreuung zuneige, doch du wühlst dich heldenhaft Tag für Tag durch die mühseligen Arbeiten, die deine Regentschaft mit sich bringt, während ich mich nicht einmal für drei Minuten hintereinander wirklich ernsthaften Dingen zuzuwenden vermag. Meine aufrichtige Anerkennung dafür.«

Septach Melayn schüttelte den Kopf. »Ich fürchte, du überschätzt mich. Und du unterschätzt dich selbst. Manche Männer sind insgeheim Narren und verbergen ihre Unzulänglichkeit hinter ernstem Gehabe oder viel Getöse. Doch du bist insgeheim ein tief denkender Mann und spiegelst die Lässigkeit nur vor. Und du genießt großen Einfluss im Reich. Zufällig weiß ich, dass du es warst, der Lord Confalume veranlasst hat, Prestimion als seinen Nachfolger auszuwählen.«

»Ich? Ah, in dieser Hinsicht täuschst du dich, mein

Freund. Confalume hat Prestimions Qualitäten ganz von selbst erkannt. Ich habe nur meine Billigung zum Ausdruck gebracht, als er mich gefragt hat.« Serithorn zog eine Augenbraue hoch und verzog das angenehme Gesicht zu einem amüsierten Lächeln. »Insgeheim wäre ich ein tief denkender Mann, sagst du? Das ist schmeichelhaft, wirklich sehr schmeichelhaft. Aber es ist leider überhaupt nicht wahr. Du magst eine verborgene Tiefe haben, mein Freund, sehr wahrscheinlich sogar. Ich aber bin durch und durch vergnügungssüchtig. Ich war es immer und werde es immer sein.« Mit großen, klaren Augen sah er Septach Melayn belustigt an, als wollte er sogleich wieder alles zurücknehmen, was er gerade gesagt hatte. Unergründliche und unendliche Schichten unterschiedlicher Facetten hat dieser Mann, dachte Septach Melayn.

Doch er ließ stehen, was Serithorn gesagt hatte. Mit einem freundlichen kleinen Lachen leitete er seine Antwort ein. »Vielleicht müssen wir uns damit abfinden, dass wir uns gegenseitig überschätzen. Du bist durch und durch vergnügungssüchtig, sagst du? Nun gut, ich neige dazu, deine Selbsteinschätzung zu akzeptieren. Was mich selbst angeht, so würde ich mich als unverbesserlichen Spötter und Müßiggänger beschreiben, faul und herzensfroh und mit einer übermäßigen Vorliebe für Seide, Perlen und guten Wein. Meine einzigen Qualitäten sind womöglich eine gewisse Geschicklichkeit im Schwertkampf und eine unverbrüchliche Treue gegenüber meinen Freunden. Können wir uns auch auf diese Beschreibung einigen? Haben wir eine Abmachung, Serithorn?«

»Die haben wir. Wir sind einander sehr ähnlich, Septach Melayn, wir sondern einen unablässigen Strom von Oberflächlichkeiten ab. Und du hast mein größtes Mitgefühl, da Prestimion dich jetzt gezwungen hat, dich mit diesem bürokratischen Unfug zu befassen.

Deine Seele ist viel zu lebhaft und überschwänglich für diese Art von Arbeit.«

»Das ist wahr. Wenn der Coronal das nächste Mal auf Reisen geht, werde ich ihn begleiten und du kannst den Regenten spielen.«

»Ich? Aber dann müsste ich mich sofort auf unsere Abmachung berufen. Ich bin nicht besser geeignet, um an diesem Schreibtisch zu sitzen, als du es bist. Nein, soll doch irgendein zuverlässigerer Bürger des Reichs den Posten bekleiden. Wenn ich die Schweißarbeit eines Coronals hätte übernehmen wollen, dann hätte ich schon vor langer Zeit dafür gesorgt, dass mir der Ruhm und die Ehre zufallen, die damit verbunden sind. Aber ich habe keine Sekunde Sehnsucht nach der Krone gehabt, Septach Melayn, und dieser Papierstapel dort ist der Grund dafür.«

Septach Melayn wusste, dass Serithorn in diesem Augenblick völlig aufrichtig war. Der Mann war keineswegs der Bruder Leichtfuß, den er im Augenblick spielte, doch er war immer zufrieden damit gewesen, seinen Einfluss indirekt auszuüben und dem Thron nahe zu stehen, ohne selbst darauf zu sitzen. In seinen Adern floss das Blut vieler Könige, und niemand auf der Welt war von edlerem Geblüt, wenngleich ihn dies für sich genommen noch lange nicht zum Coronal machte. Klugheit und Scharfsinn spielten ebenfalls eine Rolle, doch auch die besaß Serithorn im Überfluss. Er war in jeglicher Hinsicht zum Herrscher geeignet, nur in einer nicht, und die war sein unumstößlicher Herzenswunsch, sich nicht mit der Bürde zu belasten, welche die Macht mit sich brachte.

Prestimion hatte einmal eine Anekdote erzählt, die er von seiner Mutter gehört hatte. Angeblich hätte Lord Prankipin schon vor Jahrzehnten Serithorn gebeten, sein Nachfolger zu werden und das Amt des Coronals zu übernehmen, sobald er selbst zum Pontifex ernannt würde, doch Serithorn hatte angeblich gesagt: »Nein, nein, lasst Prinz Confalume ran.« Die Geschichte klang wahr, denn einen anderen Grund, warum Serithorn nicht schon längst auf dem Thron saß, gab es nicht. Inzwischen waren viele Jahre vergangen, Confalume war nach einer langen, glanzvollen Regierungszeit als Coronal zum Pontifex ernannt worden, und Serithorn war die ganze Zeit über nichts weiter als ein Privatmann geblieben, stets willkommen bei Hofe, aber ohne eigene Macht. Ein fröhlicher, lebenslustiger Mann, der mit seinem glatten Gesicht und der eleganten Haltung zwanzig oder dreißig Jahre jünger aussah, als er tatsächlich war.

»Tja«, sagte Septach Melayn nach einer Weile. »Nachdem das geklärt ist, könntest du mir vielleicht verraten, ob es einen bestimmten Grund für deinen Besuch gibt. Oder ist es einfach nur eine höfliche Geste?«

»Deine Gesellschaft ist mir mehr als angenehm, Septach Melayn. Aber es geht tatsächlich um Geschäftliches.« Serithorns Stirn umwölkte sich kurz, und sein Tonfall wurde etwas ernster. »Könntest du so freundlich sein und mir eine Art Zusammenfassung über die Dinge geben, die sich in den letzten Monaten zwischen Prestimion und dem Prokurator von Ni-moya abgespielt haben?«

Septach Melayn hatte das Gefühl, ein Eisenring hätte sich um seine Brust gelegt. Eine derart unverblümte Frage war eine krasse Abweichung von Serithorns sonst so lockerem Ton. Vorsicht war geboten.

»Ich denke«, erwiderte er, »das solltest du besser mit Prestimion selbst besprechen.«

»Ich würde es wirklich gern tun, wenn Prestimion nur hier wäre. Doch er hat sich entschlossen, auf unbestimmte Zeit im Osten des Landes auf Wanderschaft zu gehen, und nun sitzt du hier an seinem Platz. Ich habe wirklich nicht die Absicht, dir Ärger zu machen, Septach Melayn. Ich will dir sogar helfen. Aber mir fehlen so viele wichtige Informationen, dass ich nicht einmal die Natur der Krise richtig einschätzen kann, falls man in diesem Zusammenhang überhaupt von einer Krise sprechen kann. Beispielsweise machte in der Woche der Krönungsfeiern eine Geschichte die Runde, Dantirya Sambail werde aus irgendeinem Grund in den Sangamor-Tunneln als Gefangener festgehalten.«

»Ich denke, dazu könnte ich dir ein offizielles Dementi geben.«

»Das könntest du zwar, aber du kannst dir die Mühe auch sparen. Ich habe die Geschichte direkt von Navigorn gehört, der sagte, Prestimion habe ihn persönlich zum Wächter des Prokurators bestimmt. Navigorn war ziemlich verwirrt angesichts dieser Ernennung, das kann ich dir sagen. Wir alle haben uns gewundert. Können wir es also der Einfachheit halber als gegeben annehmen, dass Prestimion während der Krönung und noch kurz danach tatsächlich Dantirya Sambail in den Verliesen festgehalten hat, und zwar höchstwahrscheinlich aus einem guten, vernünftigen Grund, nach dem ich im Augenblick nicht fragen will?«

»Nehmen wir für den Augenblick an, es sei so, Serithorn.«

»Gut. Beachte bitte, dass ich in der Vergangenheitsform gesprochen habe. Er wurde festgehalten. Doch jetzt ist der Prokurator auf freiem Fuß, nicht wahr?«

»Ich wünschte wirklich, du würdest alle diese Fragen an Prestimion selbst richten«, entgegnete Septach Melayn unbehaglich.

»Ja, das kann ich mir vorstellen. Bitte, Septach Melayn, nun hör schon auf, mich bei jedem Schritt abzublocken. Dies ist kein Duell. Es ist eine Tatsache, dass Dantirya Sambail geflohen ist. Prestimion ist irgendwo in Richtung zum Großen Meer aufgebrochen, er und

Gialaurys und Abrigant und ein ganzer Trupp Soldaten. Sie streifen dort durch die Gegend und wollen den Prokurator wieder einfangen. Ja doch, ja, ich weiß, dass es so ist, Septach Melayn. Es ist nicht nötig, es abzustreiten. Aber jetzt vergiss, dass ich dich je nach Einzelheiten über den Streit zwischen Prestimion und dem Prokurator gefragt habe. Bestätige nur, dass es einen solchen Streit gibt. Sie sind erbitterte Feinde, nicht wahr?«

»Ja«, sagte Septach Melayn und ergab sich resigniert und mit leisem Seufzen seinem Schicksal. »Das sind sie.«

»Danke.« Serithorn zog ein Papier aus dem Gewand. »Falls Prestimion es nicht schon weiß, dann könnte es ihm wichtig sein, wenn er möglichst bald erfährt, dass er höchstwahrscheinlich in der falschen Gegend sucht.«

»Wirklich?«, fragte Septach Melayn. Er riss erstaunt die Augen auf.

Serithorn lächelte. »Wie du weißt, besitze ich recht weitläufige Ländereien. Ich empfange ständig Berichte meiner Gutsverwalter aus verschiedenen Teilen der Welt. Dieser hier kommt von einem gewissen Haigin Hartha in der Stadt Bailemoona in der Provinz Balimoleronda. Es ist übrigens ein sehr altes Anwesen. Eine Bande eigenartiger Männer – Haigin Hartha schreibt nicht, wie viele es waren – wurde entdeckt, als sie in meinen Gambilak-Herden außerhalb von Bailemoona wildern wollte. Als mein Wildhüter sie zu Rede stellte, erklärte einer der Wilderer, das Fleisch sei für Dantirya Sambail bestimmt, den Prokurator von Ni-moya, der eine große Prozession durch die Gegend mache. Ein anderer der Wilderer – langweile ich dich, Septach Melayn?«

»Aber nein.«

»Du scheinst so abwesend.«

»Eher nachdenklich«, erwiderte Septach Melayn.

»Ach so. Also gut. Der zweite Wilderer versetzte dem ersten einen Schlag ins Gesicht und sagte zu meinem Wildhüter, die Geschichte des ersten Mannes sei frei erfunden, ein bloßes Märchen, das der Wildhüter sofort wieder vergessen sollte. Sie wollten das Fleisch nur für sich selbst haben. Er bot meinem Mann fünfzig Kronen als Bezahlung, und da die Alternative offenbar darin bestand, auf der Stelle umgebracht zu werden, nahm der Wildhüter an. Die Wilderer zogen mit ihrer Beute davon. Später hörte Haigin Hartha – er ist, wie ich bereits sagte, mein Verwalter in Bailemoona – von einem Freund, dass jemand, der Dantirya Sambail sehr ähnlich sieht, am gleichen Morgen mit einer Gruppe von Männern in den Vororten von Bailemoona gesichtet worden sei. Der Freund meines Verwalters fragte sich, ob Haigin Hartha mit einem offiziellen Besuch des Prokurators auf unserem Anwesen rechnen müsse, was Haigin Hartha, wie du dir sicher vorstellen kannst, als etwas beunruhigende Aussicht empfand. Und keine zehn Minuten danach kam der Wildhüter und berichtete über die Wilderer und den Bestechungsversuch. Was sagt dir das alles, Septach Melayn?«

»Es liegt wohl auf der Hand. Ich wundere mich aber über den Wilderer, der den anderen niedergeschlagen hat. War er vielleicht groß und schlank und hatte eine Art Totenkopf, ein Gesicht voller Kanten und glatter Flächen und gemeine mörderische dunkle Augen?«

»Du sprichst jetzt vom Vorkoster des Prokurators? Ein wahrhaft unangenehmer Mensch.«

»Mandralisca, ja. Er reist zusammen mit Dantirya Sambail. Gibt es noch mehr zu berichten?«

»Sonst nichts. Haigin Hartha beschließt seine Nachricht mit der Bemerkung, dass er vom Prokurator selbst keinerlei Hinweis auf einen bevorstehenden Besuch bekommen habe und er anfragen wolle, ob er dennoch damit rechnen müsse. Natürlich hat er keine Hinweise bekommen. Warum sollte ein Prokurator aus Ni-moya auch eine große Prozession in der Provinz Balimoleronda oder sonst irgendwo in Alhanroel machen?«

»Es ist natürlich auch kein Antrittsbesuch. Er reist einfach als Privatmann quer durchs Land von der Burg nach Zimroel zurück, würde ich sagen.«

»Und zwar nach seiner Gefangenschaft in der Burg«, gab Serithorn freundlich zu bedenken. »Das muss ich dann wohl so verstehen, dass er ein Flüchtiger ist, der sich der Haft entziehen will?«

»Gefangenschaft und Flüchtiger sind Worte, die du dir besser für deine Unterhaltung mit dem Coronal aufheben solltest. Ich kann dir aber immerhin sagen, dass der Coronal tatsächlich versucht, Dantirya Sambail ausfindig zu machen. Und da Bailemoona, wenn ich mich recht entsinne, südlich vom Burgberg liegt, wird Prestimion den Mann im Osten offensichtlich nicht finden können. Ich danke dir für diesen Hinweis, dein Bericht war in der Tat sehr nützlich.«

»Ich wollte dir wirklich helfen.«

»Das hast du getan. Ich werde dafür sorgen, dass der Coronal so schnell wie möglich unterrichtet wird.« Damit erhob er sich zu seiner ganzen, nicht unbeträchtlichen Größe und streckte die Arme und dann die Beine. »Verzeih mir«, sagte er zu Serithorn, »wenn ich so unruhig wirke. Ich habe einen anstrengenden Tag hinter mir. Gibt es sonst noch etwas, das wir besprechen müssten?«

»Ich glaube nicht.«

»Dann will ich jetzt in die Sporthalle, um die Anspannung des Tages abzuarbeiten, indem ich einem armen neuen Wächter aus Tumbrax einige Lektionen mit dem Säbel erteile.«

»Eine gute Idee. Ich muss in die gleiche Richtung; soll ich dich begleiten?«

Sie gingen zusammen hinaus. Serithorn, ganz Liebenswürdigkeit, versorgte Septach Melayn mit dem neusten Tratsch, während sie durch den Irrgarten der inneren Burg liefen und an alten Bauwerken wie den Vildivar-Balkonen, Lord Ariocs Wachtturm und dem Stiamot-Bergfried vorbeikamen, bis sie die Neunundneunzig Stufen erreichten, die in die benachbarten Bezirke der riesigen, unergründlichen Anlage hinabführten.

Nach einer Weile standen sie vor dem Ehrfurcht gebietenden hässlichen Klotz aus schwarzem Stein, den Prankipin am Anfang seiner Regentschaft als Coronal der Burg zugemutet hatte. Das Gebäude sollte den Schatzministern als Amtssitz dienen. Kaum dass sie das Ministerium erreicht hatten, sah Septach Melayn ein eigenartiges, schlecht zusammenpassendes Paar, das sich aus der anderen Richtung dem Gebäude näherte: eine große, verblüffend hübsche dunkelhaarige Frau, die von einem erheblich kleineren, korpulenten Mann begleitet wurde, der es mit seiner Kleidung deutlich übertrieben hatte. Mit Pailletten, Borten und dem grotesk bestickten Gewand wirkte er wie die Parodie eines Besuchers bei Hofe. Auch der Mann selbst, der in den Kleidern steckte, war eine verblüffende Erscheinung, wenngleich in ganz anderer Hinsicht. Er war außergewöhnlich hässlich, und das bemerkenswerteste Detail seines Aufzuges war das sorgfältig hochfrisierte silbergraue Haar, das sich über der mächtigen Stirn auftürmte.

Septach Melayn erkannte die beiden sofort. Es waren der Finanzier Simbilon Khayf, zweifellos unterwegs ins Schatzministerium, um irgendwelche Geschäfte auszuhecken, und seine Tochter Varaile. Das letzte Mal hatte er sie vor einigen Monaten in Simbilon Khayfs großem Wohnsitz in Stee gesehen. Damals hatte er das einfache grobe Leinengewand eines Kaufmanns getragen und war mit falschem Bart und brauner Perücke über dem natürlichen hellblonden Haar verkleidet gewesen, und er hatte den Trottel gespielt, um Prestimion zu helfen, das Geheimnis des anderen, verrückten Lords Prestimion zu lüften, der den Schiffsverkehr in Stee beeinträchtigte. Heute war Septach Melayn viel besser gekleidet, denn jetzt trat er als Hoher Berater des Reichs auf. Doch nach all den anderen aufreibenden Vorgängen des Tages hatte er keine Lust, sich auch noch mit dem ungeschliffenen, gewöhnlichen Simbilon Khayf zu befassen. »Können wir hier nach links abbiegen?«, sagte er leise zu Serithorn.

Zu spät. Sie waren noch fünfzig Schritt von Simbilon Khayf und seiner Tochter entfernt, doch der Bankier hatte sie bereits ausgemacht und rief einen Gruß.

»Prinz Serithorn! Beim Allerheiligsten, Prinz Serithorn, wie schön es ist, Euch wieder zu sehen! Und schau nur, schau, Varaile, dort ist ja auch der große Septach Melayn, der Hohe Berater höchstpersönlich! Meine Herren, meine Herren, welch eine Freude!« Simbilon Khayf kam ihnen so hastig entgegen, dass er beinahe über die bestickten Gewänder gestolpert wäre. »Ihr müsst unbedingt meine Tochter kennen lernen, meine Herren! Es ist ihr erster Besuch auf der Burg, und ich habe ihr ein großartiges Erlebnis versprochen, doch ich hätte nie gedacht, dass wir schon so schnell und noch heute Abend den berühmten, einflussreichen Lord Serithorn aus Samivole und den Hohen Berater Septach Melayn treffen würden!«

Er schob Varaile nach vorn, die den Blick hob, um Septach Melayn in die Augen zu sehen. Ein kleines, überraschtes Keuchen entfloh ihren Lippen. »Oh, ich glaube, wir sind uns schon einmal begegnet.«

Es war eine peinliche Situation. »Das ist gewiss nicht der Fall, meine Lady. Ihr müsst Euch irren.«

Unverwandt erwiderte sie seinen Blick und lächelte. »Ich glaube nicht«, sagte sie. »Nein, nein. Ich kenne Euch, mein Lord.«

4

Und da standen wir«, erzählte Septach Melayn, »direkt vor Lord Prankipins Schatzministerium, sie und ich und Serithorn und dieser unmögliche affige Vater, den sie hat. Natürlich habe ich rundweg abgestritten, dass sie und ich uns schon einmal begegnet seien. Es schien mir der einzige Ausweg zu sein.«

»Und wie hat sie darauf reagiert?«, fragte Prestimion.

Sie befanden sich in Prestimions privaten Gemächern in Lord Thrayms Turm. Prestimion war erst vor einem Tag von der Expedition in die östlichen Landesteile zurückgekehrt, müde und enttäuscht nach der langen, ergebnislosen Reise. Er hatte kaum Zeit gehabt, ein Bad zu nehmen und die Kleidung zu wechseln, als Septach Melayn ihn schon mit einem Bericht über die Dinge bestürmte, die sich während seiner Abwesenheit zugetragen hatten. Und wie viele Dinge es waren! Dieser Hjort-Magier, der Abrigant gegenüber behauptet hatte, er könne wertloses Zeug in kostbares Metall verwandeln, das angebliche Auftauchen Dantirya Sambails in Bailemoona, Confalumes Klage darüber, dass sein Coronal ihn anscheinend schnitt, neue Berichte über um sich greifende Unruhen, weitere Fälle von schlimmer geistiger Verwirrung in den Städten und …

Prestimion wollte sofort alle Einzelheiten hören, aber

Septach Melayn schien vor allem an der nebensächlichen Episode mit Simbilon Khayfs Tochter gelegen.

»Sie wusste, dass ich log«, sagte er. »Das war leicht zu sehen. Sie starrte mich unverwandt an, schätzte mich ab, und es war offensichtlich, dass sie sich fragte: Wo habe ich schon einmal diese Augen gesehen, wo ist mir schon einmal so ein großer, schmaler Mann begegnet? Sie hätte sich leicht die Perücke und den falschen Bart dazudenken können, und dann hätte sie die Antwort gehabt. Ich dachte schon, sie werde nicht nachgeben und darauf bestehen, dass sie mich von irgendwoher kannte. Doch ihr Vater, so ungeschliffen und gewöhnlich er auch sein mag, ist ganz gewiss kein dummer Mann. Er erfasste die Lage sofort und wollte offenbar verhindern, dass seine Tochter den Hohen Berater einen Lügner nannte. Er hielt sie zurück, und sie war klug genug, den Hinweis zu verstehen.«

»Für den Augenblick, ja. Aber sie ahnt die Wahrheit, und das wird zu weiteren Komplikationen führen.«

»Oh, sie ahnt die Wahrheit nicht nur«, erklärte Septach Melayn leichthin. Er lächelte, machte eine elegante Verbeugung und ließ beide Hände leicht kreisen. Prestimion wusste genau, was diese Geste zu bedeuten hatte. Sie bedeutete, dass Septach Melayn eigenmächtig gehandelt hatte und um Verzeihung dafür bat, obwohl er keinerlei Schuldgefühle hatte. »Ich habe am nächsten Tag nach ihr schicken lassen und ihr die Sache mit der Maskerade erzählt.«

Prestimion glotzte ihn erschrocken an. »Was hast du gemacht?«

»Ich musste es tun. Eine Frau mit diesen Qualitäten kann man nicht anlügen, Prestimion. Sie hatte sich ohnehin nicht durch mein Dementi täuschen lassen.«

»Dann hast du ihr vermutlich auch erzählt, wer deine beiden Begleiter waren?«

»Ja.«

»Oh, das hast du wirklich gut gemacht, Septach Melayn. Wirklich gut! Was hat sie denn dazu gesagt, dass sie den Coronal von Majipoor, den Hohen Berater und den Großadmiral im Sprechzimmer ihres Vaters bewirtet hat?«

»Was sie gesagt hat? Sie hat einen kleinen überraschten Laut von sich gegeben. Sie ist rot geworden. Sie ist nervös geworden. Und ich glaube, sie hat sich amüsiert und war insgesamt recht erfreut über den Gedanken.«

»Was denn, amüsiert und erfreut war sie?« Prestimion stand auf und lief ungestüm hin und her, blieb am Fenster stehen und blickte zur luftigen Brücke aus strahlendem rotem Achat hinaus, die über den Pinitor-Hof führte und einen allein dem Coronal vorbehaltenen Zugang zu den königlichen Amtszimmern und den benachbarten Zeremonieräumen in der Inneren Burg bildete. »Ich wünschte, ich könnte von mir behaupten, dass mich ähnliche Regungen bewegen. Aber ich muss schon sagen, Septach Melayn, ich bin überhaupt nicht damit einverstanden, dass Simbilon Khayf darüber unterrichtet wird, dass ich, verkleidet wie der Held in einer komischen Oper, in Stee herumgeschlichen bin und mich als einfältiger Verkäufer von Rechenapparaten ausgegeben habe. Ich frage mich, wie er diese Informationen verwerten wird.«

»Überhaupt nicht, Prestimion. Er weiß es nicht, und er wird es nie erfahren.«

»Nein?«

»Nein. Ich ließ sie versprechen, ihrem Vater kein Sterbenswörtchen zu verraten.«

»Und sie wird das Versprechen natürlich nicht brechen.«

»Ich glaube nicht. Ich habe ihr für ihr Schweigen einen guten Preis geboten. Sie und Simbilon Khayf sollen zur nächsten Audienz bei Hofe eingeladen und dir in aller Form vorgestellt werden. Bei dieser Gelegenheit wird er den Orden von Lord Havilbove oder irgendeine andere sinnlose Auszeichnung bekommen.«

Prestimion machte ein scharfes, ungläubiges Geräusch. »Ist das dein Ernst? Du verlangst wirklich von mir, dass ich diesem widerlichen Clown erlaube, den Fuß in die königlichen Gemächer zu setzen? Er soll vor dem Confalume-Thron erscheinen dürfen?«

»Auf meine Art meine ich es immer ernst, Prestimion. Ihre Lippen sind jetzt versiegelt. Der Coronal und seine Freunde haben sich in Stee ein kleines Abenteuer gegönnt, und niemand muss davon erfahren. Sie wird sich an ihren Teil der Abmachung halten, wenn du dich an deinen hältst. Du wirst auf dem Thron sitzen, sie werden sich ehrerbietig nähern und ihre Sternenfächer vor dir machen, und du wirst ihren Gruß mit hoheitlichem Lächeln zur Kenntnis nehmen – und das war es dann. Simbilon Khayf wird den Rest seines Lebens hingerissen davon erzählen, dass man ihn bei Hofe empfangen hat.«

»Aber wie kann ich …«

»Hör mir zu, Prestimion. Es ist aus drei Gründen eine kluge Vereinbarung. Erstens willst du verhindern, dass dein Streich in Stee ans Licht kommt, und das erreichen wir damit. Zweitens hat Simbilon Khayf der Hälfte der Prinzen auf der Burg Geld geliehen. Früher oder später wird einer von ihnen, der günstigere Zinsen bekommen oder das Darlehen verlängern will, die Verpflichtung verspüren, von sich aus eine Einladung bei Hofe zu bewerkstelligen, die du gewähren musst, obwohl Simbilon Khayf ein so verachtenswerter Barbar ist, weil die Bitte von einem einflussreichen und nützlichen Mann wie Fisiolo oder Belditan oder meinem Vetter Dembitave kommen wird. Auf diese Weise gibst du Simbilon Khayf nur den Zugang zum Hof, den er sowieso eines Tages bekommen wird, doch du tust es unter Bedingungen, die für dich vorteilhaft sind.«

Prestimion sah Septach Melayn düster an, doch die Argumente waren nicht von der Hand zu weisen, das musste Prestimion widerwillig einräumen, obschon ihm die ganze Sache mächtig gegen den Strich ging. »Und der dritte Grund? Du sagtest, es gäbe drei Gründe.«

»Nun ja, du willst Varaile wieder sehen, nicht wahr? Jetzt bekommst du die Gelegenheit dazu. Wenn sie da unten in Stee lebt, könnte sie ebenso gut eine Million Meilen entfernt sein. Es ist möglich, dass du niemals wieder in deinem Leben nach Stee kommst. Doch jetzt ist sie hier auf der Burg zu Gast und könnte mit Leichtigkeit eine Hofdame werden, falls du ihr den Zugang zu diesem erlauchten Kreis anbieten willst, während du nach dem formellen Empfang im Thronsaal ganz zwanglos mit ihr plauderst …«

»Warte mal«, unterbrach Prestimion ihn. »Das geht mir ein wenig zu schnell, mein Freund. Wie kommst du auf die Idee, ich wollte sie wieder sehen?«

»Aber stimmt es denn nicht? Du fandest sie sehr anziehend, als wir in Stee waren.«

»Woher willst du das wissen?«

Septach Melayn lachte. »Ich bin nicht blind, Prestimion. Und nicht taub. Du hast sie die ganze Zeit angestarrt, als wollten dir gleich die Augen herausfallen …«

»Jetzt wirst du unverschämt, Septach Melayn. Sie ist eine gut aussehende Frau, ja. Das erkennt jeder, sogar du erkennst es. Aber von da aus einfach zu der Unterstellung zu gelangen, ich … ich wäre …«

Er fing an zu stottern und brach ab.

»Ach, Prestimion«, sagte Septach Melayn freundlich. Er hatte ihn von der anderen Seite des Raumes aus genau beobachtet. Ein wissender, verschlagener Ausdruck trat in seine Augen, und sein Tonfall entsprach gewiss nicht jenem, der zwischen Untertan und Herrscher oder zwischen Hohem Berater und Coronal angebracht gewesen wäre; es war viel eher der sanfte, vertraute Umgangston, den zwei Freunde miteinander pflegten, die schon viele Abenteuer gemeinsam durchgestanden hatten.

Prestimion sah sich milde zurechtgewiesen, und er konnte es nicht bestreiten. Er hatte damals in Stee Varaile tatsächlich mit höchster Faszination angestarrt. Mit nicht zu verleugnender Freude hatte er ihre Schönheit zur Kenntnis genommen. Sogar Begehren hatte er empfunden.

Er hatte von ihr geträumt. Mehr als einmal.

»Wir nähern uns einem Bereich«, erklärte Prestimion nach langem Zögern, »wo ich mir meiner eigenen Gefühle nicht sicher bin. Ich bete, dass es dir gelungen ist, das Problem aus der Welt zu schaffen, Septach Melayn. Jetzt müssen wir aber über das reden, was Serithorn dir über Dantirya Sambails angeblichen Aufenthaltsort berichtet hat.«

»Darüber kann dich Navigorn auf dem Laufenden halten. Er müsste schon hierher unterwegs sein. Also wirst du Simbilon Khayf und seiner Tochter den Empfang gewähren? Ich habe ihnen mein Wort gegeben, dass du es tun würdest.«

»Ja, Septach Melayn. Ja doch, ja. So sei es. Und wo steckt jetzt Navigorn?«

»Dies ist der Bezirk, in dem er sich höchstwahrscheinlich aufhält«, erklärte Navigorn. Er hatte eine Karte mitgebracht, eine Halbkugel aus glattem weißem Porzellan, die blau, gelb, rosafarben, violett, dunkelgrün und braun bemalt war, um verschiedene geographische Gegebenheiten darzustellen. Es war die Sorte von Karte, die mit Hilfe heller Lichtmuster bestimmte Einzelheiten besonders hervorheben konnte. Navigorn erweckte den Mechanismus mit einer Handbewegung zum Leben.

Rot glühende, mit grünen Linien verbundene Punkte entstanden in der unteren Hälfte des Kontinents Alhanroel. »Hier ist Bailemoona, südlich des Labyrinths und ein wenig nach Osten versetzt.« Er deutete auf den hellsten der roten Punkte. »Wir können die Beobachtung als gesichert betrachten. Als die Wilderer gefasst wurden, hat man in der Nähe von Serithorns Anwesen tatsächlich jemanden beobachtet, der wie Dantirya Sambail aussah, und außerdem hat einer der Männer des Prokurators zu Serithorns Wildhüter gesagt, sie würden das Fleisch für Dantirya Sambail brauchen.«

»Auch im Osten hat es viele gesicherte Beobachtungen gegeben«, widersprach Abrigant. »Überall gab es solche Meldungen. Sie wurden alle von den Zauberern des Prokurators inszeniert, um uns in die Irre zu führen. Wie können wir wissen, dass hier nicht die gleiche Art von Magie im Spiel ist?«

Navigorn sah ihn nur finster an. Prestimion drehte sich fragend zu Maundigand-Klimd um. »Es besteht kein Zweifel, dass sich der Prokurator eine Weile im Osten des Landes aufgehalten hat. Ich glaube, er ist auch tatsächlich von Dorfbewohnern im Bezirk Vrambikat beobachtet worden. Doch die meisten Hinweise, die uns weiter nach Osten lockten, waren Illusionen, die durch Verhexung und Träume zu uns kamen, keine echten Augenzeugenberichte. Während wir den Eingebungen folgten und hin und her irrten, ist er ins Innere Alhanroels zurückgekehrt und hat es uns überlassen, in der Wildnis Phantome zu jagen. Ich glaube jedoch, dass der Bericht aus Bailemoona authentisch ist.«

Abrigant war nicht überzeugt. »Das ist eine Behauptung ohne echten Beleg. Du behauptest einfach, bei jenen Berichten habe es sich um Illusionen gehandelt, während dieser hier echt sei. Aber Beweise hast du nicht.«

Zuvor hatte der linke Kopf des Su-Suheris' gesprochen. Jetzt antwortete der andere Kopf völlig ruhig. »Ich habe in gewissem Maße die Gabe des Zweiten Gesichts. Die Meldungen aus Bailemoona klingen in meinen Ohren wahr, und deshalb entscheide ich mich, ihnen Glauben zu schenken. Niemand zwingt dich, mir zuzustimmen.«

Abrigant wollte eine mürrische Antwort geben, doch Navigorn kam ihm sichtlich ungehalten zuvor. »Darf ich fortfahren?« Er strich mit der Hand über die beleuchteten Regionen der Karte. »Es gab noch weitere Sichtungen, einige vertrauenswürdiger als andere – hier, hier und hier. Dabei fällt auf, dass sie in den Süden zu weisen scheinen. Es ist aus seiner Sicht nur vernünftig, wenn er nach Süden geht, denn im Norden und Westen ist nichts außer der Wüste, die das Labyrinth umgibt. Dort hat er nichts verloren, und es würde ihm auch nicht helfen, wenn er sich wieder nach Osten wendete. Jedenfalls erkenne ich hier eine Marschroute, die zur Südküste zu führen scheint.«

»Welche Städte sind dort unten?«, fragte Abrigant, indem er auf einige rote Punkte deutete, die wie funkelnde Perlen auf den grünen, nach Süden weisenden Linien lagen.

»Dies hier ist Ketheron«, erklärte Navigorn. »Das dort ist Arvyanda, hier ist Kajith Kabulon, wo der Regen niemals aufhört. Wenn er es schafft, durch den Dschungel zu kommen, gelangt er zur Südküste, wo er hunderte von Häfen finden kann, von denen aus Schiffe nach Zimroel fahren.«

»Welches sind die wichtigsten?«, fragte Gialaurys.

»Auf geradem Wege südlich des Regenwaldes liegt zunächst einmal Sippulgar«, erklärte Navigorn. »Von dort aus in westlicher Richtung sind Maximin, Karasat, Gunduba, Slail und Porto Gambieris die nächsten Orte – hier und hier.« Er sprach jetzt knapp und befehlsgewohnt, offenbar hatte er sich gut auf die Sitzung vorbereitet. Vielleicht wollte er auch durch besonderen Eifer sein Versäumnis wettmachen, denn er war es ja gewesen, der Dantirya Sambail hatte entkommen lassen. »Abgesehen von Sippulgar gibt es von keiner Stadt eine direkte Schiffsverbindung nach Zimroel, doch in allen diesen Städten, genau wie in den anderen Orten weiter nördlich auf der Halbinsel Stoienzar, könnte er auf einem Küstenschiff eine Überfahrt nach Stoien oder nach Treymone oder vielleicht sogar bis Alaisor buchen. In diesen Städten könnte er dann ein Schiff nach Piliplok finden und von dort aus flussaufwärts nach Ni-moya reisen.«

»Ganz so einfach ist das nicht«, sagte Gialaurys. »Vergiss nicht, dass ich alle Häfen von Stoien bis Alaisor streng überwachen lasse. Jemand, der so auffällig aussieht wie er, käme auch an den schläfrigsten Zollinspektoren nicht vorbei. Wir werden die Überwachung jetzt nach Osten bis Sippulgar ausdehnen. Oder noch weiter, wenn du es wünschst, Prestimion.«

Prestimion studierte eingehend die Karte und ließ sich Zeit mit der Antwort. »Ja«, sagte er nach einer Weile. »Ich denke, es könnte außerdem nicht schaden, wenn wir Militärpatrouillen auf einer Linie einrichten, die ein Stück nördlich von Bailemoona beginnt und im Westen bis Stoien reicht.«

»Also etwa dem Klorbigan-Zaun folgend«, bemerkte Septach Melayn lachend. »Wie passend das ist. Denn genau das ist er. Hässlich wie ein Klorbigan, allerdings fünfmal so gefährlich.«

Prestimion und Abrigant stimmten in das Lachen

mit ein. Gialaurys hatte den Scherz nicht verstanden und fragte irritiert: »Bitte, was redet ihr da?«

»Klorbigans«, erklärte Prestimion immer noch kichernd, »sind fette, faule, unbeholfene Wühltiere mit großen rosafarbenen Schnauzen und riesigen behaarten Füßen, die im südlichen zentralen Alhanroel leben. Sie ernähren sich von Borke und Baumwurzeln und fressen in ihrer natürlichen Heimat nur gewisse wilde Baumarten, für die sonst niemand Verwendung hat. Etwa vor tausend Jahren begannen sie jedoch nach Norden zu wandern und gelangten in eine Gegend, wo die Bauern Stajja und Glein anbauten, und stellten fest, dass sie den Geschmack der Stajja-Röhren mindestens so liebten wie wir. Auf einmal wühlten mitten in Alhanroel eine halbe Million Klorbigans auf den Stajja-Feldern herum. Die Bauern konnten die Tiere gar nicht so schnell töten, wie sie herbeikamen. Der damals amtierende Coronal hatte schließlich die Idee, einen speziellen Zaun errichten zu lassen, der quer über den Kontinent läuft. Er ist nur ein paar Fuß hoch, und ein Tier, das weniger unbeholfen ist als ein Klorbigan, kann mühelos hinüberklettern. Doch der Zaun reicht fünf oder sechs Fuß tief in den Boden, und das hindert diese Tiere anscheinend daran, sich unten durchzugraben.«

»Lord Kybris war es, der den Zaun gebaut hat«, warf Septach Melayn ein.

»Kybris, ja«, stimmte Prestimion zu. »Also werden wir jetzt einen eigenen Klorbigan-Zaun bauen, eine lückenlose Linie, auf der wir Patrouillen einsetzen. Falls Dantirya Sambail sich dann später entschließt, noch einmal die Richtung zu wechseln und doch wieder nach Norden zu gehen, werden wir ihn ...« Er unterbrach sich mitten im Satz. »Navigorn? Navigorn, was ist los?«

Alle starrten ihn jetzt an. Der große, schwarzbärtige

Navigorn hatte sich plötzlich abgewandt und krümmte sich, die Arme an den Leib gepresst, als hätte er schreckliche Krämpfe im Bauch. Nach einem Moment hob er den Kopf und Prestimion konnte erkennen, dass Navigorns Gesicht zu einer entsetzlichen Fratze verzerrt war. Erschrocken winkte er Gialaurys und Septach Melayn, die näher bei ihm standen, Navigorn zu helfen. Doch Maundigand-Klimd handelte schneller als alle anderen. Der Su-Suheris hob eine Hand und legte die beiden Köpfe aneinander. Zwischen ihm und Navigorn geschah etwas, das dem bloßen Auge entging, und nach einigen Sekunden war der seltsame Anfall anscheinend vorbei. Navigorn stand wieder aufrecht, als wäre nichts geschehen, und blinzelte wie jemand, der gerade aus einem spontanen Nickerchen aufgefahren ist. Seine Gesichtszüge waren völlig gelassen. »Hast du etwas gesagt, Prestimion?«

»Etwas sehr Seltsames ist über dich gekommen, und ich habe gefragt, was mit dir los sei. Du hattest anscheinend eine Art Anfall.«

»Einen Anfall? Wirklich?« Navigorn sah verwirrt in die Runde. »Aber ich habe keinerlei Erinnerung daran.« Er dachte nach. »Dann ist es wohl schon wieder geschehen, ohne dass ich es bemerkt habe.«

»Passiert dir so etwas denn öfter?«, wollte Septach Melayn wissen.

»Es war nicht das erste Mal«, räumte Navigorn sichtlich verlegen ein. Offenbar war es ihm peinlich, eine solche Schwäche zugeben zu müssen. Doch er sprach tapfer weiter. »Es geht mit starken Kopfschmerzen einher, die schlagartig einsetzen und wieder aufhören. Manchmal habe ich das Gefühl, mein Kopf werde gespalten. Und ich habe häufig entsetzliche Träume, wie ich sie noch niemals hatte.«

»Kannst du uns etwas mehr darüber sagen?«, erkundigte Prestimion sich behutsam.

Es war eine heikle Sache, jemanden – noch dazu einen Adligen und einen Krieger – zu bitten, seine Träume vor allen Anwesenden zu offenbaren. Doch Navigorn antwortete ohne Zögern. »Ich sehe mich immer wieder auf einem Schlachtfeld. Ein großes, schlammiges Gelände, wo überall Männer sterben und das Blut in Strömen fließt. Wer von uns hat schon einmal eine echte Schlacht geschlagen, mein Lord? Wer wird in dieser friedlichen Welt jemals eine solche Erfahrung machen? Aber ich sehe mich gerüstet und bewaffnet, ich schlage mit dem Schwert um mich und töte mit jedem Streich. Ich töte Fremde und Freunde, mein Lord.«

»Tötest du etwa auch mich oder Septach Melayn?«

»Nein, dich nicht. Ich weiß nicht, wer die sind, die meinem Schwert zum Opfer fallen. Es sind keine Menschen, deren Gesichter ich ausmachen könnte, wenn ich wach bin und mich an den Traum erinnere. Doch während ich träume, weiß ich, dass ich Freunde töte, und das ist mir widerwärtig, mein Lord, es ist mir widerwärtig.« Navigorn schauderte, obwohl es im Raum sehr warm war. »Ich sage dir, mein Lord, dieser Traum kommt immer und immer wieder, manchmal drei Nächte hintereinander. Inzwischen habe ich schon Angst, überhaupt die Augen zu schließen.«

»Und wie lange geht das schon so?«, fragte Prestimion.

»Tage oder Wochen?« Navigorn zuckte mit den Achseln. »Ich kann es nicht genau sagen. Darf ich mich für einige Augenblicke entschuldigen?«

Prestimion nickte. Errötet und mit vor Schweiß glänzendem Gesicht, verließ Navigorn den Raum. »Hast du das gehört?«, sagte Prestimion leise zu Septach Melayn. »Eine Schlacht, in der er seine Freunde tötet. Wieder etwas, an dem ich die Schuld trage.«

»Mein Lord, die Schuld, die es hier zu tragen gilt, trägt Korsibar«, gab Septach Melayn zurück.

Doch Prestimion schüttelte nur den Kopf. Wilde Gedanken schossen durch seinen Kopf. Ja, die Schlacht selbst, in der so viele gestorben waren, hatte Korsibar begonnen. Doch Navigorns wirre Träume, diese Qualen, die er litt, diese innere Verwirrung, die noch lange nach dem Ereignis anhielt – all das war eine Facette des neuen Wahnsinns, und dafür war niemand außer ihm selbst verantwortlich. Dieser Wahnsinn war etwas, das seine Zauberer auf sein Geheiß der Welt aufgebürdet hatten, auch wenn er vorher nicht gewusst hatte, dass dies dabei herauskommen würde.

Abrigant unterbrach Prestimions Gedankengang, während sie darauf warteten, dass Navigorn zurückkehrte. »Mein Bruder, willst du selbst in den Süden reisen, um den Prokurator zu suchen, wie du auch in den Osten gereist bist?«

Prestimion zuckte zusammen, weil er genau in diesem Augenblick darüber nachzudenken begonnen hatte. Doch sie waren von einem Fleisch und Blut, er und Abrigant, und oft bewegten sich ihre Gedanken gleichzeitig in dieselbe Richtung. »Das würde ich wirklich gern tun«, gab er grinsend zu. »Natürlich ist vorher eine Sitzung des gesamten Rates erforderlich. Aber Seine Majestät der Pontifex wünscht mich im Labyrinth zu sehen, und dies zu fordern ist sein gutes Recht. Und wenn ich schon einmal so weit im Süden bin, kann ich vielleicht auch gleich nach Stoien weiterfahren, um …«

»Du hast eine Sitzung des gesamten Rates erwähnt«, sagte Septach Melayn. »Lass mich rasch eines fragen, solange Navigorn noch nicht zurück ist, Prestimion. Angenommen, ein Ratsmitglied – sagen wir Serithorn oder mein Vetter Dembitave – verlangt von dir geradeheraus zu wissen, warum Dantirya Sambail auf einmal ein Flüchtling ist, den du von einem Ende Alhanroels bis zum anderen jagst – was würdest du dann antworten?«

»Einfach nur, dass er sich schwer wiegende Vergehen gegen das Gesetz und die Person des Coronals hat zu Schulden kommen lassen.«

»Und du wirst keinerlei erklärende Einzelheiten nennen?«

»Ich muss dich doch erinnern, Septach Melayn«, warf Gialaurys wutentbrannt ein, »dass er der Coronal ist. Er kann tun und lassen, was ihm beliebt.«

»Aber nein, mein Bester«, widersprach Septach Melayn. »Er ist der König, wohl wahr, aber er ist kein absolutistisch herrschender Tyrann. Auch er ist wie wir alle den Dekreten des Pontifex unterworfen, und er ist in gewisser Weise auch dem Rat verantwortlich. Einen mächtigen Herrscher wie Dantirya Sambail zum Kriminellen erklären und dem eigenen Rat keinen Grund dafür nennen – nein, das kann nicht einmal der Coronal tun.«

»Du weißt, warum er nicht anders kann«, gab Gialaurys zu bedenken.

»Ja. Weil es einen gewichtigen Umstand gibt, der vor der ganzen Welt geheim gehalten und von dem mit Ausnahme von uns fünfen und Teotas, der nicht hier ist, niemand etwas weiß.« Septach Melayn wandte sich nickend an Maundigand-Klimd und Abrigant, die als Letzte in das eingeweiht worden waren, was sich an jenem Tag an der Thegomar-Kante ereignet hatte. »Aber wir verwickeln uns immer tiefer in Widersprüchlichkeiten und Ausflüchte und werden schließlich sogar lügen müssen, wenn wir das Geheimnis weiterhin wahren wollen.«

»Belasse es dabei, Septach Melayn«, sagte Prestimion. »Ich weiß keine Antworten auf diese Frage, abgesehen davon, dass ich mich in Widersprüche verwickeln und Ausflüchte machen werde, wenn der Rat mir allzu drängende Fragen über Dantirya Sambails nicht näher bezeichnete Verbrechen stellt. Wenn nötig werde ich sogar lügen, auch wenn mir das so wenig gefällt wie dir. Navigorn kehrt zurück, also lass uns hier abbrechen.«

Gerade rechtzeitig bevor Navigorn eintrat, wechselte Abrigant das Thema. »Noch etwas, mein Bruder. Wenn du wirklich in den Süden nach Aruachosia reisen willst, dann bitte ich um Erlaubnis, dich auf einem Teil des Weges zu begleiten.«

»Nur auf einem Teil des Weges?«

»Auf dem Weg liegt ein Ort namens Skakkenoir, über den wir vor einiger Zeit schon gesprochen haben. Man kann dort nützliche Metalle aus den Stängeln und Blättern der Pflanzen gewinnen. Der Ort liegt im tiefen Süden, irgendwo östlich von Aruachosia, vielleicht sogar östlich von Vrist. Während du dort unten Dantirya Sambail jagst, würde ich gern Skakkenoir aufsuchen.«

Nicht ohne eine gewisse Belustigung widersprach ihm Prestimion. »Ich sehe schon, du lässt dich durch nichts und niemand von deiner Suche abhalten. Aber die metallhaltigen Pflanzen von Skakkenoir sind eine wilde Phantasie, Abrigant.«

»Wissen wir das wirklich, mein Bruder? Erlaube mir, dorthin zu reisen und mich selbst zu vergewissern.«

Wieder lächelte Prestimion. Abrigant ließ sich nicht beirren. »Wir wollen später darüber reden, Abrigant. Dies ist nicht der richtige Augenblick. Nun, Navigorn, hast du dich erholt? Hier, trink einen Schluck Wein, er wird deine Seele beruhigen. Wie ich gerade sagen wollte, kurz bevor Navigorn von seinem Leiden gepackt wurde, hat mich der Pontifex Confalume erinnert, dass ich ihn schon längst in seiner neuen Residenz hätte aufsuchen müssen, und daher ...«

Als sie später zu zweit in den Gemächern des Coronals zu Abend aßen, griff Septach Melayn das Thema noch einmal auf. »Ich habe gesehen, wie du wegen dieses großen Geheimnisses, das wir teilen, mit dir gerungen hast, und ich weiß, wie sehr es dich quält. Wie wollen wir nun weiter damit umgehen, Prestimion?«

Sie saßen einander im privaten Esszimmer gegenüber, einer unregelmäßig geformten Nische mit sieben Wänden, die durch sieben Stufen aus schweren, schwarzen Feuereichenbalken zu erreichen war. An den Wänden hingen jahrtausendealte Stickereien, bunt und mit Silber und Gold durchwirkt, die Szenen aus dem Jagdsport und der Falknerei zeigten.

»Wenn ich eine Antwort darauf wüsste«, räumte Prestimion ein, »dann hätte ich sie dir heute Nachmittag gegeben.«

Septach Melayn starrte eine Weile den gegrillten Kaspok auf dem Teller an. Es war eine seltene Delikatesse, die er noch nicht häufig gekostet hatte, ein weißer Fisch aus den Flüssen im Norden, dessen Fleisch so süß war wie frische Beeren. Er trank einen Schluck Wein, dann noch einen erheblich größeren. »Du hast gesagt, du wolltest die Welt von ihren Schmerzen heilen, indem du die Erinnerung an den Krieg auslöschst. Alle sollten unbeschwert noch einmal vorne anfangen können. Das ist ja gut und schön, aber diese Ausbrüche von Wahnsinn, die darauf gefolgt sind …«

»Damit habe ich nicht gerechnet. Ich hätte die Verschleierung nie verfügt, wenn ich dies hätte vorhersehen können. Du weißt es, Septach Melayn.«

»Natürlich weiß ich es. Glaubst du denn, ich will es dir als Fehler vorhalten?«

»Es kam mir so vor.«

»Keineswegs. Ganz im Gegenteil. Es ist geschehen, und ich sehe, dass du persönlich die Verantwortung dafür übernehmen willst, und ich sehe, wie es dir zusetzt. Nun, ich sage dir noch einmal: geschehen ist geschehen. Hör auf, deine Kraft auf Schuldgefühle zu verschwenden, und beschäftige dich lieber mit den vor uns liegenden Herausforderungen. Sonst schadest du nur dir selbst. Als Navigorn heute diesen Anfall hatte …«

»Hör mir zu«, erwiderte Prestimion. »Ich bin für den Wahnsinn verantwortlich. Und für alles andere, was die Welt heimgesucht hat, seit ich den Thron bestiegen habe, und für alles andere, was zu meinen Lebzeiten geschehen wird. Ich bin der Coronal, und das bedeutet vor allem, dass ich für die ganze Welt verantwortlich bin. Ich bin bereit, diese Verantwortung zu tragen.«

Septach Melayn wollte etwas erwidern, aber Prestimion ließ ihn nicht zu Wort kommen. »Nein, hör mir zu. Glaubst du wirklich, ich hätte mir vorgestellt, das Tragen der Krone sei lediglich damit verbunden, große Prunkzüge und prächtige Festessen zu veranstalten und hier auf der Burg in kostbar geschmückten Räumen zwischen antiken Wandbehängen und Statuen herumzusitzen? Als ich an der Thegomar-Kante beschlossen habe, die Welt von den Erinnerungen an den Krieg zu befreien, habe ich eine voreilige Entscheidung getroffen, und ich weiß inzwischen, dass es eine schlechte Entscheidung war. Doch es war meine eigene Entscheidung, für die ich damals gute Gründe hatte, die mir im Rückblick immer noch nicht vollends abwegig erscheinen. Klingt das nach einem Mann, der von Schuldgefühlen zerfressen wird?«

»Du selbst hast heute von Schuld gesprochen. Erinnerst du dich? Das sei noch etwas, für das du die Schuld trägst, sagtest du.«

»Eine vorübergehende Laune, weiter nichts.«

»Nein, nicht nur eine Laune und nicht vorübergehend, Prestimion. Ich kann dir so gut wie jeder Magier ins Herz schauen. Jeder neue Bericht über die Epidemie des Wahnsinns erfüllt dich mit neuem Schmerz.«

»Und wenn schon, ist es das wert, mir damit dieses vortreffliche Essen zu verleiden? Der Schmerz vergeht mit der Zeit. Dieser Kaspok wurde per Eilkurier von den Ufern der Sintalmond-Bucht geschickt, damit wir uns heute Abend daran erfreuen können, aber du lässt den köstlichen Fisch auf der Zunge zu altem Leder verkommen, während du mir diese Vorträge hältst. Iss, Septach Melayn. Iss und trink. Ich versichere dir, ich bin bereit, mit allen Unannehmlichkeiten zu leben, die infolge meiner Entscheidung an der Thegomar-Kante auf mich zukommen.«

»Also gut«, gab Septach Melayn nach. »Erlaube mir dann, auf mein eigentliches Anliegen zu sprechen zu kommen. Wenn du schon mit diesem Schmerz leben musst, warum verurteilst du dich dann dazu, den Schmerz allein zu tragen?«

Prestimion sah ihn fassungslos an. »Was redest du da? Ich bin doch keineswegs allein. Ich habe dich, ich habe Gialaurys. Ich habe Maundigand-Klimd, der mir mit Weisheit und Trost zur Seite stehen kann, sogar mit beiden Köpfen, wenn ich es will. Ich habe meine beiden tatkräftigen Brüder, und ich habe …«

»Thismet wird nicht wieder lebendig werden, Prestimion.«

Septach Melayns kühne Worte trafen den Coronal, als hätte er eine Ohrfeige bekommen.

»Was?«, fragte er nach einem Augenblick völliger Verblüffung. »Hat dich jetzt der Wahnsinn gepackt, dass du so einen Unsinn redest? Ja, Thismet ist tot, und sie wird nicht wieder lebendig. Aber …«

»Willst du den Rest deines Lebens um sie trauern?«

»Niemand außer dir, Septach Melayn, könnte es wagen, so mit mir zu reden.«

»Du kennst mich gut genug, und ich wage es.« Der Entschlossenheit, die sich jetzt in Septach Melayns blauen Augen zeigte, vermochte Prestimion nichts entgegenzusetzen. »Du lebst in schrecklicher Einsamkeit, Prestimion. In den Wochen vor der Schlacht an der

Thegomar-Kante warst du voll neuer Lebenskraft und Freude, als hätte ein Teil in dir, der lange abwesend war, endlich wieder seinen Platz eingenommen. Dieser Platz in dir, der nicht ausgefüllt war, wurde damals von Thismet beansprucht. Wir alle an der Thegomar-Kante wussten, dass wir an diesem Tag Korsibars Revolte niederschlagen würden, und wir hatten diese Gewissheit, weil du unser Anführer warst und die Ausstrahlung eines unbesiegbaren Helden hattest. Und so kam es auch, doch in der Stunde unseres Sieges wurde Thismet getötet, und seitdem bist du nicht mehr der Alte.«

»Du sagst mir nichts, was ich nicht selbst …«

Ob er der Coronal war oder nicht, Septach Melayn unterbrach ihn einfach. »Lass es mich zu Ende bringen, Prestimion. Thismet starb, und das war für dich wie ein Weltuntergang. Du bist über das Schlachtfeld geirrt, als hättest du den Krieg verloren und nicht, als hättest du dir gerade den Weg zum Thron freigekämpft. Du hast die Auslöschung der Erinnerungen befohlen, als wolltest du die finsteren Begleitumstände deiner Thronbesteigung vor dem ganzen Universum verbergen, und wer hätte sich dir in diesem Augenblick widersetzen können? Am Tag deiner Krönung traf ich dich verzweifelt in Hendighails Halle, und du sagtest Dinge zu mir, die keiner mir geglaubt hätte, wenn ich sie ihm zugetragen hätte: dass dir die Königswürde nichts bedeute, dass du mit Jahren voll harter, freudloser Arbeit rechnest und dann noch mit einer bedrückenden Zeit im Labyrinth, wo du nur mehr auf den Tod warten würdest. All diese Verzweiflung schreibe ich der Tatsache zu, dass du Thismet verloren hast.«

»Und wenn es so wäre, was dann?«

»Nun, du musst dir Thismet aus dem Kopf schlagen, Prestimion. Beim Göttlichen, Mann, siehst du denn nicht, dass du sie loslassen musst? Ja, du liebst sie immer noch, aber einen Geist zu lieben macht eisige Gefühle. Du brauchst eine lebendige Gefährtin, die mit dir den Ruhm deiner Regentschaft teilt, wenn alles so läuft, wie es laufen soll, und die dich in Trübsal und schweren Zeiten in die Arme schließt.«

Septach Melayns helle Haut war gerötet, weil ihn die Aufregung und die Kraft der eigenen Worte mitgerissen hatte. Prestimion starrte ihn erstaunt an. Es war in der Tat anmaßend. Septach Melayn war ein einzigartiger Freund, der besondere Privilegien genoss. Er allein unter allen Menschen auf der ganzen Welt durfte so mit ihm reden. Doch was er da sagte, kam einem Missbrauch dieser Vorrechte sehr nahe.

Es fiel Prestimion nicht leicht, seinen Zorn zu zügeln. »Und ich nehme an, du hast schon eine Kandidatin im Auge?«

»Zufällig ja. Diese Varaile aus Stee.«

»Varaile?«

»Du bist verliebt in sie, Prestimion. Und wettere nicht und protestiere nicht. Ich habe es gesehen, es war offensichtlich.«

»Ich bin ihr nur einmal begegnet, unter falschem Namen und mit einem falschen Bart.«

»Was zwischen euch geschehen ist, hat nicht länger als fünf Sekunden gebraucht. Sie ist dir tief ins Herz gefahren wie die Axt eines Holzhauers und hat Funken in dir geschlagen, dass der ganze Raum in Flammen stand.«

»Glaubst du denn, ich bin innerlich aus Metall gemacht, dass eine Axt solche Funken schlagen kann? Oder aus Stein?«

»Es war nicht zu übersehen. Sie hat dich angesehen, wie du sie angesehen hast.«

Prestimion konnte es nicht bestreiten. Dennoch war es empörend, dass jemand so aufdringlich wurde, selbst wenn es Septach Melayn war. Er griff nach der Flasche Wein, die zwischen ihnen stand, und hielt sie eine Weile nachdenklich mit beiden Händen, ehe er ihre Kelche nachfüllte. »Was du vorschlägst, ist unmöglich«, sagte er schließlich. »Varaile ist eine Bürgersfrau, Septach Melayn, und ihr Vater ist ein grober, flegelhafter Kerl.«

»Du würdest ja nicht ihren Vater heiraten. Und was sie selbst angeht – viele Coronals haben bürgerliche Frauen genommen. Ich kann die Geschichtsbücher holen und dir die Beispiele heraussuchen, wenn du es willst. Übrigens entstammt auch jeder Aristokrat letzten Endes einer bürgerlichen Familie, wenn du nur lange genug in die Vergangenheit zurückgehst. Ich will dich nicht verletzen, Prestimion, aber trifft es nicht zu, dass auch die Familie der Prinzen von Muldemar von einer Ahnenreihe abstammt, zu der Bauern und Weinbauer gehört haben?«

»Das war vor unendlich langer Zeit, lange vor Lord Stiamots Regentschaft, Septach Melayn. Als er die Burg baute, waren wir bereits in den Adelsstand erhoben.«

»Und du kannst dir die Nase zuhalten und Simbilon Khayf zum Herzog oder Grafen ernennen. Er wäre nicht der erste schmierige Geldverleiher, der eine solche Ehrung erfährt. Damit kannst du seine Tochter zur Königin machen.«

Es hatte nicht übel Lust, Septach Melayn einfach hinauszuwerfen. Prestimion rang um seine innere Ruhe, bis er in der Lage war, mit einigermaßen gleichmütigem Tonfall zu antworten. »Du versetzt mich in Erstaunen, mein Freund. Ich muss zugeben, dass es dumm wäre, ewig um Thismet zu trauern, und ein Coronal sollte sich durchaus zu gegebener Zeit eine Gefährtin suchen. Aber willst du mich wirklich mit einer Frau verheiraten, die ich weniger als eine Stunde gesehen habe? Ihre bürgerliche Herkunft einmal außer Acht gelassen, muss ich dich daran erinnern, Septach Melayn, dass sie und ich uns völlig fremd sind.«

»Das lässt sich jederzeit ändern. Sie hält sich in diesem Augenblick in der Burg auf. Nächste Woche kommt sie zum formellen Empfang bei Hofe. Wie ich schon sagte, wenn du sie einlädst, sich dem Kreis der Hofdamen anzuschließen, wird sie es nicht ausschlagen können. Und dann hast du reichlich Gelegenheit, sie ...«

Der Zorn, der beinahe ausgebrochen wäre, löste sich jetzt in Lachen auf. »Ach, jetzt verstehe ich«, platzte Prestimion heraus. »Das hast du wirklich raffiniert eingefädelt. Und mit dem Angebot, sie würden zur Audienz zugelassen, hast du Vater und Tochter geködert.«

»Zunächst war es nötig, Varailes Schweigen zu erkaufen, sonst hätte Simbilon Khayf umgehend erfahren, wer die drei Kaufleute waren, die ihn an jenem Tag in Stee aufsuchten und um ein Darlehen baten.«

»Das sagtest du schon. Ich frage mich, ob es nicht einen einfacheren Weg gegeben hätte, um das Gleiche zu erreichen. Wie auch immer, Septach Melayn, wir wollen dem ein Ende setzen. Du musst wissen, dass mir derzeit nichts ferner liegt als der Gedanke an eine Heirat. Ist das klar?«

»Ich bitte dich nur darum, die Gelegenheit zu ergreifen und sie ein wenig besser kennen zu lernen. Kannst du wenigstens dies tun?«

»Wie ich sehe, ist es dir wohl sehr wichtig.«

»Das ist es.«

»Also gut. Um deinetwillen, Septach Melayn, werde ich es tun. Aber wecke keine falschen Hoffnungen in ihr, mein Freund. So sehr du es dir auch wünschen magst, ich bin derzeit nicht bereit, mir eine Frau zu nehmen. Falls du dich aber allzu sehr nach einer Hochzeitsfeier auf der Burg sehnst, dann kannst du sie ja einfach selbst heiraten.«

»Wenn du sie nicht nimmst«, sagte Septach Melayn herablassend, »dann werde ich es tun.«

5

Dem Brauch folgend, hatte Lord Confalume, genau wie Lord Prankipin vor ihm, an jedem zweiten Sterntag des Monats eine formelle Audienz abgehalten. Bedeutende Bürger des Reichs erschienen vor dem Coronal und wurden mit ein oder zwei Augenblicken seiner Aufmerksamkeit geehrt. Prestimion fand diesen Brauch albern und geistlos, musste jedoch einräumen, dass es durchaus nützlich war, wenn auf diese Weise die Bindung der Menschen an ihren Regenten gefestigt wurde. Der kurze Moment, den man in Gegenwart des Coronals verbringen durfte, war ein Erlebnis, das ein Bürger sein Lebtag nicht mehr vergessen würde; und dabei hätte er stets das Gefühl, er stehe in gewisser Weise mit der Pracht und Macht des Coronals auf vertrautem Fuße. Ein erhebender Moment also, der äußerste Dankbarkeit und unerschütterliche Treue für den Herrscher zu wecken vermochte.

Dies war erst der dritte Empfang, den Prestimion seit seiner Thronbesteigung auszurichten die Zeit fand. Da es vor allem auch ein politisches Theater war, erforderte der Auftritt des Coronals sorgfältige Planung und gründliche Proben. Unter anderem musste Prestimion am Vorabend ein oder zwei Stunden damit verbringen, unter Anleitung Zeldor Luudwids, der als Kammerherr für das Ereignis verantwortlich zeichnete, über jeden der zu ehrenden Besucher irgendeine schmeichelhafte Einzelheit auswendig zu lernen.

Am Tag der Zeremonie selbst wurde mindestens noch eine weitere Stunde auf die Auswahl der richtigen Bekleidung verwendet. Der Coronal musste über die Maßen königlich aussehen, was bedeutete, dass er nicht einfach irgendein beliebiges Kostüm in den traditionellen Farben Grün und Gold anlegen durfte, die das Amt und die Macht des Herrschers symbolisierten. Vielmehr übte man sich in der Kunst der geschmackvollen Übertreibung: Verschiedene Kombinationen von Pelzumhängen, Seidentüchern, steifen, funkelnden Epauletten, Diademen, Edelsteinen und sonstigen Kinkerlitzchen wollten ausprobiert werden, hier war noch eine Korrektur nötig, und dort wurde etwas angelegt und wieder weggenommen und dann doch wieder angelegt, bis die gewünschte großartige Wirkung erreicht war.

Die Grundausstattung bestand heute aus einem hoch angesetzten, locker fallenden Wams aus goldenem Samt, das auf der Brust geteilt war, um den Blick auf das grüne Seidenhemd darunter freizugeben. Die weiten Ärmel waren bis zu den Ellenbogen geschlitzt, um an den Handgelenken wieder eng anzuliegen, und liefen in umgeklappten Spitzenmanschetten aus, die ihrerseits halb unter Stulpenhandschuhen aus rotem Leder verschwanden. Die gleichfarbigen Stiefel aus weichem Leder waren ebenfalls umgeschlagen, damit die grünen Seidenstrümpfe zur Geltung kamen.

Die Stiefel waren ein Problem, weil sie dicke Sohlen hatten, die ihn fast eine Handbreit größer machten. Prestimion hatte sich längst damit abgefunden, dass er nicht so groß war wie die meisten anderen Männer. Es machte ihm nichts aus, und im Grunde dachte er kaum darüber nach. Da er die künstliche Erhöhung durch das Schuhwerk jedoch als Beleidigung empfand, bat er darum, die Stiefel durch ein Paar mit flacher Sohle zu ersetzen. Nach fünfzehnminütiger Suche zeigte sich allerdings, dass in seiner Garderobe keine flachen Stiefel existierten, deren Farbe zur übrigen Aufmachung passte. Er hätte mit dem Herausputzen noch einmal ganz von vorn beginnen und zunächst ein Wams von einem etwas anderen Goldton wählen müssen. Darauf reagierte er zunächst mit einem Wutausbruch, weil es zu spät war, um alles wieder umzustoßen, doch am Ende zog er die erhöhten Stiefel an, auch wenn es ihm unangenehm war, auf einmal um eine Handbreit gewachsen auf die Welt hinunterzuschauen.

Auf dem Kopf trug er natürlich die große Sternenfächerkrone von Lord Confalume, diesen grotesk überladenen Batzen von Smaragden, Rubinen und purpurnen Diniabas in glänzenden Metallfassungen. Ein Kopfputz, der gleichsam mit einem Fanfarenstoß verkündete, dass der Träger der rechtmäßige gesalbte Herrscher des Reichs war. Auf der Brust ruhte das goldene Medaillon, das Confalume ihm zur Krönung geschenkt hatte. In der Mitte des Anhängers waren Siegel und Wappen von Lord Stiamot abgebildet; angeblich handelte es sich um eine moderne Nachbildung des Medaillons, das die Herrscher früherer Zeiten getragen hatten. In Wirklichkeit traf nichts dergleichen zu. Prestimion, Serithorn und Prinz Korsibar, an den sich niemand mehr erinnerte, hatten die Geschichte dieses Medaillons nur erfunden, um anlässlich des vierzigsten Jahrestages seiner Thronbesteigung eine glaubwürdig aussehende Reproduktion des angeblich seit langem verschollenen »Originals« als Geschenk für Lord Confalume herstellen zu können. Jetzt war das Ding also an Prestimion weitergereicht worden und würde, auf ewig verehrt und gehütet, von Coronal zu Coronal weitervererbt werden. In einigen Jahrhunderten würde es als unverbrüchlicher Glaubenssatz gelten, dass der halb legendäre Stiamot persönlich dieses Medaillon vor anderthalb Ewigkeiten getragen hätte. So und nicht anders, dachte Prestimion, entstehen alle bedeutenden Traditionen.

Lord Confalume hatte den Thronraum mit Dreibeinen, Weihrauchfässchen und den astrologischen Rechenmaschinen seiner Hofmagier ausstatten lassen – nicht weil sie bei den offiziellen Zeremonien bei Hofe irgendeine Rolle spielten, sondern einfach weil er in seinen späten Lebensjahren derlei Dinge gern in seiner Nähe wusste. Prestimion war in dieser Hinsicht weniger gläubig als Confalume. Natürlich wusste er auf eine gut kalkulierte Art und Weise den Wert und die Bedeutung der Zauberei im modernen Majipoor zu berücksichtigen, doch er ging auf keinen Fall so weit wie viele Menschen im Volk, die sich in einem Maße auf die Magie verließen, das man nur als blinden Aberglauben bezeichnen konnte.

So waren alle magischen Geräte, die Confalume ihm hinterlassen hatte, aus dem Raum geschafft worden. Einen oder zwei Magier ließ Prestimion jedoch bei seinen Empfängen in der Nähe Aufstellung nehmen, und sei es nur, um den Vorlieben der Öffentlichkeit entgegenzukommen. Wenn die Menschen glauben wollten, dass er nicht nur dank der Gnade des Göttlichen, sondern auch mit Hilfe irgendwelcher Dämonen, Geister oder anderer übernatürlicher Kräfte herrschte, die beim Volk von Majipoor jeweils gerade hoch im Kurs standen, dann wollte er diese Illusion nicht zerstören.

Heute war Maundigand-Klimd der diensthabende Magier. Ein Su-Suheris war besonders gut geeignet, den Leuten Ehrfurcht einzuflößen. Auf Septach Melayns besonderen Wunsch waren auch zwei Geomanten aus Tidias zugegen, die sich mit hohen Messinghelmen und metallisch glänzenden Gewändern ausstaffiert hatten. Lord Confalume hatte sie und viele andere ihres Gewerbes in Dienst genommen, und sie standen offenbar alle noch auf den Lohnlisten der Burg, auch wenn sie unter der Regentschaft des neuen Coronals keine offizielle Funktion mehr ausübten. Offenbar hatten sich diese beiden bei Septach Melayn, der ebenfalls aus Tidias stammte, beschwert, weil sie nichts mehr zu tun hatten. Also waren sie angetreten, standen nun links und rechts neben Maundigand-Klimd stramm und symbolisierten mit den beeindruckenden Kopfbedeckungen das Reich der übernatürlichen Kräfte, das Seite an Seite mit der Alltagswelt Majipoors existierte.

Freilich war es ihnen nicht gestattet, Anrufungen zu sprechen, unsichtbare Kraftlinien auf den Boden zu zeichnen oder ihre bunten, mit magischen Eigenschaften ausgestatteten Pülverchen zu verbrennen. Sie dienten bloß der Dekoration wie die Trauben von Mondsteinen und Turmalinen, Amethysten und Saphiren, die Lord Confalume unter gewaltigen Kosten in die riesigen vergoldeten Deckenträger hatte einarbeiten lassen.

»Mein Lord«, drängte der Majordomus Nilgir Sumanand, »es ist Zeit für die Audienz.«

In der Tat, es wurde Zeit. Prestimion verließ das Ankleidezimmer und stakste linkisch auf den dicken Stiefelsohlen durch die Gänge an den unzähligen Räumen der Burg vorbei, die seine königlichen Vorgänger ihm hinterlassen hatten. Auch er würde zu gegebener Zeit in der Burg des Coronals seine Spuren hinterlassen. Es entsprach der Tradition, dass jeder Herrscher nach seinem Geschmack Veränderungen und Ergänzungen vornahm.

Die zahlreichen kleineren Räume, die zwischen der Ankleidekammer und Confalumes Thronraum lagen, schienen beispielsweise eine reine Platzverschwendung darzustellen. Er hatte sich schon überlegt, die Wände einreißen zu lassen und direkt neben dem Thronsaal einen großen Gerichtssaal zu bauen, etwas Riesiges und Gewaltiges mit Kristallleuchtern und Fenstern aus Milchglas. Gleich daneben vielleicht noch eine strenge, aber beeindruckende Kapelle für die private Kontemplation des Coronals. Der vorhandene Andachtsraum war nicht mehr als ein Behelf ohne architektonische Reize. Außerhalb des zentralen Bereichs, vielleicht drüben an diesem verrückten Wachtturm, den Lord Arioc vor langer Zeit erbaut hatte, wollte Prestimion ein Museum einrichten, das der Geschichte Majipoors gewidmet war, ein Archiv mit Erinnerungsstücken an die lange Vergangenheit dieser Welt. Spätere Herrscher mochten dort dereinst die Leistungen ihrer Vorgänger studieren und über die eigenen Absichten nachdenken. Doch all dies lag noch weit in der Zukunft. Seine Amtszeit hatte gerade erst begonnen.

Ohne zu lächeln, ohne nach links und rechts zu blicken und steifbeinig, um nicht wegen der unbequemen Stiefel zu stolpern, betrat er den Thronraum, neigte feierlich den Kopf, als die Untertanen ihn mit Sternenfächern begrüßten, und stieg die vielen Stufen des Mahagonipodests hinauf, auf dem der Thron stand.

Feierlich. Das war das richtige Wort. Er wusste besser als jeder andere, welch ein hohler Mummenschanz dies alles war. Der wichtigste und vielleicht einzige Zweck war es, die Leichtgläubigen zu beeindrucken. Doch trotz seiner Intelligenz und Erfahrung und trotz des Fünkchens an Respektlosigkeit, das er hoffentlich nie verlieren würde, empfand auch Prestimion eine gewisse Ehrfurcht. Ein Coronal musste an den eigenen Mummenschanz glauben, dachte er. Sonst würde auch das Volk nicht daran glauben.

Der Glaube an die Großartigkeit und Macht des Coronals, die in Auftritten wie diesem hier zum Ausdruck kam, diese protzige Aufführung mit Roben, Thronen und Kronen, all dies hatte, davon war Prestimion überzeugt, eine Menge mit dem ewigen Frieden und Wohlstand dieser riesigen Welt zu tun, seit vor dreizehntausend Jahren die ersten Siedler hierher gekommen waren. Der Coronal war die Verkörperung aller Hoffnungen, Ängste und Sehnsüchte dieser Welt. All dies war jetzt Prestimion von Muldemar anvertraut worden, der nur zu gut wusste, dass er allzu menschlich und sterblich war, und sich dennoch zu benehmen hatte, als wäre er viel mehr als dies. Wenn er, um den Ansprüchen der Öffentlichkeit Genüge zu tun, reich geschmückte, wundervolle grüne und goldene Gewänder anlegen und mit feierlichem Ernst auf einem gewaltigen, schimmernden Klotz aus schwarzem Opal sitzen musste, der von blutroten Adern aus Rubinen durchzogen war, dann sollte es eben so sein. Er würde seine Rolle in diesem Stück spielen, wie man es von ihm erwartete.

Als er sich auf dem Thron niederließ, stand schon der Kammerherr Zeldor Luudwid links neben ihm an einem Tisch bereit, auf dem die heute zu verleihenden Auszeichnungen gestapelt waren. Ein Stück neben ihm ragte Maundigand-Klimd auf, links und rechts von den beiden Geomanten aus Tidias flankiert wie von Bücherstützen. Auf der anderen Seite des Throns hielten sich untergeordnete Kammerherren bereit – zwei riesige Skandars, die selbst nach Begriffen ihres eigenen Volks sehr hoch gewachsen waren, ausgerüstet mit großen Stäben, die ihr Amt symbolisierten. Hinter ihnen konnte Prestimion auch Septach Melayn, der ihn seinerseits aufmerksam beobachtete, im Schatten ausmachen. Es war ungewöhnlich, dass der Hohe Berater an einem solchen Empfang teilnahm, doch Prestimion hatte eine gewisse Ahnung, warum Septach Melayn heute aufgetaucht war.

Draußen wartete Simbilon Khayf, deutlich auszumachen unter den vielen Bürgern, die heute dem Coronal ihre Aufwartung machen wollten, und unverkennbar der starre Turm aus glitzerndem silbernem Haar; an der Seite des Vaters war auch Lady Varaile zu sehen, groß, stattlich und schön. Septach Melayn – verdammt sollte er sein – war gekommen, um ihre Begegnung mit dem Coronal zu beobachten.

»Seine Lordschaft der Coronal Prestimion heißt euch auf der Burg willkommen«, begann Zeldor Luudwid den Singsang der Zeremonie, »und tut euch kund, dass er eure Leistungen und Fähigkeiten sorgfältig geprüft hat und einen jeden von euch als Zierde des Reichs betrachtet.«

Es war die übliche formelle Begrüßung, deren Wortlaut Prestimion kaum zur Kenntnis nahm, auch wenn er den Anschein erweckte, er würde aufmerksam zuhören. Stocksteif saß er da und sah in heiterer Gleichmut der wartenden Menge entgegen. Dabei achtete er peinlich darauf, niemand Bestimmtes ins Auge zu fassen. Er ließ den Blick über die Köpfe wandern und konzentrierte sich vor allem auf die leuchtenden Farben des Wandbehangs gegenüber, wo Lord Stiamot abgebildet war, wie er die Ehrenbezeugungen der besiegten Metamorphen entgegennahm.

Nicht zum ersten Mal fragte er sich, wie viele tausend Royal Confalume als Coronal ausgegeben hatte, um diesen überwältigenden Thronraum einzurichten, der jetzt seinen Namen trug. Prestimion nahm sich vor, eines Tages in den Archiven die Rechnungen zu suchen. Wahrscheinlich war es mehr gewesen, als Stiamot ursprünglich für den Bau der Burg aufgewendet hatte. Es hatte sicherlich Jahre gedauert, diesen Raum mit der hohen Decke einzurichten – die mit hellrotem Blattgold belegten, mit unzähligen Edelsteinen bestückten Träger, die prächtigen Wandbehänge, den Boden aus kostbarem gelbem Gurna-Furnier. Allein der Thron musste ein Vermögen gekostet haben – nicht nur wegen des mächtigen schwarzen Opalbrockens, aus dem er geschnitten war, sondern auch wegen der kräftigen silbernen Säulen und des riesigen goldenen

Baldachins und dessen Einlegearbeiten aus blauem Perlmutt, ganz zu schweigen vom Sternenfächer aus weißem Platin mit den Kugeln aus purpurnem Onyx, der über allem prangte.

Aber natürlich war auch reichlich Geld vorhanden gewesen, das Confalume hatte ausgeben können. Majipoor hatte noch nie eine solche Zeit des Überflusses und Wohlstandes erlebt wie in seiner Regierungszeit.

Teilweise war es ganz einfach nur reines Glück gewesen, denn seit vielen Jahrzehnten hatte es keine Dürrezeiten, Überschwemmungen, Unwetter und andere Naturkatastrophen mehr gegeben. Außerdem hatte Confalume, ausgehend von den Vorgaben seines Vorgängers Lord Prankipin, die Besteuerung drastisch reduziert, was umgehend dem Volk zugute gekommen war, und sich große Mühe gegeben, alle altmodischen, überkommenen Handelsbeschränkungen aufzuheben, die den freien Warenverkehr zwischen den Provinzen behindern konnten. Auch in vielen anderen Bereichen hatte er sich dafür eingesetzt, unnötige hinderliche Regelungen aufzuheben. Dabei hatte er die wertvolle Unterstützung von Dantirya Sambail gewonnen, der als Prokurator von Ni-moya im Laufe der Jahre angefangen hatte, den kleineren Kontinent Zimroel wie ein eigenständiger König zu regieren. Viele der alten Handelsbeschränkungen waren ursprünglich eingeführt worden, um die Interessen Zimroels gegenüber dem älteren und besser entwickelten Kontinent Alhanroel zu schützen. Doch Dantirya Sambail hatte rasch begriffen, dass all diese überkommenen Beschränkungen inzwischen mehr schadeten als nützten, und keine Einwände erhoben, als sie ersatzlos hatten gestrichen werden sollen. Die Folge war eine gewaltige Zunahme der Produktivität und des Handels auf der ganzen Welt gewesen.

Nach Prestimions Ansicht war das zugleich gut und

schlecht. Er hatte in einem wundervollen, blühenden Reich den Thron bestiegen, aber zunächst galt es, die Schäden zu beseitigen, die durch den Bürgerkrieg angerichtet worden waren. Zudem musste man berücksichtigen, dass Dantirya Sambail nicht mehr für das Wohl des Ganzen eintrat, sondern sich sogar als dessen Feind entpuppt hatte. Prestimion war jedoch sicher, dass er diese Probleme rasch bewältigen konnte. Ihm blieb auch nichts anderes übrig, denn man würde seinen Namen in alle Ewigkeit verfluchen, wenn es ihm nicht gelänge, den Wohlstand zu halten, der unter Lord Confalume erarbeitet worden war.

Nacheinander wurden die auserwählten Zierden des Reichs, deren Leistungen und Tugenden sich der Coronal mit großer Sorgfalt eingeprägt hatte, vor den Thron gerufen, um Anerkennung für ihr Wirken zu finden.

Heute waren keine Angehörigen des alten Adels zugegen, denn die Aristokratie erhielt ihre Auszeichnungen auf andere Weise. Die Menschen, die sich hier beim Coronal versammelt hatten, waren von niedrigerem Rang: Wahlbeamte und Geschäftsleute aus verschiedenen Städten oder Provinzen, auch einige Bauern, die sich auf besonders lobenswerte Weise um die Entwicklung des Ackerbaus verdient gemacht hatten, ferner Künstler und Schriftsteller, Schauspieler, Sportler und sogar ein oder zwei Gelehrte.

Gewöhnlich konnte Prestimion sich leicht erinnern, warum dieser oder jener geehrt werden sollte, oder er konnte es den einleitenden Bemerkungen entnehmen, mit denen Zeldor Luudwid jeden Besucher vorstellte. Wenn ihm nichts Passendes einfiel, machte er wenigstens noch eine allgemeine Bemerkung, die für angemessen gehalten werden konnte. Als etwa die Bürgermeisterin von Khyntor in Zimroel vortrat, um sich für eine zweifellos bedeutende Verbesserung in ihrer Stadt loben zu lassen, hatte Prestimion nicht die leiseste Ahnung, was genau die gute Frau geleistet hatte, doch es fiel ihm nicht schwer, voller Begeisterung über die berühmten Brücken von Khyntor zu sprechen – bemerkenswerte Ingenieurleistungen, die nötig gewesen waren, um mit kühnen Bauwerken den Fluss Zimr zu überspannen. Jedes Kind in Majipoor hätte dies gewusst.

Als ein Seelenmaler aus Sefarad, der eine berühmte Bilderserie über die Gezeitenseen von Varfanir gemalt hatte, vor den Thron trat, musste Prestimion erkennen, dass er den Mann mit einem anderen Seelenmaler verwechselt hatte, der mit seinen Portraits von Ballerinas berühmt geworden war. Er konnte nicht mehr genau sagen, wer der Mann mit den Gezeiten und welcher nun der Maler mit den Tänzerinnen war, und zog sich aus der Affäre, indem er kurz und allgemein über die Wunder der Seelenmalerei sprach, über seine Faszination für dieses Medium, bei dem die Künstler ihre Visionen unmittelbar auf entsprechend präparierte psychosensitive Stoffe übertrugen, und brachte seine Hoffnung zum Ausdruck, sich eines Tages auch selbst in dieser Kunst versuchen zu können, wenn die Regierungsarbeit ihm etwas Raum ließ, um die nötigen Fertigkeiten zu erlernen.

Und so ging es weiter und weiter, eine kleine Ansprache folgte auf die nächste, elegant und würdevoll und wohl formuliert, und jeder Auftritt fand seinen Abschluss, indem Zeldor Luudwid dem Geehrten die entsprechende Dekoration überreichte, meist eine bunte Schärpe oder eine funkelnde Medaille oder etwas Ähnliches, worauf der ob seiner intimen Begegnung mit dem Herrscher der Welt noch völlig Überwältigte sanft zu seinem Platz zurückbugsiert wurde.

Simbilon Khayf war einer der Letzten, die vor dem Thron erscheinen sollten. Bei ihm hatte Prestimion natürlich keine Probleme mit dem Gedächtnis. Zuerst sprach er über die Bedeutung der Privatbankiers wie Simbilon Khayf für die Förderung der unternehmerischen Tätigkeit in Majipoor, dann wechselte er das Thema und schilderte Simbilon Khayfs erstaunlichen Aufstieg aus den Reihen der einfachen Fabrikarbeiter in Stee zu seiner jetzigen bedeutenden Position in der Finanzwelt. Simbilon Khayf sah während der ganzen Lobrede den Coronal unverwandt an, und Prestimion begann sich zu fragen, ob dieser gerissene, unangenehme Mann nicht vielleicht doch eine Verbindung zwischen dem gekrönten Oberhaupt, das vor ihm auf dem Thron saß, und dem schnurrbärtigen Kaufmann herstellen konnte, der ihn in seinem Wohnsitz in Stee um ein Darlehen gebeten hatte.

Doch Simbilon Khayf ließ sich nichts anmerken. Während der ganzen Audienz beim Coronal zeugte sein ergriffenes Gesicht von Demut und Ehrfurcht, und als er aus Zeldor Luudwids Hand den goldenen Kranz des Ordens von Lord Havilbove entgegennahm und dankende Worte stammelte, war seine Stimme schwer und halb erstickt vor innerer Bewegung und die Hände zitterten, als könnte er die ungeheure Ehre, die ihm hier zuteil wurde, kaum ertragen.

Nach der Zeremonie gab der Coronal üblicherweise für die bedeutenderen unter den Dekorierten einen etwas weniger formellen Empfang in einem benachbarten Raum. Dies sollte, wie Prestimion genau wusste, der triumphale Höhepunkt der kleinen Intrige werden, die Septach Melayn gesponnen hatte. Denn wer den Orden von Lord Havilbone bekommen hatte, durfte natürlich auch am zweiten Empfang teilnehmen. Unweigerlich würde Prestimion früher oder später vor Simbilon Khayf und seiner Tochter stehen und angesichts der Situation ein etwas längeres Gespräch kaum vermeiden können.

Genau dies hatte Septach Melayn vermutlich die ganze Zeit im Auge gehabt.

Prestimion bewegte sich elegant und geschmeidig im Raum hin und her, um möglichst mit jedem Gast ein paar Worte zu wechseln. Die unnatürlich dicken Sohlen der Stiefel behinderten ihn kaum noch, aber es war seltsam, auf einmal so groß zu sein. Nach einer Weile konnte er direkt vor sich den unmöglichen Haarturm auf Simbilon Khayfs Kopf sehen. Varaile hielt sich seltsamerweise nicht in der Nähe ihres Vaters auf. Prestimion sah sie gleich danach am anderen Ende des Raumes mit Septach Melayn sprechen.

Der Kaufmann und Bankier schien immer noch völlig überwältigt. Er stammelte und wollte sich für die freundliche Einladung des Coronals bedanken, wechselte nach einigen Augenblicken das Thema und begann ausführlich, aber recht zusammenhanglos unter gewaltigem Schnaufen und mit lebhaft gerötetem Gesicht ein Loblied auf seine eigenen Leistungen zu singen. Es passte hervorragend zusammen, diese ungeheure Selbstüberschätzung und die starke Unsicherheit dahinter. Das eigenwillige Verhalten des Kaufmanns verstärkte Prestimions Eindruck, dass Simbilon Khayf wohl wirklich keine Verbindung zwischen dem bärtigen Besucher in Stee und dem Coronal, der jetzt vor ihm stand, herzustellen vermochte. Varaile hatte offenbar Wort gehalten, wie sie es Septach Melayn versprochen hatte, und die Wahrheit nicht verraten.

Simbilon Khayf schnaufte und schnaubte ohne Unterlass und war überhaupt nicht mehr zu bremsen. Prestimion befreite sich endlich von ihm und arbeitete sich weiter durchs Gedränge, doch es dauerte noch einmal zehn Minuten, bis er Varaile erreichte.

Ihre Blicke begegneten sich, und es war genau wie beim ersten Mal, damals im Haus ihres Vaters in Stee, dieses beunruhigende Kribbeln, als eine Verbindung zwischen ihnen entstand, dieser erregende Schauder, diese Unsicherheit, diese Verwirrung. Sie empfand es ganz ähnlich, das war nicht zu übersehen: die für einen Moment geweiteten Nasenflügel, das kurze Zucken der Mundwinkel, die kleinen, unsteten Blicke hierhin und dorthin, das leichte Erröten des makellos schönen Gesichts.

Das ist keine Illusion, dachte er. Es ist sehr real.

Doch es war blitzschnell vorbei. Im Nu war sie wieder kühl und gelassen und ganz Selbstbeherrschung, der Inbegriff einer wohlerzogenen jungen Frau, die sich in Gegenwart ihres Königs zu benehmen wusste. So gefasst und korrekt, wie ihr Vater linkisch und nervös war, begrüßte sie ihn mit der angemessenen Ehrerbietung, machte den Sternenfächer und bedankte sich in schlichten, aber warmen Worten mit der tiefen, wundervoll musikalischen Stimme, die er schon in Stee vernommen hatte, für die große Ehre, die ihrem Vater zuteil geworden war. Damit hatte sie alles getan, was angesichts der Situation von ihr zu erwarten war. Prestimion hätte darauf ohne weiteres die Dankesbezeugung mit einer raschen unverbindlichen Bemerkung quittieren und zum nächsten Gast weitergehen können.

Doch er sah Septach Melayn mit verschränkten Armen in der Nähe stehen, ihn aufmerksam und mit verschlagenem Lächeln beobachtend, und er wusste genau, dass in dieser Situation sein Freund die Fäden in der Hand hielt. Der Meister des Duells mit der Klinge hatte ihn in die Ecke manövriert. Septach Melayn würde keinen einfachen, feigen Rückzug zulassen.

Auch Varaile schien auf etwas zu warten. Prestimion suchte verzweifelt nach den richtigen Worten – irgendetwas, um die riesige Kluft zu überbrücken, die zwischen dem Coronal und einer Untertanin klaffte, damit er ein entspanntes Gespräch wie zwischen einem Mann und einer Frau mit ihr führen konnte. Ihm wollte nichts einfallen. Er fragte sich, ob ein so unbefangenes Gespräch überhaupt möglich wäre. Er hatte keine Ahnung, was er sagen sollte. Seit frühester Kindheit war er dazu ausgebildet worden, sich auch in den schwierigsten Situationen diplomatisch zu verhalten, doch auf etwas wie dies hatte ihn die ganze Ausbildung nicht vorbereiten können. Stumm und wie gelähmt stand er vor ihr.

Am Ende war es Varaile, die ihn erlöste. Als sie sein verlegenes Schweigen sah, lockerte sich ihre kühle, förmliche Haltung, und etwas Wärmeres und nicht ganz so Steifes kam zum Vorschein. Ein kleines belustigtes Funkeln in den Augen, die Andeutung eines neckischen Lächelns spielte um die Lippen, ein stummes Beipflichten, dass auch sie die Komik der Situation erfasste und die Verunsicherung teilte. Mehr brauchte es nicht. Sofort war wieder ein verbindendes Strömen zwischen ihnen, schlagartig und fast erschreckend intensiv.

Prestimion war erleichtert und entzückt.

Es fiel ihm schwer, die königliche Haltung nicht ganz und gar aufzugeben, während all dies in ihm vorging. Auch er entspannte sich ein wenig und ließ zu, dass sein unnahbarer Gesichtsausdruck weicher wurde. Sofort erkannte sie seine Reaktion als das, was sie war, sah ihm offen in die Augen, wie sie es bisher nicht gewagt hatte, und sagte fast beiläufig und wie unter guten Bekannten: »Ihr kommt mir jetzt größer vor als damals in Stee. Damals waren unsere Augen auf gleicher Höhe.«

Es war ein riesiger Sprung über die Grenzen, die sie trennten. Wie über die eigene Kühnheit erschrocken, wich sie mit leisem Keuchen zurück und legte die Fingerspitzen auf die Lippen. Jetzt waren sie wieder Monarch und Untertan.

War es das, was er wollte? Nein, nein. Auf keinen Fall. Also lag es jetzt bei Prestimion, ihr die Selbstsicherheit zurückzugeben, sonst wäre der Augenblick unwiederbringlich vertan. »Es sind diese idiotischen Stiefel«, sagte er lächelnd. »Ich soll damit beeindruckender aussehen. Ihr werdet mich nie wieder damit sehen, ich verspreche es Euch.«

Sofort war das neckische Funkeln wieder da. »Die Stiefel – nun gut. Aber werde ich Euch denn überhaupt wieder sehen?«

Septach Melayn, der ein Dutzend Schritt hinter ihr stand, nickte begeistert und strahlte hocherfreut.

»Wollt Ihr es denn?«, fragte Prestimion.

»O mein Lord … o ja, mein Lord …«

»Wenn Ihr es wollt, dann gibt es für Euch einen Platz bei Hofe«, sagte Prestimion. »Septach Melayn kann sich darum kümmern. Ich muss bald das Labyrinth aufsuchen, aber vielleicht können wir danach zusammen speisen, sobald ich wieder in der Burg bin. Ich würde Euch wirklich gern näher kennen lernen.«

»Darüber würde ich mich sehr freuen, mein Lord.« Jetzt vermittelte ihr Tonfall eine Mischung aus förmlicher Distanz und Eifer. Das leichte Beben der Stimme verriet, dass sie so aufgewühlt war wie er. Trotz aller Gefasstheit wusste auch sie nicht, wie sie mit dem umgehen sollte, was sich zwischen ihnen anbahnte. Sie wusste es so wenig wie er. Prestimion fragte sich allerdings, was Septach Melayn ihr über seine Absichten erzählt hatte. Er hätte nicht einmal selbst erklären können, wie seine Absichten überhaupt aussahen.

Doch die Unterhaltung hatte sich schon viel zu lange hingezogen. Septach Melayn war nicht der Einzige, der sie beobachtete.

»Mein Lord?«, sagte sie, als er sich in aller Form von ihr verabschiedet hatte und sich entfernen wollte.

»Ja, Varaile?«

»Mein Lord, wart Ihr es wirklich, damals in unserem Haus in Stee?«

»Habt Ihr daran noch irgendeinen Zweifel?«

»Aber darf ich vielleicht auch fragen, warum Ihr überhaupt gekommen seid?«

»Um Euch zu treffen«, sagte er, und er wusste, dass es von diesem Augenblick an kein Zurück mehr gab.

6

Das Labyrinth von Majipoor war, um es milde auszudrücken, ein trostloser Ort: eine riesige unterirdische Stadt, Ebene auf Ebene in die Tiefen des Planeten hineingebaut. Ganz unten und am weitesten von den wärmenden Strahlen der Sonne entfernt, waren die persönlichen Gemächer des Pontifex verborgen.

Prestimion hatte hier einige der schwärzesten Augenblicke seines Lebens erleiden müssen.

In der Haupthalle des Labyrinths, die als Hof der Throne bekannt war, hatte Korsibar in dem Augenblick, als der Tod des Pontifex Prankipin verkündet worden war, völlig überraschend nach der Sternenfächerkrone gegriffen, die Prestimion gehören sollte, und sie sich direkt vor Prestimions Augen und in Gegenwart der höchsten Vertreter des Reichs aufgesetzt.

In den Gemächern, die dem Coronal bei seinen Besuchen im Labyrinth zur Verfügung standen, war Prestimion vor Korsibars Vater Lord Confalume getreten, der heute als Pontifex Confalume amtierte, und hatte von ihm den Thron verlangt, den Confalume ihm versprochen hatte. Der fassungslose und gebrochene Confalume hatte ihn jedoch wissen lassen, dass man nichts tun könne, da die Usurpation eine unwiderrufliche Tat sei. Korsibar sei jetzt Coronal, und Prestimion könne nur noch wie ein begossener Pudel abziehen, um das Beste aus seinem Leben zu machen, wobei er sich jegliche Hoffnung, doch noch den Thron zu besteigen, aus dem Kopf schlagen müsse. Confalume hatte geweint, als Prestimion ihn gedrängt hatte, gegen diese empörende Anmaßung vorzugehen – Confalume in Tränen! Doch der Pontifex war vor Angst gelähmt gewesen. Er hatte den drohenden blutigen Bürgerkrieg gefürchtet, und das viel zu sehr, um sich dem erstaunlichen, unzulässigen Tun seines Sohnes zu widersetzen. Es ist geschehen, hatte Confalume gesagt. Korsibar hält jetzt die Macht in Händen.

Nun, was geschehen war, war ungeschehen gemacht worden, und Korsibar war aus der Erinnerung der Welt getilgt, als hätte es ihn nie gegeben. Prestimion war schließlich als Lord Prestimion in voller Pracht an den ihm gebührenden Platz gestellt worden, nachdem er sich gedemütigt und geschlagen hatte davonschleichen müssen. Niemand außer ihm selbst, Gialaurys und Septach Melayn wussten noch etwas über die schlimmen Dinge, die sich in der unterirdischen Metropole unmittelbar nach dem Tod des Pontifex Prankipin abgespielt hatten.

Das Labyrinth war für Prestimion ein Hort schmerzlicher Erinnerungen. Wenn er die Reise irgendwie hätte vermeiden können, dann hätte er es getan. Am liebsten hätte er das Labyrinth niemals mehr wieder gesehen bis zu dem Tag – der hoffentlich noch weit in der Zukunft lag –, an dem Confalume stürbe und er selbst den Titel des Pontifex annehmen müsste.

Doch der Antrittsbesuch im Labyrinth war unumgänglich. Der neue Coronal musste gleich zu Anfang seiner Regierungszeit dem Pontifex, dessen Amt er übernommen hatte, seine Aufwartung machen.

Also war er gekommen.

Confalume erwartete ihn.

»Ich hoffe, du hattest eine angenehme Reise?«

»Wir hatten den ganzen Weg gutes Wetter, Majestät«, sagte Prestimion. »Ein guter Wind hat uns nach Süden den Glayge hinunter begleitet.«

Die Formalitäten waren erledigt, die Umarmungen und das Festessen, und jetzt waren sie unter sich und konnten sich ungestört unterhalten, der Pontifex und der Coronal, der Imperator und der König, der angenommene Vater und der angenommene Sohn.

Prestimion war über den Fluss hierher gefahren, denn der Fluss war der übliche Weg, den ein Lord von der Burg nahm, wenn er dem Labyrinth einen Besuch abstattete. Er war an Bord der königlichen Barkasse den schnell dahinfließenden, breiten Glayge heruntergekommen, der in den Vorbergen des Burgbergs entsprang und durch einige der fruchtbarsten Provinzen Alhanroels bis zur kaiserlichen Hauptstadt strömte. Überall am Ufer hatte sich das Volk versammelt, um ihn zu grüßen: in Storp und Mitripond, in Nimivan und an den Stangard-Fällen, in Makroposopos und Pendiwane und in unzähligen Städten am Roghoiz-See, in den Orten am unteren Glayge jenseits des Sees, in Palaghat, Terabessa und Grevvin und all den anderen. Prestimion hatte vor gar nicht so vielen Jahren diese Reise in umgekehrter Richtung gemacht, um nach der Usurpation vom Labyrinth auf die Burg zurückzukehren. Es war eine weitaus unangenehmere Fahrt gewesen, denn damals hatte jeder Hafen die Banner mit dem Antlitz des neu eingesetzten Lords Korsibar aufgezogen. Das war vorbei und jetzt war er der Coronal, und aus jeder Stadt hallten ihm die Hochrufe entgegen: »Prestimion! Prestimion! Lang lebe Lord Prestimion!«

Das Labyrinth hatte sieben Eingänge, doch derjenige, den die Coronals nahmen, war der Mund der Wasser, wo der Glayge an dem riesigen braunen Erdhügel vorbeifloss, der den einzigen überirdisch sichtbaren Teil des Labyrinths darstellte. Eine scharf abgegrenzte Linie, die ein Mann mit einem einzigen Schritt überwinden konnte, stellte hier die Grenze zwischen dem grünen, fruchtbaren Glayge-Tal und der leblosen staubigen Wüste dar, in der das Labyrinth lag. Genau an dieser Stelle musste Prestimion die süße Luft und das weiche Gold und Grün der im Sonnenlicht badenden Oberwelt verlassen und in die geheimnisvolle ewige Nacht der unterirdischen Stadt eindringen, in die düsteren, wie Spiralen angeordneten Etagen der bevölkerungsreichen unterirdischen Stadt, in das abgeschiedene und luftlos scheinende Reich tief unter der Erde, das Heim des Pontifex.

Maskierte Beamte des Pontifikats standen bereit, um ihn am Eingang zu empfangen. Herzog Oljebbin von Stoienzar, der aufgeblasene weißhaarige Vetter Confalumes, führte in seiner neuen Eigenschaft als Hoher Sprecher des Pontifex die Gruppe an. Der schnelle Schacht, der den Mächtigen des Reichs vorbehalten war, brachte Prestimion nach unten, vorbei an den kreisrunden Etagen des Labyrinths, in denen Millionen von Menschen lebten. Einige Bewohner dienten in der Bürokratie des Pontifikats, andere übernahmen einfach nur die niederen Aufgaben, wie sie in jeder großen Stadt anfallen. Tief drunten aber lagen die berühmten architektonischen Wunder des Labyrinths – der Teich der Träume, die geheimnisvolle Halle der Winde, der bizarre Hof der Pyramiden, der Platz der Masken, der unbeschreibliche, gewaltige leere Raum der Arena und alles andere. Im Nu hatte Prestimion all dies passiert und wurde in dem Bereich abgesetzt, in dem der Pontifex residierte. Dieser schickte sofort das gesamte Gefolge hinaus, Oljebbin eingeschlossen. Confalume wollte unter vier Augen mit Prestimion reden.

Doch der Confalume, der jetzt vor ihm stand, war nicht jener, den Prestimion zu sehen erwartet hatte.

Prestimion hatte befürchtet, er würde einen geschwächten, hinfälligen Schatten vorfinden, die traurigen, trostlosen Überbleibsel des einstmals großen Confalume. Die ersten Anzeichen des drohenden Zusammenbruchs waren schon bei ihrer letzten Begegnung zu sehen gewesen. Der überrumpelte Confalume, mit dem Prestimion das fruchtlose, sinnlose Gespräch nach Korsibars unrechtmäßiger, handstreichartiger Thronbesteigung geführt hatte, jener Mann, der geweint und gezittert und kläglich gefleht hatte, man möge ihn in Ruhe lassen, war nichts als ein Schatten des früheren Confalume gewesen, der in seiner vierzigjährigen Regentschaft Triumph auf Triumph hatte feiern können.

Die Auslöschung der Erinnerungen an die Usurpation und den Bürgerkrieg, der aus ihr entstanden war, hatte Confalume zwar den Kummer über die Taten seines Sohnes genommen, doch es bestand kein Anlass zur Hoffnung, dass er sich jemals wieder von den Verletzungen würde erholen können, die seiner Seele zugefügt worden waren. Selbst bei Prestimions Krönung, als Korsibar und alles, was mit ihm zu tun hatte, bereits ausradiert worden war, hatte Confalume sich bewegt wie eine seelenlose Marionette, körperlich noch stark, aber geistig verwirrt und heimgesucht von Phantomen, deren Wesen er natürlich nicht begreifen konnte. Septach Melayn, der während Prestimions Expedition in den Osten des Landes den Gesandten Vologaz Sar empfangen hatte, wusste zu berichten, dass der Pontifex jetzt ein vom Kummer gezeichneter Mann sei, verwirrt und deprimiert, geplagt von Schlaflosigkeit und einem namenlosen Kummer.

So hatte Prestimion natürlich angenommen, vom charismatischen Confalume früherer Zeiten sei nichts mehr übrig und er werde einen gebrechlichen, zittrigen Mann vorfinden, der bereits mit einem Bein im Grab stünde. Es war ein erschreckender Gedanke, dass Confalume vielleicht nicht mehr lange zu leben hatte, denn Prestimions Regentschaft hatte gerade erst begonnen. Er war nicht bereit, sich so schnell schon wieder aus der Burg vertreiben zu lassen und in die dunkle Grube des Labyrinths zu wechseln, obschon natürlich ein Coronal, wenn er die Nachfolge eines Vorgängers antrat, der so lange auf dem Thron gesessen hatte wie Confalume, jederzeit mit diesem Schicksal rechnen musste.

Doch es war ein erstarkter und wiedergeborener Confalume, dem Prestimion sich jetzt im Hof der Throne gegenübersah, in diesem Saal mit den schwarzen Steinwänden und den hohen Spitzbögen, in dem Pontifex und Coronal auf hohen Sitzen nebeneinander Platz finden sollten. Genau an diesem Ort hatte Korsibar seinen Staatsstreich in Szene gesetzt. Und nun stand Confalume vor Prestimion und schien so zäh und energisch wie in früheren Zeiten: munter und aufrecht in der roten und schwarzen Amtsrobe des Pontifex, mit einer winzigen funkelnden Nachbildung der verschnörkelten Tiara des Pontifex auf einem Kragenumschlag und der kleinen goldenen Rohilla, dem astrologischen Amulett, das er so gern trug, auf der anderen Seite. Er sah keineswegs so aus, als wäre er dem Tode nahe, und als sie sich umarmten, war Prestimion unwillkürlich von der Körperkraft des Mannes beeindruckt.

Confalume war wieder ganz der Alte, er schien verjüngt und blühend. Vitalität hatte er schon immer besessen, er war nicht nur groß, sondern auch breitschultrig und hatte scharfe graue Augen und volles, dichtes Haar, das bis in die späten Jahre die kastanienbraune Farbe behalten hatte. Bei jeder Versammlung in der Burg hatte der ehemalige Lord Confalume automatisch im Mittelpunkt der Aufmerksamkeit gestanden, und dies nicht nur, weil er der Coronal gewesen war, sondern weil er eine derart starke Ausstrahlung besaß, weil seine ganze Erscheinung eine solche innere Kraft verströmte, dass man gar nicht anders konnte, als sich ihm zuzuwenden. Unübersehbar war mehr als nur ein winziger Rest dieses alten Confalume noch vorhanden. Seine eigene Kraft hat ihm geholfen, die Krise zu überwinden. Gut so, dachte Prestimion. Er war ungeheuer erleichtert, doch zugleich wurde ihm auch klar, dass er es jetzt nicht mit einem niedergeschlagenen und müden alten Mann zu tun bekam, dem er auftischen konnte, was immer er für nützlich hielt, sondern mit jemandem, der gut vierzig Jahre auf dem Thron des Coronals gesessen hatte und vom Umgang mit großer Macht weitaus mehr verstand als jeder andere auf der Welt.

»Du siehst sehr gut aus, Majestät. Bemerkenswert gut!«

»Du scheinst überrascht, Prestimion?«

»Ich habe Gerüchte gehört, du seiest in schlechter Verfassung – Ruhelosigkeit und Schlafstörungen …«

»Pah! Gerüchte, weiter nichts. Dumme Geschichten. Ich hatte am Anfang vielleicht einige schwierige Augenblicke. Es braucht natürlich eine gewisse Zeit der Anpassung, wenn man von der Burg herunterkommt und hier leben muss, und ich will nicht so tun, als wäre es mir leicht gefallen. Aber das geht vorüber, und nach einer Weile fühlt man sich hier daheim.«

»Und so fühlst du dich jetzt?«

»So fühle ich mich jetzt, und das sollte dich beruhigen. Es hat noch nie einen Coronal gegeben, der nicht voller Schrecken an die Tatsache gedacht hat, dass er eines Tages ins Labyrinth umziehen muss. Und warum auch nicht? Jeden Morgen in der Burg aufwachen und ringsum in luftige Weiten blicken, jederzeit vom Berg heruntersteigen und hingehen können, wohin immer man gehen will, nach Alaisor oder Embolain oder Ketheron, wie es dir gerade einfällt, oder nach Pidruid oder Narabal – aber die ganze Zeit über weiß man doch, dass irgendwann der alte Herrscher tot sein wird, und wenn das passiert, dann holen sie dich, schicken dich den Glayge herunter, versenken dich neun Meilen tief in der Erde und sagen dir: Hier ist Euer neues Heim, Lord Sowieso …« Der Pontifex lächelte. »Nun, es ist wirklich nicht so schrecklich hier, glaube es mir. Es ist anders als da oben. Friedlicher.«

»Friedlicher?« Das schien kaum das richtige Wort für diesen sonnenlosen, trostlosen Ort zu sein.

»Oh, aber natürlich. Es spricht gewiss eine Menge für diese Abgeschiedenheit, für den Frieden und die Stille hier. Niemand darf dich mehr direkt ansprechen. Niemand außer deinem Sprecher und deinem Coronal. Keine nervtötenden Bittsteller mehr, die an deinem Ärmel zupfen, keine ehrgeizigen Junker, die auf einen Gunstbeweis hoffen, keine halsbrecherischen Reisen über tausende und tausende von Meilen, weil dein Rat beschlossen hat, dass es an der Zeit sei, dein Gesicht in einer fernen Provinz zu zeigen. Nein, Prestimion, du sitzt hier in deinem gemütlichen unterirdischen Palast, und sie bringen dir Gesetzesentwürfe, die du lesen musst, und du siehst sie an und sagst ja oder nein oder vielleicht, und sie nehmen die Akten wieder weg, und du brauchst nicht weiter darüber nachzudenken. Aber du bist jung und voller Lebenskraft und kannst dir im Traum nicht vorstellen, welche Vorzüge es hat, in der Abgeschiedenheit des Labyrinths zu sitzen. Ich muss zugeben, dass ich es vor dreißig Jahren nicht anders gesehen habe als du. Aber du wirst es schon noch verstehen. Gönne dir die vierzig Jahre als Coronal wie ich, und ich verspreche dir, dass du mehr als bereit sein wirst für das Labyrinth und dich damit überhaupt nicht mehr quälen wirst.«

Vierzig Jahre als Coronal? Das war, wie Prestimion wusste, mehr als unwahrscheinlich. Confalume war jetzt schon über siebzig Jahre alt. Etwa ein Jahrzehnt auf der Burg, das war alles, was Prestimion als Herrscher zu erwarten hatte, ehe er selbst das Amt des Pontifex übernehmen müsste. Doch der alte Mann schien es aufrichtig zu glauben, und das war ein großer Trost.

»Zweifellos entspricht alles, was du mir über das Labyrinth erzählst, der Wahrheit«, erwiderte Prestimion lächelnd. »Ich bin trotzdem gern bereit, vierzig Jahre zu warten, ehe ich es ausprobiere.«

Confalume schien erfreut. Der Eindruck, dass er einen großen Teil der alten Kraft zurückgewonnen hatte, beruhte nicht auf Verstellung, und es war auch keine Illusion, dachte Prestimion. Confalume wirkte tatsächlich um Jahre jünger, er war voller Lebenskraft und richtete sich auf einen langen Aufenthalt in seinem neuen Heim ein.

Eigenhändig füllte er ihre Weingläser, ausnahmsweise lauerten einmal keine übereifrigen Diener in der Nähe, und drehte sich zu Prestimion herum. »Und wie geht es dir?«, fragte er. »Bist du nicht von all deinen neuen Aufgaben förmlich überwältigt?«

»Bisher komme ich noch zurecht, Majestät. Aber ich war sehr beschäftigt.«

»Das dachte ich mir schon, ja. Ich habe ja kaum noch etwas von dir gehört. Du hast mich über all die Angelegenheiten des Reichs im Unklaren gelassen, und das ist nicht gut.«

Die Worte wurden freundlich gesprochen, doch der Tadel war unüberhörbar.

Prestimion gab eine vorsichtige Antwort. »Mir ist klar, dass ich es versäumt habe, dir regelmäßig zu berichten. Aber es gab viele Probleme, um die ich mich kümmern musste, und ich wollte nicht herkommen, bevor ich nicht einige echte Fortschritte vorweisen konnte.«

»Welche Probleme waren es denn?«, fragte der Pontifex.

»Dantirya Sambail beispielsweise.«

»Der verdammte Prokurator, ja. Aber er macht viel Lärm um nichts, ist es nicht so? Was hat er vor?«

»Wie es scheint, denkt er darüber nach, in Zimroel ein eigenes Königreich für sich selbst einzurichten.«

Confalumes Hand schoss blitzschnell zur Rohilla am Rockaufschlag, und der Daumen rieb gegen den Uhrzeigersinn darüber, als hätte die Hand ein Eigenleben. Er starrte Prestimion fassungslos an. »Ist das dein Ernst? Will er das wirklich? Wo ist er jetzt? Warum habe ich nichts davon erfahren?«

Prestimion regte sich unbehaglich. Sie näherten sich gefährlichem Terrain. »Ich wollte abwarten, bis ich den Prokurator persönlich zu seinen Absichten befragen konnte. Er war eine Weile auf der Burg«, das entsprach mehr oder weniger der Wahrheit, »und dann brach er auf, angeblich auf eine Reise durch die östlichen Gebiete.«

»Was hatte er denn dort zu suchen?«

»Wer weiß schon, warum Dantirya Sambail dieses oder jenes tut? Jedenfalls sammelte ich eine kleine Streitmacht und brach auf, um ihn zu suchen.«

»Ja«, erwiderte der Pontifex verstimmt. »Das wusste ich schon. Allerdings hättest du mich ruhig persönlich darüber informieren können.«

»Verzeih mir, Majestät. Ich habe in vielerlei Hinsicht

meine Pflichten vernachlässigt. Doch ich nahm an, deine Gesandten würden dich über meinen Aufbruch aus der Burg ins Bild setzen.«

»Das haben sie auch getan. Und dann ist dir Dantirya Sambail offenbar im Osten des Landes entwischt.«

»Er ist jetzt im Süden Alhanroels und hofft, wie ich annehme, bald ein Schiff zu finden, mit dem er in seine Heimat zurückkehren kann. Nach meinem Besuch hier werde ich nach Aruachosia reisen, um ihn dort zu suchen.« Prestimion zögerte einen Augenblick. »Der Großadmiral hat die Häfen sperren lassen.«

Confalume kniff überrascht die Augen zusammen. »Was du mir hier sagst, ist nichts anderes, als dass du den nach dir und mir mächtigsten Mann der Welt als Bedrohung für die Geschlossenheit des Reichs betrachtest. Habe ich dich richtig verstanden? Er hat sich deinen Versuchen entzogen, ihn in Gewahrsam zu nehmen. Zur Zeit läuft er als Flüchtling in Alhanroel herum und versucht über das Meer nach Hause zu fahren. Was soll das werden, Prestimion? Ist es der Beginn eines Bürgerkriegs? Aber warum? Warum sollte der Prokurator auf einmal eine unabhängige Regierung einrichten wollen? Er war doch all die Jahre mit der gegenwärtigen Aufteilung der Macht zufrieden. Betrachtet er das neue Regime als zu schwach und fühlt sich deshalb sicher genug, einen solchen Vorstoß wagen zu können? Beim Göttlichen, damit wird er keinen Erfolg haben. Du bist doch mit ihm verwandt, Prestimion. Wie kann er es wagen, einen Aufstand gegen die eigenen Verwandten ins Auge zu fassen?«

Er hat ihn nicht nur ins Auge gefasst, er hat ihn längst angezettelt und ist unter schrecklichen Opfern besiegt worden; und seitdem ist die Welt nicht mehr das, was sie früher war. Aber das konnte er Confalume natürlich nicht sagen. Confalumes Gesicht war unterdessen rot vor Wut.

Es wurde höchste Zeit, das Thema zu wechseln.

»Möglicherweise sind all diese Gerüchte auch übertrieben«, erklärte Prestimion ruhig. »Ich muss jedenfalls Dantirya Sambail finden und von ihm selbst hören, ob er der Ansicht ist, seine augenblickliche hohe Position sei immer noch nicht hoch genug. Falls er dies denken sollte, werde ich ihn überzeugen, dass er sich irrt – da kannst du dir sicher sein. Aber einen Bürgerkrieg wird es nicht geben.«

Der Pontifex schien mit der Antwort zufrieden. Er widmete sich eine Weile dem Wein, dann fragte er Prestimion nach einigen anderen Staatsangelegenheiten und hakte mit großer Effizienz verschiedene Themen ab. Der Wiederaufbau des Iyann-Damms, das Problem der unzulänglichen Ernten in Gegenden wie Stymphinor und im Tal des Jhelum, die beunruhigenden Meldungen über die Ausbrüche von Geistesstörungen in vielen Städten im ganzen Land … Es war unverkennbar, dass dieser Mann kein hinfälliger und schlecht informierter Einsiedler war, der in den dunklen Löchern des Labyrinths hockte und darauf wartete, dass die letzten Jahre seines Lebens verstrichen. Confalume hatte offensichtlich die Absicht, als aktiver und dynamischer Pontifex zu agieren und die Rolle des starken Imperators zu spielen, dem der Coronal als König untergeordnet war. Trotz der ausbleibenden Berichte von Prestimion hatte er es geschafft, sich über die Angelegenheiten der Welt recht gut zu informieren. Wahrscheinlich kannte er sogar mehr Einzelheiten, nahm Prestimion an, als er in diesem Augenblick zur Sprache brachte. Jeder wusste, dass es zu seiner Zeit als Coronal gefährlich gewesen war, Confalume zu unterschätzen. Prestimion neigte zu der Ansicht, dass es auch jetzt noch gefährlich war.

Das Gespräch, von dem Prestimion gehofft hatte, es würde kurz und oberflächlich bleiben, zog sich in die Länge. Prestimion gab ausführliche Antworten auf alle Fragen, wählte seine Worte aber stets mit großer Umsicht. Es war heikel, Confalume zu erklären, wie er die vielen neu aufgetauchten Probleme zu beheben gedachte, während er auf keinen Fall durchblicken lassen konnte, dass er sehr genau wusste, warum diese Probleme in ihrer bislang so glücklichen und harmonischen Welt überhaupt aufgetreten waren.

Da war beispielsweise der Einsturz des Mavestoi-Damms, eine der grässlichsten Schandtaten des ganzen Bürgerkrieges. Dafür war Confalumes eigener Sohn Korsibar auf Dantirya Sambails Geheiß verantwortlich gewesen. Doch wie konnte er dies Confalume erklären, der nicht einmal mehr wusste, wer Korsibar war, vom Krieg ganz zu schweigen? In Gebieten wie dem Jhelum-Tal und Stymphinor gab es Hungersnöte wegen der großen Schlachten, die dort geschlagen worden waren. Tausende Soldaten hatten sich im Land einquartiert, Kornspeicher waren geleert worden, um sie zu speisen, Kulturland war von ihnen zertrampelt worden. Die Schlachten waren vergessen, die Folgen waren noch da. Und die Ausbrüche von Wahnsinn? Alles sprach dafür, dass dies die Folge des großen Zaubers war, den Heszmon Gorse und sein Trupp von Zauberern auf Prestimions Befehl bewirkt hatten. Doch jeder Versuch, dies zu erklären, wäre damit verbunden, auch über den Krieg und sein blutiges Ende zu sprechen und damit auch über Prestimions Entscheidung – die inzwischen sogar ihm selbst unbesonnen vorkam –, die Erinnerungen an die Umwälzungen aus dem Gedächtnis von Milliarden von Menschen zu löschen.

Eine tiefe Sehnsucht entstand in ihm, Confalume auf der Stelle die Wahrheit anzuvertrauen und die entsetzliche Last mit ihm zu teilen, um sich der Gnade und Weisheit des älteren Mannes zu überantworten. Doch das war eine Versuchung, der er nicht nachgeben durfte.

Er musste dem Pontifex zufrieden stellende Antworten auf seine Fragen geben, denn sonst liefe er Gefahr, ausgerechnet in den Augen des Mannes, der ihn als Nachfolger nominiert hatte, als unfähig zu gelten. Doch es gab so viele Dinge, die er einfach nicht aussprechen durfte. Viel zu oft schien es ihm, als hätte er nur die Wahl, Confalume ausgemachte Lügen aufzutischen, was er tunlichst vermeiden wollte, oder ihm zu offenbaren, was nicht offenbart werden durfte.

Doch irgendwie schaffte er es mit Hilfe von Halbwahrheiten und Ausflüchten, sich durch das Gewirr der Nachfragen des Pontifex zu arbeiten, ohne auszusprechen, was nicht ausgesprochen werden durfte, und ohne sich eine wirklich schändliche Täuschung zu Schulden kommen zu lassen. Confalume gab sich anscheinend mit dem zufrieden, was Prestimion ihm auf diese Weise berichtete.

Prestimion hoffte es jedenfalls. Er war sehr erleichtert, als die Besprechung sich dem Ende näherte und er vom älteren Mann Abschied nehmen und der unbehaglichen Situation entrinnen konnte.

»Dein nächster Besuch wird doch hoffentlich nicht wieder so lange auf sich warten lassen, oder?«, sagte Confalume, indem er aufstand und Prestimion die Hände auf die Schultern legte. Er sah ihm tief in die Augen. »Du weißt, welche Freude du mir mit deinem Besuch bereitest, mein Sohn.«

Prestimion lächelte über diese Worte und freute sich über die Herzlichkeit, die der Pontifex ihm schenkte, doch er spürte auch einen schmerzhaften Stich.

»Ja doch, ich nenne dich meinen Sohn«, fuhr Confalume fort. »Ich habe mir immer einen Sohn gewünscht, aber die Götter haben mir keinen gegönnt. Doch jetzt habe ich einen. In gewisser Weise jedenfalls. Denn vor dem Gesetz ist der Coronal ja der Adoptivsohn des Pontifex. Und damit bist du mein Sohn, Prestimion. Du bist mein Sohn.«

Es war ein bedrückender, sogar schmerzlicher Augenblick. Die Götter hatten Confalume durchaus einen Sohn gegönnt, und sogar einen schönen und stattlichen Mann. Doch dieser Sohn war Korsibar gewesen, den es nicht mehr gab.

Es sollte noch schlimmer kommen.

Als Prestimion, betroffen wie er war, zur Tür wollte, fuhr Confalume fort. »Du solltest heiraten, Prestimion. Ein Coronal braucht eine Gefährtin, mit der er die Mühsal des Amtes teilen kann. Nicht, dass ich es mit meiner Roxivail so gut getroffen hätte, aber wer konnte schon ahnen, wie eitel und oberflächlich sie war? Du wirst sicher eine Bessere finden. Es muss doch irgendwo eine Frau geben, die für dich die richtige Gefährtin abgibt.« Wieder einmal tauchte Thismets Bild vor Prestimions innerem Auge auf und versetzte ihm den altbekannten Stich ins Herz, der mit jedem Gedanken an sie verbunden war.

Thismet, ja. Confalume hatte nie von der Liebe erfahren, die in den letzten Tagen auf den Schlachtfeldern im Westen Alhanroels zwischen ihm und Thismet entstanden war.

Aber das spielte jetzt keine Rolle mehr. Trotz der formalen Adoption wäre es ihm nicht verboten gewesen, Confalumes Tochter zu heiraten. Allerdings hatte Confalume keine Tochter mehr. Ihr Name war aus den Annalen der Geschichte getilgt. Prestimions kurze und so abrupt beendete Beziehung zu Thismet war eines der vielen Dinge, über die er nicht sprechen durfte. Jetzt war Varaile da, doch er und sie waren einander noch fremd. Er konnte nicht sagen, ob sich je erfüllen würde, was ihre ersten Begegnungen zu verheißen schienen.

Außerdem war er aus einem ganz bestimmten Grund nicht bereit, Confalume gegenüber Varaile zu erwähnen: Es war eine perverse, und wie ihm selbst klar war, völlig lächerliche Treue gegenüber der ermordeten Tochter, von deren Existenz Confalume nicht einmal mehr wusste.

So lächelte er nur. »Gewiss gibt es eine solche Frau, und ich hoffe sehr, dass ich sie eines Tages finden werde. Und wenn ich sie finde, dann werde ich sie sehr schnell heiraten, das verspreche ich dir. Aber wir wollen jetzt lieber nicht weiter über dieses Thema reden, mein Vater.«

Damit salutierte er und zog sich hastig zurück.

7

Dekkeret hatte natürlich schon in der Schule von Ni-moya gehört, doch keine Geographiestunde hätte ihn wirklich auf den Anblick der größten Stadt Zimroels vorbereiten können.

Wer hätte schon geglaubt, dass der andere Kontinent tatsächlich eine so große Stadt beherbergte? Soweit Dekkeret wusste, war Zimroel ein weitgehend unberührtes Land voller Wälder und Dschungel und gewaltiger Flüsse. Ein großes Gebiet im Innern des Kontinents, in das Stiamot die eingeborenen Metamorphen verbannt hatte, war nach wie vor eine undurchdringliche Wildnis. Dort lebte heute noch die größte Population dieser Wesen. Natürlich gab es irgendwo da draußen auch ein paar Städte – Narabal, Pidruid und Piliplok und so weiter –, doch in Dekkerets Phantasie waren sie nichts weiter als schmutzige Provinznester, die von Horden ungehobelter, primitiver Bauerntölpel bewohnt wurden. Über Ni-moya waren beeindruckende

Zahlen bekannt – fünfzehn Millionen Menschen sollten dort leben, vielleicht sogar zwanzig. Doch auf Alhanroel hatten viele Städte schon vor Jahrhunderten diese Größe erreicht, also warum über Ni-moya staunen, wenn Alaisor, Stee und ein halbes Dutzend weiterer Städte des älteren Kontinents mindestens genauso groß oder sogar noch größer waren? Und überhaupt, die Bevölkerungszahl allein war ja noch kein Qualitätsmaß. Wenn man unbedingt wollte, konnte man ohne weiteres zwanzig oder fünfzig Millionen Menschen in einen Bezirk pferchen und damit doch nichts weiter als ein riesiges, aber armseliges städtisches Ungeheuer erschaffen, laut, schmutzig, chaotisch und nahezu unerträglich für einen zivilisierten Menschen, wenn er mehr als einen halben Tag dort verbringen musste. Ungefähr dies hatte Dekkeret am Ende seiner Reise vorzufinden erwartet.

Er und Akbalik hatten sich in Alaisor eingeschifft, dem üblichen Hafen für die Überfahrt aus dem zentralen Alhanroel zum westlichen Kontinent. Nach einer ereignislosen, aber unendlich scheinenden Seereise gingen sie in Piliplok an Zimroels Ostküste an Land.

Diese Stadt wurde in jeder Hinsicht Dekkerets Erwartungen gerecht. Er hatte bereits gehört, dass Piliplok eine hässliche Stadt sei, und hässlich war sie in der Tat. Starr und kalt und bar jeden Schmucks. Häufig sagten die Leute über seine Heimatstadt Normork, der Ort sei schrecklich düster und nüchtern, und nur jemand, der dort geboren sei, könne ihn lieben. Dekkeret, der seinen Geburtsort recht angenehm fand, hatte diese Kritik nie verstehen können. Jetzt verstand er sie, denn wer außer jemand, der in Piliplok geboren war und die strenge, schmucklose Stadt als Maß aller Schönheit ansah, konnte diesen Anblick lieben?

Allerdings war der Ort ganz sicher kein dreckiges Provinznest. Ein Provinznest mochte er zwar sein, aber schmutzig war er gewiss nicht. Ganz Piliplok war gepflastert, jede Handbreit des Ortes. Eine abscheuliche Metropole aus Stein und Beton, in der man kaum einen Baum oder Busch finden konnte. Mit mathematischer oder beinahe schon manischer Exaktheit wurde die Stadt von elf absolut geraden Verkehrsachsen unterteilt, die vom hervorragenden natürlichen Hafen am Inneren Meer wie Strahlen ausgingen. In pedantisch genau berechneten Abständen wurden diese Speichen von bogenförmig gekrümmten Querstraßen gekreuzt. Jeder Bezirk – das Geschäftsviertel nahe am Wasser, das Industriegebiet gleich dahinter, die verschiedenen Wohn- und Erholungsgebiete – war von einer durchgängigen, einheitlichen Architektur gekennzeichnet, als wäre die Bauweise durch ein Gesetz festgelegt worden. Die wuchtigen, schweren Gebäude waren überhaupt nicht nach Dekkerets Geschmack. Normork war dagegen ein beschwingtes Paradies.

Doch ihr Aufenthalt währte glücklicherweise nicht lange. Piliplok war der Haupthafen für die Schiffe, die zwischen Alhanroel und Zimroel verkehrten, und daneben auch der wichtigste Standort der Flotte von Meeresdrachenfängern, die im Inneren Meer die riesigen Säugetiere erlegten, deren Fleisch so gepriesen wurde. Piliplok war, davon abgesehen, aber auch der Ort, an dem der Fluss Zimr, der mächtigste aller Ströme auf Majipoor, nach seinem siebentausend Meilen langen Weg quer durch Zimroel das Meer erreichte. Dank seiner Lage an der Mündung des gewaltigen Flusses war Piliplok das Einfallstor des ganzen Kontinents.

Akbalik kaufte Fahrkarten für eines der großen Flussboote, die zwischen Piliplok und der Quelle des Flusses am Dulorn-Graben im Nordwesten des Kontinents verkehrten. Das Flussboot war riesig, weitaus größer als das Schiff, das sie über das Innere Meer getragen hatte. Das seetüchtige Schiff war einfach und stabil gebaut gewesen, um die Belastungen auszuhalten, denen es auf einer tausende Meilen weiten Überfahrt auf hoher See ausgesetzt war. Das Flussboot dagegen war ein unbeholfenes, verwinkeltes Ding, das eher einem schwimmenden Dorf als einem Schiff ähnelte.

Im Grunde handelte es sich dabei um eine breite, flache Plattform mit Frachtabteilen, Zwischendecks und Speisesälen in den unteren Etagen, einem zentralen Innenhof, der von Geschäften und Spielhallen gesäumt war, sowie einem eleganten, mehrstöckigen Aufbau im Heck, in dem die Passiere untergebracht wurden. Das Boot war phantasievoll und reich verziert, über der Brücke spannte sich ein gezackter roter Bogen, groteske grüne Galionsfiguren mit gelb angemalten Hörnern wuchsen wie Rammsporne aus dem Bug hervor, und eine atemberaubende Vielfalt von ausgefallenem Zierrat aus Holz und ein ebenso absurdes Gewirr von einander kreuzenden Balken, Trägern und Streben schien aus jeder freien Fläche zu sprießen.

Dekkeret starrte verwundert die Mitreisenden an. Die größte Gruppe bildeten natürlich die Menschen, doch es gab auch eine große Zahl von Hjorts, Skandars und Vroon und eine Hand voll Su-Suheris in lichtdurchlässigen Gewändern, dazu einige schuppenhäutige Ghayrogs, die trotz des reptilischen Aussehens Säugetiere waren. Er fragte sich, ob er auch Metamorphen sehen werde, und erkundigte sich bei Akbalik, der jedoch verneinte. Die Gestaltwandler verließen ihr Reservat im Binnenland nur selten, auch wenn die früheren Beschränkungen, die ihre Bewegungsfreiheit beschnitten hatten, schon lange nicht mehr streng durchgesetzt wurden. Und falls tatsächlich welche an Bord seien, fügte Akbalik hinzu, dann träten sie wahrscheinlich nicht in der eigenen, sondern in einer angenommenen Gestalt auf, um den Feindseligkeiten zu entgehen, denen die Metamorphen ausgesetzt waren, sobald sie sich unter dem übrigen Volk blicken ließen.

In Piliplok war der Zimr dunkel vom Schlick, den er auf der langen Reise nach Osten mitgenommen hatte. An der Mündung war er gut siebzig Meilen breit und sah nicht mehr nach einem Fluss aus, sondern eher wie ein riesiger See, der ein weites Gebiet an der Küste für sich in Anspruch genommen hatte. Piliplok selbst lag auf einem hohen Felsvorsprung am Südufer des Flusses, und als ihre Flussreise begann, konnte Dekkeret gerade eben das unbewohnte Nordufer ausmachen, das trotz der großen Entfernung sichtbar war, weil es dort eine gewaltige weiße Klippe aus reinem Kalkstein gab, eine Meile hoch und viele Meilen lang, die in der Morgensonne erstrahlte. Später, als das Flussboot Piliplok hinter sich gelassen hatte und stromaufwärts fuhr, rückten die Ufer etwas näher aneinander, und der Zimr sah eher nach einem Fluss aus, auch wenn er nicht wirklich schmal wurde.

Für Dekkeret war es eine Reise in eine andere Welt. Er verbrachte die ganze Zeit auf Deck und starrte die sanften braunen Hügel und die geschäftigen Städte am Ufer an, deren Namen er noch nie gehört hatte – Port Saikforge, Stenwamp, Campilthorn, Vem. Er staunte, wie dicht diese Flusslandschaft besiedelt war. Das Boot fuhr kaum einmal länger als zwei oder drei Stunden am Stück, bevor es wieder in einem Hafen anlegte, um Passagiere zu entlassen und neue aufzunehmen, Ladung zu löschen und neue Fracht zu laden. Eine Weile schrieb er die Namen noch in ein kleines Notizbuch, das er ständig bei sich hatte – Dambemuir, Orgeliuse, Impemond, Haunfort Major, Salvamot, Obliorn Vale –, doch dann wurde ihm klar, dass in seinem Notizbuch spätestens bei ihrer Ankunft in Ni-moya kein Platz mehr wäre, wenn er damit fortfuhr, alle Ortsnamen aufzuschreiben. So gab er sich schließlich damit zufrieden, staunend an der Reling zu stehen und die ständig wechselnden Ausblicke aufzusaugen. Nach einer Weile verschmolz alles auf angenehme Weise ineinander, die Landschaft kam ihm sogar sehr vertraut vor, und das Gefühl der überwältigenden Fremdartigkeit verlor sich. Doch als in der Nacht die Träume kamen, sah er sich wieder und wieder durch einen endlosen, mitternächtlich dunklen Raum fliegen und mühelos von Stern zu Stern schweben.

Zwei beunruhigende Zwischenfälle gab es auf dieser Reise, die sich beide nur wenige Tage nach dem Ablegen in Piliplok ereigneten. Einer war komisch, der andere tragisch.

Der erste betraf einen rothaarigen Mann, der höchstens einige Jahre älter war als Dekkeret. Meist war er, mit sich selbst murmelnd, ziellos auf den Decks umhergewandert, hatte ohne ersichtlichen Grund gekichert oder auf irgendeinen Punkt in der leeren Luft gedeutet, als wäre dort etwas Bedeutendes zu sehen. Ein harmloser Irrer, dachte Dekkeret. Doch er musste auch an den anderen, überhaupt nicht verrückten Irren denken, der seine geliebte Cousine Sithelle getötet hatte, und bemühte sich, dem Mann aus dem Weg zu gehen. Am dritten Tag, als Dekkeret auf der Steuerbordseite an der Reling stand und die vorbeigleitenden Städte betrachtete, hörte er plötzlich das irre Lachen links neben sich – oder vielleicht war es auch aufgeregtes Geschrei, man konnte es nicht genau unterscheiden – und sah den rothaarigen Mann wild um sich schlagend durch den Mittelgang des Schiffs laufen. Er stieg die Treppe zum Oberdeck hinauf, blieb einen Augenblick am Rand des Aussichtsdecks stehen, begann wieder hysterisch zu kichern und zu schnattern und sprang über Bord. Im Wasser schlug er aufgeregt um sich.

»Mann über Bord«, wurde sofort gerufen. Das Flussboot hielt an und kehrte um, zwei kräftige Matrosen fuhren in einem Beiboot hinaus und zogen den armen Irren ohne große Mühe aus dem Wasser. Tropfnass und spuckend brachten sie ihn wieder an Bord und verstauten ihn unter Deck. Danach sah Dekkeret ihn nicht mehr wieder, bis der Mann am nächsten Tag, als das Flussboot in einem Ort namens Kraibledene anlegte, an Land gesetzt und, wie es schien, den Behörden übergeben wurde.

Tags darauf ereignete sich etwas noch Seltsameres. Am frühen Nachmittag des klaren, warmen Tages, als das Flussboot durch einen unbesiedelten Landstrich fuhr, stieg ein hagerer Mann mit ernstem Gesicht, etwa vierzig Jahre alt und mit einem schweren, reich bestickten Übermantel bekleidet, vom Passagierdeck herunter. Er schleppte einen großen und offensichtlich schweren Koffer. An einem freien Platz auf dem Hauptdeck setzte er den Koffer ab, öffnete ihn und zog eine Reihe seltsamer Gegenstände und Geräte heraus, die er gewissenhaft im Halbkreis vor sich ausbreitete.

Dekkeret stieß Akbalik an. »Schau dir nur all die eigenartigen Sachen an! Das ist die Ausrüstung eines Zauberers, nicht wahr?«

»Es sieht gewiss danach aus. Ich frage mich, ob er hier vor uns allen einen Zauberspruch wirken will.«

Dekkeret wusste nur wenig über die Zauberei und empfand noch weniger Sympathie dafür. Manifestationen des Übersinnlichen und Irrationalen verunsicherten ihn. »Glaubst du, das ist etwas, über das wir uns Sorgen machen müssen?«

»Das kommt wohl auf die Art des Zaubers an«, meinte Akbalik achselzuckend. »Aber vielleicht will er auch nur einen Ausverkauf für Amateurzauberer durchführen. Niemand braucht so viele verschiedene Geräte für einen einzigen Zauber.« Nacheinander deutete er auf die verschiedenen Geräte und erklärte sie Dekkeret. Das dreieckige Steingefäß hieß Veralistia. Man konnte es als Schmelzform benutzen oder Pulver darin verbrennen, um zukünftige Ereignisse vorherzusagen. Der komplizierte Apparat mit Metallringen und Standfüßen war eine Armillarsphäre, mit der man beim Stellen von Horoskopen die Positionen von Planeten und Sternen bestimmen konnte. Das Ding, das aus zusammengeschnürten bunten Federn und Fellstücken bestand, sollte dazu dienen, Gespräche mit den Geistern der Ahnen zu bewerkstelligen. Daneben war ein Apparat zu sehen, der aus Kristalllinsen und zarten goldenen Drähten bestand. Er wurde Podromis genannt und von Zauberern verwendet, um ihren Kunden die Manneskraft zurückzugeben.

»Du scheinst dich gut damit auszukennen«, bemerkte Dekkeret. »Hattest du einmal persönlich damit zu tun?«

»Eigentlich nicht. Ich habe nicht oft die Gelegenheit, mich mit den Geistern der Toten auszutauschen, und ein Podromis brauche ich gewiss nicht. Doch heute stößt man ja überall auf diese Dinge. Schau nur, er hat noch mehr! Ich frage mich, was das da jetzt wieder sein soll. Und erst das Ding dort mit diesen Rädern und Kolben!«

Als der Koffer endlich leer war, hatte sich eine ansehnliche Menschenmenge vor dem Mann versammelt. Es hatte sich wohl schnell auf dem Schiff herumgesprochen, dachte Dekkeret, dass es eine Art magische Vorführung geben sollte. Dafür fand man immer und überall ein großes Publikum.

Der hagere Magier – er war ganz gewiss ein Magier – nahm kaum Notiz von den Gaffern. Im Schneidersitz hockte er im akkurat gebauten Halbkreis seiner seltsamen funkelnden Apparate und schien in einem anderen Reich des Bewusstseins verloren, die Augen halb geschlossen und den Kopf rhythmisch von einer zur anderen Seite wiegend.

Dann stand er abrupt auf. Hob den Fuß und setzte ihn mit ungestümer Kraft auf das zerbrechliche Instrument, das Akbalik als Podromis bezeichnet hatte. Zerquetschte es und machte sich daran, die Armillarsphäre zu zertrampeln und dann das Gerät mit den Rädern und Kolben, dann eine kleine, zierliche Maschine mit ineinander verschränkten Metalldreiecken, die direkt dahinter stand. Die Zuschauer keuchten erstaunt und schockiert. Dekkeret fragte sich, ob es Blasphemie wäre, solche Geräte einfach zu zerstören, und ob man damit womöglich den Zorn übernatürlicher Geister auf sich zog. Falls solche Geister überhaupt existierten, fügte er in Gedanken hinzu.

Der Magier hatte inzwischen systematisch fast die ganze Versammlung magischer Geräte zerstört, und diejenigen, die er wie den Schmelztiegel nicht zerstören konnte, warf er über Bord. Dann ging er ruhig und zielstrebig zur Reling, stieg mit einer einzigen fließenden Bewegung darüber und sprang in den Fluss.

Dieses Mal gab es keine Rettung. Der Mann war glatt untergegangen und sofort verschwunden, als hätte er sich die Taschen seines Mantels mit Steinen gefüllt. Wieder hielt das Flussboot an, und die Matrosen setzten das Beiboot aus, doch sie fanden keine Spur des Selbstmörders und kehrten nach einer Weile mit ernsten Gesichtern zurück, um ihr Scheitern zu berichten.

»Überall breitet sich der Wahnsinn aus«, sagte Akbalik schaudernd. »Die Welt ist ein sehr seltsamer Ort geworden, mein Junge.«

Danach kontrollierten die Matrosen stündlich zu zweit das Deck, um weiteren derartigen Vorfällen vorzubeugen. Doch es geschah nichts dergleichen mehr.

Die beiden bizarren Erlebnisse hatten Dekkeret in eine düstere, brütende Stimmung versetzt. In der Tat, überall war der Wahnsinn ausgebrochen. Er konnte nicht mehr verhindern, dass die Erinnerung an Sithelles willkürlichen Tod, die er seit Monaten zu unterdrücken versuchte, wieder mit all ihren Schrecken zum Vorschein kam. Der Irre mit den wilden Augen … diese erstickten, unverständlichen Wutschreie … Sithelle tritt vor … die blitzende Klinge … das Blut spritzt aus der Wunde …

Und jetzt war ein kichernder alberner Kerl mitten auf dem Fluss über Bord gesprungen und bald nach ihm ein Magier, der offenbar völlig den Verstand verloren hatte. Würde es nach und nach jedem so ergehen? Ein Ausbruch von unwiderstehlichem Wahnsinn, eine unaufhaltsame Flucht des letzten Restes von Verstand aus dem Bewusstsein? Könnte es auch ihm selbst passieren? Beunruhigt forschte Dekkeret in sich nach Anzeichen von Wahnsinn. Doch wie es schien, war nichts dergleichen in ihm vorhanden, oder wenn, dann konnte er es nicht finden, und nach einer Weile besserte seine Stimmung sich wieder und er kehrte zu seinem früheren Zeitvertreib zurück, betrachtete die am Ufer vorbeigleitenden Städte und vergaß die Furcht, er könne ohne Vorwarnung von dem unerklärlichen Drang gepackt werden, einfach über Bord zu springen.

* * *

Er war völlig unvorbereitet, als die Pracht Ni-moyas unvermittelt auf ihn hereinbrach.

In den letzten Tagen war der Fluss wieder breiter geworden. Dekkeret wusste, dass sich ein Stück südlich der Stadt ein zweiter mächtiger Strom mit dem Zimr verband. Er hieß Steiche und kam aus dem Land der Metamorphen. Natürlich war der Wasserlauf an der Stelle ihrer Vereinigung breiter, als es jeder der beiden Flüsse für sich allein war, doch Dekkeret hatte nicht damit gerechnet, dass der Zusammenfluss eine so gewaltige Wasserfläche erzeugte. Damit verglichen war die Mündung des Zimr in Piliplok ein kleines Rinnsal. Wenn man diesen Zusammenfluss überquerte, war es, als bewegte man sich draußen auf offenem Meer. Dekkeret wusste, dass Ni-moya irgendwo im Norden lag. Auch am anderen Ufer gab es riesige Städte, doch sein betäubter Verstand konnte kaum erfassen, wie gewaltig die Szenerie tatsächlich war. Zuerst konnte Dekkeret nur die dunkle Wasserfläche sehen, die sich bis zum Horizont erstreckte, allenthalben mit den leuchtenden Bannern von hunderten Fähren besprenkelt, die ständig kreuz und quer übersetzten.

Er hatte das Gefühl, stundenlang aufs Wasser gestarrt zu haben, als Akbalik ihn am Ellbogen fasste und herumdrehte.

»Schau her«, sagte Akbalik. »Du siehst in die falsche Richtung. Dort drüben ist Ni-moya. Ein Teil davon jedenfalls.«

Dekkeret staunte. Es war ein märchenhafter Anblick: im Hintergrund eine endlose Linie dicht bewaldeter Hügel, im Vordergrund eine gewaltige Stadt mit strahlend weißen Türmen, die sich, mit den Nachbarn wetteifernd, in immer größere Höhen zu recken schienen. Häuserzeile auf Häuserzeile mächtiger Gebäude, die bis direkt ans Ufer reichten.

War das wirklich eine Stadt? Es war eine Welt für sich. Schier unendlich zog sie sich dahin und folgte dem Flusslauf, so weit das Auge reichte und gewiss noch viel weiter – über hunderte von Meilen womöglich. Dekkeret hielt unwillkürlich den Atem an. Solch ein gewaltiger Anblick! So schön! Beinahe wären ihm vor Ehrfurcht die Knie weich geworden. Akbalik erläuterte ihm unterdessen die berühmtesten Sehenswürdigkeiten Ni-moyas wie ein Fremdenführer: dort die Schwebegalerie, ein Einkaufsviertel von einer Meile Länge, das an fast unsichtbaren Kabeln hoch über dem Erdboden hing. Das Museum der Welten, wo Schätze aus dem ganzen Universum ausgestellt wurden, angeblich sogar Dinge von der alten Erde. Der Kristallboulevard, wo rotierende Reflektoren den Eindruck erweckten, es erstrahlten tausend Sonnen. Der Park der Wundersamen Ungeheuer, in dem die erstaunlichsten Geschöpfe aus fernen und praktisch unbekannten Gebieten zur Schau gestellt wurden …

Die Aufzählung wollte und wollte kein Ende nehmen. »Da drüben auf dem Hügel steht das Opernhaus«, sagte Akbalik, indem er auf ein Gebäude deutete, dessen unzählige glitzernde Facetten beinahe Dekkerets Augen schmerzen ließen. »Das Orchester mit eintausend Musikern erzeugt einen Klang, den du dir im Traum nicht vorstellen kannst. Die große Glaskuppel da drüben, aus der zehn Türme wachsen, das ist die Stadtbibliothek, in der jedes Buch vorhanden ist, das jemals veröffentlicht wurde. Die Reihe niedriger Gebäude da drüben direkt am Wasser mit den Dachpfannen und den türkisfarbenen und goldenen Mosaiken an den Vorderseiten, die man für die Paläste von Prinzen halten könnte – das ist bloß die Zollabfertigung. Dahinter, ein wenig links von ihnen, siehst du …«

»Was ist das da?«, unterbrach Dekkeret. Er deutete auf ein riesiges Gebäude von überirdischer Schönheit, das ein Stück weiter unten am Flussufer stand. Alle anderen Bauwerke überragend, erhob es sich majestätisch und verlangte gebieterisch die Aufmerksamkeit des Betrachters inmitten dieser überwältigenden Ansammlung architektonischer Wunder.

»Oh, das dort«, sagte Akbalik. »Das ist der Palast des Prokurators Dantirya Sambail.«

Es war eine von weißen Mauern umgebene Anlage von unermesslicher Pracht und Anmut, nicht ganz von den erstaunlichen Ausmaßen, die Lord Prestimions Burg hatte, aber doch groß genug, um für einen Prinzen mehr als ausreichend zu sein, und von so bezaubernder Eleganz, dass es mit seinem makellosen Antlitz die ganze Uferzone dominierte.

Der Palast des Prokurators schien mitten in der Luft hoch über der Stadt zu schweben, auch wenn er in Wirklichkeit, wie Dekkeret sehen konnte, auf einem glatten weißen Podest von erstaunlicher Höhe errichtet war – in gewisser Weise eine bescheidene Ausgabe des Burgbergs. Doch statt in alle Richtungen zu wuchern, wie es die Burg tat, war diese Anlage eine verhältnismäßig kompakte Ansammlung von Pavillons und Säulengängen, die raffiniert aufgehängt oder frei tragend konstruiert waren, um den Eindruck zu erwecken, sie trotzten der Schwerkraft. Die höchste Etage bestand aus durchsichtigen Kuppeln aus reinstem Quarz, in der Ebene darunter waren die Balkone vieler Zimmer zu erkennen. Wieder eine Etage tiefer führten Wandelgänge zu überdachten Treppenfluchten, die vorgestreckt waren wie gebeugte Knie, um gleich darauf in einer Weise, die jeglicher Geometrie Hohn zu sprechen schien, wieder nach innen abzuknicken. Als er blinzelnd Ni-moyas strahlend weiße Türme anschaute, konnte Dekkeret die Umrisse weiterer Gebäudeflügel ausmachen, die sich unterhalb beider Seiten erstreckten. Aus der schimmernden untersten Etage sprang aus der Fassade, einem aufgesetzten Wappen ähnlich, ein massiver achteckiger Klotz aus poliertem Achat hervor, der mindestens so groß war wie ein gewöhnliches Wohnhaus.

»Wie ist es möglich, dass ein einziger Mensch, und sei es auch der Prokurator, in einem so gewaltigen Gebäude lebt?«

Akbalik lachte. »Dantirya Sambail ist nicht mit gewöhnlichen Maßstäben zu messen. Er war erst zwölf Jahre alt, als er das Prokurat von Ni-moya als Lehen erbte. Es war schon immer ein wichtiges Lehen, das wichtigste in Zimroel sogar. Jeder nahm an, zunächst würde ein Regent herrschen, aber nein, keineswegs. Keine zwei Minuten, und der Knabe hatte seinen Vetter, den Regenten, beseitigt und selbst die Macht übernommen. Da er mindestens dreimal verheiratet war und ein halbes Dutzend informelle Beziehungen hatte und in den Nachlässen mächtiger Verwandter sehr vorteilhaft bedacht wurde, konnte er sich ein kleines privates Reich aufbauen. Mit dreißig beherrschte er ein Drittel des Kontinents Zimroel direkt und übte auf den Rest, mit Ausnahme des Reservats der Metamorphen, einen indirekten Einfluss aus. Wenn er einen Weg gefunden hätte, sich auch dieses Gebiet anzueignen, dann hätte er es sicherlich getan. Wie es aussieht, regiert er Zimroel wie ein König. Ein König braucht einen anständigen Palast, und Dantirya Sambail hat die letzten vierzig Jahre damit verbracht, den geerbten Wohnsitz in das zu verwandeln, was du jetzt siehst.«

»Was ist mit dem Pontifex und dem Coronal? Haben sie denn keine Einwände?«

»Die Hauptsorge des alten Prankipin, bevor er sich mit den Zauberern einließ, galt immer dem Handel. Ständiges wirtschaftliches Wachstum, der freie Warenfluss von einer Region in die andere, alle sollten gut verdienen, und das Geld sollte in Umlauf bleiben. Ich glaube, er sah Dantirya Sambails Aufstieg als Faktor, der diese Ziele förderte. Zimroel war früher zerstückelt, denn es war so weit von der Regierung auf der anderen Seite des Meeres entfernt, dass die örtlichen Herrscher mehr oder weniger taten, was sie wollten. Wenn die Interessen des Herzogs von Narabal mit den Interessen des Prinzen von Pidruid über Kreuz lagen, war das natürlich nicht gut für die regionale Wirtschaft. Ein Herrscher wie Dantirya Sambail, der den örtlichen Machthabern sagen konnte, was sie zu tun und zu lassen hatten, und der dafür sorgen konnte, dass sie sich auch daran hielten, konnte Prankipins Plan nur nützen. Und was Lord Confalume betrifft – der war, was die Einigung Zimroels unter Dantirya Sambail anging, sogar noch enthusiastischer als der Pontifex. Keiner der beiden mochte Dantirya Sambail persönlich gut leiden – wer mag diesen Kerl schon? –, aber sie sahen ihn als nützlich an. Als unverzichtbar sogar. Also tolerierten sie seinen Griff nach der Macht und ermunterten ihn in gewisser Weise sogar. Dantirya Sambail wiederum war klug genug, ihnen nicht auf die Zehen zu treten. Er ist oft ins Labyrinth und zur Burg gereist, hat Seiner Majestät und Seiner Lordschaft als treuer Diener seine Aufwartung gemacht und so weiter.«

»Und Lord Prestimion? Wird er sich an dieses Arrangement halten?«

»Ach, Prestimion.« Eine dunkle Wolke zog über Akbaliks Gesicht. »Nein, heute sieht die Sache anders aus. Zwischen Lord Prestimion und dem Prokurator gibt es einen Streit. Einen sehr ernsten Streit, soweit ich weiß.«

»Worum geht es bei diesem Streit?«

Akbalik wandte den Blick ab. »Es ist keine Sache, die ich dir im Augenblick anvertrauen dürfte, mein Junge. Aber es ist ernst, sehr ernst. Vielleicht haben wir bald die Gelegenheit, dieses Thema zu vertiefen. Oh, ich sehe gerade, wir werden gleich in Ni-moya anlegen.«

* * *

Der Stadtteil, in dem das Flussboot festmachte, hieß Strelain. Es war, wie Akbalik erklärte, der zentrale Bezirk der Stadt. Ein Schweber der Regierung erwartete sie schon. Sie stiegen ein und fuhren immer weiter in die Hügel der großen Stadt hinauf, bis sie schließlich ein hohes Gebäude erreichten, das in den nächsten Monaten ihr Heim sein sollte.

Dekkerets kleine Wohnung lag im fünfzehnten Stock. Ihm war nie wirklich bewusst geworden, dass es tatsächlich Gebäude mit so vielen Stockwerken gab. Er stand am breiten Fenster, blickte zu den tiefer liegenden Gebäudedächern hinunter, zum Fluss weiter unten und zur dunklen Linie des Südufers, das in der Ferne kaum auszumachen war. Ihm wurde leicht schwindlig, und er bekam das eigenartige Gefühl, das Gebäude könnte jeden Augenblick allein schon aufgrund seiner unglaublichen Höhe kippen und den Hügel hinab purzeln und die Ziegel, aus denen es gebaut war, in der ganzen Umgebung verstreuen. Schaudernd wandte er sich vom Fenster ab. Doch das Gebäude stand fest.

Am nächsten Tag begann er mit seiner Arbeit im Amt für Dokumentrevision. Es war eine dem Schatzamt untergeordnete Behörde in einem rückwärtigen Seitenflügel des weitläufigen, tausend Jahre alten Regierungsviertels, das, aus blauem Granit gebaut und Cascanarhaus genannt, im Süden des zentralen Stadtteils Strelain lag.

Es war eine sinnlose Arbeit, in dieser Hinsicht machte Dekkeret sich keine Illusionen. Er hatte mit Leuten zu tun, die wichtige Dokumente – oder mindestens Dokumente, die ihnen selbst wichtig waren – der Bürokratie anvertraut hatten und mit denen etwas schief gegangen war. Seine Aufgabe bestand darin, die Verwirrung aufzuklären. Vom ersten Tag an war er damit beschäftigt, Streitigkeiten über falsch aufgeführte Geburtsdaten, unzutreffend eingezeichnete Grundstücksgrenzen, unklare und widersprüchliche Aussagen, die von nachlässigen Stenographen in rechtsverbindliche

Dekrete eingefügt worden waren, und eine ganze Reihe ähnlicher Fehlleistungen zu bearbeiten. Es gab keine Rechtfertigung dafür, dass man ausgerechnet ihn über tausende von Meilen hatte herbringen müssen, damit er solche eintönigen, unbedeutenden Angelegenheiten erledigte, die in den Händen jedes Verwaltungsbeamten, der bereits hier tätig war, besser aufgehoben gewesen wären.

Andererseits war ja, wie er genau wusste, jeder im Regierungsapparat, vom Pontifex und dem Coronal bis hinab zu den einfachsten Mitarbeitern, ein Verwaltungsbeamter. Jeder Prinz, der auf dem Burgberg nach hohen Ämtern strebte, musste eine gewisse Zeit lang Papierkram von genau dieser Art erledigen. Sogar Prestimion, der schon mit dem Rang eines Prinzen von Muldemar zur Welt gekommen war und sein Leben als Müßiggänger auf seinen Weinbergen hätte verbringen können, hatte eine Reihe solcher Aufgaben erfüllen müssen, um die praktischen Erfahrungen zu gewinnen, die ihm den Weg zum Thron geebnet hatten.

Als Sohn eines Kaufmanns hatte Dekkeret niemals so großartige Erwartungen gehegt. Die Sternenfächerkrone war kein Kopfputz, der in seinen Plänen eine Rolle spielte. Ein Ritter auf der Burg zu werden entsprach so ungefähr seinen kühnsten Hoffnungen. Da er aber zufällig in der Nähe gestanden hatte, als ein Mordanschlag auf den Coronal verübt worden war, hatte er dieses Ziel tatsächlich im Handumdrehen erreicht – oder jedenfalls war er ein Anwärter auf die Ritterwürde geworden. Und deshalb saß er jetzt in Ni-moya im Büro für Dokumentrevision an seinem Schreibtisch, wühlte sich Tag für Tag durch dumme, langweilige Akten und konnte nur hoffen, eines Tages für größere Aufgaben vorgesehen zu werden und dem Gipfel der Macht etwas näher zu rücken. Doch zuerst musste er dies hier hinter sich bringen.

Akbalik, den er während der Arbeitszeit nie und nach Feierabend nur gelegentlich sah, gehörte zu denen, die bereits mit wichtigeren Dingen betraut waren, auch wenn Dekkeret nie genau erfahren sollte, was Akbalik eigentlich tat. Offensichtlich war Akbalik aber jemand, dessen Vorbild es nachzueifern galt. Er war dem inneren Kreis des Coronals sehr nahe, wenn er auch noch nicht direkt zu dessen engsten Vertrauten gehörte. Er stand mit dem Hohen Berater Septach Melayn auf gutem Fuße, er genoss den Respekt des grantigen, nüchternen Admirals Gialaurys und schien jederzeit Zugang zu Lord Prestimion zu haben. Gewiss war es ihm bestimmt, bis in die höchsten Ebenen der Regierung aufzusteigen.

Andererseits war Akbalik natürlich der Neffe des reichen und mächtigen Prinzen Serithorn, und das hatte ihm sicherlich geholfen. Doch auch wenn man dank eines vornehmem Elternhauses sehr schnell einen hohen Platz in der Hierarchie der Burg erreichen konnte, waren es letzten Endes, das wusste Dekkeret genau, nur die persönlichen Qualitäten wie Klugheit, Erfahrung und Charakterstärke sowie die eigene Beharrlichkeit, durch die man ganz nach oben kam. Narren und Faulpelze wurden keine Coronals, auch wenn sie mit ein wenig Glück und dank entsprechender familiärer Beziehungen trotz ihrer ins Auge springenden Unfähigkeit mitunter gewisse Pöstchen ergattern konnten.

Nein, Reichtum oder ein vornehmes Elternhaus allein reichten nicht aus, um auf den Thron zu gelangen, denn sonst hätte Serithorn, der ein halbes Dutzend Coronals zu seinen Vorfahren zählte, längst darauf gesessen. Doch Prinz Serithorn war kein Mann, der für diesen Posten geeignet war. Ihm mangelte es an der notwendigen Ernsthaftigkeit. Septach Melayn, der Hohe Berater, würde wohl aus dem gleichen Grund ebenfalls nie Coronal werden.

Lord Prestimion aber war offensichtlich für das Amt geeignet, genau wie es Lord Confalume vor ihm gewesen war. Auch Akbalik, dieser ruhige, besonnene, kluge und zuverlässige Mann, hatte möglicherweise das Zeug zum Coronal in sich. Dekkeret bewunderte ihn ungemein. Es war viel zu früh, auch nur zu spekulieren, wer Prestimions Nachfolge als Coronal antreten würde, wenn dieser zum Pontifex ernannt wurde, doch, so dachte Dekkeret, wie herrlich wäre es doch, wenn die Wahl auf Akbalik fiele! Das wäre wiederum günstig für Dekkeret aus Normork, denn er konnte deutlich spüren, dass Akbalik ihm wohlgesonnen war und ihn als äußerst viel versprechenden jungen Mann ansah. Einen Moment lang gab Dekkeret sich sogar der wilden Phantasie hin, er selbst könne eines Tages der Hohe Berater des Coronals Lord Akbalik sein.

Dann machte er sich wieder daran, falsch buchstabierte Namen auf Treuhandverträgen zu korrigieren und Streitigkeiten über Grundbucheinträge zu schlichten, die bis in die Zeit von Lord Keppimon zurückgingen, oder Erstattungen zu veranlassen, weil die fälligen Beträge von übereifrigen Steuerfahndern gleich dreimal eingezogen worden waren.

Zwei Monate vergingen auf diese Weise. Dekkeret wurde immer unruhiger bei seiner Beschäftigung, doch er mühte sich tapfer ab und ließ kein Wörtchen der Unzufriedenheit über die Lippen schlüpfen. In der Freizeit streifte er durch die Stadt, immer wieder überwältigt von den prächtigen Anblicken, die ihm allenthalben zuteil wurden. Mit einigen Kollegen im Büro schloss er Freundschaft, einige Male ging er mit charmanten jungen Damen aus, ein- oder zweimal die Woche traf er sich mit Akbalik in einem Lokal, um einen Abend lang die hervorragenden Weine Zimroels zu kosten. Dekkeret hatte keine Ahnung, welchen Auftrag Akbalik in Ni-moya hatte, und er fragte auch nicht. Er war dankbar für die Gesellschaft des älteren Mannes und vermied es geflissentlich, in Dingen herumzuschnüffeln, die ihn offensichtlich nichts angingen.

Eines Abends sagte Akbalik: »Erinnerst du dich noch an den Augenblick, als wir im Büro des Coronals waren und Septach Melayn erwähnte, dass wir unbedingt auf Steetmoy-Jagd gehen müssten, wenn wir schon einmal hier wären?«

»Aber natürlich erinnere ich mich.«

»Du langweilst dich bei deiner Arbeit zu Tode, nicht wahr, Dekkeret?«

Dekkeret lief rot an. »Nun, eigentlich …«

»Versuch nur nicht, diplomatisch zu sein. Du sollst dich sogar damit langweilen. Die Arbeit wurde eigens erfunden, um dich zu langweilen. Aber du wurdest nicht hergeschickt, um gefoltert zu werden. Ich könnte auch selbst eine Pause gebrauchen. Was würdest du davon halten, wenn wir uns für einen Jagdausflug in den Norden zehn Tage frei nähmen und sähen, wie es den Steetmoy um diese Jahreszeit ergeht?«

»Kann ich denn überhaupt Urlaub bekommen?«, fragte Dekkeret.

Akbalik grinste. »Ich glaube, das kann ich für dich einrichten«, sagte er.

8

Die Landschaft veränderte sich, sobald sie Ni-moya in nördlicher Richtung verlassen hatten. Abgesehen vom Hochgebirge wie etwa den Gonghar-Bergen im Zentrum Zimroels und auf dem Gipfel des Mount Zygnor im hohen Norden Alhanroels herrschte fast überall auf Majipoor ein subtropisches oder tropisches

Klima. Auf dem Burgberg lebte man dank der von den Alten erfundenen Wettermaschinen, welche die bitterkalte Nacht der Stratosphäre abwehrten, in ewigem Frühling.

Eine einzige Region im Nordosten Zimroels erstreckte sich jedoch weit genug nach Norden in Richtung Pol, um ein kühleres Klima aufzuweisen. Auf der von Bergen umgebenen Hochebene, den Khyntor-Marken, waren Schneefälle in den Wintermonaten durchaus kein ungewöhnliches Phänomen. Noch weiter im Norden, hinter den gewaltigen Berggipfeln, die man die »Neun Schwestern« nannte, lag eine unbekannte Polarregion mit ewigen Stürmen und Dauerfrost, in die sich niemand wagte. In dieser unzugänglichen Region, so hieß es in den Legenden, lebte seit Jahrtausenden ein Volk grimmiger, mit Fell bekleideter Barbaren in völliger Isolation. Die Wärme im Süden und der Wohlstand, den die übrigen Einwohner Majipoors genießen durften, seien ihnen so unbekannt wie den anderen Bewohnern die Existenz der Barbaren.

Akbalik und Dekkeret hatten nicht die Absicht, diesem sagenumwobenen Land des ewigen Winters und erbarmungslosen Eises auch nur nahe zu kommen. Doch schon ein kurzes Stück nördlich von Ni-moya war der Einfluss dieser öden nördlichen Regionen deutlich zu spüren. Die üppigen subtropischen Wälder wichen einer Vegetation, die eher dem gemäßigten Klima entsprach. Dominiert wurde die Landschaft nun von eigenartigen, eckigen Laubbäumen, die in großen Abständen auf steinigen Wiesen mit halb verkümmertem bleichem Gras standen. Als sie die Vorberge der Khyntor-Marken erreichten, verwandelte sich die Landschaft mehr und mehr in ein Ödland. Bäume und Gras belebten nur noch spärlich das leicht ansteigende Gelände mit den flachen Bergrücken aus grauem Granit und den eilig dahinströmenden kalten Bächen, die von den höheren Bergen im Norden herunterkamen. In dunstiger Ferne war die erste der Neun Schwestern von Khyntor zu erkennen: Threilikor, die Weinende Schwester, auf deren dunkler Wand viele Flüsse und Bäche glitzerten.

Akbalik hatte als Führer eine Gruppe von fünf Jägern angeheuert. Es waren Angehörige des nördlichen Bergvolks, von schlankem Wuchs und mit einer Haut wie Leder, die grobe, ungeschickt zusammengeflickte Umhänge aus schwarzem Haigus-Fell trugen. Drei schienen Männer und zwei Frauen zu sein, wenngleich man es wegen der unförmigen Mäntel kaum erkennen konnte. Sie sprachen nur wenig, und wenn sie miteinander redeten, dann bedienten sie sich des groben Dialekts der Berge, den Dekkeret nicht verstehen konnte. Wann immer sie mit den beiden feinen Herren vom Burgberg zu tun hatten, kehrten sie zu der normalen Umgangssprache zurück, doch auch die war kaum verständlich, weil sie mit ungelenker Zunge, starkem Akzent und im Rhythmus ihres eigenen Dialekts sprachen. Außerdem waren Dekkeret viele lokale Begriffe aus Zimroel, die oftmals in ihren Antworten auftauchten, nicht vertraut. So überließ er es meist Akbalik, sich mit ihnen zu verständigen.

Die Bergbewohner schienen die Schutzbefohlenen aus der Stadt mit einem Maß an Belustigung zu beobachten, das an Spott grenzte. Für Dekkeret, der noch nie in der Wildnis gewesen war und sich trotz seiner Größe und Stärke unsicher zeigte, empfanden sie keinerlei Respekt. Er war überzeugt, dass sie ihn als unfähigen, verwöhnten Burschen ansahen. Doch auch für Akbalik, der dank seines tüchtigen, zupackenden Auftretens gewöhnlich überall schnell Anerkennung fand, hatten sie anscheinend nicht viel übrig. Wenn er etwas fragte, gaben sie einsilbige Antworten, und manchmal konnte man sogar sehen, wie sie sich mit gehässigem

Lächeln abwandten, als könnten sie ihre Verachtung für jemanden aus der Stadt kaum mehr verbergen, der nach den selbstverständlichsten Dingen fragen musste.

»Die Steetmoy sind Waldtiere«, erklärte Akbalik ihm. »Hier draußen in der offenen Tundra fühlen sie sich nicht wohl. Der Wald dort unten im Schatten des Bergs ist ihre Heimat. Die Jäger werden für uns ein Rudel im Wald aufscheuchen und treiben, bis sie in wilder Flucht losrennen. Wir suchen uns diejenigen aus, die wir erlegen wollen, und hetzen sie durch den Wald, bis wir sie in die Enge treiben können.« Akbalik warf einen Blick auf Dekkerets kurz geratene Beine, die jedoch mit kräftigen Muskeln bepackt waren. »Bist du ein guter Läufer?«

»Ich bin nicht sehr schnell, aber ich komme zurecht.«

»Auch die Steetmoy sind nicht sehr schnell. Das müssen sie auch nicht sein. Aber sie haben eine große Ausdauer und können sich viel besser als wir durch dichtes Unterholz drängen. Sie verschwinden einfach im dichten Gebüsch, wo du sie nicht mehr siehst. Das Problem ist, dass sie dann manchmal einen Bogen um dich schlagen und dich von hinten angreifen. Sie ernähren sich vorwiegend von Beeren, Nüssen und Baumrinde, aber sie sind auch Fleisch nicht abgeneigt, vor allem im Winter, und sie sind gut ausgerüstet, um ihre Beute zu töten.«

Er drehte sich zu seinem Gepäck um, zog einige Waffen heraus und legte sie vor Dekkeret aus.

»Das sind die Waffen, die wir mitnehmen werden. Die gekrümmte Machete brauchst du, um dir einen Weg durchs Unterholz zu schlagen. Den Dolch hier nimmst du, um deinen Steetmoy zu töten.«

»Den hier?«, fragte Dekkeret. Er hob die Waffe auf und starrte sie an. Es war ein Dolch mit einer beeindruckend scharfen, aber höchstens zwei Handbreit langen Klinge. »Ist der nicht etwas kurz?«

»Was hast du erwartet? Einen Energiewerfer?«

Dekkerets Gesicht wurde heiß. Er erinnerte sich jetzt auch, dass Septach Melayn ihm von der Jagd auf die Steetmoy mit Machete und Dolch erzählt hatte, doch damals hatte er nicht weiter darüber nachgedacht. »Nein, natürlich nicht. Aber wenn ich dieses Ding hier nehmen soll, muss ich ja auf dem Steetmoy sitzen, um ihn zu töten.«

»Ja. So sieht es aus, nicht wahr? Genau das ist ja das Besondere an diesem Sport. Die Jagd aus nächster Nähe, eine hohe Belohnung für ein hohes Risiko. Außerdem wird damit der wertvolle Pelz nur geringfügig beschädigt. Wenn es auf Leben oder Tod geht, kannst du auch die Machete verwenden, aber das gilt nicht als sehr sportlich. Stell dir beispielsweise vor, welche Figur Septach Melayn machen würde, wenn er mit einer Machete auf einen Steetmoy einhackte.«

»Septach Melayn hat die schnellsten Reflexe, die je ein lebender Mensch gehabt hat. Er könnte einen Steetmoy mit einem Zahnstocher aus Elfenbein erlegen. Ich bin aber nicht Septach Melayn.«

Akbalik schien unbeeindruckt. Dekkeret war groß, stark und entschlossen und ohne weiteres in der Lage, da unten im Steetmoy-Wald auf sich aufzupassen.

Dekkeret selbst war sich alles andere als sicher. Man hatte ihn im Grunde nicht einmal gefragt, ob er sich überhaupt auf dieses Abenteuer einlassen wolle. Eigentlich war es Septach Melayns Idee gewesen. Damals auf der Burg, ja, da hatte Dekkeret sich noch gut vorstellen können, bei diesem Abenteuer mitzumachen. Damals hatte er allerdings keine Ahnung gehabt, was es bedeutete, einen Steetmoy in seiner heimischen Umgebung zu jagen. Zwar hatte er in den ersten Monaten auf der Burg viele begeisterte Berichte anderer junger Ritteranwärter von ihren Jagdausflügen gehört und sie sehr darum beneidet, doch jetzt wurde ihm klar, dass es eine Sache war, durch die eingefriedeten Jagdgehege in Halanx oder Amblemorn zu streifen, um ein Zaur, ein Onathil oder ein Bilanthoon zu erlegen, und eine ganz andere, in einem Wald im kalten Norden herumzulaufen und nach einem wilden Steetmoy zu suchen, den man mit einem winzigen Messer töten musste.

Doch für Feigheit war in Dekkerets Seelenleben kein Platz. Was vor ihm lag, schien eine schwierige Aufgabe zu sein, aber vielleicht würde die Jagd doch nicht so gefährlich werden, wie er es sich jetzt in seiner ängstlichen Phantasie ausmalte. So hob er den Dolch und die Machete und wog sie in der Hand, hieb einige Male zur Übung ins Leere und erklärte Akbalik fröhlich, er sei im Grunde mit dem Dolch vollauf zufrieden und bereit für die Steetmoy-Jagd, falls die Steetmoy denn für ihn bereit wären.

Als sie den fünf Treibern einen lang gestreckten, mit Felsbrocken übersäten Hang hinunter in den dunklen Wald folgten, in dem die Steetmoy lebten, wartete Akbalik mit einer weiteren Überraschung auf. Er griff noch einmal in seinen Rucksack und zog zwei Metallröhren mit stumpfen Enden heraus. Eine steckte er sich neben dem Dolch in den Gürtel, die zweite gab er Dekkeret.

»Energiewerfer? Aber du sagtest doch …«

»Auf Lord Prestimions Befehl. Wir wollen uns verhalten wie richtige Sportsleute, aber ich soll dich andererseits lebendig wieder zurückbringen. Der Dolch ist deine erste Waffe, und wenn du Schwierigkeiten bekommst, hast du immer noch die Machete, aber falls du in Lebensgefahr geraten solltest, erledigst du das Biest mit dem Energiewerfer. Das ist nicht gerade elegant, aber es ist vernünftig und beruhigend, wenn man dergleichen in Reserve hat. Ein wütender Steetmoy kann einem Mann mit drei Tatzenhieben die Därme aus dem Leib reißen.«

Eher beschämt als erleichtert schob Dekkeret den Energiewerfer in eine Gürtelschlaufe und wünschte, es gäbe einen Weg, ihn ganz und gar zu verstecken, damit die Einheimischen ihn nicht bemerkten. Sie hatten bereits mehr als deutlich gezeigt, dass sie Dekkeret und Akbalik für oberflächliche, verwöhnte Gecken hielten, die sich mehr als tölpelhaft anstellten und offenbar mit ihrer Zeit nichts Besseres anzufangen wussten, als aus reiner Vergnügungssucht in die Wälder im Norden zu reisen und gefährliche Tiere zu jagen. Im Grunde konnten sie in den Augen dieser Leute kaum noch tiefer sinken, wenn sie den Energiewerfer zogen und einen aufsässigen Steetmoy mit einem Energiestrahl aus dem Weg räumten. Insgeheim schwor Dekkeret sich, die Waffe nicht einmal in höchster Not zu gebrauchen. Der Dolch und wenn notwendig die Machete mussten ausreichen.

Über Nacht hatte es geschneit. Die Temperatur lag knapp über dem Gefrierpunkt, und ein weißes Tuch hatte sich über die Landschaft gelegt. Einige einsame Flocken rieselten noch vom Himmel; eine traf Dekkerets Wange, und seine Haut brannte leicht. Ein seltsames Gefühl. Er hatte noch nie Schnee gesehen und beobachtete neugierig das Phänomen.

Die Bäume dieses Waldes hatten genau wie die Bäume weiter im Süden gelbe Stämme, doch sie trugen dichte Mäntel aus schwarzbraunen, nadelähnlichen Blättern. Äste wie bei den Laubbäumen, die verdreht und verwinkelt in alle Richtungen wuchsen, waren hier nicht zu sehen. Gerade und aufrecht standen die Bäume, oben drängten sich die Wipfel aneinander. Unter diesem natürlichen Dach herrschte tiefe Dunkelheit. Ein Bach, in dem große Felsbrocken lagen, floss auf einer Seite vorbei, auf der anderen Seite, zum Gebirge hin, fiel das Land rapide zu einem weitläufigen Tal ab.

Die fünf einheimischen Jagdhelfer übernahmen die Führung, und in den Fußspuren der Führer, die sich im Schnee deutlich abzeichneten, folgten Dekkeret und Akbalik. Leichtfüßig und mit munteren Sprüngen zogen die Bergbewohner am Bach entlang; kaum einmal drehten sie sich um. Als es einer von ihnen schließlich tat, war es eine Frau mit flachem Gesicht und breitem Grinsen, das ihre Zahnlücken entblößte, und sie schien Dekkeret zu verspotten, als wollte sie ihm sagen: Warte nur, in fünf Minuten wirst du dir vor Angst in die Hosen machen. Vielleicht verstand er sie aber auch falsch, vielleicht wollte sie ihn nur aufmuntern. Schön war das Grinsen jedenfalls nicht.

»Steetmoy«, sagte Akbalik auf einmal. »Ich glaube, es sind drei.«

Er deutete nach links zu einem dunklen Gehölz, wo die Bäume besonders dicht zusammenstanden. Auch dort lag Schnee. Zunächst bemerkte Dekkeret nichts Ungewöhnliches. Dann sah er etwas Weißes, das sich vom Weiß des Schnees unterschied: weicher, heller und ein bloßes Schimmern, wo der Schnee hart funkelte. Große Pelztiere bewegten sich dort. Der Wind trug ein leises Brummen und Knurren herüber.

Die Einheimischen hatten am Rand des Waldstücks Halt gemacht. Sie wechselten einige unverständliche Worte, schwärmten zu einem weiten Halbkreis aus und hielten auf die Bäume zu.

Dekkeret begriff sofort, was als Nächstes geschehen würde. Die Steetmoy – es waren tatsächlich drei – hatten die Witterung aufgenommen und zogen sich langsam in den Wald zurück, als müssten sie zunächst über ihre Strategie beraten. Dekkeret konnte sie jetzt deutlich ausmachen: gedrungene Tiere mit massigen Körpern, vorspringenden schwarzen Schnauzen und flachen, dreieckigen Köpfen, in denen klug blickende, goldene Augen saßen, die rot umrandet waren. Sie glichen in ihren Körpermaßen in etwa großen Hunden, waren aber schwerer und stämmiger gebaut. Was sie an Anmut vermissen ließen, machten sie durch Körperkraft wett: Gliedmaßen und Kruppe waren kräftig ausgeprägt, auch die Vorderbeine schienen sehr stark. Lange gekrümmte Krallen ragten schwarz und glänzend aus den Tatzen hervor. Dekkeret konnte sich nicht vorstellen, wie man eines dieser Tiere mit nichts als einem kleinen Dolch töten sollte, doch genau so wurde es ja angeblich gemacht. Es kam ihm unglaubwürdig vor. Septach Melayns Bemerkung fiel ihm ein: Ein wunderschönes Tier, dichter Pelz und funkelnde Augen. Soweit ich weiß, ist es das gefährlichste wilde Tier auf der ganzen Welt …

Die Einheimische mit den Zahnlücken winkte ihm.

»Der Erste ist für dich«, sagte Akbalik.

»Was?«

Dekkeret hatte erwartet, dass der ältere, erfahrenere Akbalik als Erster an der Reihe wäre, doch die Gesten waren unmissverständlich. Die Frau meinte ihn.

»Sie haben sich entschieden«, erklärte Akbalik. »Für gewöhnlich wissen sie genau, welcher Jäger und welche Beute am besten zueinander passen. Also mach schon, ich bleibe dicht hinter dir.«

Dekkeret nickte. Etwas beunruhigt trat er vor. Doch als er die ersten Schritte hin zum dunklen Waldstück tat, geschah etwas völlig Unerwartetes. Alle Unsicherheit fiel von ihm ab, und eine seltsame, kühle Gelassenheit ergriff stattdessen von ihm Besitz. Angst und Zweifel waren spurlos verschwunden. Er war ganz und gar bereit, bereit zum Töten und völlig auf sein Ziel konzentriert.

Einen Augenblick später war die Jagd im Gange.

Die Treiber hatten die Stelle, an der sich die drei

Steetmoy aufhielten, in einem weiten Halbkreis umstellt. Die Frau, die offenbar Dekkerets Führerin sein sollte, stand in der Mitte und übernahm jetzt das Kommando. Dekkeret folgte ihr. Die beiden Männer auf der äußersten linken und rechten Position wechselten die Richtung, hielten auf die Tiere zu und machten mit Jagdhörnen aus Messing, die sie aus den Rucksäcken gezogen hatten, einen Heidenlärm. Die anderen beiden Jagdhelfer klatschten in die Hände und stießen laute Schreie aus.

Sie wollten offenbar, wie Dekkeret jetzt erkannte, die Tiere voneinander trennen und zwei vertreiben, damit Dekkeret das dritte ungestört erlegen konnte. Der Lärm zeitigte die gewünschte Wirkung. Aufgeschreckt und beunruhigt von dem Lärm, setzten sich die Steetmoy auf die Hinterbeine und hackten offenbar reflexartig auf die Bäume ein. Sie gaben kein leises Knurren mehr von sich, sondern ein lautes, wütendes Gebrüll.

Die Treiber rückten näher an die Steetmoy heran. Ohne Angst, ja vielleicht eher gereizt oder sogar empört über die Eindringlinge, die sie in ihrem Reich belästigten, drehten sich die Tiere um und trotteten in verschiedene Richtungen davon – wahrscheinlich jedes zu seinem eigenen Bau. Die fünf Jäger achteten nicht auf die beiden größeren Tiere und ließen sie unbehelligt im dichten Wald verschwinden. Sie konzentrierten sich auf das Letzte, möglicherweise ein Weibchen, das kleiner war als die anderen, aber immer noch ein beeindruckendes Tier. Die Treiber liefen wie auf einer Parade, indem sie bei jedem Schritt das Bein hochwarfen, und machten weiterhin einen Höllenlärm.

Das Tier schien einen Augenblick lang vom Tumult verwirrt. Dann blinzelte es und drehte sich knurrend um. Langsam, aber stetig schneller werdend, hielt es auf ein Gebüsch zu, das ein paar hundert Schritt entfernt war.

Die Frau mit den Zahnlücken trat zur Seite. Dekkeret wusste, dass sein großer Augenblick gekommen war.

Die Machete in der einen und den Dolch in der anderen Hand rannte er los.

Am Waldrand standen die Bäume noch recht weit auseinander, doch ein Stück dahinter war der Wald unübersichtlich dicht. Schösslinge und Büsche besetzten jeden freien Raum zwischen den Bäumen, und an den unteren Ästen hingen Ranken. Nicht lange, und Dekkeret musste sich durchs Unterholz kämpfen und sich mit wilden Schlägen der Machete einen Weg bahnen. Wie im Rausch und ohne auf Hindernisse zu achten, trieb es ihn weiter und weiter. Doch obwohl er sich so hektisch bemühte, verlor er an Boden. Vor sich konnte er zwar noch den fliehenden Steetmoy sehen, doch so langsam sich das Tier auch bewegte, konnte es sich mit den mächtigen Vorderbeinen doch mühelos einen Weg bahnen. Zurück blieb eine Schneise voller abgeknickter Büsche und zerfetzter Ranken, die Dekkeret mehr behinderten als nützten. Unerbittlich wuchs die Distanz zwischen ihm und der Beute.

Dann war das Tier plötzlich verschwunden. Er war allein.

Wo war es geblieben? In einen versteckten Bau gekrochen? Unter einen undurchdringlichen Busch? Oder, überlegte Dekkeret, hatte es sich vielleicht hinter einem dicken Baumstamm vor ihm versteckt? Schlich es etwa schon von Busch zu Busch, um die richtige Position für einen tödlichen Gegenangriff einzunehmen, wie es diese Tiere, wenn Akbalik Recht hatte, manchmal taten?

Dekkeret sah sich nach der Frau um. Auch von ihr war weit und breit nichts zu sehen. Irgendwann im Laufe der überstürzten Hetzjagd durchs Unterholz hatte er sie abgehängt.

Unwillkürlich fasste er die beiden Waffen fester und drehte sich einmal um sich selbst, ohne einen weiteren Schritt zu tun. Aufmerksam starrte er ins Halbdunkel und lauschte, ob irgendwo rauschendes Unterholz oder das Knacken brechender Zweige zu hören wären. Nichts, absolut nichts. Und jetzt stieg auch noch Nebel vom verschneiten Boden auf und verbarg alles hinter weißen Schwaden. Sollte er die Frau rufen? Nein. Vielleicht war sie absichtlich verschwunden; vielleicht war es üblich, den Jäger in den letzten Augenblicken der Jagd mit seiner Beute allein zu lassen.

Nach kurzem Zögern bewegte er sich vorsichtig ein wenig nach links, wo der Dunst nicht ganz so dicht zu sein schien. Er wollte in einem Bogen zum Ausgangspunkt zurückkehren und sich unterwegs umsehen, ob der Steetmoy sich irgendwo versteckt hatte.

Im Wald herrschte Totenstille. Es kam ihm so vor, als wäre er weit und breit das einzige Lebewesen.

Als er aber ein Gehölz junger Bäume mit geraden Stämmen umrundet hatte, die nur wenige Fingerbreit auseinander standen, sodass sie fast eine Art Palisadenzaun bildeten, überstürzten sich die Ereignisse. Hinter dem Gehölz öffnete sich eine kleine Lichtung, in deren Zentrum die Frau stand. Sie sah sich nach allen Richtungen um, als suchte die den Steetmoy oder vielleicht auch ihn. Dekkeret rief sie, und im nächsten Augenblick brach der Steetmoy hinter ihr aus dem Wald.

Die Frau, die sich zu Dekkeret umgedreht hatte, fuhr sofort herum und stellte sich dem wütenden Tier. Doch der Steetmoy richtete sich auf den Hinterbeinen auf und schlug sie mit der Vorderpranke nieder. Sie ging bewusstlos zu Boden. Ohne auch nur eine Sekunde zu zögern, rannte der Steetmoy an dem verblüfften Dekkeret vorbei und verschwand zwischen den Bäumen.

Er brauchte einen Augenblick, um sich vom Schreck

zu erholen. Dann kam auch er in Bewegung und nahm die Verfolgung auf. Er wusste, dass es seine letzte Chance war. Wenn er das Tier auch dieses Mal entkommen ließe, würde er es endgültig verlieren.

Seine Schenkel und Waden verkrampften sich, die überbeanspruchten Muskeln zuckten. Einmal, als er scharf abbiegen musste, trat er auf einen mit Schnee bedeckten Stein und rutschte aus, verrenkte sich das Fußgelenk und zuckte zusammen, als ein heißer Schmerz durch das ganze linke Bein lief. Doch er rannte weiter. Der Steetmoy schien nicht mehr ausweichen zu wollen, sondern trottete einfach vor ihm durch den Wald, der hier wieder licht genug war, sodass sie beide sich relativ schnell bewegen konnten. Damit war Dekkeret im Vorteil, denn auch wenn er kein sehr guter Läufer war, so war er in offenem Gelände ein wenig schneller als ein Steetmoy.

Wider Erwarten konnte er den Abstand zwischen sich und der Beute dennoch nicht verkürzen. Der Wille war da, doch er konnte die rebellierenden Beinmuskeln nicht zwingen, sich schneller zu bewegen. Er musste sich wohl damit abfinden, dass der Steetmoy ihm ein zweites Mal entwischen würde.

Es sollte jedoch ganz anders kommen. Das Tier blieb vor einem dichten Gebüsch stehen und entschied sich aus unerfindlichen Gründen, sich umzudrehen und zum Kampf zu stellen, statt sich weiter einen Weg durchs Unterholz zu bahnen. Hatte es beschlossen, die Verfolgungsjagd mit seinem lästigen Gegner zu einem Ende zu bringen? War es müde und konnte nicht mehr laufen? Es waren Fragen, auf die Dekkeret nie eine Antwort bekommen sollte. Noch bevor ihm richtig klar wurde, was geschah, prallte er beinahe gegen das Tier, das sich mit dem Rücken zum dichten Unterholz vor ihm aufgebaut hatte. Er hörte das zornige Knurren des Steetmoy. Eine mächtige Pranke schlug nach ihm.

Instinktiv duckte Dekkeret sich und stieß mit dem Dolch aufwärts zu. Der Steetmoy heulte vor Schmerz auf. Dekkeret wich zurück, stieß noch einmal zu und traf das Tier ein zweites Mal. Hellrote, funkelnde Blutstropfen besprenkelten den weißen Brustpelz des Steetmoy.

Schwer atmend zog Dekkeret sich einen Schritt zurück. Ob ein dritter Dolchstoß notwendig war? Ob er vielleicht sogar die Machete einsetzen musste?

Aber nein, sicher nicht. Der Steetmoy schien orientierungslos, blieb noch kurz auf den Hinterbeinen stehen und wiegte sich langsam hin und her. Die hellen, rot geränderten Augen wurden langsam trüb. Dann kippte er um. Dekkeret stellte sich breitbeinig über das Tier und konnte kaum fassen, was gerade geschehen war. Doch seine Beute bewegte sich nicht mehr.

Endlich drehte er sich um, legte die Hände wie einen Trichter vor den Mund und rief seinen Gefährten. »He, Akbalik, wo bist du? Ich habe ihn, Akbalik, ich habe ihn!«

Irgendwo aus dem Nebel war eine gedämpfte Antwort zu hören. Verstehen konnte er nichts.

Er versuchte es noch einmal. »Akbalik?«

Dieses Mal bekam er überhaupt keine Antwort, auch von den Treibern war nichts zu hören. Wo waren die Gefährten geblieben? Gab es Aasfresser, die den toten Steetmoy zerfetzen würden, wenn er ihn vorübergehend hier liegen ließe? Und davon abgesehen, würde er in diesem geheimnisvollen, nebligen Wald überhaupt den Rückweg finden?

Mehrere Minuten vergingen. Schneeflocken fielen und wirbelten um ihn herum. Dekkeret wurde klar, dass er nicht länger warten konnte. Langsam arbeitete er sich in die Richtung zurück, aus der er glaubte, gekommen zu sein, und suchte im Schnee nach seinen eigenen Spuren. Bald danach sah er die dichte Gruppe junger Bäume und gleich dahinter eine Szene, die er bis zum Ende seiner Tage nicht vergessen würde.

Akbalik und vier der Einheimischen standen mitten auf der Lichtung hinter dem Gehölz. Akbalik hielt seine blutige Machete locker in der Hand; überall im Schnee waren Blutspuren. Die Treiber, die etwas im Hintergrund blieben, starrten Dekkeret mit versteinerten Mienen an, als er auf die Lichtung trat. Die Frau mit den Zahnlücken lag reglos auf dem Rücken. Der ganze Bauch war aufgerissen, eine schreckliche Wunde. Fünf oder sechs Schritt entfernt lag der Kadaver eines gedrungenen Tiers mit breiter Schnauze, das von Akbaliks Machetenhieb fast in zwei Hälften gespalten worden war. Das Tier hatte verschmierte Blutspuren am Maul.

»Akbalik?«, fragte Dekkeret verwirrt. »Was ist hier geschehen? Ist sie …«

»Ob sie tot ist? Was denkst du denn?«

»Hat dieses Tier sie getötet? Was ist das überhaupt für ein Biest?«

»Sie nennen ihn Tumilat. Ein Aasfresser. Sie leben in dieser Gegend in Erdbauen. Manchmal, wenn sie ein verendendes oder bewusstloses Tier finden, töten sie es auch. Ich verstehe nur nicht, warum ein Aasfresser einen Menschen angreift, der …«

»Oh«, sagte Dekkeret sehr leise und legte sich die Hand vor den Mund. »Oh, oh, oh.«

»Was ist los, Dekkeret? Was wolltest du sagen?«

»Es war nicht der Tumilat«, murmelte Dekkeret. »Es war der Steetmoy. Er ist ganz plötzlich aufgetaucht, hat sie angegriffen und mit der Pranke niedergeschlagen. Dann ist er weitergerannt. Ich habe ihn verfolgt. Ich habe ihn eingeholt und getötet, Akbalik. Ich habe ihn getötet. Aber ich habe keinen Gedanken daran verschwendet, was mit der Frau war. Sie lag hier – verwundet und bewusstlos – oh, Akbalik! Ich habe überhaupt nicht darüber nachgedacht. Als sie allein hier lag, muss dieser Aasfresser sie gefunden haben und … oh …« Er starrte blind in den weißen Schnee, entsetzt über seine Fahrlässigkeit. »O Akbalik«, sagte er noch einmal. Er fühlte sich, als wäre alles in ihm abgestorben. »O weh.«

9

Als Prestimion und seine Begleiter das Labyrinth durch den südlichen Ausgang verließen, lag das weite Alhanroel vor ihnen wie ein endloser Ozean. Das Land war flach und der Horizont eine dunstige graue Linie, die Millionen Meilen entfernt schien. Mit jedem folgenden Tag sahen sie neue Landschaften, neue Arten von Vegetation und neue Städte. Irgendwo vor ihnen in dieser Unendlichkeit und Leere war Dantirya Sambail, der sich ihnen immer wieder zu entziehen schien.

Die königliche Reisegesellschaft machte den ersten Halt in Bailemoona, der hübschen Stadt in der fruchtbaren Ebene südöstlich des Labyrinths, wo Prinz Serithorns Wildhüter Mandralisca begegnet war, dem Handlanger des Prokurators. Kaitinimon, Bailemoonas neuer junger Herzog, begrüßte sie schon vor den hellroten Stadtmauern und bereitete ihnen einen königlichen Empfang.

Er hatte das runde Gesicht und das unkomplizierte Gebaren seines Vaters, und wie Kanteverel zog er einfache, locker fallende Gewänder der prächtigen, formellen Garderobe vor. Doch während Kanteverel stets fröhlich und jovial aufgetreten war, schien dieser junge Mann unter einer kaum zu verbergenden inneren Spannung zu stehen und war von einer Unnachgiebigkeit der Seele geprägt, die verriet, dass er wohl doch aus einem ganz anderen Holz geschnitzt war als der Vater. Wie auch immer, es war lange her, dass ein Coronal das letzte Mal Bailemoona besucht hatte. Kaitinimon zeigte sich höchst erfreut über Prestimions Ankunft und richtete standesgemäße, kostspielige Festlichkeiten für ihn aus – eine Unzahl von Musikern, Jongleuren und raffinierten Bühnenzauberern bot er auf und ließ alles auftischen, was die berühmte Küche der Region zu bieten hatte, dazu den passenden einheimischen Wein für jeden Gang. Und natürlich arrangierte er auch einen Besuch bei den legendären goldenen Bienen Bailemoonas.

Fast jede Stadt des Reichs hatte irgendetwas, das sie unter allen anderen auszeichnete. Die goldenen Bienen waren Bailemoonas Besonderheit. Vor langer Zeit, als nur vereinzelte Gruppen von Gestaltwandlern in diesem Teil Alhanroels gelebt hatten, waren die goldenen Bienen in der Provinz und den benachbarten Gebieten noch recht verbreitet gewesen. Doch mit der Ausbreitung der Menschheit hatte ihr Aussterben begonnen, bis sie fast völlig ausgerottet waren. Die Einzigen, die es jetzt noch gab, wurden von den Herzögen von Bailemoona auf dem Gelände des herzoglichen Palasts in Bienenhäusern gehütet wie ein Augapfel.

»Wir öffnen das Bienenhaus nur dreimal im Jahr für die breite Öffentlichkeit«, erklärte Herzog Kaitinimon, als er Prestimion durch den Palastgarten zum Bienenhaus führte. »Am Wintertag, am Sommertag und zum Geburtstag des Herzogs. Der Eintritt wird ausgelost, nur ein Dutzend Besucher je Stunde für zehn Stunden, und die Karten werden für einen hohen Preis verkauft. Zu anderen Zeiten darf niemand den Bienen nahe kommen, abgesehen von den Wärtern und den Mitgliedern des Herrscherhauses – und natürlich auch dem Coronal, wenn er nach Bailemoona kommt …«

Das Bienenhaus war ein Gebäude von atemberaubender Schönheit: eine riesige, luftige Anlage aus einem funkelnden Metallgitter, das gestützt wurde von Hohlstreben aus schimmerndem weißem Holz, die sich auf eine das Auge verwirrende Weise vielfach überkreuzten. So zart schien der Bau, dass man glauben mochte, ein einziger Windhauch könne ihn umwerfen. Im Innern sah Prestimion unzählige Lichtpunkte, die blitzten und erloschen und sich so schnell bewegten, dass einem schwindlig werden konnte. Es schien gerade so, als würden pausenlos Blinksignale gegeben, die jedoch viel zu schnell gesendet wurden, als dass man die Botschaften hätte verstehen können. »Was Ihr funkeln seht«, erklärte der Herzog, »ist das Sonnenlicht auf den Körpern der fliegenden Bienen. Aber kommt doch weiter, kommt nach drinnen, wenn ich Euch bitten darf, mein Lord.«

Ein langer Zugang führte zu einer Reihe kleiner Schleusen, die jeweils Türen an beiden Enden aufwiesen. Danach erst standen Prestimion und seine Begleiter im eigentlichen Bienenhaus, einer riesigen Kuppel, die vier- oder fünfmal so groß war wie Confalumes Thronraum. Von innen war das Gitter kaum sichtbar, höchstens als leichter Schleier vor dem freien Himmel.

Ein hohes Summen umfing die Besucher. Überall waren Bienen, hunderte oder tausende sogar.

Sie waren ständig in Bewegung, flogen unermüdlich im oberen Bereich ihres Heims hin und her und gaben eine die Sinne verwirrende Ballettvorstellung in der Luft. Prestimion staunte über ihre Zahl und die Geschwindigkeit, mit der sie sich bewegten. Das Licht fing sich auf den glänzenden Körpern und Flügeln und strahlte in winzigen Blitzen zurück, wenn die Tiere hin und her schossen. Er blieb einige Augenblicke im Eingang stehen, starrte staunend nach oben und bewunderte die beweglichen Bienen und das atemberaubende Hin und Her ihres Fluges.

Nach einer Weile konnte er sich auf einzelne Bienen konzentrieren und ihren Weg im Schwarm verfolgen, und ihm dämmerte, dass die Bienen, jedenfalls für Insekten, sehr groß zu sein schienen. Septach Melayn kam ihm jedoch zuvor. Er wandte sich an den Herzog und stellte eine entsprechende Frage. »Sind das wirklich Bienen, Euer Gnaden? Soweit ich sie in diesem Käfig mit bloßem Auge verfolgen kann, scheinen sie mir so groß wie kleine Vögel zu sein.«

»Eure Augen täuschen Euch nicht«, erwiderte der Herzog. »Wie könnten sie auch. Aber es sind tatsächlich Bienen. Ich will es Euch zeigen.«

Er trat mitten in den Raum und streckte mit nach oben gedrehten Handflächen beide Arme aus. Gleich darauf flog ein Dutzend Bewohner des Bienenhauses herab und ließ sich auf ihm nieder, als wären es seine Haustiere, die zutraulich zu ihrem Herrn kamen. Direkt danach kreiste ein weiteres Dutzend um seinen Kopf.

Der Herzog blieb reglos stehen, nur mit den Augen lud er die Gäste ein. »Kommt näher, schaut sie an. Langsam, langsam ... Ihr dürft sie nicht erschrecken ...« Prestimion ging langsam zu ihm, dann Septach Melayn und schließlich auch der große Gialaurys, der sich – am vorsichtigsten von allen – bewegte, als liefe er auf rohen Eiern.

Maundigand-Klimd, der sich offenbar nicht für die Bienen interessierte, blieb am Eingang stehen. Auch Abrigant hielt sich zurück, das Gesicht finster und missmutig verzogen. Seit ihrer Ankunft in Bailemoona hatte er kaum noch seine Ungeduld verbergen können. Er wollte weiterziehen und im Süden und Osten Skakenoir suchen, wo man angeblich die metallhaltigen Pflanzen finden konnte. Die Fahndung nach Dantirya Sambail war für ihn nur eine unwillkommene Ablenkung, und eine Stunde bei den funkelnden Bienen, so schön sie auch sein mochten, war eine unerträgliche Zeitverschwendung.

Als er Herzog Kaitinimon nahe genug war, um die blitzenden kleinen Geschöpfe zu sehen, die über dessen Handflächen krabbelten, stieß Prestimion vor Überraschung einen leisen Pfiff aus. Die goldenen Bienen von Bailemoona waren fast eine Handbreit lang und sahen mit ihren dicklichen Körpern tatsächlich wie Vögel aus.

Waren sie nun sehr kleine Vögel oder sehr große Insekten?

Insekten, entschied Prestimion, nachdem er noch einige Schritte näher gekommen war. Jetzt konnte er die drei pelzigen Beinpaare erkennen. Die Körper hatten Segmente, Kopf, Brustraum und Bauch waren deutlich voneinander abgesetzt. Am ganzen Körper, die Flügel eingeschlossen, hatten die Bienen einen glatten, spiegelnden Panzer, den man leicht für einen Überzug aus Gold halten konnte. Dieser Panzer erzeugte die grellen Lichtblitze, wenn sie sich bewegten.

»Kommt noch näher«, lud ihn der Herzog ein. »Nahe genug, um die Augen zu sehen.«

Prestimion gehorchte. Und keuchte erschrocken. Diese Augen! Diese seltsamen Augen! Solche Augen hatte er noch nie gesehen.

Es waren nicht die kalten Facettenaugen von Insekten, nein, keineswegs. Auch nicht die funkelnden Knopfaugen von Vögeln. Die Augen waren unverhältnismäßig groß und schienen eher zu einem Säugetier zu gehören. Es waren die warmen, lebendigen Augen eines kleinen Waldbewohners. Doch es glomm auch ein Funke der Intelligenz in ihnen, der diese Geschöpfe von den schnatternden Droles und Mintuns der Wälder unterschied. Es war fast beängstigend, in diese wissenden Augen zu schauen.

»Stellt Euch so hin, wie ich stehe«, empfahl der Herzog. »Haltet Euch still, dann kommen sie auch zu Euch.«

Weder Septach Melayn noch Gialaurys zeigten sich geneigt, die Einladung anzunehmen. Doch Prestimion streckte gehorsam die Arme aus und drehte die Handflächen nach oben. Ein oder zwei Augenblicke vergingen, dann kamen zwei Bienen herbei und kreisten neugierig um seinen Kopf; kurz danach landete eine von ihnen vorsichtig auf Prestimions linker Hand.

Es kitzelte, als sich das Tier auf der Hand bewegte. Langsam drehte er den Kopf nach links, um es sich genauer anzusehen, und starrte in die riesigen, ernsten Augen des Insekts. Es beobachtete ihn aufmerksam.

Zweifellos, in diesem Blick war Intelligenz.

Ein winziger Verstand, aber scharf und durchdringend. Zu welchem Zweck? Welche Gedanken mochten diese kleinen Geschöpfe bewegen? Die Letzten ihrer Art, die in endlosen, funkelnden Kreisen durchs große Bienenhaus flogen, ihre letzte Zufluchtsstätte in dieser Welt.

»Unsere Vorfahren hielten sie als Haustiere in kleinen Käfigen«, erläuterte Kaitinimon nach einer Weile. »Sie flogen einen oder höchstens zwei Monate umher, dann wurden sie krank und starben. Sie konnten das Leben im Käfig nicht ertragen. Aber wer auch nur ein paar Tage lang eine goldene Biene besaß, war ihrer Schönheit verfallen, und wenn die Biene gestorben war, wollte ein jeder sie sofort durch eine neue ersetzen, die natürlich ebenso schnell einging. Einst gab es Millionen von ihnen in dieser Provinz. Sie haben den ganzen Himmel golden gefärbt, wenn sie in großen Schwärmen geflogen sind. Jetzt genieße allein ich in ganz Bailemoona noch das Privileg, diese Bienen zu halten; wie Ihr sehen könnt, ist dieser Käfig recht groß. In einem kleineren könnten sie nicht überleben. Wenn Ihr vorsichtig die

Hand herumdreht, mein Lord, so wie ich jetzt, dann fliegen die Bienen wieder weg. Es sei denn, Ihr wollt die Erfahrung noch ein wenig auskosten.«

»Einige Minuten noch, glaube ich«, sagte Prestimion. Zwei weitere Bienen landeten auf seiner linken Hand, dann eine dritte auf der Rechten. Er stand stocksteif und konnte den Blick nicht von diesen Augen wenden, von den intelligenten kleinen Geschöpfen, die gelassen über seine Hände krabbelten. Jetzt waren fünf auf ihm gelandet, dann sechs. Sieben. Sie hielten ihn wohl für ungefährlich. Er fragte sich, ob sie irgendwie seine Gedanken lesen konnten.

Auf einmal wünschte er sich inbrünstig, Varaile wäre da und könnte mit ihm zusammen die Bienen bewundern.

Dann erschrak er über seine Gedanken. Hatte Varaile denn tatsächlich schon ganz und gar Thismets Platz in seinem Herzen eingenommen, dass er sich wünschte, diese Frau, die er noch nicht einmal richtig kannte, wäre an seiner Seite, während er durch die Welt reiste? In der Tat, so war es. Er staunte selbst darüber, dass er sie so sehr vermisste. Doch Thismet war unwiederbringlich verloren, und Varaile erwartete ihn auf dem Burgberg. Dank seiner Macht und seiner Pflichten war er dazu verdammt, sein Leben lang durch die Welt zu reisen, und auf einmal sehnte er sich mit einer Leidenschaft, die ihn selbst erstaunte, danach, alles mit Varaile zu teilen und ihr alles zu zeigen, was er sehen durfte – die goldenen Bienen in Bailemoona, den verschwindenden See von Simbilfant, den Mitternachtsmarkt von Bombifale, das Farbenspiel am Gulikap-Brunnen, die Gärten von Tolingar – alles.

»Findet Ihr Gefallen an unseren Bienen, mein Lord?«

Erschrocken sah Prestimion den Herzog an. »O ja«, sagte er rasch. »Ganz außergewöhnlich sind sie. Wie bemerkenswert!«

»Ich könnte Euch ein paar auf die Burg schicken«, meinte Kaitinimon. »Aber sie würden dort nur sterben wie alle anderen.«

Als sie am Abend im Palast des Herzogs die Köstlichkeiten speisten, die diese Region zu bieten hatte, kreisten Prestimions Gedanken immer noch um die goldenen Bienen und um die Sehnsucht nach Varaile, die sie auf so unerklärliche Weise in ihm geweckt hatten. Das helle Schimmern der rätselhaften Augen ließ ihn nicht mehr los, und er musste ständig an die unzähligen Tiere denken, die blitzschnell durch den oberen Bereich des riesigen Bienenhauses flogen. Die wissenden Augen, der intelligente Blick der kleinen Tiere, das wundervolle goldene Blitzen, wenn sie flogen … Diese zauberhafte Welt, dieser Ort voller Wunder, der mehr Überraschungen barg, als man in zehn Lebensspannen sehen konnte!

Doch die Besichtigung der berühmten goldenen Bienen war nicht der eigentliche Anlass seines Besuchs. Gialaurys übernahm es schließlich, das wichtigste Anliegen des Coronals zur Sprache zu bringen.

»Es gab einen Bericht«, erklärte er dem Herzog, »dass der Prokurator Dantirya Sambail und einer oder zwei seiner Männer vor gar nicht so langer Zeit durch dieses Gebiet gekommen wären. Der Coronal hat etwas mit ihm zu besprechen und wünscht ihn ausfindig zu machen. Wir fragen uns nun, ob Ihr Kontakt mit ihm hattet.«

Der Herzog ließ sich keinerlei Überraschung anmerken. Wahrscheinlich hatte er, genau wie viele andere, längst erfahren, dass Prestimion den Prokurator von Ni-moya ausfindig machen wollte und dass auf dem ganzen Kontinent eine Fahndung im Gange war.

Das war natürlich eine im höchsten Maße sensationelle Neuigkeit. Doch Herzog Kaitinimon war viel zu klug, um in einer solchen Situation Einwände zu erheben und Bedenken anzumelden. Er stellte keine Fragen und beschränkte sich auf eine offene, knappe Antwort. Auch er habe gehört, dass der Prokurator sich in dieser Gegend aufhalte, er selbst sei jedoch nicht von ihm aufgesucht worden. Er sei darüber erstaunt gewesen, dass der Prokurator hier vorbeigekommen sei und dennoch auf einen Besuch verzichtet habe. Er sei jedoch sicher, dass Dantirya Sambail sich nicht mehr in der Provinz Balimoleronda aufhalte. Mehr könne er nicht sagen. Als Septach Melayn ihn fragte, ob der flüchtige Prokurator eher nach Süden oder nach Westen gegangen sei, zuckte Herzog Kaitinimon nur mit den Achseln. »Offenbar will er nach Hause fahren. Ich glaube, er will zum Meer. Er kann es hier wie dort erreichen. Wie sollte ich ahnen, was im Kopfe eines Dantirya Sambail vor sich geht?«

Prestimion beschloss, von Bailemoona aus weiter nach Süden zu fahren. Kurze Reisen gab es nicht in Majipoor, doch der Prokurator konnte im Süden das Meer vermutlich etwas eher erreichen als im Westen. Zwar wurden die Häfen überwacht, doch Prestimion wusste ganz genau, dass jemand, der so gerissen war wie Dantirya Sambail, mit Hilfe von Bestechung einen Weg durch jede Kontrolle finden konnte. Immerhin hatte er es auch geschafft, sich aus den Sangamor-Tunneln zu befreien. Es wäre nicht schwer, in einem Hafen im Süden einen geldgierigen, bestechlichen Grenzbeamten zu finden, der in die andere Richtung schaute, während der Prokurator und Mandralisca auf ein Frachtschiff stiegen, das nach Zimroel auslaufen wollte.

Also ging es auf Prestimions Geheiß nach Süden in Richtung Ketheron und zur Schwefelwüste.

Es war eine ebenso logische wie verlockende Wahl. Die Schwefelwüste war weder eine Wüste noch ein

Ort, an dem Schwefel gefunden wurde, doch nach allen Berichten von Reisenden, die man hörte, bot sie einen der beeindruckendsten Anblicke auf der ganzen Welt. Prestimion war dankbar, dass Dantirya Sambail ihm nun einen Anlass bot, diese Landschaft zu sehen.

Noch ein Ort, den er ohne Varaile aufsuchen würde. Er bekam sie nicht mehr aus dem Kopf.

Zwei Tagesreisen, nachdem sie Bailemoona verlassen hatten, sahen sie die ersten Ausläufer des gelben Sandes. Anfangs waren es nur einzelne Stränge und Streifen, die sich in die gewöhnliche dunkle Erde geschoben hatten, sodass der strahlende Glanz der gelben Körner zunächst nicht zur Geltung kam. Doch allmählich setzte sich der Sand durch, bis ganze Hügel und Täler mit gelben Flecken besprenkelt waren. Als die Reisenden schließlich den Schwefelfluss erreichten, war um sie herum nur noch Gelb zu sehen, als wäre es die einzige Farbe im ganzen Universum.

Es war leicht zu verstehen, warum die ersten Forscher, die dieses Gebiet betreten hatten, überzeugt waren, sie wären auf ein riesiges Schwefelvorkommen gestoßen. Es konnte, so dachten sie, wohl schwerlich einen anderen Stoff geben als Schwefel, der diesen warmen, hellgelben Farbton zu erzeugen vermochte. Doch es gab einen anderen Stoff, denn der »Schwefel« der Schwefelwüste war nichts weiter als pulverfeiner gelber Sand, ein kalkhaltiger Sand, der seine verblüffende Farbe durch Körnchen von Quarz und winzige Stückchen Feldspat und Hornblende erhielt. Anscheinend hatte sich die Sandschicht vor undenklichen Zeiten gebildet, als ein großer Teil des Landes noch eine trockene Wüste gewesen war und gewaltige gelbe Berge das Gebiet westlich des Labyrinths dominiert hatten. Die Kraft der scharfen Winde hatte über viele Jahrtausende die Berge zu Pulver geschliffen und das

Pulver über tausende von Meilen getragen, um es im Gebiet der Gaibilan-Hügel jenseits von Ketheron, wo der Schwefelfluss entsprang, wieder abzusetzen. Den Rest hatte dann der Fluss erledigt. Er hatte gewaltige Mengen des Sandes die Hügel hinunter gespült und ringsum im weiten Tal verteilt, in dem die Reisenden vom Burgberg jetzt standen. Es war ein Tal, das seit ewigen Zeiten schon als die »Schwefelwüste« bezeichnet wurde.

Meist bildete der einzigartige gelbe Sand nur eine Schicht, die nicht dicker war als zwei Mannshöhen. Es gab jedoch auch einige Stellen, an denen der Sand eine halbe Meile hoch lag und sich im Laufe der Zeit unter dem Druck des eigenen Gewichts zu einem weichen, durchlässigen Gestein verfestigt hatte, das hier und dort senkrecht abfallende Klippen bildete. In dieser Gegend zwischen den gelben Klippen mit den glatten Wänden lagen die Städte und Orte, die zum Bezirk Ketherons gehörten.

Manche Besucher glaubten, Ketheron sei lieblich wie eine Siedlung aus dem Elfenland, doch in den Augen anderer war es ein grotesker und bizarrer Ort, wie er nur in einem Albtraum vorkommen konnte. Die Erosion hatte ein Netz tiefer Kanäle mit scharfen Kanten in die oberste Schicht der Klippen gefressen, und im Lauf der Zeit waren an den Stellen, die am stärksten der Witterung ausgesetzt waren, hunderte schlanker, spitzer Felsnadeln entstanden. Die Einwohner dieser Gegend hatten die natürlichen Türme ausgehöhlt, winzige, schmale Fenster in die weichen Wände geschlagen und lebten jetzt im Innern der Gesteinsformationen. Wie ein Bild aus einem eigenartigen Traum schien es, wenn man sah, dass ganze Städte aus diesen hohen und schmalen gelben Gebäuden bestanden, deren Form dem Hut eines Zauberers nicht unähnlich war.

Das fremdartige Aussehen dieses Orts war der Grund dafür, dass Ketheron ein bei Seelenmalern sehr beliebter Wohnsitz war. Seit Jahrhunderten schon siedelten sie sich hier an, entrollten die psychosensitiven Leinwände und ließen ihre Eindrücke, durch eine entsprechende Trance kanalisiert, darauf einwirken. Anrührende und stimmungsvolle Seelengemälde von Ketherons gelben Wohntürmen gehörten zur Ausstattung jedes neureichen Heims, dessen Bewohner noch nicht gelernt hatten, auf das zu verzichten, was ohnehin jeder hatte. Sogar auf der Burg hatte Prestimion fünf oder sechs solcher Bilder an allen möglichen Stellen aufgehängt gefunden. Er hatte sich so sehr an den Anblick gewöhnt, dass er zunächst meinte, etwas gar zu Vertrautes zu sehen, als er die Vorlage für die Kunstwerke mit eigenen Augen erblickte.

Doch die Seelenbilder, dies wurde ihm nun sehr schnell klar, hatten ihn keineswegs auf das wirkliche Ketheron vorbereiten können. Diese gelbe Landschaft, durch die der träge, schlammig-gelbe Fluss strömte, die natürlich entstandenen Häuser der Stadt Ketheron, die spitz und schiefwinklig auf den Klippen saßen – wie geheimnisvoll das alles anmutete! Es war, als hätte man zwischen Bailemoona und der Küste von Aruachosia mitten in die Landschaft Majipoors einen Ort aus einer fremden Welt gesetzt.

So ist es eben, dachte Prestimion bei sich. Jeder Ort, den man nicht kennt, erscheint zuerst geheimnisvoll. Und wie viel wusste man im Grunde schon über die Orte, von denen man glaubte, sie zu kennen?

Doch was er hier sah, war wirklich eigenartig. Ketheron, das sich inmitten des Tals über mehrere Meilen hinweg am Nordufer des Flusses erstreckte, war die Hauptstadt des gleichnamigen Bezirks. Im Vergleich zu vielen anderen Städten auf Majipoor war es mit höchstens einer halben Million Einwohner ein vergleichsweise kleiner Ort. Prestimion starrte staunend die unregelmäßig geformten Häuser an und sah überraschte Gesichter der Einwohner hervorschauen, als ihr Coronal vorbeikam. Ja, Ketheron war ein sehr ungewöhnlicher Ort. Er glaubte zu sehen, dass selbst die Menschen hier gelbliche Gesichter hatten. Sie bevorzugten weite, wallende Gewänder und lang gestreckte, abgeknickte Mützen, mit denen sie aussahen wie Gnome, was gut zu ihrer eigenartigen Stadt passte.

Doch selbst wenn Ketheron ihm vom Aussehen und der Anlage her so vertraut gewesen wäre wie Muldemar, Halanx oder Tidias, hätte er nicht ernsthaft behaupten können, die Stadt zu kennen. Jeder Ort war eine Welt für sich, eine Miniaturausgabe des Planeten mit einer nach Jahrtausenden zählenden Geschichte, die in den Mauern der Häuser verewigt war – mehr Geheimnisse, als man jemals entschlüsseln konnte, und wenn man das ganze Leben dort verbrachte. Dabei war Ketheron nur eine von unzähligen Städten in dieser riesigen Welt, die seiner Obhut übergeben worden war. Heute kam er auf seiner Reise durch diesen Ort, den er nie wieder sehen würde, und das Wesen dieses Ortes würde ihm morgen immer noch genau wie gestern ein Geheimnis sein.

Es war ein Gebiet, in dem viel Ackerbau getrieben wurde, denn der weiche gelbe Boden erwies sich als unglaublich fruchtbar. Einfache Menschen lebten hier, die kaum einmal einen Adligen zu Gesicht bekamen, von dem leibhaftigen Coronal ganz zu schweigen. Ketherons Bürgermeister schien beinahe vor Ehrfurcht zu zittern, als er aus dem Rathaus geeilt kam, einem schmalen, verwachsenen Turm mit drei Stockwerken, der ganz am Rand der Klippe stand. Als der Mann Prestimion begrüßte und hinein bat, zeigte sich, dass er es anscheinend für nötig hielt, sich durch ein beachtliches Arsenal von magischen Gerätschaften zu schützen. Der purpurne und gelbe Talar war über und über mit Talismanen und Amuletten bedeckt, dass man fürchten musste, der arme Mann werde sogleich unter dem Gewicht zusammenbrechen. Zur moralischen Unterstützung hatte er auch noch zwei Magier mitgebracht, einen dicken kleinen Mann mit fettiger Haut und eine große und hagere Vogelscheuche von Frau, die das heilige Zubehör eines anscheinend nur in dieser Gegend florierenden Kults mitschleppte. Nicht einmal Maundigand-Klimd hatte dergleichen schon einmal gesehen. Der Su-Suheris schien sich über die ungeschlachten Beschwörungen der beiden Kollegen zu amüsieren, als sie zur Sicherheit des Coronals und seiner Begleiter böse Geister aus der muffig riechenden Höhle vertrieben, wo der offizielle Teil des Empfangs stattfinden sollte. Oder führten sie die Rituale doch eher zur Beruhigung des abergläubischen Bürgermeisters durch?

Gialaurys übernahm das Nachfragen, während Prestimion und die anderen etwas abseits stehen blieben. Offenbar war der Bürgermeister schon durch Prestimions bloße Anwesenheit derart eingeschüchtert, dass er nicht fähig war, ein vernünftiges Gespräch mit dem Coronal zu führen, und Septach Melayns unbekümmerte Art schien nicht geeignet, dem Mann die Unsicherheit zu nehmen. Gialaurys dagegen, so groß und einschüchternd er auch wirkte, verstand sich darauf, mit einfachen Menschen zu reden, da er selbst aus einfachen Verhältnissen stammte.

Ob der Bürgermeister oder sonst jemand aus der Stadt irgendetwas davon gehört habe, dass Dantirya Sambail sich angeblich in der Gegend aufhalte?, fragte Gialaurys. Nein, niemand hatte etwas gehört. Der Bürgermeister schien immerhin zu wissen, wer Dantirya Sambail war, doch er konnte sich nicht vorstellen, welchen Grund der mächtige Prokurator von Ni-moya haben könnte, ausgerechnet diese Provinz zu besuchen. Dass eine so mächtige und Furcht einflößende Persönlichkeit überhaupt einen triftigen Grund finden sollte, in diese malerische, aber doch recht unwichtige Region zu kommen, war eine Vorstellung, die den armen Mann mit Verblüffung und Bestürzung erfüllte.

»Dann haben wir wohl den falschen Weg gewählt«, murmelte Prestimion an Septach Melayn gewandt. »Wenn er auf geradem Wege zur Küste von Aruachosia geflohen wäre, dann hätte er hier vorbeikommen müssen, nicht wahr? Wir hätten von Bailemoona aus nach Westen und nicht nach Süden fahren müssen.«

»Es sei denn, der Bürgermeister wurde durch Magie irgendwie dazu gebracht zu vergessen, dass Dantirya Sambail hier aufgetaucht ist«, erwiderte Septach Melayn. »Der Prokurator weiß ja inzwischen, wie man so etwas macht.«

Aber so weit mussten sie nicht einmal denken. Als Gialaurys eine Zeichnung von Mandralisca hervorzog, die sie bei sich hatten, erkannte der Bürgermeister das düstere Gesicht des Vorkosters auf den ersten Blick. »O ja, der war hier«, sagte er. »Er kam mit einem alten verrosteten Schweber und hielt in der Stadt an, um Vorräte zu kaufen. Das war vor drei oder auch vor fünf bis sechs Wochen. Wer würde schon so ein Gesicht vergessen?«

»Ist er denn allein gereist?«, fragte Gialaurys weiter.

Der Bürgermeister wusste es nicht. Niemand hatte sich die Mühe gemacht, den Schweber, der am Flussufer geparkt hatte, näher in Augenschein zu nehmen. Der Mann mit dem scharfkantigen Gesicht hatte das Nötige eingekauft, war zum Schweber zurückgekehrt und davongefahren. Der Bürgermeister wusste auch nicht zu sagen, in welche Richtung er weitergereist war.

Hier konnten allerdings seine Magier aushelfen. »Wir haben gleich gesehen, dass dieser Fremde unserer Stadt kein Glück bringen würde«, warf die hagere Frau ein. »Deshalb haben wir seinen Schweber eine halbe Meile weit verfolgt. Wir haben alle hundert Schritt Drachenwachskerzen aufgestellt, damit er nicht zurückkehrt.«

»Und in welche Richtung ist er nun gefahren?«

»Nach Süden«, sagte der kleine Mann mit dem glänzenden Gesicht sofort. »In Richtung Arvyanda.«

10

Sie waren sichtlich froh, uns wieder loszuwerden«, kicherte Prestimion. Die königliche Reisegesellschaft überquerte gerade die Spurifon-Brücke, eine von der Witterung gezeichnete, beunruhigend knarrende Holzkonstruktion, die gut und gern fünftausend Jahre alt war. Weit unter ihnen wand sich der verschlammte Schwefelfluss mit der Trägheit einer schläfrigen Schlange, ein gelbbraunes Band im helleren Gelb des Tals, durch das er strömte. »Wir haben sie in Angst und Schrecken versetzt. Hoffentlich haben sie nicht nur aus dem Stegreif etwas erfunden, um uns so schnell wie möglich wieder aus der Stadt zu bekommen.«

»Es braucht Mut, einen Coronal anzulügen«, sagte Abrigant. »Ob es in der ganzen Stadt auch nur ein Fünkchen Mut gegeben hat?«

»Sie haben die Wahrheit gesagt«, warf Maundigand-Klimd ein. »Ich erkenne die Spuren ihrer Gebetskerzen am Wegrand. Schaut nur, dort und dort. Zu Stummeln heruntergebrannt, aber noch deutlich zu sehen. Wir sind auf dem richtigen Weg.«

»Diese Einwohner Ketherons sind harmlose, schüchterne Leute, die plötzlich in Dinge verwickelt wurden, die über ihren Horizont gehen, und wir haben ihnen einen gehörigen Schrecken eingejagt«, meinte Prestimion. »Wir sollten etwas für sie tun.« Er sah sich zu Septach Melayn um. »Notiere es dir bitte. Wir sollten ihnen wenigstens eine neue Brücke bauen. Diese hier gehört ins Museum.«

»Der Brückenbau fällt aber in die Zuständigkeit des Pontifex«, grollte Septach Melayn. »Das bedeutet dieser Titel nämlich im Grunde: der Erbauer von Brücken. Ein altes Wort, Millionen Jahre alt.«

»Nichts ist Millionen Jahre alt«, widersprach Abrigant. »Nicht einmal die Sterne.«

»Nun gut, dann eben Jahrtausende.«

»Hört auf, ihr beiden«, fauchte Prestimion. »Die entsprechende Abteilung soll benachrichtigt werden, dass Ketheron eine neue Brücke erhält, und somit ist es entschieden, und ich will keine Spitzfindigkeiten mehr hören.« Was nützte es, den Rang des Coronals zu bekleiden, fragte er sich, wenn er selbst im Kreise seiner engsten Vertrauten einen Befehl zweimal geben musste, damit er endlich ausgeführt wurde?

Südlich des Flusses fand die gelbe Landschaft bald ein Ende, und was sie im Norden bei ihrer Ankunft beobachtet hatten, kehrte sich hier um. Immer häufiger tauchten Streifen dunkler Erde auf, bis schließlich alles wieder völlig normal aussah. Es war eine Erleichterung, diese Provinz hinter sich zu lassen. Das eigenartige, helle Gelb wirkte nach einer Weile betäubend, ja lähmend auf den Geist, und die Eintönigkeit der schwefelgelben Landschaft war auf die Dauer bedrückend.

An diesem Abend lagerten sie in den Ausläufern eines nicht sehr großen Gebirges, das direkt vor ihnen lag. Im Schlaf empfing Prestimion eine Sendung von der Herrin der Insel.

Es war ungewöhnlich, dass ein Coronal eine solche

Sendung erhielt, auch wenn die Herrin für gewöhnlich die Mutter des Coronals war. Die Sendungen waren als Anleitung für die Seele gedacht, und es geziemte sich eigentlich nicht, dass eine Macht im Reich der anderen ungebetene Ratschläge erteilte. Doch manchmal, wenn ein Coronal vor wichtigen Entscheidungen stand und in einer Krise steckte, entschied sich die Lady der Insel, mit ihrer Weisheit einzugreifen. An diesem Abend wurde Prestimion vom Schlaf übermannt, kaum dass er die Augen geschlossen hatte. Er fiel in eine Art Trance, wie sie gewöhnlich mit einer Sendung einherging. Dann hörte er die zarte Musik aus dem Reich der Lady und schwebte in einem Pavillon aus rein weißem Marmor, der von blühenden Büschen, duftenden Alabandinas, Tanigales und anderen blühenden Pflanzen umgeben war. Vor ihm stand Prinzessin Therissa, die Lady der Insel, seine Mutter und die Mutter der ganzen Welt. Sie lächelte und streckte ihm die Arme entgegen.

Sie sah so jung aus wie eh und je, denn sie war eine jener Frauen, denen das Alter anscheinend nichts anhaben konnte. Das dichte dunkle Haar hatte den Glanz nicht verloren, nachdem sie das neue Amt übernommen hatte. Auf dem Kopf trug sie den silbernen Stirnreif, der ihren Rang symbolisierte, und auf der Brust ruhte wie gewohnt der Muldemar-Rubin, dieser wundervolle Edelstein, der sich seit viertausend Jahren im Besitz der Familie befand. Es war ein dunkelroter Stein mit purpurnem Stich, der in einen goldenen Ring gefasst war.

Thismet stand neben ihr.

Jedenfalls dachte Prestimion dies im ersten Augenblick, denn die kleine, zierlich gebaute Frau mit den boshaft funkelnden Augen konnte nur Thismet sein. Doch als er überrascht und unangenehm berührt stutzte – denn warum sollte Thismet anwesend sein, wenn die Lady der Insel ihm eine Botschaft schickte, da er sich doch gerade mit dem tragischen Tod der Geliebten abzufinden und einzusehen begann, dass das Leben weitergehen musste –, veränderte sich die Szene schlagartig, wie es nur im Traum möglich ist, und er konnte erkennen, dass die Frau neben seiner Mutter keineswegs Thismet war. Sie war nicht Thismet und war es nie gewesen, denn dort stand Varaile. Wie seltsam, dachte er, dass er sie mit Thismet verwechselt hatte. Beide waren auf ihre Weise hinreißend schön, doch die große, robuste und gut gewachsene Varaile sah der zerbrechlichen, zierlichen Thismet, die Prestimion vor so langer Zeit geliebt und verloren hatte, überhaupt nicht ähnlich.

Ihm wurde bewusst, dass seine Mutter mit ihm sprach, doch zwischen ihm und ihr schien eine Barriere zu existieren, die ihn daran hinderte, die Worte zu verstehen – gerade so, als wäre die Luft im Pavillon zu dicht oder der Duft der Blumen zu stark. Unbeeindruckt und die ganze Zeit lächelnd, sprach sie, deutete liebevoll auf ihn und auf Varaile, dann auf sich selbst. Er bemühte sich noch einmal, sie zu verstehen, und endlich vernahm er die Worte: »Kennst du diese Frau, Prestimion? Ihr Name ist Varaile, und sie lebt in Stee.«

»Ja, ich kenne sie, Mutter. Ja.«

»Sie hat die Haltung einer Königin.«

»Und eine Königin soll sie sein«, erwiderte Prestimion. »Meine Königin, die mit mir auf der Burg leben wird.«

»Ist das dein Ernst, Prestimion? Sage mir, dass du es ernst meinst.«

»O ja, Mutter. Ich meine es ernst. O ja.«

Als er am Morgen aufwachte, war der Traum noch lebendig und unvergessen, wie es bei echten Sendungen immer der Fall war. Septach Melayn, der Prestimion als Erster sah, betrachtete ihn nachdenklich, lachte schließlich und sagte: »Mir scheint, du bist heute in einer anderen Welt, mein Freund.«

»Das bin ich vielleicht wirklich«, erwiderte Prestimion.

Aber es war nötig, rasch ins Diesseits zurückzukehren. Sie waren immer noch viele Tagesreisen von der Südküste entfernt und durften keine Zeit verschwenden, wenn sie hoffen wollten, Dantirya Sambail doch noch einzuholen.

Der gelbe Sand lag jetzt endgültig hinter ihnen, und auch das trockene Wüstenklima von Ketheron war einer samtigen, feuchten Luft gewichen, die sich wärmend und seidenweich um die Haut schmiegte. Grünpflanzen mit glänzenden wächsernen Blättern wuchsen hier auf den Hügeln, und oft zogen Regenwolken über den Himmel, auch wenn die Schauer selten lange dauerten. Sie näherten sich der tropischen Klimazone.

Drei Orientierungspunkte bezeugten den Wechsel. Die erste Wegmarke, an einem Ort gelegen, wo die Straße unvermittelt aus der Ebene heraus anstieg und in ein zerklüftetes Hügelland führte, erschien zunächst als einzelner Berg, der sich links vor ihnen erhob. Doch bald zeigte sich, dass der Berg Teil einer ganzen Gebirgskette war, einer lang gestreckten grauen Wand, die überraschend steil aus dem umgebenden Gelände aufragte. Auf einem mächtigem Fundament erhoben sich zahlreiche kleine, stumpfe Gipfel, jeder ein exaktes Ebenbild seines Nachbarn, gleichsam ein ganzer Schwarm von Höckern in kunterbunter Versammlung auf dem weit gespannten Sockel.

»Das ist der Berg der Dreizehn Zweifel«, erklärte Maundigand-Klimd, der sich auf dieser Reise zum Hüter ihrer Landkarten bestellt hatte. »Die vielen Gipfel sehen völlig gleich aus, und ein Pass führt zum Nächsten, sodass ein Reisender, der es unternimmt, die Berge zu überqueren, sich unweigerlich verirren muss.«

»Und was wird uns geschehen?«, fragte Prestimion und überlegte sich, ob der Prokurator wohl in diesem Augenblick verloren zwischen den ebenmäßigen Steinbrocken umherwanderte.

Der Su-Suheris schüttelte auf die ihm eigene, irritierende Weise beide Köpfe zugleich. »Ah, nein, mein Lord, wir fahren an diesen Bergen vorbei und nicht mitten hindurch. Doch ihr Anblick im Osten sagt uns, dass wir auf dem richtigen Weg sind. Wir müssen nun nach der Klippe der Augen suchen, die wir sehr bald schon erreichen müssten.«

»Die Klippe der Augen«, wiederholte Septach Melayn. »Was, im Namen der Götter, ist das nun schon wieder?«

»Warte es ab, und du wirst es sehen«, erwiderte Maundigand-Klimd.

Als sie es sahen – der scharfäugige Septach Melayn war der Erste, der die Klippe ausmachen konnte –, bestand kein Zweifel, dass sie besagten Ort erreicht hatten. Es war ein stattlicher, allein stehender Klotz aus hellem Gestein, der sich unübersehbar gleich rechts neben der Straße erhob. Die ganze Fläche des Felsens war über und über mit vielen kleinen, tief hineingedrückten Steinen einer anderen Art bedeckt, die mit ihrer ovalen Form und dank der dunkleren Farbe im umgebenden Gestein hervortraten wie Rosinen im Pudding. Alles in allem hatte der Reisende den Eindruck, aus dem weißen Antlitz des Berges starrten ihn tausend strenge schwarze Augen an. Gialaurys machte hektisch eine Reihe heiliger Gesten, als er das Ding sah, und selbst Prestimion spürte einen Schauder von Ehrfurcht oder vielleicht sogar Angst.

»Wie ist es dazu gekommen?«, erkundigte er sich. Doch niemand wusste eine Antwort, und das war im

Grunde auch nicht verwunderlich. Wer konnte schon wissen, welche Kräfte die Welt aus welchen Gründen gerade so und nicht anders geformt hatten? Das Wesen und die Motive des Göttlichen ließen sich nicht in Frage stellen. Die Welt war eben die Welt. Sie war, wie sie war, ein Ort ewigen Entzückens und unergründlicher Geheimnisse.

Die Klippe der Augen schien sie über Stunden hinweg zu beobachten, als sie an ihrer gespenstischen Flanke entlangfuhren.

»Bald«, erklärte Maundigand-Klimd, indem er sich wieder über die Karte beugte, »bald erreichen wir die Säulen von Dvorn, die die Grenze zwischen der Zentralregion Alhanroels und dem Süden markieren.«

Es dämmerte schon fast, als sie diese Wegmarke erreichten: zwei große, blaugraue Felsen, etwa zehnmal mannshoch und nach oben spitz und scharfkantig zulaufend. Sie standen zu beiden Seiten der Straße, die pfeilgerade zwischen ihnen verlief, und bildeten ein weithin sichtbares Tor ins Land dahinter. An den äußeren Flanken waren die Felsen rau und kantig, an den einander zugewandten Seiten dagegen glatt und eben. Beinahe schien es, als wären es zwei Hälften einer einzigen gewaltigen Formation.

»Hier ist Magie«, murmelte Gialaurys nervös und machte eine weitere Serie heiliger Gesten.

»Aber ja«, sagte Septach Melayn mit unüberhörbarer Ironie, »natürlich liegt ein Fluch auf diesem Ort. Alle zwanzigtausend Jahre krachen die Felsen zusammen, und wehe dem armen Reisenden, der gerade in diesem Augenblick durchs Tor wandert.«

»Demnach kennst du die alte Legende?«, fragte Maundigand-Klimd.

Septach Melayn fuhr zu ihm herum. »Legende? Welche Legende? Ich habe mich nur ein wenig über Gialaurys lustig gemacht.«

»Dann hast du nacherfunden, was es schon lange gibt«, erklärte der Su-Suheris. »Es gibt tatsächlich eine alte Geschichte der Gestaltwandler, die genau dies besagt. Dies seien die zusammenfahrenden Steine, die sich früher bewegt hätten und die sich eines Tages wieder bewegen würden. Und noch schlimmer, wenn sie es das nächste Mal tun, dann soll ein großer König der Menschen zwischen ihnen zu Tode kommen.«

»Ach, wirklich, ist das so?«, sagte Prestimion übermütig. Er blickte rasch von einem Felsen zum anderen. »Tja, dann dürfte mir wohl nichts passieren. Ein König bin ich zwar, aber einen großen König kann man mich wahrlich nicht nennen.« Zwinkernd und an Septach Melayn gewandt, fügte er hinzu: »Nun, vielleicht sollten wir uns doch lieber einen anderen Weg in den Süden suchen, oder? Einfach nur, damit uns auf keinen Fall etwas passieren kann.«

»Mein Lord, der Pontifex Vorn hat zu beiden Seiten der Straße magische Tafeln aus Messing anbringen lassen. Die eingravierten Runen sollten genau dies verhindern«, erklärte Maundigand-Klimd. »Allerdings ist das bereits dreizehntausend Jahre her, und die Tafeln sind längst verschwunden. Siehst du die flachen rechteckigen Abdrücke hoch oben in den Wänden? Dort hat man sie angeblich angebracht. Ich glaube jedenfalls, dass wir sehr gute Aussichten haben, wohlbehalten durchzukommen.«

Tatsächlich blieben die Säulen von Dvorn unbeeindruckt stehen, als der königliche Geleitzug zwischen ihnen vorbeifuhr. Auf der anderen Seite des Felsentors drangen sie in eine deutlich veränderte Landschaft vor. Dank der Wärme und der höheren Luftfeuchtigkeit war die Vegetation dichter, und die Hügel waren anmutige, elegante Rundungen und keine zerklüfteten Klippen mehr.

Auf Maundigand-Klimds Karten waren im Umkreis

von fünfzig Meilen um die Säulen keinerlei Ortschaften eingezeichnet. Doch schon nach höchstens zehn Minuten erreichten sie eine alte Straße, die zu einer Gruppe niedriger Hügel im Westen abzweigte. Septach Melayn richtete seinen scharfen Blick auf die Hügel und verkündete, er könne in halber Höhe eine Reihe von Steinmauern ausmachen, die unter dichten Ranken halb verborgen waren. Da Prestimions Neugierde geweckt war, schickte er Abrigant mit ein paar Männern aus, sich die Sache anzusehen. Fünfzehn Minuten später meldeten sie, dass dort unten eine Ruinenstadt liege, völlig verlassen bis auf einen Ghayrog-Bauern, der sich mit seiner Familie in den alten Gemäuern eingerichtet habe. Der Ort sei, so hatten sie von den Bauersleuten erfahren, zu Lord Stiamots Zeiten eine große Metropole gewesen, doch die Einwohner seien während der Metamorphen-Kriege von den Gestaltwandlern massakriert worden.

»Das kann nicht sein«, warf Maundigand-Klimd ein und schüttelte wieder einmal beide Köpfe gleichzeitig. »Lord Stiamot hat vor siebzig Jahrhunderten gelebt. In diesem Klima hätte der Dschungel eine verlassene Stadt schon längst völlig verschluckt.«

»Wir wollen es uns ansehen«, entschied Prestimion. So machten sie einen Abstecher die Seitenstraße entlang, die nach einigen hundert Schritten nur noch ein unbefestigter Weg war, der mit sanfter Steigung in die Hügel führte. Bald tauchten auch die Mauern der Ruinenstadt auf. Es waren einst recht große Bauwerke gewesen, stellenweise mindestens von doppelter Mannshöhe, inzwischen aber von Büschen und Ranken fast völlig überwuchert. Direkt links neben dem Eingang der Ruinenstadt stand ein riesiger Baum mit hellgrauer Rinde, der mit seinen unzähligen Luftwurzeln das Gestein der Mauer zu umarmen schien. So innig war die Verschmelzung zwischen Steinen und Baum, dass man nicht sagen konnte, wo der Baum begann und wo die Steine aufhörten.

Zwei stämmige junge Ghayrogs kamen ihnen entgegen und begrüßten sie. Sie waren beide nackt, doch es war unmöglich zu erkennen, ob sie männlichen oder weiblichen Geschlechts waren, denn die Geschlechtsorgane der Ghayrogs wurden nur sichtbar, wenn sie erregt waren, und auch die Brüste der Frauen blieben verborgen, solange sie keine Kinder hatten. Obwohl die Ghayrogs die Nachkommen lebend zur Welt brachten und stillten, hielt man sie unweigerlich für Reptilien. Diese beiden hier hatten hell glänzende Schuppen und starke, röhrenförmige Arme und Beine. Die kalten grünen Augen blinzelten nie, und die gespaltene hellrote Zunge schnellte unablässig zwischen den harten, fleischlosen Lippen hervor. Dicke schwarze Wülste ringelten sich anstelle von Haaren wie Schlangen auf dem Kopf.

Sie begrüßten die Besucher mit einer Art gleichgültiger Höflichkeit und baten sie zu warten, bis sie den Großvater gerufen hätten. Dieser erschien kurz darauf, wahrhaftig ein altehrwürdiger Ghayrog, und näherte sich langsam humpelnd den Besuchern. »Ich bin Bekrimiin«, sagte er mit unsicherer Stimme und entbot einen überschwänglichen Gruß. Prestimion nannte seinen Namen nicht. »Wir sind hier sehr arm«, fuhr der Alte fort, »aber Ihr seid eingeladen, unsere Gastfreundschaft mit allem in Anspruch zu nehmen, was wir Euch bieten können.« Er winkte seinen Enkelkindern, den Gästen Teller anzubieten, die aus den großen herzförmigen Blättern eines Baums in der Nähe bestanden. Ein zerstampftes, offenbar fermentiertes stärkehaltiges Gemüse, das nach scharfen Gewürzen roch, lag darauf. Prestimion nahm etwas und aß mit demonstrativem Genuss; mehrere andere folgten seinem Beispiel, doch weder Gialaurys noch der verwöhnte Septach Melayn erweckten auch nur den Anschein, sie würden tatsächlich etwas zu sich nehmen. Ein süßes, leicht moussierendes Getränk – ob Wein oder Bier, konnte Prestimion nicht sagen – wurde dazu gereicht.

Anschließend führte der Ghayrog sie ins Zentrum der Ruinenstadt. Nur schwache Erinnerungen an die einstige Metropole waren hier noch zu erkennen, selten mehr als die Fundamente der Gebäude, hier und dort ein verkohlter Turm oder einige noch stehende Wände eines alten Lagerhauses, eines Tempels oder Palasts. Die meisten Gebäude waren längst von den riesigen Bäumen überwuchert worden, deren anschmiegsame Luftwurzeln nach einer Weile umhüllten und verbargen, was sie in der Jugend als Stütze benutzt hatten. Diarwis habe die Stadt geheißen, erklärte der alte Mann, doch Prestimion und seine Gefährten hatten den Namen noch nie gehört.

»Wurde sie in der Zeit von Lord Stiamot gebaut?«, erkundigte Prestimion sich.

Der alte Ghayrog lachte heiser. »O nein, keineswegs. Haben Euch das die dummen Kinder erzählt? Sie wissen nichts. Was ich sie auch über die Geschichte zu lehren versuche, sie haben es schon wieder vergessen, bevor meine Worte sie erreichen. Nein, die Stadt ist viel jünger. Sie wurde erst vor neunhundert Jahren aufgegeben.«

»Dann gab es hier auch keinen Angriff der Metamorphen?«

»Ach, das haben sie Euch auch erzählt? Nein, nein, das ist nur eine Legende. Die Metamorphen waren schon längst von Alhanroel verschwunden, als die Stadt unterging. Diese Stadt hier hat sich selbst zerstört.« Der alte Ghayrog erzählte ihnen die Geschichte eines grausamen, hochmütigen Herzogs und der leibeigenen Arbeiter auf seinen Feldern, die sich gegen ihn erhoben. Drei Angehörige des Herzogs wurden ermordet;

der Herzog nahm blutige Rache, und ein neuer Aufstand begann, der mit der Ermordung des Herzogs selbst sein Ende fand. Die Leibeigenen und die Herren verließen die Stadt, denn zu dieser Zeit lebten in ihr nicht mehr genügend Menschen, um ein städtisches Leben in der alten Form aufrechtzuerhalten.

Prestimion hörte in gedrücktem Schweigen zu und erfuhr betroffen von einem Stück Geschichte, das er noch nicht kannte.

Wie jeder andere Prinz auf der Burg, der für ein hohes Regierungsamt vorgesehen war, hatte auch er die Annalen der Geschichte von Majipoor studiert, die im Großen und Ganzen eine überraschend friedliche Vergangenheit beschrieben. Abgesehen von Stiamots Feldzügen gegen die Metamorphen und Prestimions eigenem Kampf gegen Korsibar hatte es kein großes Blutvergießen gegeben. Berichte über aufständische Leibeigene und ermordete Herzöge hatte er ganz gewiss noch nie gehört. Diese Geschichte widersprach allem, was er über die grundsätzlich friedfertige Bevölkerung Majipoors je erfahren hatte, denn schon vor langer Zeit hatte man hier gelernt, etwaige Streitigkeiten gewaltlos beizulegen. Ihm wäre es lieber gewesen, wenn die Gestaltwandler für das Zerstörungswerk verantwortlich gewesen wären, denn der alte, grimmige Konflikt zwischen Menschen und Metamorphen war ja hinlänglich bekannt, auch wenn er schon tausend Jahre vor der Zerstörung dieser Stadt beendet worden war.

Bekrimiin ließ die Gäste wissen, dass sie bei ihm übernachten und so lange bleiben konnten, wie sie wollten, doch Prestimion hatte genug von diesem bedrückenden Ort.

»Danke ihm, gib ihm etwas Geld und erkläre ihm, dass er sich heute Nachmittag mit dem Coronal unterhalten hat. Und dann wollen wir weiterfahren«, sagte er zu Gialaurys. An Abrigant gewandt, fügte er hinzu: »Suche mir alle Dokumente über diesen Ort heraus, wenn wir wieder auf der Burg sind. Ich will seine Geschichte eingehend studieren.«

»Vielleicht gibt es in den Archiven gar keine Aufzeichnungen über diesen Ort«, wandte Septach Melayn ein. »Vielleicht sind vor uns schon andere auf die Idee gekommen, unangenehme Tatsachen einfach zu unterdrücken, mein Lord.«

»Das könnte sein«, erwiderte Prestimion düster. Er ging durchs Stadttor hinaus und starrte noch eine Weile den großen Baum an, der mit seiner Umarmung die Stadtmauer erdrückte. Den Rest des Nachmittags über blieb er einsilbig.

Sie gelangten schließlich in einen Bezirk, der Arvyanda genannt wurde. Wenn irgendjemand diese Region erwähnte, dann hieß es immer nur: »Arvyanda mit den goldenen Hügeln.« Prestimion hatte bei dieser Redewendung stets an die von der Sonne versengten Hügel einer Gegend gedacht, in der es lange, trockene Sommer gab, wie man es stellenweise im Norden beobachten konnte. Er fragte sich allerdings, wie in dieser Gegend des ewigen Grüns und der tropischen Vegetation, die dank ergiebiger Regenfälle gedeihen konnte, sich irgendein Hügel golden färben sollte. Oder war es das Gelb des Metalls, das in dieser Gegend geschürft wurde?

Er sollte die Antwort bald erfahren, und sie stimmte mit keiner seiner Theorien überein. Eine Baumart mit dickem Stamm und breiten, wie Kähne geformten Blättern war auf den Hügeln Arvyandas stark verbreitet und überdeckte fast alles andere. Im hellen Licht der tropischen Sonne wirkten die Blätter, die steif und starr am Ast standen und von fast metallisch wirkender Beschaffenheit waren, wie unzählige Spiegel und strahlten ein helles Licht zurück, als wäre die ganze Gegend mit einem goldenen Überzug versehen worden.

In der Stadt Arvyanda erkundigten sie sich nach Dantirya Sambail, fanden jedoch nichts Eindeutiges heraus. Niemand konnte schlüssig sagen, dass er den Prokurator bemerkt hatte, auch wenn es vereinzelte Berichte über unangenehme Fremde gab, die vor einigen Wochen eilig durch die Außenbezirke der Stadt gereist seien. Waren die Menschen absichtlich so unbestimmt, oder waren die Bewohner Arvyandas grundsätzlich dumm und unaufmerksam? Es ließ sich nicht sagen, aber es war klar, dass hier nichts weiter zu erreichen war.

»Wollen wir weiterfahren?«, fragte Septach Melayn.

»Ja, bis zur Küste«, gab Prestimion zurück.

Hinter Arvyanda lagen die berühmten Topasminen von Zeberged. Dort wurde die durchsichtige und besonders kostbare Spielart des Minerals geschürft. Die Edelsteine waren wasserklar wie feinstes Glas und in geschliffener Form von unvergleichlicher Brillanz. Doch tagsüber brannte die Sonne im Felsland von Zeberged so hell, dass die Topasvorkommen unsichtbar blieben. Erst in der Dämmerung begannen die Bergleute zu arbeiten, wenn der Topas in den letzten Lichtstrahlen des Tages blitzte und funkelte. Sie legten als Markierung Kappen auf die leuchtenden Steine, und früh am nächsten Morgen kehrten sie zurück, schnitten die markierten Edelsteine aus dem umgebenden Fels und übergaben sie an Handwerker, die sie schleifen konnten.

Prestimion betrachtete all dies mit Interesse, doch die Bergleute von Zeberged, die ihm wundervolle Topase schenkten, konnten ihm keinerlei Angaben zu Dantirya Sambail machen.

Jenseits von Zeberged war der Himmel dunkel und schwer von Wolken, die sich zu mächtigen, undurchdringlichen Gebirgen auftürmten. Dies war das regnerische Kajith Kabulon, wo eine keilförmige Gebirgskette ständig den Nebel einfing, der vom südlichen Meer heranwehte, und als Regen niedergehen ließ. Es dauerte nicht lange, bis sie die Zone des ständigen Niederschlags erreichten. Von jetzt an sollten sie mehrere Tage lang keinen Schimmer Sonnenlicht mehr sehen. Wie monotones Trommelrühren fiel der Regen nieder. Er hörte im Grunde niemals auf, sondern wurde höchstens für einige Stunden etwas schwächer.

Der Dschungel von Kajith Kabulon war grün, grün und noch einmal grün. Bäume und Büsche reckten sich allenthalben in erstaunlicher Vielfalt dem Himmel entgegen. Auf den Stämmen saßen Streifen von leuchtend roten und gelben Schwämmen – die einzigen anderen Farbtupfer in dieser rundum grünen Welt. Die Baumwipfel waren von einem undurchdringlichen Gewirr von Lianen und Epiphyten zu einem mehr oder weniger festen Dach verbunden, auf das der Regen ständig prasselte, während unten nicht mehr als ein leichtes Rieseln ankam. Der federnde Boden war von einem dichten, weichen Moosteppich bedeckt, der hier und dort von schmalen Bächen und kleinen Teichen unterbrochen wurde. Alle Wasserflächen spiegelten und brachen das trübe grüne Licht auf so komplizierte Weise, dass man kaum noch zu sagen wusste, ob die Helligkeit von oben kam oder aus dem Waldboden selbst entstand.

Auch Tiere gab es überall und in großer Zahl. Gefräßige langbeinige Käfer, ganze Wolken von Flöhen, summende weiße Wespen mit schwarz gestreiften Flügeln. Blaue Spinnen, die an turmhohen Bäumen mit langen Fäden verankert waren, Fliegen mit riesigen rubinroten Augen. Rote Eidechsen mit gelben Flecken. Laut kreischende Kröten mit flachen Köpfen. Geheimnisvolle kleine Tiere, die in Felsspalten lebten und von denen nicht mehr zu sehen war als behaarte, suchende Tatzen. Und immer wieder schwere, zottelige Tiere, die den Reisenden niemals nahe kamen, sondern aus großer Ferne beobachteten, schnaubten und schnüffelten und mit gegabeltem Rüssel das Moos umgruben, um aufzustöbern, was darunter hausen mochte.

Im grünen Zwielicht nahmen viele Waldbewohner ein gänzlich anderes Aussehen an. Schlanke Chamäleons erinnerten an graue Zweige, ein Zweig sah aus wie ein Chamäleon, Schlangen taten so, als wären sie Ranken, und so manche Ranken sahen Schlangen zum Verwechseln ähnlich. Faulende Baumstämme in einem Wasserlauf konnte man für lauernde Gurnibongs halten, und eines Morgens, als Gialaurys am Wasser niederkniete, um sich zu waschen, sah er einen vermeintlichen Baumstamm direkt vor sich, der plötzlich in Bewegung kam, grunzte und auf vier Stummelbeinen behäbig das Weite suchte, wobei er, über die Störung sichtlich empört, das lange, mit zahlreichen Zähnen bewehrte Maul auf- und zuklappte.

Prinz Thaszthasz, ein agiler Mann unbestimmbaren Alters mit olivbrauner Haut, der in Kajith Kabulon regierte, solange Prestimion sich erinnern konnte, nahm das unangekündigte Eintreffen des Coronals in seiner Provinz denkbar gelassen hin. In seinem aus Weidenzweigen geflochtenen Palast im Herzen des Dschungels richtete er ein verschwenderisches Fest für Prestimion aus und erklärte, der offen und luftig gebaute Palast sei dem Stil der Metamorphen von Iliryvoyne nachempfunden, das weit entfernt auf dem anderen Kontinent lag. »Ich baue jedes Jahr einen neuen«, erklärte Thaszthasz. »Das senkt die Kosten für die Unterhaltung ganz beträchtlich.«

Sie speisten Räucherfleisch und süße Früchte aus dem Regenwald, deren Aromen den Besuchern vom Burgberg völlig fremd waren; doch wenigstens der Wein kam aus dem Norden, immerhin eine schwache Erinnerung an die Heimat. Musiker traten auf, auch Gaukler und drei praktisch unbekleidete Mädchen, die mit geschmeidigen Bewegungen einen sinnlichen, betörenden Tanz aufführten. Prestimion und der Prinz diskutierten über die Höhepunkte der Krönungsfeierlichkeiten und die blendende Gesundheit des Pontifex, von der sich Prestimion erst unlängst selbst überzeugt hatte, sie sprachen über die Faszination, die vom umgebenden Dschungel ausging, den Thaszthasz, was nicht weiter verwunderte, für den schönsten Bezirk in ganz Majipoor hielt.

Nach und nach, während der Abend sich dahinzog, kamen sie auch auf ernstere Themen zu sprechen, und Prestimion erwähnte behutsam die Suche nach Dantirya Sambail. Doch bevor er noch die Gelegenheit fand, den eigentlichen Anlass ihres Besuchs im Süden genauer zu erläutern, warf Prinz Thaszthasz energisch ein, dass er zur Zeit mit einem sehr unangenehmen Problem zu kämpfen habe, da unter den Bewohnern seiner Provinz ein unerklärlicher Wahnsinn grassiere.

»Wir sind hier gewöhnlich ein sehr ausgeglichenes Volk, mein Lord. Das beständig milde, warme Klima, die Schönheit und Beschaulichkeit dieser Landschaft, die stetige Musik des Regens – Ihr habt ja gar keine Vorstellung, mein Lord, wie wohltuend das alles für die Seele ist.«

»Das ist wahr. Ich habe keine Vorstellung davon«, räumte Prestimion ein.

»Aber jetzt – es begann etwa vor sechs oder acht Monaten – hat sich aus heiterem Himmel etwas verändert. Wir müssen beobachten, dass die ausgeglichensten Bürger sich auf einmal erheben und ganz allein und völlig unvorbereitet in den Wald gehen. Sie verlassen die Hauptstraßen, müsst Ihr wissen, und das ist gefährlich, weil der Wald riesig ist – Ihr würdet ihn vermutlich sogar einen Dschungel nennen. Er kann jedenfalls sehr unwirtlich für den sein, der seine Regeln missachtet. Bisher sind elfhundert Menschen auf diese Weise verschwunden. Wohin sind sie gegangen? Was haben sie gesucht? Sie können es uns nicht mehr sagen.«

»Wie eigenartig«, meinte Prestimion unangenehm berührt.

»Außerdem gab es viele Fälle von absonderlichem Verhalten und sogar Gewalttaten in der Stadt. Ja, es hat sogar schon Todesfälle gegeben …« Thaszthasz schüttelte den Kopf und verzog bekümmert das ebenmäßige, sonst so heitere Gesicht. »Das geht wirklich über mein Verständnis, mein Lord. Es gab hier keine Veränderungen, die solche Ausbrüche erklären könnten. Ich muss gestehen, dass ich es unschön und beunruhigend finde. Sagt mir, mein Lord, habt Ihr ähnliche Berichte auch aus anderen Provinzen bekommen?«

»Ja, auch aus einigen anderen Regionen drangen solche Berichte zu mir«, bestätigte Prestimion. Die eigenartige Umgebung hatte ihn in ihren Bann gezogen, und vorübergehend hatte er alles, was ihn belastete, beiseite geschoben. Es war ärgerlich, auf diese Weise wieder damit konfrontiert zu werden. »Ich muss Euch beipflichten. Die Situation ist in der Tat beunruhigend. Wir führen eine Untersuchung durch.«

»Ah. Zweifellos werdet Ihr uns dann in Kürze wichtige Schlussfolgerungen mitzuteilen haben. Was denkt Ihr, hat wohl eine Art von Zauberei all dies verursacht, mein Lord? Das ist meine Theorie, und ich glaube, es ist eine sehr gute. Was sonst hätte so vielen meiner Leute auf einen Schlag den Verstand rauben können, wenn nicht ein mächtiger Zauber, der von einer dunklen Macht über das Land gebracht wurde?«

»Wir untersuchen auch diese Möglichkeit mit größter Sorgfalt«, erklärte Prestimion. Dieses Mal sprach er mit einer gewissen Schärfe, um dem in diplomatischer

Etikette überaus erfahrenen Thaszthasz zu verstehen zu geben, dass der Coronal die Erörterung dieses Themas zu beenden gedachte. »Wir wollen uns nun einem anderen Thema zuwenden, Prinz Thaszthasz, nämlich dem eigentlichen Grund dafür, dass ich Euren schönen Wald aufgesucht habe …«

11

Jedenfalls hat er sich völlig gelassen gegeben«, meinte Septach Melayn nicht ohne eine gewisse Empörung, als sie im Süden das Land des Regenwaldes verließen. »Oh, natürlich, der berühmte Prokurator«, äffte er Prinz Thaszthasz' höflich-gelangweilte, unverbindliche Sprechweise nach. »›Welch ein bemerkenswerter Mann er doch ist! Und welch eine bemerkenswerte Zeit dies ist, da so viele unerwartete Besuche von den berühmtesten Bürgern des Reiches zu verzeichnen sind.‹ Als ob er noch nichts über die verhängte Blockade der Häfen oder die Abfanglinie, die wir zwischen Bailemoona und Stoien aufgebaut haben, gehört hätte.«

»Er hat es gewusst«, stimmte Abrigant aufgebracht zu. »Selbstverständlich hat er es gewusst. Er wollte nur keinen Streit mit Dantirya Sambail bekommen. Wer würde sich schon darum reißen? Dennoch war es seine Pflicht, den Prokurator aufzuhalten, bis …«

»Nein«, gab Prestimion zurück. »Wir haben viel zu unklare Anordnungen herausgegeben. Wir haben an alle Hafenbeamten eine Nachricht geschickt, dass der Prokurator festzusetzen ist, falls er irgendwo auftaucht, doch wir haben nicht die Fürsten wie Thaszthasz einbezogen, die im Inland auf Dantirya Sambails wahrscheinlichstem Weg zur Küste das Sagen haben.

Jetzt sehen wir, was unsere Umständlichkeit uns eingebrockt hat. Wir haben es versäumt, Dantirya Sambail offen als flüchtigen Gesetzesbrecher zu deklarieren, und dadurch selbst dafür gesorgt, dass er unterwegs die Gastfreundschaft von Prinzen in Anspruch nehmen konnte.«

Doch Abrigant ließ nicht locker. »Thaszthasz hätte wissen müssen, dass wir ihn schnappen wollen. Man sollte ihn für dieses Versäumnis bestrafen, weil er …«

»Warum?«, unterbrach Gialaurys ihn. »Weil er den Herrscher des ganzen westlichen Kontinents in seinen Palast gelassen und eingeladen hat, Platz zu nehmen und etwas zu essen? Wenn wir nicht klar heraus sagen, dass Dantirya Sambail ein Verbrecher ist, der vor Gericht gestellt gehört, dann können wir nicht von den Leuten erwarten, dass sie ihn für einen solchen halten.« Gialaurys schüttelte entschieden den Kopf. »Selbst wenn er es wusste, warum hätte er sich einmischen sollen? Dantirya Sambail ist ein sehr unangenehmer Zeitgenosse, und Thaszthasz ist offensichtlich nicht auf Ärger erpicht. Möglicherweise hat er keinen Schimmer, was überhaupt im Gange ist. Er sitzt hier draußen im Dschungel und hört seinem wunderschönen Regen zu, und alles andere kümmert ihn nicht.«

»Es besteht immer noch die Hoffnung, dass in einem der Häfen jemand kühn genug war, Dantirya Sambail zu verhaften«, sagte Maundigand-Klimd. Da niemand es wagte, diese Möglichkeit vollends zu verwerfen, war das Thema damit vorläufig erledigt.

Sie kamen jetzt in die Provinz Aruachosia, die sich an der Südküste Alhanroels erstreckte. Das Meer war nur noch einige hundert Meilen entfernt, und jeder Luftzug brachte den salzigen Geschmack und die schwüle Wärme der Meeresküste mit. Dies war ein feuchtes, dunstiges Gebiet. Weite Landstriche waren sumpfig, von Insekten verseucht und von undurchdringlichem Dickicht aus Sägeblattpalmen bedeckt – und somit praktisch unbewohnbar. Doch im Westen der Provinz gab es eine keilförmige Region, in der ein relativ gemäßigtes Klima herrschte. Dort an der Grenze zwischen Aruachosia und der westlichen Nachbarprovinz Stoien lag auch Sippulgar, der wichtigste Hafen der Südküste.

Das goldene Sippulgar – so wurde es seit eh und je genannt. Es war wirklich eine goldene Reise, dachte Prestimion. Die goldenen Bienen von Bailemoona, der gelbe Sand von Ketheron, die goldenen Hügel von Arvyanda, jetzt das goldene Sippulgar. Alles sehr malerisch, doch bis jetzt hatten sie trotz all ihrer Mühen nichts gefunden als Narrengold. Dantirya Sambail war ihnen munter und völlig ungehindert vorausgereist und hatte inzwischen womöglich sogar die Blockade der Häfen umgangen. Wahrscheinlich war er längst auf hoher See und segelte nach Hause in sein privates Königreich Zimroel, wo er nicht mehr zu fassen wäre.

War es überhaupt noch sinnvoll, die Verfolgung fortzusetzen?, fragte Prestimion sich. Oder sollte er an diesem Punkt aufgeben und zurück in die Burg eilen? Die Pflichten seines königlichen Amtes erwarteten ihn. Der aufsässige Dantirya Sambail war nicht das einzige Problem, mit dem er sich befassen musste. Es gab eine echte Krise im Land, eine Seuche, eine Epidemie des Wahnsinns. Doch der Coronal und seine engsten Berater waren wieder einmal in entlegenen Bezirken unterwegs und führten eine sinnlose Fahndung durch, die man auf andere Weise hätte angehen müssen.

Und dann war da noch Varaile … die große, noch unbeantwortete Frage in seinem Leben …

In diesem Augenblick war der Coronal entschlossen, auf der Stelle die Suche nach dem Prokurator zu beenden. Doch kaum hatte er den Gedanken gefasst, da verwarf er ihn auch schon wieder mit aller Entschiedenheit. Er war Dantirya Sambails Fährte durch Wüste und Dschungel bis hierher gefolgt, durch einen goldenen Landstrich nach dem anderen, und er würde die Suche wenigstens fortsetzen, beschloss er, bis er die Küste erreicht hätte, wo er hoffentlich zuverlässige Angaben über die Bewegungen des Prokurators bekommen würde. Das goldene Sippulgar sollte der letzte Halt auf dieser Reise sein. Danach würden sie nach Hause fahren, nach Hause zur Burg, zu seinem Thron und zu seinen Aufgaben. Nach Hause zu Varaile.

Man nannte Sippulgar die goldene Stadt, weil die Fassaden der zwei- bis dreistöckigen Gebäude ohne Ausnahme aus dem goldenen Sandstein, den man nördlich der Stadt schlug, errichtet wurden. Gerade so, wie die Blätter der Bäume von Arvyanda unter der heißen tropischen Sonne metallisch glänzten und die ganze Gegend in ein strahlendes goldenes Reich verwandelten, geschah es auch mit dem gelben Stein von Sippulgar, in dem Einlagerungen von Glimmer blitzten und einen die Sinne betörenden goldenen Schimmer zurückwarfen, wenn die Stadt im vollen Tageslicht lag.

Es war in jeder Hinsicht eine Stadt des tiefen Südens. Die Luft war schwül und drückend, die an den Straßen und um die Häuser gesetzten Pflanzen wucherten üppig und entwickelten ein Meer von farbenprächtigen Blüten in hundert verschiedenen Schattierungen von Rot, Blau, Gelb, Violett und Orange. Sogar Dunkelbraun war vertreten und ein pulsierendes, schimmerndes Schwarz, das eher die Quintessenz aller Farbe als deren völliges Fehlen vermittelte. Auch die Menschen waren schwarz oder zumindest sehr dunkel; Gesichter und Gliedmaßen legten Zeugnis ab von der heiß brennenden Sonne. Sippulgar war wunderschön in einer weit geschwungenen Bucht am Ufer des blaugrünen Inneren Meeres gelegen, und im Hafen fanden sich Schiffe aus allen Teilen der Welt ein. Dieser Landstrich des südlichen Alhanroel wurde auch die Weihrauchküste genannt, weil alles, was hier wuchs, auf die eine oder andere Weise duftete – die niedrigen Pflanzen am Strand, die Khazzil und den Balsam produzierten, der Himmam genannt wurde, und die Wälder nicht weit landeinwärts, in denen Myrrhe, Thanibong und roter Fthiis wuchsen. All diese Gewächse verströmten mit ihren Ölen und Harzen eine solche Vielfalt von Düften, dass man in Sippulgar den Eindruck bekommen konnte, die Luft selbst sei parfümiert.

Prestimion wurde bereits in Sippulgar erwartet. Er hatte von Anfang an gewusst, dass diese Reise in den Süden, ganz egal, welchen Weg er vom Labyrinth aus einschlug, früher oder später zwangsläufig zu diesem Punkt an der Küste führen musste, falls er nicht unterwegs noch Hinweise bekäme, dass Dantirya Sambail in eine ganz andere Richtung geflohen sei. So hatte der höchste Würdenträger der Stadt, der den Titel eines königlichen Präfekten trug, bereits eine standesgemäße Suite im Palast der Regierung vorbereiten lassen. Der wie alles andere aus einheimischem Sandstein gebaute Palast bot einen atemberaubenden Ausblick auf die Bucht.

»Wir sind, mein Lord, darauf vorbereitet, alle Eure Bedürfnisse zu befriedigen, sei es in materieller oder spiritueller Hinsicht«, erklärte der Präfekt zur Begrüßung. Kameni Poteva war ein großer Mann mit schroffen Gesichtszügen, der kein Gramm Fett am Körper hatte. Über der weißen Robe, die seine Amtswürde symbolisierte, trug er zwei Jadeamulette von der Art, die man als Rohillas bezeichnete, sowie eine Schärpe mit aufgenähten religiösen Symbolen. Sippulgar war, wie Prestimion wusste, eine Stadt des Aberglaubens. Hier wurde ein Gott angebetet, der die Zeit repräsentierte. Meist wurde er in Form einer geflügelten Schlange dargestellt, die ein mit gefährlichen Zähnen bewehrtes Maul und die funkelnden Augen eines kleinen Allesfressers namens Jakkabole hatte. Prestimion hatte bereits auf dem Weg in die Stadt auf großen Plätzen verschiedene Darstellungen der Gottheit gesehen. Auch exotischere Kulte waren hier vertreten, denn Sippulgar war die Heimat einer ganzen Kolonie verschiedener exilierter Wesen von den Sternen. Oft zählte die Gesamtbevölkerung der jeweiligen Gruppe auf ganz Majipoor nicht mehr als einige hundert Köpfe. Wie er gehört hatte, war eine ganze Straße am Wasser den Tempeln der Gottheiten dieser fremden Wesen vorbehalten. Prestimion nahm sich vor, die Gotteshäuser zu besichtigen, bevor er weiterziehen musste.

Am Abend, als Prestimion sich auf das formelle Festessen vorbereitete, das der Präfekt ihm zu Ehren angesetzt hatte, kam Septach Melayn mit einer Botschaft. »Eine Nachricht von Akbalik aus Ni-moya«, sagte der Schwertkämpfer und hielt Prestimion einen bereits geöffneten Umschlag hin. »Es sind seltsame Neuigkeiten. Der junge Dekkeret hat sich bei der Verwaltung des Pontifikats verpflichtet und ist nach Suvrael abgereist.«

Prestimion starrte fassungslos und ohne es an sich zu nehmen, auf das Schreiben, das Septach Melayn ihm hinhielt. »Was hast du gesagt? Ich glaube, ich verstehe nicht recht.«

»Du erinnerst dich doch, dass wir Akbalik nach Zimroel geschickt haben, damit er aufpasst, ob Dantirya Sambail dort drüben nicht etwas ausheckt. Ich schlug im letzten Augenblick vor, dass Dekkeret ihn begleitet, damit er diplomatische Erfahrungen sammeln kann.«

»Ja doch, ja, ich erinnere mich. Aber was soll das heißen, dass er eine Stellung beim Pontifikat angenommen hat? Und warum geht er ausgerechnet nach Suvrael?«

»Anscheinend versteht er es als eine Art Bußgang.«

»Bußgang?«

Septach Melayn nickte. Er warf einen kurzen Blick auf Akbaliks Brief. »Sie waren offenbar in den Khyntor-Marken auf Steetmoy-Jagd – auch das war meine Idee, wie ich zugeben muss. Es gab dabei eine Art Unfall. Eine einheimische Führerin wurde anscheinend während der Jagd aufgrund einer Fahrlässigkeit von Dekkeret getötet. Oder jedenfalls scheint Dekkeret dies zu glauben. Wie auch immer, Dekkeret hat sich wegen dieses Vorfalls so schlecht gefühlt, dass er beschloss, den unangenehmsten Ort aufzusuchen, den er auf der ganzen Welt kennt, um eine schwierige Aufgabe unter äußerst widrigen Bedingungen durchzuführen und für das zu büßen, was er sich seiner Ansicht nach auf dem Jagdausflug in den Norden hat zu Schulden kommen lassen. Also hat er sich eine Fahrkarte nach Suvrael gekauft. Akbalik wollte es ihm natürlich ausreden. Doch wie es der Zufall wollte, suchten die Vertreter des Pontifikats in Ni-moya tatsächlich gerade einen jungen Beamten, der bereit war, in einer lächerlichen Mission nach Suvrael zu fahren, um herauszufinden, warum die Einwohner in der letzten Zeit die vorgesehene Exportquote an Rindfleisch nicht erfüllt haben. Als einer von Dekkerets Freunden, der für das Pontifikat tätig war, erfuhr, dass Dekkeret nach Suvrael reisen wollte, verschaffte er ihm eine zeitlich befristete Anstellung beim Stab des Pontifikats, und schon konnte Dekkeret auf die Reise gehen. Wahrscheinlich ist er inzwischen längst in Tolaghai gelandet. Das Göttliche allein mag wissen, wann er zurückkehren wird.«

»Suvrael«, sagte Prestimion kopfschüttelnd. Wider Willen wurde er zornig. »Ein Akt der Buße, sagt er. Dieser junge Narr! Bei allen Dämonen von Triggoin, was ist nur in ihn gefahren? Er gehört auf die Burg, er sollte nicht in dieser verdammten Wüste herumrennen. Wenn er das Bedürfnis hat, sein Seelenleben in Ordnung zu bringen, dann soll er doch auf die Insel des Schlafs gehen, die der übliche Ort für solche Unternehmungen ist, oder etwa nicht? Die Reise wäre zudem erheblich kürzer gewesen.«

»Offenbar schien ihm die Insel nicht der geeignete Ort zu sein, oder er ist überhaupt nicht auf diese Idee gekommen.«

»Dann hätte Akbalik es ihm vorschlagen müssen. Ausgerechnet Suvrael! Wie konnte er das nur machen? Ich hatte große Pläne mit dem Jungen. Dafür werde ich Akbalik zur Rechenschaft ziehen.«

»Mein Lord, Dekkeret ist sehr eigensinnig. Das weißt du doch selbst. Nicht einmal du selbst hättest ihn davon abhalten können, sobald er sich entschlossen hatte, nach Suvrael zu gehen.«

»Das mag ja sein«, gab Prestimion zu. Ohne großen Erfolg versuchte er, seine Wut herunterzuschlucken. »Das mag ja sein.« Mit finsterem Gesicht drehte er sich um und sah aus dem Fenster. »Also gut. Den jungen Dekkeret werde ich mir vorknöpfen, wenn und falls er von seinem Bußgang zurückkehrt. Für den Pontifex die Rindfleischexporte aus Suvrael überprüfen … man glaubt es nicht. In Suvrael herrscht seit Jahren eine Dürre. Die Weiden sind verbrannt, und die Leute haben das Vieh geschlachtet, weil sie es nicht mehr ernähren konnten. Deshalb haben die Rindfleischexporte nachgelassen. Warum schickt der Pontifex einen Mann den ganzen Weg dort hinunter, um etwas Offensichtliches herauszufinden? Soweit ich weiß, ist die Dürre sowieso vorbei. Gib ihnen zwei oder drei Jahre Zeit, um die Herden wieder aufzubauen, und sie werden so viel Rindfleisch exportieren, wie man sich nur wünschen kann.«

»Prestimion, es geht nicht darum, welche Arten von Informationen sich das Pontifikat beschaffen will. Viel wichtiger ist doch, dass Dekkeret eine übertriebene Vorstellung von persönlicher Ehre hat und sich verpflichtet fühlt, für etwas zu büßen, das er für eine schreckliche persönliche Verfehlung hält. Und er tut dies, indem er eine ausgedehnte und mühselige Pilgerfahrt auf sich nimmt. Es gibt wahrlich schlimmere Unzulänglichkeiten, die man bei einem jungen Mann finden könnte. Ich glaube, du tust ihm Unrecht.«

»Findest du? Vielleicht hast du ja Recht«, gab Prestimion nach einer Weile widerstrebend zu. »Aber was ist mit Akbalik? Was hat er sonst noch zu berichten, und wo hält er sich gerade auf?«

»Er kehrt derzeit über Alaisor aus Ni-moya zurück und schreibt, er werde uns aufsuchen, wo immer du ihn hinbestellst. Vom Prokurator war bisher in Ni-moya keine Spur auszumachen, und nach allem, was Akbalik herausfinden konnte, dürfte der Prokurator noch nicht in Zimroel eingetroffen sein.«

»Ich nehme an, er ist gerade irgendwo auf hoher See zwischen Alhanroel und Zimroel unterwegs. Nun gut, es ist, wie es ist. Wir werden uns zu gegebener Zeit weiter damit befassen. Gibt es sonst noch etwas?«

»Nichts, mein Lord.«

Septach Melayn händigte die Botschaft Prestimion aus, der sie entgegennahm, ohne darauf zu schauen, und auf einen Tisch in der Nähe warf. Wieder kehrte er Septach Melayn den Rücken und starrte zum Wasser, als könnte er von hier aus bis nach Suvrael blicken, wenn er sich nur genügend anstrengte.

Suvrael! Ausgerechnet nach Suvrael war Dekkeret gegangen!

So eine Dummheit, dachte Prestimion. Er hatte wirklich eine hohe Meinung von dem Jungen gehabt, nachdem er beim Mordanschlag in Normork so tatkräftig und schnell und entschlossen eingegriffen hatte. Und jetzt so etwas! Nun ja, vielleicht konnte man es mit jugendlichen romantischen Gefühlen entschuldigen. Prestimion empfand beinahe Mitleid mit dem jungen Mann, der jetzt in der schrecklichen Sonnenglut des südlichen Kontinents unterwegs war – allen Berichten zufolge war es ein elender, trockener Ort voller Sanddünen, stechender Insekten und sengend heißer Winde.

Prestimion musste an seine eigene beschwerliche Wanderung nach der großen Niederlage am Mavestoi-Damm – der dunkelsten Stunde im Krieg gegen Korsibar – durch die Valmambra-Wüste im Norden denken. Er hatte in der Wüste sehr gelitten, war schließlich vor Ermüdung und Entbehrung ins Delirium gefallen und wäre sicher gestorben, wenn noch zwei oder drei weitere Tage vergangen wären, bevor man ihn gefunden hatte. Die Reise durch die Valmambra-Wüste war die schwerste Prüfung seines Lebens gewesen.

Suvrael, so hieß es, sei zehnmal schlimmer als die Valmambra. Wenn das zutraf, dann würde Dekkeret dort sicherlich die Qualen finden, die er suchte, um seine Seele zu läutern. Doch was, wenn er fünf Jahre brauchte, um wieder aus Suvrael heraus und zurück zur Burg zu finden? Was würde aus diesem viel versprechenden jungen Mann bis dahin werden? Und was, wenn Dekkeret gar dort unten stürbe? Prestimion hatte wie jeder andere die Geschichten über unerfahrene Reisende gehört, die von einer Wüstenpiste abgekommen waren und sich verlaufen hatten, um ohne Trinkwasser in Suvraels erbarmungsloser Hitze binnen kurzem zu verdursten.

Nun, Dekkeret konnte vermutlich ganz gut auf sich selbst aufpassen. Septach Melayn hatte natürlich Recht. Es war eine lässliche Sünde bei einem so jungen Mann. Das Abenteuer in Suvrael ließ ihn vielleicht sogar reifen, falls er es überlebte. Er würde dadurch härter werden und ein neues Verständnis für den Wert des Lebens und den Tod gewinnen und lernen, was Verantwortung und Pflichtgefühl bedeuteten. Prestimion konnte nur hoffen, dass der Junge sich da unten möglichst rasch das verzieh, was er angeblich im Norden Zimroels angerichtet hatte, um umgehend auf die Burg zurückzukehren und sich den Pflichten zu widmen, die dort auf ihn warteten.

* * *

Der wichtigste Tagesordnungspunkt im goldenen Sippulgar war für Prestimion der Verbleib Dantirya Sambails. Der Präfekt Kameni Poteva verlor keine Zeit, alle Informationen, die er über den Aufenthaltsort des Prokurators besaß, sofort weiterzugeben, auch wenn er im Grunde nichts Neues zu sagen hatte.

»Auf Eure Bitte, mein Lord, haben wir in allen Häfen an der Küste Kontrollposten eingerichtet. Seit wir von Euch über den Notfall unterrichtet wurden, hat kein Schiff Sippulgar mit Kurs auf Zimroel verlassen, dessen Passagierliste nicht von meinen Hafenbeamten einer gründlichen Überprüfung unterzogen worden wäre. Dantirya Sambail ist hier nicht aufgetaucht. Zudem haben wir alle Schiffe überprüft, die von hier aus nach anderen Häfen an der Küste Alhanroels auslaufen, von denen aus Verbindungen nach Zimroel bestehen. Auch hier war das Ergebnis negativ.«

»Welche Häfen sind dies?«, fragte Prestimion.

Der Präfekt breitete eine Karte des südlichen Alhanroel vor ihm aus. »Sie liegen alle westlich von uns. Die andere Richtung können wir ausschließen. Wie Ihr seht, mein Lord, liegt Sippulgar nicht weit von der Provinzgrenze von Stoien entfernt. Dies hier ist der Osten Aruachosias. Noch weiter im Osten liegen die Provinzen Vrist, Sethem, Kinorne und Lorgan. Der einzige bedeutende Hafen an diesem Küstenstrich ist Glystrintai in Vrist, und die einzigen Schiffe, die dort auslaufen, fahren hierher. Wenn der Prokurator so dumm war, nach Osten zu reisen, nachdem er die Küste erreicht hatte, dann hätte er so oder so wieder hier auftauchen müssen, und wir hätten ihn längst in Gewahrsam genommen.«

»Wie sieht es im Westen aus?«

»Im Westen, mein Lord, liegt die Provinz Stoien, die sich in etwa mit der Halbinsel Stoienzar deckt. An der Südküste Stoiens gibt es nur wenige, weit voneinander entfernt liegende Häfen, da die gewaltige Hitze, die Insekten und die undurchdringlichen Wälder aus Sägeblattpalmen das Aufblühen von Siedlungen verhindert haben. In einem Bereich von fast dreitausend Meilen gibt es nur die Städte Maximin, Karasat, Gunduba, Slail und Porto Gambieris. Keine von ihnen ist wirklich bedeutend. Wenn der Prokurator, aus Kajith Kabulon kommend, in einer dieser Städte aufgetaucht wäre und versucht hätte, eine Schiffspassage zu einem weiter westlich gelegenen Hafen zu buchen, dann hätten wir es sicherlich erfahren. Doch in keinem dieser Orte ist jemand aufgetaucht, der Dantirya Sambail ähnlich sieht.«

»Was ist, wenn er überhaupt nicht bis zur Südküste vorgedrungen ist?«, warf Septach Melayn ein. »Wenn er nun einfach viel weiter im Norden nach Westen abgebogen ist und einen Hafen an der Nordküste der Halbinsel ansteuert? Wäre das möglich?«

»Denkbar wäre es. Es ist schwierig, aber nicht unmöglich.« Der Präfekt deutete mit seinem langen, knochigen Finger eine quer über die Karte laufende Linie an. »Hier liegt Kajith Kabulon. Die einzige gute Straße, die in dieser Gegend aus dem Regenwald herausführt, ist diejenige, die direkt nach Süden läuft und auf der Ihr selbst hierher gekommen seid. Es gibt noch einige

Landstraßen, schlecht unterhalten und schwierig zu nehmen, die für einen Mann, der sich dem Zugriff der Justiz entziehen will, durchaus verlockend erscheinen könnten. Da wäre beispielsweise dieser Weg hier, der Kajith Kabulon im Südwesten verlässt und durchs nördliche und zentrale Aruachosia nach Westen zur Halbinsel führt. Falls er sich hier durchgeschlagen hat, könnte der Prokurator ein Dutzend Häfen an der Golfküste der Halbinsel erreicht haben. Von dort aus wäre die Flucht für ihn erheblich leichter.«

»Ich verstehe«, sagte Prestimion. Enttäuscht betrachtete er die Karte. Die Halbinsel Stoienzar, Herzog Oljebbins Gebiet, stach wie ein gewaltiger Daumen in westlicher Richtung aus dem Kontinent Alhanroel hervor. Südlich der Halbinsel lag die Hauptfläche des Inneren Meeres, das seinerseits im Süden von Suvrael begrenzt wurde. Nördlich der Halbinsel lag in tropischem Klima das ruhige Wasser des Golfs von Stoien. Die Golfküste Stoienzars war eine der am dichtesten besiedelten Gegenden auf ganz Majipoor. Die wichtigen Städte waren höchstens jeweils hundert Meilen voneinander entfernt, und zwischen ihnen lagen Ferienorte, landwirtschaftlich genutzte Gebiete und Fischerdörfer, die fast das gesamte freie Land zwischen den großen Städten beanspruchten. Falls es Dantirya Sambail tatsächlich gelungen war, die Golfküste zu erreichen, dann hatte er vielleicht auch schon einen Galgenstrick von Bootsführer gefunden, der ihn nach Stoien brachte, der wichtigsten Stadt auf der Halbinsel, von der aus ständig Schiffe nach Zimroel und Alhanroel ausliefen.

Natürlich hatte man in Stoien wie in allen anderen Häfen in diesem Teil Alhanroels, soweit sie am interkontinentalen Verkehr beteiligt waren, entsprechende Kontrollposten eingerichtet. Doch konnten die Sperren wirklich leisten, was man von ihnen erwartete? Diese lebensfrohen tropischen Städte waren unverbesserliche Brutstätten der Korruption. In seiner Ausbildungszeit auf der Burg hatte Prestimion die bewegte Geschichte dieser Gegend studiert. Der Gouverneur Gan Othiang, der vor Prankipins Zeiten im Hafen Khuif auf der Halbinsel geherrscht hatte, war beispielsweise so weit gegangen, von allen Handelsschiffen, die dort anlegten, neben den offiziellen Hafengebühren auch eine Art Kopfsteuer zu erheben. Bei seinem Tod war seine private Schatzkammer mit Elfenbein, Perlen und kostbaren Muscheln besser gefüllt gewesen als die der Stadt. Ein Stück entfernt in Yarnik hatte es sich der Bürgermeister, ein gewisser Plusiper Pailiap, zur Gewohnheit gemacht, das Eigentum verstorbener Händler als seinen persönlichen Besitz zu betrachten, falls die Erben ihre Ansprüche nicht binnen drei Wochen geltend machten. Herzog Saturis, Oljebbins Großvater, war mehrmals beschuldigt worden, einen gewissen Prozentsatz aller Steuereinnahmen in die eigene Tasche abzuzweigen, doch die darauf folgenden Ermittlungen der Regierung wurden jedes Mal aus unerfindlichen Gründen eingestellt. Ein Präfekt von Sippulgar hatte vor etwa tausend Jahren eine Privatflotte von Kaperschiffen unterhalten, mit denen er die Handelsschiffe in der Umgebung ausraubte. Geschichten wie diese gab es zuhauf, und es schien, als läge hier im tiefen Süden etwas in der schwülen Luft, das Rechtschaffenheit und Anstand rasch zersetzte.

Prestimion schob die Karte zur Seite und stellte Kameni Poteva die nächste Frage. »Wie lange, glaubt Ihr, hätte Dantirya Sambail gebraucht, um den Hafen von Stoien zu erreichen, wenn er einen Schweber ...«

Doch das Verhalten des Präfekten wurde auf einmal mehr als eigenartig. Kameni Poteva war ohnehin schon ein sehr verschlossener Mann – dies war von Anfang an klar gewesen –, doch die innere Spannung, unter der er ständig zu stehen schien, musste plötzlich in einem Maße zugenommen haben, dass der Mann beinahe zu zerbrechen schien. Das markante schmale Gesicht, aus dem die tropische Sonne alles überflüssige Fleisch verbrannt hatte, war so stark zusammengekniffen, dass man meinen könnte, gleich müsste die Haut reißen. Auf der linken Wange zuckte ein Muskel, und die schmalen Lippen bebten. Die Augen traten als riesige weiße Kugeln unter der Stirn hervor; die Hände hatte Kameni Poteva zu Fäusten geballt und vor der Brust, Knöchel gegen Knöchel, über den beiden Rohillas hart zusammengepresst.

»Kameni Poteva?«, fragte Prestimion beunruhigt.

Die Antwort des Präfekten war nicht mehr als ein heiseres Keuchen. »Verzeiht mir, mein Lord … verzeiht mir …«

»Was ist denn?«

Kameni Poteva konnte nur den Kopf schütteln, doch die Bewegung sah eher nach einem Schauder als nach irgendetwas anderem aus. Er zitterte jetzt am ganzen Körper und schien verzweifelt bemüht, die Kontrolle zurückzugewinnen.

»Sagt es mir, Mann! Wollt Ihr etwas Wein?«

»Mein Lord, o mein Lord … Euer Kopf … mein Lord …«

»Was ist mit meinem Kopf?«

»Oh, es tut mir Leid … so Leid …«

Prestimion sah sich zu Septach Melayn und Gialaurys um. Ein weiterer Anfall von Wahnsinn, dieses Mal direkt vor den Augen des Coronals? Ja doch. Ja, so musste es sein.

In diesem Augenblick höchsten Befremdens trat Maundigand-Klimd rasch vor und legte dem Präfekten die Hände auf die Schultern. Er neigte beide Köpfe, bis sie nur noch ein paar Fingerbreit von Kameni Potevas Stirn entfernt waren, und sprach einige leise Worte, die

Prestimion nicht verstehen konnte. Zweifellos war es ein Zauberspruch. Prestimion glaubte sogar einen weißen Nebel zwischen den Männern wallen zu sehen.

Einige Sekunden verstrichen, in denen Kameni Potevas Zustand sich nicht zu verändern schien. Dann kam ein leises Zischen über die Lippen des Präfekten, als verlöre ein bis zum Platzen aufgeblasener Ballon die Luft, und seine Haltung veränderte sich merklich. Der Anfall schien sich dem Ende zu nähern. Kameni Poteva sah Prestimion einen Moment an, die Augen wild und das Gesicht aschgrau vor Scham und Entsetzen. Dann wandte er den Blick ab.

Nach kurzem Schweigen begann er mit tonloser, kaum vernehmbarer Stimme zu sprechen. »Mein Lord, es ist furchtbar beschämend … ich muss Euch in aller Form um Vergebung bitten …«

»Aber was meint Ihr damit? Was ist passiert? Etwas mit meinem Kopf, sagtet Ihr?«

Wieder gab es eine gequälte Pause. »Ich habe halluziniert.« Der Präfekt tastete nach der Weinflasche. Septach Melayn füllte ihm rasch die Trinkschale, und Kameni Poteva trank gierig. »Solche Anfälle überkommen mich jetzt zweimal oder dreimal in der Woche. Ich kann ihnen nicht entgehen. Ich habe gebetet, dass es mir nicht in Eurer Gegenwart passieren würde, doch die Gebete wurden nicht erhört. Euer Kopf, Herr … ich sah ihn monströs geschwollen, als könnte er gleich explodieren, so kam es mir vor. Und der Hohe Berater …« Er blickte zu Septach Melayn und schauderte. »Seine Arme und Beine sahen aus, als gehörten sie einer riesigen Spinne.« Er schloss die Augen. »Ich muss aus dem Amt entlassen werden. Ich bin nicht länger geeignet, auf diesem Posten zu dienen.«

»Unsinn«, widersprach Prestimion. »Ihr braucht ein wenig Ruhe, das ist alles. Sämtlichen Berichten zufolge habt Ihr Eure Sache gut gemacht. Sind diese Halluzinationen eine neue Erfahrung?«

»Ich habe sie seit anderthalb oder höchstens zwei Monaten.« Der Mann war am Ende. Er konnte Prestimion nicht mehr in die Augen sehen, sondern saß mit gesenktem Kopf und hängenden Schultern da und starrte auf seine Füße. »Diese Anfälle kommen aus heiterem Himmel, ich sehe die schrecklichsten Dinge. Visionen wie in Albträumen, schreckliche Anblicke, einer nach dem anderen über eine Spanne von fünf oder zehn oder manchmal fünfzehn Minuten. Dann ist es auf einen Schlag vorbei, und jedes Mal bete ich, dass es das letzte Mal wäre. Aber es kommt immer wieder.«

»Seht mich an«, befahl Prestimion.

»Mein Lord …«

»Nein. Seht mich an. Sagt mir eines, Kameni Poteva. Ihr seid nicht der Einzige, der in Sippulgar unter solchen Störungen leidet, nicht wahr?«

»Nein, ich bin nicht der Einzige.« Leise, niedergeschlagen.

»Das dachte ich mir schon. Ist es in der letzten Zeit häufig zu solchen Zwischenfällen gekommen? Ansonsten ausgeglichene Menschen brechen auf einmal zusammen und benehmen sich seltsam?«

»Ja, das hat es gegeben. Ziemlich oft sogar, würde ich sagen.«

»Auch Todesfälle?«

»Einige, ja. Und Besitztümer wurden zerstört. Mein Lord, ich muss schreckliche Sünden begangen haben, dass mir eine solche Sühne …«

»Hört mir zu, Kameni Poteva. Was auch immer geschieht, es ist nicht Eure Schuld, versteht Ihr? Ihr dürft es nicht persönlich nehmen, Ihr dürft es nicht als Schande auffassen, dass der Anfall ausgerechnet in meiner Gegenwart kam. Ihr seid nicht der Einzige in Sippulgar, der unter Halluzinationen leidet, und Sippulgar ist nicht die einzige Stadt, in der es geschieht. Es geschieht überall, Kameni Poteva. Das solltet Ihr wissen.«

Der Präfekt, der sich nun wieder einigermaßen in der Gewalt hatte, lächelte unsicher.

»Falls Ihr mich mit dieser Eröffnung trösten wollt, mein Lord, dann muss ich Euch gestehen, dass Ihr damit keinen Erfolg habt.«

»Nein, ein Trost kann es wahrhaftig nicht sein. Aber ich dachte, Ihr solltet es wenigstens wissen. Es ist eine Seuche, ein allgegenwärtiges Phänomen. Wir sind im Augenblick noch nicht sicher, wie es hervorgerufen wurde. Doch wir sind uns des Problems bewusst und arbeiten daran, und wir sind entschlossen, es zu lösen.«

Prestimion hörte hinter sich ein leichtes Hüsteln. Er drehte sich um und gab Septach Melayn mit einem eindringlichen Blick zu verstehen, dass dies nicht der rechte Augenblick für seine übliche Spöttelei war.

Was er gesagt hatte, entsprach wenigstens zum Teil der Wahrheit. In gewisser Weise. Sie waren sich in der Tat des Problems bewusst, und sie waren entschlossen, es zu lösen. Aber wie oder wann oder mit welchen Mitteln – nun ja, dachte Prestimion, eins nach dem anderen. Auch Lord Stiamot hätte nicht mehr tun können als sie.

Es schien sinnlos, die Suche nach dem geflohenen Prokurator noch weiter fortzusetzen. Prestimion wusste, dass er es immer weiter treiben konnte, weiter und weiter, und dass er Dantirya Sambail am Ende doch nicht finden würde. So wenig, wie er den Dämonen entkommen konnte, die in seiner eigenen Seele lauerten, indem er kreuz und quer durch die ganze Welt zog. Es war Zeit, zur Burg zurückzukehren.

Kameni Poteva übergab Prestimion am nächsten Tag

die Akte mit allen Informationen über den Flüchtling, die er von den Verwaltern in den Provinzen Aruachosia und Stoien bekommen hatte. Die so genannte Akte war jedoch im Grunde fast bar jeden Inhalts. Mutmaßungen, wenig vertrauenswürdige Gerüchte, dazu eine ganze Reihe von entschiedenen Versicherungen, dass Dantirya Sambail niemals im Bezirk des betreffenden Beamten aufgetaucht sei.

Nach dem Bericht, den Prinz Serithorn vor so vielen Monaten von seinem Verwalter Haigin Hartha aus Bailemoona bekommen hatte, waren keine neuen, konkreten Meldungen über die Bewegungen des Prokurators mehr eingegangen, und auch jene erste Meldung war ja nur ein Bericht aus zweiter Hand gewesen. Davon abgesehen, gab es nur wenig Bemerkenswertes – Haigin Harthas Begegnung, etwa zur gleichen Zeit, mit einem Mann, bei dem es sich höchstwahrscheinlich um Mandralisca gehandelt hatte, und das zweite Auftauchen Mandraliscas einige Monate später, weit im Süden in Ketheron. Danach war die Fährte erkaltet.

»Es gibt nur zwei Möglichkeiten«, erklärte Septach Melayn. »Die erste ist die, dass sie durch Arvyanda und Kajith Kabulon geschlichen sind, ohne von jemandem bemerkt zu werden, und eine nach Westen führende Straße erreicht haben, auf der sie, wie der Präfekt es angedeutet hat, Stoienzar erreichen konnten. Dort haben sie sich nach Zimroel eingeschifft und befinden sich derzeit irgendwo zwischen Stoien und Piliplok auf hoher See. Da sie offensichtlich nicht durch Sippulgar gekommen sind und höchstwahrscheinlich keine Straße genommen haben, die weiter in den Osten führt, ist die zweite Möglichkeit die, dass sie im Regenwald in ein Loch voller Treibsand geraten und auf Nimmerwiedersehen verschluckt worden sind.«

»So gnädig wird das Göttliche mit uns nicht sein«, wandte Prestimion ein.

»Es gibt noch eine dritte Möglichkeit«, bemerkte Gialaurys. Er warf einen finsteren, gereizten Blick zu Septach Melayn. »Nämlich die, dass sie wohlbehalten den Dschungel von Kajith Kabulon verlassen haben, nach Stoienzar gekommen sind, die Blockade der Häfen bemerkt und sich in eine nette kleine Stadt auf der Halbinsel zurückgezogen haben, wo sie jetzt geduldig die Ankunft der rettenden Flotte abwarten, die sie mit einem Eilkurier aus Zimroel gerufen haben.«

»Diese Idee hat einiges für sich«, bemerkte Abrigant.

»So etwas sähe ihm durchaus ähnlich«, stimmte Prestimion zu. »Er kann tatsächlich sehr viel Geduld aufwenden, während er seine Ziele verfolgt. Aber wir können doch kaum von hier bis Stoien jedes Dorf absuchen.«

»Dies könnten allerdings die Pontifikalbeamten für uns erledigen«, schlug Septach Melayn vor.

»Ja, das wäre eine Möglichkeit. So werden wir es halten. Ich sollte wohl noch hinzufügen, dass für mein Gefühl die erste Theorie die wahrscheinlichste ist: dass er durch unser Netz geschlüpft und bereits auf dem Weg nach Zimroel ist. In diesem Fall werden wir früher oder später erfahren, dass er dort angekommen ist. Dantirya Sambail ist kein Mann, der sich auf seinem eigenen Grund und Boden über längere Zeit großer Zurückhaltung zu befleißigen vermag. Wie auch immer, wir sollten ohne weitere Verzögerungen zur Burg zurückkehren, wo meiner Ansicht nach viel Arbeit auf uns wartet.«

»Mit deiner Erlaubnis, mein Bruder«, sagte Abrigant, »würde ich gern noch ein anderes Thema zur Sprache bringen, nämlich die Expedition nach Skakkenoir. Du hast mir gesagt, ich könne mich auf die Suche begeben, wenn wir in Sippulgar fertig sind.«

»Skakkenoir?«, fragte Gialaurys.

»Ein Ort, der angeblich irgendwo in Vrist oder sogar noch weiter im Osten liegt«, erklärte Septach Melayn mit einem schwachen, aber unmissverständlichen Anflug von Spott. »Dort soll die Erde voller Eisen und Kupfer sein, und die Pflanzen ziehen das Metall angeblich Atom für Atom aus dem Boden, sodass man es gewinnen kann, indem man ihre Blätter und Zweige verbrennt. Das Problem ist nur, dass bisher noch niemand diesen Ort finden konnte, weil er einfach nicht existiert.«

»Aber er existiert doch!«, gab Abrigant aufgebracht zurück. »Er existiert! Lord Guadeloom höchstpersönlich hat eine Expedition ausgesandt, um ihn zu suchen.«

»Und er hat ihn meines Wissens nicht gefunden, so wenig wie alle anderen, die in den letzten paar tausend Jahren danach gesucht haben. Da könntest du auch gleich versuchen, das Eisen aus deinen Träumen zu gewinnen, Abrigant.«

»Beim Göttlichen, ich werde …«

Prestimion hob eine Hand. »Schweigt! Ihr zwei werdet euch gleich noch prügeln, wenn ihr so weitermacht.« Dann wandte er sich an Abrigant. »Mein Bruder, ich fürchte fast, deine Seele wird keinen Frieden finden, solange du diese Reise nicht unternommen hast. Trifft das zu, Abrigant?«

»So empfinde ich in der Tat.«

»Nun gut. Wenn es denn sein muss, dann nimm zwei Schweber und ein Dutzend Männer und suche das Eisen von Skakkenoir. Vielleicht hat der Präfekt Kameni Poteva ein paar nützliche Karten für dich.«

»Auch du willst mich verspotten, Prestimion?«

»Ruhig, mein Bruder. Ich hatte keine Hintergedanken dabei. Es war ein ernst gemeiner Vorschlag, denn wie uns zu Ohren kam, könnten in den Archiven von Sippulgar Informationen über diesen geheimnisvollen

Ort verborgen sein. Du solltest den Präfekten auf jeden Fall fragen. Und dann mach dich auf die Reise. Nur einen Befehl gebe ich dir noch mit auf den Weg, Abrigant.«

»Und welcher wäre das?«

»Wenn du Skakkenoir und seinen metallhaltigen Sand nicht binnen sechs Monaten gefunden hast, dann kehrst du um und kommst zur Burg zurück.«

»Selbst wenn ich nur noch zwei Tage vom Ziel entfernt bin?«

»Wie willst du das wissen? Sechs Monate, Abrigant. Keine Stunde mehr. Das musst du mir schwören.«

»Wenn ich aber nun eindeutige Informationen habe, dass Skakkenoir nur ein oder zwei Tage vor mir liegt und ...«

»Exakt sechs Monate. Schwöre es.«

»Prestimion ...«

»Sechs Monate.«

Prestimion streckte die rechte Hand aus, an der er den Ring der Königswürde trug. Abrigant sah ihn einen Augenblick erstaunt an, immer noch schien er sich aufzulehnen. Doch dann besann er sich, dass er und Prestimion jetzt mehr als einfach nur zwei Brüder waren. Sie waren auch König und Untertan, und so nickte er, beugte den Kopf und berührte den Ring mit den Lippen.

»Sechs Monate«, sagte er. »Keine Stunde mehr, Prestimion. Ich werde dir zwei Schweber voller Eisen mitbringen, wenn ich zurückkehre.«

12

So kehrte die königliche Expedition auf geradem und schnellstem Wege unverzüglich nach Hause zurück. Kuriere eilten ihr voraus und räumten die Straßen für den ungehinderten Weg nach Norden. Dieses Mal gab es keine Konferenzen mit örtlichen Herzögen oder Bürgermeistern, keine offiziellen Empfänge und keine Besichtigungen der jeweiligen Sehenswürdigkeiten. Einfach nur Tag um Tag eine beschwerliche Reise durch den Süden Alhanroels, vorbei am Labyrinth und durch das Glayge-Tal hinauf zum Burgberg. Prestimion hatte das Gefühl, die Reise dauere eine halbe Ewigkeit. Durch seinen Kopf rasten alle möglichen Gedanken, was er wohl vorfinden mochte, wenn er die Burg erreicht hatte.

Endlich ragte der Burgberg vor ihnen auf, und sie machten sich an den vertrauten Aufstieg über Amblemorn und die Hangstädte. Sie nahmen die schnellere östliche Straße, die über Morvole und Dekkerets Normork führte, vorbei an Bibiroon, der Tolingar-Barriere und dem wundervollen, sich selbst pflegenden Garten, den Lord Havilbove vor dreitausend Jahren angelegt hatte, vorbei auch am Ring der Freien Städte nach Groß-Ertsud, wo die Bergflanke steiler wurde und der Berg als graue Granitwand vor ihnen aufragte, knapp unter dem Gipfel umringt von ewigem Dunst. Aus der Ferne sahen sie Minimool und Hoikmar, dann drangen sie in die kühle und feuchte Zone der Wolken ein, wo sie den Ring der Inneren Städte durchquerten. Vorbei ging es an den funkelnden, flammend orangefarbenen Türmen von Bombifale und hinauf ins Reich des ewigen Sonnenlichts, wo die Hohen Städte lagen. Sie waren jetzt zwei Dutzend Meilen hoch, und hinter ihnen breitete sich tausend Meilen weit das Flachland von Alhanroel aus wie eine Landkarte, auf der selbst die größten Städte nur noch als winzige Punkte auszumachen waren. Dann endlich erreichten sie die mit hellroten Steinen gepflasterte Gipfelstraße, auf der sie von Bombifale bis Ober-Morpin gelangen konnten, und schließlich war auch die Burg über ihnen zu erkennen. Rundherum ging es um den sich verjüngenden Gipfel bis zur zehn Meilen langen Calintane-Straße mit ihren unzähligen Blumen, die inmitten der knorrigen, aberwitzigen Zinnen der Gipfelzone jeden Tag im Jahr in voller Blüte standen.

Am Dizimaule-Platz erwartete Prestimion eine große Menschenmenge. Eine ungeheure Empfangsdelegation hatte sich auf den grünen Porzellanfliesen zusammengefunden, und der mächtige Bau der Burg mit ihren dreißigtausend Zimmern bildete die Kulisse. Navigorn, der in Prestimions Abwesenheit als Regent gedient hatte, war der Erste, der ihn umarmte. Auch Prestimions Bruder Teotas wartete schon, ebenso Serithorn und die Ratsherren Belditan, Dembitave und Yegan und alle anderen, die dem inneren Kreis der Regierung angehörten, sowie die Vertreter aus Lord Confalumes Regierungszeit, die noch auf der Burg geblieben waren. Nur ein einziger Mensch, mit dem er fest gerechnet hatte, war nicht da.

Prestimion wandte sich leise an Navigorn, als sie durchs Dizimaule-Tor zum Vildivar-Hof und zu den dahinter liegenden Gebäuden der Inneren Burg weitergingen. »Wo ist die Lady Varaile, Navigorn? Wie ist es ihr während meiner Abwesenheit ergangen? Warum war sie nicht am Tor, um mich zu begrüßen?«

»Es geht ihr gut, mein Lord. Und was die Tatsache angeht, dass sie nicht am Tor war, so lass dir dies von ihr selbst erklären. Ich kann nur sagen, dass sie eingeladen wurde und sich entschloss, nicht zu kommen.«

»Sie hat sich entschlossen, nicht zu kommen? Was hat das zu bedeuten?«

Doch Navigorn wiederholte nur, was er bereits gesagt hatte, nämlich dass die Lady Varaile es ihm selbst erklären werde.

Zu Prestimions Leidwesen ließ sich dies aber nicht sogleich einrichten. Es gab Rituale, die gewahrt sein wollten, wenn ein Coronal nach langer Abwesenheit auf die Burg zurückkehrte, und es war angebracht, dass er zunächst sein Amtszimmer aufsuchte, um sich den dringendsten der liegen gebliebenen Staatsangelegenheiten zu widmen. Anschließend musste er auch noch dem Rat seinen Bericht vorlegen. Erst dann war er frei und konnte seinen privaten Neigungen nachgehen.

Er wickelte das Ritual der Rückkehr derart geistesabwesend und gleichgültig ab, dass selbst Serithorn ein wenig schockiert schien. Die regierungsamtlichen Akten, ein Stapel von Berichten aus allen Regionen der Welt, waren dagegen eine Angelegenheit, die man nicht so einfach aussitzen konnte wie das Ritual. Prestimion erleichterte sich die Arbeit allerdings, indem er sich zunächst nur auf die Eingaben konzentrierte, die vom Pontifikat vorbereitet worden waren und bei denen es sich um Zusammenfassungen der Zusammenfassungen handelte. Diese Papiere waren, bevor sie den Weg zur Burg gefunden hatten, ohnehin schon mehrfach auf ihre Wichtigkeit hin überprüft worden. Was er sah, war entsetzlich genug. Meldungen über zunehmende Geistesstörungen in zahlreichen Provinzen, Trupps von falschen Heiligen, die durchs Land zogen, Trupps von falschen Büßern, die ihnen folgten. Es gab Tumulte und alle möglichen Störungen des Landfriedens, auch Brände und Verbrechen und ein albtraumhaft wucherndes Chaos. Es war genau das, was er dem Präfekten Kameni Poteva in einem unbedachten Augenblick verraten hatte. Es schien, als wollte nach und nach die ganze Welt verrückt werden.

Nur von Dantirya Sambail war nichts Neues zu hören. Akbalik war aus Ni-moya zurückgekehrt und wartete im Westen, im Hafen von Alaisor, auf neue Anweisungen. Dekkeret war offenbar noch in Suvrael. Abrigant hatte sich von seiner Expedition nach Skakkenoir bisher noch nicht gemeldet. Von der Insel des Schlafes hatte Prinzessin Therissa eine Nachricht geschickt, um ihm vorzuschlagen, er solle ihr einen Besuch abstatten, sobald es seine anderen Verpflichtungen zuließen. Das war sicher keine schlechte Idee, überlegte Prestimion. Er hatte sie seit vielen Monaten nicht mehr gesehen, doch er musste diese Reise noch ein wenig aufschieben.

Die Ratssitzung, die etwa eine Stunde dauern sollte, stand als Nächstes auf dem Programm. Navigorns Bericht enthielt zum großen Teil das, was Prestimion schon in den Papieren auf seinem Schreibtisch vorgefunden hatte. Als Navigorn geendet hatte, äußerten sich die anderen Ratsmitglieder besorgt über die zunehmenden Ausbrüche von Geistesstörungen auf der ganzen Welt. Gialaurys brachte den Antrag ein, die hohen Magier von Triggoin sollten zu einer Beratung auf die Burg gerufen werden und an der Lösung des Problems arbeiten. Die Vorlage wurde mit großer Mehrheit angenommen, auch wenn Prestimion erwartungsgemäß protestierte. »Ich hatte gehofft, den Einfluss des Aberglaubens in der Welt zurückzudrängen, und will keineswegs die Regierungsgewalt in die Hände von Zauberern legen«, erklärte er. Doch auch er konnte nicht anders, als die Vorzüge einer in ordentlichen Bahnen wirkenden Zauberkunst anzuerkennen, und wusste nur zu gut, wie wirkungsvoll die Anrufungen von Männern wie Gominik Halvor und seinem Sohn Heszmon Gorse waren. Nachdem er seine Bedenken zur Sprache gebracht hatte, stellte er die Einwände zurück und stimmte Gialaurys' Vorschlag zu. Anschließend entschuldigte er sich mit der Müdigkeit nach seiner Reise und erklärte die Sitzung für vertagt, um sich in seine privaten Gemächer zurückzuziehen.

»Frage die Lady Varaile«, bat er den Majordomus Nilgir Sumanand, »ob sie heute Abend mit dem Coronal speisen will.«

Sie war so schön, wie er sie in Erinnerung hatte. Noch schöner sogar. Doch sie hatte sich verändert. Der Ausdruck ihrer Augen war anders, und es schien, als würde sie ständig die Zähne zusammenbeißen. Die Lippen waren schmal und zusammengepresst, wie Prestimion es noch nicht bei ihr gesehen hatte.

Andererseits war sie, als er sie in seiner lächerlichen Maskerade damals in Stee zum ersten Mal gesehen hatte, kaum mehr als ein Mädchen gewesen. Jetzt war sie über zwanzig Jahre alt, und vielleicht war ihre Verspannung nichts weiter als ein letzter Rest der Jugendzeit, der verschwinden würde, wenn sie endgültig als erwachsen gelten musste …

Aber nein, da war noch etwas anderes … irgendetwas schien in ihr zu arbeiten …

Vielleicht ist sie auch nur nervös, dachte Prestimion. Immerhin war sie eine gewöhnliche Bürgerin und er der Coronal. Sie war eine Frau, er war ein Mann. Sie waren zu zweit allein in den Privatgemächern des Coronals, sie kannten einander kaum, und doch hatten sie bei ihrer letzten Begegnung vor vielen Monaten eine Ebene der Vertrautheit gefunden, die keiner von ihnen offen zur Sprache bringen wollte, die aber ganz eindeutig alle Zwischentöne einer wachsenden ernsthaften Beziehung enthielt. Davon abgesehen hatten Varaile und er in den vergangenen Monaten reichlich Zeit gehabt, hinsichtlich der wenigen Worte, die sie beim Empfang nach der königlichen Audienz und der Dekorierung ihres Vaters gewechselt hatten, eine ganz andere Haltung einzunehmen.

Um es ihr ein wenig leichter zu machen, eröffnete er das Gespräch mit einer halb scherzenden Bemerkung. »Als wir uns das letzte Mal trafen, sagte ich Euch ja schon, dass wir zusammen speisen würden, sobald ich von meiner Reise zum Labyrinth zurückkehre. Ich hatte dabei allerdings zu erklären versäumt, dass ich zunächst noch weiter in den Süden bis nach Sippulgar reisen musste, ehe ich zur Burg zurückkehren konnte.«

»Ich habe mir meine Gedanken gemacht, als die Wochen vergingen, mein Lord. Doch dann hat mir Lord Navigorn erklärt, dass Ihr eine weitere Reise unternehmen musstet und die nächsten Monate nicht zurückkehren würdet. Er sagte mir, es sei eine Mission von äußerster Wichtigkeit, die Euch bis in die entlegensten Regionen des Kontinents führen würde.«

»Hat Navigorn Euch auch gesagt, wohin ich ging und welchem Zweck die Reise diente?«

Sie sah ihn erschrocken an. »Oh, aber nein. Ich habe auch nicht gefragt. Es steht mir nicht zu, mich in Angelegenheiten des Reichs einzumischen. Ich bin nur eine einfache Bürgerin, mein Lord.«

»Ja, das seid Ihr. Aber Ihr seid jetzt auch eine Hofdame. Die Hofdamen erfahren viele Dinge, von denen die einfachen Bürger nicht einmal zu träumen wagen.«

Es sollte ein Scherz sein, wenngleich zugegebenermaßen ein schwacher, doch sie nahm es nicht als Scherz. Irgendetwas stimmt hier nicht, dachte er bei sich. Bei einer solchen Begegnung war eine gewisse Spannung unvermeidlich; auch er selbst war keineswegs frei davon. Doch was ihn bei früheren Begegnungen an ihr beeindruckt hatte, war ihre bemerkenswerte Haltung gewesen, ihre außerordentliche Selbstbeherrschung, die weitaus mehr Reife bezeugte, als sie eigentlich an Jahren zählte. Diese junge Frau hatte den Eindruck erweckt, es gäbe keine Situation, so heikel sie auch sei, die sie nicht zu meistern wusste. Jetzt aber wirkte sie steif und unsicher, verhalten in ihren Bewegungen und anscheinend jedes Wort, das sie aussprach, sorgsam abwägend.

»Dennoch«, sagte sie, »hatte ich das Gefühl, es schicke sich nicht, nach dem Anlass Eurer Reise zu fragen. Wäre es denn angemessen, Euch jetzt zu fragen, ob die Reise wenigstens erfolgreich verlaufen ist, mein Lord?«

»Einerseits ja, andererseits nein. Das Treffen mit dem Pontifex ist sehr gut verlaufen. Danach habe ich eigenartige und interessante Orte besucht und bin den Menschen begegnet, die dort regieren. Auch dieser Teil der Reise ist gut verlaufen. Doch ich habe die ganze Zeit noch ein anderes Ziel verfolgt. Ich wollte einen gewissen aufsässigen Lord finden, der mit seinen Taten die Stabilität des Reichs gefährdet. Wisst Ihr, wen ich meine, Varaile? Nein? Nun, Ihr werdet es zu gegebener Zeit erfahren. Jedenfalls konnte ich ihn nicht finden. Er scheint durch die Maschen meines Netzes geschlüpft zu sein.«

»Oh, mein Lord, das tut mir wirklich Leid.«

»Mir auch.«

Erst jetzt bemerkte Prestimion, wie schlicht und nüchtern sie gekleidet war. Sie trug ein elegantes Kleid, das einem Besuch beim Coronal durchaus angemessen war, doch es war von einem langweiligen Beige, das zu ihrem lebhaften Gesicht nicht recht passen wollte, und der einzige Schmuck war ein schmaler silberner Armreif. Er rief Nilgir Sumanand herein.

Der Majordomus hatte im Nachbarzimmer bereits alles vorbereitet, ein Mahl von wahrhaft königlicher Köstlichkeit. Doch Varaile pickte nur lustlos im Essen herum und trank pflichtschuldigst, aber ohne Genuss ein paar Schlucke Wein.

Schließlich, als das Gespräch zum dritten oder vierten Mal eingeschlafen war, brachte Prestimion ihr eigenartiges Verhalten zur Sprache. »Wo liegt das Problem, Varaile? Was habt Ihr denn? Ihr scheint sechs Millionen Meilen entfernt.«

»Wirklich, mein Lord? Es war gewiss sehr freundlich von Euch, mich zum Essen einzuladen, und ich wollte nicht unhöflich wirken und …«

»Nennt mich Prestimion.«

»Oh, mein Lord, wie könnte ich nur?«

»Ganz einfach, es ist mein Name. Ein langer Name vielleicht, aber so schwer ist er nicht auszusprechen. Pres-ti-mi-on. Versucht es.«

Sie sah aus, als wäre sie den Tränen nahe. Er war ein wenig gereizt und vermochte selbst nicht zu sagen, ob es ihre Laune und Distanziertheit oder der Ärger über seine eigene Ungeschicklichkeit beim Tischgespräch war. So kam er etwas unwirsch auf seine vorherige Frage zurück. »Gerade eben habe ich Euch gefragt, wo das Problem liegt. Ihr seid mir ausgewichen. Habt Ihr Angst vor mir? Oder glaubt Ihr, es sei nicht richtig, hier mit mir allein zu sein? Beim Göttlichen, Varaile, habt Ihr Euch während meiner Abwesenheit in jemand anders verliebt?« Doch er konnte ihr ansehen, dass auch dies nicht die richtige Erklärung war. »Nun sagt schon. Ihr habt Euch irgendwie verändert, während ich fort war. Was ist geschehen?«

Sie zögerte.

»Mein Vater«, sagte sie schließlich so leise, dass er die Worte kaum verstehen konnte.

»Euer Vater? Was ist mit Eurem Vater?«

Varaile wandte den Blick ab, und ein Dutzend wilde Mutmaßungen schossen Prestimion durch den Kopf. War Simbilon Khayf lebensbedrohlich erkrankt? Oder gar gestorben? Hatte er durch eine katastrophale Fehlspekulation bei seinen miesen Geschäften sein gesamtes Vermögen verloren? Hatte er Varaile streng ins Gewissen geredet, alle romantischen Anwandlungen, die der junge Lord Coronal bekommen mochte, mit schroffer Ablehnung zu quittieren?

»Er hat den Verstand verloren, mein Lord. Diese Seuche ... dieser Wahnsinn, der auf der ganzen Welt grassiert ...«

»Nein! Nicht auch er!«

»Es ist sehr schnell gekommen. Er war in Stee, als es geschah ist, und ich war hier auf der Burg. An einem Tag war noch alles in Ordnung, man sagte mir, er habe an verschiedenen Dingen gearbeitet und sich mit seinen Agenten und Zwischenhändlern getroffen und die Übernahme einer Fabrik vorbereitet, also ganz alltägliche Dinge erledigt. Am nächsten Tag veränderte sich alles. Ihr wisst doch, welche Haarpracht er sein Eigen nannte und wie stolz er darauf war? Nun, sein Geschäftsführer, ein gewisser Prokel Ikabarin, kommt morgens immer als Erster ins Büro. An jenem Tag aber fand Prokel Ikabarin, als er eintraf, meinen Vater vor dem Schreibtisch kniend vor, wo er sich die Haare abschnitt. ›Helft mir, Prokel Ikabarin‹, hat er gesagt, und dann hat er ihm die Schere gegeben, damit Prokel Ikabarin die Stellen bearbeite, an die er selbst nicht herankam. Inzwischen hatte er sich schon den größten Teil der Haare abgeschnitten.«

Prestimion reagierte auf diese Eröffnung mit einer gewissen Belustigung. Er drehte sich zur Seite, um sein Grinsen vor Varaile zu verbergen. Simbilon Khayfs lächerliche silberne Haarkonstruktion bis auf die Stoppeln abgemäht? In der Tat, den Mann hätte wohl kaum eine trefflichere Art von Irrsinn treffen können.

Aber das war nicht alles, es sollte noch schlimmer kommen.

»Als er mit seinen Haaren fertig war«, fuhr Varaile fort, »erklärte er, sein Leben sei eine einzige sündhafte Verfehlung gewesen. Er bereue seine Gier und müsse auf der Stelle seinen Reichtum den Armen schenken und ab sofort ein Leben in Meditation und Gebet führen. Er ließ Prokel Ikabarin ein halbes Dutzend seiner engsten Berater zu sich rufen und begann sein Eigentum auf alle mildtätigen Organisationen zu überschreiben, die ihm gerade in den Sinn kamen. Mindestens die Hälfte seines Vermögens hat er binnen zehn Minuten weggegeben. Dann zog er das Gewand eines Bettlers an und ging auf die Straßen von Stee hinaus, wo er um Almosen bitten wollte.«

»Ich kann es kaum glauben, Varaile!«

»Mir erging es nicht anders, mein Lord. Ich wusste doch, welch ein Mann mein Vater gewesen war. Ich hatte keinerlei Illusionen über ihn, aber es stand mir nicht zu, über sein Wesen zu richten, und ich war auch nicht imstande, einfach auf all den Reichtum zu verzichten, ganz gleich, was ich über seine Geschäftspraktiken sonst dachte. Aber als sie mir hier auf der Burg die Nachricht überbrachten – ich hatte mich die ganze Zeit während Eurer Abwesenheit hier aufgehalten, mein Lord –, als man mich also aufsuchte und mir erklärte, dass mein Vater in einem zerfetzten, schmutzigen Gewand durch die Straßen von Stee streife und um ein paar Kupfergewichte für die nächste Mahlzeit bettele … nun, im ersten Augenblick dachte ich, da habe sich jemand einen üblen Scherz mit mir erlaubt. Aber dann … als noch weitere Berichte kamen, ging ich selbst nach Stee, um mich zu vergewissern.«

»Hat er wirklich alles verschenkt? Auch das Haus?«

»An das Haus hat er sich nicht erinnert. Offenbar auch nicht daran, was aus all unseren Dienern werden sollte, wenn er sie von einem Tag auf den anderen auf die Straße setzte. Hätte er etwa von ihnen erwartet, dass sie ebenfalls Bettler würden? Nein, es ist ihm nicht gelungen, alles wegzugeben, dazu war er schon zu verwirrt. Tausende Royals hat er verschenkt, vielleicht sogar Millionen, aber es ist noch viel da. Er beherrscht immer noch Dutzende von Firmen und Banken auf der ganzen Welt und besitzt große Ländereien in sieben oder acht Provinzen. Doch er ist inzwischen völlig unzurechnungsfähig, und ich musste einen Treuhänder einsetzen, der die Aufsicht über seinen Besitz führt, denn das ist etwas, das ich selbst nicht tun könnte. Auf jeden Fall hat er ganz und gar den Verstand verloren. Oh, Prestimion, Prestimion, ich war mir ja der Unzulänglichkeiten meines Vaters bewusst, ich kannte seine Geldgier und seinen kaltschnäuzigen Umgang mit jedem, der sich zwischen ihn und seine Ziele stellte, aber trotzdem … er … er ist immer noch mein Vater, Prestimion. Ich liebe ihn, und was ihm zugestoßen ist, ist so unfassbar schrecklich.«

Es war Prestimion nicht entgangen, dass sie ihn auf einmal beim Vornamen nannte.

»Wo ist er jetzt?«

»Er ist auf der Burg. Ich habe Lord Navigorn gebeten, ihn herzubringen, denn wenn er in Stee geblieben wäre, dann hätte ihm irgendjemand auf der Straße noch etwas angetan. Er lebt in einem entlegenen Flügel und steht unter Beobachtung. Ich besuche ihn jeden Tag, doch er erkennt mich kaum noch. Ich glaube, er weiß nicht einmal mehr, wer er ist oder wer er einmal war.«

»Nehmt mich mit, wenn Ihr ihn morgen besucht.«

»Glaubt Ihr wirklich, dass Ihr Euch ansehen solltet …«

»Ja«, sagte er. »Ich muss ihn sehen. Er ist Euer Vater. Und Ihr seid …«

Es war nicht nötig, den Satz zu vollenden. Die Barrieren, die sie zuvor zwischen ihnen aufgebaut hatte, waren verschwunden. Sie starrte ihn jetzt mit einem völlig veränderten Augenausdruck an.

Dies ist der rechte Augenblick, dachte Prestimion, unser Verhältnis endgültig zu klären.

»Als ich Euch heute Abend hierher bat«, sagte er. »hatte ich die Absicht, eine Ansprache darüber zu halten, wie wichtig es sei, dass wir mehr Zeit miteinander verbringen und einander besser kennen lernen und so weiter. Diese Ansprache werde ich nicht halten. Ich hatte in all den Monaten, als ich in Ketheron und Arvyanda und Sippulgar unterwegs war, genügend Zeit, Euch kennen zu lernen.«

Natürlich wusste sie längst, was jetzt kommen würde. »Prestimion ...«

Seine Worte überschlugen sich fast. »Ich habe lange genug allein gelebt. Ein Coronal braucht eine Gemahlin. Ich liebe dich, Varaile. Heirate mich. Sei meine Königin. Ich muss dich aber warnen, es ist nicht leicht, die Frau eines Coronals zu sein. Doch du bist diejenige, für die ich mich entscheide. Heirate mich, Varaile.«

»Mein Lord ...«, sagte sie und schaffte es tatsächlich, ein wenig Erstaunen in die Stimme zu legen.

»Gerade eben hast du mich noch Prestimion genannt.«

»Prestimion ... ja. O ja doch, ja!«

III

Das Buch der Heilung

1

Mehr als dreißig Jahre waren seit der letzten Königshochzeit auf der Burg vergangen. Es war die Vermählung von Lord Confalume und Lady Roxivail gewesen, und niemand, der heute zu den Mitarbeitern des Coronals zählte, war alt genug, um sich an die richtigen Regeln und Rituale für ein solches Ereignis zu erinnern. So leiteten die beteiligten Beamten eine ausgiebige Nachforschung in den Archiven ein, bis Prestimion davon erfuhr und dem Unternehmen ein jähes Ende setzte. »Wir sind hier durchaus fähig, eine Hochzeit zu feiern, ohne uns an die Alten zu wenden und uns vorschreiben zu lassen, wie wir es anfangen müssen, oder etwa nicht?«, sagte er zu Navigorn. »Außerdem sollten wir uns fragen, ob die Vermählung von Confalume und Roxivail ein so überragender Erfolg war, dass wir sie als Vorbild für das nehmen wollen, was wir heute planen.«

»Lady Varaile«, erwiderte Navigorn ebenso diplomatisch wie aufrichtig, »ist aus einem ganz anderen Holz geschnitzt als Lady Roxivail, mein Lord.«

In der Tat, dachte Prestimion. In der Tat.

Prestimion hatte Lord Confalumes eitle und durch ihren Eigensinn entfremdete Gattin nur ein einziges Mal gesehen. Es war bei den Krönungsspielen zu Ehren ihres Sohnes Korsibar gewesen, als dessen kurze, illegitime und verhängnisvolle Regentschaft als Coronal gerade begonnen hatte. Roxivail, eine dunkle, kleine und atemberaubend attraktive Frau, hatte bis in ihre mittleren Jahre mit Hilfe von Magie ihre Schönheit erhalten können. Prestimion war verblüfft Zeuge ihrer Anmut geworden. Sie und ihre Tochter Thismet sahen einander sehr ähnlich, und Roxivail schien eher Thismets ältere Schwester denn ihre Mutter zu sein.

Ihr überraschendes Erscheinen bei den Krönungsspielen, ihr erster Besuch auf der Burg seit etwa zwanzig Jahren, hatte all den alten Klatsch wieder zum Leben erweckt. Confalume, dem großen und mächtigen Herrscher, war es offenbar nicht gelungen, seine eigene Gemahlin zu beherrschen. Ihre Ehe war durchweg stürmisch verlaufen und hatte einen turbulenten Höhepunkt gefunden, als Roxivail unter großem Getöse die Burg verlassen hatte, um sich für den Rest ihres Lebens in einen luxuriösen Palast auf einer Insel im Golf von Stoien zurückzuziehen. Seitdem hatte sie ständig dort gelebt, abgesehen von jener Ausnahme, als sie zum Burgberg gereist war, um der Krönung ihres Sohnes beizuwohnen. In ihrer langen Abwesenheit hatte Confalume ohne Gefährtin regiert und ihre Zwillinge allein aufgezogen – Kinder, an deren Existenz sich niemand mehr, nicht einmal die leiblichen Eltern, erinnern konnte. Wer heute an die Ehe des Coronals dachte, hielt sie für kinderlos und unglücklich. Prestimion hegte, was sein eigenes Eheglück anging, erheblich größere Hoffnungen.

Letzten Endes war es Prestimion selbst, der mit etwas Hilfe von Navigorn und einem Übermaß an guten Ratschlägen von Septach Melayn, was Geschmack und Stil der Dekorationen anging, ein Programm für die Hochzeitsfeier aufstellte. Die allgegenwärtigen hochrangigen Prinzen des Burgbergs würden natürlich eingeladen werden, entschied Prestimion, aber niemand aus den Provinzen. Dies würde nämlich bedeuten, neben den anderen bedeutenden Provinzherrschern auch Dantirya Sambail einzuladen, und es wäre schwierig, den anderen Gästen die Abwesenheit des Prokurators von Ni-moya zu erklären.

Selbstverständlich würde man Lady Therissa und Pontifex Confalume einladen. Prestimion vermutete jedoch, dass ihre derzeitigen Verpflichtungen und die großen Entfernungen verhinderten, dass sie binnen eines Jahres ein zweites Mal eine so weite Reise unternahmen, und tatsächlich schickten sie entschuldigende Schreiben und drückten ihr Bedauern aus. Die jeweiligen offiziellen Vertreter auf der Burg, Hierarchin Marcatain für die Lady und Vologaz Sar für den Pontifex, sollten deren Plätze einnehmen. Lady Therissa brachte jedoch noch einmal ihre Hoffnung zum Ausdruck, Prestimion werde sie auf der Insel besuchen, sobald es seine Pflichten als Pontifex erlaubten, und er solle doch auch seine Braut mitbringen.

Einige Freundinnen Varailes aus Stee sollten ihr als Brautjungfern dienen. Prestimion würde bei der Zeremonie von Septach Melayn, Gialaurys und Teotas begleitet werden. Auch sein zweiter Bruder Abrigant hätte zugegen sein sollen, doch es war zweifelhaft, ob er rechtzeitig von seiner Suche nach Skakkenoir zurückkehren werde, und Prestimion war nicht bereit, aus diesem Grund die Hochzeit zu verschieben.

Schließlich war noch die Tatsache zu berücksichtigen, dass Varaile aus einer gewöhnlichen Bürgersfamilie stammte. Niemand auf der Burg konnte sich daran erinnern, dass ein Coronal irgendwann schon einmal eine Bürgerliche zur Frau genommen hätte. Prestimion rief Navigorn zu sich und sagte: »Wir richten heute ein neues Herzogtum ein, ich habe soeben die Papiere aufgesetzt. Sorge bitte dafür, dass das übliche Verfahren eingehalten wird.«

Navigorn warf einen Blick auf das Dokument, das Prestimion ihm reichte, und sein Gesicht lief vor Überraschung und Entsetzen puterrot an. »Aber mein Lord! Die Herzogswürde für den widerwärtigen, geldgierigen und rundherum abscheulichen …«

»Vorsicht, Navigorn. Du sprichst über den Schwiegervater des Coronals.«

Zutiefst erschrocken über seine vorlaute Bemerkung,

gab Navigorn einen halb erstickten Laut von sich und murmelte eine Entschuldigung.

Prestimion lachte. »Nichts von dem, was du gesagt hast, ist unwahr, aber wir werden Simbilon Khayf trotzdem in den Adelsstand erheben, weil damit auch seine Tochter eine Adlige wird. Auf diese Weise können wir ein kleines protokollarisches Problem elegant umschiffen. Es scheint mir die einfachste Art und Weise zu sein, damit umzugehen, Navigorn. Außerdem wird er es nicht einmal erfahren. Du weißt ja, dass er inzwischen völlig den Verstand verloren hat. Ich könnte ihn zum Coronal oder zum Pontifex machen oder ihm ein riesiges Herzogtum geben, er würde es sowieso nicht mehr begreifen.«

Doch gleich darauf ergab sich ein neues Problem, das abermals den Brautvater betraf. Simbilon Khayf war nicht imstande, in der Öffentlichkeit aufzutreten. Er war inzwischen ein sabberndes Häufchen Elend, für Sauberkeit und Benimmregeln nicht mehr zu gewinnen und ständig murmelnd, dass er seine Sünden wieder gutmachen müsse. Schon zu seiner besten Zeit wäre er bei der Zeremonie für Prestimion ein Quell der Peinlichkeit gewesen, doch in seinem jetzigen Zustand kam es nicht in Frage, ihn daran teilnehmen zu lassen. »Wir werden bekannt geben, dass er zu krank ist, um der Feier beizuwohnen«, erklärte Varaile, und so geschah es dann auch.

Manche Dinge ließen sich in dieser Weise rasch und elegant erledigen, doch es verging kein Tag, an dem nicht das eine oder andere weitere protokollarische Problem auftauchte.

So musste man beispielsweise festlegen, wie viele Magier, von Maundigand-Klimd abgesehen, bei der Zeremonie zugegen sein durften, welchen magischen Schulen sie angehören sollten und welche Rolle, wenn überhaupt, ihnen zugedacht werden müsse. Wäre es allein nach Prestimion gegangen, dann hätte er überhaupt keinen Magier zugelassen. Gialaurys konnte ihn allerdings überzeugen, dass dies denn doch ein etwas zu radikaler Schritt gewesen wäre. Am Ende nahm eine ganze Schwadron von Magiern an der Zeremonie teil, doch Prestimion hatte sich dahingehend durchgesetzt, dass sie sich dem Podium deutlich fern hielten und ihre Beschwörungen nur im Rahmen einer allgemeinen einleitenden Anrufung der göttlichen Gnade einbringen durften.

Eine angemessene Funktion musste hingegen für Serithorn gefunden werden, denn er war immerhin der bedeutendste Adlige des ganzen Reichs. Außerdem galt es, eine weitere übermäßige Flut von Geschenken aus den Provinzen zu einem Zeitpunkt zu unterbinden, da noch nicht einmal die Geschenke zur Krönung ganz und gar ausgepackt waren. Auch stellte sich die Frage, ob man anlässlich der Hochzeit des Coronals ähnliche Spiele ansetzen sollte wie zu dessen Krönung. Prestimion hätte nicht damit gerechnet, dass es so viele Kleinigkeiten gab, über die man zu einer Entscheidung kommen musste. In gewisser Weise freute er sich allerdings über diese Ablenkung, denn so brauchte er sich vorerst nicht mehr um die Epidemie des Wahnsinns zu sorgen, musste sich nicht um den unauffindbaren Dantirya Sambail kümmern und sich vor allem nicht mit den tausend Routineeingaben beschäftigen, die der Coronal in einer gewöhnlichen Arbeitswoche auf den Schreibtisch gelegt bekam. Jeder hatte Verständnis dafür, dass die königliche Hochzeit vorübergehend Vorrang vor allem anderen hatte.

Endlich stand er dann auf dem hohen Podium in Lord Apsimars Kapelle, die irgendjemand als den traditionellen Schauplatz für solche Anlässe identifiziert hatte. Hierarchin Marcatain als Vertreterin der Lady der Insel stand zu seiner Rechten, der Gesandte des

Pontifex Confalume auf der Linken, Varaile vor ihm und ein Schwarm von Größen des Reichs in Festtagskleidung schaute zu. Septach Melayn strahlte selbstzufrieden, weil er sich in seiner Rolle als erfolgreicher Kuppler bestätigt sah. Die traditionellen Worte wurden gesprochen, die Ringe ausgetauscht, und das uralte Hochzeitslied, das noch aus der Zeit von Lord Stangard stammte, erklang in Prestimions Ohren.

Es war vollbracht, Varaile war seine Frau.

Oder sie würde es in einem wahrhaftigeren Sinne des Wortes werden, wenn in einigen Stunden das Feiern und Speisen vorbei war und sie endlich allein sein konnten.

Direkt neben Prestimions Gemächern gab es eine großzügige Suite, die Lady Roxivail bewohnt hatte, als sie noch an Confalumes Seite gelebt hatte. Lord Confalumes Wunsch entsprechend, hatte sie nach Roxivails Rückzug aus der Burg leer gestanden. In der Annahme, diese Räume würden jetzt von Varaile beansprucht und vom königlichen Paar in der Hochzeitsnacht benutzt werden, hatten sich die Kammerdiener die größte Mühe gegeben, die Räume nach zwei Jahrzehnten der Verwahrlosung herzurichten und auszustatten.

Doch Prestimion hielt Roxivails Suite für einen denkbar ungeeigneten Ort, um mit seiner Angetrauten die erste Nacht zu verbringen. Er entschied sich für die Gemächer im Munerak-Turm, einem Gebäude aus weißen Ziegeln im Ostflügel der Burg, wo er damals als einer unter vielen Prinzen auf der Burg gelebt hatte. Diese Kammern besaßen keineswegs die Pracht und Schönheit jener Gemächer, die gewöhnlich dem Coronal vorbehalten waren, doch Prestimion hatte in dieser Nacht keinen Bedarf an Pracht und kostbarer Einrichtung, und er vermutete, dass es Varaile nicht anders ging. Es war auf ihre Art eine durchaus angenehme

Wohnung mit großzügigen Räumen, die durch vielfach unterteilte Bogenfenster einen wundervollen Ausblick auf den Morpin-Schlucht genannten Abgrund erlaubten. Eine übergroße Badewanne, die aus schwarzem Khyntor-Marmor geschnitten war, hatten die Handwerker derart geschickt eingebaut, dass die Fugen zwischen den Steinblöcken nicht mehr zu erkennen waren. In diese Suite führte Prestimion also seine Braut, und dort wartete er im kleinen Zimmer, das ihm als Studierzimmer und Bibliothek gedient hatte, während sie mit einem ausgedehnten Bad die Müdigkeit der langwierigen Hochzeitsrituale vertrieb.

Zehn Jahre schienen ihm vergangen, bis sie ihn endlich zu sich rief.

Sie erwartete ihn in dem Zimmer, in dem das Ehebett aufgestellt worden war, ein prächtiges Möbelstück von wahrhaft königlichen Ausmaßen, geschnitzt aus dunkelstem Rialmar-Ebenholz und überdacht mit feinster Spitze aus Makroposopos. Als er zu ihr ging, musste er auf einmal voller Entsetzen daran denken, dass sich womöglich Thismets Gespenst in diesem kostbaren Augenblick zwischen ihn und seine Braut drängen könnte, doch dann öffnete er die Schlafzimmertür und sah Varaile im weichen, goldenen Schein dreier roter Wachskerzen, die größer waren als sie, am Bett stehen. Von diesem Augenblick an war Thismet nur noch ein Name, eine teure, aber ferne Erinnerung, ein unbedeutendes Gespenst aus seiner Vergangenheit.

Nach dem Bad hatte Varaile ein durchscheinendes Gewand aus feiner weißer Seide angelegt, das an der linken Schulter von einer goldenen Spange gehalten wurde. Fast schüchtern hatte sie sich vor seiner Ankunft im Schlafgemach noch einmal verhüllt, doch Prestimion bemerkte durchaus die vollen, edlen Konturen ihres Körpers, die sich unter dem spinnwebfeinen Stoff abzeichneten, und erkannte, dass es nicht Schüchternheit allein war, die ihre Wahl auf dieses Gewand hatte fallen lassen.

Entzückt atmete er tief durch und ging ihr einen Schritt entgegen.

Ein kurzes Zögern folgte, einen Anflug von Furcht oder Verzagtheit in ihren Augen. Doch der Ausdruck verschwand so schnell, wie er gekommen war. »Die Gemahlin des Coronals«, sagte Varaile, als glaubte sie es noch nicht richtig. »Kann das wahr sein?« Sie gab sich selbst die Antwort, bevor er etwas sagen konnte. »Ja. Ja, es ist wahr. Komm zu mir, Prestimion.«

Sie berührte die Spange auf der Schulter.

Sachte wie Spinnweben sank das Gewand zu Boden.

2

Eine dreitägige Hochzeitsreise in die Vergnügungsstadt Ober-Morpin, die von der Burg aus mit dem Schweber binnen einer Stunde zu erreichen war, mehr konnte Prestimion sich nicht erlauben. Er war, seit er den Thron bestiegen hatte, schon viel zu häufig fort gewesen.

In seiner Jugend hatte Prestimion oft diesen glücklichen, gleißenden Ort besucht und Schwindel erregende Fahrten auf dem Moloch gemacht, hatte sich durch die Energietunnel katapultieren lassen, oder er war mit den erstaunlichen, nicht ungefährlichen Spiegelschlitten gefahren. Solche Vergnügungen waren ihm jetzt nicht mehr möglich. Ein Coronal durfte sich keinesfalls auch nur dem geringsten körperlichen Risiko aussetzen, was selbst die vergleichsweise geringen Gefahren einschloss, die von diesen Vergnügungseinrichtungen ausgingen. Außerdem würde es im Volk sicherlich nicht gut ankommen, wenn der Coronal herumtollte wie ein kleiner Junge. Es war eine nicht zu leugnende Tatsache, dass er ein Gefangener seines Amtes geworden war.

Doch in Ober-Morpin gab es als Ersatz auch Zerstreuung für den, dessen hoher Rang eine freizügige Bewegung zwischen gewöhnlichen Sterblichen nicht erlaubte. Prestimion und Varaile stiegen im Burgberg-Hotel ab, einem eckigen weißen Steinklotz, der ausschließlich adligen Gästen vorbehalten war. Dort bezogen sie die abgesonderten Gemächer auf dem Dach, die auch als Coronal-Suite bezeichnet wurden. Es war eigentlich keine Suite, sondern eher schon ein Miniaturpalast, den man auf der Spitze des turmhohen Hotels auf ganz ähnliche Weise untergebracht hatte, wie sich die Burg an den Gipfel des Burgbergs schmiegte.

Die höchste Etage ihrer Suite war eine durchsichtige Kuppel aus reinstem Quarz, die ihr Schlafgemach überspannte. Von hier aus hatten sie einen wundervollen Ausblick auf die ganze funkelnde Stadt bis hin zu dem gewaltigen Brunnen, den Lord Confalume am Stadtrand hatte bauen lassen. Dort wurden unablässig gewaltige, ständig die Farbe wechselnde Wasserstrahlen in eine erstaunliche Höhe gen Himmel geschleudert. Eine Etage tiefer befand sich das Ankleidezimmer, ein seitlicher Auswuchs des Gebäudes aus weiß glänzendem Metall, der wie das Horn eines Tiers hinausragte und einen Ausblick auf den hübschen Vorort Nieder-Morpin bot, hinter dem der Schwindel erregende, finstere Abgrund der Morpin-Schlucht lag. Tausend Fuß fiel dort der Burgberg lotrecht ab. Wieder eine Etage tiefer gab es ein Zimmer, das aus einem einzigen riesigen Stück grüner Jade geschnitten war. Hier erfüllte leise Musik aus unsichtbarer Quelle den Raum. Die harmonische Kammer, so wurde das Jadezimmer genannt. Ein langer Durchgang mit bogenförmiger weißer Decke führte von hier aus in steilem Winkel zum privaten Speisezimmer hinunter, einem kleinen, geschmackvoll eingerichteten Raum, in dem der Coronal und seine Gemahlin die Mahlzeiten einnehmen konnten. Eine ganze Serie untereinander angeordneter Balkone erlaubte den Zugang zur frischen, reinen Bergluft und bot zugleich einen dritten Aussichtspunkt, dieses Mal zum vielfältig zerklüfteten Burgberg, der als dunkle Masse hoch vor dem Betrachter aufragte.

Ein zweiter Durchgang führte in eine andere Richtung und endete in einem mit Säulen aus goldenem Marmor verzierten, verschwenderisch ausgestatteten privaten Freizeitbereich. Hier konnten die Bewohner der Suite in einem Becken schwimmen, das mit schimmernden Granatfliesen ausgelegt war, sie konnten in einem warmen Luftstrom schweben und rundherum ihre Haut umschmeicheln lassen, oder sie stellten über entsprechende Verbindungsstücke und Leitungen den Kontakt zum Rhythmus und zum seufzenden Puls des Kosmos her. Teppiche mit klug durchdachten Mustern dienten der Meditation, Behälter voller frei beweglicher, Licht absondernder Organismen unterstützten die Trance, und eine ganze Batterie von Geräten mit erstaunlichen Funktionen stand dem königlichen Paar zur Anregung und geistigen Stimulation zur Verfügung.

Ein gekrümmter Gang erlaubte von hier aus den Zugang zu zwei weiteren Gebäudeflügeln auf unterschiedlichen Ebenen. Auf einer gab es eine Galerie von Seelenbildern, die verschiedene Coronals in den letzten Jahrhunderten zusammengetragen hatten, auf der anderen eine Ausstellung von Antiquitäten, allerhand Krimskrams und einigen kleinen Skulpturen und Ziervasen. Zwischen diesen beiden Ausstellungsbereichen befand sich der große Speisesaal der Suite, ein gewaltiger achteckiger Block aus geschliffenem Achat, der weit in den Abgrund ragte. Hier konnten der Coronal und seine Gefährtin nach Belieben Gäste empfangen und bewirten.

Doch der Coronal und seine Gemahlin waren sich selbst genug und hatten kein Bedürfnis, irgendjemanden zu empfangen und zu bewirten. Später würden sie immer noch bedeutende Prinzen und Herzöge empfangen, mit Septach Melayn zechen und sich anhören können, was der alte Serithorn über den Hoftratsch früherer Zeiten zu erzählen wusste. Vorerst aber wollten sie nur füreinander da sein. Es gab immer noch viel, das sie am anderen kennen lernen mussten, und dies war die beste Gelegenheit, die sie je bekommen würden. Prestimion und Varaile verbrachten die drei Tage damit, von Raum zu Raum und von Etage zu Etage zu wandern, die seltsamen Artefakte zu betrachten, mit denen die Suite geschmückt war, die prächtigen Ausblicke auf die funkelnde Stadt zu genießen, im Schwimmbecken zu schweben und vor allem Gedanken, Erinnerungen, Ideen und Zärtlichkeiten auszutauschen. Die Mahlzeiten wurden von schweigsamen Dienern gebracht, wann immer es ihnen einfiel, darum zu bitten.

Am dritten Tag mussten sie zu ihrem größten Bedauern das königliche Quartier wieder verlassen. Ein Schweber erwartete sie draußen und brachte sie zur Burg zurück. Tausende Menschen jeden Ranges und jeden Standes, ob sie nach Ober-Morpin gekommen waren, um sich zu vergnügen, oder ob sie sich hier aufhielten, um den Gästen zu Diensten zu sein, riefen laut: »Prestimion! Varaile! Prestimion! Varaile! Lang leben Prestimion und Varaile!«

Nun hieß es zurück an die Arbeit. Prestimion musste sich um die Millionen Details der Regierungsgeschäfte kümmern, Varaile um die wichtige Aufgabe, das Kommando über den königlichen Haushalt zu übernehmen.

Es war eine geschäftige Zeit. Prestimion hatte in früheren Jahren in seiner Stellung als Confalumes rechte Hand schon reichlich Gelegenheit gehabt zu sehen, wie viel Arbeit das Amt des Coronals mit sich brachte, doch er hatte es nicht wirklich begreifen können. Für Confalume waren die endlosen alltäglichen Pflichten des Throns nichts weiter als lästige Unterbrechungen seines wichtigsten Anliegens gewesen, nämlich die Größe des Reichs und seines Monarchen mit möglichst prächtigen Bauprogrammen zum Ausdruck zu bringen: Springbrunnen, Plätze, Monumente, Paläste, Durchgangsstraßen, Parks und Häfen. Der kostbare Confalume-Thron und der Ehrfurcht gebietende Thronraum, in dem er stand, sollten in den nachfolgenden Jahrhunderten die Regierungszeit Lord Confalumes symbolisieren. Auch als er schon vierzig Jahre als Coronal gedient hatte und sich aus dem aktiven Leben weitgehend in eine private Welt voller Magie und Beschwörungen zurückgezogen hatte, hatte er nach außen das Bild von Eleganz und Vitalität aufrechterhalten. Nur die Menschen in seiner unmittelbaren Umgebung hatten andeutungsweise erkannt, wie müde er am Ende gewesen war und wie erleichtert, dass der greise Pontifex Prankipin endlich gestorben war und es ihm erlaubt hatte, ins geruhsamere Leben im Labyrinth überzuwechseln.

Prestimion dagegen mangelte es kaum an Vitalität, doch die seine war eine ganz andere als die Lebendigkeit Confalumes. Confalumes Energie schlug sich in einem beständigen, nach außen gerichteten Strahlen nieder, das dem der Sonne nicht unähnlich war. Prestimion, der innerlich weniger ausgeglichen und eher angespannt und ständig auf dem Sprung war, neigte dagegen zu impulsiven Ausbrüchen, auf welche ausgedehnte Phasen der Zurückhaltung folgten, in denen er neue Kräfte sammelte. Auf diese Weise war er auch mit Korsibars Anmaßung umgegangen: eine lange Periode des Wartens und der Berechnung und Planung, dann der abrupte Gegenschlag, der den Usurpator hinweggefegt hatte.

Als Coronal konnte man jedoch nicht auf diese Weise regieren. Der Thron des Coronals war im wahrsten Sinne des Wortes die höchste weltliche Macht, und die Bedürfnisse und Hoffnungen, die Ängste und Probleme der fünfzehn Milliarden Menschen Majipoors fanden Tag für Tag ihren Weg die Abhänge des Burgbergs zu ihm hinauf. Natürlich versuchte ein kluger Coronal, so viel Arbeit wie möglich an seine Mitarbeiter zu delegieren, doch in letzter Instanz lag die Verantwortung für jede Entscheidung bei ihm persönlich. Alles ging durch seine Hände, der Coronal war der Diener der ganzen Welt. Der Coronal war Majipoor, und ganz Majipoor war im Coronal.

Ob Korsibar dies erkannt hatte, als er dumm genug gewesen war, sich selbst zum Coronal zu machen? Hatte er sich etwa vorgestellt, das Amt des Königs sei eine unendliche Folge von Turnieren und Feierlichkeiten und sonst nichts? Wahrscheinlich hatte er es sich so ausgemalt, der oberflächliche Kerl.

Prestimion hätte es sich nie verziehen, wenn er widerspruchslos zur Seite getreten und Korsibar den Thron überlassen hätte. Es war ebenso sehr eine Frage seiner Verpflichtung der Welt gegenüber wie seines Begehrens, selbst das Amt des Coronals zu bekleiden.

Er hätte mit Korsibar Frieden schließen und einen Platz im Rat bekommen können, wenn er nur bereit gewesen wäre, die Geste des Sternenfächers zu machen und einen Treueid zu schwören, doch Prestimion war dazu nicht imstande gewesen, und Korsibar hatte ihn daraufhin als Verräter in die Sangamor-Tunnel geworfen. Danach hatte der Bürgerkrieg zwischen ihnen begonnen. Jetzt war Korsibar vergessen und Prestimion der Coronal und Lord von Majipoor, und hier saß er nun und musste sich Tag um Tag durch einen Berg von Gesuchen, Beschlussvorlagen, Aktennotizen und Erlasse des Rates kämpfen. Selbst ein gefräßiger Gabroon wäre an so einem Haufen Papier erstickt. Fast wehmütig dachte er an die Tage des Bürgerkriegs zurück, denn damals hatte es keinen Papierkram gegeben, und jeder Tag war ein Tag der Taten gewesen.

Es war aber beileibe nicht so, dass alles, was ihm auf den Schreibtisch kam, nur langweilige Routine gewesen wäre.

Da war beispielsweise der grassierende Wahnsinn. Brabbelnde Idioten mit leeren Augen liefen zu tausenden durch jede Stadt. Die meisten waren harmlos, doch einige waren es nicht. Überall füllten sich die Krankenhäuser mit kreischenden Irren. Es gab Unfälle, Zusammenstöße, Brände und sogar Morde. Was war die Ursache? Prestimion fürchtete, die Antwort längst zu kennen, aber er durfte mit niemandem darüber sprechen. Eine Lösung war nicht in Sicht, und die ständig hereinkommenden Berichte über das Chaos in der Welt da draußen belasteten ihn sehr. Doch ihm waren die Hände gebunden.

Ebenso wenig konnte er etwas gegen die Gefahren tun, die von seinem entfernten Vetter Dantirya Sambail ausgingen. Der große Widersacher, der diabolische Feind, bösartig und unberechenbar, ging immer noch da draußen um. Wo steckte er? Was hatte er im Sinn? Viele Monate waren vergangen, und niemand hatte ihn gesehen oder etwas von ihm gehört.

Es war einfach und verlockend, sich einzureden, der Prokurator wäre irgendwo gestorben und er und sein dämonischer Helfer Mandralisca lägen irgendwo im südlichen Alhanroel tot in einem Straßengraben und verwesten. Doch das war viel zu einfach, und die Vorstellung, das Schicksal sei so freundlich gewesen, Dantirya Sambail ohne große Mühe von der Liste seiner Probleme zu streichen, wollte Prestimion nicht recht munden. Dennoch hatte ein ganzes Netzwerk von Spionen auf zwei Kontinenten keinerlei Informationen beschaffen können.

Der Prokurator hätte eigentlich schon längst seinen Amtssitz in Ni-moya erreicht haben müssen, doch sein Thron war nach wie vor verwaist. Im Süden und Westen Alhanroels war er nicht aufgetaucht. Die ganze Angelegenheit war höchst beunruhigend. Dantirya Sambail würde, wie Prestimion wusste, an einer Stelle auftauchen, wo man ihn am wenigsten erwartete, um ein Höchstmaß an Unruhe zu stiften. Doch auch in dieser Hinsicht konnte er nicht mehr tun, als abzuwarten, seine alltägliche Arbeit zu erledigen und weiter zu warten. Und zu warten.

Maundigand-Klimd kam zu ihm. »Schau dir dies hier an, mein Lord.« Der Su-Suheris hatte einen Leinensack dabei, dessen Inhalt sich vorwölbte, als hätte der Magier auf dem Markt drei Pfund reife Calimbots erstanden.

Es war der Morgen des Dreitags. An diesem Wochentag ging Prestimion gewöhnlich in die Übungshalle hinunter, um sich mit Septach Melayn ein wenig im Stockfechten zu üben. Es war ein ungleicher Kampf, denn Septach Melayn hatte eine weit größere Reichweite und galt außerdem im Kampf mit allen Hieb- und Stichwaffen als unübertroffener Meister. Doch es war den beiden Männern, die jetzt so viel Arbeitszeit am Schreibtisch verbringen mussten, wichtig, ihre Körper im Gleichklang zu bewegen, und so fochten sie am Dreitag mit Stöcken und übten sich am Fünftag im Bogenschießen, bei dem Prestimion deutlich überlegen war.

»Was hast du da? Ist es nötig, dass ich es mir gerade

in diesem Augenblick ansehe?«, fragte Prestimion mit einer gewissen Ungeduld. »Ich habe eine Verabredung mit dem Hohen Berater.«

»Es wird nur ein oder zwei Minuten dauern, mein Lord.« Maundigand-Klimd kippte den Sack aus, und etwa drei Dutzend winzige Köpfe rollten auf Prestimions Schreibtisch.

Sie sind nur aus Keramik, dachte Prestimion nach dem ersten erschrockenen Blick. Doch sie waren äußerst lebhaft und realistisch gemacht und schnitten garstige Grimassen – weit aufgerissene Münder, wild starrende Augen, geblähte Nasenflügel und am Halsstumpf ein überzeugender Kranz aus Blut und Erbrochenem. Eine raffiniert gemachte Darstellung von Menschen, die unter schrecklichen Qualen gestorben waren.

»Wirklich hübsch«, bemerkte Prestimion trocken. »So etwas habe ich noch nie gesehen. Ist das der letzte Schrei beim Modeschmuck der Hofdamen, Maundigand-Klimd?«

»Ich habe die Köpfe letzte Nacht auf dem Zauberermarkt in Bombifale gekauft. Es sind Amulette, mein Lord, die vor dem Wahnsinn schützen sollen.«

»Soweit ich mich erinnere, ist der Zauberermarkt nur am Seetag geöffnet und nicht einmal an allen Seetagen. Gestern war Zweitag.«

»Der Zauberermarkt in Bombifale ist jetzt jeden Wochentag geöffnet, mein Lord«, erwiderte der Su-Suheris leise. »Diese Dinge werden an vielen Ständen verkauft, fünf Kronen das Stück. Sie werden in großen Mengen mit Gussformen hergestellt. Aber sie sind hervorragend gearbeitet.«

»Ich verstehe.« Prestimion tippte mit einem Fingernagel gegen ein Gesicht. Es waren grässlich anzusehende Fratzen, trotz der geringen Größe realistisch gezeichnet. Er blickte in die Gesichter von Frauen und

Männern, Ghayrogs, Hjorts und sogar einem Su-Suheris, der ihm besonders widerwärtig vorkam. Hinten an den Köpfen waren kleine Metallspangen befestigt. »Magie gegen Magie, nicht wahr? Man trägt sie, denke ich, um der Hexerei entgegenzuwirken, die für die Epidemie des Wahnsinns verantwortlich ist.«

»Genau. Es ist das, was die Eingeweihten als Tarnzauber bezeichnen. Das kleine Bild schickt eine Botschaft, dass der Träger schon vom Irrsinn getroffen sei – eine kreischende, verstümmelte und völlig aus dem Takt geratene Seele mit wilden Augen –, sodass derjenige, der den Irrsinn verbreitet, den Träger nicht mehr heimsuchen muss.«

»Wirken sie?«

»Das bezweifle ich, mein Lord. Doch die Menschen glauben daran. Fast alle, die ich auf dem Markt gesehen habe, trugen ein solches Amulett. Es werden auch andere Utensilien angeboten, die dem gleichen Zweck dienen, mindestens sieben oder acht verschiedene Sorten, und bei allen garantieren die Verkäufer für absolute Sicherheit. Die meisten sind plumpe, primitive Utensilien, die für jeden Vertreter meines Berufs eine Peinlichkeit sind. Objekte, die höchstens ein Wilder benutzen würde. Doch die Angst ist weit verbreitet. Erinnerst du dich, mein Lord, an die Tage, als Prankipin im Sterben lag und in alle Wolken und Vögel, die am Himmel vorbeizogen, entsetzliche Prophezeiungen hineingedeutet wurden? Und wie die seltsamsten neuen Kulte überall auf der Welt entstanden?«

»Ja, ich erinnere mich. Ich sah einmal den Kult der Betrachter bei der Prozession der Mysterien in Sisivondal tanzen.«

»Nun, sie tanzen auch heute wieder. Sie haben die Masken und Götzenbilder und die heiligen Geräte ihres unheiligen Glaubens hervorgeholt. Diese Amulette hier sind nur ein kleines Beispiel für das, was vor sich geht. Mein Lord, die Zauberei ist mein Beruf, und ich zweifle nicht an der Existenz der unsichtbaren Welt und ihrer Kräfte, wie du es häufig tust. Doch selbst ich finde diese Auswüchse hier unerträglich. Sie stehen ihrerseits ebenfalls für eine Art von Wahn, der mindestens so beunruhigend ist wie das, was sie zu heilen vorgeben.«

Prestimion nickte gedankenverloren. Wieder stieß er die kleinen Köpfe an, drehte zwei oder drei um und sah schließlich erstaunt sein eigenes Gesicht an.

»Ich hatte mich schon gefragt, wann du den dort bemerken würdest, mein Lord«, sagte Maundigand-Klimd.

»Erstaunlich, wirklich erstaunlich.« Prestimion hob den Porzellankopf auf, besah ihn sich aus der Nähe und schauderte. Es war ein getreuliches Abbild seiner selbst, ein winziger, kreischender Lord Prestimion, kaum größer als sein Daumennagel. »Ich nehme an, es gibt hier irgendwo auch einen Septach Melayn, einen Gialaurys und vielleicht auch eine Lady Varaile, oder? Und dieser Su-Suheris hier soll vielleicht sogar dich selbst darstellen, Maundigand-Klimd. Was meinst du? Sind unsere Gesichter bei der Abwehr des Irrsinns etwa wirkungsvoller als die Gesichter der einfachen Menschen?«

»Das ist eine durchaus vernünftige Annahme, mein Lord.«

»Ja, vielleicht ist es so gemeint.«

Und richtig, Septach Melayn war auch dabei. Auch er war mit seinem unbekümmerten Grinsen – in das sich ein vom Wahnsinn gezeichnetes Kreischen mischte – und den kühnen, funkelnden blauen Augen gut getroffen. Prestimion war froh, dass er keine Darstellung Varailes entdecken konnte. Er schob die Amulette fort.

»Wie ich doch all diese Narrheiten der Leichtgläubigen hasse, Maundigand-Klimd. Dieser Mitleid erregende Glaube an den Wert der Magie, an Talismane und Bilder, an Sprüche und Pülverchen, an Exorzismus und Abrakadabra, an das Beschwören von Widersachern und Dämonen, an den Gebrauch von Rohillas und Ammatepilas und Veralistias und alles andere. Welch eine Verschwendung von Zeit, Geld und Hoffnung! Ich musste zusehen, wie Lord Confalume sich immer stärker auf diesen Tand verließ. Die Einflüsterungen seiner Magier verwirrten ihn derart, dass er nicht mehr handlungsfähig war, als er mit einer echten Krise konfrontiert wurde und …« Er unterbrach sich, denn nicht einmal vor Maundigand-Klimd wollte er offen über Korsibars Revolte sprechen. »Nun, ich weiß so gut wie du, dass manches davon tatsächlich funktioniert, Maundigand-Klimd. Doch die meisten Dinge, die als Magie verkauft werden, sind nichts weiter als die reine Dummheit. Ich hatte gehofft, diese Woge des Aberglaubens würde ein wenig nachlassen, sobald ich die Regentschaft übernehme. Doch stattdessen … stattdessen beginnt eine neue Welle dieses Unfugs ausgerechnet dann, wenn …« Wieder unterbrach er sich. »Verzeih mir, Maundigand-Klimd. Ich weiß ja, dass du daran glaubst. Ich wollte dich nicht beleidigen.«

»Aber nein, mein Lord. Ich glaube nicht mehr daran, wie du es ausdrückst, als du selbst. Ich berufe mich nicht auf irgendeinen Glauben, sondern auf empirische Überprüfungen. Es gibt Dinge, die offensichtlich wahr sind, und andere Dinge, die falsch sind. Ich praktiziere die wahre Magie, die eine Form der Wissenschaft ist. Für die andere Spielart empfinde ich so viel Verachtung wie du, und deshalb habe ich dir diese Dinge heute gebracht.«

»Meinst du etwa, ich sollte eine Anordnung erlassen, dass diese Dinge verboten sind? Das kann ich nicht tun, Maundigand-Klimd. Es ist nicht ratsam, dem irrationalen Glauben der Menschen mit Anordnungen zu begegnen.«

»Das verstehe ich, mein Lord. Ich wollte auch nur deine Aufmerksamkeit auf die Tatsache lenken, dass der Irrsinn eine sekundäre Ebene des Wahnsinns nach sich zieht, die schon für sich genommen nachteilige Folgen für deine Regentschaft haben könnte.«

»Wenn ich nur wüsste, was man dagegen tun kann, dann würde ich es tun.«

»Zweifellos, mein Lord.«

»Aber was ... was soll ich tun? Hast du etwas vorzuschlagen?«

»Nicht in diesem Augenblick, mein Lord.«

Prestimion hörte einen eigenartigen Unterton heraus, als wäre etwas Wichtiges unausgesprochen geblieben, und starrte zu den beiden Köpfen hinauf, zu den vier undurchdringlichen Augen. Der Su-Suheris war ein wertvoller Berater und in gewissem Maße sogar ein geschätzter Freund. Doch es gab Zeiten, in denen Prestimion der Magier unverständlich und fremd war, und dies war einer jener Augenblicke. Falls es wirklich verborgene Untertöne gab, dann wusste er nicht zu sagen, welche Bedeutung sie hatten.

Eine Möglichkeit gab es allerdings. Es war ein unerfreulicher Gedanke, doch er musste ihm nachgehen.

»Wir haben uns bereits über Septach Melayns Ansicht unterhalten, der Wahnsinn könne durch die von mir verhängte weltweite Unterdrückung der Erinnerungen verursacht worden sein, nachdem wir an der Thegomar-Kante den Sieg über Korsibar errungen hatten. Du weißt sicher, dass ich mir diese Theorie nur ungern zu Eigen machen würde.«

»Das ist mir bekannt, mein Lord.«

»An der Art, wie du dies sagst, kann ich erkennen, dass du nicht mit mir übereinstimmst. Was hältst du zurück, Maundigand-Klimd? Weißt du genau, dass ich den Wahnsinn mit meiner Entscheidung ausgelöst habe?«

»Mit absoluter Gewissheit vermag ich dies nicht zu sagen, mein Lord.«

»Aber du hältst es für sehr wahrscheinlich, oder?«

Die ganze Zeit hatte Maundigand-Klimds linker Kopf gesprochen, der gewöhnlich der mitteilsamere der beiden war. Doch jetzt kam die Antwort vom anderen Kopf.

»Ja, mein Lord. Es ist in der Tat sehr wahrscheinlich.«

Prestimion schloss die Augen und atmete tief durch. Die offene Antwort überraschte ihn nicht. Im Grunde war er in den letzten Wochen ohnehin immer stärker zu der Annahme geneigt, er selbst und niemand sonst habe die neue Dunkelheit über die Welt gebracht. Dennoch schmerzte es wie ein tief sitzender Stachel, dass auch der kluge und kundige Maundigand-Klimd diesen Standpunkt vertrat.

»Wenn der Irrsinn durch Magie ausgelöst wurde«, sagte er nachdenklich, »dann kann er nur durch Magie geheilt werden, meinst du nicht auch?«

»Das ist möglich, mein Lord.«

»Willst du mir also sagen, dass ein möglicher Weg, die Dinge in Ordnung zu bringen, darin besteht, Heszmon Gorse und seinen Vater aus Triggoin zu holen und dazu alle anderen Magier, die an jenem Tag beim Zauberspruch mitgewirkt haben, damit sie einen umgekehrten Spruch wirken, der allen Menschen die Erinnerung an den Bürgerkrieg zurückgibt?«

Prestimion hatte Maundigand-Klimd noch nie so lange mit der Antwort zögern gesehen wie jetzt.

»Ich bin nicht sicher, mein Lord, ob dies in der gewünschten Weise wirken würde.«

»Das ist gut, denn es wird niemals geschehen. Ich bin nicht glücklich über die offenkundigen Folgen meiner Entscheidung, und wir können getrost davon ausgehen, dass ich so etwas nie wieder tun werde. Vor allem aber habe ich nicht die Absicht, den ganzen Planeten wissen zu lassen, dass der neue Coronal seine Regentschaft begann, indem er allen Leuten vorgaukelte, er hätte auf friedlichem Wege den Thron bestiegen. Doch ich sehe auch große Risiken darin, den Menschen die alten Erinnerungen zurückzugeben. Die Menschen haben nun schon eine Weile mit den falschen Erinnerungen gelebt, die ich ihnen von meinen Magiern am Ende des Bürgerkrieges eingeben ließ. Zum Guten wie zum Schlechten akzeptieren sie dies als die Wahrheit. Wenn ich ihnen das jetzt wieder wegnehme, könnte am Ende gar ein Tumult entstehen, der noch viel schlimmer wäre als die derzeitigen Unruhen. Was sagst du dazu, Maundigand-Klimd?«

»Ich stimme völlig mit dir überein.«

»Nun denn – dann bleibt das Problem bestehen. Es gibt eine Epidemie in der Welt, und viel schlechte Magie entsteht daraus, eine Menge fauler Zauber und Betrug, den wir beide verachtenswert finden.« Prestimion starrte auf die Keramikköpfe, die Maundigand-Klimd über seinen Schreibtisch gekippt hatte, und warf sie in den Beutel zurück. »Da die Epidemie durch Magie entstanden ist, muss sie mit einer Gegenmagie bekämpft werden – mit einer guten und wahren Art von Magie, wie du es ausdrückst. Mit deiner Art von Magie. Nun gut. Bitte lass dir etwas einfallen, mein Freund, und erstatte Bericht, sobald du etwas gefunden hast.«

»O Lord Prestimion, wenn es doch nur so einfach wäre! Aber ich will sehen, was ich tun kann.«

Der Su-Suheris ging hinaus. Als er fort war, wühlte Prestimion im Beutel herum, bis er die Köpfe mit seinem eigenen und Septach Melayns Abbild gefunden hatte, und schob sie in eine Tasche seiner Tunika.

Septach Melayn erwartete ihn schon in der Übungshalle. Ruhelos schritt er hin und her und versetzte der leeren Luft Hiebe, dass die dünne Gerte aus Nachtblütenholz bei jeder Bewegung des schmalen Handgelenks unheildrohend summte. »Du kommst zu spät«, sagte er. Er nahm einen zweiten Stab aus dem Ständer und warf ihn Prestimion zu. »Gab es heute Morgen wieder unzählige wichtige Dekrete zu unterschreiben?«

»Maundigand-Klimd hat mich aufgesucht«, erklärte Prestimion, indem er den Stab zur Seite legte und die kleinen Köpfe aus der Tasche nahm. »Er hat mir dies hier gebracht. Sind sie nicht hübsch?«

»Oh, wirklich. Sie sollen dein und mein Gesicht darstellen, wenn ich mich nicht irre. Welchem Zweck dienen sie?«

»Die Amulette bewirken angeblich einen Schutzzauber, sie sollen den Wahnsinn abhalten. Maundigand-Klimd sagte mir, auf dem Mitternachtsmarkt würden jetzt viele solcher Dinge gehandelt. Sie gehen weg wie Würstchen mitten in der Valmambra. Er hat einen ganzen Beutel gekauft. Es sind nicht nur unsere Gesichter dabei, es gibt auch Abbildungen eines Ghayrog, eines Hjort und eines Su-Suheris'. Es ist für jeden etwas dabei. Außerdem haben die alten Kulte wieder Zuwachs zu verzeichnen, sagt er, und überall machen die Magier gute Geschäfte.«

»Eine Schande«, meinte Septach Melayn. Er nahm den Kopf mit seinem Ebenbild von Prestimion entgegen und wog ihn in der Handfläche. »Ein bisschen zu garstig für meinen Geschmack. Aber wirklich nett gemacht. Schau nur, wie ich gleichzeitig grinse und kreische. Ich scheine dabei sogar ein wenig zu zwinkern. Ich würde wirklich gern den Künstler kennen lernen, der dies hier gefertigt hat. Vielleicht kann ich ihn überreden, ein lebensgroßes Porträt zu malen.«

»Du bist verrückt«, sagte Prestimion.

»Damit liegst du gar nicht so falsch. Darf ich den Kopf behalten?«

»Wenn du Spaß daran hast.«

»Aber gewiss doch. Und jetzt, mein Lord, nimm bitte den Stab auf. Unsere Übungsstunde ist überfällig. En garde, Prestimion! En garde!«

3

Anfang der folgenden Woche wurde Prestimion beim Frühstück zugetragen, sein Bruder Abrigant sei mitten in der Nacht aus dem Süden zur Burg zurückgekehrt und bitte unverzüglich um eine Audienz.

Prestimion war bereits in der Morgendämmerung aufgestanden. Varaile schlief noch, Abrigant war vermutlich überhaupt nicht im Bett gewesen. Warum diese Eile?

»Man soll ihm ausrichten, dass ich mich mit ihm in dreißig Minuten im Stiamot-Thronsaal treffen werde«, lautete Prestimions Antwort.

Er hatte sich kaum dort niedergelassen, als Abrigant schon hereingestürmt kam. Er sah aus, als hätte er sich nicht einmal die Mühe gemacht, nach seiner Ankunft die Kleider zu wechseln. Er war gebräunt und wettergegerbt nach der langen Reise, und der braune Mantel, den er über verschlissenen grünen Gamaschen trug, war geflickt und schmutzig. Über dem linken Wangenknochen prangte eine ansehnliche Prellung, offensichtlich nicht frisch, aber immer noch lebhaft bunt.

»Nun, mein Bruder, willkommen in …« Weiter kam Prestimion nicht mit seiner Begrüßung.

»Was höre ich da, du hast geheiratet?«, platzte Abrigant wild empört heraus. »Man sagte mir, du habest dir eine Königin genommen. Wer ist sie, Prestimion? Und warum hast du nicht gewartet, bis ich wieder da war und an der Zeremonie teilnehmen konnte?«

»Das sind, vom jüngeren Bruder an den König gerichtet, recht unverfrorene Worte, Abrigant.«

»Es gab einmal eine Zeit, in der ich vor dir einen Sternenfächer und eine tiefe Verbeugung machte, worauf du mir sagtest, so viel Unterwürfigkeit sei zwischen Brüdern nicht nötig. Jetzt aber …«

»Jetzt aber wagst du dich zu weit in die andere Richtung. Wir haben uns seit vielen Monaten nicht gesehen, und auf einmal kommst du hereingestürmt wie ein wilder Bidlak, hast nicht einmal ein Lächeln oder eine freundschaftliche Umarmung für mich übrig und forderst mich auf, meine Handlungen zu rechtfertigen, als wärst du der Coronal und ich ein bloßer …«

Wieder unterbrach Abrigant ihn. »Der Bursche, der mich bei meiner Ankunft betreute, sagte mir, du hättest jetzt eine Gemahlin und ihr Name sei Varaile. Ist das wahr? Wer ist diese Varaile, Bruder?«

»Sie ist die Tochter des Simbilon Khayf.«

Abrigant hätte nicht entsetzter aussehen können, wenn Prestimion ihm eine Ohrfeige verpasst hätte. Erschrocken fuhr er zurück. »Die Tochter von Simbilon Khayf? Dieser aufgedunsene arrogante Narr ist jetzt ein Mitglied unserer Familie? Bruder, mein Bruder, was hast du nur getan?«

»Ich habe mich verliebt, das ist alles, was ich getan habe. Du dagegen führst dich auf wie ein wütender Eber. Beruhige dich, Abrigant, und lass uns die Unterhaltung noch einmal beginnen, wenn du erlaubst. Der Coronal heißt den Prinzen von Muldemar nach dessen langer Reise auf der Burg willkommen und bittet ihn, Platz zu nehmen. Setz dich doch, Abrigant. So, gut. Ich mag es nicht, wenn die Leute beim Gespräch vor mir stehen.« Abrigant war völlig überrumpelt, doch Prestimion vermochte nicht zu sagen, ob es an der Zurechtweisung lag oder an dem unverblümten Eingeständnis, dass er Simbilon Khayfs Tochter geheiratet hatte. »Du siehst aus, als hättest du eine anstrengende Reise hinter dir. Ich hoffe, sie ist erfolgreich verlaufen?«

»Ja, allerdings. Äußerst erfolgreich.« Abrigants Worte klangen, als müsste er mühsam die Zähne zusammenbeißen.

»Dann erzähle mir davon.«

Doch Abrigant wollte sich von dem, was ihn am stärksten beschäftigte, nicht abbringen lassen. »Diese Heirat, Bruder ...«

Unter Aufbietung aller Geduld, die er noch in sich finden konnte, sagte Prestimion: »Sie ist eine wundervolle Frau und eine wahre Königin. Du wirst an der Weisheit meiner Entscheidung nicht mehr zweifeln, sobald du sie kennen gelernt hast. Was ihren Vater angeht, so kann ich dir versichern, dass mir an ihm so wenig liegt wie dir, aber es gibt keinen Grund für dein Entsetzen. Er hat sich den Wahnsinn zugezogen, der in der Welt grassiert, und wurde in Gewahrsam genommen, damit er in seiner ordinären Art niemanden verletzen kann. Was die Frage angeht, ob ich nicht die Heirat hätte verschieben können, bis du wieder hier bist, so habe ich in diesem Punkt keinerlei Anlass, mich vor dir zu rechtfertigen; ich bitte dich aber zu berücksichtigen, dass ich keine Gewissheit hatte, dass du dein Versprechen halten und rechtzeitig binnen sechs Monaten von der Suche nach Skakkenoir zurückkehren würdest. Soweit ich es beurteilen konnte, hättest du auch für zwei oder drei Jahre oder für immer verschwinden können.«

»Du hast mein feierliches Versprechen bekommen. Ich habe es wortwörtlich erfüllt. Auf den Tag genau sechs Monate, nachdem wir uns verabschiedet hatten, machte ich mich auf die Rückreise.«

»Nun, dafür bin ich dir immerhin dankbar. Du sagst also, deine Expedition sei erfolgreich verlaufen?«

»O ja, Prestimion, sehr erfolgreich sogar. Ich muss dir sagen, dass sie ein noch viel größerer Erfolg geworden wäre, wenn du mich nicht hättest schwören lassen, dass ich nach sechs Monaten zurückkehren muss, aber auch so gibt es viel zu berichten. Er ist wirklich verrückt geworden? Ein plappernder Idiot? Ein angemessenes Schicksal für ihn. Ich hoffe, du hast ihn zusammen mit diesen schrecklichen Biestern angekettet, die Gialaurys aus Kharax mitgebracht hat.«

»Du sagtest, es gebe viel zu berichten«, ermahnte Prestimion ihn. »Es wäre freundlich von dir, wenn du jetzt beginnen könntest, mein Bruder.«

Immer noch überwältigt von der Neuigkeit, dass Prestimion geheiratet hatte, wenngleich er sich große Mühe gab, auf andere Gedanken zu kommen, erzählte Abrigant, er sei auf seiner Reise von Sippulgar in den Osten zunächst an der Küste Aruachosias am Inneren Meer entlanggefahren. Doch es war eine üble, drückend heiße Gegend mit schwüler Luft, in der man kaum atmen konnte, wo die Wespen und Ameisen so groß wie Mäuse waren und sogar die Würmer Flügel und gierig aufgesperrte Kiefer besaßen. Schon bald, nachdem sie die Grenze zur Provinz Vrist überschritten hatten, mussten sie landeinwärts ausweichen. In der freudlosen Hafenstadt Glystrintai hatten sie von der Küste Abschied genommen und waren danach durch erheblich weniger feuchtes und weithin unbewohntes Land gezogen – eine vorzeitliche Hochebene voller Zacken aus geronnener Lava mit rosafarbenen Seen, in denen riesige Schlangen schwammen, und tosenden Flüssen voller schwerfälliger, schlammfarbener Fische, die größer als ein Mann waren und aus einer viel früheren Ära zu stammen schienen.

In diesem von der Sonne verbrannten, prähistorischen Land mit seinen breiten Tälern und weiten Ausblicken reisten sie Tag um Tag von einem bedrückenden Schweigen umfangen, das nur hin und wieder von den Schreien böse aussehender Raubvögel gebrochen wurde. Diese Tiere waren sogar noch größer als die Khestrabons und Surastrenas, die sie damals im Osten hoch über sich beobachtet hatten. Die Forscher fühlten sich beinahe so, als wären sie die ersten Besucher eines jungfräulichen Planeten.

Doch dann machten sie Rauch am Horizont aus – den Rauch von Lagerfeuern – und erreichten am nächsten Tag ein Land mit pechschwarzen Hügeln voller Einlagerungen von grellweißem Quarz. Tausende Liimenschen lebten hier mitten in der Einöde und bauten Gold ab.

»War es dieses Mal echtes Gold?«, fragte Prestimion. »Habt ihr nach den goldenen Bienen, den goldenen Hügeln und den Mauern aus goldenem Stein endlich auch einen Ort gefunden, an dem echtes Gold abgebaut wird?«

»Es war echtes Gold«, bestätigte Abrigant. »Es waren die Minen der Provinz Sethem, wo nackte Liimenschen wie Sklaven unter der mörderischen Sonne arbeiten. Hier, schau her.« Er langte in den Leinenrucksack, den er mitgebracht hatte, und zog drei dünne Tafeln aus Gold hervor, die jeweils die Größe seiner Handfläche hatten. Geometrische Symbole waren mit der Punze eingraviert. »Die haben sie mir gegeben«, erklärte Abrigant. »Ich weiß nicht, was sie wert sind. Den Bergleuten waren sie offenbar nicht besonders wichtig. Sie verrichten nur ihre Arbeit, gerade so als wären sie Maschinen.«

»Die Minen von Sethem«, sagte Prestimion. »Nun ja,

von irgendwo muss das Metall ja kommen. Ich habe noch nie darüber nachgedacht.«

Ungerufen entstand vor seinem inneren Auge das Bild langer Reihen von Liimenschen, die in der öden Steinlandschaft arbeiteten. Seltsame, sich nie beklagende Geschöpfe mit grober Haut und breiten flachen Köpfen, deren Form an einen Hammer erinnerte, und drei funkelnden Augen, die wie glühende Kohlen in den Kratern der tiefen Augenhöhlen lagen. Wer hatte sie rekrutiert und dorthin gebracht? Welchen Gedanken hingen sie nach, während sie Tag um Tag ihre mühselige Arbeit verrichteten?

Das Gold steckte im Quarz, hauchfein verteilt in den Adern des Gesteins. Die Liimenschen bauten es ab, wie Abrigant erklärte, indem sie auf den schwarzen Hügeln Feuer entzündeten und dann kaltes Wasser und Essig darüber kippten, bis der Stein zersprang, sodass man das Erz aus den feinen Rissen bergen konnte. Einige arbeiteten oben auf den Hügeln, andere in tiefen Stollen, in denen sie nicht mal aufrecht stehen konnten. Sie mussten sich winden und kriechen und den Weg mit Lampen beleuchten, die auf die Stirn gebunden waren. So wurden große Mengen von Erz abgebaut. Dann zertrümmerte eine zweite Gruppe mit dem Vorschlaghammer das Gestein in kleinere Stücke, und wieder andere Arbeiter brachten das Geröll in Mühlen, die mit großen Hebeln bedient wurden, wobei jeweils zwei oder drei Liimenschen an einem Hebel zogen. Dort wurde das Gestein weiter zermahlen, bis es die Konsistenz von Mehl hatte.

Die letzte Phase bestand darin, den Quarzanteil auf schiefen Brettern auszubreiten und mit Wasser zu übergießen, bis das wertlose Material weggespült war. Dieser Vorgang wurde mehrmals wiederholt, bis nur noch kleine Teilchen reinen Goldes übrig blieben. Das Gold wurde dann mehrere Tage lang in einem Ofen unter Zugabe von Salz, Zinn und Hoikka-Flocken geschmolzen. Am Ende kamen reine, funkelnde Goldbarren heraus, welche man zu den dünnen Tafeln von der Art auswalzte, die man Abrigant gegeben hatte.

»Es ist eine erbärmliche Arbeit an einem elenden Ort«, sagte er. »Sie arbeiten den ganzen Tag lang und behandeln unglaublich viel Gestein, um eine winzige Menge Gold zu gewinnen. All diese Mühe, nur des Goldes wegen! Wenn es doch nur mehr davon gäbe und wir einen Weg finden könnten, es in etwas Nützliches wie Eisen oder Kupfer zu verwandeln. Doch wir haben lediglich das, was dort gefunden wird, und es ist nur für unwichtige Dinge wie Schmuck zu gebrauchen.«

»Wohin bist du gegangen, nachdem du in Sethem warst?«, fragte Prestimion.

»Weiter nach Osten«, erklärte Abrigant. »In die Provinz Kinorn, die keine richtiggehende Wüste, aber unangenehm genug ist. Frühere Bewegungen der Erde haben das Land immer wieder gefaltet, und die Reise durch dieses Gebiet ähnelte demzufolge der Überquerung eines gewaltigen Kuchenblechs. Höhenzug um Höhenzug ging es weiter, immer wieder lag ein neuer steiler Anstieg vor uns, den es zu erklimmen galt. Wir wurden in den Schwebern durchgeschüttelt wie bei einem Sturm auf hoher See. Daher rührt auch die Prellung an meinem Kopf, Prestimion – einmal hat sich unser Schweber sogar überschlagen, ich habe mir den Kopf gestoßen und gedacht, es sei mein sicherer Tod. Selbst in jener Gegend gab es noch einige Dörfer, das Göttliche allein mag wissen, warum jemand sich dort niedergelassen hat. Die Menschen leben vom Ackerbau und wissen kaum etwas über den Rest der Welt. Sie sprechen einen Dialekt, der für uns schwer zu verstehen war. Zimroel war für sie bloß eine Legende, und vom dämonischen Prokurator hatten sie überhaupt noch nichts gehört. Sie haben behauptet, die Fünfzig Städte und der Burgberg wären ihnen ebenso bekannt wie Alaisor, Stoien, Sintalmond und Sisivondal, doch offensichtlich wussten sie von diesen Orten kaum mehr als die Namen. Dennoch fragte ich sie nach Skakkenoir, und sie lächelten und sagten ›Ja doch, ja, Skakkenoir…‹, und dann deuteten sie nach Osten. Sie sprachen den Namen auf eine seltsame Weise aus, die nachzuahmen ich meine Zunge im Leben nicht zwingen könnte, aber sie sagten, dort wäre die Erde hellrot. Das Rot von eisenhaltiger Erde, Prestimion.«

»Und natürlich ist die Frist von sechs Monaten genau in diesem Augenblick ausgelaufen«, meinte Prestimion leichthin. »Und du bist selbstverständlich zurückgekehrt, ohne der Sache weiter nachzugehen.«

»Du sagst es, mein Bruder. Genau so hat es sich zugetragen. Nur, dass wir bis zum Ende der sechs Monate noch einige Tage Zeit hatten, sodass wir noch ein Stück weiterfahren konnten. Schau nur, Prestimion!« Wieder fuhr seine Hand in den Rucksack, und er holte drei kleine Glasröhrchen mit rotem Sand hervor und ein viertes, das getrocknete und verschrumpelte Blätter irgendeiner Pflanze enthielt. »Lass diesen Sand analysieren. Meiner Ansicht nach ist er mit Eisen angereichert, vielleicht sogar bis zu einem Teil auf zehntausend. Und die Blätter – ob sie von den metallführenden Pflanzen von Skakkenoir stammen? Ich glaube, ja, Prestimion. Es war nur ein kleiner Streifen roter Erde, höchstens zwanzig Fuß breit, der sich schon bald verlor. Eine kleine Landzunge, die aus dem eigentlichen Skakkenoir herausragte. Der große Reichtum lag weiter im Osten. Aber ich hatte ja geschworen, an dem Tag umzukehren, an dem der siebte Monat begann, und dieser Tag war gekommen, und daher kehrte ich um. Ich glaube, ich war sehr nahe daran. Aber ich hatte geschworen, an diesem Tag umzukehren.«

»Ja, schon gut, Abrigant. Ich habe es verstanden.«

Prestimion öffnete das Gefäß mit den Blättern und nahm eines heraus. Es sah aus wie irgendein beliebiges getrocknetes Blatt, wie man es beispielsweise als Würzkraut zum Kochen verwendete. Nichts Metallisches war an ihm. Vielleicht hätte man sogar mehr Erfolg, wenn man sich darauf verlegte, Gold aus den glänzenden, das Sonnenlicht spiegelnden Büschen in den Hügeln von Arvyanda zu ziehen, als wenn man versuchte, aus diesem schrumpligen kleinen Gewächs Eisen zu gewinnen. Dennoch würde er es natürlich untersuchen lassen.

»Da siehst du es«, sagte Abrigant. »Das Metall von Skakkenoir liegt nun zum Greifen nahe. Es ist so ein hässliches Land, Prestimion, so abweisend mit seiner Hitze und der gewellten Landschaft. Ich kann verstehen, warum andere Forscher so bald schon aufgegeben haben. Aber vielleicht waren sie nicht so begierig wie ich, das Land des Eisens zu finden. Der große Reichtum der Regentschaft von Prestimion, mein Bruder, liegt in diesen vier Fläschchen.«

»Vielleicht ist dem wirklich so. Ich lasse sie heute noch untersuchen. Aber selbst wenn sich zeigt, dass die Proben Eisen enthalten, was dann? Einige Krümel roten Sandes und ein paar Blätter bringen uns nicht viel weiter. Skakkenoir selbst ist immer noch nicht entdeckt.«

»Es lag direkt hinter dem nächsten Hügel, Prestimion! Ich schwöre es!«

»Ah, ob es wirklich dort lag?«

Abrigant sah ihn wild entschlossen an. »Ich würde noch einmal hingehen und mich vergewissern. Mit größeren Schwebern und mehr Männern. Und dieses Mal nicht mehr mit einer Frist von sechs Monaten. Es ist ein garstiges Land, aber ich würde gehen, wenn du nur eine zweite Expedition genehmigen würdest.

Dann könnte ich dir so viel Eisen bringen, wie du nur haben willst.«

»Zuerst müssen wir die chemische Analyse deiner kleinen Proben abwarten, Bruder. Danach sprechen wir über eine neue Expedition.«

Abrigant schien geneigt, eine hitzige Erwiderung vom Stapel zu lassen, doch just in diesem Moment klopfte es an der Tür. Es war das kleine, schnelle und zurückhaltende Klopfen, an dem Prestimion Varaile erkannte. Mit erhobener Hand brachte er seinen Bruder zum Schweigen, bevor dieser noch etwas sagen konnte, und ging zur Tür, um seine Gemahlin einzulassen.

Sie begrüßte ihn mit einer warmen Umarmung, und erst als sie sich wieder von ihm löste, wurde ihr bewusst, dass noch jemand im Raum war.

»Verzeih mir, Prestimion, ich wusste nicht, dass …«

»Das ist mein Bruder Abrigant, der nach einer schwierigen Reise durch den tiefen Süden gerade wieder in unseren Kreis zurückgekehrt ist. Er hat dort unten nach Eisen gesucht und war sehr überrascht, dass ich während seiner Abwesenheit geheiratet habe. Abrigant, dies hier ist meine Gemahlin Varaile.«

»Bruder«, sagte sie ohne Zögern. »Wie froh bin ich, dass du wohlbehalten zurückgekehrt bist!« Sogleich ging sie zu ihm und nahm ihn fast so liebevoll in die Arme, wie sie es bei Prestimion getan hatte.

Abrigant schien zunächst zu erschrecken, als er sich so offen und warmherzig empfangen sah, und erwiderte die Umarmung etwas steif und linkisch. Doch dann, aufrichtig erfreut, schloss er sie fester in die Arme, und als er sie losließ, war ein ganz neues Leuchten in seinen Augen, und sein Gesicht war rot vor Verlegenheit und Freude. Offensichtlich hatte Varaile auf Anhieb sein Herz gewonnen. Er war überwältigt von der Schönheit, der Anmut und der Ausstrahlung der Frau seines Bruders.

»Ich habe Lord Prestimion gerade erklärt«, sagte Abrigant, »wie sehr ich es bedauere, eure Hochzeit verpasst zu haben. Ich bin fast im gleichen Alter wie mein Bruder, und es wäre mir eine große Freude gewesen, neben ihm zu stehen, als er dir das Jawort gab.«

»Auch er war traurig, dass du nicht hier sein konntest«, sagte Varaile, »aber es schien möglich, dass du sehr lange Zeit fortbleiben würdest, und niemand wusste sicher zu sagen, wie lange deine Reise dauern würde. Wir hielten es für das Beste, nicht zu warten.«

»Das kann ich gut verstehen«, sagte Abrigant mit einer kleinen Verbeugung. Er war jetzt die Höflichkeit selbst. Der zornige Mann, der noch vor wenigen Minuten vor Prestimion gestanden hatte, war spurlos verschwunden.

»Ich glaube, wir haben für den Augenblick alles Wichtige besprochen, mein Bruder«, sagte er an Prestimion gewandt. »Wenn du erlaubst, ziehe ich mich in meine Gemächer zurück und überlasse dich der Obhut deiner Gemahlin.«

Seine Augen strahlten, und das Strahlen war für Prestimion so leicht zu deuten, als hätte er die Gedanken seines Bruders lesen können. Das hast du gut gemacht, Bruder, sagte das Strahlen. Diese Frau ist wirklich eine Königin.

»Nein, nein«, wehrte Varaile ab. »Ich bin nur zufällig vorbeigekommen. Ich wollte euer Gespräch nicht stören. Ihr habt euch doch sicher noch eine Menge zu erzählen.« Sie hauchte Prestimion einen Kuss zu und ging zur Tür. »Werden wir wie üblich im Pinitor-Hof speisen, mein Lord?«

»Ich glaube, so werden wir es halten. Und vielleicht will Abrigant uns Gesellschaft leisten.«

»Das wäre wirklich schön«, sagte sie freundlich und verabschiedete sich mit einer höflichen Geste, bevor sie den Raum verließ.

»Wie bezaubernd sie doch ist«, sagte Abrigant, dessen Strahlen nicht nachgelassen hatte. »Jetzt kann ich dich verstehen. Redet sie dich eigentlich immer mit ›mein Lord‹ an?«

»Nur wenn Menschen zugegen sind, die sie nicht gut kennt«, sagte Prestimion. »Ein Hauch von Formalität, das ist alles. Sie ist eine wohlerzogene Frau. Aber wenn wir allein sind, gehen wir natürlich vertraulicher miteinander um.«

»Das will ich doch hoffen, mein Bruder.« Abrigant schüttelte staunend den Kopf. »Simbilon Khayfs Tochter? Wer hätte gedacht, dass dieser widerwärtige kleine Mann der Welt eine solche Frau geschenkt hat ...«

4

Der Sommer hatte Einzug gehalten im Zentrum Alhanroels, wo der Burgberg sich dem Himmel entgegen reckte. Auf der Burg selbst war der Wechsel der Jahreszeiten nicht zu spüren, denn dort herrschte ein ewiger, milder Frühling.

Eine trügerische Ruhe lag über der Burg. Im Augenblick gab es keine Krisen, mit denen Prestimion sich beschäftigen musste. Er gewöhnte sich allmählich an seine Rolle als Coronal, empfing Delegationen aus weit entfernten Ländern, besuchte gelegentlich die Nachbarstädte auf dem Burgberg, führte den Vorsitz bei den Versammlungen des Rats und besprach sich mit den Vertretern des Pontifex und der Lady über die Regierungsangelegenheiten, bei denen eine entsprechende Zusammenarbeit notwendig war. Die Seuche des Wahnsinns forderte nach wie vor neue Opfer, doch sie breitete sich nicht mehr ganz so rasend aus, und die Menschen schienen sie im Großen und Ganzen als Bestandteil ihres Lebens hinzunehmen wie heftige Regenfälle, die ausgerechnet zur Erntezeit die Felder überfluteten, oder den Lusavender-Mehltau oder die Sandstürme, die zuweilen im Südwesten Zimroels wüteten, oder wie jene vielen anderen kleinen Unzulänglichkeiten des Lebens auf Majipoor, die dazu führten, dass der Planet eben doch kein ungetrübtes Paradies war.

Dantirya Sambail war allem Anschein nach vom Antlitz dieser Welt verschwunden. Prestimion dachte immer noch, es sei zu schön um wahr zu sein, wenn man einfach davon ausging, dass der Prokurator irgendwo auf seinen Wanderungen durch Alhanroel das Leben verloren hatte, doch widerstrebend freundete er sich mit dem Gedanken an, dass vielleicht wirklich genau dies geschehen war. Allein schon der Gedanke, in einer Welt zu leben, in der es keinen Dantirya Sambail mehr gab, löste eine wundervolle Erleichterung und Gelassenheit in ihm aus. Wenn er im Laufe seiner alltäglichen Pflichten entnervt und müde war, brauchte Prestimion nur innezuhalten und zu denken: Ich bin Dantirya Sambail für immer los – und schon war sein Geist dank dieser Vorstellung von einer tiefen Ruhe erfüllt.

Auch Varaile hatte sich gut auf die Veränderungen eingestellt, die ihre Heirat mit Prestimion nach sich zog. Die Gemahlin des Coronals hatte Tag für Tag eine ganze Reihe eigener Aufgaben zu erfüllen. Eine davon hatte sie sich jedoch selbst auferlegt. Sie ließ es sich nicht nehmen, jeden Tag Simbilon Khayf in seiner bequemen Gefangenschaft im Gästehaus der Burg zu besuchen. Morgen für Morgen, bevor sie sich an ihr gewohntes Tagewerk machte, suchte sie die Gemächer ihres Vaters im Nordflügel in der Nähe von Lord Hendighails Halle auf.

Der Mann, der einst der reichste Bürger Stees gewesen war und dessen großartiges Herrenhaus in jener

Stadt allenthalben Neid und Bewunderung hervorgerufen hatte, wohnte jetzt in fünf bescheidenen Räumen weit entfernt vom Brennpunkt des Lebens auf der Burg. Doch es schien ihm einerlei zu sein, ja, er schien es nicht einmal zu bemerken. Simbilon Khayf war kein Mann mehr, der seinen Reichtum zu mehren suchte. Allem Anschein nach erinnerte er sich nicht einmal mehr an die Macht, die er einst besessen hatte, noch an den glühenden Ehrgeiz, der ihn beflügelt hatte, oder an die Vielzahl eitler Eigenheiten, mit denen er der Welt seine Überzeugung vermittelt hatte, dass Simbilon Khayf ein Mann sei, mit dem die Welt zu rechnen habe.

Jeden Tag begann er wie ein Neugeborenes. Die Erfahrungen des vergangenen Tages, so er überhaupt welche gemacht hatte, wurden mit jedem neuen Tag so gründlich aus seinem Bewusstsein gelöscht wie die Spuren, die ein Strandläufer bei Ebbe im nassen Sandstrand des Inneren Meeres hinterließ. Die Schwester vom Frühdienst weckte ihn, badete ihn und zog ihm eine einfache weiße Robe an. Dann bekam er sein Frühstück, und anschließend unternahm er einen kurzen Spaziergang auf Lord Methirasps Brustwehr, einer breiten, mit Pflastersteinen ausgelegten Terrasse hinter seinen Gemächern. Varaile besuchte ihn gewöhnlich, wenn er von diesem Spaziergang zurückkehrte.

An diesem Morgen, wie an jedem anderen auch, wirkte Simbilon Khayf entspannt und glücklich. Wie immer begrüßte er sie mit einem höflichen, wenngleich abwesenden Kuss auf die Wange und gab ihr kurz und flüchtig die Hand. So wenig er sich an sein früheres Leben erinnern konnte, er wusste immerhin meistens noch, dass er eine Tochter mit Namen Varaile hatte.

»Du siehst wohl aus heute Morgen, mein Vater. Hast du gut geschlafen?«

»O ja, sehr gut. Und du, Varaile?«

»Es wäre schön gewesen, wenn ich etwas länger hätte schlafen können, aber das kann ich mir leider nicht erlauben. Wir sind gestern Abend lange aufgeblieben – dieses Mal war es ein Bankett zu Ehren des Herzogs von Chorg aus Bibiroon, der ein großer Weinkenner ist. Da Prestimions Familie für ihre Weine berühmt ist, mussten wir eigens zum Festmahl eine ganze Kiste seltener Jahrgänge kommen lassen, und der Herzog wollte natürlich aus jeder einzelnen Flasche ein Schlückchen kosten …«

»Prestimion?«, sagte Simbilon Khayf mit unbestimmtem Lächeln.

»Mein Gemahl. Lord Prestimion, der Coronal. Du weißt doch, dass ich die Frau des Coronals bin, nicht wahr, mein Vater?«

Simbilon Khayf blinzelte unsicher. »Hast du etwa den alten Confalume geheiratet? Warum hast du das getan? Ist es nicht eigenartig, mit einem Mann verheiratet zu sein, der älter ist als dein Vater?«

»Aber ich bin doch gar nicht mit Confalume verheiratet«, erklärte sie. Obwohl die Gedächtnislücken ihres Vaters eine ernste Sache waren, musste sie wider Willen lachen. »Vater, Confalume ist nicht mehr der Coronal. Er ist jetzt Pontifex. Es gibt einen neuen Coronal.«

»Aber ja, richtig: Lord Korsibar. Wie dumm von mir! Wie konnte ich nur vergessen, dass Korsibar nach Confalume Coronal wurde. Dann hast du also Korsibar geheiratet, nicht wahr?«

Verwirrt und traurig starrte sie ihn an. Sein kranker Geist geriet auf die absonderlichsten Irrwege. »Korsibar? Nein, mein Vater. Woher hast du nur diesen Namen? Es gibt keinen Lord Korsibar. Ich habe noch nie von jemandem dieses Namens gehört.«

»Aber ich war mir doch ganz sicher, dass …«

»Nein, Vater.«

»Wer aber ist dann …«

»Prestimion, Vater. Prestimion. Er ist jetzt der Coronal. Er ist der Nachfolger Lord Confalumes. Und ich bin seine Frau.«

»Ah. Lord Prestimion. Wie interessant. Der neue Coronal heißt also Prestimion und nicht Korsibar. Wie konnte ich nur auf so etwas kommen? Und du bist seine Frau, sagst du?«

»Das ist richtig.«

»Wie viele Kinder hast du denn mit diesem Lord Prestimion?«

Varaile errötete ein wenig. »Wir sind noch nicht sehr lange verheiratet, mein Vater. Wir haben noch keine Kinder.«

»Nun, ihr werdet schon noch welche bekommen. Jeder hat Kinder. Auch ich hatte mal ein Kind.«

»Ja, du hattest ein Kind. Eine Tochter. Du sprichst gerade mit ihr.«

»O ja, ja. Diejenige, die den Coronal geheiratet hat. Wie hieß noch gleich der Coronal, den du geheiratet hast?«

»Prestimion, mein Vater.«

»Richtig, Prestimion. Ich kannte mal einen Prestimion. Ein nicht sehr großer Mann, blondes Haar und ein Meister mit Pfeil und Bogen. Ein kluger Kerl. Ich frage mich, was aus ihm geworden ist.«

»Er ist Coronal geworden, Vater«, sagte Varaile geduldig. »Ich habe ihn geheiratet.«

»Du hast den Coronal geheiratet? Ist es das, was du sagst? Du hast den Coronal geheiratet? Wie ungewöhnlich. Welch steiler Aufstieg aus der Welt, in der wir lebten, meine Liebe. Niemand aus unserer Familie hat bisher einen Coronal geheiratet, nicht wahr?«

»Ich bin sicher, dass ich die Erste bin«, sagte Varaile. Dies war der Augenblick, der bei jedem Besuch kam. Tränen schossen ihr in die Augen, und sie wandte rasch den Kopf ab, denn es war erschreckend und traurig für Simbilon Khayf, sie weinen zu sehen. Auch jetzt geschah es wieder. Sie fuhr sich schnell mit den Händen übers Gesicht und drehte sich tapfer lächelnd wieder zu ihm um.

In den letzten Wochen war ihr bewusst geworden, dass sie ihren Vater, als er noch ganz und gar bei Sinnen gewesen war, nie wirklich geliebt hatte. Sie hatte ihn nicht einmal sonderlich gemocht. Sie hatte ihr gemeinsames Leben hingenommen und keinen Aspekt davon jemals in Frage gestellt: seine Gier nach Macht und Ruhm, seine peinlichen Auftritte in der feinen Gesellschaft, seine Überheblichkeit, seine Dummheiten, was Kleidung und Konversation anging, sein gewaltiger Reichtum. Ein Streich des Göttlichen hatte sie zu seiner Tochter gemacht, ein weiterer hatte ihre Mutter früh sterben lassen und sie als Herrin in Simbilon Khayfs Haushalt eingesetzt, als sie noch ein junges Mädchen gewesen war. All dies hatte Varaile einfach hingenommen, sie hatte sich den Pflichten gewidmet, die ihr zugefallen waren, und jeden rebellischen Gedanken, der sich ihr hatte formen wollen, unterdrückt. Das Leben als Simbilon Khayfs Tochter war für sie bisweilen eine schwere Prüfung gewesen, doch es war ihr Leben gewesen, und sie kannte kein anderes.

Jetzt aber war der schreckliche kleine Mann, der zufällig ihr Vater war, ein Wrack, eine leere Hülle. Auch er war einem Streich des Göttlichen zum Opfer gefallen. Es wäre leicht gewesen, ihm den Rücken zu kehren und zu vergessen, dass er jemals existiert hatte; er würde es nicht einmal bemerken. Aber nein, das konnte sie nicht tun. Ihr Leben lang hatte sie sich um Simbilon Khayfs Bedürfnisse gekümmert, nicht weil sie darauf gebrannt hätte, sondern weil sie es hatte tun müssen. Jetzt aber war er gebrochen, und in ihrem Leben hatte sich durch einen weiteren Streich des Göttlichen vieles zum Besseren gewendet, und sie kümmerte sich immer noch um ihn – nicht weil sie musste oder weil er sie unbedingt brauchte, sondern weil sie es wollte.

Er saß da und lächelte einfältig, während sie ihm von den gestrigen Ereignissen auf der Burg erzählte: das morgendliche Treffen mit Kazmai Noor, dem Architekten der Burg, die ersten Planungen für das historische Museum, das Prestimion bauen wollte, das Mittagessen mit der Herzogin von Chorg und der Prinzessin von Hektiroon, am Nachmittag ein Besuch in einem Kinderkrankenhaus unten in Halanx und die Einweihung eines Spielplatzes im nahe gelegenen Nieder-Morpin. Simbilon Khayf hörte zu, lächelte die ganze Zeit und sagte hin und wieder: »Oh, das ist aber reizend, ganz reizend.«

Dann zog sie einige Papiere aus der Tasche. »Gestern musste ich mich außerdem um einige private Angelegenheiten kümmern. Du weißt ja, Vater, dass ich alle Unternehmen der Familie an die Angestellten übergebe, weil irgendjemand die Firmen leiten muss und weil wir beide nicht dazu in der Lage sind. Für die Gemahlin des Coronals geziemt es sich ohnehin nicht, sich geschäftlich zu betätigen. Gestern wurden sieben weitere Firmen übertragen.«

»Oh, das ist wirklich reizend«, sagte Simbilon Khayf lächelnd.

»Falls es dich interessiert, was ich aber nicht glaube, habe ich hier die Namen. Migdal Velorn war auf der Burg – du weißt doch noch, wer er ist, Vater? Der Präsident deiner Bank in Amblemorn. Ich habe alle Papiere unterzeichnet, die er mir vorgelegt hat. Es ging um die Mühle in Velathyntu und die Reederei in Alaisor und zwei weitere Banken – nun ja, insgesamt sieben Unternehmen. Elf haben wir noch, die ich hoffentlich in zwei Wochen abgestoßen habe.«

»Wirklich, es ist schön, wie du dich um all diese Dinge kümmerst.«

Sein ewiges Lächeln war entnervend. Die Besuche bei ihm waren stets anstrengend. Gab es sonst noch etwas, das sie ihm heute sagen musste? Wahrscheinlich nicht. Er nahm die Dinge sowieso nicht mehr bewusst zur Kenntnis. Sie erhob sich. »Ich muss jetzt gehen, Vater. Prestimion lässt dich grüßen.«

»Prestimion?«

»Mein Gemahl.«

»Oh, bist du inzwischen verheiratet, Varaile? Wie schön. Hast du Kinder?«

Eines schönen goldenen Spätsommermorgens verließ Prestimion den Burgberg und suchte die Besitzungen seiner Familie in Muldemar auf, um dem alljährlichen Weinfest anlässlich der neuen Ernte beizuwohnen. Nach alter Tradition wurden jedes Jahr um diese Zeit die jungen Weine der letzten herbstlichen Ernte erstmalig hervorgeholt und verkostet. In der Stadt Muldemar wurde das Ereignis mit einem mehrere Tage währenden Fest begangen, dessen Höhepunkt ein großes Bankett im Haus Muldemar, der Residenz der Prinzen von Muldemar, darstellte.

Prestimion hatte in seiner Amtszeit als Prinz bei einem Dutzend solcher Feste den Vorsitz innegehabt. Dann war eine zweijährige Pause eingetreten, weil der Bürgerkrieg ihn an der Teilnahme gehindert hatte. Jetzt war er der Coronal, und Abrigant hatte seine Nachfolge als Hausherr in Muldemar angetreten. Doch auch im letzten Jahr war das Festmahl ausgefallen, weil er und Abrigant just zu der Zeit, als das Fest hätte stattfinden sollen, im Osten des Kontinents Dantirya Sambail gehetzt hatten. Dieses Jahr würde also Abrigants erstes Fest nach seiner Bestallung zum Prinzen von Muldemar stattfinden, und er würde es sich als hohe Ehre anrechnen, wenn Prestimion daran teilnähme. Andererseits war noch niemand aus Prestimions Familie Coronal geworden. Doch Prestimion fühlte sich verpflichtet, der Einladung, die mit einer drei- bis viertägigen Abwesenheit von der Burg verbunden sein würde, Folge zu leisten.

Varaile fühlte sich indessen nicht ganz wohl und ließ sich entschuldigen. Selbst die kurze Reise nach Muldemar, sagte sie, sei ihr in diesem Augenblick zu viel, und sie habe gewiss nicht die Absicht, sich ein üppiges Mahl mit starkem Wein zu Gemüte zu führen, das zu alledem auch noch spät am Abend serviert werden würde. So bat sie Prestimion, an ihrer Statt mit Septach Melayn als Begleitung vorlieb zu nehmen. Prestimion wollte nur ungern ohne sie reisen, doch noch unangenehmer war ihm der Gedanke, Abrigant zu enttäuschen, der sehr verletzt gewesen wäre, wenn Prestimion abgesagt hätte.

So kam es, dass der Majordomus Nilgir Sumanand sich an Varaile und nicht den Coronal selbst mit der Meldung wenden musste, ein junger Ritteranwärter namens Dekkeret sei nach langer Abwesenheit in Übersee soeben auf die Burg zurückgekehrt und suche in einer äußerst wichtigen Angelegenheit um eine dringende Audienz bei Lord Prestimion nach.

»Dekkeret?«, sagte Varaile. »Ich wüsste nicht, dass ich diesen Namen schon einmal gehört hätte.«

»Nein, meine Lady. Er war schon fort, als Ihr hierher kamt.«

»Ist es nicht ungewöhnlich, dass ein Ritteranwärter eine Audienz beim Coronal wünscht? Wie wichtig sind denn seine äußerst wichtigen Angelegenheiten überhaupt? Hältst du sie für wichtig genug, um ihn zu Prestimion hinunter nach Muldemar zu schicken?«

»Ich weiß es nicht. Er sagte, es sei sehr dringend, er müsse jedoch dem Coronal persönlich Bericht erstatten oder sonst dem Hohen Berater oder Prinz Akbalik, wenn keiner der beiden zugegen sei. Doch der Coronal ist, wie Ihr ja wisst, in Muldemar, der Hohe Berater begleitet ihn, und Prinz Akbalik ist noch nicht von seiner eigenen Reise zurückgekehrt; ich glaube, er hält sich derzeit in Stoienzar auf. Ich zögere allerdings, Lord Prestimions Urlaub in Muldemar ohne Eure Erlaubnis zu stören, meine Dame.«

»Das war sehr rücksichtsvoll, Nilgir Sumanand.« Und zu ihrer eigenen Überraschung, da sie sich schon den ganzen Morgen unwohl fühlte, hörte sie sich fortfahren: »Schicke ihn zu mir. Ich will von ihm selbst hören, ob es sein Anliegen wert ist, den Coronal zu stören.«

Dekkerets Gesicht war das eines großzügigen, offenherzigen Menschen, und die aufrichtig blickenden Augen ließen Varaile auf der Stelle Sympathie für ihn empfinden. Offensichtlich war er sehr intelligent, doch er hatte nichts Verschlagenes, Hinterhältiges oder Gerissenes an sich. Ein großer, kantig gebauter junger Mann, vielleicht zwanzig Jahre alt oder höchstens ein oder zwei Jahre darüber, mit breiten, kräftigen Schultern und einer Ausstrahlung von gewaltiger Körperkraft, die sorgfältig unter Kontrolle gehalten wurde. Gesicht und Hände waren gebräunt und fast ledern, als hätte er unlängst in unwirtlich heißem Klima viel Zeit im Freien verbracht.

Anfänglich zögerte Dekkeret noch. Vielleicht verunsicherte es ihn, mit Lord Prestimions Gemahlin statt mit dem Coronal persönlich zu reden, vielleicht war es auch die Tatsache, dass die Gemahlin des Coronals mehr oder weniger im gleichen Alter war wie er selbst. Oder er war einfach nicht bereit, seine Informationen jemandem anzuvertrauen, den er nicht kannte – noch dazu einer Frau, die nicht einmal dem Rat angehörte. Er machte jedenfalls keinerlei Versuch, seine Bedenken angesichts dieser Situation zu kaschieren.

Doch dann fasste er anscheinend den Entschluss, dass er ebenso gut auch ihr die ganze Geschichte erzählen konnte. Nach den ersten, noch unsicheren einleitenden Sätzen erstattete er langwierig und ausführlich Bericht. Prinz Akbalik, so sagte er, habe ihn vor einiger Zeit auf eine diplomatische Mission nach Zimroel mitgenommen. Man habe ihm, Dekkeret, keine wichtigen Aufgaben übertragen, da er noch nicht lange zum Stab des Coronals zählte. Nachdem sie einige Zeit in Ni-moya verbracht hatten, äußerte er aus Gründen, die er nicht weiter offen legen wollte, den Wunsch, vorübergehend in die Dienste des Pontifex abgeordnet zu werden, um nach Suvrael zu reisen und das Problem der zurückgehenden Viehexporte zu untersuchen.

»Suvrael?«, sagte Varaile. »Wie schrecklich, wenn man ausgerechnet dorthin geschickt wird.«

»Es geschah auf meinen eigenen Wunsch, meine Dame. Ja, ich weiß, es ist ein unwirtliches Land. Doch ich hatte das Bedürfnis, mich eine Zeit lang an einem unerfreulichen Ort aufzuhalten. Dies ist allerdings schwer zu erklären.«

Varaile hatte beinahe den Eindruck, er hätte absichtlich etwas gesucht, das ihm großes körperliches Unbehagen bereitete – vielleicht eine Art selbst auferlegte Buße oder Läuterung. Es fiel ihr schwer, das zu verstehen, doch sie ging über diesen Punkt hinweg, ohne weiter nachzufragen.

Seine Aufgabe in Suvrael, erklärte Dekkeret, habe darin bestanden, einen Ort namens Ghyzyn Kor aufzusuchen, die Hauptstadt der Rinderzucht, und sich zu erkundigen, warum die Produktion an Rindfleisch in der letzten Zeit zurückgegangen sei. Ghyzyn Kor lag im Herzen einer von Bergketten geschützten Zone fruchtbaren Graslands etwa sechs- oder siebenhundert Meilen tief im ausgedörrten Landesinneren und von den lebensfeindlichsten Wüsten, die man sich nur vorstellen konnte, völlig umschlossen. Gleich nach seiner Ankunft im Hafen von Tolaghai an Suvraels Nordwestküste habe er festgestellt, dass seine Aufgabe keine einfache werden würde.

Es gebe, so berichtete er, drei Hauptrouten ins Landesinnere. Eine werde von heftigen Sandstürmen heimgesucht und sei unpassierbar. Eine zweite sei wegen marodierender Banden von Gestaltwandlern für Reisende gesperrt. Die dritte, eine schwierig zu befahrende Wüstenpiste, verlaufe über den so genannten Khulag-Pass und sei, da sie in den letzten Jahren kaum noch benutzt wurde, in schlechtem Zustand. Niemand mehr nehme diesen Weg, habe sein Informant erklärt, da es auf der Straße spuke.

»Eine Straße, auf der es spukt?«

»Ja, meine Dame. Angeblich, so sagte man mir, gebe es dort Geister, die nachts ins Bewusstsein der Reisenden eindringen, ihnen die Träume stehlen und die Träume durch die abscheulichsten Phantasien ersetzen. Einige Reisende seien, wie ich hörte, in dieser Wüste bereits aufgrund solcher Albträume gestorben. Tagsüber sangen die Geister angeblich in der Ferne und brachten die Reisenden mit eigenartigen Liedern und gespenstischen Geräuschen vom Weg ab, bis sie sich in der Sandwüste auf Nimmerwiedersehen verirrten.«

»Geister, die den Reisenden die Träume stehlen«, sagte Varaile verwundert. Sie war skeptisch und sträubte sich gegen solche Vorstellungen. »Aber du bist doch sicher kein Mann, der sich von solch einem Unsinn einschüchtern lässt?«

»Das bin ich wirklich nicht. Doch ob Geister oder nicht, ich konnte jedenfalls nicht allein in die Wüste ziehen. Ich fürchtete schon, meine Mission sei gescheitert und müsse als vollständiger Fehlschlag angesehen werden. Doch dann traf ich jemanden, der behauptete, er sei schon oft über den Khulag-Pass ins Landesinnere gereist und habe noch nie Probleme mit den Geistern gehabt. Er sagte nicht, die Geister wären nicht da, sondern nur, dass er wisse, wie man ihren Kräften widerstehen kann. Ich habe ihn als Führer angeheuert.«

Der Name des Mannes, sagte Dekkeret, sei Venghenar Barjazid gewesen. Ein verschlagener Mann von zweifelhaftem Ruf, wahrscheinlich eine Art Schmuggler, der ihm für den Auftrag einen unverschämten Preis abgepresst habe. Sie hätten unterwegs den üblichen Schlafrhythmus umgekehrt, seien bei Nacht gereist und hätten im Hellen in der brennenden Tageshitze gerastet. Begleitet wurden sie von Barjazids Sohn, einem Jüngling namens Dinitak, und einer Skandar, die als Trägerin diente. Außerdem sei noch ein Vroon dabei gewesen, der die Wüstenpisten kannte. Ein heruntergekommener alter Schweber war das Gefährt, dem sie sich anvertraut hätten.

Die Reise aus Tolaghai heraus in die Hügel bis zum Khulag-Pass sei ereignislos verlaufen. Dekkeret fand die Landschaft bemerkenswert hässlich – knochentrockene Flutrinnen zwischen den Felsen, sandiger und pockennarbiger Grund, stachlige, verwachsene Pflanzen. Als sie den Pass hinter sich hatten und der Abstieg in die Wüste der Gestohlenen Träume begann, wurde die Landschaft sogar noch abweisender. Er hätte sich nie vorstellen können, dass es eine so deprimierende Gegend auf der Welt geben könnte, einen so trostlosen, lebensfeindlichen und unwirtlichen Landstrich. Doch er habe, sagte er, das garstige Ödland einfach so genommen, wie es kam, ohne eine Spur Abscheu zu empfinden. Vielleicht hatte er es sogar auf eine verdrehte Art lieben gelernt, überlegte Varaile, als sie daran dachte, dass er ja eigens nach Suvrael gegangen war, um Mühsal und Leiden geradezu herauszufordern.

Doch dann begannen die Nachtmahre, oder besser, die Tagmahre. Im Traum schwebte er der liebevollen Umarmung der Herrin der Insel entgegen, die sich im Zentrum einer Kugel aus reinem weißem Licht befand. Es war eine Vision des Friedens und der Freude, aber nach und nach veränderten sich die Traumbilder und wurden dunkler, bis er sich auf einer düsteren, kahlgrauen Bergflanke wieder fand und in einen toten, leeren Krater starrte. Zitternd und schwach vor Furcht und Schrecken erwachte er.

»Hast du schlecht geträumt?«, fragte Barjazid ihn danach. »Mein Sohn sagt, du hättest im Schlaf gestöhnt und dich ständig hin und her geworfen und die Knie umklammert. Hast du den Griff der Traumdiebe gespürt, Ritteranwärter Dekkeret?«

Als Dekkeret zugab, dass genau dies geschehen sei, bedrängte der kleine Mann ihn und wollte Einzelheiten wissen. Dekkeret wurde darüber wütend und fragte, warum Barjazid in seinem Geist herumstochern und forschen wolle, doch Barjazid ließ nicht locker, und schließlich beschrieb Dekkeret ihm, was er geträumt hatte. Ja, bestätigte Barjazid, Dekkeret habe wirklich die Hand der Traumdiebe gespürt. Sie konnten in die Träume der Menschen eindringen, die Bilder überlagern und den Träumenden die Lebenskraft rauben.

»Ich habe ihn gefragt«, sagte Dekkeret zu Varaile, »ob er jemals selbst diesen Zugriff gespürt habe. Nein, sagte er, noch nie. Er sei anscheinend immun dagegen. Sein Sohn Dinitak sei ein- oder zweimal von diesen Wesen behelligt worden. Über die Natur der Wesen, die zu so etwas fähig waren, wollte er jedoch nicht spekulieren. ›Werden die Träume schlimmer, wenn man tiefer in die Wüste eindringt?‹, fragte ich ihn, worauf er ungerührt erwiderte: ›So hat man es mir berichtet‹.«

Als sie in der Dämmerung weiterzogen, glaubte Dekkeret, fernes Gelächter zu hören, das Klingeln von Glocken und das Dröhnen gespenstischer Trommeln.

Auch am nächsten Tag träumte er wieder. Der Traum begann in einem lieblichen grünen Garten voller Springbrunnen und Teiche, doch die Bilder verwandelten sich rasch in etwas Garstiges, bis er sich nackt in der Wüste liegen sah, der Wüstensonne ausgesetzt, sodass die Haut verbrannte und aufplatzte. Als er erwachte, stellte er fest, dass er dieses Mal tatsächlich im Schlaf vom Lager fortgelaufen war und in voller Mittagshitze inmitten eines Schwarms beißender Ameisen lag. Er konnte den Rückweg zum Schweber nicht finden und dachte, er müsste sterben, doch nach einer Weile kam der Vroon mit einer Flasche Wasser und führte ihn zum Lager zurück.

Er hatte im Laufe seines Abenteuers reichlich Leiden gefunden – mehr noch, als er gesucht hatte –, doch am schlimmsten, so erzählte er Varaile, waren weder die Hitze noch der Durst oder die Ameisen gewesen, sondern die Pein, als ihm der Trost der gewöhnlichen Träume versagt blieb und er voller Schrecken sehen musste, wie freudige und angenehme Visionen zu widerwärtigen Albträumen wurden.

»Dann ist an den Berichten der Reisenden tatsächlich etwas Wahres?«, erkundigte Varaile sich. »Gibt es also wirklich traumstehlende Geister in dieser verwunschenen Wüste?«

»In gewisser Weise, meine Dame. Ich werde es Euch gleich erklären.«

Sie waren fast aus der Wüste heraus und folgten dem Bett eines seit langem ausgetrockneten Flusses durch wild bewegtes Gelände, das von häufigen Erdbeben aufgewühlt war. Insgesamt stieg das Land hier in Richtung zweier hoher Gipfel im Südwesten an. Zwischen den Bergen lag der Munnerak-Pass, das Tor zum kühleren grünen Weideland dahinter. In einigen Tagen würde er Ghyzyn Kor erreicht haben.

Der schlimmste aller Träume lag jedoch noch vor ihm. Er wollte ihn Varaile nicht in seinen Einzelheiten schildern und beschränkte sich auf die Bemerkung, dass der Traum ihn mit der bösesten Tat seines Lebens konfrontiert habe, mit der Sünde, die ihn überhaupt erst veranlasst habe, seinen Bußgang nach Suvrael zu unternehmen. Schritt um Schritt wurde er gezwungen, im Schlaf seine Sünde noch einmal zu durchleben, bis der Traum in einer ebenso schrecklichen wie lebhaften Szene ein grässliches Ende fand, das ihn heute noch schaudern und erbleichen ließ. Mit diesem Höhepunkt ging ein schier unerträglicher, stechender Kopfschmerz einher, als würde eine Nadel aus grellem Licht in seinen Schädel gestoßen. »Dann hörte ich, wie in der Ferne ein großer Gong angeschlagen wurde«, erzählte Dekkeret. »Und ganz in der Nähe vernahm ich das Gelächter eines Dämons. Als ich die Augen öffnete, war ich fast von Sinnen vor Angst und Verzweiflung. Dann bemerkte ich Barjazid ein Stück entfernt halb verborgen hinter dem Schweber. Er hatte gerade irgendein Gerät abgesetzt, das er auf der Stirn getragen hatte, und wollte es in seinem Gepäck verstecken.«

Varaile fuhr erschrocken auf. »Dann hat er die Träume verursacht?«

»Oh, Ihr seid scharfsinnig, meine Dame, sehr scharfsinnig. Ja, er war dafür verantwortlich. Er ist mit Hilfe einer Maschine in mein Bewusstsein eingedrungen und hat die Gedanken verändert. Es war eine viel mächtigere Maschine als jene Apparate, die von der Lady der Insel verwendet werden, denn die Lady kann nur zum Bewusstsein der Träumer sprechen, während Barjazid tatsächlich von den Menschen Besitz ergreifen kann. Er hat all dies zugegeben, wenngleich nicht eben freimütig und glücklich, als ich von ihm die Wahrheit zu wissen verlangte. Es sei seine eigene Erfindung, sagte er, und er habe viele Jahre an diesem Apparat gearbeitet.«

»Wie mir scheint, hat er wohl damit experimentiert und ist ins Bewusstsein der Reisenden eingedrungen, die er in die Wüste geführt hat.«

»So ist es, meine Dame.«

»Es war richtig, dass du damit zum Coronal gekommen bist, Dekkeret. Dieses Gerät ist ein gefährliches Ding und sein Gebrauch muss unterbunden werden.«

»Das ist bereits geschehen«, erklärte Dekkeret. Ein jungenhaftes, selbstgefälliges Lächeln breitete sich auf seinem Gesicht aus. »Ich konnte Barjazid und seinen Sohn an Ort und Stelle gefangen nehmen und die Maschine in meinen Besitz bringen. Sie sind mit mir hierher auf die Burg gekommen. Ich denke, Lord Prestimion wird erfreut sein. Oh, Lady, ich hoffe ganz gewiss, dass er darüber erfreut ist, denn ich sage Euch, mir ist nichts wichtiger, als Lord Prestimion zu erfreuen.«

5

Sein Name ist Dekkeret«, berichtete Varaile. »Ein Ritteranwärter, noch sehr jung und etwas ungeschliffen, aber, wie ich glaube, ganz sicher zu Höherem bestimmt.«

Prestimion lachte. Sie saßen mit Gialaurys in Stiamots Thronsaal. Er war erst vor ein Stunde auf die Burg zurückgekehrt, und Varaile hatte ihm gleich zu Beginn die Geschichte erzählt, als wäre sie das Wichtigste auf der Welt. »Oh, ich kenne diesen Dekkeret! Er hat mir vor langer Zeit in Normork das Leben gerettet, als aus der Menge ein Verrückter mit einer scharfen Klinge auf mich losging.«

»Er hat dir das Leben gerettet? Darüber hat er kein Wort verloren.«

»Nein. Es hätte mich auch gewundert, wenn er es erwähnt hätte.«

»Die Geschichte, die er mir erzählt hat, war jedenfalls höchst erstaunlich, Prestimion.«

Er hatte nur mit halbem Ohr zugehört. »Lass mich mal sehen, ob ich das richtig verstanden habe«, sagte er. »Er hatte meines Wissens zusammen mit Akbalik in Zimroel einen Auftrag zu erledigen und ging dann aus einem Grund, der bis heute unklar ist, allein nach Suvrael. Jetzt ist er wieder da, sagst du mir, und hat was genau mitgebracht?«

»Eine Maschine, mit der man die Kontrolle über das Bewusstsein anderer Menschen erlangen kann. Erfunden wurde sie von einem heruntergekommenen kleinen Schmuggler namens Barjazid, der davon lebt, dass er Reisende durch die Wüste führt, während er in Wirklichkeit …«

»Barjazid?« Prestimion runzelte die Stirn und warf Gialaurys einen fragenden Blick zu. »Es kommt mir so vor, als hätte ich diesen Namen schon einmal gehört. Ich kann mich aber nicht erinnern, wo es war.«

»Ein zwielichtiger Bursche, der aus Suvrael stammte. Unsteter Blick und eine Haut, die wie altes Leder aussah«, erklärte Gialaurys. »Er stand einige Jahre in den Diensten von Herzog Svor. Ein aalglatter Typ, dieser Barjazid, gerissen wie Svor selbst. Du hast ihn immer verabscheut.«

»Ach, jetzt entsinne ich mich. Das war unmittelbar nach den kleinen Problemen, die wir an der Thegomar-Kante hatten. Wir hatten diesen kriecherischen Vroon-Zauberer Thalnap Zelifor geschnappt, der Gedanken lesende Apparate erfunden hatte und keinerlei

Hemmungen besaß, sie ebenso an unsere Gegner wie an uns zu verkaufen …«

Gialaurys nickte. »So ist es. Dieser Barjazid war zufällig im richtigen Augenblick zugegen, und du hast ihm befohlen, den Vroon mitsamt seiner Werkstatt und den teuflischen Maschinen einzupacken und ins lebenslange Exil nach Suvrael zu verfrachten. Dort hat er zweifellos bei der ersten sich bietenden Gelegenheit den Magier beseitigt und die Gedankenkontrollapparate an seine eigenen Zwecke angepasst.« An Varaile gewandt, fügte er hinzu: »Was sagtest du, wo dieser Barjazid jetzt ist, Lady?«

»In den Sangamor-Tunneln. Sein Sohn ist auch dort.«

Darauf begann Prestimion schallend zu lachen. »Oh, das gefällt mir. Eine hübsche Art und Weise, wie sich der Kreis geschlossen hat. Die Tunnel sind genau der Ort, an dem ich Thalnap Zelifor kennen gelernt habe. Ich war dort zusammen mit ihm als Gefangener angekettet.«

Das trug ihm einen verwunderten Blick von Varaile ein. Prestimion erkannte, dass sie mit diesen Bemerkungen über Episoden aus dem Bürgerkrieg nicht viel anfangen konnte. »Ich erzähle dir die Geschichte ein anderes Mal«, versprach er. »Und was dieses Gerät angeht, so werde ich es mir ansehen, sobald ich die Gelegenheit dazu finde. Eine Maschine, die das Bewusstsein kontrolliert? Nun, ich denke, wir werden früher oder später schon eine Verwendung dafür finden.«

»Lieber später als früher, würde ich meinen«, sagte sie.

»Bitte. Ich will die Bedeutung dieses Apparats ja nicht herunterspielen. Doch im Augenblick gibt es noch eine ganze Reihe anderer Dinge, mit denen ich mich beschäftigen muss.« Er lächelte, um den Worten die Schärfe zu nehmen, gab sich aber keine Mühe, seine Ungeduld zu verbergen. »Ich kümmere mich darum, sobald die Zeit dafür gekommen ist.«

»Was ist mit Prinz Dekkeret?«, fragte Varaile. »Sollte er nicht irgendeine Belohnung bekommen, weil er dich auf diese Vorgänge aufmerksam gemacht hat?«

»Prinz Dekkeret? O nein, so weit sind wir noch nicht. Er ist immer noch ein Bürgerlicher, einfach nur ein aufgeweckter Junge aus Normork, der auf der Burg Karriere machen kann. Aber du hast Recht, wir sollten anerkennen, was er geleistet hat. Was meinst du, Gialaurys? Sollen wir ihn um zwei Stufen befördern? Ja, so machen wir es. Wenn er jetzt auf der zweiten Stufe ist, dann befördern wir ihn auf die vierte. Vorausgesetzt, er hat sich von diesem eigenartigen Anfall von schlechtem Gewissen erholt, der ihn nach Suvrael eilen ließ.«

»Wenn er nicht dorthin gefahren wäre, Prestimion, dann hätte er nicht den Gedankenkontrollapparat finden können«, wandte Varaile ein.

»Das ist wahr. Aber es könnte sich auch herausstellen, dass dieses Ding überhaupt keinen Wert hat. Sein Ausflug nach Suvrael macht mir gewisse Sorgen. Dekkeret sollte für uns in Ni-moya tätig sein, statt privaten Abenteuern hinterher zu jagen, auch wenn sich dies letztlich als nützlich erwiesen hat. Ich will nicht, dass er so etwas noch einmal tut. So, und jetzt«, sagte Prestimion, nachdem Gialaurys sich entschuldigt und den Raum verlassen hatte, »jetzt wollen wir uns anderen Dingen zuwenden, Varaile.«

»Was meinst du damit?«

»Es gilt, eine weitere Reise zu unternehmen.«

Leichtes Unbehagen zeigte sich in Varailes Gesicht. »Willst du so bald schon wieder verreisen, Prestimion?«

»Nicht nur ich. Wir. Dieses Mal wirst du mich begleiten.«

Ihre Miene hellte sich sogleich wieder auf. »Oh, das gefällt mir schon viel besser! Ich würde gern einmal Bombifale sehen. Oder vielleicht auch Amblemorn. Es heißt, Amblemorn sei sehr eigenartig und altmodisch, schmale gewundene Straßen und Kopfsteinpflaster in den Gassen – ja, ich wollte schon immer Amblemorn sehen, Prestimion.«

»Wir werden viel weiter reisen«, erklärte er ihr. »Sehr viel weiter. Wir reisen zur Insel des Schlafes. Ich habe meine Mutter seit meiner Krönung nicht mehr gesehen, und sie hat meine Gemahlin noch nicht gesehen. Der Besuch bei ihr ist schon lange überfällig, und sie will dich endlich persönlich kennen lernen. Außerdem sagt sie, sie habe wichtige Dinge mit mir zu besprechen. Wir werden mit dem Flussboot den Iyann hinunter bis Alaisor fahren und von dort aus zur Insel des Schlafs übersetzen. Das ist zu dieser Jahreszeit die beste Reiseroute.«

Varaile nickte. »Wann brechen wir auf?«

»In einer Woche? Oder in zehn Tagen? Würde dir das passen?«

»Aber natürlich.« Dann lächelte sie, vielleicht sogar ein wenig wehmütig, dachte Prestimion. »Es ist dem Coronal nicht vergönnt, lange daheim auf der Burg zu bleiben, nicht wahr, Prestimion?«

»Später habe ich alle Zeit der Welt, daheim zu bleiben«, gab er zurück. »Später, wenn ich Pontifex bin und mein Heim sich unten im Labyrinth befindet.«

In der Stadt Stoien an der Spitze der Halbinsel Stoienzar, ganz unten im Südwesten des Kontinents Alhanroel, saß Akbalik vor einem dicken Stapel Lade- und Frachtpapieren, Passagierlisten und anderen Dokumenten der gewerblichen Seefahrt und blätterte sie müde durch, um irgendeinen Hinweis auf Dantirya Sambail zu finden. Seit drei Monaten hatte er Tag für

Tag dasselbe getan. Eine Kopie von jedem Fetzen Papier, der auf irgendeine Weise mit den Schiffen zu tun hatte, die zwischen Alhanroel und Zimroel verkehrten, wurde in die Fahndungszentrale geschickt, die Akbalik auf Septach Melayns Geheiß in Stoien eingerichtet hatte. Inzwischen wusste er mehr über den Preis für ein Hundertgewicht Ghumbawurzeln oder die Prämien für die Versicherung einer Schiffsladung Thuyolbeeren gegen Klegwürmer, als er es sich je hätte träumen lassen. Doch über Dantirya Sambail wusste er so wenig wie an dem Tag, als er hier angekommen war.

Die Rapporte, die er wöchentlich zur Burg schickte, wurden immer knapper und klangen immer gereizter. Akbalik saß seit Monaten in der Provinz fest und musste eine anscheinend unendliche Abfolge von vergeudeten Tagen unter langweiligen Fremden verbringen – zuerst in Ni-moya und dann hier. Man rühmte ihn ob seiner Ausgeglichenheit, doch auch für ihn gab es Grenzen. Inzwischen empfand er große Sehnsucht nach dem Leben auf der Burg. Hier draußen konnte er sowieso nichts erreichen; es war an der Zeit, dachte er, es wurde sogar höchste Zeit, dass man ihn zurück in die Hauptstadt versetzte. In den letzten Meldungen hatte er ausdrücklich um entsprechende Befehle nachgesucht.

Doch er hatte keine Antwort erhalten. Septach Melayn war vermutlich zu sehr damit beschäftigt, seine Fähigkeiten im Schwertkampf zu schulen, und hatte keine Zeit, die Rapporte zu lesen. Einmal hatte Akbalik auch an Gialaurys geschrieben, doch da hätte er sich gleich an Lord Stiamots Statue wenden können. Was den Coronal anging, so hatte Akbalik gehört, dass dieser eine Pilgerschaft zur Insel des Schlafes unternommen habe, um seiner Mutter seine neue Gemahlin vorzustellen. Er befand sich jetzt irgendwo auf dem Fluss Iyann auf halbem Wege zwischen dem Burgberg und

Alaisor. Also bestand wohl keine Hoffnung, eine Versetzung zu erwirken. Akbalik hatte keine andere Wahl, als Tag für Tag hier abzusitzen und sich unablässig durch die Berge von Frachtpapieren zu wühlen.

Doch wenn man schon irgendwo in einer Provinz die Zeit totschlagen musste, dann war die Stadt Stoien wenigstens ein angenehmer Ort. Das Klima war wundervoll, das ganze Jahr über herrschte sommerliche Wärme, die Luft schmeckte süß, und der Himmel war wolkenlos. Vom späten Vormittag bis in den Nachmittag wehte eine angenehme Brise vom Meer, die Abende waren mild, und jede Nacht genau um Mitternacht gab es einen köstlich kühlen Nieselregen. Die Stadt selbst war ein schmales Band, das sich über gut hundert Meilen an der geschwungenen Küste erstreckte, die hier einen natürlichen Hafen bildete. Mehr als neun Millionen Einwohner fanden in Stoien ein bequemes Zuhause, ohne je das Gefühl zu haben, ihre Heimatstadt wäre überfüllt.

Auch dem Auge bot der Ort ein gefälliges Bild. Da die ganze Halbinsel Stoienzar völlig eben und flach war und sich kein Fleckchen auf ihr mehr als zwanzig Fuß über Meereshöhe erhob, hatten die Einwohner der Hafenstadt Stoien die Topographie ihrer Stadt interessanter gestaltet, indem sie die Vorschrift erlassen hatten, dass jedes Gebäude auf einem mit weißem Stein verkleideten Sockel errichtet werden müsse. Die Ausmaße der Plattformen wiederum sollten sich dabei stark voneinander unterscheiden. Manche waren höchstens zehn oder fünfzehn Fuß hoch, andere, etwas weiter vom Ufer entfernt, waren beeindruckende künstliche Hügel, die mehrere hundert Fuß hoch sein konnten.

Einige besonders wichtige Gebäude standen weit von allen anderen abgesetzt und hoch über dem Straßenniveau auf eigenen Fundamenten, während anderswo ganze Viertel, eine Quadratmeile oder mehr in der Breite messend, sich einen einzigen riesigen Sockel teilten. So blieb das Auge stets in Bewegung und wurde in allen Himmelsrichtungen durch den Wechsel zwischen Hoch und Niedrig angeregt. Die drohende Eintönigkeit so vieler Ziegelbauten wiederum wurde durch ein Übermaß an Büschen, Ranken und anderen Pflanzen gemildert, die in tropischer Üppigkeit am Fuße jeder Plattform ebenso gediehen wie an den Zufahrtsrampen der höheren Ebenen. An luftig durchbrochenen Mauern fanden sie Halt und kletterten nach oben. Diese großzügige Bepflanzung trug nicht nur mit unzähligen grünen Schattierungen der Blätter, sondern auch mit dem strahlenden Indigo, Topas und Rot, Zinnober und Violett der unzähligen Blüten zum farbenfrohen Gesamtbild der Stadt bei.

Es war wirklich ein hübscher Ort, und Akbaliks Büro, das hoch oben im Zollhaus am Hafen untergebracht war, erlaubte ihm einen wundervollen Ausblick auf den Golf von Stoien, der sich hellblau schimmernd und spiegelglatt vor ihm erstreckte. Er konnte hunderte, wenn nicht tausende Meilen nach Norden blicken, bis am Horizont die Krümmung des gewaltigen Planeten mit dem Himmel in einer grauen Linie verschmolz. Dennoch sehnte er sich danach, wieder nach Hause zu kommen. So entwarf er im Kopf ein weiteres Gesuch an Septach Melayn:

»Geschätzter Freund und verehrter Hoher Berater, inzwischen sind vier Monate vergangen, seit ich auf deinen Wunsch nach Stoien ging. In dieser Zeit habe ich mich treu und ergeben der Aufgabe gewidmet …«

»Prinz Akbalik? Ich bitte um Verzeihung, Herr …«

Es war Odrian Kestivaunt, der Vroon, der ihm hier als Sekretär diente. Zappelig wie immer stand das kleine Geschöpf in der Tür und flocht nervös die Tentakel ineinander, eine nervtötende Angewohnheit, die Akbalik jedoch im Laufe der Zeit mit größter Anstrengung zu ertragen gelernt hatte. Der Adjutant schleppte schon wieder einen neuen Stapel Dokumente herein.

»Noch mehr Akten, die ich lesen muss, Kestivaunt?«, fragte Akbalik mit saurer Miene.

»Ich habe die Papiere bereits durchgesehen, Prinz Akbalik, und dabei etwas recht Interessantes gefunden. Sie stammen von Frachtschiffen, die in den letzten zwei Wochen von verschiedenen Häfen in Stoienzar nach Zimroel ausgelaufen sind. Wenn Ihr erlaubt, Prinz, dann …«

Kestivaunt brachte die Dokumente zum Schreibtisch und ordnete sie an, als wollte er Solitär spielen. Es waren durchweg Frachtpapiere, wie Akbalik jetzt sah. Lange Listen von Gebrauchsgütern, versehen mit den Kommentaren der Kapitäne über den Zustand an dem Tag, als sie an Bord genommen wurden, Bemerkungen zur Qualität ihrer Verpackung und andere Informationen.

Akbalik sah dem Vroon über die schmalen Schultern, als das kleine Wesen die Papiere verteilte. So und so viele Doppelzentner Echter Steinklee und Säcke mit Madarategummi, so und so viele Pfund Orokhalk, Äxte, Ahlen, Axtgriffe, Packsättel, Vorschlaghämmer …

»Ist es wirklich nötig, alles so detailliert durchzugehen, Kestivaunt?«

»Noch einen Augenblick, ich bitte Euch, guter Prinz. So. Seht her, ich möchte Eure Aufmerksamkeit auf die siebte Zeile des ersten Frachtbriefs lenken. Seht Ihr, was dort eingetragen ist?«

»Anyvug ystyn ripliwich raditix«, las Akbalik verwundert. »Ja, ich sehe es. Aber ich weiß nicht, was es zu bedeuten hat. Was ist das? Die Sprache der Vroon?«

»Wenn überhaupt, dann müsste es eher Skandar als irgendetwas anderes sein, würde ich meinen. Aber es ist auch wieder ganz anders als Skandar. Meiner Ansicht nach ist es keine Sprache, die auf Majipoor gesprochen wird. Doch wenn Ihr jetzt bitte weitergehen wollt, mein Lord – seht Euch Zeile zehn des zweiten Frachtzettels an.«

»Emijiquk gygpij jassnin ys. Was ist das für ein Unsinn, Mann?«

»Vielleicht eine verschlüsselte Botschaft? Seht doch hierher, Exzellenz, die dreizehnte Zeile auf dem nächsten Dokument: ›Kesixm ricthip jumlee ayviy‹. Und dann Zeile sechzehn im folgenden Dokument: ›Mursez ebumit yumus ghok‹. Dann Zeile neunzehn im nächsten – eine wohl geordnete Abfolge von Frachtbrief zu Frachtbrief, nicht wahr?« Der Vroon raschelte aufgeregt mit den Papieren und hielt sie nacheinander Akbalik hin. »Dieser Unsinn ist in den sonst ganz alltäglichen Texten jeweils um drei Zeilen versetzt untergebracht. Ich denke, uns fehlen hier die beiden ersten Zeilen der Botschaft, die in der ersten beziehungsweise vierten Zeile von Dokumenten stehen, die wir offenbar nicht erhalten haben. Doch es geht immer weiter; bisher habe ich vierzig solcher Zeilen finden können. Was sollte es sein, wenn nicht eine Art Code?«

»In der Tat, es klingt viel zu verrückt, um eine gesprochene Sprache zu sein. Doch es gibt ganz unterschiedliche Geheimbotschaften«, wandte Akbalik ein. »Dies hier könnte einfach nur der Trick eines Händlers sein, mit dem er Geschäftsgeheimnisse vor seinen Konkurrenten verbirgt.«

Er blickte auf ein anderes Blatt. »Zinucot takttamt ynifgogi nhogtua.« Und wenn das nun bedeutete, dass nächste Woche zehntausend Soldaten in Marsch gesetzt werden sollten? Das Jagdfieber hatte ihn gepackt. »Andererseits ist es natürlich durchaus denkbar, dass es sich hier um Mitteilungen zwischen Dantirya Sambail und seinen Verbündeten handelt.«

»Ja«, sagte der Vroon. »Das ist möglich. Verschlüsselte Botschaften können von den Meistern der Zunft allerdings leicht entschlüsselt werden.«

»Meint Ihr damit womöglich Euch selbst?« Wie Akbalik wusste, besaßen viele Vroon hellseherische Fähigkeiten.

Zuckende Tentakel deuteten eine verneinende Antwort an. »Nicht ich selbst bin der Experte, Exzellenz. Das übersteigt meine Fähigkeiten. Doch ein Kollege, ein gewisser Givilan-Klostrin …«

»Dem Namen nach müsste er ein Su-Suheris sein, nicht war?«

»So ist es. Ein Mann von ausgezeichnetem Ruf, der einen Text wie diesen mühelos entschlüsseln kann.«

»Lebt er hier in Stoien?«

»Er lebt in Treymone, Exzellenz, in der Stadt der Baumhäuser. Das sind nur einige Tagesreisen, wenn man von hier aus die Küste hinauf …«

»Ich weiß, wo Treymone liegt, vielen Dank.« Akbalik musste einen Augenblick darüber nachdenken. Die letzten Monate intensiver Zusammenarbeit hatten ein gutes Maß an Vertrauen zu diesem Odrian Kestivaunt in ihm wachsen lassen, doch einen unbekannten Su-Suheris in eine so delikate Angelegenheit einzubeziehen war eine ganz andere Sache. Es konnte sicher nicht schaden, wenn er vorab unauffällige Erkundigungen einzog. Die zweiköpfigen Leute schienen sich alle untereinander zu kennen, also würde er zunächst Maundigand-Klimd fragen, ehe er sich an Givilan-Klostrin wandte.

Geenux taquidu eckibin oeciss. Emajiqk juquivu xhtkip ss.

Akbalik presste sich die Fingerspitzen auf die schmerzenden Schläfen. Ob dieser Unfug wirklich die geheimen Pläne von Dantirya Sambail offenbarte? Oder war es nur eine Geheimbotschaft irgendeines zottigen Skandar-Handelskapitäns?

Zudlikuk. Zygmir. Kasiski. Fustus.

So ging eine Anfrage an den Magier Maundigand-Klimd zum Burgberg hinaus, und zu gegebener Zeit traf Maundigand-Klimds Antwort von der Burg ein. Givilan-Klostrin, schrieb er, sei ihm gut bekannt. Ein Mann, zu dem Prinz Akbalik absolutes Vertrauen haben konnte. »Ich verbürge mich für ihn«, versicherte Maundigand-Klimd, »als wäre er mein Bruder.«

Eine wirklich überzeugende Empfehlung also, dachte Akbalik. Er schickte nach Odrian Kestivaunt. »Sage deinem Su-Suheris-Freund«, ordnete er an, »dass er sich sofort hierher nach Stoien begeben soll.«

Als er aber Givilan-Klostrin leibhaftig vor sich sah, bekam Akbalik doch gewisse Zweifel hinsichtlich der Empfehlung, die Maundigand-Klimd ausgesprochen hatte.

Maundigand-Klimd selbst, für den Akbalik nur die höchste Achtung empfand, war ein Mann von großer Würde und edler Haltung und besaß eine Ehrfurcht gebietende Ausstrahlung, die er durch seine mönchisch-schlichte Kleidung zu unterstreichen wusste. Auf der Burg war der bevorzugte Kleidungsstil grellbunt und möglichst ausgefallen, doch Maundigand-Klimd bevorzugte glatte und strenge Roben aus schwarzer Wolle oder manchmal auch dunkelgrünes Leinen und erlaubte sich als lebhaften Farbtupfer höchstens einmal eine rote Schärpe.

Dieser Givilan-Klostrin jedoch, der in Akbaliks Büro vorsprach, trug einen grotesken Flickenteppich aus golden verbrämtem Brokat, auf den grellbunte Seidenstücke in einem halben Dutzend schreiender Farben gesetzt waren. Die beiden langgestreckten Köpfe wurden von Hüten mit fünf Spitzen gekrönt, die bis fast unter die Decke des Raums reichten. Ein halbes Dutzend riesige runde Augen mit buschigen Brauen waren auf die Hüte gemalt, drei vorne und drei hinten. Starre und spitz zulaufende Epauletten stiegen eine Handbreit von den Schultern des Magiers auf. Auch sie waren mit Augen versehen, und unten hingen schmale rote Banner daran.

Möglicherweise war die Aufmachung gedacht, um dem Betrachter Ehrfurcht einzuflößen, doch Akbalik fand sie absurd und komisch. Es war etwas, das ein armer Fakir tragen mochte, ein wandernder Bettler, der für ein paar Kronen auf dem Marktplatz den Leuten die Zukunft weissagte. Außerdem schielte der Su-Suheris ganz entsetzlich; das linke Auge des rechten Kopfes starrte schräg hinüber zum rechten Auge des linken Kopfes, dass es Akbalik schon beim bloßen Zuschauen schwindlig wurde.

Ich bürge für ihn, als wäre er mein Bruder, hatte Maundigand-Klimd geschrieben. Akbalik zuckte mit den Achseln. Einen Bruder wie Givilan-Klostrin hätte er im Leben nicht haben wollen, aber andererseits war er auch kein Su-Suheris.

»Ich bin das Haus von Thungma«, erklärte Givilan-Klostrin wichtig und wartete.

Diesen Teil der Begrüßung hatte der Vroon bereits erklärt. Thungma war der unsichtbare Geist, der Dämon oder was auch immer, mit dessen Bewusstsein Givilan-Klostrin Kontakt aufnahm, sobald er zur Weissagung in Trance versank. Givilan-Klostrin stellte sich dem Geistwesen während der Anrufung vorübergehend als »Haus« zur Verfügung.

Der Su-Suheris stand breibeinig und mit verschränkten Armen da und schien den ganzen Raum auszufüllen. Kalt starrte er Akbalik an.

»Zuerst die Entlohnung«, flüsterte Odrian Kestivaunt. »Das ist äußerst wichtig.«

»Ja, das ist mir klar. Sagt mir, Givilan-Klostrin, was wird diese Konsultation kosten?«, fragte Akbalik und wurde fast seekrank, als er versuchte, mit dem Magier irgendeine Art von Blickkontakt herzustellen.

»Zwanzig Royal«, antwortete der linke Kopf ohne Umschweife. Die Stimme klang tief und grollend.

Es war eine lächerlich überzogene Summe. Die meisten Menschen verdienten im ganzen Jahr nicht so viel. Eine einstündige Sitzung bei einer Traumsprecherin kostete nicht mehr als ein paar Kronen; dieser Kerl hatte soeben das Hundertfache gefordert. Akbalik wollte protestieren, doch ein Zittern der Tentakel und ein geflüstertes »Exzellenz, Exzellenz ...« von Seiten des Vroon ließ ihn innehalten. Die Gebühr des Zauberers, dies hatte Odrian Kestivaunt ihm mehrmals versichert, war ein wesentlicher Teil der gesamten Prozedur. Jeder Versuch zu feilschen würde das ganze Unterfangen gefährden.

Nun, es waren ja nicht seine zwanzig Royal. Akbalik nahm vier funkelnde Fünfroyalstücke aus der Börse, die neuen Prägungen mit Confalume in den Gewändern des Pontifex auf der einen und Prestimions hübschem Profil auf der anderen Seite, und legte sie auf den Schreibtisch. Givilan-Klostrin schnappte sich die Münzen und drückte sie nacheinander gegen die äußeren Wangenknochen, als könnte er so die Echtheit überprüfen.

»Wo sind die Dokumente?«, fragte der Magier.

Kestivaunt hatte eine seitenlange Abschrift der verschlüsselten Zeilen aus den Frachtpapieren vorbereitet. Akbalik gab dem Su-Suheris die Aufstellung, worauf dieser sofort beide Köpfe schüttelte, was Akbalik beinahe schwindeln ließ, und die Originale zu sehen verlangte. Akbalik warf einen Blick zu Kestivaunt, der mit aufgeregt peitschenden Tentakeln hinauslief und ein paar Augenblicke später mit den Papieren zurückkehrte. Givilan-Klostrin nahm sie entgegen, und Akbalik musste ein Lachen unterdrücken, als der sieben Fuß große Su-Suheris sich feierlich tief zum winzigen Vroon hinunterbückte, der nicht einmal zwei Handspannen groß war.

Nun öffnete Givilan-Klostrin einen Kasten, den er mitgebracht hatte, und baute seine Beschwörungsmaschine auf einer Bank auf. Akbalik war überrascht, denn er wusste, dass Maundigand-Klimd seine Hellseherei ohne irgendwelche Geräte durchführte; er hatte sogar oft seine Verachtung für diese Apparate zum Ausdruck gebracht. Vielleicht, dachte Akbalik, gab der Magier aber auch nur eine übertriebene Darbietung zum Besten, um die atemberaubende Gebühr von zwanzig Royal zu rechtfertigen. Zunächst stellte Givilan-Klostrin fünf Weihrauchkerzen auf und zündete sie an. Sofort füllte sich der Raum mit dicken, süßlich riechenden Rauchschwaden. Als Nächstes zog der Magier eine kleine Metallkuppel hervor, an deren Spitze er eine Vorrichtung befestigte, die ihrerseits einen gleichmäßigen Glockenschlag erzeugte. Ein zweites Gerät, das direkt neben dem ersten aufgestellt wurde, produzierte ein Geräusch wie ein fernes, mit tiefer Stimme gesprochenes Gebet, ein drittes gab ein gespenstisches, hohles Dröhnen von sich, das dem Ton ähnelte, der entsteht, wenn man in eine leere Muschel bläst.

Givilan-Klostrin reichte Akbalik ein viertes und dem Vroon ein fünftes Gerät. »Ihr werdet die Auslöser berühren«, sagte er gemessen, »wenn der richtige Augenblick gekommen ist. Ihr werdet es wissen, wenn dieser Zeitpunkt kommt.«

Akbalik fühlte sich unterdessen etwas unbehaglich. Der Übelkeit erregende Duft des Weihrauchs, die hypnotischen Klänge der Glocken und Muscheln, das Singen – allmählich wurde ihm das alles ein wenig zu viel.

Doch es gab kein Zurück. Die Prozedur, die unverschämt teure Prozedur, hatte begonnen.

Givilan-Klostrin hielt Kestivaunts Stapel mit Frachtdokumenten zwischen den gespreizten Fingern, eine Hand oben und die andere darunter. Alle vier Augen waren jetzt geschlossen. Aus beiden Kehlen kam ein seltsames, unangenehm gurgelndes Geräusch, dessen Rhythmus und Tonhöhe sich auf gespenstische Weise mit dem fernen Gesang vereinigte. Fast schien es, als wäre der Magier in Schlaf gefallen. Dann begann der ganze Oberkörper hin und her zu pendeln und die Beine zitterten. Er beugte sich weit zurück und legte die Köpfe in den Nacken, bis die Hutspitzen hinter ihm zum Boden wiesen, dann stand er wieder gerade und beugte sich gleich darauf erneut zurück. So ging es eine Weile weiter.

Ohne ein sichtbares Zeichen bekommen zu haben, tippte Odrian Kestivaunt auf einmal auf die vorspringende Spitze der kleinen Metallkuppel, die er hielt. Ein tiefes Dröhnen wie von gewaltigen Trompeten war zu hören und breitete sich mit solcher Gewalt im Raum aus, dass sogar die Wände bebten. Zu seiner Überraschung fühlte sich Akbalik gleich darauf durch einen starken inneren Drang genötigt, den Auslöser seiner eigenen Metallkuppel zu berühren, aus der eine Serie unangenehm lauter Zimbelschläge erklang. Zu dritt erzeugten sie jetzt einen unbeschreiblichen Lärm, und Akbalik fühlte sich, als wäre er irgendwie mitten ins tausendköpfige Orchester der Oper von Ni-moya versetzt worden.

Der Schweiß lief Givilan-Klostrin in Strömen über die Gesichter. Akbalik hatte noch nie einen Su-Suheris schwitzen sehen; er hatte nicht einmal gewusst, dass sie dazu fähig waren. Der Atem des Magiers kam in angestrengten Stößen. Blutfäden sickerten aus Nase und Mund. Die Dokumente presste er fest an die Brust.

Als die Geräusche, die aus den fünf Metallkuppeln drangen, noch lauter wurden, taumelte Givilan-Klostrin wie trunken durch den Raum, warf die Köpfe zurück und hob die Knie bei jedem schwankenden Schritt fast bis an die Brust. Er stieß wilde, knurrende Geräusche aus und prallte gegen Tische und Stühle, ohne es zu bemerken. Als ein besonders kräftig gebauter Stuhl seine Wut erregte, nachdem er dreimal dagegen geprallt war, hob er einen Fuß und ließ ihn mit überraschender Gewalt wieder heruntersausen. Der Stuhl wurde zu einer Wolke davonfliegender Splitter zerlegt. Eine bemerkenswerte Leistung, dachte Akbalik. Der Mann war besessen.

Die Trompeten, Glocken und Gongs tönten unerträglich laut. Givilan-Klostrin blieb schließlich am Fenster stehen, vorgebeugt, schwer atmend und zitternd. Er wiegte sich hin und her, hob wieder einen Fuß, setzte ihn vorsichtig auf den Boden, hob den anderen. Die Köpfe entfernten sich auf dem gemeinsamen Halsansatz voneinander und fuhren wieder zusammen, als wollten sie gegeneinander prallen, um sich gleich darauf wieder voneinander zu entfernen. Die Wangen waren aufgeblasen, die Zungen vorgestreckt. Der Magier gab ein beängstigendes Schnauben von sich und öffnete kurz die Augen, die sich wie wild in den Höhlen drehten.

Eine Minute, zwei, drei, fünf Minuten ging es so ohne Unterlass. Die rhythmischen Bewegungen bauten sich zu einer Spannung auf, die in einem entsetzlichen Ausbruch gipfeln mochte. Wollte dieser schreckliche Anfall denn überhaupt kein Ende nehmen?

Auf einmal stellten alle fünf Lärmerzeuger gleichzeitig ihre Arbeit ein, und eine drückende Stille senkte sich über den Raum. Givilan-Klostrin war in tiefer Trance.

Auch das Wiegen und Schütteln und das Füßestampfen hatten aufgehört. Er stand reglos wie eine Statue im Raum, der rechte Kopf hing schlaff zur Seite, als wäre sein Halszweig gebrochen, während die Augen des linken leer in Akbaliks Richtung starrten. Diese Starre hielt eine Minute oder länger an. Dann kam aus dem hängenden rechten Kopf ein tiefes, wortloses Stöhnen, eine Art Grollen und Heulen, das über fünf oder sechs Oktaven die Tonhöhe änderte, bis der Mund Silben und Phrasen zu stammeln anhob, die für Akbalik so unverständlich waren wie die verschlüsselten Zeilen des Frachtbriefs.

Nach einem kurzen Augenblick begann auch der aufgerichtete linke Kopf zu sprechen. Langsam und zögernd übermittelte er anscheinend eine Übersetzung der Geräusche, die aus dem anderen Kopf kamen, und jedes Wort war klar und deutlich vernehmbar:

»Der Mann, den Ihr sucht«, sagte Givilan-Klostrins linker Kopf, »ist hier in dieser Provinz. Dies sind Botschaften aus seinem geheimen Stützpunkt im südlichen Teil der Provinz Stoien an seine Gefährten in einem anderen Land. Er hat viele Monate darauf verwendet, an einem weit entfernten Ort ein Heer aufzubauen. Bald wird er seine Kräfte hier zusammenführen. Es ist sein Wunsch, den König der Welt zu stürzen.«

Nachdem er die letzten Worte gesprochen hatte, kippte der Su-Suheris vor Erschöpfung nach vorn und brach mit gewaltigem Krachen vor Akbaliks Füßen zusammen. Einen langen Augenblick blieb er zitternd liegen, dann hob er abwechselnd die beiden Köpfe und starrte Akbalik benommen und mit glasigen Augen an, als wäre er unsicher, wo er sich befand und wer dieser Mann war, der da über ihm stand.

»Ist es vorbei?«, fragte Akbalik.

Der Su-Suheris nickte schwach.

»Gut.« Akbalik machte mit flach ausgestreckter Hand eine energische Geste, als wollte er etwas abschneiden. »Ihr werdet alles vergessen, was heute hier gesprochen wurde.«

Der Magier verzog erstaunt die beiden eisgrauen Gesichter. »Wurde denn etwas gesprochen?«, fragte der linke Kopf mit schwacher Stimme. »Von wem? Ich kann mich an nichts erinnern, mein Lord. Nichts. Das Haus von Thungma ist leer.«

»Das ist wahr«, murmelte der Vroon. »Su-Suheris haben keine Erinnerung an die Vorgänge während der Trance. Wie ich schon erklärt habe, sind sie lediglich ein Medium für das, was der Dämon jeweils offenbaren will.«

»Ich hoffe, das trifft zu«, sagte Akbalik. »Schaffe ihn so schnell wie möglich hier heraus.« Er war erschüttert und fühlte sich schwach, als hätte er selbst und nicht der Su-Suheris gerade die Krämpfe und Zuckungen und den beängstigenden Anfall durchgemacht. Sein Kopf schmerzte vom Dröhnen der Gongs und Trompeten. Die langsamen, präzisen und überraschenden Worte des Orakels gingen ihm nicht aus dem Sinn: Der Mann, den Ihr sucht, ist hier … Er hat viele Monate darauf verwendet, an einem weit entfernten Ort ein Heer aufzubauen. Es ist sein Wunsch, den König der Welt zu stürzen.

Die übliche Route vom Burgberg zum Hafen von Alaisor an Alhanroels Westküste war der Fluss. Mit dem Schweber ging es über Khresm und Rennosk bis Gimkandale bergab, wo der Fluss Uivendak entsprang, dann mit dem Flussboot den Uivendak hinunter, vorbei an den Hangstädten Stipool und Furible und den Vorbergen des Burgbergs über Estilaup und Vilimong in die große zentrale Ebene des Kontinents. Der Uivendak änderte nach tausend Meilen den Namen und hieß Clairn, noch einmal tausend Meilen weiter hieß er Haksim, bis er schließlich mit dem mächtigen Iyann zusammenfloss, der aus dem feuchten grünen Gebiet nördlich der Valmambra-Wüste herunterkam und sich an einem

Ort, der »Drei Flüsse« hieß, mit dem Haksim vereinigte. Niemand wusste, wie der Name dieses Ortes entstanden war, denn es waren in Wahrheit nur zwei Flüsse, die sich hier vereinigten. Von dort bis zur Küste führten die vereinigten Flüsse den Namen des Iyann.

Im letzten Abschnitt war der Iyann einst nur noch gemächlich dahingeflossen, und den Reisenden, die ihn in westlicher Richtung befuhren, hatte eine langwierige Wegstrecke bevorgestanden. Doch seit der Zerstörung des Mavestoi-Damms oberhalb der Vereinigung mit dem Haksim flossen die Wasser des Iyann im Westen viel lebhafter als in den vergangenen Jahrhunderten, und das Flussboot, das Prestimion und Varaile beförderte, bewegte sich mit einer Geschwindigkeit in Richtung Alaisor, die Prestimion als durchaus angenehm empfunden hätte, wäre sie nicht zugleich auch eine beharrliche Erinnerung an die entsetzliche Tragödie des Dammbruchs gewesen.

Jetzt waren sie nur noch wenige Tagesreisen von der Küste entfernt. Sie glitten rasch durch warmes, grünes und fruchtbares Ackerland, dessen Einwohner winkend und jubelnd das Ufer säumten. Sie riefen seinen und manchmal auch Varailes Namen, als das Schiff des Coronals vorbeifuhr. Prestimion und Varaile standen Seite an Seite an der Reling und erwiderten die Grüße, indem sie zurückwinkten.

Varaile zeigte sich erstaunt über die starken und tiefen Gefühle, die ihnen von den Menschen entgegengebracht wurden. »Hör nur, Prestimion, hör nur, wie sie rufen! Du kannst fast körperlich spüren, welche Liebe sie für dich empfinden!«

»Das gilt dem Amt des Coronals. Es hat nicht viel mit meiner Person zu tun. Sie wissen kaum mehr über mich, als dass Confalume mich als Nachfolger ausgewählt hat und dass ich allein schon deshalb der richtige Mann sein muss.«

»Ich glaube, es steckt mehr dahinter. Es ist sicher auch die Tatsache, dass nach all den Jahren unter Confalume ein neuer Coronal ins Amt eingeführt wurde. Jeder hat Lord Confalume geliebt und verehrt, o ja, aber er war so lange da, dass die Menschen ihn als eine Selbstverständlichkeit betrachtet haben – gerade so wie die Sonne oder die Monde. Jetzt aber sitzt ein neuer Mann auf der Burg, und sie sehen in ihm die Stimme der Jugend verkörpert, die Hoffnung der Zukunft – ein unverbrauchter und tatkräftiger Herrscher, der auf Lord Confalumes Leistungen aufbauen und Majipoor in eine prachtvolle neue Ära führen wird.«

»Wollen wir hoffen, dass sie Recht behalten«, meinte Prestimion.

Danach schwiegen sie eine Weile und blickten gen Westen, wo die goldene und grüne Sonnensphäre sich langsam dem Horizont entgegen neigte. Das Land war hier flach und der Fluss sehr breit, und am Ufer waren weniger Menschen zu sehen als zuvor.

»Sage mir eins, Prestimion«, fragte Varaile eine ganze Weile später. »Ist es nach dem Gesetz möglich, dass der Sohn eines Coronals seinem Vater nachfolgt?«

Die Frage versetzte ihn in Erstaunen. »Was? Was redest du da, Varaile?«, erwiderte er scharf. Er fuhr zu ihr herum und hatte ein so wildes Funkeln in den Augen, dass sie erschrocken zurückfuhr.

»Aber ich habe mich doch nur gefragt …«

»Vergiss es. Das ist nicht möglich, und es wird niemals geschehen. Wir haben auf Majipoor keine Erbmonarchie, unsere Herrscher werden ernannt. Ich kann dir jahrtausendealte Aufzeichnungen zeigen, die dies belegen.«

»Das ist nicht nötig, ich glaube es dir.« Immer noch war sie erschrocken über seine heftige Reaktion. »Aber warum bist du so wütend, Prestimion? Ich habe doch nur eine Frage gestellt.«

»Eine sehr eigenartige Frage, wie mir scheint.«

»Ist sie wirklich so eigenartig? Ich bin nicht auf der Burg aufgewachsen, wie du weißt. Ich bin keine Expertin für Verfassungsrecht. Ich weiß, dass der neue Coronal gewöhnlich nicht der Sohn des vorherigen ist. Aber ich habe mich gefragt, nun ja, was geschehen würde, wenn …«

Prestimion erkannte, dass ihre Frage wirklich völlig unschuldig war. Sie konnte nichts von Korsibar und seiner unseligen Revolte wissen. Langsam beruhigte er sich wieder. Sie hatte ihn auf dem falschen Fuß erwischt, mehr nicht, und unwissentlich gefährliches oder sogar verbotenes Terrain betreten.

»Nun ja«, fuhr sie fort, »wenn er weder Coronal noch Prinz von Muldemar werden kann, weil Abrigant vermutlich eines Tages eigene Kinder haben wird, die diesen Titel von ihm erben werden, vielleicht kann er dann wenigstens eine andere Art von Prinz werden.«

»Er?« Jetzt war Prestimion völlig verwirrt.

»Oh, ja.« Varaile tätschelte ihren Bauch. »Eindeutig ein Er, Prestimion. Ich weiß es schon seit einigen Wochen. Ich habe Maundigand-Klimd trotzdem noch um eine Weissagung gebeten, und er hat es bestätigt.«

Er starrte sie an. Jetzt begriff er, was ihre Fragen zu bedeuten hatten.

»Varaile?«

»Du scheinst so erstaunt, Prestimion, als wäre dergleichen in der ganzen Geschichte der Menschheit noch nie passiert.«

»Mir ist es jedenfalls noch nicht passiert. Aber das ist nicht der entscheidende Punkt, Varaile. Du hast es Maundigand-Klimd schon vor Wochen gesagt, aber nicht mir? Und vermutlich hast du es auch Septach Melayn gesagt und außerdem auch Gialaurys und Nilgir Sumanand und deinen Hofdamen und der Skandar, die den Hof reinigt, wo du …«

»Hör auf, Prestimion. Willst du mir wirklich sagen, dass du es dir nicht schon längst zusammengereimt hast?«

Er schüttelte den Kopf. »Ich hätte nicht im Traum daran gedacht.«

»Dann solltest du vielleicht etwas besser aufpassen.«

»Und du solltest nicht so lange warten, ehe du mir derart wichtige Neuigkeiten mitteilst.«

»Ich habe bis jetzt gewartet«, erklärte sie, »weil Maundigand-Klimd mich darum gebeten hat. Er hat mir das Horoskop gestellt und gesagt, es wäre günstiger für das Kind, wenn ich dir gegenüber nichts erwähne, bis wir westlich des neunzigsten Meridians wären. Jetzt sind wir westlich des neunzigsten Meridians, nicht wahr, Prestimion? Er sagte, es sei dort, wo das Land eben und der Fluss sehr breit seien.«

»Ich bin nicht der Schiffskapitän, Varaile. Ich habe die Breitengrade nicht im Auge behalten.«

»Ich glaube, es ging hier um den Längengrad.«

»Längengrad, Breitengrad, was macht das schon für einen Unterschied?« Waren sie wirklich schon über den neunzigsten Meridian hinaus?, fragte er sich. Wahrscheinlich. Aber was unterschied den achtzigsten vom neunzigsten oder vom zweihundertsten Meridian? Sie hätte es ihm schon vor einiger Zeit sagen müssen. Doch es schien sein Schicksal zu sein, dachte er, in geradezu allem in irgendeine Art von Zauberei hineingezogen zu werden. Sein Kopf pochte vor Zorn. »Zauberer! Magier! Sie sind die wahren Herrscher dieser Welt, nicht ich! Es ist ungeheuerlich, Varaile, wirklich ungeheuerlich, dass diese Information schon seit Wochen auf meiner Burg in Umlauf ist und mir die ganze Zeit vorenthalten wird, weil irgendein Magier dir zu sagen beliebt …« Er spie fast vor Empörung. Sie sah ihn mit erstaunt aufgerissenen Augen an. Dann lächelte sie und begann zu kichern.

Auch Prestimion musste lachen. Er hatte sich wirklich sehr dumm benommen. »Oh, Varaile, Varaile … ich liebe dich so sehr, Varaile!« Er nahm sie in die Arme und zog sie an sich. Nach einer langen Weile ließ er sie lächelnd los und gab ihr einen Kuss auf die Nasenspitze. »Nein, Varaile, er kann nach mir nicht Coronal werden. Schlag dir bitte diesen Gedanken ein für allemal aus dem Kopf. Ist das klar?«

»Ich habe ja nur darüber nachgedacht«, sagte sie.

6

Zu jeder anderen Zeit wäre es angebracht gewesen, dass Prestimion mindestens eine Woche in Alaisor verbracht hätte. Als Coronal hätte er auf jeden Fall ein Bankett mit dem Lord Bürgermeister Hilgimuir in der berühmten Topashalle und den obligatorischen Besuch im ebenso berühmten Tempel der Lady auf dem Hausberg von Alaisor über sich ergehen lassen müssen. Wäre er noch der Prinz von Muldemar gewesen, dann hätte er sich auch mit den großen Weinspediteuren treffen müssen, zu denen seine Familie schon seit vielen Generationen geschäftliche Beziehungen unterhielt.

Doch es waren keine gewöhnlichen Zeiten. Er musste möglichst rasch auf die Insel kommen. So würde er sich zwar mit dem Lord Bürgermeister treffen, doch der Besuch würde nicht länger als ein oder zwei Stunden dauern. Die Weinhändler waren im Augenblick völlig unwichtig, denn er war der Coronal und konnte sich nicht mehr mit dem Weinhandel seiner Familie beschäftigen. Eine einzige Übernachtung in Alaisor durfte er sich erlauben, dann würden sie weiterreisen.

Der Lord Bürgermeister hatte Prestimion und Varaile die großzügige vierstöckige Suite unter dem Dach des dreißigstöckigen Börsengebäudes von Alaisor zur Verfügung gestellt. Diese Gemächer, die einen herrlichen Ausblick auf ganz Alaisor boten, waren ausschließlich den Mächten des Reiches vorbehalten. Maundigand-Klimd und der Rest des Gefolges hatten in der Nähe weniger prunkvolle, aber immer noch sehr luxuriöse Unterkünfte bezogen.

Alaisor war eine Stadt von wahrhaft königlicher Pracht und die größte Ansiedlung an der Westküste. Eine Reihe gewaltiger Klippen aus schwarzem Granit verlief hier parallel zum Strand. Der Iyann hatte schon vor langer Zeit eine tiefe Schlucht in diese schwarze Mauer gefressen, um das Meer zu erreichen, und Alaisor lag weithin nach Norden und Süden ausgebreitet wie ein riesiger Fächer am Fuß der Klippen auf beiden Ufern des Flusses. Die Bucht, die von der Flussmündung des Iyann geschaffen wurde, schenkte der Stadt zugleich einen hervorragenden Hafen. Breite Prachtstraßen liefen von den nördlichen und südlichen Vororten wie Radspeichen ins Zentrum Alaisors und vereinigten sich am Wasser zu einer Ringstraße. An diesem Kreuzungspunkt markierten sechs gewaltige Obelisken aus schwarzem Stein die Stelle, an der Lord Stiamot, der Bezwinger der Metamorphen, vor siebentausend Jahren bestattet worden war. Vom Balkon an der Westseite ihrer Suite zeigte Prestimion Varaile das Monument, hinter dem sich der Hafen erstreckte.

Der Überlieferung zufolge, so erklärte er Varaile, hatte Stiamot, nachdem er zum Pontifex ernannt worden war, in hohem Alter beschlossen, eine Pilgerreise nach Zimroel zu unternehmen, um bei der Danipiur, der Herrscherin der Metamorphen, um Verzeihung für die Eroberung ihres Landes zu bitten. Doch die Reise habe hier in Alaisor ein vorzeitiges Ende gefunden, als er krank geworden sei. Auf dem Sterbebett habe er dann, zur See blickend, darum gebeten, dass sein

Leichnam hier zur Ruhe gebettet werde, statt tausende von Meilen ostwärts zum Labyrinth transportiert zu werden.

»Und der Tempel der Lady?«, fragte Varaile. »Wo ist der Tempel zu sehen?«

Sie befanden sich im höchsten Stockwerk ihrer Suite. Prestimion führte Varaile zum großen, nach außen gekrümmten Ostfenster und zeigte ihr die lotrechte Wand der Klippen. Zu dieser Nachmittagsstunde wurde der Stein von der im Westen untergehenden Sonne in einen grünlich bronzenen Schein getaucht. »Dort«, sagte er. »Direkt unterhalb des Randes. Siehst du ihn?«

»Ja. Wie ein weißes Auge, das uns aus der Stirn der Klippe anstarrt. Warst du schon einmal dort, Prestimion?«

»Ein einziges Mal. Ich habe Zimroel vor einem Dutzend Jahren besucht und unterwegs einige Wochen in Alaisor verbracht. Septach Melayn und ich sind dort hinaufgestiegen. Es ist ein wunderschönes Gebäude aus weißem Marmor, einstöckig und mit eleganter Linienführung auf eine Weise in die Klippe hineingebaut, dass es in der Höhe zu schweben scheint. Von dort aus sieht man die ganze Stadt wie auf einer Landkarte unter sich liegen und dahinter, in Richtung der Insel, das weite Meer.«

»Das klingt wundervoll. Können wir morgen nicht eine Weile dort hinaufgehen?«

Prestimion lächelte. »Der Coronal kann nicht einfach irgendwo mal eine Weile hinaufgehen. Das Gebäude dort oben ist das zweitwichtigste Heiligtum auf ganz Majipoor, und wenn ich es überhaupt besuche, dann muss ich dort mindestens über Nacht bleiben und mich mit der Hierarchin und ihren Akoluthen treffen; es würde Zeremonien und alle möglichen anderen Prozeduren geben … nun, du siehst ja selbst, wie es ist,

Varaile. Was ich auch unternehme, es hat eine symbolische Bedeutung. Außerdem kann das Schiff, das uns zur Insel bringen soll, nicht warten. Die Winde sind günstig für die Fahrt nach Westen, und wir müssen morgen aufbrechen. Wenn der Wind sich hier einmal dreht, kann er Verzögerungen von vielen Monaten verursachen, und das darf ich jetzt nicht riskieren. Den Tempel können wir immer noch besuchen, wenn wir das nächste Mal in Alaisor sind.«

»Aber wann wird das sein? Die Welt ist so groß, Prestimion. Haben wir überhaupt genug Zeit, um einen Ort zweimal aufzusuchen?«

»In vier oder fünf Jahren«, sagte er. »Wenn die Welt sich etwas beruhigt hat, kann ich eine große Prozession machen und dann können wir alle Orte besuchen, und ich meine wirklich alle, Varaile. Wir können sogar nach Zimroel fahren und Piliplok, Ni-moya, Dulorn, Pidruid, Til-omon und Narabal sehen. Auf diesem Weg werden wir noch einmal Alaisor berühren, und dann werden wir etwas länger verweilen, das verspreche ich dir. Was wir auf dieser Reise versäumen, werden wir dann nachholen.«

»Du sagst, *wir* würden die Reise machen. Wird der Coronal denn bei der großen Prozession von seiner Gemahlin begleitet? Lord Confalumes Frau war nicht dabei, als er auf seiner letzten Prozession nach Stee gekommen ist.«

»Ein anderer Coronal, eine andere Gemahlin. Du wirst an meiner Seite sein, Varaile, wohin wir auch fahren.«

»Ist das ein Versprechen?«

»Das ist ein feierliches Versprechen. Ich schwöre es bei Lord Stiamots Schnurrbart. Hier im Schatten seines Grabes.«

Sie beugte sich vor und küsste ihn leicht. »Dann wäre das ja geklärt«, meinte sie.

Er hatte die Insel des Schlafes noch nie besucht. In seiner Zeit als Prinz auf der Burg war er nicht auf die Idee gekommen, denn gewöhnlich reiste man nur zu der Insel, wenn man ein dringendes Bedürfnis verspürte, sich einem Reinigungsritual zu unterziehen. Nicht einmal die Coronals besuchten die Insel sehr häufig, und wenn, dann höchstens im Rahmen einer großen Prozession, und dazu war es für ihn noch zu früh.

Doch jetzt erhob sich die Insel vor ihm am Horizont wie eine verzauberte weiße Wand, deren Anblick eine sehr eigenartige Erregung in ihm auslöste.

»Du wirst dich wundern, wie groß sie ist«, hatten alle, die schon einmal dort gewesen waren, immer wieder gesagt. Nach diesen eindringlichen Vorwarnungen nahm Prestimion an, er könne nicht mehr überrascht werden, doch in diesem Punkt hatte er sich getäuscht. Eine Insel, so hatte er immer gedacht, war ein völlig von Wasser umgebenes Stück Land. Inseln waren meist recht klein. Die Insel des Schlafes war jedoch, wie jedermann sagte, eine große Insel. Er hatte sich das so vorgestellt, dass die Insel dann eben ein sehr großes, völlig von Wasser umgebenes Stück Land war. Doch er hatte dabei immer noch das Bild vor Augen gehabt, dass ihr Umriss sich an den Seiten krümmte. In Wirklichkeit war die Insel jedoch so groß, dass man sie auf jeder anderen Welt als Kontinent bezeichnet hätte. Vom Meer aus gesehen, schien sie jedenfalls die Ausmaße eines Kontinents zu haben. Nur im Vergleich zu Alhanroel, Zimroel und Suvrael, den drei tatsächlich so bezeichneten Kontinenten auf Majipoor, konnte man auf die Idee kommen, dieser Insel eine geringere Klassifizierung zu geben.

Eine der vielen wundersamen Geschichten, die über die Insel erzählt wurden, ging dahin, dass sie in alten Zeiten – vor Millionen Jahren, lange bevor selbst die

Gestaltwandler auf Majipoor angekommen waren – vollständig unter dem Meeresspiegel gelegen habe. Durch ein entsetzliches Beben im Inneren der Welt sei sie dann an einem einzigen Tag in die Luft emporgehoben worden. Aus diesem Grund galt sie auch als heiliger Ort: Die Hand des Göttlichen hatte die Insel gepackt und aus dem Wasser gezogen.

Der unterseeische Ursprung der Insel war unverkennbar. Ein Anzeichen war die Tatsache, dass die ganze Insel aus einem einzigen riesigen Kalkbrocken bestand, der viele hundert Meilen durchmaß und mehr als eine halbe Meile hoch war. Drei gewaltige Scheiben aus Kalk waren in Terrassen übereinander angeordnet, und Kalk ist eine Substanz, die aus den Muscheln winziger Meeresbewohner besteht.

Die großen Kalkklippen strahlten grellweiß in der hellen Sonne und schoben sich als undurchdringliche Barriere vor den Horizont. Varaile und Prestimion standen da und schauten staunend. »Ich glaube, ich kann schon von hier aus zwei der drei Schichten erkennen und womöglich einen Schimmer der dritten Ebene«, sagte er. »Die unterste und größte Terrasse, die erste Schicht der Insel, nennt man die Erste Klippe. An ihrem Rand, hunderte Fuß hoch über dem Meer, steht ein Wald. Kannst du ihn erkennen? Dahinter, ein gutes Stück zurückgesetzt, erhebt sich die Zweite Klippe. Wenn du der weißen Wand mit dem Auge nach oben folgst, erkennst du einen zweiten grünen Saum. Das dürfte die Grenze zwischen der zweiten und dritten Klippe sein. Die dritte Klippe beginnt mehrere hundert Meilen weiter im Landesinneren. Eigentlich kann man sie von hier aus nicht sehen; man erkennt höchstens den Umriss des Gipfels. Dort oben steht der innere Tempel, der Amtssitz der Lady.«

»Die Insel blendet meine Augen. Ich wusste zwar, dass sie aus weißem Gestein besteht, aber ich hätte nie gedacht, dass sie so hell strahlt. Müssen wir bis ganz nach oben gehen?«

»Wahrscheinlich. Die Lady kommt nur selten herunter, um den Sohn zu begrüßen; gewöhnlich steigt der Sohn zu ihr hinauf. Üblicherweise wird der Coronal am Hafen von den Hierarchinnen begrüßt und zunächst zu dem Quartier geführt, das ihm dort unten zur Verfügung steht. Er vertritt die Welt der Taten, die Welt voller Lärm und männlichem Geprotze, und deshalb muss er einige Übergangsriten durchmachen, bevor er in das kontemplative Reich seiner Mutter eingelassen werden kann. Anschließend wird er über die Terrassen und die drei Klippen zu ihr hinaufgeführt. Am Ende erreichen wir dann den Inneren Tempel auf dem Gipfel, wo meine Mutter uns empfangen wird.«

Das gewaltige weiße Bollwerk der Insel erhob sich so abrupt und steil aus dem Meer, dass es nur zwei Häfen gab, in denen Schiffe anlegen konnten: Taleis auf der Zimroel zugewandten Seite und Numinor in Richtung Alhanroel. Beide waren schwierig anzulaufen. Zu bestimmten Zeiten im Jahr kamen in den Häfen Schiffe mit Pilgern an, die sich für ein oder zwei Jahre aus der Welt zurückziehen wollten, um zu meditieren und die rituellen Reinigungen vorzunehmen. Neben diesen Besuchern gab es auch andere, die für immer im Reich der Lady bleiben und den Rest des Lebens in ihren Diensten stehen wollten.

Das schnelle Schiff, das Prestimion und Varaile von Alaisor aus herübergebracht hatte, war zu groß, um den Hafen von Numinor anzulaufen. Es musste ein Stück vor der Küste ankern, und die Passagiere wurden mit einem bereits wartenden Fährboot an Land gebracht. Dessen Steuermann kannte natürlich die Geheimnisse des schmalen Kanals, der mit seinen schnellen Strömungen und trügerischen Riffs einen gefährlichen Zugang zum Strand bot.

Drei große und schlanke ältere Frauen, die Würde und Ruhe ausstrahlten, warteten schon an der Pier, als die Fähre anlegte. Sie trugen identische goldene Roben mit roten Säumen. Es waren Hierarchinnen der Insel, Adjutantinnen, die von der Lady Therissa zur Begrüßung des Coronals geschickt worden waren. »Wir haben Anweisung«, erklärte die dienstälteste Hierarchin, »Euch zunächst zum Haus der Sieben Wände zu führen.«

Prestimion hatte damit gerechnet. Das Haus der Sieben Wände war das Gästehaus, das dem jeweiligen Coronal bei Besuchen auf der Insel zur Verfügung stand. Es war ein niedriger, massiver Bau aus dunklem Stein, der oberhalb des Wellenbrechers im Hafen Numinor direkt am Meer stand.

»Aber warum heißt das Gebäude das Haus der Sieben Wände?«, fragte Varaile, als man ihnen ihre Zimmer zugewiesen hatte. »Es scheint doch exakt quadratisch gebaut zu sein.«

»Niemand weiß, wie dieser Name entstanden ist«, erwiderte Prestimion. »Das Haus ist so alt wie die Burg, und der größte Teil seiner Geschichte hat den Charakter einer Legende. Angeblich hat Lady Thiin, Lord Stiamots Mutter, das Haus für ihren Sohn bauen lassen, als dieser zur Insel kam, um sich für seinen Sieg am Ende der Metamorphenkriege zu bedanken. Es heißt, man hätte sieben Metamorphenkrieger in die Fundamente eingemauert – Krieger, die Lady Thiin eigenhändig getötet haben soll, als sie die Insel gegen eine Invasion der Gestaltwandler verteidigte. Doch die Grundmauern des Gebäudes wurden inzwischen schon mehrmals instand gesetzt, und bis jetzt hat dort unten noch niemand ein Metamorphenskelett gefunden. Es heißt auch, Lord Stiamot habe eine siebenseitige Kapelle im Hof errichten lassen, als er hier war, doch auch davon ist keine Spur zu finden. Von wiederum anderer Seite habe ich gehört, der Name sei einfach nur eine verballhornte Version von alten Worten der Gestaltwandler, die in Wirklichkeit bedeuten: ›Der Ort, wo die Fischschuppen abgekratzt werden‹, weil es hier in prähistorischen Zeiten ein Fischerdorf der Gestaltwandler gab.«

»Die letzte Version gefällt mir am besten«, sagte Varaile.

»Mir auch.«

Gewisse Reinigungszeremonien waren vonnöten, bevor der Besucher die höheren Ebenen der Insel betreten durfte. An diesem Abend war Prestimion unter Aufsicht einer Hierarchin mehrere Stunden damit beschäftigt, die entsprechenden Rituale zu absolvieren. Die Nacht verbrachten er und Varaile in einem schönen Zimmer, von dem aus sie das Meer überblicken konnten. Die dunkel gehaltenen Webarbeiten an den Wänden waren so alt, dass Prestimion sich fragte, ob Lord Stiamot sie womöglich persönlich ausgewählt hatte. Er malte sich aus, in der Nacht würden sich die Geister aller Könige früherer Zeiten an seinem Bett versammeln und ihm Anekdoten über ihre Regierungszeit erzählen oder ihm Ratschläge erteilen, wie er die Probleme seiner eigenen Regierungszeit lösen konnte, doch in Wirklichkeit fiel er fast augenblicklich in tiefen Schlaf, und die Träume, die zu ihm kamen, waren friedlich. Die Insel war ein Ort der Gelassenheit und Harmonie, alle Angst war hier verbannt.

Am Morgen begann die Reise bergauf zur Lady. Varaile und Prestimion würden sie allein unternehmen, keiner der anderen, die sie auf ihrem Weg von der Burg hierher begleitet hatten, würde ihnen unterwegs Gesellschaft leisten. Die Erlaubnis, die Dritte Klippe und den Inneren Tempel zu betreten, wurde gewöhnlich niemandem erteilt, der nicht die vollständigen Einweihungsrituale absolviert hatte.

Die Hierarchinnen führten sie zu der Haltestelle am Wasser, von der aus die Schwebeschlitten nach oben abfuhren. Wenn er die strahlend weiße Wand der Ersten Klippe betrachtete, die sich praktisch senkrecht vor ihm erhob, vermochte Prestimion sich nicht vorzustellen, wie man dieses Hindernis überwinden konnte. Doch der Schlitten stieg geräuschlos und mühelos auf, überwand ohne Probleme den steilen Anstieg und sank am oberen Rand der Klippe auf die Landeplattform wie ein riesiger Gihorna, der die Flügel zusammenfaltete. Als sie zurückschauten, konnten sie den Hafen Numinor wie eine Spielzeugstadt unter sich liegen sehen. Die gekrümmten Arme der Wellenbrecher aus Stein ragten wie zwei zerbrechliche Stäbe ins Meer hinaus.

»Wir sind auf der Terrasse der Einschätzung, die von allen Novizen als Erstes besucht wird. Hier werden sie bewertet, und man entscheidet über ihr weiteres Schicksal«, erklärte eine der Hierarchinnen. »Dahinter, ein Stück weiter im Landesinneren, befindet sich die Terrasse des Beginns, wo alle, die zu höheren Ebenen aufsteigen dürfen, den ersten Abschnitt ihrer Ausbildung durchlaufen. Nach einiger Zeit – nach Wochen, manchmal nach Monaten oder auch erst nach Jahren – gehen sie weiter zur Terrasse der Spiegel, wo sie mit dem eigenen Selbst konfrontiert werden. Dort bereiten sie sich auf das vor, was anschließend vor ihnen liegt.«

Ein Schwebewagen brachte Prestimion und Varaile zu ihrem nächsten Ziel. Rasch fielen die mit rosafarbenem Stein gepflasterten Straßen auf der Terrasse der Einschätzung hinter ihnen zurück, und sie reisten durch eine anscheinend endlose Reihe bestellter Felder zur Terrasse des Beginns, deren Eingang von dunkelblauen, zehn Fuß hohen Steinpyramiden markiert wurde. Hier sahen sie einige Novizen, die mit einfacher Feldarbeit beschäftigt waren, während andere in Amphitheatern heilige Lehren anhörten. Sie hatten keine Zeit, sich die Umgebung näher anzusehen, denn die Entfernungen waren gewaltig, und die weiße Wand der Zweiten Klippe, die sich mächtig vor ihnen erhob, war noch weit entfernt.

Der Nachmittag neigte sich bereits dem Ende zu, als sie den Fuß der Klippe erreichten. Die Nacht verbrachten sie auf der dritten Terrasse der Ersten Klippe, der Terrasse der Spiegel, unmittelbar am Fuße der mächtigen weißen Wand, die sich nun direkt vor ihnen erhob. In diesem Gebiet waren große Platten aus poliertem schwarzem Stein über Eck in den Boden gesetzt, sodass man überall, wohin man sich auch wandte, das eigene Spiegelbild den Blick erwidern sah, verwandelt und verstärkt durch das geheimnisvolle Licht dieses Ortes. In den frühen Morgenstunden des folgenden Tages ging es, wieder mit einem Schwebeschlitten, in Schwindel erregender Fahrt zur nächsten Terrasse hinauf.

Von der Zweiten Klippe aus konnten sie noch das Meer sehen, doch es schien sehr weit entfernt zu sein, und Numinor, ganz außen am Rand der Insel, war bereits unsichtbar. Gerade eben noch ließ sich der rosafarbene Saum der äußersten Terrasse der Ersten Klippe ausmachen. Die Terrasse der Spiegel direkt unter ihnen schien mit grüner Flamme zu brennen, sobald die Morgensonne die riesigen Steinplatten berührte. »Die äußere Terrasse, auf der wir jetzt stehen«, erklärte die Hierarchin, »ist die Terrasse der Weihung. Von hier aus geht es weiter zur Terrasse der Blumen, der Terrasse der Ergebenheit, der Terrasse der Hingabe und der Terrasse des Aufstiegs.«

Prestimion betrachtete voller Ehrfurcht den komplizierten, vielschichtigen Aufbau des Reichs, in dem die Lady der Insel lebte. Er hätte nie vermutet, dass für die Aufgaben, die hier erledigt wurden, eine so komplizierte Serie vorbereitender Prozeduren notwendig war.

Doch sie hatten keine Zeit zum Verweilen und Lernen. Das Allerheiligste, die Dritte Klippe und der Wohnsitz der Lady der Insel, lag vor ihnen. Ein weiterer atemberaubender Aufstieg den steilen Hang hinauf, und sie hatten es geschafft. Prestimion fiel sofort die reine und frische Luft hier oben auf, tausende Fuß über dem Meer. Kühl und erstaunlich klar war die Luft, sodass alle topographischen Einzelheiten der Insel wie mit einem Vergrößerungsglas unter ihnen zu sehen waren. Die unvertraute Umgebung – das Licht, der Himmel, die Bäume – zog ihn so sehr in ihren Bann, dass er nicht länger zuhörte, als die Hierarchinnen die Namen der Terrassen aufzählten, durch die sie reisten, bis er schließlich eine sagen hörte: »Und dies hier ist die Terrasse der Anbetung, der Eingang des Inneren Tempels.«

Niedrige, weitläufige Gebäude aus gekalktem Stein standen hier inmitten von heiteren, bezaubernden Gärten. Die Lady, so erklärte man ihnen, erwarte sie bereits im Inneren, doch zuerst sollten sie sich von der Reise erholen. Akoluthen führten sie zu einer abgeschiedenen Unterkunft in einem Garten voller knorriger, altehrwürdiger Bäume und Laubengänge, über denen Ranken mit großen blauen Blüten wucherten. Eine versenkte Badewanne mit wundervollen Kacheln aus poliertem grünem und türkisfarbenem Stein sprach ihnen eine unwiderstehliche Einladung aus. Sie badeten zusammen, und Prestimion fuhr lächelnd mit der Hand über Varailes schwellenden Bauch. Danach zogen sie weiche weiße Gewänder an, die man für sie bereitgelegt hatte, und die Diener servierten ihnen ein Mahl aus gegrilltem Fisch und köstlichen blauen Beeren, das sie mit einem gekühlten grauen Wein herunterspülten, den Prestimion nicht identifizieren konnte. Erst dann teilte ihnen eine der Hierarchinnen, die ihren Aufstieg begleitet hatten, mit, dass die Lady ihren Besuch erwarte. Sie fühlten sich wie in einem Traum. Feierlich und majestätisch ging es hier in dieser wunderschönen Umgebung zu. Prestimion hätte beinahe vergessen, dass er seine eigene Mutter besuchte.

Doch sie war jetzt mehr als nur seine Mutter. Sie war die Mutter der ganzen Welt, vielleicht sogar die Mutter-Göttin.

Den Inneren Tempel, wo die Lady sie erwartete, erreichten sie über einen schlanken Brückenbogen aus weißem Stein. Im Teich schwammen großäugige goldene Fische, dahinter lag eine Wiese mit grünem Gras, auf der jeder Halm exakt die gleiche Höhe zu haben schien. Hinter der Wiese stand eine niedrige Rotunde mit flachem Dach, die aus dem gleichen schimmernden weißen Stein geschnitten war wie die Brücke. Acht schmale Seitenflügel strahlten gleichförmig vom Zentrum aus wie die Strahlen eines Sterns.

Die Hierarchin deutete zur Rotunde. »Bitte, tretet ein.«

Der schlichte Raum im Herzen der Rotunde war achteckig, eine weiße Marmorkammer ohne jegliche Möblierung. In der Mitte befand sich ein flacher, ebenfalls achteckiger Teich. Daneben stand die Lady Therissa, lächelnd und die Arme zur Begrüßung ausgebreitet.

»Prestimion. Varaile.«

Wie immer wirkte sie auf bezaubernde Weise jugendlich mit ihrem dunklen Haar, der anmutigen Haltung und der glatten Haut. Manche sagten, ein so makelloses Äußeres sei nur durch Zauberei zu erreichen, doch Prestimion wusste, dass dies nicht der Wahrheit entsprach. Nicht, dass Therissa jemals großen Widerwillen dagegen gezeigt hätte, sich der Dienste eines

Magiers zu bedienen; auch in ihrem Haus in Muldemar hatte sie lange Zeit ein oder zwei Magier beschäftigt. Doch die Magier waren dort gewesen, um die Qualität der Traubenernte vorherzusagen und nicht, um die Hausherrin mit Zaubersprüchen vor dem Verfall des Alters zu bewahren. Auch jetzt trug sie ein magisches Amulett am Handgelenk, ein goldenes Band, in das mit Smaragdsplittern irgendwelche Runen gesetzt waren, doch auch dieser Schmuck, dachte Prestimion, diente ganz sicher einem anderen Zweck als ihrer Eitelkeit. Er war unerschütterlich davon überzeugt, dass seine Mutter ihre Schönheit bis über die Mitte ihres Lebens hinaus nicht durch irgendeine Art von Magie, sondern nur aufgrund ihrer inneren Ausstrahlung hatte bewahren können.

Die Ernennung zur Lady der Insel hatte ihr jedoch eine neue Ausstrahlung verliehen, eine unvertraute königliche Aura, die ihre strahlende Schönheit noch verstärkte. Der silberne Reif, den sie um die Stirn gelegt hatte, war das Amtssymbol der Lady der Insel. Auch dieser Schmuck unterstrich ihre würdevolle Haltung.

Prestimion hatte Geschichten darüber gehört, wie der silberne Stirnreif unweigerlich die Trägerin veränderte, und so musste es auch mit der Lady Therissa geschehen sein. Offensichtlich war dies genau die Rolle, auf die sie ihr ganzes Leben gewartet hatte. Früher war sie die Gemahlin des Prinzen von Muldemar gewesen, und als der Titel auf Prestimion übergegangen war, hatte sie Rolle der Mutter des Prinzen gespielt. Jetzt endlich besaß sie als Lady der Insel einen eigenen Titel und verkörperte eine der drei Mächte des Reichs. Offenbar, so nahm Prestimion an, hatte sie sich die ganze Zeit über, während er selbst als voraussichtlicher Thronfolger Confalumes galt, in aller Stille bereits auf diese neuen Pflichten vorbereitet, womöglich sogar ohne zu wissen, wie diese Pflichten tatsächlich aussehen würden.

Zuerst umarmte sie Varaile, schloss sie lange und warmherzig in die Arme, nannte sie mehrere Male »meine Tochter« und streichelte zärtlich ihre Wange. Sie hatte nie eine eigene Tochter zur Welt gebracht, und Prestimion war der erste ihrer Söhne, der geheiratet hatte.

Varailes Schwangerschaft schien sie nicht zu überraschen. Sie kam sofort darauf zu sprechen und bezeichnete das Kind in der männlichen Form, als könnte es in dieser Hinsicht überhaupt keinen Zweifel geben. Prestimion hielt sich etwas zurück, während die beiden Frauen sich unterhielten.

Dann drehte sie sich um und schloss auch ihn in die Arme, doch bei ihm währte die Umarmung kürzer. Dennoch konnte er die prickelnde Energie spüren, die dank ihres Amtes von ihr ausging und die sie von allen anderen Geschöpfen auf der Welt unterschied. Als sie sich von ihm löste, sah Prestimion, dass sie sich ihm gegenüber tatsächlich ganz anders verhielt als vorher bei Varaile. Das warme Lächeln verblasste, die Augen verdüsterten sich. Sie kam sogleich auf den wahren Anlass des Besuchs zu sprechen. »Prestimion, was ist nur mit der Welt geschehen? Weißt du, was ich sehe, wenn ich meinen Geist aussende?«

Er hatte gleich gewusst, dass es darauf hinauslaufen würde. »Du meinst den Wahnsinn, nicht wahr?«

»Ich meine den Wahnsinn, ja. Ich finde ihn überall. Ich stoße auf Verwirrung und Schmerz, wohin ich auch blicke. Es ist die Aufgabe der Lady und ihrer Diener, in der Welt zu forschen und jenen zu helfen, die leiden, indem wir ihnen den Trost freundlicher Träume bieten. Wir tun, was wir können, doch was jetzt vor sich geht, übersteigt unsere Kräfte. Wir arbeiten Tag und Nacht, um die zu heilen, die uns brauchen, aber es sind Millionen, Prestimion. Millionen. Und Tag für Tag wächst ihre Zahl.«

»Ich weiß. Ich habe es in allen Städten gesehen, die ich besucht habe. Das Chaos, die Schmerzen. Varailes eigener Vater wurde davon getroffen. Und …«

»Aber hast du es wirklich gesehen, Prestimion? Hast du es gesehen? Nicht so, wie ich es gesehen habe, fürchte ich. Komm mit.«

7

Sie drehte sich um, verließ den Raum und winkte ihm, ihr zu folgen. Prestimion zögerte stirnrunzelnd und sah sich zu Varaile um. Er war nicht sicher, ob die Einladung auch ihr galt, doch dann bedeutete er ihr, ebenfalls mitzukommen. Lady Therissa konnte sich ja entsprechend äußern, wenn Varaile nicht sehen sollte, was die Lady ihm zeigen wollte.

Sie war schon ein Stück den Gang entlanggelaufen und kam an einem und an noch einem der Seitenflügel vorbei, die sich vom Kern des Tempels aus wie Radspeichen nach außen erstreckten. Als er einen Blick in den Gang warf, sah Prestimion Akoluthen und vielleicht auch Hierarchinnen an langen Tischen sitzen. Sie hatten die Köpfe geneigt und waren allem Anschein nach mit geschlossenen Augen in Meditation versunken. Alle trugen silberne Stirnreifen, die dem Reif der Lady sehr ähnlich sahen. Die Mysterien der Insel, dachte er; sie schicken ihren Geist aus und suchen nach den Bedürftigen, um ihnen heilende Träume zu schenken. War es Zauberei oder Wissenschaft, die es ihnen erlaubte, auf diese Weile durch die Welt zu streifen? Er wusste, dass es zwischen beidem einen Unterschied gab, doch die Methoden, mit denen die Lady und ihre Helfer ihre Aufgaben auf der Insel verrichteten, kamen ihm ebenso okkult vor wie die Zaubersprüche und Anrufungen der Magier.

Die Lady betrat einen hellen Raum, dessen natürliches Licht durch zierliches Gitterwerk in der Marmordecke fiel. Der Raum, der ihr anscheinend als privates Arbeitszimmer diente, war mit einem Schreibtisch aus einem einzigen glänzend polierten, bunt gescheckten Steinquader eingerichtet; außerdem gab es eine niedrige Liege und zwei kleine Tische. In drei Alabastervasen an der hinteren Wand standen hübsch angeordnete Schnittblumen in roten, purpurnen, gelben und kobaltblauen Farbtönen.

Es schien sie nicht zu stören, dass Varaile ihnen hierher gefolgt war, doch ihre ganze Aufmerksamkeit galt Prestimion. Aus einer flachen, elegant verzierten Holzschachtel auf dem Schreibtisch nahm sie einen schmalen silbernen Stirnreif, der ihrem eigenen sehr ähnlich war. Sie reichte Prestimion das Gerät.

»Lege ihn an, Prestimion.«

Er gehorchte wortlos. So zart und leicht war der Reif, dass er das Gewicht kaum auf der Stirn spürte.

»Und jetzt dies hier«, sagte sie, indem sie zwei kleine Weinflaschen vor ihm auf den Tisch stellte. »Es ist kein Wein von unserem Gut, aber du wirst den Geschmack vielleicht erkennen. Trinke deine Flasche in einem Zug aus.«

Jetzt hatte er Einwände, die sich in einem verwunderten Blick äußerten. Doch sie öffnete ihre eigene Flasche und leerte sie mit einem einzigen großen Schluck, und daraufhin folgte er ihrem Beispiel. Es war ein dunkler Wein, schwer und scharf, süß und mit einem Nachgeschmack wie von Gewürzen. So etwas hatte er schon einmal gekostet, doch er konnte sich zunächst nicht erinnern, wo es gewesen war. Dann fiel es Prestimion ein: es war der Wein der Traumsprecherinnen, der bei Konsultationen eingenommen wurde, damit die Ratsuchenden ihr Bewusstsein öffneten. Das Getränk enthielt eine Droge, mit deren Hilfe die Barrieren im Bewusstsein überwunden werden konnten. Es war Jahre her, dass er das letzte Mal eine Traumsprecherin in Anspruch genommen hatte, denn er zog es vor, sich lieber selbst den Kopf über seine Träume zu zerbrechen, als die Meinung einer Fremden anzuhören; doch es war genau der gleiche Trank.

»Du weißt, was es ist?«, fragte sie.

»Traumwein, ja. Sollen wir uns jetzt niederlegen?«

»Dies ist keine Traumdeutung, Prestimion. Du wirst wach bleiben, und du wirst Dinge sehen, die du noch nie gesehen hast. Erschreckende Dinge, fürchte ich. Gib mir deine Hände.« Er streckte ihr die Hände entgegen. »Gewöhnlich ist eine Ausbildung von mehreren Monaten in dieser Technik nötig, ehe man so etwas tun kann«, erklärte sie. »Die Kraft der Vision ist einfach zu stark, sie kann einen unvorbereiteten Geist binnen weniger Sekunden verbrennen. Doch du wirst nicht allein reisen. Du wirst mich lediglich auf einer meiner eigenen Reisen begleiten, wie ich sie jeden Tag in dieser Welt unternehme. Du wirst durch meine Augen die Dinge beobachten, die ich dabei sehe. Auf diese Weise werde ich dich vor der Überbelastung schützen.«

Sanft nahm sie seine Hände. Dann verschränkte sie ihre Finger mit den seinen und griff plötzlich und mit überraschender Kraft zu.

Es fühlte sich an, als wäre ihm ein Vorschlaghammer auf die Stirn geschlagen worden.

Er konnte nicht mehr klar sehen, alles verschwamm vor seinen Augen. Er taumelte zurück und fürchtete schon, er werde stürzen, doch sie hielt ihn anscheinend mühelos fest. Der Raum drehte sich um ihn, und der Boden schwankte. Varaile, seine Mutter, der Schreibtisch, die Blumenvasen, alles drehte sich in wilden Kreisen um seinen Kopf. Auch in seinem Geist drehte sich alles, als hätte er binnen einer halben Stunde fünf Flaschen Wein getrunken.

Dann kam eine tiefe Ruhe über ihn, ein gesegneter Augenblick des Gleichgewichts und der Stabilität. Wie ein körperloser Geist erhob er sich vom Boden, glitt mühelos durch das Schnitzwerk in der Decke und trieb höher und höher in den Himmel hinauf, als wäre er ein von der Leine gelassener Ballon. Das Erlebnis erinnerte ihn an eine Vision, die er vor langer Zeit unter dem Einfluss von Drogen in der Zaubererstadt Triggoin gehabt hatte. Unterstützt von magischen Kräutern und dem Rezitieren mächtiger Namen, war er über das Königreich der Wolken hinaufgestiegen und hatte vom Rande des Weltraums aus Majipoor betrachten können.

Doch dieses Mal war die Wirkung eine ganz andere.

Damals hatte er die Welt aus großer Höhe mit der kühlen Objektivität eines Gottes betrachtet. Er hatte den ganzen riesigen Planeten als kleine Kugel gesehen, die sich langsam im All drehte, ein spielzeuggroßes Modell einer Welt mit drei dunklen Kontinenten, die nicht größer waren als seine Fingernägel, und er hatte den kleinen Ball behutsam auf die Handfläche genommen und neugierig mit dem Finger berührt, um ihn fasziniert und liebevoll zu untersuchen. Doch er hatte außerhalb dieser Welt gestanden, weit entfernt vom Leben der Bewohner.

Jetzt aber schwebte er über der Welt und war zugleich untrennbar mit der inneren Realität dessen verflochten, was sich unter ihm ausbreitete. Er blickte aus großer Höhe hinab und fühlte sich dennoch innig mit den tosenden, aufgewühlten Energien der Milliarden von Menschen verbunden.

Er sah sich mit unermesslich großer Geschwindigkeit durch die oberen Luftschichten rasen, während die unzähligen Städte und Orte und Dörfer Majipoors vor ihm aufflammten wie Leuchtfeuer, jede Ansiedlung deutlich von den anderen unterschieden und leicht zu erkennen: Da war der gewaltige Burgberg mit seinen Fünfzig Städten und den Sechs Flüssen, auf der Spitze des großen Felsblocks die Burg, die weit die Flanken hinunter gewuchert war; ebenso klar gezeichnet tauchten Sisivondal, Sefarad und Sippulgar auf, Sintalmond und Kajith Kabulon, Pendiwane und Stoien und Alaisor und das ganze übrige Alhanroel. Die Städte Zimroels waren nicht minder deutlich zu sehen: Ni-moya und Piliplok, Narabal, Dulorn und Khyntor und ihre vielen Nachbarn. Jetzt lag die Insel unter ihm, dann zeichnete sich Suvrael im Süden ab, und er sah Tolaghai, Natu Gorvinu und Kheskh, die er bisher nicht einmal in Träumen gesehen hatte. Als trügen sie Etiketten, konnte er sie einer Eingebung zufolge erkennen, sobald er sie betrachtete.

Es schien ihm, als schwebte er unmittelbar über den Dächern dieser Orte und als könnte er die Seelen der Bewohner so leicht erreichen, wie er damals in Triggoin die kleine rotierende Weltkugel berührt hatte.

Starke psychische Ausstrahlungen drangen zu ihm herauf wie die Hitze aus einem Schornstein, und was er fühlte, war erschreckend. Keine schützende Membran trennte ihn mehr vom Leben der Milliarden Menschen, die in diesen Städten lebten. Alles stürzte in einer gewaltigen Woge über ihn herein. Er empfing Schreie, die von Schmerzen, Sorgen und tiefster Verzweiflung kündeten, er spürte die gequälten Seelen, die von ihren Mitgeschöpfen isoliert waren, als steckten sie in Eisblöcken. Er spürte das verwirrte Beben von Seelen, die in fünfzig Richtungen gleichzeitig fliehen wollten und deshalb überhaupt nicht vom Fleck kamen. Er spürte den dumpfen Schmerz dieser Wesen, die sich bemühten, Ordnung in ihre Gedanken zu bringen, und nicht verstehen konnten, was in ihnen vor sich ging. Er spürte die albtraumhafte Furcht der Menschen, die in ihrem Geist Erinnerungen an die Vergangenheit suchten und doch nur klaffende Löcher fanden.

Immer und immer wieder erlebte er die Schrecken, die eine solche innere Anarchie mit sich bringt. Er empfing die verzweifelte Rastlosigkeit der verletzten Seelen. Er spürte die entsetzliche Leere und Taubheit im Herzen vieler Menschen. Er sah die Trostlosigkeit nach einem schmerzlichen Verlust.

Überall spürte er das Chaos.

Chaos.

Chaos.

Chaos.

Irrsinn.

Wahnsinn war es, ja, eine reißende Woge des Wahnsinns, die das ganze Land überspülte, als wäre ein stinkender Abwasserkanal übergelaufen. Eine alles erfassende Pestilenz, eine nicht aufzuhaltende Katastrophe, ein infernalisches Durcheinander, das die ganze Welt erfasste, eine Geißel und Heimsuchung, wie er sie sich schlimmer nicht hätte ausmalen können.

»Mutter …«, keuchte er. »Mutter!«

»Trink das hier«, sagte Varaile leise und reichte ihm einen Becher. »Wasser, es ist nur reines Wasser.«

Flatternd öffneten sich seine Augenlider. Er saß auf einmal auf der Liege im Arbeitszimmer seiner Mutter, schwach an ein Kissen angelehnt. Die weiße Robe, die sie ihm gegeben hatte, war feucht vor Schweiß, und er zitterte. Er stürzte das Wasser hinunter und schauderte. Varaile legte ihm sachte die Hand auf die Stirn; ihre Finger schienen sich kalt wie Eis auf seine fiebernde Haut zu legen. Auf der anderen Seite des Raumes sah er seine Mutter mit verschränkten Armen neben dem Schreibtisch stehen. Ruhig beobachtete sie ihn und wartete.

»Keine Sorge, Prestimion«, sagte sie schließlich. »Die Nachwirkungen werden gleich abklingen.«

»Ich bin ohnmächtig geworden, nicht wahr?«

»Du hast das Bewusstsein verloren, aber du bist nicht gestürzt.«

»Hier, nimm das wieder an dich.« Er wollte den silbernen Stirnreif abnehmen, doch er trug ihn schon nicht mehr. Wieder schauderte er. »Welch ein Albtraum, Mutter!«

»Ja, es war ein Albtraum. Ich sehe diese Dinge Tag für Tag, seit Monaten geht es schon so. Für meine Helfer stellt es sich nicht anders dar. So ist die Welt geworden, Prestimion.«

»Die ganze Welt?«

Sie lächelte. »Nicht die ganze Welt, noch nicht. Ein großer Teil ist immer noch gesund. Was du gespürt hast, waren die Schmerzen der Menschen, die besonders anfällig für die Seuche sind. Die ersten Opfer waren diejenigen, die nicht genug Kraft hatten, um sich gegen die Anfälle zu wehren, die des Nachts über sie gekommen sind. Ihre Schreie schallen mir entgegen und suchen nach mir, wenn ich über ihnen durch die Nacht ziehe. Was glaubst du, welche Träume ich schicken kann, um diese Schmerzen zu lindern?«

Er schwieg. Darauf wusste er keine Antwort. Noch nie, so schien es ihm, noch nie im Leben war er so verzweifelt gewesen. Nicht einmal in jenem Augenblick, als Korsibar nach der Krone gegriffen hatte, die nach Ansicht aller Menschen an ihn hätte übergehen müssen.

Ich habe die Welt zerstört, dachte er.

»Hast du eine Vorstellung, was ich erlebt habe, als ich dieses Gerät trug?«, fragte er Varaile.

»Eine gewisse Vorstellung habe ich. Es muss sehr schlimm gewesen sein. Dein Gesichtsausdruck – dieser entsetzte, schmerzverzerrte Ausdruck …«

»Dein Vater ist noch einer der Glücklichen«, erklärte er. »Er kann nicht verstehen, was mit ihm geschehen ist. Jedenfalls hoffe ich, dass er es nicht kann.«

»Konntest du die Gedanken der Menschen lesen?«

»Nein, nicht die Gedanken einzelner Menschen. So war es nicht. Ich denke, es ist nicht möglich, die Gedanken von Einzelnen zu erkennen. Aber man bekommt einen allgemeinen Eindruck, spürt eine Woge von Empfindungen oder eine Zusammenfassung dessen, was sich in einem bestimmten Augenblick im Bewusstsein von hunderten von Menschen abspielt.«

»Von tausenden«, berichtigte die Lady.

Von ihrem Platz auf der anderen Seite des Raumes beobachtete sie ihn jetzt sehr genau, wie er bemerkte. Ihr Blick war warm und mitfühlend und mütterlich, doch es war auch ein durchdringender Blick, der bis tief in die letzten Winkel seiner Seele reichte.

»Erkläre mir, was geschehen ist und wie es dazu kommen konnte, Prestimion«, sagte sie nach einer Weile ganz leise.

Sie weiß es, dachte er.

Es kann keinen Zweifel geben, sie weiß es. Nicht die Einzelheiten, aber das Wesentliche ist ihr bekannt. Ihr ist bewusst, dass ich auf irgendeine Weise dafür verantwortlich bin und dass irgendeine meiner Taten hinter alledem steckt.

Jetzt wartete sie darauf, von ihm den Rest zu erfahren. Ihm war klar, dass er es ihr nicht länger verschweigen konnte. Sie wollte sein Geständnis, und er war bereit, ja sogar begierig, sich ihr anzuvertrauen.

Doch was war mit Varaile? Er warf einen unsicheren Blick zu ihr. Sollte er sie bitten, den Raum zu verlassen? Konnte er das, was er offenbaren musste, in ihrer Gegenwart sagen und sie damit zur Mitwisserin seines ungeheuerlichen Verbrechens machen? Ich bin für das verantwortlich, was mit deinem Vater geschehen ist, Varaile – konnte er es wagen, ihr dies zu sagen?

Ja, dachte er.

Ja, ich will es wagen. Sie ist meine Frau. Vor ihr will ich keine Geheimnisse haben, auch wenn ich der König dieser Welt bin.

Langsam und zögernd begann Prestimion seine Schilderung. »Es ist meine Schuld, Mutter. Ich glaube, du weißt es schon, aber ich will es trotzdem noch einmal in aller Deutlichkeit sagen. Ich bin verantwortlich für diese Katastrophe, ich allein. Ich hatte nicht die Absicht, so etwas heraufzubeschwören, aber ich habe es getan, und die Schuld liegt ausschließlich bei mir.«

Er hörte Varaile erstaunt und überrascht keuchen. Seine Mutter jedoch beobachtete ihn gelassen und aufmerksam wie zuvor und hörte sich schweigend an, was er zu berichten hatte.

»Ich erkläre es von Anfang an«, sagte er.

Die Lady nickte wortlos.

Prestimion schloss die Augen, um sich zu sammeln. Es von Anfang an erklären, ja. Aber wo war der Anfang?

Zuerst die Verschleierung, danach die Gründe dafür, dachte er. Ja.

Er holte tief Luft und begann. »Der Verlauf der jüngsten Ereignisse in der Welt, den du für gegeben hältst, entspricht nicht dem wahren Verlauf der Dinge«, sagte er. »Eine gewaltige Täuschung wurde in Szene gesetzt. Große Dinge sind geschehen. Ereignisse, die in der Geschichte dieser Welt beispiellos sind, doch niemand weiß mehr davon. Tausende Menschen sind gestorben, und die Ursache ihres Todes wurde verschleiert. Die Wahrheit wurde ausgelöscht, wir alle leben in einer Lüge. Nur eine Hand voll Menschen kennen die wahre Geschichte – Septach Melayn, Gialaurys, Abrigant und zwei oder drei andere. Niemand außer ihnen ist eingeweiht. Jetzt vertraue ich es auch dir an, aber ich hoffe, dass du es nicht weiterträgst.«

Er hielt inne, blickte zwischen Varaile und seiner Mutter hin und her. Beide schwiegen, die Gesichter blieben gefasst und verrieten nicht, was die Frauen dachten. Sie wollten anhören, was er zu sagen hätte.

»Mutter, du hattest vier Söhne. Einer von ihnen ist tot. Der kluge Taradath, ein Dichter, der das Spiel mit Worten liebte, er ist gestorben. Du glaubst, er sei beim Schwimmen in einem Fluss im Norden gestorben. Das ist nicht wahr. Richtig ist, dass er ertrank, doch es geschah im Verlauf einer schrecklichen Schlacht am Fluss Iyann, als der Mavestoi-Damm brach. Erschreckt es dich? Dennoch ist es die Wahrheit. So ist Taradath gestorben. Du hast die ganze Zeit an diese Lüge geglaubt, und ich bin für sie verantwortlich.«

Ihre einzige Reaktion war ein kurzes Zucken ihres Mundwinkels. Ihre Selbstbeherrschung versetzte ihn in Erstaunen. Varaile schien einfach nur verblüfft.

»Und weiter: Lord Confalume war nicht kinderlos. Er hatte Zwillinge, einen Sohn und eine Tochter. Wie ich sehe, überrascht es dich. Ja, von Confalumes Kindern weiß heute niemand mehr etwas. Der Name der Tochter war Thismet. Sie war klein, zierlich und sehr schön, eine außergewöhnlich komplizierte Frau von großem Ehrgeiz. Sie ist nach ihrer Mutter Roxivail geschlagen, denke ich. Der Sohn war stark und hübsch, ein großer, dunkelhaariger Mann mit der Haltung eines Königs, ein Sportler und ein geschickter Jäger. Nicht sonderlich intelligent, wie ich einschränkend sagen muss. Eine einfache Seele, aber auf seine Weise ein gutherziger Mann. Sein Name war Korsibar.«

Varaile stieß einen kleinen überraschten Schrei aus, als er diesen Namen nannte. Prestimion wunderte sich über ihre Reaktion, doch er zog es vor, den Fluss seiner Erzählung nicht zu unterbrechen, indem er sie um eine

Erklärung bat. Die Lady Therissa hingegen schien beinahe abwesend und gedankenverloren.

»Pontifex Prankipin erkrankte«, fuhr Prestimion fort. »Lord Confalume musste über den bevorstehenden Ämterwechsel nachdenken und bestimmte mich zu seinem Nachfolger als Coronal. Öffentlich ließ er natürlich nichts verlauten, solange Prankipin noch lebte. Alle Lords und Prinzen des Reichs waren im Labyrinth versammelt, um den Tod des Pontifex abzuwarten. In dieser Wartezeit wandten sich gewisse verbrecherische Elemente an Prinz Korsibar und flüsterten ihm ins Ohr: ›Du bist der Sohn des Coronals, du bist ein stattlicher Prinz. Warum sollte der kleine Prestimion Coronal werden, wenn dein Vater Pontifex wird? Nimm dir die Krone, Korsibar! Nimm sie für dich! Nimm sie!‹ Zwei ehrlose Brüder, Farholt und Farquanor, gehörten zu denen, die ihn am stärksten drängten. Auch sie sind jetzt für immer vergessen. Ein weiterer Verschwörer war ein eiskalter und böser Su-Suheris-Magier. Auch Lady Thismet war daran beteiligt, von ihr ging der stärkste Einfluss überhaupt aus. Diese Verschwörer drängten Korsibar, und er war zu schwach und zu schlicht im Gemüt, um ihnen Widerstand zu leisten. Er selbst hatte sich nie als den kommenden Coronal gesehen, doch sie redeten ihm ein, der Thron gehöre von Rechts wegen ihm. Der alte Pontifex starb, und wir versammelten uns im Hof der Throne, um die Krone zu übergeben. Korsibars Magier sprach einen Zauber und vernebelte uns die Sinne, und als wir wieder klar sehen konnten, saß Korsibar schon neben seinem Vater auf dem Doppelthron, und die Sternenfächerkrone ruhte auf Korsibars Haupt. Confalume, der mit einem Spruch gebannt war, unternahm nichts, um die Machtergreifung seines Sohnes zu verhindern.«

»Das ist kaum zu glauben«, erwiderte die Lady Therissa.

»Glaube es, Mutter. Ich bitte dich, glaube es. Es ist wirklich geschehen.«

Prestimion sprach jetzt schneller und gab den Frauen einen Bericht über den Verlauf des Bürgerkrieges, über Korsibars Griff nach der Macht und seine eigene Weigerung, diese Aneignung der Macht hinzunehmen. Die naive Einladung des neuen Coronals, Prestimion möge doch einen Sitz im Rat übernehmen, die mit solcher Wut und Verachtung zurückgewiesen wurde, dass Korsibar ihn festnehmen und in den Sangamor-Tunneln anketten ließ. Die Befreiung aus den Verliesen durch einen Kompromiss, den der raffinierte Dantirya Sambail ersonnen hatte, der hoffte, Korsibar und Prestimion zu seinem eigenen Vorteil gegeneinander ausspielen zu können; die Aushebung eines Heeres, um Korsibars illegitime Herrschaft zu beenden; die erste Schlacht in den Hügeln bei Arkilon, die mit einer Niederlage von Prestimions Rebellentruppe im Kampf gegen Korsibars General Navigorn endete; der Rückzug ins zentrale Alhanroel, ein großer Sieg für Prestimion über Navigorn am Fluss Jhelum; andere Schlachten, Siege und Niederlagen, der lange Marsch nach Nordwesten quer durch Alhanroel, ständig von den Truppen Korsibars bedrängt. Dann die große Katastrophe im Tal des Iyann, als Dantirya Sambail, der sich inzwischen mit Korsibar verbündet hatte, den Usurpator drängte, den Mavestoi-Damm zu sprengen und den gesamten Stausee auf Prestimions Streitmacht niederbrechen zu lassen.

»Dabei starb Taradath, Mutter, und mit ihm viele treue Kameraden. Das ganze Tal war überflutet. Ich wurde selbst von den Fluten fortgeschwemmt, konnte mich aber irgendwie schwimmend in Sicherheit bringen und nach Norden zur Valmambra-Wüste durchkämpfen. Ich war ganz auf mich gestellt und wäre fast gestorben. Septach Melayn und Gialaurys fanden mich in der Wüste. Auch Herzog Svor, an den du dich vielleicht erinnerst, war dabei. Zu viert gingen wir nach Triggoin, wo wir uns einige Monate bei den Zauberern versteckten und wo ich einige ihrer Techniken lernte.« Prestimion lächelte leicht. »Mein Lehrer war Gominik Halvor. Das war der Beginn meines Bündnisses mit ihm und seinem Sohn Heszmon Gorse.«

Wieder hielt Prestimion inne. Seine Mutter war sehr bleich und offenbar stark erschüttert. Sie hatte schwer zu kämpfen, all die neuen Informationen aufzunehmen. Varaile versuchte es nicht einmal. Die meisten Menschen und Orte waren ihr unbekannt, sie konnte die Geschichte nicht nachvollziehen und sah ihn nur verständnislos an.

Dann kam er auf den Kernpunkt zu sprechen. Er berichtete, wie verzweifelt er in Triggoin gewesen war. Doch er habe eine Vision gesucht und dabei erfahren, dass es ihm bestimmt war, Korsibar zu bezwingen und die Welt zu heilen. Er schilderte seine Reise aus Triggoin heraus, die Aufstellung eines neuen Heeres in Gloyn im Westen des zentralen Alhanroel, den Marsch nach Osten zum Burgberg, den Höhepunkt der letzten großen Schlacht gegen Korsibar und dessen Streitmacht an der Thegomar-Kante.

Prestimion sagte nichts über Thismets Entscheidung, die Seiten zu wechseln, und verschwieg auch, dass sie ihn in seinem Lager in Gloyn aufgesucht und sich ihm als Frau und Gemahlin angeboten hatte, sobald er den Thron bestiegen hätte. Er hatte geschworen, keine Geheimnisse vor Varaile zu haben, doch als nun der Augenblick kam, über seine Liebe zu Thismet und ihre Liebe zu ihm zu berichten, konnte er sich nicht dazu durchringen. Welchen Sinn sollte es auch haben? Es war etwas, das geschehen war und ungeschehen gemacht worden war, und es hatte keinerlei Auswirkung mehr auf den derzeitigen Zustand der Welt. Ein rein privates Zwischenspiel, das ins Reich der ausgelöschten Geschichte gehörte. Dann soll es auch da bleiben, entschied Prestimion. Wichtig war jetzt nur ein schonungsloser Bericht über die Ereignisse an der Thegomar-Kante.

»Sie hatten ihre Truppen höher postiert als wir«, erklärte Prestimion. »Wir waren unterhalb von ihnen in den Beldak-Sümpfen. Zuerst entwickelte sich die Schlacht zu unseren Ungunsten, aber als wir uns zurückzogen, kam Korsibars Infanterie dummerweise den Hügel herunter, um uns zu hetzen. Dabei lösten sie ihre Formation auf, und wir konnten Verstärkung von der Seite heranführen und sie zwischen zwei Fronten aufreiben. Damit wendete sich das Schlachtglück zu unseren Gunsten. In diesem Augenblick setzte ich die Magier als meine stärkste Waffe ein.«

»Magier, Prestimion?«, fragte die Lady Therissa. »Du hast Magier eingesetzt?«

»Das Schicksal der Welt stand auf dem Spiel, Mutter. Ich war entschlossen, alle verfügbaren Kräfte einzusetzen, um Korsibars Regentschaft zu beenden. Gominik Halvor und sein Sohn traten vor, unterstützt von einem Dutzend weiteren hohen Magiern aus Triggoin, und sprachen einen Zauber, der den hellen Mittag in eine mondlose Nacht verwandelte. In der Dunkelheit konnten wir das Heer des Usurpators vernichten. Korsibar wurde von seinem eigenen Magier getötet, dem Su-Suheris Sanibak-Thastimoon. Der Magier tötete auch die Lady Thismet und verlor dann sein Leben durch Septach Melayns Hand. Dantirya Sambail, der an diesem Tag gegen uns gekämpft hatte, fand mich im Schlachtgetümmel und forderte mich zum Zweikampf um den Thron, doch ich besiegte ihn und nahm ihn gefangen. Dann kam Navigorn zu mir und ergab sich, und der Krieg war vorbei. Der gute Herzog Kamba, der mich die Kunst des Bogenschießens lehrte, fiel an diesem Tag. Ebenso Kanteverel von Bailemoona und mein kleiner listiger Herzog Svor und viele andere große Lords. Doch der Krieg war vorbei, und ich war endlich Coronal.«

Er sah seine Mutter an. Inzwischen hatte sie die volle Tragweite des Gehörten erfasst und schwieg betroffen.

Als sie sich ein wenig gesammelt hatte, sagte sie: »Ist das wirklich geschehen, Prestimion? Es klingt mir wie eine phantastische Geschichte aus einem alten Heldengedicht. Das Buch der Veränderung oder dergleichen.«

»Es ist wirklich geschehen«, bekräftigte er. »Alles ist geschehen, wie ich es berichtet habe.«

»Wenn das so ist, warum wissen wir dann nichts davon?«

»Weil ich es aus euren Köpfen gestohlen habe«, erwiderte er. Und dann erzählte er ihnen auch den Rest der Geschichte: Wie er an der Thegomar-Kante inmitten der Toten stand und keine Freude über seinen Sieg empfinden konnte, sondern nur Kummer über die Zwietracht der Welt, über den unheilbaren Zerfall in zwei verfeindete Parteien. Denn wie konnten diejenigen, die für Korsibar gekämpft und ihre Kameraden für ihn hatten fallen sehen, auf einmal Prestimion als Herrscher anerkennen? Und wie konnte er denen verzeihen, die sich gegen ihn gewandt hatten, oft sogar verräterisch wie Prinz Serithorn, Herzog Oljebbin und Admiral Gonivaul oder Dantirya Sambail, nachdem sie ihm zuvor ihre Unterstützung zugesichert hatten? Und wie stand es um die Hinterbliebenen der Kämpfer, die in den blutigen Schlachten gefallen waren? Würden sie nicht ewig einen Groll gegen die siegreiche Partei hegen?

»Der Krieg«, erklärte Prestimion, »hatte eine Wunde in der Welt hinterlassen. Nein, etwas Schlimmeres sogar: eine Verletzung, die nie mehr heilen konnte. Doch dann sah ich auf einmal einen Weg, das Irreparable zu beheben und das Unheilbare zu heilen.«

So hatte er ein letztes Mal Gominik Halvor und seine Magier-Kollegen zu sich gerufen und den Befehl gegeben, eine gewaltige Anrufung vorzunehmen, die den Krieg aus der Geschichte der Welt tilgen würde. Korsibar und seine Schwester verschwanden aus der Erinnerung der Menschen, als hätten sie nie gelebt, und diejenigen, die infolge von Korsibars Usurpation das Leben verloren hatten, sollten aus anderen Gründen gestorben sein. Niemand mehr würde sich erinnern, dass es einen Krieg gegeben hatte. Nicht einmal die Zauberer, die diese Auslöschung vornahmen – niemand außer Prestimion selbst, Gialaurys und Septach Melayn. Lord Prestimion sollte in der neu eingegebenen Erinnerung der Menschen unmittelbar nach dem Ende von Prankipins Regentschaft die Thronfolge angetreten haben, ohne dass ihm irgendein Korsibar den Anspruch streitig gemacht hätte.

»Jetzt wisst ihr alles«, sagte Prestimion. Wieder zitterte er, und seine Stirn war heiß wie vom Fieber. »Ich dachte, ich könnte die Welt heilen, doch ich habe sie zerstört. Ich habe ein Einfallstor für den Wahnsinn geöffnet, der jetzt auf der Welt umgeht, und in welchem Ausmaß dies geschieht, ist mir erst heute klar geworden.«

Nach längerem Schweigen ergriff Varaile als Erste wieder das Wort. »Du hättest dies getan? Aber … aber wie, Prestimion? Wie?«

»Weißt du, wie es ist, Varaile, wenn die Sonne am Himmel brennt und die Luft erhitzt, bis die warme Luft aufsteigt und am Boden einen Unterdruck erzeugt? Kühler Wind strömt herbei und füllt die Leere. Nun, ich habe eine solche Leere in den Köpfen von Milliarden Menschen erzeugt. Ich habe ein großes Stück der Realität aus ihrem Gedächtnis entfernt und ihnen nichts gegeben, um das Fehlende zu ersetzen. Früher oder später kommt der frische Wind und füllt die Leere. Es geschieht nicht bei allen, aber bei vielen. Und das Schlimmste scheint noch vor uns zu liegen.«

»Mein Vater ...«, sagte sie leise.

»Dein Vater, ja. Und viel zu viele andere. Die Schuld daran liegt einzig und allein bei mir. Ich wollte Heilung bringen, aber ... aber ...«

Er brach ab, er konnte nicht weitersprechen.

Nach einer Weile wandte sich die Lady an ihn. »Komm her, Prestimion.« Sie streckte ihm die Hände entgegen.

Er ging zu ihr und kniete nieder, lehnte die Wange an ihren Schenkel und schloss die Augen. Sie hielt ihn und streichelte seine Stirn, wie sie es vor Jahren in seiner Kindheit getan hatte, als sein Lieblingstier gestorben war oder wenn er beim Bogenschießen schmählich versagt oder wenn sein Vater zu streng mit ihm gesprochen hatte. Sie hatte ihn damals immer trösten können, und sie vermochte ihn auch jetzt zu trösten. Sie nahm ihm den Kummer nicht nur, wie es eine Mutter tat, sondern mit all der Kraft, über die sie als Lady der Insel verfügte. Es war die Macht, die Sünden aufzuheben, die Kraft der Vergebung.

»Mutter, ich hatte keine andere Wahl, als das zu tun, was ich getan habe«, sagte er mit belegter Stimme. »Der Krieg hatte so viel Hass erzeugt, der meine Regentschaft für immer und ewig besudelt hätte.«

»Ich weiß, ich weiß.«

»Und dennoch ... schau nur, was ich angerichtet habe, Mutter ...«

»Sch-scht.« Sie zog ihn an sich und streichelte seine Stirn. Er spürte die Kraft ihrer Liebe und die Stärke ihrer Seele und wurde ruhiger. Sachte bedeutete sie ihm nach einer Weile, sich zu erheben. Sie lächelte.

»Du hast uns gleich am Anfang gesagt, dass es ein

Geheimnis bleiben soll«, schaltete Varaile sich ein. »Bist du immer noch dieser Ansicht? Ich frage mich, ob du nicht der Welt die Wahrheit sagen solltest, Prestimion.«

»Nein, niemals. Das würde alles nur noch schlimmer machen.« Er war gefasst und geläutert nach seinem Geständnis, das Zittern und das fiebrige Gefühl waren verschwunden, und sein Geist klärte sich. Doch die Nachwirkung der Vision, die er durch den Stirnreif der Lady empfangen hatte, ließ ihn nicht los. Er bezweifelte, dass er sich jemals davon würde freimachen können. Was Varaile ihm vorschlug, war jedenfalls unmöglich. »Nicht weil ich damit schlecht dastünde«, erklärte er, »auch wenn dies sicherlich die Folge wäre. Aber wenn du eine Verwirrung auf die nächste setzt – den Leuten auch noch das letzte bisschen Vernunft wegnimmst, nachdem sie sich mit Mühe und Not zusammengereimt haben, was für sie jetzt als wahr gelten soll – nein, das kann ich nicht, Varaile. Verstehst du das? Kannst du es verstehen, Mutter?«

»Bist du sicher?«, fragte Varaile. »Vielleicht könntest du die Albträume und Phantasien vertreiben, indem du endlich offen darüber sprichst und den Menschen auf diese Weise wieder festen Grund unter den Füßen gibst. Oder vielleicht könntest du auch die Magier noch einmal rufen und sie veranlassen, einen zweiten Zauberspruch …«

Er schüttelte den Kopf und sah sich Beistand heischend zur Lady um.

»Prestimion hat Recht, Varaile«, antwortete sie. »Man kann es jetzt nicht ungeschehen machen, weder durch öffentliche Maßnahmen des Coronals noch durch einen neuen Zauber. Wir haben bereits gesehen, welche ungewollten Folgen eine ganz und gar gut gemeinte Tat hatte. Wir können nicht riskieren, dass so etwas noch einmal geschieht.«

»Dennoch, Mutter, wir müssen uns jetzt den Konsequenzen stellen«, sagte Prestimion. »Aber wie, das weiß ich nicht.«

8

Sie blieben noch eine Weile auf der Insel, und Prestimion schmiedete keinerlei Pläne für einen baldigen Aufbruch. Die Winde wehten immer noch aus der Richtung von Alhanroel nach Westen, sodass die Rückfahrt eine langsame und beschwerliche wäre, falls er sich in diesem Augenblick zum Aufbruch entschließen würde.

Er war müde und erschöpft, nachdem er im Lauf der Zeit ein immer besseres Verständnis für die von ihm ausgelöste Katastrophe gewonnen hatte und sich damit abfinden musste, dass man die Schäden wahrscheinlich nicht mehr beheben konnte. Dieser Makel, fürchtete er, würde seinen Namen für alle Zeiten besudeln.

Vor Jahren war ihm allmählich bewusst geworden, dass er vielleicht Coronal werden und die damit verbundenen Aufgaben tatsächlich bewältigen konnte. So hatte er begonnen, sich mit ganzem Herzen danach zu sehnen. Nach der kleinen Unterbrechung, die auf Korsibars Konto ging, hatte er endlich die Sternenfächerkrone erhalten, genau wie Stiamot und Damlang, Pinitor und Vildivar und Guadeloom und all die anderen, deren Namen auf der großen Tafel vor dem Haus der Aufzeichnungen im Labyrinth verewigt waren. Sie hatten den Thron bestiegen und mehr oder weniger ruhmvoll regiert, und jeder hatte den Lauf der Geschichte dieser Welt ein wenig beeinflusst und deutliche Spuren seiner Herrschaft auf der Burg hinterlassen: den Stiamot-Thronsaal, den Vildivar-Hof, Ariocs

Wachtturm oder was auch immer. Danach hatten sie eine Weile als Pontifex gedient und waren zu gegebener Zeit gealtert und gestorben. Doch hatte auch nur einer von ihnen jemals eine solche Katastrophe heraufbeschworen wie er selbst? Er würde wahrlich einen einzigartigen Platz in der Geschichte einnehmen. Einst hatte er sich gewünscht, die Zeit des Lord Prestimion als goldenes Zeitalter in den Geschichtsbüchern verewigt zu sehen, doch er hatte den Thron verloren, bevor er ihn überhaupt gewonnen hatte, und er hatte einen Krieg begonnen, in dem neben wenigen wertlosen auch unzählige brave Männer den Tod gefunden hatten – und dann, als die Krone endlich ihm gehörte, hatte er in einem Augenblick der Narrheit eine Entscheidung getroffen, um die Welt von ihren Schmerzen zu heilen, und dadurch alles nur noch viel schlimmer gemacht, als es ohnehin schon war. Oh, Stiamot!, dachte er. Oh, Pinitor! Welch ein erbärmlicher Nachfolger bin ich angesichts eurer Größe!

In diesen düsteren Stunden fand Prestimion großen Trost in der Nähe der Lady. So erklärte er schließlich, dass er noch eine Weile auf der Insel bleiben wolle, und man richtete ihm und Varaile im Inneren Tempel eine eigene Suite ein.

Zehn stille Tage vergingen. Dann wurde auf der dritten Klippe gemeldet, dass ein Pilgerschiff aus Stoien angelegt habe. Da in dieser Jahreszeit die Winde nach Westen wehten, war daran nichts Ungewöhnliches. Doch kurz danach ging eine zweite Nachricht vom Hafen ein. Das Schiff hatte eine wichtige Mitteilung für den Coronal aus Stoien mitgebracht, und ein Kurier sei bereits zum Inneren Tempel unterwegs, um sie abzuliefern.

»Sie kommt von Akbalik«, sagte Prestimion, als er das dicke Wachssiegel brach. »Er ist seit einem Jahr in Stoien und versucht, brauchbare Informationen über den Aufenthaltsort von Dantirya Sambail zu gewinnen. Ich frage mich nur, warum er sich die Mühe macht, mir auf diesem Wege zu schreiben; es sei denn … oh, Varaile! Bei der Liebe des Göttlichen, Varaile …«

»Was ist denn, Prestimion? Sage es mir!«

Er stach mit dem Zeigefinger auf die Seite. »Der Prokurator lebt noch, schreibt Akbalik. Und er ist immer noch in Alhanroel. Er hat sich die ganze Zeit an der Südküste der Provinz von Stoien zwischen Sägeblattpalmen und Sumpfkrebsen und Tierpflanzen versteckt. Anscheinend hat er diese Gegend zur Ausgangsbasis eines neuen Bürgerkrieges gemacht.«

Varaile wollte ihm aufgeregt Fragen stellen, doch er gebot ihr mit erhobener Hand Einhalt. »Lass mich erst zu Ende lesen«, sagte er. »Hmm. Verschlüsselte Botschaften abgefangen … ein Su-Suheris-Magier begibt sich in eine Art Trance, um sie zu entschlüsseln … vollständiger Text im Anhang …« Er blätterte den Stapel Papiere durch, den Akbalik ihm geschickt hatte.

Die verschlüsselten Botschaften, die anscheinend insgeheim in ganz unschuldige Frachtbriefe eingefügt worden waren, sagten ihm natürlich nichts. Emijiquk gybpij jassnin ys? Kesixm ricthip jumlee ayviy? Um das zu entziffern, brauchte es einen Su-Suheris mit mindestens drei Köpfen, dachte Prestimion. Doch Akbalik hatte anscheinend den richtigen Mann für die Aufgabe gefunden, denn der Magier hatte erklärt, Dantirya Sambails geheimes Lager befinde sich an der Südküste der Halbinsel Stoienzar, und die Agenten, die Akbalik ausgesandt hatte, um die ganze Region abzusuchen, hatten das Lager des Prokurators tatsächlich an genau der Stelle gefunden, an der es den verschlüsselten Botschaften zufolge sein musste.

»Aber warum ist er so lange unbemerkt geblieben?«, wollte Varaile wissen.

»Weißt du, wie die Südküste von Stoienzar aussieht?

Nein, woher solltest du das auch wissen. Niemand, der recht bei Trost ist, geht freiwillig dorthin. Darüber denkt man nicht einmal nach. Genau deshalb hat er sich wohl für diese Gegend entschieden, um sich zu verstecken. Angeblich ist es dort heiß wie in einem Dampfbad. Die Knochen schmelzen in dieser Hitze binnen einer Stunde, sagt man. Es gibt dort einen Baum, die Manganoza-Palme, die scharfkantige Blätter hat. Man nennt sie auch die Sägeblattpalme. Die Bäume bilden undurchdringliche Dickichte, die kein Mensch passieren kann. Mit jedem Schritt stößt man auf riesige Insekten und es gibt dort große Krabben, die einem unvorsichtigen Mann mit einem Biss den Unterschenkel abtrennen können. Kannst du dir einen angemesseneren Ort als Quartier für Dantirya Sambail vorstellen?«

»Du musst den Mann sehr hassen«, sagte Varaile.

Prestimion war überrascht. Hass? Er hielt sich nicht für jemanden, der starke Hassgefühle hegte. Das Wort gehörte im Grunde nicht einmal zu seinem Wortschatz.

Gab es jemanden, so fragte er sich, den er jemals wirklich gehasst hatte? Korsibar vielleicht? Nein, den ganz gewiss nicht. In gewisser Weise konnte er Korsibar sogar verstehen. Korsibars überraschender Griff nach der Macht hatte ihn sehr erzürnt, aber Prestimion hatte in Korsibar nie etwas anderes gesehen als einen großen, gutmütigen Dummkopf, der von einem Haufen übler, selbstsüchtiger Kumpane in eine Lage manövriert worden war, die ihn völlig überfordert hatte.

Und Farquanor und Farholt, Korsibars gemeine Helfershelfer, nach deren Tod die Welt gewiss ein angenehmerer Ort geworden war? Hatte er sie gehasst?, fragte er sich.

Eigentlich nicht. Farquanor war ein bösartiger kleiner Intrigant gewesen, Farholt ein großmäuliger Schläger. Prestimion hatte sie verabscheut, doch was er für sie empfunden hatte, konnte man nicht als Hass bezeichnen. Er nahm an, dass er nicht einmal Sanibak-Thastimoon hasste, dessen heimtückische Beschwörungen der Welt so große Schwierigkeiten eingebrockt hatten und der außerdem auch noch Thismet ermordet hatte. Doch Thismet hatte ein Schwert in der Hand gehabt, als sie gestorben war. Hätte Sanibak-Thastimoon sie auch getötet, wenn sie ihn nicht angegriffen hätte?

Das alles spielte jetzt allerdings keine Rolle mehr. Jedenfalls hasste man niemanden, nur weil er dumm war wie Korsibar oder hinterhältig wie Farquanor oder ein Aufschneider wie Farholt. Und Sanibak-Thastimoon hatte geglaubt, den Interessen seines Herrn Korsibar zu dienen. Sollte er den Su-Suheris dafür hassen? Im Idealfall sollte man eigentlich überhaupt niemanden hassen. Man war einfach anderer Ansicht, sorgte dafür, dass die Gegner einem selbst oder den Liebsten nichts antun konnten, und wandte sich anderen Dingen zu.

Aber was war mit Dantirya Sambail, dem Urheber so vieler schrecklicher Dinge in dieser Welt? Galt das Wort wenigstens für ihn?

»Ja«, sagte Prestimion. »Er ist der Einzige, den ich hasse. Dieser Mann ist durch und durch böse. Du kannst es schon erkennen, wenn du ihn nur ansiehst: diese erstaunlichen, wunderschönen, täuschenden Augen, die dich aus dem dicken, hässlichen Gesicht anstrahlen. Er hätte nie geboren werden dürfen. In einem Augenblick idiotischer Narrheit habe ich an der Thegomar-Kante sein Leben verschont, und in einem anderen erlaubte ich, dass seine ausgelöschten Erinnerungen an den Krieg, den er gegen mich geführt hatte, wiederhergestellt wurden. Beide Entscheidungen würde ich jetzt liebend gern rückgängig machen, wenn ich es nur könnte.«

In wachsender Erregung schritt er auf und ab. Allein

schon der Gedanke an den Prokurator ließ eine heiße Wut in ihm entstehen.

Das verräterische Verhalten Dantirya Sambails hatte Korsibars Seite immer wieder neue Unterstützung verschafft, als der Usurpator schon längst aufgrund seiner eigenen Unfähigkeit hätte gestürzt sein sollen. Bei jeder Wendung im Bürgerkrieg war Dantirya Sambail zur Stelle gewesen, hatte teuflische Ränke geschmiedet und mit Betrug oder Verrat seinen Vorteil gesucht. Der Prokurator hatte seine beiden widerwärtigen Brüder Gaviad und den hässlichen Gaviundar mit Truppen geschickt, um Prestimion zu stärken, doch insgeheim hatte er sie angewiesen, in einem kritischen Augenblick zum Gegner überzulaufen. Dantirya Sambail war es gewesen, der Korsibar verleitet hatte, den Mavestoi-Damm zu zerstören. Er war es auch gewesen, der …

»Dieser Mann ist ein Ungeheuer«, sagte Prestimion. »Ich hätte es noch verstehen können, wenn er sich aus schlichter Gier aufgelehnt hätte, aus brutaler, primitiver Gier nach Macht. Doch er regiert jetzt schon einen ganzen Kontinent und ist reicher, als man es sich überhaupt vorzustellen vermag. Nichts treibt ihn an außer unmotiviertem Hass, Varaile. In ihm brodelt ohne ersichtlichen Grund ein Gift, das er mit jeder seiner Taten verspritzt. Und er zwingt uns, seinem Hass mit neuem Hass zu begegnen. Es ist kaum zwei Jahre her, dass wir den Bürgerkrieg beendet haben, und wir leiden heute noch unter den Nachwirkungen, doch er bereitet schon den nächsten vor. Was sonst, wenn nicht Hass, kann man für solch einen Mann empfinden? Falls ich jemals wieder die Gelegenheit dazu bekomme, werde ich ihn töten, Varaile, das schwöre ich dir.«

Er zitterte vor Wut. Varaile schenkte ihm Wein ein, süßen goldenen Wein aus Dulorn, und legte ihm die Fingerspitzen auf die Schläfen, bis er wieder ruhiger wurde.

»Willst du dich zu diesem Ort in Stoienzar begeben, um ihn zu bekämpfen?«, fragte sie ihn.

Prestimion nickte. »Akbalik hat inzwischen eine Kopie der Meldungen an Septach Melayn auf der Burg geschickt. Ich zweifle nicht daran, dass er und Gialaurys bereits ein Heer aufstellen, das sie in den Süden zu schicken gedenken. Zur Sicherheit werde ich außerdem noch heute einen entsprechenden Befehl geben.«

Vor dem inneren Auge sah er bereits die ersten Skizzen einer Strategie.

»Ein Heer kommt von Nordwesten aus der Stadt Stoien und marschiert quer über die Halbinsel, das zweite zieht über Ketheron, Arvyanda und Kajith Kabulon direkt nach Süden zur Küste von Aruachosia, also auf dem Weg, den wir im letzten Jahr eingeschlagen haben, und dann von Sippulgar aus nach Westen in die Provinz Stoien. Ja, so geht es. Wir greifen ihn von zwei Seiten gleichzeitig an, und dann …«

Es klopfte. »Soll ich öffnen?«, fragte Varaile.

»Wer kann das sein? Aber ja, natürlich, du sollst öffnen, Varaile. Unterdessen«, fuhr Prestimion fort, seine Strategie zu erläutern, »werde ich so schnell wie möglich nach Stoien reisen, um mich mit Akbalik zu treffen und mich den Truppen anzuschließen, die nach … ja, was gibt es?«, fragte er.

Varaile war zur Tür gegangen, vor der ein Akoluth mit einer Botschaft stand.

»Was hast du da?«

Vielleicht noch eine weitere Nachricht von Akbalik? Prestimion brach das Siegel und überflog rasch den Text.

»Etwas Wichtiges?«, fragte Varaile.

»Ich bin mir nicht sicher. Dein junger Freund Dekkeret ist hier. Er hat eine mehr als überstürzte Reise von der Burg nach Alaisor unternommen und ist an Bord eines Expresspostschiffs von Alaisor hierher zur Insel gefahren. Er hat um eine Sondergenehmigung ersucht, direkt herauf kommen zu dürfen, und die Lady hat sie ihm erteilt. Im Augenblick ist er auf der Zweiten Klippe. Er müsste bald hier eintreffen.«

»Erwartest du ihn?«

»Nein, überhaupt nicht. Ich habe keine Ahnung, warum er überhaupt hierher kommt, Varaile. Er schreibt, er müsse mich unbedingt persönlich sprechen, aber den Grund hat er nicht genannt. Irgendwie habe ich das Gefühl, dass die Neuigkeiten, die ihn dazu bringen, Hals über Kopf um die halbe Welt zu reisen, keine guten Nachrichten sein werden.«

Dekkerets Gesicht, vor gar nicht so langer Zeit noch knabenhaft unverdorben, verriet inzwischen eine gewisse Härte; sein Gebaren war zurückhaltend und weltmännisch geworden. Seit der ersten Begegnung mit Prestimion in Normork hatte Dekkeret Reisen in alle Winkel der Welt unternommen, und wenn er auch nach der übereilten Überfahrt etwas angeschlagen wirkte, so strahlte er jetzt Kraft und Zielstrebigkeit aus, als er Prestimion seine Aufwartung machte und einen förmlichen Salut entbot.

»Ich bringe Grüße vom Hohen Berater Septach Melayn und vom Großadmiral Gialaurys, mein Lord«, begann er. »Sie bitten mich, Euch mitzuteilen, dass sie von Akbalik aus Stoien gewisse Informationen über Dantirya Sambail bekommen haben. Sie bereiten eine Militäraktion vor und warten auf Eure Befehle.«

»Gut. Ich habe nichts anderes erwartet.«

»Dann ist Euch der Aufenthaltsort des Prokurators bekannt?«

»Ich habe heute Morgen eine entsprechende Nachricht von Akbalik bekommen und werde die Befehle zur Burg schicken.«

»Es gibt eine neue Entwicklung, Euer Lordschaft.

Die Barjazids sind geflohen und nach Stoienzar unterwegs, um Dantirya Sambail ihre Dienste anzubieten. Das Gerät, mit dem man Gedanken kontrollieren kann, haben sie mitgenommen.«

»Was? Aber sie waren in den Tunneln eingesperrt. Ist das Verlies denn ein Sieb, dass jeder auf ein Fingerschnippen einfach herausspazieren kann? Jeder außer mir, wie mir allmählich scheint«, fügte Prestimion halblaut hinzu, als ihm seine eigene bittere Gefangenschaft an jenem Ort einfiel.

»Sie wurden schon vor einiger Zeit aus dem Verlies entlassen, mein Lord. Sie haben als freie Männer im Nordflügel der Burg gelebt.«

»Wie ist so etwas möglich?«

»Nun, mein Lord, anscheinend hat es sich folgendermaßen zugetragen …«

Mit wachsendem Unglauben und Entsetzen hörte Prestimion sich an, was Dekkeret zu berichten hatte.

Venghenar Barjazid, dieser kleine Mann mit den unsteten Augen, hatte vor dem Bürgerkrieg im Gefolge des Herzogs Svor auf der Burg gedient. Während seiner Gefangenschaft in den Sangamor-Tunneln hatte er anscheinend irgendwie zu einem anderen Gefolgsmann des verstorbenen Herzogs Kontakt aufgenommen, woraufhin dieser gefälschte Papiere vorgelegt und die Freilassung von Barjazid und seinem Sohn aus dem Verlies und deren Verlegung in bescheidene Quartiere in einem Wohnviertel der Burg erwirkt hatte.

Anscheinend hatte niemand die Frage gestellt, ob eine solche Verlegung überhaupt angemessen sei. Die Barjazids hatten den Kerker ohne Schwierigkeiten verlassen können. Etwa einen Monat oder etwas länger hatten sie unauffällig und unbehelligt in ihren neuen Quartieren gelebt. Eines Morgens fiel schließlich auf, dass sie nicht nur ihre Flucht bewerkstelligt hatten –

zu allem Überfluss auch noch mit einem guten Schweber, der sie an jeden Ort tragen würde, den sie ansteuern wollten –, sondern auch wieder im Besitz all der Gedankenkontrollgeräte und Modelle waren, die der ältere Barjazid im Exil auf Suvrael dem Vroon-Magier Thalnap Zelifor abgenommen hatte.

Prestimion strich sich mit einer Hand übers Gesicht und murmelte finstere Verwünschungen. »Und dann haben sie sich auf den Weg zu Dantirya Sambail gemacht, sagst du? Wie hat man das in Erfahrung gebracht? Sie haben doch wohl kaum einen Abschiedsbrief in ihrem Zimmer hinterlassen, oder?«

»Nein, mein Lord, natürlich nicht.« Dekkeret setzte ein verkrampftes Grinsen auf. »Aber nach ihrem Verschwinden wurde eine Untersuchung in Gang gesetzt und die Identität ihres heimlichen Helfers wurde aufgedeckt. Seine Lordschaft Prinz Navigorn hat den Mann streng befragt. Sehr streng, mein Lord. Prinz Navigorn hat sich über diesen Vorfall ziemlich aufgeregt.«

»Das kann ich mir lebhaft vorstellen«, meinte Prestimion trocken.

»Aus dem Verhör konnte man erfahren, dass der Helfershelfer, sein Name war Morteil Dikaan …«

»War?«

»Bedauerlicherweise hat er das Verhör nicht überlebt, mein Lord«, erklärte Dekkeret.

»Ah.«

»Dieser Handlanger, mein Lord, hat sich im Lager, wo die Apparate aufbewahrt wurden, eines der Gedankenkontrollgeräte angeeignet. Er brachte es zu Barjazid in die Sangamor-Tunnel. Barjazid hat es dann seinerseits benutzt, um alle, die seine Papiere prüften, in dem Glauben zu wiegen, die Entlassungsverfügung sei echt. Auf die gleiche Weise konnte er auch den Befehl erteilen, ihm einen Schweber der Burg bereitzustellen, als er seine Reise nach Süden antreten wollte.«

»Dieses Gerät, das er da benutzt hat«, sagte Prestimion mit einer Grabesstimme, »übt also tatsächlich einen absolut unwiderstehlichen Zwang aus? Es versetzt den Träger in die Lage, jedem, der ihm in den Weg kommt, seinen Willen aufzuzwingen?«

»Nicht ganz, mein Lord. Aber es ist sehr mächtig. Ich habe seine Macht selbst gespürt. Es war in Suvrael in dem Gebiet, das man die Wüste der gestohlenen Träume nennt. Die Gegend bekam diesen Namen, weil Barjazid dort lauerte und ins Bewusstsein der Reisenden eindrang, um ihre Wahrnehmung zu verändern, bis sie nicht mehr fähig waren, Wahres vom Falschen und Illusion von der Realität zu unterscheiden. Ich habe dies bereits der Lady Varaile dargelegt, mein Lord. Ich habe ihr berichtet, welche Erfahrungen ich mit diesem Gerät machen musste, als ich dort unten mit Barjazid unterwegs war, und ich habe auf die potenziellen Gefahren hingewiesen.«

»Ja, das ist richtig, Prestimion«, warf Varaile ein. »Vielleicht erinnerst du dich. Ich wollte dir die Geschichte erzählen, als du vom Weinfest in Muldemar zurückkehrtest, aber du warst natürlich mit den Plänen für die Reise zur Insel so sehr beschäftigt, dass …«

Prestimion zuckte zusammen. Es war die reine Wahrheit. Er hatte sich nicht einmal die Mühe gemacht, Dekkeret persönlich zu fragen, was dieser in Suvrael erlebt hätte. Stattdessen hatte er die ganze Angelegenheit blitzschnell verdrängt und Dekkerets Bericht auf spätere Zeiten vertagt, um nie wieder daran zu denken.

Ein Apparat, der die Gedanken kontrollieren konnte! Und Barjazid war zu Dantirya Sambail unterwegs, um ihm seine Dienste anzubieten.

Wieder eine entsetzliche Fehlleistung in einer Regentschaft, die ohnehin schon voller Unzulänglichkeiten war! Ein Coronal, dachte er, darf nicht einmal schlafen, weil er fürchten muss, dass eine Katastrophe die Welt heimsucht, sobald er auch nur eine kleine Weile die Augen schließt. Wie, so fragte Prestimion sich, wie hatte Confalume es nur geschafft, über mehr als vierzig Jahre hinweg die Dinge auf dem rechten Weg zu halten? Aber Confalume hatte natürlich keinen Bürgerkrieg erlebt und sich nicht mit dessen Nachwirkungen herumschlagen müssen, und Dantirya Sambail, die Dämonen sollten seine Seele fressen, hatte mit seinem Griff nach der Macht gewartet, bis Confalumes Regierungszeit beendet war.

Er wandte sich an Dekkeret. Der Junge starrte ihn mit einem Ausdruck von Hochachtung an, der an Bewunderung grenzte. Anscheinend hatte Dekkeret keine Ahnung, dass der Coronal sich mit Schuldgefühlen und bitteren Selbstvorwürfen plagte.

»Beschreibe mir ganz genau«, sagte Prestimion, »was Barjazids Maschine mit deinem Bewusstsein tun konnte.«

Dekkeret warf einen unsicheren Blick zu Varaile, die entschieden mit dem Kopf nickte.

Nach kurzem Zögern begann er zu erzählen. »Zuerst war es nur ein Albtraum. Ich dachte, ich würde zur Lady gerufen, und es war ein wundervolles Gefühl. Doch als ich zu ihr rannte, verschwand sie, und ich blickte auf einmal in den Krater eines erloschenen Vulkans. Es ist nicht möglich, die wahre Macht des Traums eines anderen Menschen zu spüren, nicht wahr, mein Lord? Man muss es selbst erleben. Ich kann es Euch nur als schlimmen, als sehr schlimmen Albtraum beschreiben, und Ihr glaubt vielleicht, Ihr könntet es verstehen, wenn Ihr Euch an schlechte Träume erinnert, die Ihr selbst hattet. Aber niemand kann verstehen, wie entsetzlich der Traum eines anderen Menschen wirklich war. Ich sage Euch, mein Lord, es war das Schlimmste, was ich je erlebt habe. Ich hatte das

Gefühl, etwas Fremdes wäre in mich eingedrungen und hätte mich ausgesaugt und verletzt. Barjazid wusste, was geschehen war. Er wollte mich danach befragen, um die Einzelheiten meines Traums zu erfahren. Er hat mit dem Bewusstsein anderer Menschen experimentiert und seine Geräte getestet, mein Lord.«

»War das alles? Er hat dir einen hässlichen Traum geschickt, weiter nichts?«

»Ach, wenn es doch alles gewesen wäre, mein Lord. Aber der hässliche Traum war erst der Anfang. Als ich das nächste Mal schlief, träumte ich wieder. In Tolaghai hatte ich eine Frau kennen gelernt, die in Diensten des Pontifikats stand. Sie kam im Traum zu mir, wir waren beide nackt, und sie führte mich durch einen schönen Garten. Ich sollte noch sagen, dass diese Frau und ich in Tolaghai eine Zeit lang Geliebte waren. Ich folgte ihr freudig, aber auch dieses Mal veränderte sich alles, und der Garten wurde zu einer mörderischen Wüste, in der gespenstische Gestalten umgingen. Ich dachte, ich würde dort in der Hitze sterben und die Ameisen hätten schon begonnen, mich zu beißen. So wachte ich auf und stellte fest, dass Barjazid mich veranlasst hatte, im Schlaf zu wandeln. Zur heißesten Zeit des Tages hatte ich mich nackt in der Wüste verlaufen. Ich war weit vom Lager entfernt und hatte kein Wasser, die Haut war verbrannt und geschwollen in der Sonnenglut. Ein Vroon, der mit uns reiste, fand und rettete mich, sonst wäre ich gestorben. Ich bin kein Schlafwandler, mein Lord. Barjazid hatte es veranlasst. Er hatte mir den Befehl gegeben, im Schlaf aufzustehen und zu laufen. Und ich bin aufgestanden und gelaufen.«

Prestimion nagte stirnrunzelnd an der Unterlippe und gab Dekkeret mit einem Winken zu verstehen, er möge fortfahren. Er wusste, dass dies noch nicht alles war. Er würde noch mehr zu hören bekommen.

So war es auch. »Dann, mein Lord, hatte ich einen dritten Traum. Als ich mit Prinz Akbalik in den Khyntor-Marken auf Steetmoy-Jagd war, beging ich eine schreckliche Sünde. Wir hatten Führer dabei, Einheimische aus den Khyntor-Marken. Meine Führerin wurde von dem Steetmoy, den ich jagte, niedergestreckt, doch ich war so besessen von der Jagd, dass ich sie liegen ließ, wie sie gefallen war, und dem Tier hinterher rannte, das ich erlegen wollte. Als ich viel später zu ihr zurückkehrte, sah ich, dass sie von einem Aasfresser getötet und teilweise aufgefressen worden war.«

»Das war es also«, warf Prestimion ein.

»Was meint Ihr, mein Lord?«

»Das war es, was du getan hast. Der Grund dafür, dass du nach Suvrael gegangen bist. Akbalik hat die Nachricht geschickt, du habest in Khyntor etwas getan, dessen du dich sehr schämest, und du seiest nach Suvrael gegangen, weil du hofftest, dort zu leiden und eine Art Buße zu leisten.«

Dekkerets Gesicht war hellrot angelaufen. »Ich hätte lieber nicht darüber gesprochen, aber Ihr habt mich gebeten, Euch zu erklären, was Barjazids Apparat mit meinem Bewusstsein gemacht hat. Mit Hilfe des Geräts drang er in meine Gedanken ein, mein Lord, fand in mir die Erinnerung an die Steetmoy-Jagd und ließ sie mich noch einmal durchleben. Nur, dass es im Traum zehnmal so entsetzlich war wie damals in der Realität, weil ich schon vorher wusste, wie es kommen würde, und keine Möglichkeit hatte es zu verhindern. Als der Höhepunkt des Traums kam, stand auf einmal Barjazid vor mir im verschneiten Wald und fragte mich nach der Führerin, die ich im Stich gelassen hätte, um meinen Steetmoy zu verfolgen. Er wollte alle Einzelheiten wissen: wie ich mich gefühlt hätte, als ich die Jagd wichtiger nahm als ein Menschenleben, ob ich mich geschämt hätte, wie ich mit meinen Schuldgefühlen umginge. Und ich antwortete ihm, immer noch im Traum: ›Bist du mein Richter?‹ Darauf sagte er: ›Aber selbstverständlich bin ich dein Richter. Siehst du mein Gesicht?‹ Sein eigenes Gesicht klappte weg, wie man eine Maske ablegt, und dahinter kam ein anderes Gesicht zum Vorschein, ein höhnisch lachendes Gesicht, und dieses Gesicht war mein eigenes, mein Lord. Es war mein eigenes Gesicht.«

Er zog die Schultern hoch und wandte den Blick ab. Selbst jetzt noch, wenn er sich nur daran erinnerte, schien er erschüttert.

»Diese Einzelheiten hast du nicht erwähnt, als du mir die Geschichte zum ersten Mal erzählt hast – die Jagd, die Führerin, das Entfernen der Maske.«

»Nein, meine Dame. Es war zu schrecklich, um darüber zu sprechen. Aber der Coronal hat mich gebeten, alles zu erzählen, und ...«

»Ja, ich habe dich ausdrücklich darum gebeten«, sagte Prestimion. »Was geschah dann?«

»Ich erwachte. Ich hatte große Schmerzen, und ich sah Barjazid, der den Apparat noch in der Hand hatte. Ich nahm das Ding an mich, zwang ihn zu einer Erklärung und sagte ihm, dass ich ihn in Gewahrsam nehmen und zur Burg bringen würde, um Euch über diesen Vorfall zu unterrichten.«

»Ich war jedoch zu sehr mit anderen Dingen beschäftigt, um dich anzuhören«, sagte Prestimion. »Und jetzt ist Barjazid drauf und dran, das Gerät Dantirya Sambail zu übergeben.«

»Ich habe dies alles bereits Lord Septach Melayn erklärt. Er hat den Befehl gegeben, dass Barjazid und sein Sohn unter allen Umständen gefasst werden müssen.«

»Falls das überhaupt noch möglich ist, ja. Doch er ist mit einem Apparat ausgerüstet, der es ihm erlaubt, die Wahrnehmung der Menschen zu verändern, nicht wahr? Er wird auf die gleiche Weise durch die Kontrollposten marschieren, wie er aus dem Verlies und dann aus der Burg marschiert ist.« Prestimion stand auf. »Kommt mit, alle beide. Ich halte es für ratsam, diese Angelegenheit mit meiner Mutter zu besprechen.«

Lady Therissa saß in ihrem kleinen Arbeitszimmer am Schreibtisch und hörte ernst und schweigend zu, während Prestimion für sie zusammenfasste, was Dekkeret ihm berichtet hatte. Auch nachdem er geendet hatte, schwieg sie noch eine Weile.

»Hier besteht eine echte Gefahr, Prestimion«, sagte sie schließlich.

»Ja, das sehe ich auch.«

»Hat er sich bereits dem Prokurator angeschlossen?«

»Das können wir nicht mit Gewissheit sagen, ich denke aber, dass es noch nicht dazu gekommen ist. Selbst mit seinem teuflischen Gerät dürfte er große Schwierigkeiten haben, durch Kajith Kabulon zu kommen und Dantirya Sambail an der Küste von Stoienzar ausfindig zu machen.«

»Ich glaube, du hast Recht«, warf Varaile ein. »Vermutlich ist er noch nicht dort. Wenn er Dantirya Sambail erreicht hätte, dann würden sie bereits die Gedankenkontrollapparate benutzen, um den Irrsinn zu verstärken. Dann bekämen wir Meldungen, dass ganze Städte verrückt geworden sind, meinst du nicht auch?«

»Das können wir gewiss annehmen«, sagte Dekkeret, der sich bisher zurückgehalten hatte. Offenbar war er hier, im innersten Heiligtum der Lady der Insel, eingeschüchtert und voller Ehrfurcht. Noch während er sprach, schien er über die eigene Kühnheit erstaunt, dass er es wagte, in Gegenwart von zweien der drei Mächte des Reichs ungefragt das Wort zu ergreifen. Er nickte etwas verlegen und machte Anstalten, sich sofort wieder zurückzuziehen. Doch Lady Therissa lächelte ihn an und bedeutete ihm, er möge fortfahren. »Über den Prokurator weiß ich nicht viel, doch was ich bisher über ihn gehört habe, war durchweg böse; Barjazid aber kenne ich nur zu gut. Ich glaube, er ist fähig, den Apparat in jeder Weise zu nutzen, die Dantirya Sambail für angebracht hält.«

»Ist dieses Gerät wirklich so mächtig, wie es nach deinen Erzählungen scheint?«, fragte die Lady. »Du weißt, dass auch wir hier auf der Insel ganz ähnliche Geräte haben, mit denen wir tief ins Bewusstsein der Menschen eingreifen können, doch wir haben keine Möglichkeit, jemanden mitten im Schlaf zum Aufstehen zu bewegen und auf einen tödlichen Marsch in die Wüste zu schicken. Nichts, was einen Traum auffangen und in einen ganz anderen Traum verwandeln kann.«

»Das Gerät, das du mir gegeben hast, Mutter … dieser silberne Stirnreif, den ich trug, als wir den Traumsprecherwein tranken … ist es das stärkste Gerät, das ihr hier habt?«

»Nein«, erklärte Lady Therissa. »Es gibt noch stärkere, mit denen man nicht nur einen Kontakt mit dem Bewusstsein herstellen, sondern Sendungen schicken kann. Ich wollte dich nicht ihrer Macht aussetzen, weil dir die monatelange Übung im Umgang mit ihnen fehlt. Doch auch diese Geräte sind bei weitem nicht so mächtig wie der Apparat, den dieser Barjazid anscheinend benutzt.«

»Habt Ihr ein Gerät der Insel in Augenschein genommen, mein Lord?«, fragte Dekkeret. »Könnt Ihr mir sagen, wie es sich angefühlt hat?«

»Wie es sich angefühlt hat …«, wiederholte Prestimion nachdenklich. Er rief sich die eigenartige Reise ins Gedächtnis zurück, und die eindrucksvollen Erinnerungen kehrten wieder. »Wie hat es sich angefühlt? Oh, Dekkeret, damit sind wir bei dem Problem, das du selbst angesprochen hast. Kein Außenstehender kann ermessen, wie machtvoll der Traum eines anderen ist. Du könntest es nur verstehen, wenn du selbst einen Stirnreif tragen würdest.«

»Aber sagt es mir trotzdem, mein Lord. Bitte.«

Prestimion starrte in weite Fernen, als wollte er sehen, was hinter den Mauern des Inneren Tempels war, hinter den drei Klippen der Insel, hinter dem Meer, das golden glitzernd im Mittagslicht lag. »Es war, als wäre ich ein Gott, Dekkeret«, sagte er leise. »Ich hatte die Macht, mich auf einen Schlag mit Millionen von Menschen geistig zu verbinden. Ich konnte überall auf Majipoor zugleich sein. So, wie die Atmosphäre oder das Wetter oder die Schwerkraft überall zugleich sind.«

Er kniff die Augen zusammen. Der Raum, seine Mutter, seine Frau, Dekkeret, alles verschwand aus seinem Gesichtskreis. Ihm war, als hörte er ein Rauschen. In einem Schwindel erregenden Augenblick stellte er sich vor, er trüge wieder den Reif auf der Stirn und schwebte nach oben und hinaus, stiege höher als der Burgberg und breitete sich aus, bis er die ganze Welt mit seinem ins Unermessliche erweiterten Selbst umfangen konnte, bis er überall die Seelen der Menschen berühren konnte, tausende oder hunderttausende oder Millionen und Milliarden von Geschöpfen, die gesunden Geister dieser Welt ebenso wie die kranken und verstörten. Er berührte sie und sprach hier ein Wort und machte dort eine zärtliche Geste, spendete den Trost der gesegneten Lady und verströmte die heilende Kraft der Insel.

Alle im Raum starrten ihn jetzt an. Ihm wurde bewusst, dass er hier, direkt vor ihren Augen, in einen eigenartigen, distanzierten Bewusstseinszustand übergewechselt war. Noch ein Augenblick musste schweigend verstreichen, ehe er wieder ganz und gar bei sich war.

»Als ich den silbernen Stirnreif trug«, erklärte er Dekkeret, »erkannte ich, dass die Lady, wenn sie ihren Aufgaben nachgeht, kein gewöhnliches menschliches Wesen mehr ist, sondern eine Naturkraft – eine Macht, eine echte Macht von einer Art, wie sie weder der Coronal noch der Pontifex, da wir ja bloß gewählte Monarchen sind, jemals verkörpern könnte. Ich habe es dir noch nicht gesagt, Mutter, aber an dem Tag, als ich den Stirnreif trug, sah ich ganz klar, wie wichtig deine Dienste für diese Welt sind. Ich werde es nie vergessen. Und ich verstehe, wie dein Leben sich verändert hat, seit du die Lady der Insel geworden bist.«

»Aber«, beharrte Dekkeret, »als Ihr, getragen von der Kraft des Stirnreifs, um die Welt gereist seid, habt Ihr dabei jemals daran gedacht, Ihr könntet einen Weg finden, den Menschen Träume einzugeben? Oder Ihr könntet eine so große Macht haben, dass sie willenlos Euren Befehlen gehorchen?«

»Nein, ich glaube nicht.« Prestimion wandte sich an die Lady. »Mutter?«

Sie schüttelte den Kopf. »Es ist so, wie ich es bereits gesagt habe. Wir können Träume senden, aber keine Befehle geben. Nicht einmal mit unseren mächtigsten Geräten vermag ich dies zu tun.«

Dekkeret nickte grimmig. »Dann ist das, was Barjazid hat und was er Dantirya Sambail geben will, die gefährlichste Waffe, die man sich überhaupt vorstellen kann, mein Lord. Wenn diese beiden nicht aufgehalten werden, dann werden sie den Frieden der Welt zerstören. Deshalb habe ich meine Botschaft persönlich überbracht, mein Lord, statt sie auf den üblichen Kanälen zu übermitteln. Denn niemand, der sich noch nicht der Macht von Barjazids Apparat ausgesetzt sah, kann ermessen, welche Bedrohung dies darstellt. Und ich bin der Einzige, der es erlebt und überlebt hat und darüber berichten kann.«

9

In seinem Büro hoch über dem Wasser in Stoien beobachtete Akbalik die Ankunft der königlichen Flotte: drei schnelle Schiffe unter dem Banner des Coronals und der Lady der Insel.

»Ich sollte hinuntergehen und sie auf der Pier begrüßen«, sagte er. »Ich sollte wirklich gehen, ich muss.«

»Aber Euer Bein, mein Lord«, wandte Odrian Kestivaunt ein.

»Zur Hölle mit dem Bein! Das Bein ist keine Entschuldigung. Der Coronal kommt, und die Lady begleitet ihn. Mein Platz ist unten an der Pier.«

»Dann lasst mich wenigstens noch den Verband wechseln, Herr«, lenkte der kleine Vroon ein. »Dafür bleibt noch genug Zeit.«

Das war ein vernünftiger Vorschlag. Akbalik ließ sich auf dem Hocker am Fenster nieder und wartete, bis der Vroon die verletzte Wade versorgt hatte. Geschickte, zielstrebige Tentakel arbeiteten mit einer Geschwindigkeit, dass Akbalik kaum die Bewegungen verfolgen konnte. Kestivaunt löste den Verband, den er am Vortag angelegt hatte, bis die flammend rote, entzündete Wunde offen lag. Sie sah schlimmer aus denn je: Aufgedunsen und angeschwollen war das Fleisch, und der betroffene Bereich breitete sich trotz der Behandlung ständig weiter aus. Kestivaunt badete die Wunde mit einer entzündungshemmenden hellblauen Flüssigkeit, tastete mit der Spitze eines Tentakels vorsichtig das wunde Fleisch rings um die Verletzung ab, zog behutsam die Ränder des Schnitts auseinander und lugte hinein.

»Das tut weh, Mann«, fauchte Akbalik.

»Verzeihung, Prinz Akbalik. Ich muss aber nachsehen, ob …«

»Ob da drinnen gerade kleine Sumpfkrabben schlüpfen?«

»Wie ich schon sagte, mein Lord, ist die Wahrscheinlichkeit äußerst gering, dass diejenige, die Euch gebissen hat, bereits alt genug war, um …«

»Aua! Bei der Liebe des Göttlichen, Kestivaunt! Lege einfach einen neuen Umschlag darum und hör auf, in der Wunde herumzustochern! Du folterst mich ja!«

Der Vroon entschuldigte sich noch einmal und beugte sich dicht über die Verletzung. Akbalik konnte nicht mehr sehen, was der kleine Adjutant tat, aber es schmerzte weniger als das, was er einen Augenblick zuvor unternommen hatte. Strahlte er irgendeine geistige Kraft aus, während er die kleinen Tentakel zappeln ließ, um eine Art Heilzauber der Vroon zu wirken? Vielleicht. Außerdem streute er getrocknete Kräuter in die Wunde und kippte noch einen Schuss der kühlenden blauen Flüssigkeit darüber, dann kam der saubere Verband darauf. Ja, jetzt war es besser. Jedenfalls für den Augenblick. Vorübergehend ließ das heftige Pochen etwas nach, dieser brennende, Übelkeit erregende Schmerz, mit dem die Infektion sich ausbreitete, während die Verwesung auf verborgenen Wegen durch sein Bein vordrang, zum Schritt hinauf, weiter zum Bauch und letzten Endes zum Herzen.

»Fertig«, verkündete Kestivaunt. Akbalik stand auf, belastete vorsichtig das verletzte Bein, verzog ein wenig das Gesicht und hielt den Atem an. Der stechende Schmerz lief in Wellen die ganze linke Körperseite hinauf bis zum Hals und weiter zur Wange, durch den Kiefer und bis in die Zähne. Zum millionsten Mal sah er die große purpurne Sumpfkrabbe vor sich, ein entsetzliches Biest mit Stielaugen und kuppelförmigem Rückenpanzer, das sich, halb so groß wie ein Schweber, drohend vor ihm aus dem Sand und dem Schlamm erhob. Er sah sich selbst wendig auf Abstand gehen, stolz auf seine rasche Reaktion – doch beim eiligen Ausweichen vor der Gefahr hatte er die zweite, viel kleinere Sumpfkrabbe, höchstens so groß wie seine Handfläche, völlig übersehen, die hinterhältig im Schutz eines Stinkblumenbuschs die rasiermesserscharfe Schere hob, um sein Bein anzugehen …

»Der Stock«, sagte er. »Wo ist der verdammte Stock? Sie sind doch praktisch schon im Hafen!«

Der Vroon deutete auf den Gehstock, der am gewohnten Platz neben der Tür an der Wand lehnte. Akbalik humpelte hinüber, nahm den Stock und ging hinaus. Als er das Erdgeschoss erreichte, musste er innehalten. Schwer atmend schaute er ins grelle Sonnenlicht hinaus, bis er sich wieder gefasst hatte. Er wollte nicht als Krüppel vor den Coronal treten. Der Coronal baute auf ihn. Brauchte ihn.

Von der Tür des Zollgebäudes, in dem Akbaliks Büro untergebracht war, bis zum Anfang der Pier waren es nicht mehr als fünfzig Schritt über einen breiten, gepflasterten Platz. Akbalik bewegte sich langsam und hielt den Knauf des Gehstocks eisern fest. Heute kam es ihm vor, als wären es fünfzig Meilen.

Auf halbem Weg zum Ziel sah er schmierigen Rauch in die Luft steigen. Er richtete den Blick nach Norden, wo eine schwarze, sich kräuselnde Rauchfahne in den sonst makellos blauen Himmel stieg. Dann sah er die rote Flammenzunge aus einem kleinen Gebäude lodern, das auf einem mindestens sechzig Fuß hohen Ziegelfundament stand. Jetzt hörte er auch die Sirenen. Offenbar hatten die Verrückten wieder zugeschlagen, dachte Akbalik. Das erste Mal seit drei oder vier Tagen, oder wie lange war es her? Ausgerechnet heute, und jeden Augenblick würde das Schiff des Coronals anlegen.

Eine Reihe von Hjort-Zöllnern hatte sich am Zugang des Kais aufgebaut und versperrte den Zugang. Akbalik machte sich nicht einmal die Mühe, seinen Ausweis zu zücken, sondern starrte sie nur finster an und verscheuchte sie mit einer energischen Handbewegung. Ohne die Beamten auch nur eines weiteren Blickes zu würdigen, humpelte er an ihnen vorbei zur Pier 44, der Anlegestelle der Könige, die zur Feier des Tages mit grünen und goldenen Bannern geschmückt war.

Ja, es waren drei Schiffe: der große Kreuzer *Lord Hostirin* und zwei Begleitboote. Die Ehrenwache des Coronals war schon die Laufplanke heruntergestiegen und bezog ihren Posten auf der Pier, die Leute des Bürgermeisters Bannikap standen als Begrüßungskomitee in loser Formation direkt dahinter. Bannikap selbst war inmitten der Truppe deutlich zu erkennen. »Prestimion!«, riefen sie. »Prestimion! Lord Prestimion! Lang lebe Lord Prestimion!« Es waren die üblichen Hochrufe. Wie müde musste er dessen inzwischen sein!

Und da war er auch selbst. Neben Varaile stand er an der Reling, Lady Therissa hielt sich ein Stückchen links hinter ihm, halb verborgen hinter dem Sohn. Noch weiter hinten erkannte Akbalik die hohe zweiköpfige Gestalt des Hofmagiers Maundigand-Klimd. Welch eine Ironie, dachte Akbalik, dass Prestimion, der früher überhaupt nichts von Zauberei gehalten hatte, heutzutage keinen Schritt mehr machte, ohne den Su-Suheris an seiner Seite zu wissen.

Erschrocken bemerkte Akbalik nun auch, dass der junge Dekkeret dicht neben Varaile stand. Das war wirklich eine Überraschung! Was hatte Dekkeret auf einem Schiff zu suchen, das von der Insel kam? Angeblich wollte er doch in Suvrael in der Hitze der Wüstensonne die Vergebung des Göttlichen suchen, nachdem er die Jägerin hatte sterben lassen. Oder, wenn er schon nicht mehr dort war, hätte er doch eigentlich zur Burg zurückkehren müssen.

Vielleicht hatte er in Suvrael aber auch in ausreichendem Maße die Sühne und Buße gefunden, die er bei ihrer letzten Begegnung in Zimroel als sein unbedingtes Ziel beschrieben hatte, und danach war es derselbe spirituelle Hunger gewesen, der den jungen Burschen vom trostlosen Südkontinent ins Heiligtum der sanften Lady getrieben hatte, wo er weitere Linderung für die gequälte Seele zu finden hoffte. Dort hatte Prestimion, als er der Lady seinerseits einen Besuch abstattete, Dekkeret getroffen. Ja, dachte Akbalik, so musste es sein.

Akbalik eilte weiter und zuckte zusammen, als die ungestüme Bewegung neue Schmerzwellen durch seinen Körper schießen ließ. Er drängte sich durch die Versammlung auf der Pier und baute sich direkt vor der Ehrengarde auf. Es war zwar Bannikaps Stadt, doch Lord Prestimion kam auf Akbaliks Bitte hin, und Akbalik wollte die Formalitäten so knapp wie möglich halten. Mit diesem brennenden, bohrenden Dauerschmerz im Bein war er mehr als ungeduldig.

»Mein Lord!«, rief er. »Mein Lord!«

Der Coronal sah ihn und winkte. Akbalik begrüßte ihn mit dem Sternenfächer, und als die Lady nach vorn trat, grüßte er auch sie mit ihrem eigenen Salut. Sie stiegen zur Pier herunter. Bürgermeister Bannikap trat vor und setzte schon zu seiner Willkommensrede an, doch Akbalik brachte ihn mit einem scharfen Blick zum Schweigen und erreichte den Coronal noch vor ihm.

Prestimion breitete die Arme aus, um Akbalik freundschaftlich zu begrüßen. Akbalik, der nicht wusste, wohin mit dem Gehstock, klemmte ihn sich unter den Arm und erwiderte mehr als ungeschickt die Umarmung des Coronals.

»Was hat dieses Ding zu bedeuten?«, fragte Prestimion.

Akbalik versuchte es herunterzuspielen. »Eine kleine Verletzung am Bein, mein Lord. Lästig, aber nichts Ernstes. Es gibt viel wichtigere Dinge, die wir unbedingt besprechen müssen.«

»Ja«, sagte Prestimion. »Sobald ich diese dummen Formalitäten erledigt habe.« Er nickte in Richtung des Bürgermeisters und zwinkerte.

Akbalik löste sich von ihm und entbot jetzt auch der Lady der Insel und Lady Varaile seine Grüße. Dekkeret grinste ihn schüchtern und unsicher an. Er hielt sich nach wie vor im Hintergrund.

Ein rascher Blick, und Akbalik war sicher, dass Lady Varaile schwanger war. Ihr Kleid verriet es, und sie hatte auch jene typische, strahlende mütterliche Aura. Es war interessant, dass Prestimion schon so bald, nachdem er die Pflichten der Krone auf sich genommen hatte, Vater werden sollte, und das in so bewegten Zeiten wie diesen. Aber im Grunde war es nicht anders zu erwarten gewesen. Prestimion war viel ernsthafter geworden, gereift dank seiner Verantwortung und nunmehr darauf aus, seinem Leben größere Stabilität und Kontinuität zu verleihen.

Lady Therissa sah prachtvoll aus: heiter und anmutig und von unerschütterlichem Gleichmut. All das, was Akbalik vor der unglücklichen Expedition ins Innere von Stoienzar gewesen war. Schon ihre bloße Gegenwart tat ihm gut.

»Rieche ich da Rauch?«, fragte Prestimion.

»Ein Stück die Straße hinauf brennt ein Gebäude. Das ist in der letzten Zeit öfter vorgekommen.« Akbalik senkte die Stimme. »Verrückte schleppen Strohballen auf die Hausdächer und zünden sie an. Dies ist auf einmal eine sehr beliebte Beschäftigung geworden. Der Bürgermeister kann dir weitere Informationen dazu geben.«

Der Bürgermeister, ein korpulenter Mann mit rotem Gesicht, der entfernt mit Herzog Oljebbin verwandt war und sich mindestens genauso wichtig vorkam wie der berühmte Verwandte, erkämpfte sich gerade den ihm gebührenden Platz an der Seite des Coronals und baute sich auf eine Weise vor dem eher klein geratenen Prestimion auf, die dieser als höchst unangenehm empfand. Doch das Protokoll musste beachtet werden, und dies war Bannikaps großer Auftritt. Akbalik räumte das Feld und ließ Prestimion, der nachdenklich die sich am Himmel ausbreitende schwarze Rauchwolke betrachtete, nur noch wissen, er werde ihn später in seiner Suite im Kristallpalast aufsuchen. Dann entfernte er sich humpelnd.

* * *

Der Kristallpalast verdankte seinen Namen einer zweihundert Fuß langen Wand aus durchgehenden Fenstern. Das verhältnismäßig neue Gebäude, das von Herzog Oljebbin zur Zeit von Prankipins Regentschaft als Coronal errichtet worden war, stand vornehm von allen anderen Gebäuden abgesetzt im Zentrum Stoiens einsam auf einem riesigen Podest aus getünchten Ziegelsteinen. Aus seiner prächtigen, dreistöckigen Suite auf dem Dach des Gebäudes hatte Lord Prestimion einen wundervollen Ausblick auf die ganze Umgebung, was es ihm unglücklicherweise viel zu leicht machte, die Rauchsäulen der neun oder zehn Brände zu sehen, die in der Innenstadt wüteten.

»Kommt es täglich zu solchen Bränden?«, fragte Prestimion.

Akbalik und der Coronal saßen vor Tellern mit gewürfeltem Meeresdrachenfleisch. Lady Varaile, die nach der eiligen und gelegentlich stürmischen Überfahrt müde war, hatte sich schon in ihr Schlafgemach zurückgezogen. Lady Therissa befand sich in einer Suite, die vier Stockwerke unterhalb von Prestimions Gemächern lag, und ruhte sich ebenfalls aus. Akbalik hatte keine Ahnung, wohin Dekkeret und der Su-Suheris gegangen waren.

»Mehr oder weniger. Es ist allerdings etwas ungewöhnlich, dass gleichzeitig so viele Brände zu sehen sind.«

»Es ist der Wahnsinn, nicht wahr?«

»Ja, der Wahnsinn. Dies ist die trockene Jahreszeit, und die Brände finden reichlich Nahrung. Die hübschen Ranken, die den ganzen Sommer über blühen, verwandeln sich jetzt in riesige Strohhaufen. Wie ich schon sagte, sammeln die Verrückten Bündel davon auf, steigen auf die Dächer und zünden sie an. Ich weiß nicht, warum sie es tun. Ich nehme an, dass es heute mehr Brände gibt als üblich, weil die Leute gehört haben, dass der Coronal und die Lady kommen. Wahrscheinlich hat dieser Gedanke die Leute zusätzlich erregt.«

»Bannikap wollte mir erklären, dass es gewöhnlich nur geringfügige Schäden gibt.«

»Normalerweise ist das so, aber nicht immer. In den letzten zwei Wochen hat man sich große Mühe gegeben, die stark zerstörten Gebäude abzureißen und zu beseitigen, damit der Coronal sie nicht anschauen muss, wenn er herkommt. Wo immer du einen kleinen Park mit frisch gesetzten blühenden Büschen siehst, der in etwa groß genug ist, um ein einzelnes Haus aufzunehmen, hast du eine Stelle vor dir, wo ein Haus abgebrannt ist. Darf ich noch etwas Wein haben, mein Lord?«

»Aber natürlich.« Prestimion schob ihm die Flasche hinüber. »Und nun sage mir, was mit deinem Bein passiert ist.«

»Wir sollten über Dantirya Sambail sprechen, mein Lord.«

»Das werden wir auch tun. Was ist mit dem Bein?«

»Ich habe mir die Verletzung zugezogen, als ich auf der Suche nach Dantirya Sambail war. Der Prokurator hat sich in dieser Hölle, in der er sich verbirgt, sehr frei bewegen können. Er ist kreuz und quer durch den Dschungel gezogen und hat alle paar Tage den Standort gewechselt. Seit einiger Zeit versteht er sich hervorragend darauf, seine Spuren zu verwischen. Wir wissen nie genau, wo er sich an einem bestimmten Tag aufhält. Wahrscheinlich setzt er einen Magier ein, um eine Aura der Unbestimmtheit um sich zu erzeugen. Im letzten Monat habe ich ihn mit ein paar hundert Männern gesucht, es war eine Art Erkundungsmission, um sicherzustellen, dass er uns nicht völlig entwischt. Ich habe seinen letzten Aufenthaltsort ausfindig gemacht, doch er hatte ihn ein oder zwei Tage vorher verlassen.«

»Dann ist ihm inzwischen bewusst, dass wir ihm auf den Fersen sind?«

»Er muss es inzwischen wissen. Wie sollte es ihm auch entgangen sein? Wenn wir ihn in diesem Gelände länger als ein oder zwei Tage aus den Augen verlieren, dann wird die Suche nach ihm zur Suche nach der Nadel im Heuhaufen geraten. Er ist erstaunlich trickreich, wenn es darum geht, uns zu entwischen. Und was das Bein angeht …«

»Ja, das Bein.«

»Die Späher glaubten, sie hätten den Prokurator etwa zweihundert Meilen landeinwärts vom Ort Karasat ausfindig gemacht. Karasat liegt an der Südküste zwischen Maximin und Gunduba, falls dir die Namen etwas sagen. Ich bin also von Stoien aus hinübergesegelt, um es mir persönlich anzusehen. Du musst wissen, mein Lord, dass die meisten Menschen die Wüste von Suvrael als den unwirtlichsten Ort der Welt bezeichnen und die Valmambra-Wüste mit großem Abstand auf den zweiten Platz setzen. Aber nein, wir haben den Sieger des Wettbewerbs direkt hier im südlichen Alhanroel. In Suvrael und in der Valmambra war ich noch nicht, doch ich kann dir sagen, mein Lord, dass sie sich, was die Lebensfeindlichkeit angeht, wohl kaum mit dem Süden von Stoienzar messen können. Die Gegend da unten ist voller Wesen, die anscheinend direkt aus Suvrael eingewandert sind, weil sie einen noch schrecklicheren Ort zum Leben finden wollten. Ich weiß es, denn einem davon bin ich begegnet.«

»Du meinst, du wurdest gebissen?«

»Ja, von einer Sumpfkrabbe. Es war nicht einmal eine große – du solltest mal die ausgewachsenen Exemplare sehen, mein Lord ...« Akbalik breitete die Arme aus. »Nein, es war eine ganz kleine, die auf der Lauer lag. Sie hat mich, schnapp, einfach so mit der Schere erwischt. Es war der schlimmste Schmerz, den ich je empfunden habe. Angeblich wird beim Biss ein ätzendes Gift übertragen. Das Bein ist bis aufs Fünffache der vorherigen Größe angeschwollen. Jetzt ist es nicht mehr so schlimm wie am Anfang, glaube ich.«

Prestimion beugte sich stirnrunzelnd vor, um es sich näher anzusehen. »Was tust du dagegen?«

»Ich habe einen Vroon-Sekretär namens Kestivaunt, der sich damit gut auskennt. Er kümmert sich darum, gibt ein Mittel darauf und macht etwas Vroon-Hokuspokus dazu – wenn die Zaubersprüche die Wunde nicht heilen, dann schaffen es vielleicht die Kräuter in der Salbe.« Wieder lief ein stechender Schmerz durch Akbaliks Körper. Er biss die Zähne zusammen und wandte sich ab, weil er Prestimion nicht sehen lassen wollte, wie schlimm es wirklich war. Vermutlich war es das Beste, einfach das Thema zu wechseln. »Mein Lord, kannst du mir erklären, was Dekkeret auf der Insel zu suchen hatte? Ich nahm an, er hätte seine Angelegenheiten in Suvrael erledigt – du weißt schon, seine Sühne, sein Bußgang nach dieser Sache in den Khyntor-Marken – und wäre längst auf die Burg zurückgekehrt.«

»Er ist bereits im letzten Sommer zurückgekehrt«, erklärte Prestimion. »Und er hat jemanden mitgebracht, mit dem er in Suvrael einen kleinen Zusammenstoß hatte. Erinnerst du dich noch an einen gewissen Venghenar Barjazid, Akbalik?«

»Ein kleiner Schurke, der verschiedene Dinge für Herzog Svor erledigt hat?«

»Genau der. Als ich den lästigen Vroon Thalnap Zelifor nach Suvrael verbannte, schickte ich diesen Barjazid mit, damit er dafür sorgte, dass der Vroon auch dort ankäme. Es war einer von unendlich vielen Fehlern, die ich gemacht habe, Akbalik, seit ich es mir in den Kopf gesetzt habe, ich wäre für den Posten des Coronals geeignet.«

Mit wachsender Besorgnis hörte Akbalik sich an, was Prestimion erzählte: wie Barjazid den Vroon beseitigt und die Gedankenkontrollapparate für seine eigenen Zwecke verändert hatte, die willkürlichen Experimente mit ahnungslosen Reisenden in der Wüste der Gestohlenen Träume in Suvrael, Dekkerets Begegnung mit Barjazid in der Wüste, die Festnahme Barjazids und der Transport des Gefangenen und seiner Apparate auf die Burg.

»Er hat keine Zeit vergeudet und sofort um eine Audienz nachgesucht«, sagte Prestimion. »An diesem Tag war ich nicht auf der Burg, und so wandte er sich an Varaile und erklärte ihr ausführlich, wie mächtig diese Geräte sind und welche Gefahr sie darstellen. Als ich zurückkehrte, wollte sie es mir berichten, doch ich muss gestehen, dass ich nur mit halbem Ohr zugehört habe. Auch das ist ein dunkler Punkt in meiner Amtsführung, Akbalik. Nun, inzwischen konnte Barjazid irgendwie aus der Burg entkommen und nach Stoienzar fliehen, um sich mit seinen Maschinen Dantirya Sambail zur Verfügung zu stellen. Aus diesem Grund ist Dekkeret zur Insel geeilt, und deshalb bin ich so rasch persönlich nach Stoien gekommen. Wenn es Barjazid und Dantirya Sambail gelingt, ihre Kräfte zu vereinen …«

»Ich bin sicher, dass sie es bereits getan haben, mein Lord.«

»Woher willst du das wissen?«

»Wie ich schon sagte, ist der Prokurator seit kurzem sehr geschickt darin, unseren Spähern zu entgehen. Ich sprach von einem Magier, der eine Aura der Unbestimmtheit um ihn erzeugt. Aber was, wenn es überhaupt kein Magier ist? Es könnte auch dieser Barjazid sein. Wenn die Apparate so mächtig sind, wie Dekkeret sagt, dann …« Wieder spürte Akbalik einen brennenden Schmerz im Bein und hatte Mühe, den Schauder, der durch seinen Körper lief, vor Prestimion zu verbergen. »Es war ein Glück, dass der Junge nach Suvrael gegangen ist, nicht wahr? Und ich wollte ihn davon abhalten. Wie sehen deine weiteren Pläne aus, mein Lord?«

»Ich glaube, ich sagte bereits, dass Septach Melayn und Gialaurys vom Burgberg mit bewaffneten Truppen nach Stoienzar herunterkommen. Sie werden ausgehend von der Westspitze der Halbinsel Dantirya Sambail jagen. Ich will hier in Stoien ein zweites Heer aufstellen und von der anderen Seite aus vorstoßen. Meine Mutter wird unsere Bewegungen koordinieren; sie glaubt einen Weg gefunden zu haben, um die Künste der Insel bei der Suche nach ihm einsetzen zu können. Unterdessen müssen wir dafür sorgen, dass er nicht aus dieser Gegend fliehen kann, während wir nach ihm fahnden. Wir müssen im Norden und Süden der Halbinsel alle Häfen schließen und …«

»Darf ich fragen, mein Lord, wer das Heer befehligen wird, das von der Stadt Stoien aus vorstoßen wird?«

Prestimion schien die Frage zu überraschen. »Nun, ich selbst natürlich.«

»Ich bitte dich, mein Lord, verzichte darauf.«

»Aber warum sollte ich?«

»Du darfst nicht in den Dschungel von Stoienzar gehen. Du hast keine Vorstellung davon, was für eine schreckliche Gegend es ist. Ich meine damit nicht nur die Hitze und die Feuchtigkeit oder die Insekten, halb so groß wie dein Arm, die den ganzen Tag vor deinem Gesicht herumschwirren. Ich meine die Gefahren, mein Lord, die entsetzlichen Gefahren, die allenthalben lauern. Fragst du dich nicht, warum es hier keine Siedlungen gibt? Es ist ein einziger riesiger stinkender Sumpf, in dem die Stiefel bei jedem Schritt bis zu den Knöcheln einsinken. Rings umher lauern giftige Ungeheuer wie die Sumpfkrabben, deren Biss tödlich ist, falls du nicht gerade das Glück hast, von einer sehr kleinen gebissen zu werden wie ich. Sogar die Bäume sind deine Feinde. Es gibt eine Sorte, deren Samenkapseln explodieren, wenn sie reif sind. Dabei fliegen lange schmale Fetzen in alle Richtungen, die sich wie spitze Messer ins Fleisch eines Menschen bohren können. Ein anderer Baum, die Manganozapalme, hat Blätter, die so scharf sind wie ...«

»All das ist mir bekannt, Akbalik. Dennoch ist es meine Aufgabe, die Truppen persönlich anzuführen. Was ist schon dabei? Glaubst du, ich habe Angst vor ein paar Unannehmlichkeiten?«

»Auf dem Marsch durch die Sümpfe werden viele Männer sterben. Ich habe miterlebt, wie schnell das geht, ich hätte beinahe selbst den Tod gefunden. Ich finde, du hast nicht das Recht, dort dein Leben aufs Spiel zu setzen, mein Lord.«

Prestimion starrte ihn zornig an. »Ich habe nicht das Recht? Was soll das heißen? Du bist anmaßend, Akbalik. Nicht einmal Prinz Serithorns Neffe kann es wagen, dem Coronal zu sagen, was er zu tun oder zu lassen hat.«

Prestimions Zurückweisung traf Akbalik mit beinahe körperlicher Gewalt. Sein Gesicht lief rot an, er murmelte eine Entschuldigung und entbot hastig einen Sternenfächergruß. Um sich wieder zu fassen, trank er einen großen Schluck Wein. Offenbar musste er auf eine andere Weise vorgehen. Nach einer kleinen Pause sagte er leise: »Kann deine Mutter wirklich ihre Kunst einsetzen, um dir bei diesem Krieg zu helfen, mein Lord?«

»Sie glaubt, sie kann es. Vielleicht kann sie sogar die geistigen Kräfte neutralisieren, die von diesem Barjazid aufgeboten werden.«

»Bedeutet dies – verzeih mir noch einmal, Lord Prestimion –, dass du sie in den Dschungel von Stoienzar mitnehmen willst? Soll die Lady der Insel an deiner Seite reisen, während ihr euch durch die tödlichen Sümpfe kämpft? Willst du sie wirklich einer so großen Gefahr aussetzen?«

Er sah sofort, dass er ins Schwarze getroffen hatte. Prestimion schien wie vor den Kopf geschlagen. Offenbar hatte er aus dieser Richtung keinen Angriff erwartet. »Ich muss sie ständig in meiner Nähe haben, wenn die Angelegenheit ins Rollen kommt. Sie kann klarer als jeder andere sehen, was der Prokurator tut.«

»Die Kräfte der Lady wirken auch über größere Entfernungen, nicht wahr?«, fragte Akbalik. »Dann ist es nicht nötig, sie in die Nähe des Prokurators zu bringen. Sie kann im sicheren Stoien bleiben, während der Feldzug im Dschungel seinen Lauf nimmt. Dies kannst du auch tun. Du kannst mit ihr zusammen die Strategie entwickeln, und eure Wünsche können ohne weiteres zur Front übermittelt werden.« Ehe Prestimion zu einer Antwort ansetzen konnte, fügte er rasch hinzu: »Mein Lord, ich flehe dich an, hör auf mich. Lord Stiamot mag vor siebentausend Jahren sein Heer selbst in die Schlacht geführt haben, doch solche Risiken sind heute mit dem Amt des Coronals nicht mehr vereinbar. Bleibe hier in Stoien und überwache mit Hilfe der Lady den Konflikt aus der Ferne. Lass mich die vereinten Truppen gegen den Prokurator anführen. Du bist unersetzlich, ich bin es nicht. Und ich habe bereits gewisse Erfahrungen, was die Lebensbedingungen auf Stoienzar angeht. Lass mich gehen.«

»Du willst gehen? Nein, Akbalik. Niemals.«

»Aber, mein Lord …«

»Glaubst du denn, du kannst mich täuschen, was dein Bein angeht? Ich erkenne durchaus, wie sehr du leidest. Du kannst kaum noch laufen, ganz zu schweigen davon, in einer neuen Mission in den Dschungel zu gehen. Woher willst du wissen, dass die Infektion nicht schlimmer wird, als sie ohnehin schon ist? Nein, Akbalik. Du hast vielleicht Recht damit, dass es unklug ist, wenn ich selbst in den Dschungel ziehe, aber du wirst ganz gewiss nicht gehen.«

In der Stimme des Coronals schwang eine Härte mit, die Akbalik zu verstehen gab, dass weitere Einwände sinnlos wären. Er saß schweigend da und massierte knapp oberhalb der Wunde das pochende Bein.

»Ich werde versuchen, den Einsatz von hier aus zu leiten, wie du es vorgeschlagen hast«, fuhr Prestimion fort. »Wir werden sehen, wie gut es funktioniert. Aber was dich angeht, so entlasse ich dich vorerst aus dem aktiven Dienst. Lady Varaile wird in einigen Tagen zur Burg aufbrechen – sie ist schwanger, wusstest du das, Akbalik? –, und ich übertrage dir die Aufgabe, sie auf dem Rückweg zur Burg zu eskortieren.«

»Meinen Glückwunsch, mein Lord. Aber bei allem gebotenen Respekt, mein Lord, warum kann Dekkeret sie nicht begleiten? Ich sollte hier in Stoien bleiben und dich beim Feldzug unterstützen. Meine Erfahrungen mit der Natur dieses Dschungels …«

»… könnten nützlich sein, ja. Aber was ist, wenn du das Bein verlierst? Es ist närrisch, wenn du hier in Stoien bleibst. Dies hier ist provinzielles Hinterland. Auf der Burg haben wir die besten Ärzte der Welt, die dich in kürzester Zeit heilen werden. Was Dekkeret angeht, so brauche ich ihn hier bei mir. Er ist der Einzige, der genau weiß, wie Barjazids Gerät funktioniert.«

»Ich flehe dich an, mein Lord …«

»Ich flehe dich an, Akbalik: Spar dir die Mühe. Meine Entscheidung steht fest. Ich danke dir für alles, was du hier in Stoien erreicht hast. Aber jetzt fährst du mit meiner Lady Varaile zur Burg und lässt dein Bein ordentlich versorgen.«

Prestimion stand auf. Auch Akbalik erhob sich, und die Anstrengung war ihm deutlich anzumerken. Das verletzte Bein wollte ihn nicht mehr tragen. Der Coronal fasste ihn an den Schultern und hielt ihn aufrecht, bis er mit eigener Kraft stehen konnte.

Draußen und unter ihnen waren auf einmal Sirenen zu hören, und auf der Straße schrien Menschen. Akbalik sah zum Fenster. Im Südwesten der Stadt stieg eine neue schwarze Rauchwolke auf.

»Es wird immer schlimmer«, murmelte Prestimion. Er wandte sich zum Gehen. »Eines Tages, Akbalik, werden wir zu diesen Zeiten zurückblicken und lachen, nicht wahr? Ich wünschte, wir könnten heute schon ein wenig froher sein.«

Erst spät am folgenden Nachmittag fand Akbalik eine Gelegenheit, mit Dekkeret zu sprechen. Das letzte Mal hatte er den jungen Mann in einer ländlichen Schenke in den Bergen von Khyntor gesehen. Es war vor ein oder zwei Jahren um den Frühlingsanfang herum gewesen, als sie bei Flaschen mit warmem goldenem Wein beisammen gesessen hatten. An jenem Abend hatte Dekkeret verkündet, er wolle nach Suvrael gehen. »Du gehst zu hart mit dir ins Gericht«, hatte Akbalik damals gesagt. »Es gibt keine Sünde, die so verwerflich wäre, dass sie einen Ausflug nach Suvrael rechtfertigen könnte.« Dann hatte er Dekkeret gedrängt, lieber eine Pilgerreise zur Insel zu unternehmen, wenn er wirklich das Gefühl habe, seine Seele von diesem Makel läutern zu müssen. »Lass die gesegnete Lady deinen Geist heilen«, hatte Akbalik ihn aufgefordert. »Es ist dumm, deine Karriere auf der Burg zu unterbrechen und längere Zeit in Suvrael zu verbringen.«

Doch Dekkeret hatte nicht auf ihn gehört, war nach Suvrael gegangen und danach anscheinend auch auf die Insel, doch dort war sein Besuch nur sehr kurz ausgefallen. Allem Anschein nach hatten die Reisen jedoch seiner Karriere keinen Abbruch getan.

»Weißt du noch, was wir verabredet haben, als wir damals in der Schenke in Khyntor beisammen saßen?«, fragte Dekkeret nun. »Wir wollten uns zwei Jahre später gesund und munter auf dem Burgberg wieder sehen, nachdem ich aus Suvrael zurückgekehrt wäre. Wir wollten zusammen die Spiele in Ober-Morpin besuchen. So haben wir es uns vorgenommen. Zwei Jahre sind gekommen und vergangen, Akbalik, aber nach Ober-Morpin sind wir nicht gelangt.«

»Es gab wichtigere Dinge zu tun. Ich musste hier in Stoien ausharren, als die Zeit für unser Wiedersehen gekommen war. Und du …«

»Ich habe die Insel des Schlafs aufgesucht, jedoch nicht als Pilger.« Dekkeret lachte. »Kannst du dir vorstellen, Akbalik, wie seltsam mir jetzt mein eigenes Leben vorkommt? Ich hatte gehofft, einfach nur als Ritter auf der Burg zu leben und zu gegebener Zeit vielleicht einen bescheidenen Posten zu bekleiden. Doch jetzt befinde ich mich in der Gesellschaft des Coronals und seiner Gemahlin, und auch die Lady ist hier, und ich werde in höchst komplizierte und heikle Staatsangelegenheiten hineingezogen …«

»Ja. Du steigst schnell auf. Eines Tages wirst du Coronal sein, Dekkeret, glaube mir.«

»Ich? Sei nicht dumm, Akbalik. Wenn all dies hier vorbei ist, dann werde ich wieder ein ganz gewöhnlicher Ritteranwärter sein. Du bist derjenige, der womöglich Coronal wird. Du weißt selbst, dass alle es sagen. Confalume wird vielleicht noch zehn oder zwanzig Jahre leben, dann wird Lord Prestimion zum Pontifex ernannt, und der nächste Coronal könnte …«

»Hör mit diesem Unsinn auf, Dekkeret. Kein Wort mehr.«

»Entschuldige, wenn ich dich beleidigt habe. Ich denke eben nur, dass du in jeder Hinsicht ein würdiger Nachfolger sein könntest, wenn …«

»Hör auf! Ich denke keine Sekunde darüber nach, dass ich Coronal werden könnte. Ich rechne nicht damit, Coronal zu werden, und ich will auch nicht Coronal werden. Es wird nicht dazu kommen. Übrigens bin ich im gleichen Alter wie Prestimion. Sein Nachfolger wird aus deiner und nicht aus meiner Generation stammen. Außerdem …« Akbalik schüttelte den Kopf. »Warum verschwenden wir so viel Zeit auf ein so närrisches Gespräch? Der nächste Coronal? Lass uns tun, was wir tun können, um dem jetzigen Coronal zu dienen. In ein paar Tagen werde ich die Lady Varaile auf dem Rückweg zur Burg begleiten. Du sollst hier bleiben und Lord Prestimion bei seinem Kampf gegen Barjazid und diesen Gedankenapparat unterstützen, weißt du das schon? Ich will, dass du mir etwas versprichst, Dekkeret.«

»Was immer du willst.«

»Wenn der Coronal es sich trotz allem, was ich ihm dazu gesagt habe, in den Kopf setzt, in den Dschungel zu ziehen und persönlich nach Dantirya Sambail zu suchen, dann sollst du dich ihm in den Weg stellen und ihm sagen, dass es wahnsinnig ist, so etwas zu tun, dass er es auf keinen Fall tun darf, dass er es um seiner Frau und seiner Mutter und seines ungeborenen Kindes willen und auch um der ganzen Welt willen nicht tun darf. Er muss sich von den Geschöpfen fern halten, die in diesem entsetzlichen Treibhaus leben. Willst du das tun, Dekkeret? Ganz egal, wie sehr du ihn erzürnst und welche Gefahren es für deine eigene Karriere mit sich bringen mag, du musst es ihm sagen. Immer und immer wieder.«

»Natürlich. Ich verspreche es.«

»Danke.«

Eine Weile schwiegen sie beide. Es war von Anfang an eine unbehagliche Begegnung gewesen, und jetzt schien das Gespräch endgültig in eine Sackgasse geraten zu sein.

»Darf ich dich etwas Persönliches fragen, Akbalik?«, meinte Dekkeret schließlich.

»Nur zu.«

»Ich mache mir Sorgen, wenn ich dich humpeln sehe. Mit deinem Bein muss etwas wirklich Schlimmes passiert sein. Du hast starke Schmerzen, nicht wahr?«

»Du klingst schon wie Prestimion. Mein Bein, mein Bein, mein Bein! Hör mal, Dekkeret, mein Bein wird wieder gesund werden. Es wird nicht abfallen oder so etwas. Als ich in Stoienzar herumgestolpert bin, hat mich eine elende kleine Krabbe gebissen. Die Wunde hat sich entzündet und tut weh, und deshalb brauche ich seit einigen Tagen einen Gehstock. Aber sie heilt. Noch ein paar Tage, und alles wird wieder in Ordnung sein. Ist es jetzt gut? Haben wir jetzt lange genug über mein Bein geredet? Lass uns lieber über fröhlichere Dinge plaudern. Beispielsweise über deine Ferienreise nach Suvrael …«

Früh am nächsten Morgen hing schon wieder der stechende Geruch von Rauch in der frischen kühlen Luft. Der erste Brand des Tages, dachte Prestimion. Es war der Tag, an dem Varaile zur Burg zurückkehren sollte. Vor dem Kristallpalast parkte ein Geleitzug von sieben Schwebern. Ein großes Fahrzeug, wie es der Gemahlin des Herrschers zustand, sollte Varaile und Akbalik aufnehmen, vier kleinere würden die Eskorte befördern, und zwei waren dem Gepäck vorbehalten. Je eher Varaile wieder in der sicheren Burg saß, hoch über den Unruhen, die in so vielen Städten im Flachland um sich griffen, desto besser. Prestimion hoffte, rechtzeitig zurückzukehren, bevor der kleine Prinz geboren würde. Nach dem Onkel, den er nicht mehr kennen lernen konnte, sollte er Taradath genannt werden.

»Ich wünschte, du würdest mitkommen, Prestimion«, sagte Varaile, als sie den Kristallpalast verließen und zu den wartenden Schwebern gingen.

»Ich wünschte, es wäre möglich. Aber wenn ich mich um den Prokurator gekümmert habe, werde ich so schnell wie möglich nachkommen.«

»Willst du wirklich in den Dschungel gehen und selbst nach ihm suchen?«

»Akbalik besteht darauf, dass ich das nicht tun darf, und wer bin ich schon, dass ich mich Akbaliks Befehl widersetze? Nein, Varaile, ich werde nicht selbst in den Dschungel gehen. Ich will meine Mutter an meiner Seite wissen, wenn wir Dantirya Sambail zerschmettern, und das Landesinnere von Stoienzar ist nicht der richtige Ort für sie. Deshalb habe ich nachgegeben. Aber ich muss schon sagen, es stößt mir sauer auf, dass ich hier bequem und gemütlich in Stoien hocke, während Gialaurys und Septach Melayn und Navigorn schwitzend durch die Sägeblattpalmenwälder stürmen, um …«

Ihr Lachen unterbrach ihn. »Ach, Prestimion, nun

benimm dich nicht wie ein kleiner Junge. Es kann ja sein, dass die Coronals, über die wir im *Buch der Veränderung* gelesen haben, in die Wildnis gezogen sind und gegen die Ungeheuer, die dort lebten, große Schlachten geschlagen haben, aber diese Zeiten sind längst vorbei. Wäre Lord Confalume durchs Unterholz gestolpert, wenn er einen Krieg hätte führen müssen? Oder Lord Prankipin?« Sie musterte ihn kritisch. »Du wirst nicht gehen, nicht wahr?«

»Ich habe dir gerade erklärt, warum ich nicht gehen kann.«

»Dass du es nicht kannst, heißt nicht, dass du es nicht tun wirst. Vielleicht kommst du auf die Idee, dass du doch nicht unbedingt ständig in Lady Therissas Nähe sein musst, wenn der Krieg seinen Lauf nimmt. Wirst du sie in diesem Fall in Stoien zurücklassen und doch noch in den Dschungel gehen, wenn Akbalik und ich weit weg sind?«

Das Gespräch war ihm unangenehm. Er verspürte so wenig wie jeder andere das Bedürfnis, in diesen entsetzlichen Dschungel einzudringen. Auch war ihm klar, dass ein Coronal nicht leichtfertig sein Leben aufs Spiel setzen durfte. Dies war nicht der vergessene Bürgerkrieg, in dem er als Kämpfer ohne Amt versucht hatte, den Usurpator zu besiegen. Er war jetzt der gesalbte und geweihte König. Doch einen Krieg über eine Distanz von zweitausend Meilen zu führen, während seine Freunde irgendwo zwischen den Sumpfkrabben und den Sägeblattpalmen ihr Leben riskierten …

»Falls es sich als absolut unvermeidlich erweisen sollte, dass ich gehen muss, dann werde ich es tun«, erklärte Prestimion schließlich. »Sonst nicht.« Er legte ihr zärtlich die Hand auf den Bauch. »Glaube mir, Varaile, ich will unversehrt in die Burg zurückkehren, bevor Taradath geboren ist. Ich werde kein Risiko eingehen, wenn es sich irgendwie vermeiden lässt.« Er nahm ihre

Hände, küsste die Fingerspitzen und führte sie zum Schweber. »Du solltest schon längst unterwegs sein. Aber wo steckt eigentlich Akbalik? Er müsste schon längst hier sein.«

»Ist er das nicht dort drüben, Prestimion? Da drüben auf der anderen Seite?«

Sie deutete zum anderen Ende des Platzes. Richtig, dort kam ein Mann mit einem Gehstock. Er humpelte mühsam, hielt immer wieder inne und ruhte sich aus, um das Gewicht vom linken Bein zu nehmen. Prestimion starrte böse hinüber. Das entzündete Bein machte Akbalik gehörig zu schaffen. Die Magie eines Vroon konnte nicht alles heilen; der Mann musste umgehend von den besten Chirurgen auf der Burg behandelt werden. Akbalik war ihm wichtig. Prestimion fragte sich, ob die Verletzung nicht doch viel schwerer war, als Akbalik zugeben wollte.

»Er wird ewig brauchen, bis er hier ist«, sagte Prestimion. »Steig doch schon in den Schweber und setz dich, Varaile. Das Herumstehen ist sicher nicht gut für dich.«

Lächelnd stieg sie ein.

In diesem Augenblick fiel Prestimion etwas ein, das ihm seit Wochen ständig im Kopf herumging. Eine Frage, die ihn bewegte, die er aber immer wieder zurückgestellt hatte, weil sich nie die richtige Gelegenheit ergeben hatte. Er lugte zu ihr in den Schweber. »Oh, und eine Frage habe ich noch, bevor du aufbrichst, Varaile. Erinnerst du dich daran, dass ich dir und meiner Mutter im Inneren Tempel erzählt habe, wie die Erinnerungen ausgelöscht wurden? Ich habe dabei Lord Confalumes Sohn erwähnt, der den Thron für sich beansprucht hat. Sein Name war Korsibar. Du hast sehr überrascht reagiert, als ich den Namen genannt habe. Warum die Überraschung?«

»Ich hatte den Namen schon einmal gehört. Mein

Vater hat ihn während eines seiner Anfälle erwähnt. Er schien zu glauben, Confalume sei noch immer der Coronal, und ich sagte zu ihm: ›Nein, jetzt regiert ein neuer Coronal‹, und er meinte: ›Oh, richtig, Lord Korsibar.‹ Ich erwiderte: ›Nein, Vater, der neue Coronal ist Lord Prestimion. Es gibt keinen Lord Korsibar.‹ Ich dachte, da hätte nur der Wahnsinn aus ihm gesprochen. Doch als du uns erzählt hast, dass der Usurpator, der von deinen Magiern aus der Geschichte ausgelöscht wurde, Korsibar hieß …«

»Ja, ich verstehe«, sagte Prestimion. Es lief ihm kalt über den Rücken. »Er kannte den Namen, er hat sich an Korsibar erinnert. Ob die Auslöschung an Wirkung verliert, sodass die tatsächliche Vergangenheit jetzt durchbricht?«

Das fehlte gerade noch, dachte er. Aber vielleicht kamen auch nur bei Menschen, die dem Wahnsinn besonders stark verfallen waren, solche echten Erinnerungen ans Licht, und was ein solcher Mensch sagte, würde niemand ernst nehmen. »Mein Vater hat ihn während eines seiner Anfälle erwähnt«, so hatte Varaile es ausgedrückt. Wie auch immer, er musste die Sache im Auge behalten. Vielleicht sollte er mit einem seiner Magier darüber reden, mit Maundigand-Klimd oder vielleicht mit Heszmon Gorse.

Doch dies war ein Problem, mit dem er sich ein andermal beschäftigen würde. Akbalik war endlich angekommen und setzte ein breites und nicht sehr überzeugendes Grinsen auf. »Sind wir dann bereit?«, rief er mit einer Munterkeit, die mehr als gezwungen wirkte.

»Wir sind bereit und warten schon. Wie geht es deinem Bein?«, fragte Prestimion. Er hatte den Eindruck, es sei stärker geschwollen als am Vorabend. Oder bildete er es sich nur ein?

»Mein Bein? Dem Bein geht es gut, mein Lord. Es

sticht hier und dort ein wenig. Nur noch ein paar Tage und …«

»Ja«, sagte Prestimion. »Nur ein kleines Stechen hier und dort. Ich glaube, dieses kleine Stechen konnte ich gut beobachten, als du den Platz überquertest. Verliere nur ja keine Zeit und lass das Bein von den Ärzten untersuchen, sobald du wieder auf der Burg bist.« Er wandte sich ab und übersah taktvoll, wie mühsam und schmerzlich Akbaliks Einstieg in den Schweber vonstatten ging. »Gute Reise!«, rief er schließlich. Varaile und Akbalik winkten ihm zu, dann begannen die Rotoren des Fahrzeugs zu summen. Auch die anderen Schweber des Geleitzuges wurden gestartet. Prestimion blieb eine Weile auf dem Platz stehen und blickte noch lange, nachdem die Fahrzeuge außer Sicht waren, gen Osten.

10

Sei doch mal ehrlich«, sagte Septach Melayn. »Hast du damit gerechnet, dass es dich zu deinen Lebzeiten noch einmal in diesen Winkel der Welt verschlagen würde?«

»Warum denn nicht?«, gab Gialaurys zurück. Wieder drangen sie in den Regenwald von Kajith Kabulon ein, nachdem sie auf dem gleichen Weg wie zwei Jahre zuvor über Bailemoona, Ketheron und Arvyanda nach Süden gefahren waren. Doch damals waren sie Prestimions Begleiter auf einer kleinen Erkundungsmission gewesen. Jetzt kamen sie als Anführer einer großen militärischen Streitmacht. »Wir dienen dem Coronal. Prestimion hat uns beauftragt, hierher zu fahren, und wir sind gefahren. Wenn es die Aufgabe erfordern würde, zehnmal im Jahr nach Ketheron zu fahren oder fünfzehnmal in die Valmambra, was könnten wir schon dagegen einwenden?«

Septach Melayn lachte. »Eine tiefgründige Antwort auf eine müßige Frage, mein Freund. Ich wollte damit lediglich auf die Größe dieser Welt anspielen, die eigentlich die Vermutung nahe legen könnte, dass wir in unserem kurzen Leben keinen Ort zweimal besuchen werden. Abgesehen natürlich von den leichter zu erreichenden Städten auf dem Burgberg. Aber nun sind wir schon wieder hier unten und kämpfen uns binnen zwei, drei Jahren zum zweiten Mal durch den Schlamm des feuchten Kajith Kabulon.«

»Ich wiederhole meine Antwort«, sagte Gialaurys etwas sauertöpfisch. »Wir sind hier, weil es dem Coronal Lord Prestimion beliebte, uns nach Stoienzar zu beordern, und der kürzeste Weg vom Burgberg nach Stoienzar verläuft durch Kajith Kabulon. Ich empfinde deine Frage als sinnlos. Aber es wäre ja nicht das erste Mal, dass du den Mund einfach nur deshalb aufmachst, weil du ein paar Geräusche produzieren willst, Septach Melayn.«

»Glaubt ihr eigentlich«, schaltete Navigorn sich ein, um dem Geplänkel die Spitze zu nehmen, »dass überhaupt mal jemand lange genug gelebt hat, um die ganze Welt zu sehen? Ich meine nicht nur die Reise von hier bis auf die andere Seite Zimroels. Die macht jeder Coronal auf seiner großen Prozession. Ich meine den Besuch wirklich aller Provinzen und aller Städte von der Ostküste Alhanroels bis zur Westküste Zimroels und vom Land am Nordpol bis hinunter zur Südspitze Suvraels.«

»Ich glaube, das würde fünfhundert Jahre dauern«, sagte Septach Melayn. »Also länger, als irgendeiner von uns leben wird. Aber andererseits ist Prestimion erst seit kurzer Zeit Coronal, und Gialaurys und ich sind bereits tief in den Osten Alhanroels vorgedrungen, sind im Süden bis Sippulgar gereist und haben jetzt das große Vergnügen, das wunderschöne Stoienzar besuchen zu können …«

»Du reizt mich heute zur Weißglut, Septach Melayn«, entgegnete Gialaurys. »Ich glaube, ich sollte lieber in einem anderen Schweber fahren.«

Doch er machte keine Anstalten, das Fahrzeug anhalten zu lassen und auszusteigen, und so fuhren sie schweigend weiter. Das Blätterdach über ihnen wurde dichter, je weiter sie vorankamen. Es war eine rundum grüne Welt, unterbrochen höchstens von strahlend bunten Pilzen auf den Baumstämmen, die in dieser Region des Waldes meist rot waren, hin und wieder auch von einem leuchtenden Gelb, das sogar heller war als das Schwefelgelb von Ketheron. Obwohl der Nachmittag noch nicht fortgeschritten war, konnte man durch die dicht verflochtenen Ranken, die sich zwischen den Wipfeln der hohen, schlanken Bäume am Straßenrand spannten, keinen Sonnenstrahl mehr ausmachen. Das endlose Rauschen des Regens ging ihnen allen auf die Nerven. Ein unablässiges leichtes Prasseln, dessen Intensität sich nicht änderte und das Stunde um Stunde ohne Pause anhielt.

Eine lange Kette von Schwebern folgte ihnen. Alle trugen das Labyrinthsymbol des Pontifex, da die Truppe offiziell kein Heer war, sondern nur eine Polizeistreitmacht, die für Ruhe und Ordnung sorgen sollte und im Prinzip dem Kommando des Pontifikats unterstand. Die gesamte Hierarchie der Ordnungshüter war dem Pontifikat zugeordnet; Heere im eigentlichen Sinn gab es nicht auf Majipoor. Es gab lediglich die Polizei des Pontifex, die für Ruhe und Ordnung zu sorgen hatte. Der Coronal hatte, abgesehen von der Burgwache, keine eigenen Truppen. Das Heer, das Korsibar im Bürgerkrieg gegen Prestimion aufgestellt hatte, war im Grunde eine stark erweiterte und wahrscheinlich nicht verfassungsgemäße Version der Leibgarde des Coronals gewesen. Das Heer, das Prestimion in seinem erfolgreichen Feldzug gegen den Usurpator um sich gesammelt hatte, war eine Miliz aus Freiwilligen gewesen.

Ein Verfassungsexperte, der die ganze Zeit die Nase in Gesetze, Erlasse und Dekrete steckte, hätte wahrscheinlich auch gegen die Legalität dieser Brigade Einwände vorbringen können. Septach Melayn hatte die Truppen bei Vologaz Sar angefordert, der auf der Burg den Pontifex vertrat. Er hatte ihm einfach einen Beschluss vorgelegt, der vom Hohen Berater und dem Großadmiral, also von ihm und Gialaurys in Vertretung des abwesenden Lord Prestimion und, um das Maß voll zu machen, auch von Navigorn und Prinz Serithorn unterzeichnet worden war.

»Ich muss das Dokument natürlich zur Gegenzeichnung ins Labyrinth schicken«, hatte Vologaz Sar erklärt.

»Ja, das müsst Ihr unbedingt tun. Wir dagegen müssen sofort nach Stoienzar aufbrechen und werden unterwegs in verschiedenen Stützpunkten des Pontifikats Truppen requirieren. Wenn Ihr also einstweilen hier unterschreibt und uns die Erlaubnis erteilt, vorbehaltlich einer endgültigen Genehmigung durch den Pontifex Truppen auszuheben …«

Woraufhin Septach Melayn ihm eine Kopie des Beschlusses vorgelegt hatte.

»Das ist eine höchst regelwidrige Vorgehensweise, Septach Melayn!«

»Ja, so sieht es wohl aus. Ihr müsst hier drüben unterschreiben, direkt über dem Siegel des Pontifikats, das wir bereits mit eingedruckt haben, um Euch die Mühe zu ersparen.«

Als Gegenleistung für Vologaz Sars Kooperation hatte Septach Melayn darauf verzichtet, neben den

Truppen auch Offiziere des Pontifikats für den Feldzug gegen Dantirya Sambail anzufordern. Es wäre einfacher, hatte er gesagt, wenn die Kommandogewalt in den Händen der vertrauenswürdigen Gefolgsleute des Coronals bliebe. Der völlig überrumpelte Vologaz Sar hatte keinen Ausweg mehr gewusst. »Wie Ihr wünscht«, hatte er gemurmelt, jeden Widerstand aufgegeben und seine Unterschrift auf das Blatt gesetzt.

Es war der vierte Tag ihres Zuges durch das regnerische Kajith Kabulon. Sie hatten die Hauptstraße verlassen, auf der sie die Provinzhauptstadt und Prinz Thaszthasz' Weidenrutenpalast erreicht hätten, und kämpften sich auf einer Nebenstraße über weichen Untergrund mühsam mehr oder weniger nach Westen. In diesem Teil des Regenwaldes wuchs alles mit atemberaubender tropischer Üppigkeit. Dichtes purpurnes und stachliges Moos wucherte auf Bäumen, die schon längst hätten erdrückt sein müssen. Zornig rote Flechten klammerten sich an alle Felsen, lange dünne Streifen aufgedunsener roter Schwämme ringelten sich wie schlafende Schlangen um die Baumstämme. Und die ganze Zeit über regnete es.

»Hört das überhaupt einmal auf?«, murrte Navigorn. Als Einziger der drei war er noch nicht in Kajith Kabulon gewesen. »Bei der Lady, dieses Wetter kann einen Mann in den Wahnsinn treiben!«

Septach Melayn sah ihn nachdenklich an. Die eigenartigen Krampfanfälle, die Navigorn seit dem Ausbruch der Epidemie des Wahnsinns heimsuchten, traten immer noch ab und zu auf, und zwar besonders dann, wenn der Mann unter Belastung stand. Ob das unablässige Prasseln des Regens einen neuen Anfall auslösen würde? Das wäre hier, im engen Schweber, den sie sich teilten, mehr als unglücklich.

Vielleicht wäre es klüger gewesen, überlegte Septach

Melayn, wenn man Navigorn auf der Burg zurückgelassen hätte, wo er besser als Regent hätte dienen können, statt sich dieser Expedition auszusetzen. Doch er hatte darauf bestanden mitzukommen. Er war immer noch der Ansicht, dass sein Ansehen durch die Flucht des Prokurators aus den Sangamor-Tunneln großen Schaden genommen hatte. Die ganz ähnlich verlaufene Flucht Venghenar Barjazids und seines Sohnes hatte die alten Schuld- und Schamgefühle wieder zum Vorschein gebracht, auch wenn man Navigorn in dieser Hinsicht sicher keinen Vorwurf machen konnte.

Dantirya Sambail aber hätte jetzt gewiss keine Unruhe mehr stiften können, wenn Navigorn ihn wohl verwahrt in den Tunneln festgehalten hätte. So hatte er, offenbar als eine Art Buße, darauf bestanden, die Expedition zu begleiten. Dem armen lebenslustigen Serithorn war schließlich die undankbare Aufgabe zugefallen, in ihrer Abwesenheit die Regierungsgeschäfte zu erledigen, wobei ihm in gewissem Maße Prestimions Bruder Teotas zur Seite stand. Doch das Klima des Regenwaldes forderte von Navigorn allmählich seinen Tribut. Septach Melayn starrte besorgt geradeaus und hoffte, sie bekämen bald wieder einmal einen Streifen Sonnenlicht zu sehen.

Er wandte sich an Gialaurys. »Sollen wir etwas singen, guter Admiral? Eine muntere Ballade, um uns die Zeit zu vertreiben?« Er stimmte eine fröhliche, zehntausend Jahre alte Weise an:

Lord Vargaiz vor die Burg der Metamorphen trat
Und eine Flasche besten Weins erbat
Da haben sie herbeigeschafft
Den schalen Glaggabeerensaft

Gialaurys, dessen Singstimme sogar einer Riesenkröte auf dem Kunamolgoi-Berg peinlich gewesen wäre, verschränkte die Arme vor der Brust und starrte Septach Melayn finster an, als wäre dieser soeben selbst vom Wahnsinn gepackt worden. Navigorn jedoch grinste und fiel sofort ein:

Der Saft von diesem bösen Glaggastrauch
Macht Ärger dir, wenn er in deinem Bauch
Furchtlos aber trank der kühne Lord
Im fernen Metamorphenhort

Listig lächelte der Lord und sprach:
Von diesem Wein droht mir kein Ungemach.
Er mundet mir durchaus und nun …

»Wenn ihr mal einen Augenblick mit diesem Geblöke aufhören würdet«, sagte Gialaurys, »dann könnten wir uns vielleicht überlegen, welchen Weg wir von hier aus nehmen müssen. Wie es aussieht, gabelt sich die Straße. Oder ist das alles egal, solange wir nur laut genug singen?«

Septach Melayn sah sich über die Schulter um. Der Vroon-Führer Galielber Dorn war bei ihnen, doch das kleine Wesen kauerte bibbernd hinten im Wagen, von irgendeiner Vroon-Krankheit niedergestreckt. Das feuchte Klima Kajith Kabulons war offenbar überhaupt nicht nach seinem Geschmack. »Dorn?«, rief Septach Melayn. »Welche Richtung?«

»Links«, kam ohne Zögern die Antwort, die kaum mehr war als ein krankes Stöhnen.

»Aber wir müssen nach Westen. Wenn wir links abbiegen, bewegen wir uns in die falsche Richtung.«

»Wenn du die Antwort kennst, warum fragst du dann?«, sagte der Vroon. »Mach doch, was immer dir gefällt. Wir kommen jedenfalls nach Stoienzar, wenn wir links abbiegen.« Wieder stöhnte er und verkroch sich tiefer unter einem Stapel Decken.

»Dann sollten wir wohl nach links fahren«, meinte Septach Melayn achselzuckend. Es hätte gerade noch gefehlt, dachte er, dass diese riesige Wagenkolonne falsch abbiegt. Doch mit einem Vroon-Führer stritt man sich nicht. Tatsächlich wechselte die linke Abzweigung der Straße nach ein paar hundert Schritt die Richtung, beschrieb eine weite Kurve und führte schließlich nach Westen. Septach Melayn konnte jetzt erkennen, dass die Straße nur einem verlandenden See ausgewichen war, auf dem eine dichte Decke von Schwimmpflanzen lag.

Die Schwimmpflanzen wirkten bösartig, beinahe wie Raubtiere. Bucklige wirre Massen, zahllose Blätter, die an Hörner erinnerten, becherförmige Schoten voller Sporen, knorrige, seilartige Stiele, all dies dunkelblau auf dem helleren Blaugrün des Wassers treibend. In diesem Gewirr bewegten sich riesige Wassersäugetiere hin und her undästen. Septach Melayn hatte keine Ahnung, was für Tiere es waren. Die röhrenförmigen rosa Körper waren zum größten Teil untergetaucht, nur die Kruppe und die Augen, die auf Stängeln saßen, ragten hinter riesigen, häufig schnaubenden Nüstern empor. Diese Tiere fraßen breite Schneisen ins Gewirr der Wasserpflanzen, die sich zornig wanden, bevor sie verschlungen wurden. Hinter den Tieren schien der Bewuchs bemüht, die Lücken so schnell wie möglich wieder zu schließen.

»Bemerkt ihr den komischen Geruch?«, fragte Navigorn.

Die Fenster des Schwebers waren geschlossen, doch ein Hauch der Ausdünstung des Sees drang durch die Ritzen. Das Aroma war unverkennbar; es war, als atmete man die Wölkchen über einem Destillierapparat ein. Der See gärte. Ein Nebenprodukt des Stoffwechsels dieser Wasserpflanzen war offenbar Alkohol, und da es keinen natürlichen Abfluss gab, hatte sich der See in eine riesige Wanne voller Wein verwandelt.

»Wollen wir den See verkosten?«, fragte Septach Melayn freundlich. »Oder würde es unsere Reise zu lange verzögern, wenn wir jetzt anhielten?«

»Willst du dich wirklich zwischen diese rosafarbenen Biester begeben, um einen Schluck Wein zu trinken?«, fragte Gialaurys. »Ja, doch, das ist dir zuzutrauen. Also gut: dann sollst du auf die Knie sinken und saufen, bis dein Herz singt.« Er zog die Steuerung herum, und der Schweber hielt an.

»Deine ständige Feindseligkeit geht mir auf die Nerven, Admiral Gialaurys«, sagte Septach Melayn.

»Dein abartiger Humor geht mir noch viel mehr auf die Nerven, Hoher Berater«, gab Gialaurys zurück.

»Aber, aber.« Navigorn ließ den Schweber wieder anfahren. »Ich muss doch bitten, meine Herren.«

Der Regen wurde jetzt schwächer, endlich ließen sie den Wald von Kajith Kabulon hinter sich und konnten wieder geradenwegs voraus die mit tropischer Macht brennende Sonne erblicken. Das goldene Sippulgar und die Küste von Aruachosia lagen im Süden, dahinter erstreckten sich die Wasser des Inneren Meeres. Vor ihnen lag die Halbinsel Stoienzar, auf der sich Dantirya Sambail versteckt hielt.

Das Gezänk war schnell vergessen. Dieses Gebiet war ihnen allen unvertraut, und mit jeder Meile, die sie tiefer eindrangen, wurde die Landschaft fremdartiger und bedrohlicher. Die Straße verlor sich, bis sie kaum mehr als eine unbefestigte Wagenspur war, gerade breit genug, um die Schweber aufzunehmen. Stellenweise war die Straße sogar völlig überwuchert, und sie mussten anhalten und sich mit den Energiewerfern einen Weg bahnen. Schließlich schien es überhaupt keine Straße mehr zu geben, und die Schweber zwängten sich mit brutaler Kraft durchs Unterholz, wobei es immer wieder zu Verzögerungen kam, weil die Soldaten Lianen oder sogar Bäume abholzen mussten, die ihnen die Weiterfahrt verwehrten.

Es regnete zwar nicht mehr, doch das Land war sogar noch feuchter als Kajith Kabulon. Ein ewiger Dunst lag über allem; feuchte Dämpfe stiegen vom Boden auf, und schon beim kleinsten Sonnenstrahl spuckte die Erde mächtige Dampfwolken aus. Büschel pelziger parasitärer Pflanzen baumelten an den Ästen der Bäume, die ihrerseits den wildesten Albträumen entsprungen waren. Eines dieser Gewächse schien fähig, allein für sich einen ganzen Wald zu bilden, denn es bestand aus tausenden schlanker Triebe, die aus einem einzigen Stamm entsprangen, der wie ein schwarzes Kabel fast eine Meile weit horizontal über den Boden lief. Ein anderer Baum wuchs zehn oder fünfzehn Fuß hoch mit den Wurzeln nach oben und wedelte mit den Ausläufern, als wollte er vorbeifliegende Vögel schnappen. Eine dritte Sorte sah aus, als wäre sie geschmolzen und am Fuß zerflossen; der Stamm entsprang einem aufgedunsenen, hölzernen Klumpen, einer Art botanischem Tumor, der mindestens fünfzig Fuß breit und höher als der größte Mann war.

Erstaunliche Pflanzen waren es, die aber für die Reisenden, so seltsam und fremdartig sie auch aussahen, keine Gefahr darstellten. Wieder andere wirkten in ihrer Eigenart beinahe bezaubernd – wie jener Baum, dessen strahlend gelbe Blätter wie Laternen an den Enden langer Seile hingen, oder ein anderes, dem ersten nicht unähnliches Exemplar, dessen blaugraue Samenkapseln an langen Fäden befestigt waren, sodass sie bei jedem Windstoß angenehm klimpernd zusammenstießen. Etwas weiter sahen die Reisenden ein großes Gehölz, dessen Bäume alle im selben Augenblick bei Sonnenaufgang zu blühen begannen. Septach Melayn, der früh aufgestanden war, konnte es als Erster beobachten.

»Schaut euch das nur an!«, rief er und weckte mit dem Ruf die anderen. Ringsum öffneten sich riesige hellrote Blüten und erschufen eine Symphonie von Farben, einen einzigen, gewaltigen Farbakkord. Den ganzen Tag lang zogen sie durch diesen wundervollen Wald der blühenden Bäume, doch in der Abenddämmerung begannen die Blüten abzufallen, und später am Abend war der ganze Boden mit einem rosafarbenen Teppich bedeckt.

Als die Expedition weiter nach Westen vorstieß, tauchten solche Naturschönheiten jedoch immer seltener auf, und die Umgebung wurde erheblich gefährlicher.

Zuerst begegneten ihnen einige Manculains, die stumpfsinnig durchs Unterholz krochen. Einzelgängerische Geschöpfe waren es, träge und ängstliche Tiere mit langen Schnauzen, vielen Beinen und schmalen roten Ohren. Sie waren über und über mit langen gelben Stacheln bedeckt, die messerscharf waren und schwarze Spitzen hatten, die bei der leichtesten Berührung abbrachen und sich zielstrebig tief ins Fleisch eines etwaigen Angreifers bohrten, als besäßen sie einen eigenen Willen.

Dann bekamen sie es mit behaarten kugelrunden Insekten zu tun. In Doppelreihen angeordnete Augen blitzten bösartig, während die Tiere ein kleines Mikkinong auffraßen, das sich eines der zierlichen Beine verletzt hatte. Binnen weniger Sekunden zerlegten sie es bis auf einen Haufen blank genagter Knochen. Auf einer Lichtung im Wald stießen die Reisenden auf einen Schwarm schwebender Energiewesen, jedes ein strahlender kleiner Blitz von der Länge eines Daumens. Sobald die Wesen bemerkten, dass sie entdeckt worden waren, bildeten sie eine zwei Schritt große, lang gestreckte Formation und zogen sich unerreichbar einige hundert Schritt zurück. Ein unvorsichtiger Offizier kam ihnen zu nahe, und sie stürzten sich mit wildem, fröhlichem Summen auf ihn und umzingelten ihn in so großer Zahl, dass er inmitten der Lichtblitze und des Funkelns nicht mehr zu sehen war. Als sie wieder wegflogen, war nur mehr schwarze Asche von ihm übrig.

Die Energiewesen ließen sich danach nicht mehr blicken, doch die Hitze und die Feuchtigkeit, die schon zu Beginn der Reise über die Halbinsel überwältigend gewesen waren, nahmen mit jeder Meile weiter zu. Inzwischen waren sie nicht mehr weit von der Küste entfernt. Der Wind, der hier wehte, kam geradewegs aus Suvrael. So wechselte die trockene Hitze eines Flammenwerfers, die vom südlichen Kontinent heraufwehte, mit den Dämpfen des warmen Meeres ab, das die Kontinente trennte. Die Luft in Stoienzars küstennahen Niederungen jedoch war eine zähflüssige, salzige Brühe.

Insekten jeglicher Art konnten hier prächtig gedeihen und zu enormer Größe heranwachsen: Angst einflößende Biester mit Stachelbeinen und klackernden Kiefern krochen überall im Sand und Schlamm herum, der in dieser Gegend als Erdkrume galt. Bald tauchten auch die ersten Sumpfkrabben auf, bösartige Krustentiere mit purpurnen Rückenpanzern von beeindruckender Größe, die halb in den sumpfigen Grund eingegraben lauerten. Auch gab es ganze Wälder der berühmten Tierpflanzen von Stoienzar, die fest an einem Ort verwurzelt waren und die Nahrung durch Photosynthese gewannen, die zugleich aber fleischige Arme besaßen, die sie langsam hin und her bewegten. Reihen glänzender Augen saßen im oberen Teil der röhrenförmigen Körper, darunter hatten sie geschlitzte Mäuler. Sie kamen in allen Größen vor und drehten sich auf beunruhigende Weise herum, um die Reisenden anzustarren, als deren Schweber vorbeiglitten. Galielber Dorn erklärte, dass sie kleine Tiere packten und verschlangen, die in ihre Reichweite kamen.

»Wir sollten sie alle niederbrennen«, murmelte Gialaurys schaudernd.

Doch sie mussten die Energiewerfer für dringendere Zwecke schonen. Sie waren jetzt im Land der Manganozapalmen, unschöner verwachsener Bäume, die so dicht nebeneinander standen, dass sie eine fast undurchdringliche Mauer bildeten. Diese Bäume besaßen Büschel von langen, gekrümmten und an Vogelfedern erinnernden Blättern, die an den Rändern erstaunlich scharfkantige kristalline Zellen aufwiesen. Beim kleinsten Windhauch flatterten und regten sich diese Blätter. Schon eine leichte, streifende Berührung konnte eine blutende Schnittwunde hervorrufen; eine starke Bö hingegen mochte die Blätter so stark bewegen, dass sie Hände, Arme und sogar Köpfe abschlugen.

Jetzt wurde die Reise wirklich garstig. Eine Straße gab es schon lange nicht mehr, und die einzige Möglichkeit, den Sägeblattpalmenwald zu durchqueren, bestand darin, die Schweber zu verlassen und sich mit den Energiewaffen einen Weg frei zu brennen. Doch jeder Schuss, den man hier abgab, war ein Schuss weniger, den man auf Dantirya Sambail und seine Truppen abfeuern konnte.

Irgendwann, dachte Septach Melayn, mussten sie sich wahrscheinlich ganz und gar zu Fuß weiterkämpfen und jeden Augenblick darauf gefasst sein, in einen Hinterhalt zu geraten und den Nahkampf gegen die Truppen des Prokurators aufnehmen zu müssen. Die Gegner, so überlegte er weiter, mussten das Terrain inzwischen recht gut kennen, während sie selbst kaum Erfahrung damit hatten. Die Vorteile lagen eindeutig beim Prokurator.

Doch er behielt diese wenig erfreulichen Gedanken für sich und beschränkte sich auf eine sarkastische Bemerkung: »Es passt hervorragend ins Bild, dass Dantirya Sambail in diesem Land sein Lager aufgeschlagen hat. Es ist eine Gegend, die ihm entspricht, denn sie ist in jeder Hinsicht so abweisend und bösartig und gefährlich wie er selbst.«

11

In der Stadt Stoien blieb bis zum Morgengrauen noch mindestens eine Stunde Zeit. Prestimion hatte kaum geschlafen. Jetzt stand er am großen, geschwungenen Fenster seines Schlafzimmers im Kristallpalast und starrte angestrengt nach Osten, als könnte er allein durch seine Willenskraft den Sonnenaufgang beschleunigen.

Dort drüben im Osten, verborgen hinter der Dunkelheit, die wie eine Wolke über dem westlichen Alhanroel lag, würde sich die Zukunft Majipoors entscheiden. Die Geschichte der Regentschaft des Coronals Lord Prestimion wurde dort geschrieben, und er saß hier in Stoien fest, tausende Meilen von den Ereignissen entfernt, musste passiv bleiben und es anderen überlassen, in seinem Namen zu handeln. Er war im Spiel um sein eigenes Schicksal zu einer bloßen Randfigur degradiert worden. Wie hatte es so weit kommen können?

Dantirya Sambail saß unterdessen wie eine böse Spinne im Mittelpunkt des Netzes, das er im unbarmherzigen Dschungel der Halbinsel Stoienzar um sich gesponnen hatte, und bereitete sich auf irgendeinen hinterhältigen, gemeinen Angriff vor, den er seit seiner Flucht aus den Sangamor-Tunneln ausgebrütet hatte. Septach Melayn, Gialaurys und Navigorn hackten sich an der Spitze einer Streitmacht in westlicher Richtung durch den Dschungel, während eine zweite Gruppe von Bewaffneten auf derselben Halbinsel nach Osten zog, dem gleichen Ziel entgegen – ein Heer, das der Coronal selbst hätte führen sollen, oder wenigstens Akbalik oder Abrigant. Stattdessen hatte ein Hauptmann des Pontifikats, dessen Namen Prestimion spätestens alle zwei Tage wieder vergaß, den Befehl inne.

Es erzürnte ihn sehr, dass er in Stoien saß und seinen gesalbten Leib so wenig wie seine Mutter dorthin bewegen durfte, wo es aufs Ganze ging. Abrigant war inzwischen wieder in Muldemar und widmete sich den Verpflichtungen als Prinz, die ihm zugefallen waren, nachdem sein älterer Bruder das Amt des Coronals übernommen hatte. Akbalik, auf den Prestimion sich inzwischen so sehr verließ, dass er ihn beinahe schon als seinen Nachfolger betrachtete, war vermutlich schon im zentralen Alhanroel und würde bald die Burg erreichen, müde und vielleicht tödlich verletzt von der Wunde, die er sich im Dschungel zugezogen hatte.

Prestimion hatte so getan, als brauchte er Akbalik als Eskorte für Lady Varaile, die zur Burg zurückkehrte, um die Geburt ihres Kindes abzuwarten, und Akbalik hatte vorgegeben, seine Verletzung wäre viel harmloser, als sie es tatsächlich war. Keinem der beiden war es gelungen, den anderen zu täuschen. Es gab genügend andere Offiziere, die Varaile auf der Reise durch Alhanroel hätten begleiten können. In Wirklichkeit kehrte Akbalik mit Varaile zur Burg zurück, statt beim Angriff auf Dantirya Sambails Lager eine Schlüsselrolle zu spielen, weil das Gift der Sumpfkrabbe jeden Tag tiefer in seinen Körper eindrang und die einzigen Ärzte, die ihn retten konnten, eine halbe Welt entfernt auf dem Burgberg waren.

Wenn Akbalik stirbt …

Prestimion schob den Gedanken beiseite. Er hatte schon genug Sorgen und durfte sich nicht auch noch mit solchen Spekulationen belasten. In diesem Augenblick riskierten seine Freunde auf der Halbinsel Stoienzar ihr Leben, während er hier festsaß, wütend und voller Frustration, dass er hinter den Schlachtlinien in Sicherheit bleiben musste, weil seine heilige Person vor den Gefahren des Krieges beschützt werden musste. Dantirya Sambail wusste inzwischen sicher schon, dass die Stunde der Abrechnung nahte, und bereitete sich darauf vor, mit teuflischer Kraft aus seinem Versteck auszubrechen.

Auch die Epidemie des Wahnsinns breitete sich nach wie vor in der ganzen Welt aus, diese gefährliche geistige Störung, die so viele Menschen aus dem Gleichgewicht brachte und für die Prestimion ganz allein verantwortlich war, auch wenn seine Motive damals makellos gewesen waren. Was für eine Welt hatte er nur an diesem schrecklichen Tag an der Thegomar-Kante geschaffen? In was für eine Welt würde seiner und Varailes Sohn bald geboren werden? Wie sollte das Vermächtnis aussehen, das der Coronal Lord Prestimion der Welt hinterließ? Würde man seine Regierungszeit als eine Zeit des schrecklichsten Chaos bezeichnen? Die elenden Vergehen des Prokurators von Ni-moya waren dagegen bloße Belanglosigkeiten. Dantirya Sambail würde sicher schon bald von den Heeren, die gegen sein Lager vorrückten, besiegt und geschlagen werden. Aber der Wahnsinn ... die Epidemie ... was dieses Problem anging, wusste er nicht mehr ein noch aus.

Es klopfte an der Schlafzimmertür.

Prestimion kehrte dem Fenster den Rücken zu. Wer störte ihn zu so früher Stunde? Was konnte es sein, wenn nicht die Kunde von einer neuen Katastrophe?

»Ja?«, rief er heiser. »Was gibt es?«

Nilgir Sumanand stand draußen auf dem Flur. »Mein Lord, ich bitte um Verzeihung, dass ich Euch störe, aber Prinz Dekkeret will Euch sprechen, und er lässt sich nicht abweisen. Er sagt, es sei eine überaus dringende Angelegenheit. Dies hat der Prinz jedenfalls mir gegenüber erklärt«, sagte der Adjutant und legte einen unüberhörbar zweifelnden Unterton in seine Stimme. Darauf ließ sich eine zweite Stimme vernehmen, die Dekkeret gehörte. Er sagte ungeduldig: »Nein, nein, ich bin kein Prinz. Einfach nur Dekkeret, mehr nicht.«

Prestimion runzelte die Stirn. Er fühlte sich verknittert und zerschlagen und hatte rote Augen nach der halb durchwachten Nacht. »Er soll einen Augenblick warten, während ich mich frisch mache.«

Dekkeret schien wieder etwas zu sagen und mit leiser, aber offenbar angestrengter und erregter Stimme auf Nilgir Sumanand einzureden. Prestimion schluckte seine Gereiztheit herunter. Wenn er nicht eingriff, konnte es noch den ganzen Morgen so weitergehen. Er trat zur Tür und zog sie auf. Nilgir Sumanand sah ihn schlaftrunken und verlegen an. Hoch wie eine Festungsmauer stand Dekkeret hinter dem älteren Mann.

»Seht Ihr, Herr«, begann Nilgir Sumanand, »er hat mich nämlich aus dem Bett geholt und mit äußerstem Nachdruck erklärt, dass …«

»Ja, schon gut, ich verstehe. Kein Problem. Du kannst gehen, Nilgir Sumanand.«

Prestimion winkte Dekkeret in seine Suite.

»Es tut mir wirklich Leid, dass ich Euch zu so früher Stunde stören muss, mein Lord«, erklärte Dekkeret. »Aber angesichts der Tragweite dieser Situation und der Bedeutung dieser neuen Entwicklung hielt ich es für falsch zu warten, bis …«

»Schon gut, Dekkeret. Komm einfach zur Sache. Wenn ich noch eine solche kriecherische Entschuldigung höre, platze ich. Sag mir einfach, was passiert ist.«

»Letzte Nacht ist jemand aus dem Lager des Prokurators zu uns gekommen. Ich denke, Ihr werdet mit großem Interesse hören, was er uns zu sagen hat. Mit dem allergrößten Interesse, mein Lord.«

»Ach, wirklich?«, sagte Prestimion tonlos. Er bereute es schon wieder, dass er sich auf diese Weise hatte überrumpeln lassen. Offenbar hatte Dantirya Sambail eine Botschaft geschickt. Vielleicht ein Ultimatum. Nun, was es auch war, wahrscheinlich hätte man durchaus noch eine Weile warten können, ehe man ihn damit belästigte.

Doch Dekkeret platzte fast vor Aufregung, und das machte die Sache nur noch schlimmer. Prestimion empfand auf einmal eine fast unwiderstehliche Müdigkeit. Die schlaflose Nacht, die Anstrengung der letzten Wochen, die Anfälle von Selbstzweifel und die Selbstanklagen, die er in der letzten Zeit immer wieder an sich richtete – all das forderte jetzt seinen Tribut. Und Dekkerets jugendlicher, fiebernder Überschwang, diese linkische, fast peinliche Sucht zu gefallen, verstärkte Prestimions Erschöpfung nur noch. Er war selbst noch ein verhältnismäßig junger Mann, doch in diesem Augenblick fühlte er sich alt wie Confalume. Es war, als hätte Dekkeret, indem er voller Energie und Tatendrang und Hoffnung hier eingedrungen war, Prestimion auf einen Schlag seine ganze Vitalität geraubt.

Er wusste, es wäre dumm und grausam, Dekkeret auf der Stelle wieder wegzuschicken. Und diese angebliche Botschaft vom Prokurator, auch wenn sie vielleicht nur voller Hohn und Spott war, sollte er sich zumindest anhören. Müde gab Prestimion Dekkeret einen Wink, er möge fortfahren.

»Als wir im Inneren Tempel waren, mein Lord, sagtet Ihr mir, Ihr hättet den silbernen Stirnreif Eurer Mutter, der Lady, aufgesetzt und in der Welt Ausschau gehalten, wie sie es jede Nacht tut. Es schien, als wäret Ihr ein Gott gewesen, sagtet Ihr. Der Stirnreif erlaubt es der Lady, im Nu jeden Ort auf Majipoor zu erreichen. So habt Ihr es mir jedenfalls beschrieben. Andererseits, so sagtet Ihr, gebe es auch wieder Beschränkungen, und der Träger des Stirnreifs sei keineswegs allmächtig. Die Lady kann ins Bewusstsein der Träumer eindringen und Träume senden, gewisse eigene Gedanken übermitteln, einen Rat erteilen und in gewisser Weise sogar Trost spenden. Doch sie kann keine Träume in allen Einzelheiten gestalten und dem Schlafenden schicken. Auch kann sie keine Befehle geben, die der Empfänger willenlos ausführen muss. Habe ich das richtig verstanden, mein Lord?«

Prestimion nickte. Es kostete ihn eine ungeheure Willensanstrengung, nicht die Geduld zu verlieren.

»Darauf habe ich Euch erklärt, mein Lord, dass das Gerät, das Venghenar Barjazid in Suvrael gegen mich einsetzte, viel stärker sei als alles, was der Lady zur Verfügung steht, und dass er zusammen mit Dantirya Sambail, wenn die beiden sich verbünden, die Grundfesten der Welt erschüttern könnte. Wie wir vor kurzem herausgefunden haben, mein Lord, hat Barjazid das Lager des Prokurators erreicht und ist bereits dabei, sein teuflisches Gerät in dessen Sinne einzusetzen.«

Wieder beschränkte Prestimion sich auf ein knappes Nicken. »Du sagst mir viele Dinge, die ich bereits weiß, Dekkeret. Worauf willst du nun hinaus? Sagtest du nicht, du hättest eine Botschaft von Dantirya Sambail bekommen?«

»O nein, mein Lord. Das habe ich nicht gesagt. Was gekommen ist, stammt nicht von Dantirya Sambail, sondern aus seinem Lager, und es ist keine Botschaft, sondern ein Bote. Darf ich ihn hereinbitten, mein Lord? Er wartet draußen.«

Es wurde immer verworrener. Prestimion erteilte ihm mit gleichgültiger Handbewegung die Erlaubnis.

Dekkeret ging zur Tür und rief jemanden herein.

Es war ein Junge, höchstens fünfzehn oder sechzehn Jahre alt, schlank und mit harten Augen, sehr beherrscht. Die schmalen Lippen und das spitze Kinn kamen Prestimion irgendwie bekannt vor. Es mochte ein auf der Straße aufgelesener Bettlerjunge sein: tief gebräunt und mit zerlumpter Kleidung, auf Stirn und Wangen prangten frisch verheilte Kratzer, als hätte er vor kurzem mit dornigem Unterholz Bekanntschaft gemacht. In der linken Hand hatte er einen prall gefüllten Rupfensack.

»Mein Lord«, sagte Dekkeret, »dies ist Dinitak Barjazid, Venghenar Barjazids Sohn.«

Prestimion hätte sich vor Erstaunen fast verschluckt. »Wenn das ein Witz sein soll, Dekkeret ...«

»Aber keineswegs, mein Lord.«

Prestimion starrte den Jungen an, der den Blick mit einer eigenartigen Mischung aus Ehrfurcht und Trotz erwiderte. Und beim Göttlichen, er war ganz eindeutig der Sohn seines Vaters. Es waren die Gesichtszüge des älteren Barjazid, die Prestimion in dem Jungen wiedererkannt hatte. In der angespannten Miene dieses Burschen zeichneten sich die wilde Entschlossenheit und die Leidenschaft des Vaters ab. Andererseits fehlten diesem Gesicht aber einige wesentliche Züge des Vaters. Der Junge wirkt nicht so ausgekocht, dachte Prestimion. Er hatte nicht die Hinterlist und Heimtücke des Vaters, kein verräterisches Funkeln lag in den Augen. Zweifellos würden diese Merkmale aber mit der Zeit noch zum Vorschein kommen. Oder vielleicht hatte der alte Barjazid mit diesem Jungen auch ein verbessertes Modell seiner selbst erschaffen. Ein Ebenbild, das die innere Finsternis besser zu verbergen wusste.

»Willst du dich erklären?«, fragte Prestimion nach einer Weile. »Oder sollen wir noch länger hier herumstehen und einander anstarren?«

Doch Dekkeret ließ sich nicht aus der Ruhe bringen. Offenbar war er fest entschlossen, in seinem eigenen Tempo vorzugehen. »Ich kenne diesen Jungen von früher, mein Lord. Das erste Mal bin ich ihm in Suvrael begegnet, als ich in die Wüste gereist bin. Damals hat sein Vater versucht, in mein Bewusstsein einzudringen. Als ich dem Vater die traumstehlende Maschine wegnahm und sagte, ich würde ihn und seinen Sohn zum Burgberg bringen und sie dem Coronal und dem Rat vorstellen, hat dieser Junge hier den alten Barjazid gedrängt, freiwillig mitzukommen. ›Wir sollten hingehen‹, hat er gesagt, ›denn das ist unsere große Chance.‹«

»Eine große Chance, ihre Bosheit bis mitten in die Burg zu tragen, was?«

»Aber nein, mein Lord, keineswegs. Der alte Mann, mein Lord, ist ein Schlitzohr, er hat nur Bosheit im Sinn. Aber der Junge, den Ihr hier seht, ist aus einem anderen Holz geschnitzt.«

»So, ist er das?«

»Lasst es ihn selbst erzählen«, schlug Dekkeret vor.

Prestimion fielen inzwischen fast die Augen zu. Er wollte nur noch, dass die beiden verschwanden und ihn in Ruhe schlafen ließen. Aber nein, er musste der Sache auf den Grund gehen. Er bedeutete dem jungen Barjazid, mit seiner Erzählung zu beginnen.

»Mein Lord …«, sagte der Junge.

Er sah zwischen Dekkeret und Prestimion hin und her. Es war seltsam, dachte Prestimion, wie sich dabei sein Gesichtsausdruck veränderte. Prestimion gegenüber stand ein Ausdruck von Achtung und beinahe Unterwürfigkeit im Vordergrund. Doch es war ein aufgesetzter, mechanischer Ausdruck, wie er eben von einem Untertan erwartet wurde, wenn er vor den Coronal und Lord von Majipoor trat. Prestimion glaubte dahinter sogar etwas Widerwillen zu erkennen, eine versteckte Weigerung, die Macht, die der Coronal besaß, auch tatsächlich anzuerkennen.

Doch als Dinitak Barjazid Dekkeret ansah, begannen die Augen des Jungen zu glühen und verrieten reinste Bewunderung. Er schien von Dekkerets persönlicher Kraft, seiner Ausstrahlung und seiner ungestümen Leidenschaftlichkeit förmlich hypnotisiert. Vielleicht, dachte Prestimion, liegt es daran, dass sie einander altersmäßig näher stehen. Er sieht mich als Angehörigen der älteren Generation. Doch das war eine unangenehme Interpretation, die ihn gleich als Nächstes fürchten ließ, er hätte womöglich schon nach wenigen Jahren auf dem Gipfel der Macht die Spannkraft der Jugend verloren.

»Mein Lord«, sagte der junge Barjazid, »als mein Vater und ich auf die Burg kamen, hatte ich gehofft, wir könnten Euch die Traummaschine anbieten und uns in Euren Dienst stellen und Euch von Nutzen sein. Doch durch irgendeinen Irrtum wurden wir gefangen genommen. Mein Vater war deshalb sehr erbittert, auch wenn ich ihm immer wieder sagte, es müsse sich um einen Irrtum halten.«

Allerdings, dachte Prestimion. Und ich könnte dir sofort sagen, wer diesen Fehler zu verantworten hat.

»Dann sind wir geflohen. Ein alter Freund meines Vaters half uns dabei. Doch die Leute des Prokurators von Ni-moya waren ebenfalls beteiligt. Ihr wisst sicher, dass er unter den Wächtern auf der Burg einen gewissen Einfluss besitzt.«

Prestimion wechselte einen raschen Blick mit Dekkeret, sagte jedoch nichts.

»So schien der Prokurator unser einziger Verbündeter zu sein«, fuhr der Junge fort. »Wir flohen in sein Lager auf der Halbinsel Stoienzar. Dort erfuhren wir, dass der Prokurator einen Krieg gegen Eure Lordschaft und Seine Majestät den Pontifex führen und sich zum Herrn der Welt aufschwingen will.«

Diese Wendung erinnerte ihn an irgendetwas – der Herr der Welt? Er spricht gut, dieser junge Barjazid, dachte Prestimion. Zweifellos hatte der Bursche die Ansprache vorher wochenlang geübt.

Aber es fiel ihm schwer, bei der Sache zu bleiben. Auf einmal bemerkte Prestimion, dass er begonnen hatte, sich auf den Füßen vor und zurück zu wiegen, um wach zu bleiben.

»Mein Lord?«, sagte der Junge. »Ist Euch nicht wohl, mein Lord?«

»Ich bin nur ein wenig müde, das ist alles«, erwiderte er. Unter Aufbietung seiner ganzen Selbstbeherrschung gelang es ihm, wieder halbwegs aufmerksam zuzuhören. Der Junge muss einen scharfen Blick haben, dachte Prestimion, wenn er mitten in seiner eigenen Erzählung bemerkt, dass ich innerlich abwesend bin. Er schenkte sich ein Glas Wasser ein.

»Wie alt bist du, mein Junge?«

»Ich werde im nächsten Monat sechzehn.«

»Sechzehn im nächsten Monat – interessant. Aber nun fahre fort. Dantirya Sambail will sich also zum Herrscher der Welt aufschwingen, sagtest du gerade.«

»Als wir das erfuhren, sagte ich zu meinem Vater: ›Dann können wir nicht länger hier bleiben. Wir bekommen nur Schwierigkeiten.‹ Außerdem mahnte ich ihn: ›Wir dürfen an diesem Aufstand nicht teilnehmen. Der Coronal wird diesen Dantirya Sambail vernichten, und wir werden mit ihm vernichtet werden.‹ Aber mein Vater ist voller Zorn und Bitterkeit. Er ist gar nicht so sehr ein böser, sondern eher ein zorniger Mann. Seine Seele ist voller Hass. Den Grund kann ich Euch aber nicht nennen. Als ich ihn drängte, Dantirya Sambails Lager zu verlassen, schlug er mich.«

»Er hat dich geschlagen?«

Prestimion konnte den Zorn in den Augen des Jungen blitzen sehen.

»So ist es, mein Lord. Er hat nach mir geschlagen, wie man nach einem Tier schlägt, das einen in den Fuß beißt. Er sagte zu mir, ich sei ein Narr und ein dummer Junge und könne nicht erkennen, wo unser wahrer Vorteil liege. Er sagte … nein, es ist egal, was er mir androhte, mein Lord. Es war nicht sehr angenehm. Noch am selben Abend verließ ich das Lager des Prokurators und floh durch den Dschungel.« Wieder warf der Junge Dekkeret den anbetungsvollen Blick zu. »Ich hatte gehört, mein Lord, dass Prinz Dekkeret sich in Stoien aufhielt. Ich beschloss, zu Prinz Dekkeret zu gehen und in seine Dienste zu treten.«

»In seine Dienste?«, sagte Prestimion. »In seine und nicht in meine? Wie schmeichelhaft für dich, Dekkeret. Oder Prinz Dekkeret, wie ich wohl sagen sollte. Da inzwischen alle glauben, du seiest ein Prinz, muss ich dich wohl zu einem machen, sobald wir wieder auf der Burg sind, nicht wahr?«

Dekkerets sonst so gefasstes Gesicht verzog sich erschrocken. »Mein Lord, ich würde nicht im Traum …«

»Nein, schon gut, verzeih mir den Sarkasmus, Dekkeret.« Ich muss wirklich sehr müde sein, wenn mir so etwas entfährt, dachte Prestimion. Er wandte sich wieder an Dinitak Barjazid. »Also gut, fahre fort. Du hast dich durch den Dschungel gekämpft …«

»Ja, mein Lord. Es war keine angenehme Reise, aber ich musste sie auf mich nehmen. Soll ich es ihm jetzt zeigen, Prinz Dekkeret?«, fragte er mit einem Blick zur Seite.

»Ja, zeige es ihm.«

Der Junge langte nach unten und hob den Rupfensack auf, der die ganze Zeit vor seinen Füßen gelegen hatte, um einen kompliziert aussehenden runden Gegenstand herauszunehmen, der aus Metalldrähten und Stäben aus verschiedenen Metallen bestand – Gold, Silber und Kupfer waren zu erkennen, vielleicht noch ein oder zwei weitere –, die zu einer komplizierten Kopfbedeckung verbunden worden waren. Eine Reihe funkelnder Steine und Kristalle, möglicherweise Saphire, Serpentin, Smaragde und Hämatit, waren auf einem Rahmen aus Elfenbein an der Innenseite eingearbeitet. Insgesamt sah es beinahe aus wie die Krone eines Königs oder vielleicht auch wie ein Talisman, der magische Kräfte hatte und abgesehen von der Größe etwas Ähnliches wie eine Rohilla sein mochte. Doch Prestimion konnte erkennen, dass es in Wirklichkeit eine Art von Mechanismus war.

»Das hier«, sagte der Junge stolz, indem er den Apparat hoch hielt, damit Prestimion ihn begutachten konnte, »das hier ist eines der drei funktionierenden Modelle der Traummaschine. Ich habe sie im Dschungel aus dem Zelt meines Vaters gestohlen und wohlbehalten hergebracht. Ich bin bereit, Euch zu zeigen, wie man das Gerät im Krieg gegen die Rebellen einsetzen kann.«

Die kühl vorgetragene Erklärung traf Prestimion wie ein Blitz aus heiterem Himmel.

»Darf ich es sehen?«, fragte er, als er sein Gleichgewicht wieder gefunden hatte.

»Aber natürlich, mein Lord.«

Er reichte Prestimion den Apparat. Es war ein wundervolles, schimmerndes Ding, kompliziert und elegant geformt, federleicht und beinahe pulsierend unter der Kraft, die es zu bergen schien.

Prestimion wurde klar, dass er so etwas nicht zum ersten Mal sah. Als sie während des Bürgerkrieges am Vorabend der Entscheidungsschlacht im Weideland von Marraitis westlich des Flusses Jhelum gelagert hatten, hatte er das Zelt des Vroon Thalnap Zelifor betreten und bemerkt, dass das kleine Wesen an einem sehr ähnlich aussehenden Gerät arbeitete. Wenn es erst fertig wäre, so hatte der Vroon erklärt, werde das Gerät die Gehirnwellen anderer Menschen verstärken und den Träger in die Lage versetzen, deren Gedanken zu lesen und ihnen sogar seine eigenen Gedanken einzugeben. Anscheinend hatte der Vroon das Gerät im Laufe der Zeit vervollkommnet, und dann war es Venghenar Barjazid in die Hände gefallen, der …

Abrupt hob Prestimion den Apparat und wollte ihn sich auf den Kopf setzen.

»Nein, mein Lord, nein!«, rief der junge Barjazid.

»Nein? Was ist denn?«

»Ihr müsst vorher damit trainieren. Das Gerät, das Ihr da in Händen haltet, besitzt ungeheure Kräfte. Ihr könntet Euch verletzen, mein Lord, wenn Ihr es unvorbereitet aufsetzt.«

»Ah, so ist das.« Er gab dem Jungen das Gerät zurück, als könnte es gleich explodieren.

Hatte ihm dieser Bursche, überlegte er, tatsächlich die Waffe in die Hand gegeben, mit der er den bevorstehenden Aufstand niederringen konnte?

»Wie schätzt du die Sache ein?«, fragte er Dekkeret. »Können wir dem Jungen trauen? Oder ist es nur eine neue Schurkerei von Dantirya Sambail, dass er ihn zu uns geschickt hat?«

»Vertraut ihm, mein Lord«, sagte Dekkeret. »Ich bitte Euch, mein Lord Prestimion, vertraut ihm.«

12

Reisende, die von Stoien zum Burgberg zurückkehrten, folgten gewöhnlich dem Küstenverlauf bis Treymone. Von dort aus konnte man mit einem Boot den Fluss Trey aufwärts fahren, so weit dieser schiffbar war. Danach musste man nach Norden ausweichen, um die schreckliche Wüste zu umgehen, in der die alte Metamorphenhauptstadt Velalisier lag. Schließlich folgte man dem weiten, fruchtbaren Tal des Flusses Glayge bis zu der Stelle, wo der Fluss nach Nordwesten abbog. Von hier aus verlief der schonendste Weg auf die Burg in einem weiten Bogen nach Osten über die Handelsstadt Sisivondal, wo man die Grenze zwischen dem westlichen und dem zentralen Alhanroel überschritt. Dort begann eine bequeme Hauptstraße zum Burgberg, der man auf geradem Wege quer durchs Herz des Kontinents bis zu den Ausläufern des gewaltigen Bergs folgen konnte.

Prestimion hatte Varaile und Akbalik für die Heimreise zum Regierungssitz einen sehr geräumigen Schweber gegeben. Sie saßen auf bequemen Polstern und überließen es den vielen unermüdlichen Skandar-Fahrern, die knapp über der Straße schwebenden, großen und schnellen Fahrzeuge zu steuern. Begleitet wurden sie von einer bewaffneten Eskorte von Skandar-Soldaten in einem halben Dutzend militärischer Schweber. Drei Fahrzeuge fuhren dem ihren voraus, drei weitere bildeten die Nachhut, falls der Geleitzug irgendwo auf Schwierigkeiten stoßen sollte.

Niemand, der bei Verstand war, würde es wagen, gegen die Gemahlin des Coronals die Hand zu erheben, doch da immer mehr Leute den Verstand verloren, wollte Prestimion kein Risiko eingehen. Unterwegs hielten die Schweber immer wieder kurz in Städten oder Dörfern an, um Vorräte aufzunehmen. Varaile sah jedes Mal wilde, verzerrte Gesichter, die sie vom Straßenrand aus anstarrten, und sie hörte die heiseren, abgehackten Schreie der Wahnsinnigen. Doch die Skandars sorgten dafür, dass all die verstörten Menschen in sicherer Entfernung blieben.

Inzwischen fuhren sie durch Orte mit unvertrauten Namen: Drone, Hunzimar, Gannamunda. Bisher hatte Varaile die Reise recht angenehm gefunden. Sie hatte mit größeren Unbequemlichkeiten gerechnet, zumal jeder Tag die Stunde näher rücken ließ, in der Prinz Taradath das Licht der Welt erblicken würde. Doch abgesehen von dem unförmigen schweren Leib, den sie mit sich herumtrug, hatte die Schwangerschaft keine unangenehmen Nebenwirkungen. Varaile hatte nie über die Mutterschaft nachgedacht, sie hatte nicht einmal einen Liebhaber gehabt, bevor Prestimion wie ein Wirbelsturm in ihr früheres Leben eingebrochen war und sie fortgeweht hatte, doch sie war groß und stark und jung und wusste, dass sie die Belastungen, die mit der Geburt eines Kindes einhergingen, ohne große Schwierigkeiten überstehen würde.

Doch was Akbalik anging – Varaile konnte sehen, dass die Reise nach Osten für ihn eine schwere Prüfung darstellte.

Die Entzündung im Bein wurde immer schlimmer. Natürlich sagte er nichts, kein Wort der Klage kam über seine Lippen. Doch die Stirn glänzte meist vor Schweiß, und manchmal lief sein Gesicht rot an, als litte er ständig unter hohem Fieber. Gelegentlich ertappte sie ihn auch, wie er sich auf die Unterlippe biss, um die Schmerzen zu unterdrücken, oder er wandte den Kopf ab, um ein halb ersticktes Stöhnen vor ihr zu verbergen, während sie vorgab, nichts zu bemerken.

Es war Akbalik offenbar wichtig, so zu tun, als wäre er bei bester Gesundheit oder würde sich mindestens erholen. Doch man konnte leicht erkennen, dass dies nur eine Fassade war.

Aber wie krank war er wirklich? Schwebte er möglicherweise schon in Lebensgefahr?

Varaile wusste, dass Prestimion große Stücke auf Akbalik hielt. Akbalik war ein Bollwerk vor dem Thron. Möglicherweise sah Prestimion in Akbalik sogar einen Nachfolger für den Fall, dass dem alten Confalume etwas zustieße und er selbst auf den Thron des älteren Monarchen wechseln müsste. »Der Coronal muss stets die Frage der Nachfolge im Auge behalten«, hatte Prestimion ihr mehr als einmal erklärt. »Denn er kann jederzeit zum Pontifex ernannt werden, und es wäre schlecht für die Welt, wenn es niemanden gäbe, der bereit ist, seine Pflichten auf der Burg zu übernehmen.«

Falls Prestimion sich tatsächlich schon verbindlich für einen Nachfolger entschieden hatte, dann hatte er es ihr bisher nicht verraten. Ein Coronal sprach anscheinend nicht gern über solche Dinge – nicht einmal mit der eigenen Frau. Doch sie wusste längst, dass Septach Melayn, den Prestimion mehr liebte als jeden anderen Mann auf der Welt, zu launisch war, als dass man ihm den Thron hätte anvertrauen können. Gialaurys dagegen, Prestimions zweiter treuer Freund, war zu gutgläubig und schwerfällig.

Wer käme sonst in Frage? Navigorn? Ein starker Mann, der jedoch, wie es schien, vom aufkommenden Wahn stark beeinträchtigt wurde. Dann war da auch noch Dekkeret – voller Verheißungen, fähig und ehrgeizig. Doch er war zehn Jahre zu jung, um die Pflichten des Coronals zu übernehmen. Höchstwahrscheinlich wäre er entsetzt, wenn Prestimion sich morgen an ihn wenden und ihm die Sternenfächerkrone überreichen würde.

Somit blieb nur noch Akbalik. Prestimions Pläne würden einen schlimmen Rückschlag erleiden, wenn Akbalik am dummen Biss einer giftigen kleinen Krabbe aus Stoienzar sterben würde. Besonders in einer Zeit wie dieser, da die Schwierigkeiten allenthalben sprossen wie die Pilze nach dem Regen.

Bald sind wir in Sisivondal, dachte Varaile. Es war eine bedeutende Stadt, ihr Vater hatte dort Lagerhäuser, eine Bank und eine Großschlachterei besessen. In einer so großen Stadt musste es gewiss gute Ärzte geben. Ob sie Akbalik überzeugen konnte, einen der Ärzte aufzusuchen und sich behandeln zu lassen? Sie musste es jedenfalls vorsichtig angehen.

»Akbalik war immer so umsichtig, dass wir ihn bei allen Problemen um Rat gefragt haben«, hatte Prestimion ihr erklärt. »Doch die Verletzung hat ihn verändert, er ist reizbar und abweisend geworden. Man muss jetzt sehr vorsichtig sein, um ihn nicht vor den Kopf zu stoßen.«

Doch ihre Schwangerschaft war ein guter Grund, in Sisivondal anzuhalten und sich selbst untersuchen zu lassen. Ob es ihn sehr erzürnen würde, so fragte sie sich, wenn sie ihm freundlich vorschlug, bei dieser Gelegenheit auch gleich sein Bein behandeln zu lassen?

Sie würde es versuchen. Sie musste es versuchen.

Sisivondal war jedoch noch hunderte Meilen entfernt. Es war noch zu früh, um dieses Thema zur Sprache zu bringen.

Sie saßen schweigend nebeneinander und sahen Stunde um Stunde zu, wie die flache, eintönige Landschaft des westlichen zentralen Alhanroel, die trockene und staubige Ebene, an den Fenstern vorbeiflog.

»Könnt Ihr mir sagen, ob hier im Bürgerkrieg Schlachten geschlagen wurden?«, fragte Varaile ihn schließlich, um das Schweigen zu brechen.

Akbalik warf ihr einen seltsamen Blick zu. »Wie sollte ich das wissen, meine Lady?«

»Ich dachte … nun ja …«

»Ihr dachtet, ich hätte in diesen Schlachten gekämpft? Das habe ich vermutlich, meine Lady. Viele von uns haben gekämpft. Doch ich habe keine Erinnerung mehr daran. Ihr kennt doch den Grund dafür, oder?«

Frischer Schweiß glänzte auf Stirn und Wangen. Die tief liegenden grauen Augen, inzwischen beinahe ständig blutunterlaufen, nahmen einen gehetzten Ausdruck an. Varaile bereute schon wieder, überhaupt etwas gesagt zu haben.

»Ich weiß, was die Magier an der Thegomar-Kante getan haben«, sagte sie. »Aber … Akbalik, wenn es schmerzlich für Euch ist, über den Krieg zu sprechen …«

Er schien kaum noch auf sie zu achten. »Soweit ich weiß, gab es hier keine Kämpfe«, sagte er, ohne sie anzusehen. Er starrte die verdorrte braune, nur selten von Hainen graugrüner Bäume durchsetzte Landschaft an. Die Bäume wuchsen in eigenartigen Spiralen um ein gemeinsames Zentrum herum.

»Weiter im Norden, am Stausee des Iyann, gab es eine Schlacht. Eine weitere am Jhelum und noch eine in der Ebene von Arkilon, wie Prestimion mir erklärt hat. Und natürlich die Schlacht an der Thegomar-Kante. Diese Region hier blieb jedoch meines Wissens vom Krieg verschont.« Unvermittelt drehte Akbalik sich zu ihr herum und starrte sie mit wild aufgerissenen Augen an. »Ihr wisst doch sicher, meine Lady, dass ich im Krieg gegen Lord Prestimion gekämpft habe?«

Varaile hätte nicht stärker erschrecken können, wenn er ihr offenbart hätte, er wäre ein Gestaltwandler. »Nein«, sagte sie und bot ihre ganze Selbstbeherrschung auf, um sich nichts anmerken zu lassen. »Nein, ich hatte keine Ahnung. Ihr habt auf Korsibars Seite gekämpft? Aber wie kann das sein, Akbalik? Prestimion schätzt Euch so sehr, das wisst Ihr doch!«

»Und ich schätze ihn, meine Lady. Dennoch glaube ich, dass ich während des Aufstandes auf der anderen Seite gekämpft habe.«

»Ihr glaubt es nur? Ihr seid nicht sicher?«

Er verzog das Gesicht, als eine neue Schmerzwelle durch seinen Körper schoss, und versuchte, die Grimasse in ein wehmütiges Lächeln zu verwandeln. »Wie ich Euch schon sagte, habe ich keinerlei Erinnerung an den Krieg. Außer Prestimion, Septach Melayn und Gialaurys wurden uns allen die Erinnerungen genommen. Ich weiß aber immerhin, dass ich auf der Burg war, als der Krieg ausbrach. Auch wenn Korsibars Thronbesteigung ungewöhnlich und regelwidrig war, müsste ich ihn, wie ich glaube, als den rechtmäßigen Coronal betrachtet haben, weil er geweiht und gekrönt worden war. Wenn ich also aufgefordert wurde, für ihn zu kämpfen – und Korsibar dürfte mich ganz gewiss dazu aufgefordert haben –, dann tat ich dies auch. Korsibar war auf der Burg, und Prestimion war draußen in den Provinzen und hob sein Heer aus. Die meisten Prinzen der Burg haben natürlich in der Truppe, die als reguläres königliches Heer galt, als Offiziere gedient. Ich weiß, dass dies auf Navigorn zutrifft. Und ich, da ich Prinz Serithorns Neffe bin, hätte mich gewiss nicht gegen meinen mächtigen Onkel gestellt und mich Prestimion angeschlossen.«

In Varailes Kopf drehte sich alles. »Dann hat auch Serithorn auf Korsibars Seite gestanden?«

»Ihr fragt mich nach Dingen, an die ich mich nicht erinnern kann, Lady. Aber ja, ich glaube, er stand zumindest vorübergehend auf Korsibars Seite. Es war eine sehr verworrene Zeit, und meist wusste man offenbar nicht, wer tatsächlich auf welcher Seite stand.«

Er richtete sich halb auf und zuckte zusammen.

»Akbalik, was ist mit Euch?«

»Nichts, meine Lady. Nichts. Der Heilungsprozess … ist manchmal etwas schmerzhaft … manchmal …« Akbalik rang sich ein weiteres, wenig überzeugendes Lächeln ab. »Wollen wir den Krieg nicht lieber ruhen lassen? Aber Ihr versteht doch jetzt, warum Lord Prestimion uns die Erinnerung daran genommen hat? Es war das Klügste, was er tun konnte. Ich möchte lieber sein Freund bis in den Tod als sein früherer Feind sein, und jetzt habe ich nicht einmal mehr eine Erinnerung daran, dass ich überhaupt sein Feind war, falls dies überhaupt zutrifft. Auch Navigorn hat keine Erinnerungen mehr. Septach Melayn sagte mir, Navigorn sei Korsibars wichtigster General gewesen, doch all das ist vergessen, und Prestimion vertraut ihm in jeder Hinsicht. Der Krieg wurde von uns genommen, und deshalb kann der Krieg uns nicht mehr im Umgang miteinander stören. Und deshalb …«

Er musste sich unterbrechen und stöhnte auf, und dieses Mal konnte er den Schmerzlaut beim besten Willen nicht mehr unterdrücken. Akbalik verdrehte voller Pein die Augen; der Schweiß schien buchstäblich aus jeder Pore seiner Haut zu dringen, bis das ganze Gesicht glänzte. Er wollte sich aufrichten, drehte sich halb herum und sackte zitternd in die Polsterung seines Sitzes zurück.

»Akbalik … Akbalik!«

»Meine Lady«, murmelte er. Er schien vor Schmerzen zu fiebern. »Das Bein … ich weiß nicht … ich …«

Sie nahm einen Krug Wasser, schenkte ihm ein und zwang ihn zu trinken. Er schluckte und gab ihr mit schwachem Nicken zu verstehen, dass er noch mehr wollte. Dann schloss er die Augen. Varaile befürchtete schon, er läge im Sterben, doch er atmete noch. Er ist sehr krank, dachte sie. Sterbenskrank. Sie tauchte ein Tuch ins Wasser und tupfte ihm die heiße Stirn ab.

Dann eilte sie zur vorderen Kabine und klopfte an die Tür, um die Aufmerksamkeit des Fahrers zu erregen. Der Skandar mit dem dunklen Pelz namens Varthan Gutarz, der an dreien der vier Arme die Armreifen irgendeines Skandar-Kults trug, schaute sofort von der Steuerung des Schwebers auf.

»Meine Lady?«

»Wie lange brauchen wir noch bis Sisivondal?«

Der Skandar blickte auf die Anzeigen. »Etwa sechs Stunden, meine Lady.«

»Bringe uns in vier Stunden hin. Und wenn wir dort sind, fährst du direkt zum größten Krankenhaus in der Stadt. Prinz Akbalik ist schwer krank.«

Sisivondal schien zunächst einmal aus tausend Meilen Außenbezirken zu bestehen. Die flache trockene Zentralebene war hier praktisch baumlos und setzte sich bis in die Unendlichkeit fort; ab und zu unterbrachen kleine Gruppen von Hütten mit Blechdächern die Eintönigkeit, dann erstreckte sich wieder leeres Land. Daraufhin die nächste Gruppe von Schuppen, vielleicht doppelt so viele wie davor, und wieder gähnende Leere. Hier und dort ein Lagerhaus oder eine Reparaturwerkstatt. Nach und nach waren echte Vororte zu sehen, endlich auch eine Stadt, die von gewaltiger Größe war.

Und von ebenso gewaltiger Hässlichkeit. Auf ihren letzten Reisen durch die Welt hatte Varaile schon mehrere hässliche Orte gesehen, doch Sisivondal war wirklich bedrückend, ein reiner Handelsplatz ohne jede Schönheit. Hier liefen viele Hauptstraßen zusammen, und ein großer Teil der Waren, die vom Hafen von Alaisor zum Burgberg oder in die nördlichen Städte Alhanroels geliefert werden sollten, musste durch Sisivondal transportiert werden. Es war eine ausschließlich auf ihre Funktion zugeschnittene Stadt, Meilen um Meilen riesiger Lagerhäuser an breiten, schmucklosen Straßen. In Sisivondal waren sogar die Pflanzen langweilig und zweckmäßig: gedrungene Camagendapalmen mit purpurnen Wedeln, die mühelos die fast das ganze Jahr anhaltende Trockenperiode dieser Gegend überleben konnten, gedrungene Lumma-Lumma-Büsche, die bei flüchtiger Betrachtung mit großen grauen Felsen verwechselt werden konnten, und schließlich die widerstandsfähigen stachligen Rosetten der Garaveda, die ein ganzes Jahrhundert brauchten, um den hohen schwarzen Stiel hervorzubringen, auf dem die Blüten saßen.

Anscheinend würden sie auf dem Weg, auf dem sie von Westen her in die Stadt kamen, geradewegs zum Zentrum gelangen. Varaile sah jetzt, dass die Straßen wie die Speichen eines großen Rades angeordnet waren. Ringstraßen verbanden die Speichen in der Querrichtung. Die öffentlichen Gebäude befanden sich im Zentrum, und dort musste es auch ein großes Krankenhaus geben.

Inzwischen war sie sicher, dass Akbalik im Sterben lag.

Er war nur noch phasenweise bei Bewusstsein, und was er sagte, konnte sie meist nicht verstehen. Einen klaren Augenblick hatte er noch. Er öffnete die Augen und sagte, das Gift der Sumpfkrabbe müsse schließlich sein Herz erreicht haben. Dann plapperte er wirres Zeug, das sie nicht verstehen konnte, unzusammenhängende Erzählungen von Turnieren und Duellen, Jagdausflügen und sogar Faustkämpfen – vielleicht waren es Kindheitserinnerungen. Manchmal hörte sie Prestimions oder Septach Melayns Namen heraus, manchmal erwähnte er auch Korsibar. Es war seltsam, dass er über Korsibar sprach, doch dann fiel ihr ein, dass es bei ihrem Vater, als der Wahnsinn ihn gepackt hatte, ähnlich gewesen war.

Endlich erreichten sie das Krankenhaus. Zu ihrem Entsetzen stellte Varaile fest, dass der Chefarzt ein Ghayrog war, ein schreckliches fremdartiges Wesen, dem sie in einer Situation wie dieser lieber nicht begegnet wäre. Mit unbewegtem Gesicht und distanziert zeigte er sich bemerkenswert unbeeindruckt, als auf einmal die Gemahlin des Coronals vor ihm stand und verlangte, er müsse alles andere stehen und liegen lassen und sich um den Neffen des Prinzen Serithorn kümmern.

Die gespaltene Reptilzunge schnellte beunruhigend aus dem Mund heraus und verschwand wieder, die graugrünen Reptilaugen verrieten nicht das geringste Mitgefühl. Die ruhige, gemessene Antwort hätte ebenso gut von einer Maschine kommen können.

»Ihr nehmt uns in einem sehr schwierigen Augenblick in Anspruch, meine Dame. Die Operationssäle sind voll ausgelastet. Wir werden von ungewöhnlichen Problemen jeglicher Art förmlich überflutet und …«

Varaile unterbrach ihn mitten im Satz. »Ich glaube Euch gern, dass dies so ist. Aber wisst Ihr eigentlich, wer Prinz Serithorn von Samivole ist, Doktor? Beim Göttlichen, habt Ihr schon einmal von Lord Prestimion gehört? Dieser Mann hier ist Serithorns Neffe. Er gehört zum inneren Kreis des Coronals. Er muss auf der Stelle behandelt werden.«

»Der Gesandte der Mysterien ist heute unter uns, meine Dame. Ich will ihn bitten, bei den Göttern der Stadt Fürsprache für diesen Mann einzulegen.« Damit gab der Ghayrog einer geheimnisvollen, finsteren Gestalt im Flur ein Zeichen. Es war ein Mann mit einer seltsamen Holzmaske, die einem gelbäugigen Hundekopf mit langen spitzen Ohren nachgebildet war.

Sie wurde wütend. Die Götter der Stadt? Beim Göttlichen, was redete dieser Kerl? »Ihr meint, Ihr wollt einen Magier rufen? Nein, Doktor, wir brauchen keinen Magier. Wir sind gekommen, weil wir ärztliche Hilfe brauchen.«

»Der Gesandte der Mysterien …«

»Der Gesandte soll woanders hin gesandt werden. Ihr werdet Euch auf der Stelle um Prinz Akbalik kümmern, Doktor, oder ich schwöre Euch bei allen Göttern, an die Ihr glauben mögt, dass ich Lord Prestimion bitten werde, dieses Krankenhaus zu schließen und alle Mitarbeiter in den hintersten Winkel von Suvrael zu versetzen. Habe ich mich deutlich ausgedrückt?« Mit einem Fingerschnippen rief sie einen ihrer Skandar-Begleiter zu sich. »Mikzin Hrosz, du gehst jetzt durch dieses Haus und schreibst die Namen aller Ärzte auf, dazu die Namen aller anderen Mitarbeiter bis hinunter zu den Liimenschen, die die Operationstische abwischen. Und dann …«

Der widerwillige Ghayrog gab auf. Jetzt gab er seinerseits einige Befehle, auf einmal war ein fahrbares Krankenbett da, auf das man Akbalik betten konnte, und gleich darauf hatten sich einige junge Assistenzärzte, Ghayrogs und Menschen, mit ernsten Gesichtern um den Kranken versammelt. Sie rollten Akbalik fort. Der Gesandte der Mysterien schritt neben dem Bett einher, als sollte der Kranke nicht nur in den Genuss der konventionellen medizinischen Behandlung kommen, sondern auch von dem absurden religiösen Kult Beistand erhalten, der diese Stadt anscheinend im Griff hatte.

Varaile wurde ein bequemer Raum zugewiesen, in dem sie warten konnte. Doch es sollte nicht lange dauern. Bald darauf kehrte der Ghayrog-Arzt zurück. Das Gesicht war undurchdringlich wie zuvor, doch als er sprach, lag eine Sanftheit in seiner Stimme, die vorher nicht da gewesen war. »Was ich Euch zu erklären versuchte, meine Dame, war die Tatsache, dass es sinnlos sei, die Pflege der anderen schwer kranken Patienten zu unterbrechen und Prinz Akbalik zu behandeln, weil ich sofort sehen konnte, dass der Zustand des Prinzen bereits so kritisch war, dass … dass …«

»Ist er gestorben?«, rief sie. »Wollt Ihr mir sagen, dass er gestorben ist?«

Sie konnte die Antwort an seinem Gesicht ablesen, noch bevor er die Worte ausgesprochen hatte.

13

Nicht einmal in den kühnsten Kindheitsphantasien hätte Dekkeret sich träumen lassen, dass er eines Tages Zeuge einer solchen Szene werden würde. Eine palastartige Suite in einem turmhohen Gebäude in Stoien, eine halbe Welt entfernt von seiner Heimatstadt Normork auf dem Burgberg. Rechts neben ihm stand der Coronal und Lord von Majipoor, Prestimion von Muldemar, mit düster brütendem Gesicht. Hinter dem Coronal wartete der Su-Suheris-Magier Maundigand-Klimd, auf dessen Ratschläge der Herrscher sich in allen Dingen stets verließ. Daneben die erhabene Lady der Insel des Schlafs, Prinzessin Therissa, die den silbernen Stirnreif ihres Amtes aufgesetzt hatte. Auf der anderen Seite des Raumes der Knabe Dinitak Barjazid aus Suvrael, der den üblen Gedankenkontrollhelm in seinen Händen hielt, den er seinem verräterischen Vater im Lager der Rebellen gestohlen hatte.

Das Wohl und Wehe der ganzen Welt lag in den Händen dieser Menschen, und aus irgendeinem Grund war Dekkeret von Normork unter ihnen, als das Schicksal seinen Lauf nahm. Nein, nicht einmal in seinen Träumen hätte er sich eine solche Szene ausmalen können. Und doch war er hier mitten unter ihnen.

»Lass mich das Ding noch einmal anschauen, Junge«, sagte die Prinzessin Therissa zu Dinitak Barjazid.

Er brachte ihr den Helm und übergab ihn mit zitternden Händen. Auch er, dachte Dekkeret, wundert sich, wie er in solch folgenschwere Ereignisse hineingezogen werden konnte.

Sie hatte den Helm bereits genau untersucht und die Metalldrähte und die Kristalle und das Elfenbein betrachtet. Dann hatte sie sich eingehend mit dem Jungen unterhalten. Dekkeret und offenbar auch der Coronal hatten von den technischen Einzelheiten, um die es dabei ging, kein Wort verstanden.

Das Gerät war trotz der finsteren Zwecke, denen es diente, wunderschön anzuschauen. Es erinnerte an einige der magischen Apparate, die dieser verwirrte Magier damals, als Dekkeret und Akbalik auf dem Flussboot von Piliplok nach Ni-moya gefahren waren, zerstört hatte, bevor er über Bord gesprungen war.

Doch dieser Helm war ein wissenschaftliches Instrument, kein magischer Apparat. Vielleicht war er gerade deshalb umso erschreckender. Dekkeret hatte nicht viel Vertrauen in die Wirkung der Magie, auch wenn ihm durchaus bewusst war, dass manche Magier – aber natürlich nicht alle – über gewisse Kräfte verfügten. Im Grunde war er jedoch überzeugt, dass die meisten Zauberer Betrüger und Scharlatane waren, die nur die Leichtgläubigen einschüchtern konnten. Maundigand-Klimd selbst hatte das mehrmals betont.

Dieser Helm aber war ganz und gar nicht die Requisite eines Scharlatans. Dekkeret hatte die Lady und Dinitak Barjazid darüber sprechen hören, und in diesem Gespräch war es nicht um Dämonen gegangen, die man mit gewissen Sprüchen beschwören konnte, sondern um die Fähigkeit des Geräts, mittels elektrischer Ströme Gehirnwellen zu verstärken und auszusenden. Das klang überhaupt nicht nach Hexerei. Außerdem wusste er, dass Barjazids Helm funktionierte. Er hatte die schrecklichen Kräfte am eigenen Leib gespürt.

Die Lady legte ihren Stirnreif zur Seite und stülpte sich den Helm auf den Kopf.

»Mutter«, sagte Prestimion, »glaubst du wirklich, dass du das tun solltest?«

Sie lächelte. »Ich habe genügend Erfahrung mit solchen Apparaten, Prestimion. Dinitak hat mir die Funktionsweise dieses Geräts erklärt.«

Sie legte den Apparat an, berührte die Regler und nahm einige kleine Einstellungen vor.

Dekkeret konnte den Anblick kaum ertragen, als sie die Macht des Geräts auf sich wirken ließ. Sie war, dachte er, die schönste Frau, die er je gesehen hatte. Alterslos, wundervoll, überwältigend. Ihre anmutige, königliche Haltung, das prächtige glänzend schwarze Haar, das elegante und doch schlichte Gewand mit diesem erstaunlichen purpurroten Edelstein, der in einer goldenen Fassung auf dem Busen ruhte – oh, sie war wirklich die Königin der Welt. Aber wenn Barjazids Apparat nun ihr Bewusstsein zerstörte, nachdem sie ihn aufgesetzt hatte? Wenn sie auf einmal aufschrie, erbleichte und zusammenbrach?

Sie schrie nicht, sie stürzte nicht. Sie stand aufrecht wie immer, völlig reglos, und verfolgte wie gebannt, was der Helm sie sehen ließ. Offenbar war ihr Bewusstsein in ein anderes, fernes Reich versetzt worden.

Es gab keinerlei Anzeichen, dass der Helm ihr gefährlich wurde. Doch nach einer Weile runzelte sie die makellose Stirn, die Lippen spannten sich und der Mund nahm einen erbitterten Zug an, den Dekkeret noch nie bei ihr gesehen hatte. Nach einer Spanne, die ihm vorkam wie eine halbe Ewigkeit, nahm sie den Helm wieder ab und gab ihn Dinitak zurück. Ihre Hände schienen leicht zu zittern.

»Außergewöhnlich«, sagte sie. Ihre Stimme klang tiefer als sonst, beinahe heiser. Sie deutete auf ihren eigenen Stirnreif, der vor ihr auf dem Tisch lag. »Dagegen ist das dort beinahe ein Spielzeug.«

»Wie war es, Mutter? Kannst du es beschreiben?«, fragte Prestimion.

»Du müsstest ihn selbst aufsetzen, um es zu verstehen. Aber dazu bist du noch lange nicht bereit.« Sie sah den jungen Barjazid an. »Ich habe die Gegenwart deines Vaters gespürt und seinen Geist mit meinem berührt.« Mehr wollte sie über den Kontakt mit dem älteren Barjazid nicht verraten, doch Dinitaks Gesicht wurde sofort sehr ernst und düster, als könnte er genau verstehen, was sie empfunden haben musste. Wieder an Prestimion gewandt, fuhr sie fort: »Ich bin auch auf das Bewusstsein des Prokurators gestoßen. Dieser Mann ist ein Dämon.«

»Könnt Ihr tatsächlich einzelne Menschen identifizieren, Hoheit?«, fragte Dekkeret.

»Diese beiden hoben sich vor dem Hintergrund ab wie Leuchtfeuer«, erklärte die Lady. »Ja, ich könnte auch andere einzelne Menschen finden, wenn ich etwas üben würde. Weiter im Osten habe ich die Ausstrahlung von Septach Melayn gespürt, oder jedenfalls glaube ich ihn bemerkt zu haben, und vielleicht auch Gialaurys und Navigorn. Sie bewegen sich durch den entsetzlichen Dschungel in seine Richtung.«

»Was ist mit meiner Frau? Und mit Akbalik?«

Lady Therissa schüttelte den Kopf. »Ich habe nicht versucht, über so große Entfernung hinweg bis zu ihnen zu gelangen.« Sie wandte sich wieder an Dinitak. »Deinen Vater habe ich vor allem deshalb so leicht gefunden, weil auch er einen Helm getragen hat. Als ich mein Bewusstsein aussandte und mich umschaute, bemerkte ich als Erstes die geistige Ausstrahlung, die von ihm kam. Der Helm, den er benutzt, ist stärker als dieser hier, nicht wahr?«

»Ja, so ist es, Ehrwürdige. Ein späteres Modell. Ich wagte nicht, es ihm zu stehlen, denn er hütet es wie seinen Augapfel.«

»Er benutzt das Gerät, um den Wahnsinn weiter zu verbreiten, genau wie wir es befürchtet haben. Ich habe gesehen, wie leicht es möglich ist. Der Spruch des Vergessens, den du die Magier am Ende des Krieges hast sprechen lassen, Prestimion – es ist genau, wie du gesagt hast. Dein Zauber hat im Bewusstsein vieler

Menschen eine Unausgeglichenheit oder strukturelle Schwächen erzeugt, sodass sie leicht zerbrechen können. Es ist keine große Belastung nötig, um die Menschen in den Wahnsinn zu stürzen. Wenn dieser Mann mit Hilfe des Helms solche anfälligen Menschen berührt …«

Prestimion gab ein Geräusch von sich, das beinahe wie ein Schmerzlaut klang. »Mutter, wir müssen es verhindern!«

Er litt große Qualen, und Dekkeret starrte ihn entsetzt an.

»Das könnte sich als schwierig erweisen«, meinte Maundigand-Klimd düster. »Er benutzt den Helm, um sich und seinen Herrn und Meister gegen die Angriffe zu schützen, nicht wahr, Lady Therissa?«

»Ja. Hast du es gespürt? Er hat eine Art Schild aufgebaut, der es mir schwer gemacht hat, mit ihm Kontakt aufzunehmen. Als ich endlich durchdringen konnte, waren dahinter nur Schemen zu erkennen. Ich könnte nicht einmal auf fünfhundert Meilen sagen, wo genau sein Lager ist.«

»Natürlich kannst du das nicht«, warf Prestimion ein. »Wahrscheinlich benutzt Barjazid den Helm, um Dantirya Sambails Lager vor Angreifern zu verbergen. Akbalik hat es erwähnt. ›Eine Aura der Unbestimmtheit‹, oder wie er es genannt hat. Er dachte, der Prokurator würde einen Magier einsetzen, der mit einem Spruch diesen Schirm erzeugt hat. Doch als ich ihm erzählte, was Dekkeret bei seiner Begegnung mit Barjazid in Suvrael über den Helm erfahren hatte, meinte Akbalik sofort, es könne Barjazid sein, der dafür sorgt, dass Dantirya Sambail sich unserem Zugriff immer wieder entzieht.«

»In dieser Hinsicht könnt Ihr ganz sicher sein, mein Lord«, bestätigte Dinitak. »Es ist kein Problem, den Helm zu benutzen, um diese Aura der Unbestimmtheit zu erzeugen, wie Ihr es nennt, und den Geist der Menschen zu verwirren. Sogar ich könnte es tun. Ich könnte hier direkt vor Euch stehen, und Ihr würdet glauben, ich wäre vor Euren Augen verschwunden.«

Prestimion wandte sich an den Jungen. »Glaubst du denn, dass einer dieser Helme benutzt werden kann, um die Kraft eines anderen aufzuheben?«

»Das sollte möglich sein, mein Lord. Leicht ist es nicht, denn mein Vater ist im Umgang mit diesen Apparaten sehr geschickt, und er ist zudem ein gefährlicher Gegner. Aber ich denke, es ist möglich.«

»Nun gut. Dann liegt die Lösung unseres Problems auf der Hand. Wir setzen den Helm, den wir hier haben, für einen Gegenschlag ein. Wenn alles gut läuft, dann können wir Barjazid und seinen Helm aus der Gleichung herausnehmen, und der Wahnsinn wird sich nicht weiter ausbreiten. Septach Melayn und Gialaurys können dann Dantirya Sambails Lager finden und ihn angreifen. Was sagst du, Mutter? Könntest du es fertig bringen?«

Lady Therissa erwiderte gleichmütig den Blick ihres Sohnes und gab die Antwort mit ruhiger Stimme, in der keine Wärme lag. »Ich bin daran gewöhnt, meine Kräfte zur Heilung einzusetzen, Prestimion. Nicht für den Krieg. Nicht um jemanden anzugreifen – nicht einmal jemanden wie diesen Barjazid oder Dantirya Sambail.«

Die unerwartete Ablehnung schien Prestimion tief zu erschüttern. Er sah sie erstaunt an, und seine Wangen färbten sich rot. Doch er fasste sich schnell wieder. »Oh, Mutter, du darfst es dir nicht als einen Angriff vorstellen. Oder wenn, dann verstehe es wenigstens als einen Gegenangriff. Sie sind die Aggressoren, und du würdest im Grunde nichts anderes tun, als unschuldige Menschen vor ihrem Angriff zu schützen.«

»Vielleicht, vielleicht.« Doch die Lady war nicht überzeugt. Die gerunzelte Stirn zeigte, dass die Bitte ihres Sohnes sie in einen Konflikt stürzte. »Du darfst dabei nicht vergessen, Prestimion, dass ich mit diesem Apparat nicht richtig umgehen kann. Bevor wir überhaupt daran denken können, das Gerät so einzusetzen, wie du es dir vorstellst, müsste ich die Anwendung üben. Ich müsste lernen, die Wirkung feiner abzustimmen, und ein besseres Gefühl für Reichweite und Sendestärke bekommen. So etwas braucht Zeit. Immer vorausgesetzt, ich könnte mich auf so etwas einlassen. Dabei bin ich nicht einmal sicher, ob ich es überhaupt will.«

Prestimion war am Rande der Verzweiflung. »Zeit? Wir haben keine Zeit. Zwei unserer Heere sind im Augenblick in diesem schrecklichen Dschungel unterwegs. Was glaubst du denn, wie lange ich sie dort halten kann, Mutter? Und der Wahnsinn breitet sich Stunde um Stunde weiter aus, weil dieser Mann es so will. Nein, nein. Wir müssen sofort losschlagen. Du musst es tun, Mutter.«

Die Lady antwortete nicht. Sie nahm eine Pose königlicher Unnahbarkeit ein und sah schweigend ihren Sohn an – ein Schweigen, das für sich genommen schon Antwort genug war, dachte Dekkeret. Die Temperatur im Raum schien sich dem Gefrierpunkt zu nähern. Ein Streit zwischen dem Coronal und der Lady der Insel – was für außergewöhnliche Dinge sich doch vor seinen Augen abspielten.

Dann brach Dinitak Barjazids hohe, klare Stimme das eisige Schweigen. »Ich könnte es tun, mein Lord, wenn die Lady es nicht tun will. Ich kann es tun, ich weiß es.«

»Du willst gegen deinen eigenen Vater kämpfen?«, rief Dekkeret erstaunt.

Der Junge sah ihn verächtlich an, als hätte Dekkeret etwas unglaublich Naives von sich gegeben. »Aber natürlich, Prinz Dekkeret, warum denn nicht? Wenn er sich zum Feind der ganzen Welt macht, dann ist er auch mein Feind. Warum habe ich denn diesen Helm hierher gebracht, wenn nicht, um ihn anzubieten, damit er gegen meinen Vater eingesetzt wird? Warum bin ich aus seiner Nähe geflohen?« Die Augen funkelten leidenschaftlich, das ganze Gesicht war entflammt in jugendlichem Eifer. »Ich bin hier, um zu dienen, Prinz Dekkeret. Auf jede Weise, die mir möglich ist.«

Auch Prestimion starrte den Jungen entgeistert an, wie Dekkeret jetzt bemerkte.

Der junge Barjazid hatte ihn, wie ihm gleich als Nächstes bewusst wurde, in eine prekäre Lage gebracht. Er war schließlich derjenige, der den Jungen Prestimion vorgestellt hatte. Er war derjenige, der den Coronal gedrängt hatte, dem Jungen zu vertrauen. Von dem Augenblick an, als Dekkeret in Suvrael dem älteren Barjazid den traumstehlenden Apparat aus den Händen genommen hatte, war Dinitak seinem Vater gegenüber beharrlich bei seiner Ansicht geblieben, dass sie am besten mit Dekkeret zum Burgberg reisen und Lord Prestimion ihr machtvolles Gerät vorführen sollten.

Aber angenommen, die überraschende Desertion des Jungen war, wie Prestimion gleich zu Anfang vermutet hatte, vielleicht doch nur ein Teil eines besonders raffinierten Plans, den Dantirya Sambail ausgeheckt hatte? Wenn der Junge, der angeblich den Helm hergebracht hatte, um sich in den Dienst des Coronals zu stellen, in Wirklichkeit seine Kräfte mit denen seines Vaters vereinte, der irgendwo auf der Halbinsel Stoienzar saß und gleichzeitig den zweiten Helm einsetzte? Zusammen würden sie eine unüberwindliche Macht entfalten.

Es war ein riskantes Spiel, dachte Dekkeret. Sie setzten alles auf eine Karte, wenn sie sich auf diesen zerlumpten Jungen verließen, in dessen Adern das Blut eines Mannes floss, für den Verrat und Täuschung so selbstverständlich waren wie die Atemluft. Konnten sie dieses Risiko eingehen?

»Was sagst du dazu, Dekkeret?«, fragte der Coronal. »Sollen wir das Angebot des Jungen annehmen?«

Dekkeret sah an Prestimion vorbei zum zugeknöpften, rätselhaften Maundigand-Klimd, der sich die ganze Zeit über aus der Diskussion herausgehalten hatte.

Hilf mir, bat er den Su-Suheris wortlos mit seinem Blick. Ich bin ratlos. Hilf mir, hilf mir.

Hatte Maundigand-Klimd ihn verstanden?

Ja, ja. Die vier grünen Augen des Magiers erwiderten seinen Blick. Der linke Kopf nickte ganz leicht. Dann der rechte Kopf. Und dann noch einmal, unverkennbar, alle beide.

Ich danke dir, Maundigand-Klimd. Ich danke dir von ganzem Herzen.

So konnte Dekkeret kühn die Antwort geben. »Gleich nachdem er hier eingetroffen war, sagte ich Euch, wir könnten ihm vertrauen, mein Lord. Ich bin immer noch davon überzeugt.«

»So sei es«, sagte Prestimion ohne zu zögern. Offensichtlich war er unterdessen zu der gleichen Entscheidung gekommen. Er warf einen Blick zum jungen Barjazid. »Wir kommen später noch einmal zusammen«, sagte er zu ihm, »um zu beraten, wie wir den Gegenschlag organisieren.« Dann wandte er sich an Prinzessin Therissa. »Mutter, du brauchst uns nicht weiter Gesellschaft zu leisten. Ich werde dich nicht noch einmal bitten, dich an diesem Vorhaben zu beteiligen, aber du sollst etwas anderes tun.« Jetzt entließ er auch Dekkeret, Dinitak und Maundigand-Klimd. »Ihr könnt jetzt alle gehen. Ich will einige Minuten allein mit meiner Mutter sprechen.«

Aus einem Schränkchen unter dem Fenster holte Prestimion eine Flasche Wein aus Muldemar, ein seltener Jahrgang, den er aus der Burg nach Stoien mitgenommen hatte, und schenkte großzügig ein. Sie prosteten einander schweigend zu.

»Ich muss dich um Verzeihung bitten, Mutter«, sagte er, nachdem sie einige Schlucke getrunken und die Trinkschalen abgestellt hatten. »Es tut mir aufrichtig Leid, dass ich dich vor den anderen in eine so schwierige Situation gebracht habe.«

»Es hat mich nicht verletzt. Du bist der Coronal und der König dieser Welt, und du bist für ihr Wohlergehen verantwortlich. Diese Männer bedrohen uns alle, und du musst etwas gegen sie unternehmen. Ich bin bereit zu tun, was immer ich tun kann, um dir dabei zu helfen. Aber du hast etwas von mir verlangt, das ich nicht geben kann.«

»Und das tut mir sehr Leid. Ich hätte es erkennen müssen, bevor ich es ausgesprochen habe. Deine Ausbildung und deine Kraft einzusetzen, um jemanden anzugreifen, muss für dich …«

»Du verstehst es jetzt«, sagte sie lächelnd und nahm seine Hand. Sie küsste sie leicht, berührte seine Haut nur ganz leicht mit den Lippen. »Aber man muss es versuchen, ob ich mich daran beteilige oder nicht. Ich frage mich, ob der Junge im Kampf gegen seinen Vater bestehen kann. Nach meinem kurzen Kontakt mit seinem Bewusstsein zu urteilen muss er ein mächtiger Kämpfer sein. Und sein Vater ein sehr bösartiger Mann.«

»Es wäre schon eine Hilfe, wenn Dinitak seinen Vater wenigstens eine Weile behindern könnte. Ein unerwarteter Stoß, der ihn überrascht, eine Ablenkung, eine Verunsicherung …« Prestimion zuckte mit den Achseln. »Wir werden es bald sehen.« Er hob den silbernen Stirnreif der Lady auf, den sie auf den Tisch gelegt hatte. Sofort spürte er das Kribbeln der Energie, die das Gerät barg. »Du musst mich weiter darin ausbilden«, sagte er. »Ich will auch lernen, Barjazids Helm zu benutzen. Wenn man schon von mir verlangt, dass ich hier hinter den Schlachtlinien hocken bleibe, dann will ich wenigstens aus der Ferne so gut wie möglich am Kampf teilnehmen.«

»Dabei kann ich dir helfen.«

»Wirklich? Hilfst du mir auch mit Barjazids Gerät?«

»Du wirst Mühe haben, es zu beherrschen. Es ist, als wollte man auf einem Blitz reiten. Aber ich will dich unterstützen, so gut ich kann, Prestimion, was vermutlich bedeutet, dass ich auch selbst lernen muss, mit dem Ding umzugehen. Was für ein Wein ist das eigentlich? Er ist hervorragend.«

Er lachte. »Erkennst du ihn denn nicht? Er stammt aus unserem eigenen Weinkeller, Mutter.«

Sie nahm noch einen Schluck, kostete und prüfte und bat ihn, die Schale noch einmal zu füllen.

»Gern«, sagte er. Und nach einer kleinen Pause: »Setz doch bitte deinen Stirnreif wieder auf, Mutter. Schick deinen Geist für mich aus. Es gibt einige Dinge, die ich wissen muss. Sage mir, wie es meinen Truppen im Dschungel von Stoienzar ergeht, und suche Varaile und meinen armen leidenden Freund Akbalik, die zur Burg unterwegs sind.«

»Ja, natürlich.« Sie setzte den schmalen Stirnreif auf und schloss einen Moment die Augen. Als sie die Augen wieder öffnete, konnte Prestimion sehen, dass sie in der Trance war, die es der Trägerin des Stirnreifs erlaubte, ungehindert durch die ganze Welt zu fliegen. Sie schien ihn völlig vergessen zu haben, und er wagte kaum zu atmen. Sie war lange unterwegs, dann verschwand der abwesende, in weite Fernen gerichtete Blick aus ihren Augen, und sie war wieder bei ihm.

Doch sie schwieg.

»Nun?«, fragte Prestimion, als er die Spannung nicht mehr ertragen konnte. »Was hast du gesehen, Mutter?«

»Zuerst habe ich Septach Melayn gefunden. Was für ein guter Mann er doch ist, charmant und elegant und so anmutig! Und er ist dir treu ergeben.«

»Aber wie geht es ihm?«

»Er ist unruhig und besorgt. Er zieht kreuz und quer durch den Dschungel, doch er kann den Feind nicht finden. Immer wieder kehren seine Späher mit Berichten über das Lager des Prokurators zurück, doch wenn das Heer den Ort erreicht, ist niemand dort, und anscheinend war auch vorher niemand dort.«

»Die Aura der Unbestimmtheit«, sagte Prestimion. »Mit der Hilfe des jungen Barjazid werden wir sie durchstoßen. Was ist mit Varaile und Akbalik?«

»Sie müssten inzwischen weit entfernt sein und das Zentrum des Kontinents schon hinter sich gelassen haben, nicht wahr?«

»Das will ich doch hoffen. Aber es fällt dir doch nicht schwer, eine solche Entfernung zu überwinden?«

»Nein«, sagte sie und fiel wieder in Trance. Als sie zu sich kam, biss sie die Zähne zusammen und machte ein erschreckend düsteres Gesicht. Wieder zögerte sie mit der Antwort, bis Prestimion die Geduld verlor. Offenbar brauchte sie eine Weile, um sich nach einer solchen Reise wieder zu sammeln.

»Ist etwas passiert?«, platzte er schließlich heraus. »Ist Varaile etwas passiert? Oder dem Kind?«

»Nein«, sagte sie. »Deiner Frau und dem Kind, das sie unter dem Herzen trägt, geht es gut. Aber dein Freund Akbalik …«

»Ist sein Leiden noch schlimmer geworden?«

Sie zögerte einen winzigen Augenblick. »Sein Leiden ist vorbei, Prestimion.«

Die leisen Worte trafen ihn wie ein Keulenschlag. Prestimion stand wie betäubt da, dann fasste er sich allmählich wieder und sagte: »Ich habe ihn in den Tod geschickt, als ich ihn in den Dschungel gehen ließ. Er ist nicht der erste gute Mann, dessen Leben durch meine Schuld ein vorzeitiges Ende fand. Und ich fürchte, er wird auch nicht der Letzte sein. Ich dachte sogar, er könnte nach mir der Coronal werden, Mutter. So große Stücke habe ich auf ihn gehalten.«

»Ich weiß, dass du ihn geliebt hast. Es tut mir Leid, dass ich dir so schlechte Nachrichten bringe.«

»Ich habe dich ausdrücklich darum gebeten, Mutter.«

Sie nickte. »Ich fürchte, aus einer anderen Richtung droht neues Ungemach. Ich habe nur eine kleine Andeutung davon gespürt, als ich meinen Geist ausgeschickt habe. Lass mich noch einmal schauen.«

Ein drittes Mal fiel sie in Trance. Prestimion trank unterdessen die Schale Wein aus und wartete. Als sie dieses Mal aus der Trance erwachte, stellte er keine ungeduldigen Fragen.

»Ja«, sagte sie. »An der Küste Zimroels hat sich eine gewaltige Flotte gesammelt, Prestimion. Eine ganze Armada ist es. Dutzende Schiffe, vielleicht sogar mehr als einhundert, warten vor Piliplok auf Dantirya Sambails Befehl, um in See zu stechen.«

»Das ist es also! Er hat die ganze Zeit in aller Stille eine Invasionsstreitmacht aufgestellt, die jederzeit zuschlagen kann. Wie seltsam nur, Mutter, dass sich diese Streitmacht unbemerkt sammeln konnte, ohne dass ich einen Bericht ...«

»Ich hatte die größten Schwierigkeiten, sie aufzuspüren. Die Flotte bewegt sich sogar am Tage wie im Schutze ewiger Nacht.«

»Aber natürlich. Die Aura der Unbestimmtheit schon wieder. Sie hat nicht nur den Prokurator, sondern auch seine ganze Flotte vor uns verborgen.« Prestimion stand auf und spürte zu seiner eigenen Überraschung, wie eine seltsame Gelassenheit ihn überkam. Es waren schlechte Nachrichten, doch wenigstens hatte er jetzt das Schlimmste gehört und konnte handeln. »Nun gut«, sagte er. »Wir wissen jetzt wenigstens, welchem Feind wir uns stellen müssen. Dann sollten wir uns möglichst umgehend daran machen, ihm zu Leibe zu rücken, Mutter.«

»Die Dämmerung kommt«, sagte Navigorn. »Wollen wir hier lagern? Was meinst du?«

»Warum nicht?«, erwiderte Septach Melayn. »Die Stelle ist so gut wie jede andere, nicht wahr?«

Oder vielmehr so schlimm wie jede andere, fügte er in Gedanken hinzu. Es war eine Schande, dass der junge Dekkeret nicht an dieser Expedition teilnahm. Falls er immer noch Lust auf Buße und Sühne hatte wie damals, als es ihn getrieben hatte, diese Reise nach Suvrael auf sich zu nehmen, dann hätte er diesen Dschungel sofort als geeigneten Schauplatz weiterer Selbstkasteiungen erkannt. Es gab nur wenige Gegenden auf der Welt, die unwirtlicher waren als der Süden der Halbinsel Stoienzar.

Auf der Reise nach Westen hatten sie eine endlose Abfolge von Grässlichkeiten gesehen. Bäume, die binnen eines einzigen Tages sprossen und heranwuchsen und starben. In der Morgendämmerung sprangen sie förmlich aus der Erde empor, schossen bis Mittag dreißig Fuß hoch, entfalteten hässliche schwarze Blüten, die einen stechenden, giftigen Gestank verströmten, produzierten eine Stunde später aufgedunsene Früchte mit tödlichem Fleisch und gingen schließlich gegen Sonnenuntergang am eigenen Gift zugrunde. Purpurne Krabben, so groß wie Hütten, brachen direkt vor dem arglosen Reisenden aus ihren Verstecken im sandigen Boden hervor und klackerten mit mörderischen Scheren, die so scharf waren wie Krummsäbel. Schwarze Schnecken spuckten dem Wanderer brennende rote Säure auf die Füße. Und überall die gefährlichen Sägeblattpalmen, die bösen Manganozas, die fröhlich mit den tödlichen Wedeln winkten, als wollten sie die Besucher absichtlich in ihre undurchdringlichen, unergründlichen Dickichte locken.

Der Lagerplatz, den Navigorn entdeckt hatte, war ein breiter, staubiger Streifen voller grauer scharfkantiger Kiesel am Ufer eines ausgetrockneten Flussbetts. Perfekt, dachte Septach Melayn. Ein Fluss, der kein Wasser führte und dem Auge nichts bot als zermahlenes Gestein. Irgendwo unter den Kieseln im Flussbett musste allerdings noch Wasser strömen, denn wenn man lange genug hinschaute, konnte man sehen, dass die Kiesel sich ständig langsam bewegten, als würden sie von der Kraft eines darunter fließenden Wasserlaufs langsam mitgezogen. Wenn man genug Zeit hatte, konnte man vielleicht sogar nach Edelsteinen fischen und darauf warten, dass im träge fließenden grauen Schutt gelegentlich Smaragde oder Rubine oder was auch immer vorbeitrieben wie glänzende Fische. Aber wahrscheinlich, dachte Septach Melayn, musste man hier fünfzigtausend Jahre warten, bis etwas Wertvolles vorbeikam. Womöglich sogar bis in alle Ewigkeit.

Gialaurys stieg aus dem Schweber und gesellte sich zu ihnen. »Wollen wir hier lagern?«

»Hast du einen besseren Lagerplatz gesehen?«

»Es gibt hier kein Wasser.«

»Es gibt auch keine Manganozas und Sumpfkrabben«, erwiderte Navigorn. »Ich könnte eine Nacht lang ganz gut auf sie verzichten. Morgen früh können wir dann direkt das Lager des Prokurators ansteuern.«

Gialaurys lachte heiser und spuckte verächtlich aus.

»Nein«, sagte Navigorn. »Dieses Mal werden wir es ganz bestimmt finden. Ich habe so ein Gefühl, dass wir Erfolg haben werden.«

»Ja«, bekräftigte Septach Melayn. »Wir werden Erfolg haben.«

Schlendernd entfernte er sich von ihnen und setzte sich auf einen sattelförmigen Felsblock am Flussufer. Schuppige Tiere mit vielen Beinen, die etwa so groß waren wie seine Hand, wühlten in der obersten Kiesschicht nach Futter. Manchmal stießen sie auf kleinere Tiere herab, die in der Schicht darunter lebten, und kamen wieder an die Oberfläche, um dort zu fressen. Irgendwelche Käfer oder Krustentiere, dachte er. Oder vielleicht gab es in diesem trockenen Fluss sogar Luft atmende Fische. Fische mit Beinen würden sich in einem Fluss ohne Wasser sicher gut machen. Eines der Tiere kletterte ganz aus dem Kiesbett heraus und starrte ihn aus einem halben Dutzend hellen Knopfaugen an, als überlegte es, ob es Septach Melayns Unterschenkel kosten wollte. In Stoienzar wollte einen alles fressen, sogar die Pflanzen. Septach Melayn warf einen Stein nach dem Tier, ohne ernsthaft zu zielen, und es huschte davon.

Trotz seiner lebensfrohen Art und seiner Anpassungsfähigkeit empfand er diese Gegend als bedrückend. Dabei mussten die anderen noch viel stärker leiden als er selbst. Die erbarmungslose feindselige Landschaft dieser Halbinsel schien sich dermaßen übertrieben darzustellen, dass es beinahe schon wieder komisch war. Doch wirklich amüsieren konnte man sich darüber natürlich nicht, solange man mitten in einem Gebiet steckte, das jeden Augenblick mit neuen Widrigkeiten und Gefahren aufzuwarten hatte. Die Männer wurden dieses Abenteuers zusehends müde und bekamen allmählich das Gefühl, sie würden Dantirya Sambail schon ihr Leben lang hetzen: zuerst im Osten, dann in Ketheron, Arvyanda und Sippulgar und schließlich auf diesem endlosen Marsch durch die Halbinsel Stoienzar.

Wie lange waren sie eigentlich schon unterwegs? Wochen? Monate? Ein Tag ging fast unmerklich in den nächsten über. Jahrhunderte schienen verstrichen, seit sie in diese abscheuliche Gegend eingedrungen waren.

Dreimal waren die Späher schon ausgezogen und mit der Nachricht zurückgekehrt, sie hätten das Lager des Prokurators gefunden. Ein Ort mit lebhaftem Verkehr, wo hunderte von Männern lebten, wo es Zelte, Schweber und Reittiere und Lager mit Vorräten gab – aber über Nacht, wenn sie die Truppen vorrücken ließen und sich zum Angriff aufstellten, war das Lager wieder verschwunden. Hatten die Späher nur eine Illusion gesehen? Oder war die Abwesenheit des Lagers, wenn sie ein zweites Mal nachschauten, die eigentliche Illusion?

Wie auch immer, Septach Melayn war sicher, dass dabei Zauberei im Spiel sein musste. Das Abrakadabra der Magier vernebelte mit irgendeinem teuflischen Zauberspruch ihren klaren Blick. Dantirya Sambail spielte mit ihnen. Zweifellos bereitete er sich die ganze Zeit weiter auf den von langer Hand geplanten, grausamen Schlag vor, mit dem er an Prestimion Rache nehmen wollte, nachdem dieser so oft seine machtgierigen Pläne durchkreuzt hatte.

Wieder starrte ihn eines der kleinen Wesen aus dem Fluss an. Es war ungefähr ein Dutzend Fuß entfernt, hatte sich halb aufgerichtet und fuchtelte aufgeregt mit den vielen kleinen Beinchen in der Luft herum.

»Bist du ein Spion des Prokurators?«, fragte Septach Melayn. »Nun, dann richte ihm aus, dass Septach Melayn ihn grüßen lässt.«

Wieder warf er einen Stein, diesmal gezielt und präzise. Doch irgendwie konnte das kleine Wesen sich unter dem Wurfgeschoss wegducken, indem es geschwind zur Seite auswich. Es starrte ihn weiter an, als wollte es ihn verspotten.

»Nicht schlecht«, sagte er. »Es gibt nicht viele, die es schaffen, einem Angriff von Septach Melayn auszuweichen.«

Er ließ das kleine Wesen in Ruhe. Eine plötzliche Mattigkeit überkam ihn, obwohl es gerade erst dämmerte. Einen Augenblick kämpfte er noch dagegen an, weil er fürchtete, im Schlaf würden die Geschöpfe des Flusses über ihn herfallen, doch dann erkannte er die Anzeichen einer Sendung der Lady und gab sich ihr hin.

Der Traumzustand war binnen Sekunden erreicht, gleich hier an Ort und Stelle am Ufer des Kiesflusses. Er befand sich auf einmal nicht mehr im garstigen Stoienzar, sondern in einem üppigen grünen Hain in Lord Havilboves wundervollem Park an den Hängen des Burgbergs. Die Lady der Insel, Prestimions Mutter, die wunderschöne Prinzessin Therissa, war bei ihm und sagte ihm, er solle keine Angst haben, sondern weitergehen und kühn zuschlagen.

Worauf er erwiderte: »Furcht ist nicht der entscheidende Punkt, meine Lady. Aber wie kann ich etwas schlagen, das ich gar nicht sehe?«

»Wir werden dir helfen, es zu sehen«, versprach sie ihm. »Wir werden dir das Gesicht des Feindes zeigen. Und dann, Septach Melayn, ist für dich der Augenblick zum Handeln gekommen.«

Das war alles. Der Traum war vorüber, die Lady war fort. Septach Melayn öffnete die Augen, blinzelte und erkannte erst jetzt, dass er geträumt hatte.

Vor ihm stand ein halbes Dutzend der kleinen Schuppenwesen aus dem Fluss. Sie waren aus dem Kiesbett gekrabbelt und hatten sich im Halbkreis vor ihm aufgebaut, höchstens zehn Fingerbreit von den Stiefelspitzen entfernt in der halb aufgerichteten Haltung, die er schon vorher beobachtet hatte. Er sah, wie sie mit den Vorderbeinen winkten wie das erste Tier, das ihm aufgefallen war. Beinahe schien es, als wollten sie ihn mit einem Zauber bannen. Sind wir hier in eine Konklave winziger Zauberer geraten?, fragte er sich. Planten sie gerade einen gemeinsamen Angriff? Wollten sie jeden Augenblick losrennen und die kleinen Greifwerkzeuge in sein Fleisch treiben?

Offenbar nicht. Sie hockten einfach dort und beobachteten ihn. Vielleicht waren sie fasziniert von diesem langbeinigen Menschen, der auf einem Felsblock eingenickt war. Jedenfalls hatte er nicht das Gefühl, in Gefahr zu schweben. Der Anblick dieser Wesen, die im Halbkreis aufmerksam um ihn versammelt waren, schien amüsant und nichts weiter.

So weit er sich erinnern konnte, waren dies die ersten Bewohner von Stoienzar, die nicht offen feindselig auftraten.

Ein gutes Omen, dachte er. Vielleicht wendet sich jetzt alles zum Guten.

Vielleicht.

14

Also gut«, sagte Prestimion. »Wenn ihr bereit seid, können wir beginnen.«

Vier Mitstreiter hatten sich in dem Raum, den er in der Königssuite des Kristallpalasts in der Stadt Stoien zu seinem militärischen Befehlsstand gemacht hatte, um ihn versammelt: Dinitak, Dekkeret, Maundigand-Klimd und die Lady der Insel. Es war kurz vor der Dämmerung. Sie hatten sich in den letzten zehn Tagen mit außergewöhnlicher Konzentration auf diesen Augenblick vorbereitet.

Dinitak trug den Traumhelm, er würde bei ihrem

Angriff den ersten Vorstoß machen. Die Lady würde zugleich ihren silbernen Stirnreif benutzen, um alle Aspekte des sich entwickelnden Kampfes zu beobachten und Prestimion auf dem Laufenden zu halten.

»Ja, mein Lord, ich bin bereit«, sagte der junge Barjazid zu Prestimion und zwinkerte vorwitzig.

Der Junge schloss die Augen, stellte am Rahmen des Helms etwas nach und ließ sein Bewusstsein zu Dantirya Sambails Lager fliegen.

Einige Augenblicke, die wie Ewigkeiten schienen, verstrichen in tiefem Schweigen. Dann zitterte Dinitaks linke Wange, und er zog den Mundwinkel hoch, bis ein hässliches Grinsen entstand. Er hob die linke Hand und spreizte die Finger, so weit es ging; auch die Finger zitterten wie Blätter in starkem Wind.

»Er richtet die ganze Energie des Helms gegen seinen Vater«, murmelte Prinzessin Therissa. »Er sucht ihn und stellt den Kontakt her.«

Der junge Bursche zitterte immer heftiger.

Dekkeret wandte sich an Maundigand-Klimd. »Ist es richtig, so vorzugehen?«, fragte er leise. »Ich weiß, wie der Vater ist. Er wird den Jungen töten, wenn er kann.«

»Nur die Ruhe. Die Lady wird ihn beschützen«, erwiderte der Su-Suheris.

»Glaubt Ihr wirklich, sie …«

Mit einem wütenden Winken brachte Prestimion ihn zum Schweigen. »Bist du auch mit Septach Melayn in Kontakt?«, fragte er seine Mutter.

Sie nickte knapp.

»Wo ist er? Wie weit ist er von Dantirya Sambail entfernt?«

»Er ist ihm sehr nahe, aber er weiß es nicht. Die Aura der Unbestimmtheit schirmt immer noch das Lager des Prokurators ab.«

Dinitak Barjazid stieß plötzlich ein Grunzen aus, das fast wie ein Angstschrei klang, doch es war ihm offenbar nicht bewusst. Er hatte die Augen geschlossen und beide Hände zu Fäusten geballt, Zuckungen liefen über sein Gesicht und verzerrten die Züge zu immer neuen Fratzen.

»Der Kontakt zu seinem Vater ist hergestellt«, berichtete Prinzessin Therissa. »Ihre Geister berühren sich.«

»Und? Und?«

Doch jetzt hatte auch die Lady die Augen geschlossen.

Prestimion wartete. Es reizte ihn zur Weißglut, auf indirektem Wege einen Kampf zu führen, der sich – wie weit? – in mindestens zweitausend Meilen Entfernung abspielte. Er kochte vor Zorn angesichts seiner Ohnmacht. Irgendwo da draußen war Dantirya Sambail und an seiner Seite Venghenar Barjazid mit dem Helm. Ein kleines Stück östlich vom Lager des Prokurators befanden sich Septach Melayn, Gialaurys, Navigorn und das Heer, das ihnen durch Stoienzar gefolgt war. Ein zweites Heer, ein Regiment der Streitkräfte des Pontifikats, kam unter Führung eines Offiziers namens Guyan Daood aus der anderen Richtung. Unterdessen stand der Coronal von Majipoor in einem luxuriösen Raum und war, weit vom Kampfgeschehen entfernt, zur Untätigkeit verdammt; er musste einem unerprobten und ihm bislang völlig unbekannten Knaben aus Suvrael vertrauen, dass dieser seinen Truppen den Weg frei machte, während seine Mutter ihm erzählte, was sich abspielte, als wäre er blind.

»Der Vater weiß, dass er angegriffen wird«, sagte die Lady in Trance mit schwerer Stimme. »Aber er weiß noch nicht, aus welcher Richtung der Angriff kommt. Wenn er es herausfindet … ah … ah …«

Sie zielte mit dem Finger auf Dinitak, der zurückzuckte, als hätte eine heiße Klinge sein Fleisch berührt. Er taumelte, schwankte und wäre beinahe gestürzt. Dekkeret eilte zu ihm und fing ihn auf, bis er wieder allein stehen konnte. Doch der Junge wollte keine Hilfe. Er stieß Dekkeret weg wie eine lästige Fliege, baute sich breitbeinig auf, warf den Kopf zurück und straffte die Schultern. Die Arme baumelten schlaff an seiner Seite, und er zitterte jetzt am ganzen Körper. Die Hände ballten sich zu Fäusten und öffneten sich wieder, bis alle Finger stocksteif abgespreizt waren.

Ein neues, eigenartiges Geräusch kam jetzt über Dinitaks Lippen, heiser und tief, ein Grollen, nicht ganz Knurren und nicht ganz Heulen, das an ein wildes Tier erinnerte. Prestimion glaubte, dieses Geräusch schon einmal gehört zu haben, aber wo und wann? Dann fiel es ihm ein: der Krokkotas, das menschenmordende Untier auf dem Mitternachtsmarkt in Bombifale, das nur aus Klauen und Zähnen und Kiefern zu bestehen schien. Es hatte einen ganz ähnlichen grollenden Ton von sich gegeben. Später hatte er dieses Geräusch auch bei Dantirya Sambail gehört, an jenem Tag ihrer Begegnung in den Sangamor-Tunneln. Es war ein entsetzlicher Schrei voller unterdrückter Wut gewesen, voller Hass und Drohung.

Jetzt gab also Dinitak diesen Laut von sich. »Der Vater spricht durch den Mund des Jungen«, flüsterte die Lady. »Er schreit seine Wut und Enttäuschung heraus.«

Prestimion sah, wie Dekkerets Gesicht bleich vor Angst wurde. Er wusste, was der junge Mann dachte: Venghenar Barjazid behielt in diesem Kampf die Oberhand, er konnte mit den Gedankengeräten besser umgehen, war von skrupellosem Wesen und fest entschlossen zu siegen. So würde er unweigerlich Dinitak niederringen, und der Junge würde vor ihren Augen zerstört werden.

Aber Dinitak hatte ihnen immer wieder erklärt, dass

er sicher war, den Sieg zu erringen, und sie hatten sowieso keine andere Wahl mehr, als einfach weiterzumachen. Dies war der Weg, für den sie sich entschieden hatten, und es gab keinen anderen.

Das schreckliche Grollen hatte aufgehört, auch das Zittern hatte sich gelegt. Dinitak stand breitbeinig da, in tiefer Trance mit geweiteten Nasenflügeln, offenen, aber blicklosen Augen und gebleckten Zähnen. Er sah seltsam aus, schien aber völlig ruhig. Es war, als hätte er eine Zone schrecklicher Stürme überwunden und wäre jetzt dahinter in ruhigerem Fahrwasser.

Prestimion beugte sich ungeduldig vor. »Sage mir, was passiert, Mutter.«

»Ja doch, ja.« Auch sie schien weit weg zu sein und brachte die Worte nur mühsam hervor. »Sie … sie ringen miteinander. Keiner kann den anderen bezwingen. Es ist … es ist ein Patt, Prestimion … ein Patt …«

»Wenn ich doch nur irgendwie helfen könnte …«

»Nein, das ist nicht nötig. Er hält seinen Vater in Schach und hindert ihn daran … er hindert ihn …«

»Woran hindert er ihn, Mutter?«

»Er kann sie nicht mehr halten …«

Prestimion wartete.

»Ja?«, sagte er, als er es nicht mehr aushielt.

»Er kann die Aura der Unbestimmtheit nicht länger halten«, erklärte Prinzessin Therissa. Sie löste sich kurz aus der Trance und erwiderte Prestimions Blick. »Der Vater kann nicht beides gleichzeitig tun. Er kann nicht den Angriff seines Sohnes abwehren und gleichzeitig die Aura der Unbestimmtheit über dem Lager des Prokurators halten. Deshalb verschwindet die Täuschung, und Septach Melayns Weg ist frei.«

Dieser Teil des Dschungels sah aus wie der Rest, eine Heimstatt von Ungeheuern. Hitze. Schwüle Luft. Sandiger, feuchter, sumpfiger Boden. Überall Dickichte von Manganozapalmen. Seltsame Pflanzen am Boden und eigenartige Vögel am Himmel, gierige kleine Tiere starrten hungrig aus dem Unterholz, Schwärme böse summender Biester in der Luft, und das große, unbarmherzige Auge der Sonne, das fast den halben Himmel auszufüllen schien, loderte über ihnen. Das Meer nicht weit entfernt zur Linken, eine undurchdringliche grüne Wand zur Rechten. Irgendwo im Norden hinter den Bäumen lag das dicht bevölkerte Nordufer der Halbinsel, ein angenehmer Landstrich mit seinen belebten Häfen, dem fruchtbaren Ackerland, den luxuriösen Feriengebieten, den Villen am Strand. Doch hier unten wollte man kaum glauben, dass dies alles tatsächlich existierte. Das Nordufer hätte ebenso gut auf einer anderen Welt liegen können.

In dieser Welt waren alle Pflanzen und Tiere ihre unerbittlichen Feinde. Überall lauerten albtraumhafte Biester mit Zähnen und Klauen. Immer wieder mussten sie die sicheren Schweber verlassen und mit Hilfe der Energiewerfer das Gewirr widerspenstiger Pflanzen weg brennen, deren gefährlich scharfe Kanten ihnen den Weg versperrten. Und wozu? Zu welchem Zweck? Um einen unsichtbaren Feind zu verfolgen, der wie ein Irrlicht wieder verschwand, bevor sie ihn erreichten?

Aber heute ... heute würde es anders laufen. Die Lady hatte es ihnen versprochen.

»Spürst du noch, dass sie bei dir ist?«, fragte Gialaurys. Er und Septach Melayn fuhren heute im führenden Schweber, Navigorn folgte direkt hinter ihnen.

»Ja, ich kann sie spüren.«

Die Sendungen erreichten ihn jetzt seit anderthalb Tagen im Wachzustand und im Schlaf. Es war eine Erfahrung, wie Septach Melayn sie noch nie im Leben gemacht hatte. Er hätte sich nicht einmal vorstellen können, dass es überhaupt möglich war – in einem Winkel des Bewusstseins ständig die Gegenwart der Lady zu spüren, die leise und oft ohne Worte zu gebrauchen mit ihm sprach, die ihn berührte und ihn stützte, ihn tröstete und ihm ihre Kraft zur Verfügung stellte.

Auch jetzt war sie bei ihm.

Steh noch vor der Dämmerung auf. Gehe ohne Zögern weiter. Du bist deinem Feind nahe und kannst angreifen.

»Was sagt sie?«, wollte Gialaurys wissen. »Erzähl's mir, Septach Melayn! Nun sag schon, ich will es wissen!« Er war wie ein riesiger, eifriger Hund und wäre beinahe aufgeregt vor ihm auf und ab gesprungen. »Sind wir schon in seiner Nähe? Warum können wir nichts sehen? Warum bemerken wir beispielsweise nicht den Rauch der Lagerfeuer …«

»Immer mit der Ruhe, Gialaurys«, gab Septach Melayn zurück. Man musste nachsichtig sein mit diesem großen, kräftigen Kerl. Er meinte es gut, er hatte ein gutes Herz. »Die Aura der Unbestimmtheit verhüllt immer noch alles, was vor uns liegt.«

»Aber die Lady hat doch gesagt, die Schleier werden verschwinden …«

»Bleib ruhig, Gialaurys. Bitte.«

»Du benimmst dich heute wirklich eigenartig, Septach Melayn.«

»Ich finde mich selbst eigenartig. Ich bin nicht ganz bei mir. Aber lass mich in Ruhe, lass mich die Botschaften der Lady hören, ohne von deinem Geschnatter abgelenkt zu werden, ja?«

»Spricht sie jetzt etwa auch schon zu dir, während du wach bist?«

»Bitte«, sagte Septach Melayn in einem Tonfall, der eine Mischung aus Gereiztheit, Müdigkeit und Zorn war. Gialaurys zog sich schmollend auf seine Seite der Kabine zurück und schwieg.

Sie waren kurz nach der Morgendämmerung aufgebrochen; jetzt, eine Stunde später, stieg die Sonne rasch am Himmel empor. Auf der Fahrt durch den Dschungel hielten sie sich mehr oder weniger nach Nordwesten, auch wenn sie sich nie weiter als einige Meilen vom Meer entfernten. Die Lady, die sich zusammen mit Prestimion an der Westspitze der Halbinsel aufhielt, sprach durch Septach Melayn und wies ihnen den Weg.

Unter Prestimions Kommando und mit Hilfe der Lady gingen in der Stadt Stoien geheimnisvolle Dinge vor sich, wie Septach Melayn wusste. Er hatte keine Ahnung, was es war, abgesehen davon, dass man einen Weg gefunden hatte, Dantirya Sambail aus der Ferne anzugreifen und dass die Aura der Unbestimmtheit jetzt endlich aufgehoben werden sollte, nachdem er und seine Truppen wochenlang erfolglos versucht hatten, in diesem grässlichen Dschungel den Feind zu finden, den sie besiegen sollten.

Traf dies wirklich zu? Oder war das alles nur eine elende Halluzination, aus seinem müden Geist nach der langen, beschwerlichen Reise geboren? Wie konnte er das wissen?

Doch blieb ihm etwas anderes übrig, als den Weg weisenden Impulsen zu folgen, die in seinem Bewusstsein entstanden, und zu hoffen, dass sie wirklich von der Lady kamen? Und sich weiter und weiter zu kämpfen, bis diese Angelegenheit endlich ihren Abschluss fand, falls ihnen das jemals vergönnt sein sollte?

Er hatte nicht damit gerechnet, dass sein Leben so aussehen würde, so voller Mühsal und Enttäuschungen, als Prestimion zum Thronfolger ernannt worden war.

Welch seltsamen Verlauf die Dinge seitdem genommen hatten, dachte Septach Melayn, als er sich die kurzen, unruhigen Jahre unter der Regentschaft des Coronals Lord Prestimion ins Gedächtnis rief.

»Lord Confalume hat mir mitgeteilt, dass ich der nächste Coronal werden soll«, hatte Prestimion eines Tages gesagt. So viel jünger waren sie damals gewesen, um Jahrtausende jünger, wie es jetzt schien. Sie hatten gejubelt, er und Gialaurys und der schmächtige Herzog Svor, sie hatten bis in die Nacht gezecht, und dann war noch Akbalik dazugekommen und hatte geholfen, den letzten Wein zu vertilgen. Navigorn war dabei gewesen, Mandrykarn, der später im Krieg fallen sollte, Abrigant und vielleicht auch einer von Prestimions älteren Brüdern. Sogar Korsibar – ja, auch Korsibar hatte ihnen Gesellschaft geleistet und Prestimion genau wie alle anderen glücklich umarmt, denn die verrückte Idee, den Thron für sich selbst zu beanspruchen, war ihm damals noch nicht in den Kopf gepflanzt worden. Aber dann – die Usurpation, der Bürgerkrieg, die Auslöschung der Erinnerungen, die neuerliche Bedrohung durch Dantirya Sambail – nein, bisher war Prestimions Amtszeit nur von Kummer und Mühsal gekennzeichnet gewesen. Was hatte es ihnen gebracht, dass Prestimion jetzt der Coronal war, außer einem Leben voller Beschwernis und Trauer über den Verlust teurer Freunde?

Und jetzt … dieser schreckliche, endlose Zug durch Stoienzar auf der Suche nach einem Phantom, das sich einfach nicht aufspüren ließ …

Septach Melayn zuckte mit den Achseln. Wie alles andere war auch dies ein Teil des göttlichen Plans. Eines Tages würde das Göttliche sie alle zur Quelle zurückrufen. Dies war das Schicksal eines jeden Menschen, der je gelebt hatte, ob groß ob klein, und welche Rolle spielte es da schon, wenn sie diese kleinen Momente des Unbehagens in diesem Dschungel aushalten mussten, obwohl sie lieber auf der Burg gezecht hätten?

Und deshalb, dachte er, deshalb sollst du dich auch

nicht beklagen. Mach einfach weiter und gehe, wohin du gehen musst. Erledige deine Aufgabe, wie sie auch aussehen mag.

Er starrte nach vorn durch die Windschutzscheibe des Schwebers.

»Gialaurys?«, sagte er auf einmal.

»Du hast mir gerade erklärt, dass du keine Unterhaltung wünschst.«

»Das war vorhin. Schau nur, Gialaurys, schau!« Septach Melayn hielt hastig den Schweber an und deutete aufgeregt nach Norden.

Gialaurys sah hin, rieb sich die Augen, sah noch einmal hin. »Eine Lichtung? Zelte?«, meinte er erstaunt.

»Eine Lichtung, allerdings. Und Zelte.«

»Glaubst du, dort irgendwo ist Dantirya Sambail zu finden?«

Septach Melayn nickte.

Sie hatten eine Fahrspur erreicht, die beinahe schon einer richtigen Straße glich. Zwei Schweber breit kreuzte sie im rechten Winkel den Weg, dem sie nach Westen gefolgt waren. Die Straße kam von Norden, mitten aus einem Manganozadickicht, und lief anscheinend nach Süden zum Meer. Durch die Lücke im Sägeblattpalmenhain konnten sie die braunen Zelte eines recht großen Lagers mitten im Dschungel erkennen. Solche Biwaks hatten die Späher schon häufig gesehen, aber niemals hatten sie eines davon am nächsten Tag wieder gefunden.

Im Kopf hörte er die liebliche Stimme der Lady, die ihm mitteilte, dass sie ihr Ziel erreicht hatten und sich auf den Angriff vorbereiten sollten.

Er stieg aus und trabte zu Navigorns Schweber zurück, der hinter ihnen gehalten hatte. Navigorn steckte verblüfft den Kopf heraus.

»Hast du es gesehen?«, fragte Septach Melayn.

»Was denn? Was soll ich gesehen haben?«

»Das Lager des Prokurators natürlich! Mach doch die Augen auf, Mann. Es ist direkt da drüben, dort …«

Doch als er sich umgedreht hatte und Navigorn das Lager zeigen wollte, blinzelte er fassungslos, schlug sich die Hand vor den Mund und grunzte entgeistert.

Es war fort. Oder vielleicht war es nie dort gewesen. Keine Straße kreuzte ihren Weg. Keine Lichtung war zu sehen, kein Lager. Nichts außer der vertrauten, undurchdringlichen grünen Wand der Manganozapalmen.

»Was redest du da, Septach Melayn? Was hast du gesehen?«

»Ich sehe überhaupt nichts mehr, Navigorn. Das ist das Problem. Ich habe es, genau wie Gialaurys, noch vor wenigen Augenblicken gesehen, aber jetzt … jetzt …«

Innerlich schickte Septach Melayn einen Hilferuf zur Lady und bat um eine Erklärung. Zunächst kam keine Antwort, anscheinend war sie nicht mehr bei ihm.

Dann spürte er wieder ihre Gegenwart. Doch die Wahrnehmung war unscharf und schien aus weiter Ferne zu kommen, als wären ihre Kräfte stark geschwunden. Nur mit größter Mühe konnte er verstehen, was ihm diese schwachen Impulse des wortlosen Kontakts vermitteln sollten.

Nach und nach begriff er es.

Was er gerade erlebt hatte, dieser Anblick der Straße im Dschungel und das Zeltlager dahinter, war keine Illusion gewesen. Der Feind, den sie schon so lange suchten, hielt sich wirklich hinter jenen Bäumen dort drüben versteckt. Einen kurzen, viel zu kurzen Moment lang hatten seine Augen die Aura der Unbestimmtheit durchdringen können, die den Prokurator bisher immer vor ihnen verborgen hatte.

Doch der Eingriff, der die Wolke hatte verschwinden lassen, hatte an Kraft verloren. Die Anstrengung war zu groß gewesen, und die Wolke hatte sich wieder über die Landschaft gesenkt.

Natürlich konnten sie versuchen, aufs Geratewohl die Position anzugreifen, an der Dantirya Sambail sich aufhalten musste. Doch das wäre wie ein Kampf mit einer Augenbinde gewesen. Der Prokurator und seine Männer würden für sie unsichtbar bleiben, während sie selbst bei ihrem Angriff auf den unsichtbaren Feind deutlich zu sehen wären.

Prestimion wurde klar, dass Dinitak jeden Augenblick zusammenbrechen würde. Unter der dunklen, von der Sonne Suvraels gebräunten Haut war das Gesicht leichenblass, die Augen gerötet und die Wangen schlaff von einer ungeheuren Müdigkeit. Er schien zu schaudern. Ab und zu presste er die Fingerspitzen an die Schläfen. Der Helm saß etwas schief, doch er schien es nicht zu bemerken.

Die Operation lief gerade erst zwei Stunden, und schon mussten sie fürchten, den wichtigsten Mitspieler zu verlieren.

»Wird er es aushalten, Mutter?«, fragte Prestimion leise.

»Ich glaube, er wird schnell schwächer. Er konnte die Illusion seines Vaters stören, aber er hat nicht genug Kraft, um sie völlig aufzuheben, und jetzt lassen seine Kräfte nach.«

Auch der Lady war jetzt die Anstrengung anzumerken. Schon seit einer ganzen Weile vor dem Morgengrauen hatte sie mittels ihres Stirnreifs den Kontakt mit Septach Melayn tief im Dschungel von Stoienzar gehalten, aus gebührender Distanz Dantirya Sambails Lager beobachtet und ihre Kräfte mit Dinitak Barjazid vereint, während der Junge es auf sich nahm, den Helm gegen seinen Vater einzusetzen. Die Anstrengung, in ihrer geistigen Wahrnehmung drei Verbindungen gleichzeitig aufrechtzuerhalten, zehrte an ihren Kräften.

Wird unser Angriff auf Dantirya Sambail scheitern, noch bevor wir den ersten Schlag geführt haben?, fragte Prestimion sich.

Er blickte wieder zu Dinitak. Keine Frage, der Junge stand am Rande des Zusammenbruchs. Sein Gesicht glänzte vor Schweiß, und die Augen starrten blicklos ins Leere. Manchmal verdrehte er sie, bis nur noch das Weiße zu sehen war. Auch schwankte er jetzt haltlos hin und her und wiegte sich benommen auf den Fußballen. Ein gedehntes, summendes Geräusch kam über seine Lippen.

Nein, Dinitak hatte seinem Vater nicht mehr viel entgegenzusetzen. Wahrscheinlich bekam er über diesen Helm gerade eine furchtbare Tracht psychischer Prügel von Venghenar Barjazid. Jeden Augenblick würde er …

Da geschah es auch schon. Dinitak krümmte sich, verharrte einen Augenblick in halb gebückter Stellung, zitterte heftig am ganzen Körper und brach zusammen.

Dekkeret, der neben Prestimion gestanden hatte, stieß einen Schrei aus und stürzte sofort los, um den Jungen mit der gleichen Reaktionsschnelligkeit aufzufangen wie den Irren, der damals in Normork aus der Menge der Zuschauer mit einer Sichel auf Prestimion losgegangen war. Dinitak drehte sich im Fallen um die eigene Achse und kippte um. Dekkeret sprang rasch vor, fasste ihn an den Schultern und bremste den Sturz.

Mit einer letzten wilden Zuckung hatte Dinitak sich vor dem Zusammenbruch den Helm von der Stirn gestreift, und einen Augenblick lang schien das zerbrechliche Gerät wie in Zeitlupe durch den Raum zu schweben. Prestimion schnappte fast reflexartig danach, als es in seine Nähe kam, und pflückte es mit zwei gekrümmten Fingern aus der Luft. Er starrte es einen Moment lang erschrocken an, als es plötzlich in seinen Händen lag.

Dann wurde ihm klar, dass es in diesem Augenblick der Krise nur noch eine einzige Möglichkeit gab.

»Jetzt bin ich wohl an der Reihe«, sagte er. Ohne auf eine Reaktion der anderen zu warten, hob er den Helm über seinen Kopf, schaute noch einmal kurz zum Gerät hoch und setzte es sich auf.

Es war nicht das erste Mal, dass er es trug. Prestimion hatte während der letzten zwei Wochen hartnäckig darauf bestanden, dass Dinitak Barjazid ihn in drei Sitzungen im Umgang mit dem Gerät unterwies. Er hatte gelernt, sich in bescheidenem Rahmen umzusehen, und eine Vorstellung bekommen, wozu der Apparat fähig war. Er hatte gelernt, die Steuerung halbwegs zu beherrschen, und einige holprige Ausflüge zu den äußeren Bereichen von Dinitaks und Dekkerets Bewusstsein unternommen. Doch er hatte keine Gelegenheit gehabt, Erfahrungen mit größeren Entfernungen zu sammeln.

Jetzt bekam er die Gelegenheit.

»Hilf mir, so gut du kannst«, sagte er zu Dinitak, der, von Dekkeret gestützt, auf dem Boden saß. »Wie finde ich Stoienzar?«

»Zuerst der Regler für den vertikalen Aufstieg«, erklärte der Junge. Die schwache und vor Erschöpfung abgerissene Stimme war kaum zu verstehen. »Zuerst müsst Ihr aufsteigen. Weit hinauf. Dann sucht Ihr von da aus den richtigen Weg.«

Weit hinauf? Das war leichter gesagt als getan. Aber wie …

Nun, er musste es eben einfach versuchen. Prestimion berührte den Regler für den vertikalen Aufstieg, drehte leicht und fühlte sich sofort nach oben gerissen.

Ja, es war, als würde man auf einem Blitz reiten. Oder auf einer startenden Rakete. Sein Bewusstsein flog mit ungeheurer Geschwindigkeit durch die stahlblaue Luftschicht bis in die Schwärze hinauf, der Sonne entgegen.

Im leeren Weltraum schwebte die goldgrüne Sonnenscheibe erschreckend nahe vor ihm und ließ ihre Flammenzungen in alle Richtungen lodern. Im grellen Licht sah Prestimion Majipoor als langsam rotierende Kugel tief unter sich liegen. An einer Seite ragte der zackige Gipfel des Burgbergs hervor, aus dieser Entfernung nichts weiter als eine schlanke Nadel. Doch Prestimion wusste, dass es eine höchst beeindruckende Nadel war, die durch die Lufthülle des Planeten bis ins nachtdunkle Reich des Weltalls vorstieß.

Der Planet drehte sich und der Burgberg wanderte aus seinem Blickfeld. Die strahlende blaugrüne Fläche, die jetzt unter ihm lag, war das Große Meer, das noch kein Forscher in seiner Gänze erkundet hatte. Dann tauchte die Küste Zimroels auf, und dort waren auch die Insel des Schlafs, der Rodamaunt-Archipel, und schließlich, nachdem Prestimion eine nicht messbare Zeitspanne zwischen den Sternen und der Welt geschwebt hatte, konnte er auch wieder Alhanroel sehen. Zuerst wurde die Küste sichtbar, die Zimroel gegenüber lag. Von seiner Position irgendwo über dem Inneren Meer konnte er die lange, geradewegs nach Süden weisende Küstenlinie deutlich erkennen und fand darunter die wie ein schlanker Daumen vorspringende Halbinsel.

Ich bin viel zu hoch, sagte er sich. Ich muss sinken. Und ich habe mich schon zu lange hier aufgehalten. Während ich hier schwebe, sind Jahre und Jahrhunderte vergangen, und der Kampf ist längst vorbei. Die Welt hat sich weitergedreht, und die Geschichten über meine Regentschaft sind längst erzählt.

Ich bin schon zu lange hier, ich muss hinunter.

Er schwebte hinab. Es fiel ihm überraschend leicht, die Küste Alhanroels zu erreichen.

Ruhig jetzt. Da ist die Stadt Stoien. Wir befinden uns gerade in der Stadt, auch wenn ich zugleich hier draußen bin. Jetzt dem Südufer nach Osten folgen. Ja, ja, dort ist die Halbinsel, der Dschungel.

Aus einer Million Meilen Entfernung schien Dinitak Barjazids Stimme zu ihm zu dringen. »Sucht nach dem brennenden Punkt, mein Lord. Dort findet Ihr sie.«

Ein brennender Punkt? Was sollte das bedeuten?

Vor ihm war nur Chaos. Je näher er der Oberfläche der Welt kam, desto weniger verstand er, was er sah. Doch er fand am Helm den Regler für seitliche Bewegungen und durchdrang die dichte dunkle Dunstwolke, die vor ihm lag. Wie ein Schwert schnitt er sich hindurch, und allmählich wich die Verwirrung einer gewissen Klarheit. Die Wirkung war gewaltig. Sein Gehirn schien zu brennen. Er drang jetzt in den Bereich ein, den Barjazid mit seinem Verteidigungsschirm abdeckte. Gewaltige Erschütterungen ließen das ganze Firmament um ihn erbeben, und er hatte Mühe, nicht wie ein abstürzender Meteor im Meer zu verglühen, das wie frisch aufgeschlagene Milch unter ihm schäumte und tobte.

Er fand das Gleichgewicht wieder, konnte es halten. Drang tiefer in die Barriere ein und kämpfte sich in Richtung der gegenüberliegenden Grenze.

Er konnte den brennenden Punkt unter sich sehen.

Ein brennender Punkt, genau wie der junge Barjazid es gesagt hatte. Eine lodernde, grelle, glühende Zone mitten in der körperlosen Wolke, die ihn umgab.

»Da sind sie!«, rief er. »Ja, ja, ich sehe sie. Aber wie können wir …«

Auf einmal sah Prestimion sich unterstützt. Eine hilfreiche Hand berührte ihn am Ellenbogen und hielt ihn aufrecht. Seine Mutter kam mit Hilfe des Stirnreifs zu ihm, berührte sein Bewusstsein und stand ihm mit ihrer Kraft und Weisheit zur Seite. Sie selbst wiederum verließ sich auf die Anweisungen, die Dinitak Barjazid ihr keuchend gab.

Jetzt war der Weg frei.

Mit einem Regler für die Feinabstimmung konzentrierte er sich auf den brennenden Punkt, und das Lodern wurde schwächer und verblasste, bis er das Lager im Dschungel vor sich sah, als stünde er in dessen Mitte – die Zelte, die aufgetürmten Waffen, die Lagerfeuer, die Schweber und Reittiere.

Durch wessen Augen sah er all dies?, fragte er sich. Die Antwort kam sofort. Er erforschte den Geist seines Gastgebers und stieß sogleich auf einen Kern erbarmungsloser Bösartigkeit, der mit großer Leidenschaft brannte. Prestimion schauderte, als er es spürte, und begriff binnen Sekundenbruchteilen, dass er die Seele des zweiten Befehlshabers nach dem Prokurator berührt hatte, die Seele des abscheulichen Mandralisca.

Sich in diesem Bewusstsein aufzuhalten war, als schwämme er in einem Meer aus flüssiger Lava. Er nahm an, dass Mandralisca ihm nichts anhaben konnte, solange er keinen dieser Helme trug, doch jeglicher Kontakt mit diesem Mann war ein übles Erlebnis, das er nicht länger ausdehnen wollte als unbedingt nötig.

Prestimion stieß zu. Mandralisca taumelte und verschwand.

Ich will diesen Venghenar Barjazid haben. Und dann Dantirya Sambail.

»Mutter? Hilf mir, den Mann mit dem Helm zu finden.«

Es war nicht nötig. Venghenar Barjazid hatte bereits ihn gefunden und kämpfte gegen den Eindringling in seinem Lager an.

Die Abwehr kam schnell und machtvoll. Sie fühlte sich für Prestimion an, als hätte er einen starken Schlag auf den Hinterkopf und einen weiteren in die Magengrube bekommen. Er keuchte und taumelte und wankte unter dem Schlag, schnappte hilflos nach Luft. Doch Barjazid setzte erbarmungslos nach, und er hatte den stärkeren Helm. Außerdem war er der Meister im Umgang mit diesem Gerät und Prestimion ein blutiger Anfänger.

Mit geteiltem Bewusstsein – eine Hälfte blieb im Raum in der Stadt Stoien bei seiner Mutter, Dekkeret, Dinitak und Maundigand-Klimd, die zweite befand sich auf der Lichtung im Dschungel von Stoienzar – begann er nach dem ersten heftigen Gegenangriff zu zweifeln, ob es überhaupt einen Weg gab, diese erbarmungslosen Attacken abzuwehren. Er hatte den sicheren Tod vor Augen.

Doch dann stieß er seinerseits zu, wie er gegen Mandralisca zugestoßen hatte, und Barjazid schien zu weichen. Prestimion stieß härter zu, und dieses Mal schien Barjazids ungestüme Gegenwehr nachzulassen, entweder weil Prestimion ihn zurückgedrängt hatte oder weil er seitlich ausgewichen war, um die Kräfte für einen weiteren gezielten Gegenschlag zu sammeln. Wie auch immer, die Erholungspause, die Prestimion dadurch bekam, war mehr als willkommen.

Doch er wusste, dass es nicht lange gut gehen konnte. Er konnte den kleinen Mann sehen, als stünde er direkt vor ihm: schmallippig, verschlagene Augen, ein altes Halsband mit nicht gut zueinander passenden Meeresdrachenknochen, der Traumhelm auf dem Kopf. Barjazid schien ungeheuer zuversichtlich, seine Augen strahlten vor boshafter Genugtuung. Prestimion hatte keinen Zweifel, dass der Gegner sich für einen zweiten und womöglich entgültigen Angriff sammelte.

Er machte sich innerlich bereit.

Bist du noch bei mir, Mutter? Jetzt brauche ich dich.

Ja, ja, sie war da. Prestimion spürte sie unerschütterlich an seiner Seite.

Dann auf einmal bemerkte er einen zweiten mächtigen Mitspieler, der ihm seine Kräfte zur Verfügung stellte, ein neues Bollwerk in diesem Kampf. Eine seltsame Energie strahlte von diesem Verbündeten aus, ganz anders als die sanfte, liebevolle Aura der Lady. Durch die Augen des Neuankömmlings schien er den Kampf auf einer ganz neuen Dimension beobachten zu können. Es brauchte einige Augenblicke, bis Prestimion den Ursprung dieser eigenartigen Veränderung seines Gesichtsfeldes identifizieren konnte, diese eigenartige verdoppelte Wahrnehmung, die ihm gerade eben zugänglich geworden war. Es musste Maundigand-Klimd sein, der sich irgendwie in die Phalanx der Angreifer eingereiht hatte, eine andere Erklärung gab es nicht.

Jetzt, Prestimion! Schlag zu!

Ja. Er schlug zu. Noch während Barjazid seine Kräfte für den Angriff sammelte, der den Kampf hätte beenden sollen, stieß Prestimion mit aller Macht, die ihm zur Verfügung stand, zu.

Barjazid war erheblich geschickter mit diesen Geräten als Prestimion, doch die Geisteshaltung, die Prestimion auf den Thron von Majipoor gebracht hatte, war stärker als die Kraft der dunklen Seele, die in Venghenar Barjazid kochte und brodelte. Außerdem wusste Prestimion die Lady und Maundigand-Klimd an seiner Seite, die ihn mit ihrer Kraft unterstützten. Er schoss einen gewaltigen Energiestoß auf Barjazid ab und wusste sofort, dass er die Abwehr des Mannes durchschlagen hatte. Barjazid taumelte zurück, aus dem Gleichgewicht gebracht von diesem unvermuteten Kraftausbruch des Angreifers. Er schwankte und torkelte herum und hatte alle Mühe, auf den Beinen zu bleiben.

Noch einmal, Prestimion!

Ja, noch einmal. Und noch einmal und noch einmal.

Barjazid brach zusammen. Er stürzte. Blieb mit dem Gesicht nach unten im Schlamm liegen und gab nur noch ein leises Stöhnen von sich.

Der Weg zu Dantirya Sambail war endgültig frei.

15

Kannst du es jetzt sehen?«, rief Septach Melayn. »Siehst du die Zelte und die Schweber? Ist das nicht sogar Dantirya Sambail dort drüben? Los, komm, bevor es noch einmal verschwindet.«

Er hatte nicht ganz begriffen, was geschehen war und aus welchen Gründen, denn die Lady war nicht mehr in seinem Bewusstsein zu Gast. Sicher war nur, dass das Lager des Prokurators, das gerade noch von einem erneuerten Schirm der Unsichtbarkeit verdeckt worden war, auf einmal offen und ungeschützt vor ihren verblüfften Augen lag. Die ganze Welt schien vor Spannung den Atem anzuhalten, sie waren an einem Kreuzungspunkt der Schicksalslinien angelangt. Septach Melayn wusste, dass der Augenblick gekommen war, die Angelegenheit zu einem Abschluss zu bringen. Eine zweite Gelegenheit würde es vielleicht nicht mehr geben.

Es war seltsam, dass die Barriere einfach so zu fallen schien, doch Septach Melayn hatte den Verdacht, dass es vielleicht doch nicht ganz so einfach gewesen war, dies zu bewirken, und dass ihm in Wirklichkeit eine gewaltige unsichtbare Schlacht den Weg frei gemacht hatte.

»Ja, dort ist es«, meinte Navigorn verblüfft. »Ich kann das Lager sehen. Aber wie …«

»Das war Prestimion«, erklärte Septach Melayn. »Ich spüre, dass er hier am Werk war. Er steht uns jetzt direkt hier bei. Kommt, Brüder, rasch!«

Das blank gezogene Schwert in der Hand, rannte er zur Lichtung, Gialaurys an der rechten und Navigorn an seiner linken Seite. Hinter ihnen verließen die Truppen, die sie aus dem Norden mitgebracht hatten, eilig die Schweber und stürzten sich ins Kampfgetümmel. Es war keine sorgfältig geplante Schlacht, sondern ein wilder, ungestümer Überfall.

»Sucht den Prokurator!«, brüllte Gialaurys mit einer Stimme, die wie Donnergrollen klang. »Schnappt ihn zuerst!«

»Und Mandralisca«, fügte Septach Melayn genauso laut hinzu. »Die beiden dürfen nicht entkommen!«

Aber wo waren sie? Es herrschte ein heilloses Durcheinander. Überall im Lager liefen Soldaten hektisch hin und her; zwischen ihnen waren die Gesuchten unmöglich auszumachen.

Als sie sich dem Lager näherten, kam ein dünner alter Mann mit pergamentartiger Haut, der ohnmächtig am Boden gelegen hatte, unsicher auf die Beine und stolperte ziellos mehr oder weniger in ihre Richtung. Die Augen waren trüb und leer, das Gesicht war verzerrt und eine Gesichtshälfte erschlafft, als hätte er kürzlich einen Schlaganfall erlitten. Ein Gerät aus Metall saß auf seinem Kopf – vielleicht irgendein magischer Apparat. Der Mann gab unverständliche Laute von sich, ein sinnloses Geplapper, und griff mit zitternden Händen nach Navigorn, der ihm am nächsten stand. Navigorn stieß ihn verächtlich zur Seite, und der Mann fiel wie ein Haufen abgestreifter Kleider zu Boden.

»Ah, hast du ihn nicht erkannt?«, sagte Gialaurys. »Der Barjazid war es! Dieser verdammte Kerl, der für das ganze Unheil verantwortlich ist. Oder besser, es ist das, was von ihm noch übrig ist.« Damit drehte er sich um und wollte den Mann niederstrecken, doch Septach Melayn, wie immer der Schnellere, hatte ihn schon mit einem raschen Stoß seiner Klinge getötet.

»Ich glaube, da drüben ist Mandralisca«, sagte Navigorn, indem er zur anderen Seite der Lichtung deutete.

Und wirklich, dort schlich der Giftkoster des Prokurators vor der Wand der Manganozapalmen herum und suchte offenbar ein Loch, durch das er fliehen konnte. »Der gehört mir«, sagte Navigorn und rannte los.

»Da ist auch der Prokurator«, rief Septach Melayn. »Den will ich haben!«

In der Tat, Dantirya Sambail stand fünfzig Schritt entfernt und lächelte ihn an, quer über das Getümmel des Schlachtfelds hinweg, das sein Lager gewesen war. Er schien in keiner Weise zum Kampf gerüstet, denn er trug eine schlichte Tunika aus Leinen, die an der Hüfte gegürtet war, und weiche Lederschuhe mit langen Spitzen. Doch irgendwoher hatte er sich einen kräftigen Säbel und einen langen schmalen Dolch verschafft. In jeder Hand eine Waffe haltend, blickte er Septach Melayn entgegen und forderte ihn mit einem Winken zum Kampf Mann gegen Mann. Die seltsamen veilchenblauen Augen des Prokurators blickten fast liebevoll aus dem fleischigen, lebhaft geröteten Gesicht.

»Ja«, sagte Septach Melayn, »dann wollen wir unsere Kräfte messen, Dantirya Sambail.«

Langsam gingen sie aufeinander zu, den Blick starr auf den Gegner geheftet, als gäbe es auf der Lichtung keinen anderen Kämpfer. Der Prokurator hielt das Stilett in der rechten Hand, den Säbel in der linken. Eigenartig, dachte Septach Melayn, denn soweit er wusste, war Dantirya Sambail Rechtshänder und wählte, wo immer möglich, den schweren Säbel als Waffe. Was hatte er vor? Wollte er Septach Melayns Schwert mit einem seitlichen Säbelhieb ablenken und mit dem Dolch nach dem ungeschützten Herzen stoßen?

Aber egal. Es würde nicht so weit kommen. Septach Melayn war sicher, dass dies der Augenblick war, das größte Ungeheuer auf der Welt in den wohlverdienten Tod zu schicken.

»Auch auf dem Schlachtfeld an der Thegomar-Kante bist du mit zwei Waffen auf Prestimion losgegangen, nicht wahr, Dantirya Sambail?«, bemerkte Septach Melayn im freundlichen Plauderton. »Ich glaube, du hast ihn mit der Axt geschlagen und dann auch mit dem Säbel angegriffen. Trotzdem hat er dich besiegt, soweit ich weiß.« Während er sprach, umkreisten sie einander und suchten die günstigste Position. Septach Melayn war jünger, größer und wendiger, doch der Prokurator war schwerer und stärker. »Ja, er hat dich besiegt und dein Leben verschont. Aber ich bin nicht Prestimion, Dantirya Sambail. Wenn ich dich besiege, wird es dein Ende sein. Und es kommt keinen Augenblick zu früh, würde ich sagen.«

»Du redest zu viel, du Mann der Blumen und Ringellöckchen. Du eitler Geck, du übergroßer Junge!«

»Ein Geck soll ich sein? Nun ja, vielleicht bin ich einer. Aber ein Junge? Ein Junge, Dantirya Sambail?«

»Ein kleiner Junge bist du, allerdings. Komm schon, Septach Melayn, lass mich deine Meisterschaft mit dem Schwert endlich sehen.«

»Ich will dir liebend gern eine Kostprobe geben.«

Septach Melayn machte einen Ausfall und öffnete absichtlich seine Verteidigung, weil er den Prokurator verleiten wollte, ihm zu offenbaren, was er mit seinen beiden Waffen im Sinn hatte. Doch Dantirya Sambail trippelte nur zur Seite wie eine Krabbe und hielt Dolch und Säbel empor, als wüsste er nicht, welche Waffe er nun einsetzen sollte. Septach Melayn führte einen raschen eleganten Stoß, um dem Prokurator das Blitzen des Sonnenlichts auf der sich schnell bewegenden Klinge zu zeigen. Dantirya Sambail lächelte und nickte anerkennend. »Sehr gut, Junge, sehr gut. Aber du hast mich nicht getroffen.«

»Ich treffe nie, wenn ich mich entschließe, nur die Luft zu schneiden«, erwiderte Septach Melayn. »Aber jetzt nimm dies. Junge, sagst du?«

Der Augenblick war gekommen, seine ganze Meisterschaft im Schwertkampf aufzubieten. Er hatte kein Verlangen, mit Dantirya Sambail irgendwelche Spielchen zu spielen. Der Mann war schon viel zu oft seinem verdienten Tod entgangen. Prestimion hatte den Weg bereitet, damit es zu diesem Finale kommen konnte, und jetzt lag es an Septach Melayn, die Tat zu vollbringen. Jetzt war es an der Zeit, Dantirya Sambails Leben ein rasches Ende zu bereiten, dachte Septach Melayn. Er wollte kein langes Duell ausfechten und dem Prokurator die Chance geben, sich eine neue Teufelei auszudenken.

So griff er an, machte einen lässigen Ausfall nach links und kicherte, als er sah, wie Dantirya Sambail darauf hereinfiel und das Manöver als ernst gemeinten Angriff verstand. Als der Prokurator die Finte mit dem Säbel parierte, zog Septach Melayn das leichte Schwert sofort wieder in die andere Richtung und ließ die Spitze durch den Arm fahren, der den Dolch hielt. Als der Prokurator sein eigenes Blut sah, begannen seine erstaunlichen Augen vor Wut und vielleicht auch vor Angst zu leuchten. Mit einem zornigen Heulen schlug Dantirya Sambail nach Septach Melayn und führte einen nach unten gerichteten Hieb, der einen Mann leicht in zwei Teile hätte spalten können. Doch Septach Melayn tänzelte mühelos zur Seite, schenkte dem Prokurator ein freundliches Lächeln und griff auf der linken Seite an. Sein Handgelenk beschrieb einen präzisen Halbkreis, die Klinge fuhr zwischen Dantirya Sambails Rippen und wurde hineingedrückt, bis Septach Melayn sicher war, das Herz getroffen zu haben.

So, dachte er. Es ist getan. Damit ist dieser Pfuhl der Bösartigkeit aus unserer Mitte entfernt.

Einen Moment lang standen sie noch dicht voreinander, der Prokurator keuchend gegen ihn gelehnt, dann setzte die Atmung aus, und ein Zittern breitete sich im Körper des Prokurators aus, ganz ähnlich wie ein Vulkanausbruch den Boden beben lässt. Hellrotes Blut sprudelte aus seinem Mund. Dann erschlaffte der Körper, und Dantirya Sambails totes Gewicht drückte gegen das Schwert. Septach Melayn schlug ihm den Säbel aus der gefühllosen Hand. Die Waffe fiel zu Boden, und mit einem einzigen leichten Stoß schickte er den Prokurator dorthin, wo schon die Klinge lag.

»Ein übergroßer Junge, ja«, sagte Septach Melayn. »Ein eitler Geck. Zweifellos hattest du Recht. Das bin ich ganz gewiss. Auf Nimmerwiedersehen, Dantirya Sambail. Ich glaube nicht, dass wir dich sehr vermissen werden.«

Doch er empfand keinen Triumph, nur eine leise Zufriedenheit, als wäre eine Last von ihm genommen worden. Er sah sich um, wie es den anderen erging.

Gialaurys war mit drei oder vier Männern des Prokurators gleichzeitig beschäftigt. Er schien keine Hilfe zu brauchen. Mitten im Kampf schaute er herüber, sah Septach Melayn neben dem gefallenen Dantirya Sambail stehen und nahm den Sieg fröhlich grinsend zur Kenntnis.

Doch es schien, als hätte Navigorn nicht ganz so viel Glück gehabt, denn er kehrte gerade mit betretener Miene aus dem Manganozadickicht zurück, mehrere blutige Kratzer im Gesicht. »Mandralisca ist entkommen, verdammt sei er! Er ist durch diese elenden Palmen marschiert, als wären sie überhaupt nicht da, und ist verschwunden. Ich hätte ihn verfolgt, wenn die

Bäume nicht gewesen wären. Aber sie haben mich auch so schon halb in Stücke geschnitten.«

In diesem Augenblick des Triumphs wollte Septach Melayn keine Enttäuschung gelten lassen, nicht einmal diese. Er klopfte Navigorn kräftig auf die Schulter. »Nun, das ist zwar schade, aber du solltest nicht so streng mit dir sein, Navigorn. Der Kerl ist ein Dämon, und es ist nicht leicht, einen Dämon zu jagen. Auf sich allein gestellt, wird er aber nicht weit kommen, oder? Vielleicht werden die Krabben ihn verspeisen, wenn er im Dschungel herumläuft.« Septach Melayn deutete auf die Toten, die überall herumlagen. »Schau nur, schau! Dort liegt der Prokurator, und da drüben ist Barjazid gefallen. Die Arbeit ist getan, Navigorn. Wir müssen nur noch etwas aufräumen.«

Zweitausend Meilen vom Ort des Geschehens entfernt, empfand Prestimion das Nachlassen der Spannung, als wäre ein mächtiges Kabel gerissen. Er taumelte und torkelte benommen hin und her.

Sofort war Dekkeret an seiner Seite und stützte ihn. »Mein Lord …«

»Ich brauche keine Hilfe, danke«, sagte Prestimion. Er löste sich aus Dekkerets Griff. Sehr überzeugend hatte es wohl nicht geklungen, denn Dekkeret blieb aufmerksam an seiner Seite.

Prestimion glaubte zu wissen, was in diesem Augenblick im Lager des Prokurators geschehen war, auch wenn er nicht völlig sicher sein konnte. Jedenfalls hatten ihn die Reise mit dem Helm und der Kampf gegen Venghenar Barjazid völlig ausgelaugt. Ihm war kalt, als wäre er in Eiswasser geschwommen, und in seinem Kopf drehte sich alles. Er schloss die Augen, holte einige Male tief Luft und bemühte sich, das Gleichgewicht wieder zu finden.

Dann blickte er zur Lady. »Ist er also wirklich tot?«,

fragte er mit der tonlosen, dünnen Stimme eines unendlich müden Mannes.

Sie nickte ernst. Auch sie war blass und erschöpft, sicher war sie mindestens so müde wie er selbst. »Er ist tot, es gibt keinen Zweifel. Septach Melayn hat ihn getötet, nicht wahr?« Maundigand-Klimd, an den sie die Frage gerichtet hatte, nickte mit beiden Köpfen zugleich, eine sichere Bestätigung.

»Dann wird es keinen zweiten Bürgerkrieg geben«, sagte Prestimion. Die ersten Vorboten der aufkeimenden Freude brachen durch die Wolke der Müdigkeit, die ihn umhüllte. »Wir können dem Göttlichen dafür dankbar sein. Doch es bleibt noch viel für uns zu tun, ehe die Welt wieder heil ist.«

»Mein Lord, Ihr solltet jetzt den Helm ablegen. Schon das bloße Tragen muss an Euren Kräften zehren. Nach allem, was Ihr getan habt …«

»Ich sagte doch gerade schon, dass ich noch nicht fertig bin. Halte dich zurück, Dekkeret, halte dich zurück!«

Wieder hob er die Hand zum Aufstiegsregler des Helms, und bevor jemand protestieren konnte, flog er zum zweiten Mal los.

Ist das klug?, fragte er sich.

Ja doch, ja. Solange er nach der Reise nach Stoienzar noch genug Kraft in sich hatte, musste er es tun.

Schweigend wie ein großer Nachtvogel schwebte er über den großen Städten Majipoors. Prächtig funkelten sie unter ihm: Ni-moya und Stee, Pidruid und Dulorn, Khyntor und Tolaghai, Alaisor und Bailemoona.

Er spürte die drückende Last des Wahnsinns in den Städten, er spürte die Qualen der unzähligen verletzten und zerrissenen Seelen, die großen Schaden genommen hatten, als er die Erinnerungen an den Krieg gegen Korsibar aus dem Gedächtnis der Welt getilgt hatte. Sein Herz wurde schwer vor Kummer, als er sah, viel deutlicher noch als auf seiner Reise mit dem Stirnreif der Lady, welche Schmerzen er den Menschen zugefügt hatte.

Doch was er getan hatte, ließ sich aufheben, und dies hoffte er jetzt zu tun.

Der Helm der Barjazids hatte erheblich größere Kräfte als der Stirnreif der Lady. Wo sie trösten und beruhigen konnte, vermochte der Träger des Helms zu verändern. Und vielleicht sogar zu heilen. War es möglich? Er würde es herausfinden. Jetzt gleich.

Er berührte eine gestörte Seele mit seinem Bewusstsein. Dann zwei, drei, tausend, zehntausend. Zog all die abgespaltenen Stücke der Seelen wieder zusammen. Glättete, wo es harte Kanten gab.

Ja, ja!

Es kostete ihn eine entsetzliche Anstrengung. Er spürte seine eigene Lebenskraft in die Welt strömen wie einen Fluss und heilte alle, zu denen er den Kontakt herstellte. Es würde gelingen, er war ganz sicher. Er machte immer weiter, ging auf eine geheime und stille große Prozession um die ganze Welt, stieß hier in Sippulgar und dort in Sisivondal hinab, in Treymone und in seiner Heimatstadt Muldemar, berührte die Menschen, heilte sie und beruhigte die Seelen.

Es war eine ungeheure Aufgabe. Er konnte nicht hoffen, alles auf einer einzigen Reise zu schaffen, doch er war entschlossen, gleich an Ort und Stelle den Anfang zu machen. An diesem Tag wollte er so viele wie er nur konnte aus dem garstigen Reich des Wahnsinns zurückholen, in das er sie getrieben hatte.

Er zog kreuz und quer durch die Welt, und überall war der Wahnsinn.

Er hielt hier inne, hier und dort und noch einmal dort.

Wieder und wieder sank Prestimion hinab, berührte und heilte die Menschen. Er wusste nicht mehr, ob er von Norden nach Süden oder von Osten nach Westen zog, ob er über Narabal oder Velathys oder einen Ort auf dem Burgberg hinwegflog. Immer weiter ging es, ohne Rücksicht auf die Kraft, die es ihn kostete. »Ich bin Lord Prestimion, der Coronal, der vom Göttlichen gesalbte König«, sagte er hundert- oder tausendfach zu ihnen. »Ich bin für euch da, ich schenke euch meine ganze Liebe, ich gebe euch zurück, was der Wahnsinn euch genommen hat. Ich bin Prestimion ... ich bin Prestimion ... der Coronal Lord Prestimion ...«

Aber was war das? Der Kontakt brach ab und der Himmel selbst schien zu erbeben. Er stürzte ... stürzte ...

Er stürzte ins Meer, drehte sich um sich selbst, fiel ins Bodenlose, versank kopfüber in der Dunkelheit ...

»Mein Lord, könnt Ihr mich hören?«

Es war Dekkeret. Prestimion öffnete die Augen, was ihm in dem benommenen Zustand, in dem er sich befand, nicht eben leicht fiel. Er lag ausgestreckt auf dem Rücken auf dem Boden des Raums, der kräftige, breitschultrige Dekkeret kniete neben ihm. Der junge Mann hatte den Helm der Barjazids in der Hand.

»Was willst du damit?«, fragte Prestimion.

Dekkeret errötete und legte das Ding zur Seite, wo Prestimion es nicht mehr erreichen konnte. »Verzeiht mir, mein Lord. Ich musste ihn Euch abnehmen.«

»Du hast ihn mir *abgenommen*?«

»Ihr wärt gestorben, wenn Ihr ihn noch länger getragen hättet. Wir konnten Eure Kräfte schwinden sehen. Dinitak sagte: ›Nehmt ihm den Helm ab‹, und ich sagte, es sei verboten, einen Coronal auf diese Weise zu berühren, es sei ein Sakrileg, doch er sagte, ich solle es trotzdem tun, weil Majipoor sonst binnen einer Stunde einen neuen Coronal brauchte. Also nahm ich Euch das Gerät ab. Ich hatte keine Wahl, mein Lord. Schickt mich in die Tunnel, wenn Ihr wollt. Aber ich konnte nicht hier herumstehen und Euch beim Sterben zusehen.«

»Und wenn ich dir jetzt befehle, ihn mir zurückzugeben, Dekkeret?«

»Dann würde ich ihn Euch nicht geben, mein Lord«, erwiderte Dekkeret ruhig.

Prestimion nickte, rang sich ein kleines Lächeln ab und richtete sich auf. »Du bist ein guter Mann, Dekkeret, und ein tapferer dazu. Wenn du nicht gewesen wärst, dann hätten wir das, was uns heute gelungen ist, niemals erreicht. Das haben wir dir und dem jungen Dinitak zu verdanken ...«

»Dann seid Ihr nicht empört, dass ich Euch den Helm abgenommen habe, mein Lord?«

»Es war mehr als kühn, es zu tun, möchte ich meinen. Aber ich bin nicht empört, Dekkeret, nein. Ich denke, du hast dich richtig verhalten. Und jetzt hilf mir bitte auf.«

Dekkeret zog Prestimion auf die Beine, als hätte er keinerlei Gewicht; er half ihm auf und blieb zögernd stehen, als fürchtete er, der Coronal könne gleich wieder umkippen. Prestimion sah sich zu seiner Mutter um, zu Dinitak, zu Maundigand-Klimd. Der Su-Suheris schien unbeteiligt wie immer, eine unbewegte Gestalt, deren Haltung keine Gefühle verriet. Den anderen beiden war die Anstrengung der Schlacht noch anzusehen, doch sie schienen sich wie er selbst allmählich zu erholen.

»Was hast du getan, Prestimion?«, fragte die Lady.

»Ich habe den Wahnsinn geheilt. Ja, Mutter, ich habe ihn geheilt. Mit Hilfe des Helms ist es möglich, auch wenn es harte Arbeit und nicht über Nacht zu erledigen ist.« Er warf einen Blick zum Helm, der vor Dekkerets Füßen lag, und schüttelte den Kopf. »Welch eine entsetzliche Macht dieses Ding doch in sich birgt! Ich bin sehr in Versuchung, es einfach zu zerstören und alle anderen, die noch in Dantirya Sambails Lager gefunden werden, dazu. Aber was einmal erfunden wurde, kann ein zweites Mal die Welt heimsuchen. Wir heben das Ding besser für uns selbst auf und suchen einen Weg, seine gewaltigen Kräfte für einen guten Zweck zu nutzen – und der Anfang soll das sein, was ich gerade begonnen habe, indem ich zu den armen, vom Wahnsinn geschlagenen Menschen ging und sie in unser Leben zurückholte.«

An Dekkeret gewandt, fügte er hinzu: »Dantirya Sambail hat vor Piliplok eine Flotte zusammengezogen. Die Kapitäne warten auf einen Befehl ihres Herrn, um nach Alhanroel zu segeln. Lass sie wissen, Dekkeret, dass der Befehl nicht mehr kommen wird. Sorge dafür, dass sie sich friedlich zerstreuen.«

»Und wenn sie es nicht tun?«

»Dann werden wir sie mit Gewalt zerstreuen«, erklärte Prestimion. »Aber ich bete, dass es nicht so weit kommen möge. Sage ihnen in meinem Namen, dass es keine Prokuratoren mehr in Zimroel geben wird. Dieser Titel ist erloschen. Wir werden die Macht, die Dantirya Sambail in Händen hielt, unter den Prinzen aufteilen, die der Krone treu gedient haben.«

Dann wandte er sich an die Lady. »Mutter, ich danke dir für deine große Hilfe und entlasse dich jetzt, damit du auf die Insel zurückkehren kannst. Dinitak, du sollst mich zur Burg begleiten, wir werden dort schon eine Aufgabe für dich finden. Und du, Dekkeret – Prinz Dekkeret sollst du von nun an genannt werden –, und du, Maundigand-Klimd – ihr kommt mit. Wir wollen unsere Rückkehr zum Burgberg vorbereiten. Diese traurige Geschichte hat uns schon viel zu lange fern von zu Hause aufgehalten.«

16

»Und hier ist Prinz Taradath«, sagte Varaile und präsentierte ihm das kleine, in Felle gewickelte Bündel. Ein runzliges rotes Gesicht schaute an einem Ende heraus.

Prestimion lachte. »Der da? Der soll ein Prinz sein?«

»Er wird einer werden«, erklärte Abrigant, der am Morgen schnell von Muldemar heraufgekommen war, sobald die Nachricht von Prestimions Rückkehr aus dem Südwesten ihn erreicht hatte. Sie waren im großen Wohnzimmer der königlichen Gemächer, Prestimions offizieller Residenz, in Lord Thrayms Turm versammelt. »Er wird so groß werden, wie es unser Bruder Taradath war, und genauso schlagfertig. Und ein so guter Bogenschütze wie der Vater und ein ebenbürtiger Gegner für Septach Melayn beim Schwertkampf.«

»Ich werde mit der Unterweisung beginnen, sobald er laufen kann«, versprach Septach Melayn gemessen. »Wenn er zehn ist, wird es niemanden mehr geben, der es mit ihm aufnehmen kann.«

»Du bist aber sehr optimistisch«, meinte Prestimion, der staunend das schrumpelige Gesicht seines Sohnes betrachtete. Neugeborene sehen alle gleich aus, dachte er. Aber ja doch, ja, dieser Kleine hier ist der Sohn eines Coronals und der Nachkomme von Prinzen, und aus ihm soll etwas Besonderes werden.

Sein Blick heftete sich auf Abrigant. »Da du so viel Hoffnung in seine Fähigkeiten setzt, mein Bruder, muss ich dich fragen, was du selbst ihm bieten kannst? Wirst du ihn nach Muldemar mitnehmen und ihn in die Geheimnisse des Weinbaus einweihen?«

»Einen Weinbauern aus ihm machen? O nein, ich werde ihn in die Metallurgie einführen.«

»Was denn, in die Metallurgie?«

»Ich werde ihm die Leitung der großen Eisenminen von Skakkenoir anvertrauen, die für den Wohlstand deiner Regierungszeit die Grundlage bilden werden. Du erinnerst dich doch, Prestimion? Du hast mir versprochen, ich würde eine zweite Chance bekommen, das Metall von Skakkenoir zu suchen, sobald wir dieses kleine Problem mit Dantirya Sambail aus der Welt geschafft haben. Nun, ich habe seitdem in höflicher Zurückhaltung in Muldemar gehockt und den richtigen Augenblick abgewartet, der meiner Ansicht nach genau jetzt gekommen ist, mein Bruder.«

»Ah«, machte Prestimion. »Skakkenoir, richtig. Nun gut, dann nimm fünfhundert oder tausend Mann und suche nach Skakkenoir, Abrigant. Und kommt mit zehntausend Pfund Eisen hierher zurück, wenn es geht.«

»Zehntausend Tonnen«, sagte Abrigant. »Und das wird erst der Anfang sein.«

Ja, dachte Prestimion.

Das wird erst der Anfang sein.

Wie lange war er jetzt Coronal? Drei Jahre? Vier? Es war schwer zu sagen, weil Korsibar ihm den Anspruch auf den Thron streitig gemacht und er selbst an der Thegomar-Kante dafür gesorgt hatte, dass die Menschen den Bürgerkrieg vergaßen. Er konnte nicht einmal genau sagen, wann seine Regentschaft begonnen hatte. In den öffentlichen Aufzeichnungen würde man die Stunde angeben, in der Prankipin gestorben und Confalume zum Pontifex ernannt worden war, doch Prestimion wusste, dass er zwei Jahre lang gekämpft hatte, durch verschiedene Provinzen gewandert war und überall Schlachten geschlagen hatte, bevor er endlich den Thron hatte besteigen können. Und kaum dass er in aller Form gekrönt worden war, hatte er sich mit Dantirya Sambail und all diesen anderen Dingen befassen müssen …

Nun, es würde einen neuen Anfang geben. Einen neuen Anfang für alle Menschen.

Er nahm Varaile das Kind ab, hielt es linkisch und wusste nicht recht, wie er sich seinem Sohn gegenüber zu verhalten hatte. Dann entfernte er sich mit Varaile und ließ die anderen – Septach Melayn, Gialaurys und Navigorn, Abrigant und Maundigand-Klimd, die wichtigsten Säulen, auf die sich seine Regentschaft stützte – am Tisch zurück, auf dem eine Auswahl der Weine von Muldemar bereitstand, mit denen die Rückkehr des Coronals gefeiert werden sollte. Aus dem Augenwinkel sah Prestimion, dass Dekkeret sich schüchtern etwas abseits hielt. In den kommenden Jahren würde er gewiss eine bedeutende Persönlichkeit im Land werden. Er lächelte, als Septach Melayn den jungen Mann an den Tisch winkte und ihm freundschaftlich den Arm um die Schultern legte.

»Wie geht es deinem Vater?«, sagte Prestimion zu Varaile. »Ich habe gehört, dass seine Genesung ganz außergewöhnliche Fortschritte macht.«

»Ein Wunder, Prestimion. Aber er ist noch nicht wieder ganz der Alte. Er hat kein Wort über den Besitz verloren, den ich fortgegeben habe, als er krank war. Auch hat er noch keine Sekunde Zeit für die Geldleute erübrigt, mit denen er sonst dauernd zusammengehockt hat. Er hat anscheinend jegliches Interesse am Geldverdienen verloren. Das Kind ist ihm wohl das Wichtigste überhaupt. Gestern sagte er aber zu mir, er hoffe, er könne dir als Berater in Fragen der Wirtschaft von Nutzen sein, da du jetzt wieder auf die Burg zurückgekehrt bist.«

Eine seltsame Vorstellung war es, dass Simbilon Khayf in den Rat aufgenommen werden sollte. Doch die Zeiten änderten sich, dachte Prestimion, und Simbilon Khayf war anscheinend ein anderer geworden. Nun, wir werden sehen.

»Er wird mir sicher eine große Hilfe sein«, sagte er.

»Und er ist gern bereit, die Hilfe zu leisten. Er empfindet die allergrößte Hochachtung für dich, Prestimion.«

»Du musst ihn in ein oder zwei Tagen mit zu mir bringen, Varaile.«

Damit wandte er sich ab, blieb eine Weile am Fenster stehen und blickte zum Innenhof hinunter. Von hier aus konnte er einen großen Teil der inneren Burg überblicken, das Herz und den Kernbereich der ganzen riesigen Anlage, den Sitz der Macht auf dieser Welt. Die Burg, auf der er wohnte, hieß jetzt Lord Prestimions Burg, und so würde es bleiben bis ans Ende seiner Regierungszeit. Ihm war die Welt in die Hände gelegt worden, auf dass er sie beherrsche, und nach zweifelhaftem Beginn war er inzwischen sicher, dass die Fehler hinter ihm lagen und ein Zeitalter voller Wunder und prächtiger Errungenschaften bevorstand. Zum ersten Mal, seit man zu ihm gekommen war und ihm gesagt hatte, dass Pontifex Prankipin im Sterben liege und er als Lord Confalumes Nachfolger das Amt des Coronals übernehmen solle, empfand er in seinem Herzen ein Gefühl, das echtem Frieden sehr nahe kam.

Seine Gedanken wanderten hinaus in die Welt, über die innere Burg und die unzähligen Zimmer der Burg hin zum Berg, auf dessen Gipfel die Burg stand, immer weiter hinaus zu den vielfältigen, weiten Tiefebenen von Majipoor. Mit einem kurzen Gedanken unternahm er eine Reise, die kein Mensch in einer Lebensspanne zu unternehmen hoffen konnte, von einem Ende der Welt bis zum anderen, und kehrte ebenso schnell zum Berg, zur Burg und zu dem Turm, in dem er lebte, zurück.

»Prestimion?«, sagte Varaile wie aus großer Ferne.

Ein wenig erschrocken über die Unterbrechung seines Tagtraums, drehte er sich zu ihr um. »Ja?«

»Du hältst das Kind verkehrt herum.«

»Ah, o ja, richtig.« Er grinste. »Dann solltest du ihn besser wieder nehmen.«

Vielleicht hatte er doch noch nicht alle Fehler hinter sich gelassen.

Er übergab Varaile seinen Sohn, beugte sich vor und küsste sie leicht auf die Nasenspitze. Dann kehrte er zu den Gästen zurück, um zu sehen, ob Septach Melayn, Gialaurys und die anderen ihm einen guten Tropfen übrig gelassen hatten.

Von
ROBERT SILVERBERG
sind im
WILHELM HEYNE VERLAG
erschienen:

Die Legenden von Majipoor:

König der Erinnerungen · 06/9230
Lord Prestimion · 06/9231
König der Träume · 06/9232

Einbruch der Nacht · 01/10090 (mit Isaac Asimov)
Der positronische Mensch · 01/10624
(mit Isaac Asimov)
Gast aus der Zukunft · 06/3193
Das heilige Atom · 06/3224
Die Seelenbank · 06/3256
Exil im Kosmos · 06/3269
Schwingen der Nacht · 06/3274; auch ➶ 06/3929
Dimension 12 · 06/3309
Die Mysterien von Belzagor · 06/3345;
auch ➶ 06/4337
Der Gesang der Neuronen · 06/3392;
auch ➶ 06/4572
Kinder der Retorte · 06/3441
Es stirbt in mir · 06/3445; auch ➶ 06/8215
Der Seher · 06/3590; auch ➶ 06/4354
Schadrach im Feuerofen · 06/3626;
auch ➶ 06/4337
Tom O'Bedlam · 06/4456

Zigeunerstern · 06/4541
Über den Wassern · 06/4973
Der heiße Himmel um Mitternacht · 06/5665
Die Jahre der Aliens · 06/6358

Gilgamesch-Zyklus:

König Gilgamesch · 06/4420
Das Land der Lebenden · 06/5542

Zyklus nach der Dunkelheit:

Am Ende des Winters · 06/4585
Der neue Frühling · 06/4894

Als Herausgeber:

Die Mörder Mohammeds · 06/3264
Menschen und andere Ungeheuer · 06/3378
Das neue Atlantis · 06/3755
Der siebte Schrein · 01/13166
Das Meer und kleine Fische · 01/13175